美人书

忠俊辉 著

MEIREN
SHU

湖南文艺出版社

图书在版编目（ＣＩＰ）数据

美人书 / 赵俊辉著. -- 长沙：湖南文艺出版社，2018.5
ISBN 978-7-5404-8577-1

Ⅰ．①美… Ⅱ．①赵… Ⅲ．①长篇小说－中国－当代
Ⅳ．① I247.5

中国版本图书馆 CIP 数据核字 (2018) 第 038441 号

美人书
MEIREN SHU

著者：赵俊辉

出　版　人：曾赛丰
责任编辑：陈新文　徐小芳
特约编辑：卢　浩
封面设计：杨发凯
出版发行：湖南文艺出版社
（长沙市雨花区东二环一段 508 号　邮编：410014）
网址：www.hnwy.net
印刷：长沙超峰印刷有限公司
经销：新华书店
开本：710mm×970mm　1/16
字数：370 千字
印张：28
版次：2018 年 5 月第 1 版
印次：2018 年 5 月第 1 次印刷
书号：ISBN 978-7-5404-8577-1
定价：48.00 元
（若有质量问题，请直接与本社出版科联系调换）

有痛苦的地方就有倾诉，女书是证据。

——题记

1

芙蓉啊，我们之间的事，该从哪里说起呢？

就从你第二天就要设歌坛哭嫁的那个下午说起吧。你应该还记得那个下午——我们去踏春，本应跟在我们身后的丫头欧阳满珠，却将我们带到了桃花盛开的桃水河畔。

年年都是如此，柳枝上冒出几粒新嫩的芽儿时，桃树上已经绽放粉红色的或粉白色的花朵。桃花在煦暖的春风中摇曳着，花香弥漫两岸。桃花朵朵，它们在阳光下，不再带有身为花蕾时的羞涩。它们仰望晴空，俯探映在河面上的俏影，在潺潺流动的河水上方，期待风起，期待远方。

你问我，红豆哎，这条河为什么叫桃水河？

这个问题，你问过很多遍了。从几岁的时候起，你就问这个，到快二十岁了，你还问这个。

这河岸边小半是柳树，多半是桃树，所以叫桃水河呗。我这么不假思索地回答你。

并非我知道这就是这条河名称的由来。是我这么猜的。也许这条河，在岸上根本就还没有栽桃树的时候，它就叫桃水河了。到底是先有桃树林，还是先有桃水河的问题，就跟是先有母鸡还是先有鸡蛋的问题一样。

但你若再问起，我还是会这么回答你。

芙蓉，芙蓉哎芙蓉，你难道就一点也没有听出来，很多的场合，我回答你的问话时，连想都没有去想。我信口开河的。

而你只是爱问，并不在乎真正的答案是什么，并不在乎我怎么回答你，对不对？这也是缘于你的傲慢。你的眼中只有你自己。

你聪明是聪明，但我并没去把你当作禀赋聪明、秀外慧中的那一类人。你不过是看上去聪明。只有那些看上去聪明的人，才容易犯最简单的错误。你写女书时，不就常常在那些最简单的字上出错吗？

在永明县这片与道州南部相邻的地方，女书这种文字，就像我们的土话一样流行着。女书这种文字，就是用来记录我们的土话的，由点、竖、斜、弧四种笔画组成，由右向左略有倾斜，笔画纤细均匀，似蚊似蚁，有人说这是"脚蚊字"，也有人说是"蚂蚁字"。这种仅在女性范围内使用的文字写在纸上，绣在布上，成了女书。一直以来，女书只在女性之中传承使用，老传少，母传女，姊教妹，姑姑教侄女，一代传一代。在主人去世后，女书作品一般都要作为殉葬品随葬或焚化，叫作"人死书焚"。是啊，人一死，一了百了，留着有什么意思嘛。芙蓉呀，只是我的这些女书，却想留给你。这当然是另有原因的。

传说男书的汉字是仓颉创造发明的，那么女性仓颉是谁呢？是谁创造发明了女书女字？为什么要创造女书女字呢？

一说是宫女造字。不知什么朝代，永明县有一个女子，山歌唱得好，女红做得好，有许多的结拜姊妹，大家在一起过得很愉快。由于长得很漂亮，她被选到皇帝身边做宫女，离开了乡亲姊妹。大家以为她在皇宫里一定很开心，谁知事情刚好相反，这位姑娘在皇宫的后院里，过着孤独单调的生活。她日夜思念着自己家乡的亲人和结拜姊妹。为了表达思念之情，她根据做女红的图案创造了一种文字，写信托人带回家乡，并在信中暗示那些与她一起做女红的结拜姊妹，怎样去识别这些字的意思。从那以后，这种文字就在永明县的女子中悄然流传开来。

又说是盘巧造字。很久以前，桐山村出了一个盘巧姑娘。她三岁会唱歌，七岁会绣花，长到十八岁时，没有一样女工不精通。周围许多的姑娘都喜欢与她结拜姊妹。她们一起唱歌，一起做女红。有一天，盘巧一个人在山上割草，官府的人见她长得很漂亮，就把她抢到道州府去了。盘巧渴望有人来救出自己，她冥思苦想，想出了一个办法。她根据过去与结拜姊妹们一起织花边、做鞋样的图案，造了一种文字。她用这些字写了一封信，托人带回到家乡。姊妹们认出了这些字，知道她原来被关在道州府里。她的亲人赶到道州府，把她救了出来。

传言最盛的说法，是周氏女性造字。在一千多年前的宋代，石枧村有一位周氏女子，生而慧丽，听闻私塾学童诵读，就能理解诗文的意思。小小年纪时，唐诗宋词，她便过目不忘。她十六岁时被选入宫中，在入选的民女中，排第一位，深得宠幸，被封为妃子。这位周氏女子人老色衰后，被贬入冷宫，她一个人百无聊赖，无所事事，就发明了女字。

我是不太相信这些传说的，同样也不太相信是她们发明了只有我们女人才识得的女字。在我们桃花镇，也许在那些个宫女呀、盘巧呀、周氏女呀之前，男人使用男书、男字的同时，女人就是使用女书、女字的。

芙蓉啊，我倒是认为我那个死丫头欧阳满珠说得有些道理。她说女书、女字是被世道压迫出来的，是被男书、男字逼出来的。历来我们女子要守的规矩多，不能随意与除自家父兄以外的男人接触，不能像男子那样热热闹闹快快活活地在外边过日子，最没有自由的是，不能像男子那样进书院、学堂，读不了书识不了字。我们女子中就有不服气的人，也许是三五个人，也许是上十个人，她们便一起来造字。有了女字，就有了女书，就有了我们女子之间，喜事相贺你来我往，就有了我们姐妹之间，切磋女书相聚一堂。

不管女字是从哪里来的，还能到哪里去，对我们女子来说，它都和我们自己的命联系得像是空气、水、阳光、一日三顿饭似的。有了女字，我们出口成诗，落笔成章，用自己的文字记录自己的生活，表达内心的意愿，自创、自写、自演、自唱、自娱，道情诉苦，说古谈今，写唱奇闻逸事、谜语耍歌。这样的日子，才有滋有味，又好打发。

　　可不是嘛，芙蓉，有了女字，我和你之间的千言万语，便可以写成这女书。

　　在周遭十里二十里的这些女书村，你是被上辈人和我们的同辈人公认为女书读得最多，女字写得最好，女歌唱得最美，女红做得最巧的那一个。

　　你以为你写的女字漂亮吗？真的漂亮吗？

　　书写女字，左上角为全字的最高点，右下角为全字的最低点，一撇一捺，一点一横，一弯一折，每一笔都是写在菱形的框架子里的，要写得倾斜修长，像风拂动的柳条，才叫好看。

　　你的女字写得方方正正，像是男字。这就跟你的长相一样，显得有些胖了。

　　这还能叫漂亮？

　　都说字如其人，别人是那样看你的，我则是这样看你的。别人看到的是你明白的这一面，我看到的是你不明白的那一面。就像看一枚铜钱，别人看的那一面是乾隆通宝，我看到的那一面则是几条蚯蚓绞在一起似的蒙古文字。

　　我对你的看法跟别人不一样，这也包括我看你的长相。对了，我该告诉你我是怎么去看你的长相的了。

　　在别人的眼中，你当然算得上是天生丽质、花容月貌的。你的丫头香草和我的丫头欧阳满珠说，只要有你在，就看不到十五晚上的月亮。她们这是夸你的肤色白皙。秀才娘子首玉琴总是说你看上去就像是一个观音娘娘，端端正正，清雅脱俗；九岁时就做了琵琶

8

村张家童养媳的蒋二妹说，你往荷花池里抛一眼，浮在池水上的鱼就会沉入水底。她们称道的是你那双又大又圆、眼珠黑亮、眼角清澈、双瞳剪水的大眼睛呢。

这些话，让人一听见就觉着假，身上起鸡皮疙瘩。

但是，的的确确，几乎所有同龄的姐姐妹妹们都喜欢你的眼睛。再加之你的头发细黑，肌肤柔软，声音甜美，体态丰盈，所以，她们才一个个明里暗里地，把你与传说中永明县唯一的那个被先朝皇帝选进宫里去的周氏女子相提并论。

一眼看上去，你还是眉清目秀、五官端正、轮廓分明的。不过，在桃花镇这个历来就出美女的地方，你只能算是中上水平。你比你的母亲要中看，这我得承认。你全然不像你相貌平平、纤瘦弱小的母亲。你的母亲的身子是浮着的，没有落到地上，就跟桃水河中的一匹水草差不多。你的母亲辞世有五年了，我却还记得她笑时候的样子和声音。你母亲笑的时候不是脸上的皮肉在笑，而是皮肉下的骨头在震似的，笑得干干的，有些瘆人。而笑出来的声音，就好像是伤了风寒打喷嚏。好在你的母亲难得一笑。你的母亲因为收敛，所以显得端庄，在这一点上，你像你母亲。

是男人就都会喜欢你白白嫩嫩还透着红润的玉一般的肤色，都会喜欢你那有如你父亲用十六两秤称过的，大小合适、比例适度的标标致致的脸。你像的是你父亲。

对年轻女孩的喜欢，是男人们与生俱来的，也是各有所好的。有的男人睁开的眼睛寻找着的，就是你这样的女人。因为你所在的首家大院，你的大户人家的出身，能给你不少的加分。

记得小的时候，我们在一起，我们和镇上的女伴在一起，我和别的女伴们简直就是你的陪衬。是你绣帕的底子。我们大家抬着你，让你夺目地在男孩们的目光中翻滚着。我们是一片一片的叶子，你是我们簇拥着的、高高托举着的花骨朵儿。大家抬着你，让你抢眼地在男孩们的目光中摇曳着。当他们的目光一次次地从我的鼻尖上划过，然后，落在你的脸上，粘在你的脸上，而你又若无其事，表现出一脸不屑的神情的时候，我真想捅一下你的腰窝，告诉你，提醒你，除去你的未婚夫蒋玉湘，那一双双饥饿的眼睛，要生吃了你呢。

但是，你是漠然惯了的，你依然故我地踢着毽子，或是跳着跳绳，或是荡着秋千，或是做着女红，或是唱着女歌。你的心里边压根就不在乎男人似的。

也许是你没有体会出来，女人的漂亮和漂亮的女人，就是通过吸引男人的目光，来在女人之间一较高低的。

我就很在意蒋玉湘那种执着的目光。

和别的男孩子不同，他的目光和后来只考取了秀才的欧阳梦的目光一样，是从读唐诗宋词的眼中迸射出来的。他俩有别于其他男人的是，读书人的目光更懂得对女人的鉴赏，更懂得对女人的赞美。冷不丁地，你就成了他们心中的唐诗宋词。什么风流地仙，体态天然，图画谁敢斗婵娟。什么莺羽金衣舒晚风，燕嘴香泥沾乱红。什么红妆女儿十二三的。即便是言过其实，也叫人心里舒坦。

蒋玉湘的目光又和欧阳梦的不一样，他的目光热辣辣的，像一个火把，能点着人心里面的东西，能挠着人心里面的痒处。

他若是能像别的男孩子张望你似的张望我，我会迎着他的目光，把自己千娇百媚地送到他跟前，像一本线装书似的，让他捧着来读，伸手来翻。女为悦己者容，就这么简单。女人面上之肌肤，皮下之血肉，就是要成为他们眼中的和心中的火焰。

我那时就想，如果蒋玉湘专注的目光，能从他手中的书本上，洒落到我脸上来，我宁愿拿最好的衣裳换给你穿。不过，你是不会在乎我身上那些衣裳的，我再好的衣裳你也看不上。我不像你，在十五岁之前都有生母疼着爱着呵护着，给你梳妆打扮，你穿在身上的任何东西，都是不惜工本，请最好的师傅量身定做的，随便哪一件，都比我的要合身合体，华丽漂亮。

你生来就比我命好。我出生时母亲难产，她还未来得及看上我一眼就咽气了。我从小就没有亲娘，而我父亲又忙于生意，并且在我母亲下葬不到三个月就有了别的这个女人、那个女人。这是命，是命就拧不过。

所以我只能这样，由我父亲花钱，请来一个只会做饭洗衣服的大娘来养我带我。这样的一个大娘是不会为着我来的，而是冲着钱财来的，她只需要对得起我父亲给她家买的那三亩水田，她只需要对得起我父亲每年给她缝制的四套衣裳。

说白了，一个女人漂亮是一回事，她迷不迷人、动不动人又是另外一回事。这之间就像是隔着厚厚的一堵墙似的。你有那么俊俏的一张脸，却没有嫣然的笑容；你脸上那么大的一双清澈透亮的眼，却不能于顾盼之中曲尽其妙。可惜了。

你生来红艳的芳唇，如果是生长在我的嘴上，我会时不时地在腮边那两个小巧的酒窝之间粲然一笑。那结果，定然是风情万种的、耐人寻味的。也可惜了。

但我注意到，即便是在独处的梦中，你也未曾有过一张真正的笑脸。也许你压根儿就不会笑，你也不知道别人为什么笑。

笑是一件说容易就容易，说难就不容易的事情。笑要有笑的心情，笑要有笑的心态，笑还要有笑的表达。有纵声的哄笑，有解颐的欢笑，有掩口辗然的微笑，有忍俊不禁的失笑，有胁肩的谄笑，有藏着刀子的奸笑，有不屑一顾的冷笑，有大大咧咧的傻笑，有开眉喜眼的甜笑。男人最在意的，也是最铭刻于心的，莫过于女人的那张传情达意的笑脸。哪怕女人一脸假笑，也能让男人心花怒放。窑子里的女人，不就是用一张假笑的脸，来勾引得男人心花怒放的么？

你的那张冷脸，到窑子里肯定是混不到一口饭吃的。

你不知道脸上笑一笑会有怎样的结果，这是你未曾尝试过的。换一句话说，你的脸是僵的，就像冬天里僵冷的蛇，说它活着却不动弹，说它死了又有气息。你的脸就是一面哈一口气在面上就会起

11

雾的玻璃镜子。它原本就是动不了，一动就碎了的。

你的举手投足，也因为过于矜持而不优雅。你知道，像你这样的身段和曲线，走起路来时，只要有那么一点点儿像猫的样子，就多少有些风姿绰约的体态。而你差不多就是一截圆圆的拴马桩。你竖在那里，男人们以为是拴马的桩子。反正你怎么看都像是一根木桩子，敲上一个钉，我便拿你来挂我那件滴水领的米黄色罩衫。

这样看你的人还远不止我一个。

你的未婚夫蒋玉湘后来也是这样看你的。他说你生就的是一张寡脸，立着、坐着，都像是蜡像。如果往道州田广洞村的深山里一扔，你就是鬼崽岭上横七竖八的鬼崽石中的一个。

你没有被气坏吧。但这是真的，是那个过不了三天就要迎娶你进蒋家大院的蒋玉湘亲口对我说的。

他还说如果你是一条鱼的话，你便是画在青花鱼盘中的，而不是搁在水里游着的。

他还说过，你让他联想到欧阳梦。欧阳梦写得一手好字，欧阳梦的字，上溯秦两汉古篆籀，下至六朝南北碑，均心摹手追，精磨熟练，融会贯通，仿佛就是相邻的道州那个大名鼎鼎的书法家何绍基，投胎到桃花镇来了。但是，欧阳梦写得一手好字，却写不出来一篇像样的文章，作诗作对更是夏炉冬扇，牛头不对马嘴。考一次进士落一回榜，只能当一世秀才。秀才有什么用呢？秀才做不了官。女人光是漂亮有什么用呢？那只是一张皮。

蒋玉湘的眼睛是小，却是贼得过人呢。他把你说绝了。

那天下午的风有些乱吹，忽儿南，忽儿北，像是一群叫花子伸着手臂在争抢着什么。

你靠着那棵斜伸向桃水河的桃树，缀满花朵的桃树枝就在你的头上乱飞乱舞。你靠在那里纹丝不动的，那棵桃树却一刻也没有停息下来。好像是有你靠在它身上，它浑身就不自在一样。

我也跟那棵树一样，因为你在身边，也没有一个自在的地方。只是你没有在意。你在意也不一定能感觉出来。你不会相信，我们天天形影不离地在一起，而我却会因你而不自在。就像在你看来是一杯甜酒，而我却喝它是苦汁。

因你在身边，我总是感觉时光太慢。

我们所处的地方，是对着桃花镇的门楼靠左边的河岸，桃水河在这里有一个月牙似的湾。河一拐弯就宽阔了、平坦了。潺潺流淌的河水进入河湾，突然便悄无声息了，仿佛那些躲到母鸡翅膀下面去了的雏鸡。

流入河湾的水与流出河湾的水一样，在河湾中沉淀下来，在河湾中平定下来，仿佛正在河湾中，睡上被幽梦罩着似的一觉。

这是我们从小就常来的地方，因为你从小就喜欢宁静，所以这地方你常来。因为你常来，所以我也得来。你来了，这河岸边不是热闹了，而是更寂静了，寂静得就像一块墓地，就像这脚下的野草也是幽灵似的。

这寂静是死一般的，静得连我们彼此的心跳都放慢了。在这样的地方识女字，唱女歌，读女书女扇，却最好不过了。这是你说的。你喜欢在这里一字一句地读《四字女经》，什么在家从文，莫违双亲。出嫁从夫，听夫君行。夫死从子，顺子当贤。死子何从，收节三春。我死事小，失节毁名。嫁做媳妇，敬奉双亲。丈夫为大，小心尊敬。呼茶随到，双手递呈。见伯叔公，规矩当存。托盘送茶，授受不亲……

《四字女经》，你记得一字不差，我也一样。什么话莫高声，轻言细语。归宁看亲，有话莫申。父母不明，听说生嗔。逸言絮语，从此而兴。行莫乱步，坐莫摇身，笑莫露齿，坐床缠脚，整顿衣裙。头发梳束，方出屋门。习学针黹，务要勤辛，剪刀麻线，时用不停……

你读《四字女经》，因为这就是你要去熟记的，因为这就是你要去做到的。而我读《四字女经》，完全是因为它诵读起来朗朗上口，很好玩。

2

以后我们还会来这里吗？你突然迟疑地问我。

我明白，你说的往后是指你嫁给蒋玉湘之后。

这个问题，其实你应该问你自己。

我说，若你来，我还陪你来，就像今天这样。

我说这话的时候，心里已经有了别的想法。我有了别的什么想法，你会知道的，你和蒋玉湘成婚后，你就会知道的。眼下我得瞒着你。

我那件大红的嫁衣太宽了，穿着不合身。你说。

我说，你试穿过三遍了，蛮合身的，就是扣子紧了一点。

你的第二个傻乎乎的问题又来了。你问我，嫁人就嫁人，为什么要进歌堂、坐歌堂？为什么要哭嫁呢？我讨厌哭嫁。

你是不知道，我们女书之乡的婚嫁习俗和规矩礼性多得很呢。得依从父母之命、媒妁之言。先是订亲，常常是几岁、十几岁时就由父母找媒人来说亲，有的甚至指腹联姻。到订婚时，必不可少的是"写庚书，合八字"，什么乾造于某年某月某日悬孤令旦，坤造于某年某月某日设悦佳辰，大阀阅某府某某姻亲暨列阁下，愚姻亲某某鞠躬。如双方生辰八字相克，婚事就成不了，变得"年庚落入他箱底，八百文银赎不归"。然后是男方派人到女方家下订礼。订亲后，姑娘不得和未婚夫见面，直至结婚。然后是行聘过大礼。婚前两年，男方要向女家送抬盒礼，叫"过礼"，也叫"出担"，女方则称"接担"。礼品有猪肉鸡、鹅、鱼、红蛋、红糕、粑粑以及布料、钱等。要写成礼单，女方要凭单验礼。过礼这一天，女方接担要大宴亲朋，并送各位至亲一份礼，叫"尾巴"，包括猪肉、红蛋、红糕。接到"尾巴"的至亲要送嫁妆。再就是报期下红书。男家派人携带礼品和红书，到女方家去商定结婚的日子。红书用红纸对半分折，一半折为十二层，一半折成封状。红书上写的是龙飞于某年某月某日沐手敬书，凤舞于某年某月某日迎鸾大吉，大阀阅某府甫某某姻亲暨列阁下，愚姻亲某某鞠躬。如女方不同意，可将婚书退回，另订佳期。接下来才是进歌堂、坐歌堂。

　　我对你说，女书之乡的婚嫁，历来就有坐歌堂的习俗。

　　你一脸茫然地听着我说，我相信我的话刚从你左耳朵进去，马上又从你右耳朵出去了。但你那样像是还在听，我就继续跟你说。

　　平常人家，要出嫁的姑娘，在婚前一个月，就不参加任何生产劳动，而是一心准备嫁妆，叫"坐离娘月"，并且要请村里的未婚女子伴她做女红，陪她习唱嫁歌。这些姑娘住到她家来，叫"进歌堂"。进歌堂的时间，有的一个月，有的十天，这要根据新娘的家境。宽裕的多住几天，但至少婚前三天一定得"坐歌堂"。

　　婚前第三天的歌堂叫"愁屋"。从这一天起，以唱歌堂为主要内容的婚嫁礼仪就正式开始了。最有趣的是愁屋这天的"泼竹叶水"和"开声"。下午，男方的迎亲乐队，一进村就开始奏乐。当乐队吹吹打打进入女家大门时，新娘的女伴们端着脸盆齐集楼上，从窗口、天井口，朝乐队猛泼竹叶水，把他们泼成落汤鸡一般，那样的场面最是热烈、紧张、风趣，让人哄堂大笑。竹叶水是将竹叶泡在清水中浸渍而成的。据说泼竹叶水有两个意思：一是竹子象征新娘的贞节，并祝福婚后家业兴旺、万事如意；二是竹叶水可以避邪，泼竹叶水可以给乐队的人净身，防止他们把邪气带进新娘家来。

　　乐队进门后，姑娘们开始高唱，并举行仪式，那就是"开声"。

举行仪式时，新娘立于神龛前，两个伴娘女分立两旁。伴娘女穿红戴绿，头插红花。乐队奏上一曲后，全体女伴齐唱《五更愁》，唱新娘即将离家的依依不舍之情：一更点火点厅上，二更点火火团团，今日团圆在姐边，天光团圆出远乡。

婚前第二天的歌堂，叫"小歌堂"。这一天的晚餐是隆重的婚宴，要在本氏族的祠堂举行"上位""下位"仪式。事先要从新娘的亲友中选定相貌端庄、父母双全、会唱嫁歌的十二位少女为"坐位女"。举行仪式时，新娘身穿红衣，披云肩，戴凤冠，由母亲搀扶着，由盛妆的坐位女陪同，从家走进祠堂。

参拜先祖牌位后，新娘立于祠堂正中，坐位女分坐在两边的座位上，大家合唱《上位歌》。当仪式结束，新娘离开座位时，合唱《下位歌》，表达新娘婚前的忙碌和对家乡、亲人的依恋。

结婚前一天的歌堂叫"大歌堂"。这一天的午餐是隆重的婚宴。地点和仪式与"小歌堂"相同，只是《上位歌》《下位歌》的内容不同。《上位歌》唱婚礼的准备；《下位歌》则是新娘离开座位后，新娘的嫂嫂向坐位女劝酒时，女伴们合唱的。

新娘在出嫁前一天的晚上和出嫁当天早饭前，得边哭边唱地向家人和亲友一一辞别。新娘要向每一个人献上一首"离乡歌"。对长辈表示感谢养育、教导之恩，对弟妹则嘱咐要孝敬父母、努力读书、勤劳助家，对平辈亲友如结拜姊妹便诉说交往之情、勉励祝福。

出嫁这一天，新娘由亲友再三劝说，才被拉着扯着走下闺楼。新娘在伴娘的搀扶下行离娘礼，告别众亲，在一片鼓乐、哭声、歌声、祝福声中上轿离去。由新娘的兄弟、舅、伯、姑父等送亲，其他亲友、伴娘女要跟在花轿后面送一段路程。

男方迎亲要请吹鼓手，抬着花轿去接新娘。新娘坐的轿子接进村之后，先在门楼前，由司礼宰一只公鸡，并将鸡冠血绕轿滴一圈，同时大放鞭炮，吹奏鼓乐。侍娘侍郎伴新郎出迎新娘。在结亲这天的婚宴上，新婚夫妇拜父母。父亲手捧一个盛着钱的铜盘，交给新郎，表示儿子已经成家立业，可以把家产交给儿子继承了。

结亲第二天早上，到祠堂举行仪式，设婚宴。新婚夫妇要拜祖宗家先，见舅姑诸亲。结婚第二天，要杀一头猪，由新娘说数量，分给新娘的外婆、父母、各亲友等每人一份。凡"过礼"时送过"尾巴"的亲友都要送一份。礼肉连同写着分给每个人多少肉的"封书"，一起被送至女家。新娘出嫁后的第三天早饭后，新娘的女伴们各持一个竹篮，装上糖果、水果和女书到女家，女家派人搭着抬盒，去男家贺三朝。男家则高朋满座，大宴宾客。

新婚后，得选个好日子，新郎陪新娘回娘家看望父母，拜见岳丈、岳母，叫"回门"。有的新娘便长住娘家，要在年节或农忙时，男家的婆婆、嫂子、夫妹或丈夫来接，才到夫家住几天，一直到怀孕、生了小孩之后才长住丈夫家，这就是所谓的"不落夫家"。新婚少妇在这一段时间内，还可像做姑娘时一样，和其他少女一起玩耍，唱女书，习女红。

我嘴巴都讲干了，也不知道你听进去了多少。

你说，这么多规矩礼性，听你说这一遍，我都厌烦透了。我父亲要我坐一百天的歌堂，我和他吵了一架。就算是有钱没处花，我也只答应顶多坐三天歌堂。就坐三天，多一个时辰都不行。

我说，不管你喜不喜欢，婚前第二天的小歌堂总是少不得的。除非你家不开歌堂。还有，结婚前一天的"大歌堂"和出嫁前一天的晚上，边哭边唱地向家人和亲友一一辞别，也断然是少不得的，那叫哭别。哭嫁哭嫁，眼睛不哭个半瞎，嗓子不哭个半哑，就不叫哭嫁。你放心，从明天开始，就有你哭的。嘿嘿，谁要你嫁人呀。

我说这话倒不是气你，而是认认真真提醒你。我告诉你说，从你这个新娘的角度来说，哭嫁，主要是哭父母、哭亲人、哭女友、哭自己，要有悲有怨。你有充分的自由，可以任意地哭述，尽吐离愁，痛斥不满。有的新娘是这样向家人告别的：隔山隔岭隔河崽，河崽之中种梅子，发了三江大水到，推开梅子姐宽盈。前朝闹热在姐屋，今日别姐出远乡，设此度作男儿子，在姐身边一世陪。

我好心好意地对你说，做新娘的，总要装模作样地埋怨一下家人，没能留住她。首玉琴嫁给欧阳梦时，一把鼻涕一把眼泪地唱的是：三个姑娘楼上坐，两个媒人来准亲。问声姐爷肯不肯，姐爷应曰没年纪。问声姐娘肯不肯，姐娘应曰没衣裳。问声哥哥肯不肯，哥哥应曰不肯亲。问声嫂嫂肯不肯，嫂嫂应曰六月亲。不得吃嫂随嫁饭，不得穿嫂随嫁衣，开开仓门吃爷饭，揭开箱门穿娘衣。当然，到最后，怨归怨，嫁人归嫁人，首玉琴也只好"跨出大门喔呼灰"。她向亲友告别时唱：一齐嬷娘来疼惜，疼惜年低去就人，一齐伯娘多疼惜，真舍难离分不开，一齐叔娘来疼惜，疼惜年低取就人，一齐嫂娘真有意，送妹出乡多抵钱。

你跺着脚，又说，天呐，明天就要哭嫁坐歌堂了。我怎么办？我怎么办？我担心我哭不出来。

我说，也是，我从来就没有听你哭过。

我好奇地多问了一句，你当真就从来没有哭过一声、掉下一滴眼泪么？

你说，有时我也想哭，就是不知道从哪里哭起，想哭也哭不出来。

我说，你去想些伤心的事，就哭出来了。或者，你去想些让你伤心的人……

我想不出有什么事让我觉着伤心，也想不出有什么人让我觉着伤心。我活到今天了，也没有去想过什么伤心的事情，摊到我身上来的都是些好事。身边的人也一个个像你一样，一个个都待我好好的。你是这样说，是这样来拿话气我。

我说，是啊，谁叫你是首家的大小姐，让你一天天养尊处优的。

你说，红豆，我真是羡慕你的那双眼睛，眨眼就能笑，眨眼就能有眼泪水哗啦哗啦流下来。

我说，那是因为我这个人简单，不藏匿心事。你真是有些特别。可以说，差不多所有的女子，只要一想到自己要嫁人，就会伤心，就会哭。你就要嫁人了，你不觉得伤心么？

女人迟早是要嫁的，嫁不出去才伤心，我不伤心。再说，嫁给蒋玉湘有什么好伤心的。你边说边摇着头。

你一摇头，那棵在你一动不动的时候枝摇树摆、粉花乱颤的桃树，却静了下来。

我没好气地扔给你一句：我就不相信你生来就没有哭过！你就想着自己嫁的是个聋子、瞎子，是个蓬头疬面的癞子、酒疯子。你一嫁过去就是挨打挨骂，挨饿挨冻，遭欺凌，遭作践。那样的日子，让你上天无路，入地无门。你看你伤心不伤心，哭不哭得死去活来？

我的话让你大吃一惊。

你用不着睁圆了眼睛，像是看一个怪物似的看着我。我怎能不知道你的未婚夫蒋玉湘，他不聋不瞎不癫不疯，我怎能不知道他风度翩翩，一表人才。我怎能不知道，你嫁进蒋家大院后的日子，说不定过得比你娘家还要殷实趁钱。我怎能不知道，蒋玉湘会出人头地、仕途通达、前程似锦的，在我们永明县，他是千里挑一、万里挑一的好郎君。跟你一完婚，他就要到县衙里做县丞的。你将来做县官夫人，做州官太太的日子就在屁股下垫着。

但是，当你穿着红嫁衣，扶坐中堂，女伴在你的两旁艳妆列坐，在歌堂之上，你岂能不哭？

不哭便不吉利。

婚前没哭的，婚后就哭不完。

你别以为我是咒你未婚夫。你的未婚夫蒋玉湘，我会咒他么？你咒他我也不会咒他。咒谁我也不会咒他。他在我的心里头，跟别人不一样。

你连哭都不会，我真怀疑你还是不是一个女人。是女人，就会哭。真也哭，假也哭。很多的时候，哭就是女人的一种手段，一种让男人心软，让男人乖乖地倒下，让男人轻易就被征服的手段。

在顶要紧的时候哭几声，掉下几滴眼泪，男人们明知道这是藏着铁钩的诱饵，也会慌不迭地来咬钩。男人只有在这一刻，心最软也最六神无主。嘿嘿，男人们这个时候真是傻极了。

你的未婚夫蒋玉湘也不例外，甚至越聪明越有学问的男人，对女人的哭叫或眼泪就越敏感。

我跟你说一件事，这事和我有关，和蒋玉湘有关。当然和你也有关。

那是在六年前。

六年前蒋玉湘还是个小秀才。为了考取功名，那时他就连上茅厕时手里也卷着一本书的。

那时我们欧阳家不是现在的欧阳家，我欧阳红豆也不是现在的欧阳红豆。我的父亲还在，还和你父亲一样，在湖南到广西的盐道上，做着百里远近数一数二大的盐生意。当别人说到在永州最有实力的盐商时，不是指你父亲首一望，就是说的我父亲欧阳厚。我身边的丫头除了现在的欧阳满珠，还有另外三个。四个丫头，左边两个右边两个地服侍我一个人。

但是，我喜欢的是撇开她们，支开她们，然后，独自悄悄地溜进蒋家大院的后花园里。我进出蒋家大院用不着在意你知道还是不知道。那时你和蒋玉湘没有定亲，我也和后来让我们欧阳家倾家荡产、家破人亡的吴盐运使，没有半点牵连。我敢肯定，那时我父亲还没有想到，可以拿我与掌管湘南这一带大几百万人口盐务的吴盐运使，去攀亲家、做交换。

说出来不怕你见笑，那个时候，我便一往情深地希望自己就是在蒋玉湘枕上、睡眼惺忪、青丝散乱的那个被宠的女人。我在白天和夜里都做着这个同样的梦。

每当跨过蒋家大院的那个高高的门槛，我的内心都会因为这个对未来的期盼和憧憬，而兴奋，而激动。我心里涟漪荡漾，有一种美滋滋、甜蜜蜜的莫名的感觉。

我穿过蒋家大院里深深的三个天井，径直往后院的花园中去，因为我知道，这个时候，蒋玉湘准会在园中吟诵诗文。

我侧身迈进那扇半开着的月洞门，贴着院墙走进去。我会离着他一丈开外或两丈开外，或与他隔着一座假山，或与他隔着一丛芭蕉，这样，我就既能够与他在一起，又不会惊扰到他，不会分了他用功读书的心。仿佛这样，我就俨然成了陪伴他读书的那个人。

我清楚地记得，那是在五月初边的一个下午。园子里的石榴树上挂着的石榴，像一个个黄澄澄的灯笼。枇杷树上的枇杷已经熟透，挂在树上的，一个个金灿灿，掉在地上的，一粒粒酱紫紫。空气中有一种秋天所独有的蜂蜜的甜香。

蒋玉湘一定是看书着迷了，差不多半个下午，他都埋在书中，没抬一下头。

他是看着我进了园子的，是看着我在枇杷树下的石凳上坐下的，但是，他已经忘记有我在一旁，就像我根本没有进园子来似的。

那半个下午，我拿在手里的女红全然是一种摆设，我连一针一线都没有走。我对他全神贯注到那个份上，他至少应该对我有所表示，有所回应。就像往常那样，偶尔地、仿佛不经意地看上我几眼，或者对我笑一笑。

他不经意间给我的一个微笑，能让我的心怦怦跳，甚至能让我整个身子都飘起来。

我重重地咳了数声，还踢飞了石凳边上仅有的三截枯树枝，满以为弄出什么声响来了，能提醒他，别这样把我冷在一边。他还是在那里埋头读书，像是在故意躲着我似的。我急得咬牙也没用，气得咬牙也没用。

我站起身要离开，不料身子一软，竟蹭着石凳一屁股坐地上去了。接着我就哭了。是心里委屈地哭了。

我一哭，便听见了他朝我飞奔过来的脚步声。当然，我的眼睛一直是偷偷觑着他的。让我大喜过望的是，他是把一本《柳河东文集》

扔得老远老远之后，以最快的速度朝我身边跑过来的。

他蹲在我身旁，一只手搭着石凳，一只手撑在地上。那样子，说是蹲着，又像是跪着。

你怎么啦，红豆？他急切地问我。

红豆，你怎么啦？他又问了好几遍。

我也不知道怎么啦，你不理我，我只好哭了。我心里对他说，而从我嘴里发出的则是哇哇的哭声。我不答他，我只是哭，一声接一声地哭，我好像是越哭越有劲了。

他显然不知道我脸颊上流着的泪水其实是惊喜的泪水，是甜的果汁，是香的花露。

我睁着一双泪眼，打量着从来没有像这样贴近我、挨着我的蒋玉湘。他是在乎我的，他是那样地在乎我，以至于他急得连脖子都通红了。再没有他在此时此刻的不知所措和慌慌忙忙的样子，让我更为所欲为，让我更心满意足的了。

他离我是那么的近，他平日里搭在后背的又黑又粗的发辫，绕过他的肩头，直直地垂在胸前，差一点就要落在我盘着的大腿上。他的眼睛里闪着一种热辣辣的直射的光，即便是夜幕悄然降临了，我也能清楚地看见那种灼人的亮光；即便是凉风四起，那种眼光也能让人心里感到煦暖。

他的眼光中弥漫着怜惜和疼爱，饱含了非同寻常的关切。

在他的眼光中，我开始颤抖，开始做梦，开始无边无际地遐想。而我的哭声和泪水，掩饰了我的一切。我的心思就像一张贪吃的大嘴，只要是带着情字的东西都吃下去，往胃里塞，有的消化得了，有的消化不了。消化得了的，便让我一阵阵地激动；消化不了的，则横横竖竖地在心窝子里存放着。

我这样一口把蒋玉湘咽下去了，什么时候，再要把他吐出来给你，给任何一个女人，就不知道有多难了。

在那个时候，我就暗暗发过誓，我要做一个眼泪很浅的女人，一辈子都不变。

　　我觉着到差不多的时候了，才向蒋玉湘嗔了一声，我抽泣着说，我的肩头磕到了石凳，疼死了。

　　这也是我撒的一个谎。他却抬起撑在地上的手，迟疑着，但最终朝我的肩头伸了过来。我看着他衣袖上的褶皱朝着我羞羞涩涩地打开来，心中产生了无限的刺激与惊喜。他的手掌心准确无误地落在我左边的肩头之上后，我却把他的手掌抖落了，我把右边的肩头斜到前边来，拧腰耸肩地靠向他说，不是那个肩头，是这个肩头。

　　他的手掌便又抬起，落在我右边的肩头上。

　　他揉着我的肩头，他自己的脸却红了，眼神也变得躲躲闪闪。瞬间的变化，叫我差点笑出来，他就像一只从竹笼里放出来的鸭子，不知该下水田里去还是该往河里飞。他真是个二十岁了还不解风情的傻小子。

　　这个傻小子把种子埋在花盆里，还天天往花盆里浇水施肥。过了一些天，花盆里种子发芽了，长出了青嫩的叶，绿叶一片片生长，拉扯出了茎，茎上又发了芽，长出新的枝桠。这一切他都留心看着，心里高兴得不得了。又过了些天，枝叶间冒出了花蕾，花蕾绽放，开出了鲜花，他却束手无策了，他不知道那是一颗什么样的种子，在他眼前吐露芬芳的花是什么花。

　　他像捏着一根沉墨，在他家传了几代人的端砚中小心翼翼地研磨似的，轻轻揉着我的肩头。与他绯红的脸上表现出来的扭怩不安的神情形成鲜明对比的是，我的目光赤裸裸地放纵了。在他手掌之下的我的那个肩头，牵引着我的整个身心。我竭尽妖媚地在他柔心弱骨的摸抚中，品味着自己痴盼已久的真实感受。

　　他的每一次碰触、每一次爱抚，都向我的内心传递着未曾有过的慰藉。他的手指稍稍用力，我的身子就仿佛是一把被提离了地面的蚕丝，拧成的结哗哗哗地全都抖落开来。我不得不按捺住从那个肩头传至我心头的使人迷乱的温存感受，但我终究无法平息愈来愈急促的，乱了章法的呼吸。我把自己的目光和他的目光，同时扣在了自己高高地耸着、起伏着的胸脯上。芙蓉呀，虽然我的乳房远不及你的那么丰满，但是，在那一刻，它们就像吹进气的皮球一样膨胀着。我的胸脯在那里撒着野，它落下去时只有一小半，抬起来时却一次次把弓都拉满了似的。

我的内心弹奏着一支深不可测的曲子，它是躲藏在什么地方的，但听来又真真切切的。

我要感谢的是我的眼泪。我的眼泪太管用了，而且，只要是在蒋玉湘面前，我的眼泪就和我的笑靥一样，都是灵丹妙药。

天啊！我在六年前，就和你现在的未婚夫有过肌肤间的，那种沦肌浃髓、回味无穷的接触了。而你呢？你和你三天之后就要成为夫妻的蒋玉湘，有过指尖与指尖的触及没？有过两人鼻尖顶在一起，彼此呼吸对方的气息没？有过当他擦拭你的眼泪时，手指在你的唇上琴弦似的拨弄没？

你当然没有过。你的心里刻着的是男女授受不亲的古训。你是一个固执的所谓清心玉映的淑媛闺秀，你是一个刻板得有如摸上去冷冰冰的石碑似的女人。如果说你是装出来的，那你就是这个世界上最会装的人了。

石碑才像你，笑，笑不出声，哭，哭不出来。

但是，既然是你出嫁坐歌堂，别人都一把鼻涕一把泪地哭，你难道能当个哑巴？这岂不让人笑话？岂不就像明明是一条裙子，却拿来当衣服穿在身上似的让人笑话。

我说，要不，你就装着干哭几声，应付了事。

你好像是没有听清我的话，傻乎乎地望着我。你说，红豆，我们是最好的姐妹，你得给我想出办法来。我全靠你了。

哦！我漫不经心地应了一声。我实在找不出什么办法，来让你不在哭嫁时丢人现眼。我坐在草地上，仰起脸，久久地盯着你那张看上去不动声色其实很是不安的脸，我犹豫着，该不该告诉你一件绝对能让你止不住泪来的事情——有关我与你的未婚夫蒋玉湘的事情。

到了这个时候了，你似乎应该知道你的未婚夫喜欢的人，究竟是你，还是不是你了。

即便你就要嫁给他做妻子，但你是不是他心里的人，我说不准。我只知道我自己心里面装的是谁——是谁自我情窦初开时起，就在我心里，囫囫囵囵地霸占着我的整个心。我那么心甘情愿地由着这个人，在我的心里掐呀揪呀捏呀拽呀。这个人把我的心掰开来，从一条缝隙里挤进去，就再也没有钻出来过。

这个人，不是别人，他就是你的未婚夫蒋玉湘。这些年来，我和蒋玉湘一道，把这个秘密，就掩藏在你的鼻子下面。关键是，并非我一厢情愿，并非我单相思，也许内心之中的爱慕，蒋玉湘更甚于我呢。

至少在十年前，这样的结果，是我始料未及的。也是你今天连做梦也想不到的吧。

我真想助你一臂之力，掘开你的泪泉，让你止不住地在脸上泪水涟涟，在心里泪水淅沥，但最后，我咬了咬牙，对我自己说，我为什么要告诉你，我就是不告诉你。

还没有到我让你知道，让你哭泣的时候。

在你的身子后面，和你依偎着同一棵桃树的欧阳满珠伸出头来说，装哭比真的哭出来还要难。我倒有一个办法，对谁都灵验。就是在鼻子两边抹点万金油，眼泪就流下来了，然后鼻孔里嗯几声，听起来就像是哭了。

欧阳满珠说得你连连点头称是。

欧阳满珠成了你的救星。我的这个丫头还真会帮你出主意。她不陪着我坐在草地上，却和你依着同一棵桃树站着。她帮不上我什么忙，对我来说是个多余，却总能在关键时候让你派上用场。我看她越来越像是你的丫头了。也只有你这样的主子，才需要这样一个既刁钻又古怪的丫头。

我是早就看欧阳满珠这个丫头不顺眼了的。

看看她的身上，你赏给她的袖口和领口都绣着兰草的两身衣裳，她今天穿这身，明儿穿那身，反正不是这身就是那身，好像我没有给她置过衣裳似的。

就像她的头发上，总是粘着些不是草屑就是树叶，不是线头就是瓜子壳之类的乱七八糟的东西一样，她看着我，看着她自己的主人时，目光总是不干不净、杂七杂八的。

我能清楚地感觉到，有你在的时候，她总是用眼角来眕视我的，而不是正眼看我的。我真不知道她是心虚得怕我，还是做贼心虚地提防我。

我真不知道是她看见我什么了，还是以为我看见她什么了。她和你隔着一条河都有说不完的话，和我面面相对反而又不言不语。

就在昨天，你掉了扇子在地上，我只为试试她，也把扇子摔地上去了。和我意料中的一样，她果然是先把你的纸扇捡给你，再把我的扇子捡来给我的。

什么叫狗眼看人低呀，这就叫狗眼看人低。那是一把我和你刚刚交换过的女扇。回到我自己的房子后，我关上门，第一件事就是用灯火把纸扇点着烧了。

她从前对我就像今天对你一般。在我的印象之中，她也曾经是行为举止大方得体，伺候我无微不至的。我还以为她纯洁得像长松树的山上的黄泥巴。真是可气又可恨，这欧阳满珠偏偏又是我从四个丫头中，选来选去留下的一个。

欧阳满珠在我面前判若两人的变化，正是在我们欧阳家受吴盐运使贪腐案牵连，我成了无依无靠、身无分文的孤女之后。

这个下午，我们到河边来，到桃树林中来，就像是来解决你怎样才能在坐歌堂时哭出来的问题似的。难怪，欧阳满珠给你想出了法子，你便说要回去了。

　　从你往回走脸上轻松的表情上看得出来，你就等着过自己大喜的日子了。

3

　　我们从桃水河边的桃树林回桃花镇，在田洞里走了一里多路，抬起头来，又到了桃水河边。

　　桃水河是拐了个很大的弯后又绕回到桃花镇上来的。连接田洞与桃花镇的石拱桥，都说有千年了。历经千年，桥上无处不在的沧桑也就理所当然。

　　每次上桥，我都情不自禁地，不是在桥头残缺了的石狮头上摸摸，就是在桥上凭着石栏四下里看看。

　　石桥宛若一个老神仙，不言不语却能启迪人。站在石桥之上，吹着习习的河风，突然间我就会有些激动人心的心愿，或者莫名其妙的想法。

　　一上石桥，我就放慢了脚步，落在欧阳满珠之后，让她紧随着你。

　　我就是要看看这个长着一双势利眼的丫头，会怎样跟着你走而完全不在乎我。

　　桥的那头既是桃水河的河岸，又是一口大水塘的堤坝。过了桥沿着塘堤往左边走是去你们首家的路；往右走是去我们欧阳家的路；

往中间的路则是将水潭一分为二的石板桥，是直直地通向蒋家大院的。

在下石拱桥的台阶时，我就发现欧阳满珠毫不犹豫地扶着了左边的桥栏，她果然是连想都没去想，就跟着你往左边，走向你们首家。

你停下脚，回头看仍在石桥之上的我时，她才回过身来看我。

红豆，你到我家吃饭来。你对我说。

我若到你家吃饭，意味着过了桥，我也得往左走，我像是随着自己的丫头一起去你们首家讨口饭吃。

我瞄了一眼桥头右边的塘堤，那段可怜的，备受冷落的塘堤。我对你摇了摇头，坚决地摇了摇头。

你说，出门前，厨子用天麻和胡椒蒸了两个猪心，你一个，我一个。那是我们都喜欢吃的。

我说，我没胃口。

你说，不吃东西，你会饿的。

我说，我不饿。在你家里吃中饭时吃的粉蒸鹅肉，还在肚子里发胀。我得回家去休息了。

你考虑了一会儿，有些失落地说，我还想着晚上能和你说一会儿话的，你却不到我家里来了。你真是要回家睡觉了？太阳还没落山呢。

我说，我一步都不想走了，我恨不得桥上有一张椅子，让我坐下来歇一会。

欧阳满珠多嘴说，要不，我端一份天麻胡椒蒸猪心送红豆小姐房里去，红豆小姐你想吃了便吃，不想吃了就搁着。

她这话是对你说的，也是对我说。

你说，嗯，这样好。

我却狠狠地瞪了她一眼。我说，欧阳满珠，你真是多管闲事，就是我想吃，用得着你端过来么？我还怕那碗天麻胡椒蒸的猪心，过了你的手就不干不净了，就变了味了。

你不知道我会突然间生她这么大的气吧。我只差一点就要当着你的面骂她对我变心，骂她的心连猪心都不如了。

你们往首家大院走后，我却在拱桥桥头的石板上坐了下来。

我的现实世界行将因为你和蒋玉湘的婚礼而改变，而颠覆。突然间，我有种对这座拱桥恋恋不舍的感觉。

太阳就要跨过都庞岭，落到广西那边去了。暮霭随之而起，白墙青瓦的桃花镇，家家户户的炊烟也随之而起。桥头与塘堤连接的拐角上，那棵古老的柏树的枝头，拦住了最早的夜风，挂满了归巢的鸟叽叽喳喳的鸟语。

从桥上看，桃花镇最恢弘和气派的是你们首家、蒋家和我欧阳家的三个大院。仅仅沿着大塘一字儿排开的我们三户人家，差不多占了整个桃花镇的一多半。这一半是三户人家，而那一半则是两百多户人家，上千的人口。与从大塘一直坐落到后山的三个深宅大院相比，桃花镇上其他的低矮小屋简直就像是母鸡带着的小鸡崽。三个大户人家，能这样挨在一起，据说是与风水有关的。

落日的霞光越过矮房顶上的青瓦，落在我们三家高耸的封火墙上，划分出了贫穷与富贵的两个全然不同的色彩。

而我，就是行将从一个世界甩落到另外一个世界的那个人。

桥头往右，去往我家的塘堤，在我家败落不到一年之久，就因为行人稀疏而长满了杂草。杂草是从青石铺就的路上，那些平常连泥都看不到的石缝中挤出来的。它们丰茂地爬满了厚重光滑的青石板。它们生长得很是蹊跷，就连菜地里施肥浇水的韭菜也没有这般油绿葱茏。这条路显然已经成为河里的水蛇和塘中的青蛙、老鼠们藏匿其中的地方了。

我回家走的是塘中架的石桥。石桥是通向蒋家大院的正门的。正门外两侧，是坐着两尊石狮和立着六根拴马石桩的坪地，三天之后，那里会成为你的红呢花轿落轿的地方。蒋玉湘会在铺红的门口接你，执着红绸扎花的那一头，牵你进那扇贴着喜字、为你敞开的

29

大门。你跨入那扇门，就得到了蒋家大少奶奶的名分。

三个月前，蒋家大院就开始为你和蒋玉湘的婚礼忙开了。我算了算，你们两家该有上百个人在为你们的婚事备这备那，东奔西忙。也是的，你们两家结亲不讲排场，还有谁去讲排场呢？

蒋家大院的管家蒋仁里，都为此瘦成一根竹竿了。在横跨水塘的石桥上，我就听见他站在蒋家大院的门楼下咋呼着。似乎他瘦成那样子嗓门反而更大了些。他叫喊着。搭着梯子，在门楼上摆弄那块康熙十二年两广总督题写的"紫气花翎"匾额的四个仆人，却不知如何是好。

还有几个仆人，在门洞里架了桌子椅子，擦拭刚刷过红漆的厚重大门。他们不把两扇大门擦拭得像水银镜子那样锃亮照人，就不会罢休似的。

从前经过这个门楼时，我的脚步会放得很轻，我的身影会从门口轻飘飘地飞过来飞过去，我会引着脖子朝门洞里张望了又张望。望见蒋玉湘在天井里踱着步吟着诗诵着文章时，会扶着门框，待上一小会儿。

现在，我的双脚就像是灌了铅似的，又重又沉。同样是来到这个门外，我却突然间变得卑怯了、荏弱了，感觉内心深处对这扇门很排斥似的。我没敢到这门前去，而是贴着大院的外廊，从前坪斜着朝我家的石板路侧溜了过去。我头也不抬地快步走着，唯恐被他们家的管家蒋仁里看见了，唯恐他看见我时把我叫住，对我大声说话。

我慌慌张张的神情，就像一只大白天溜街的老鼠。

好在从蒋家大院的门口到我家东边的院墙，相距也就是十几丈的距离。我一口气走到了两家院墙之间的巷口。

进了巷子，靠着我家的院墙，我才松了一口气。你知道的，我不能从我家的大门进我的闺房。我家的大门上贴着官府的封条，落着官府下的大锁。官府那年来查封整个院子时，还是蒋玉湘的父亲帮着向州官求情，给县太爷说好话，才在后面的偏院，给我留了几间只能从侧门进去的房间暂住。

我的容身之所，便是当年我终身未嫁的三姑住了半辈子的偏院。楼上两间房，楼下两间房，半爿天井，还有楼梯下的一个小杂屋。三姑活到四十二岁，就在这个偏院用一根麻绳，结束了自己的一生。听我的奶娘说，三姑并非嫁不出去，并非找不到门当户对的人家，是三姑只想在家做女，不想嫁人为妻。

你说过要来我住的这个偏院看看的，但这么多年了，你也没有真来。就是来了，我也不会让你进门。我怕你笑话我，我怕你寒碜我，也怕我三姑的阴魂吓着你、绑上你。所以，总是我往你们首家大院里去。

这些年来，我天天进进出出的巷子，总是一样的阴森，一样的瘆人，也一样的寂静。因为院墙矗立得太高，它显得更逼仄；也因为院墙太深，巷子里才显得更寂寥。抬起头来，能看到的天空就像是一条缝隙，云头在上边跑着，太阳和月亮则躲得远远的。秋夜满天的星斗，在巷子之上，却常常只能见着寥寥可数的几颗。

这本来是担柴送米、洗衣挑水的下人进出的地方。

我啪塔啪塔地踩着覆盖下水道的青石板，到了偏院的前门，门洞虽是凹进院墙的，但离蒋家大院的墙根也不足三尺远，它就朝着蒋家大院的墙根。

似乎在开门前，我就听见了一声隐约的叫喊，我并没有在意。我打开锁，推开门时，才听分明了那声叫唤，的的确确是有人在叫唤"红豆姑娘、红豆姑娘"的声音。那声音从我的头顶上下来，又细又软的，窃窃有如耳语。

我退回到巷子里，仰着脖子看房顶的瓦檐，感觉声音和雨水一样，是从瓦檐上落下来的。

那声音又到我耳边来了：红豆姑娘，你看这边。墙上。窗口。

我已经听出来，是蒋玉湘在叫唤我。这使我突然兴奋起来。我找到了他，他从他家楼上朝着巷子开的小窗上，探出来半个身子，握着毛笔的右手朝我挥舞着。

我又惊又喜地望着他，心里有些好奇。那是他家第二进天井厢房楼上的窗口，那个楼上的房间是他父亲的藏书房。在我的记忆中，那扇窗户从来就没有打开过。

晚风从后山涌出，钻进巷子来，风中幽凉的清新的气息中，杂糅着松香的味道。这个终于被打开的窗户，还是一个看得到远处风景的高台。只要稍稍把头伸出窗来，就能清楚地看见封火墙挡不住的大半个天空。只要是晴天，夕阳和晚霞的画面注定会呈现在窗口上。居高临下地俯视巷口里光亮的石板街，那一块块的青石板就像是浮在巷子里的一匹青布。巷子的一头是门口的大塘，此时此刻，塘面白亮亮的，像是银子化成的。巷子的另一头，是葱葱的后山，后山上松树的绿影在那里悠然地摇晃着。

芙蓉啊，我后来才知道，因为要给你和蒋玉湘腾房子，老爷移进了后院，老爷的藏书房也移进了后院。老爷藏书的房间就成了蒋玉湘的书房。

蒋玉湘用手比画着对我说，你快回你楼上的闺房去，打开窗户看看。

我依着他说的，冲进院门，蹿上楼梯，用肩头顶开闺房的门板，直奔梳妆台前的窗户。我拉开窗帘，用力将窗户朝外推，居然推不动。

我在这间房子里住了这么久，这扇窗户也未曾打开过。窗户朝外推不动，是我太急性子了，原来这窗户有两片门，中间有栓拴着。我抽开栓，窗户门竟自个儿朝外打开了。

我真是没想到，眼前的情景看得我目瞪口呆，惊诧莫名。红豆，红豆，你没想到吧。这是蒋玉湘激动的话音。

我没想到两家的窗口是正对着的，相隔又是如此的近，近在咫尺，巷子不足三尺宽，相距就在伸手间。

我没想到会和蒋玉湘在这样的场景下面对面在一起。

一切恍若在梦中。但这又不是在梦中，而是真真实实的，蒋玉湘就在我眼前，朝着我一脸神秘地微笑着。

是上天这么安排的吧。我们推开的既是不同墙上的两扇窗户，又是怀着同一愿望的两扇心扉。我真想冲着巷子，歇斯底里地大声叫唤，让我们的叫唤传到首家大院，传到你的耳朵里去。可是，这时我的心激动得气也喘不上来了，声音阻在喉咙里了。

我低落了一个下午的情绪顷刻间烟消云散了。不用去照镜子我也知道，我的眼眶内闪烁着无比欣喜的眸光。

四目相对，我从蒋玉湘的目光中看到了他内心的喜悦与期待。也是他的目光，把我从失落与沮丧的深渊中拉扯出来。在他闪着光芒的眼神中，似乎有一个秘不可示的引诱，在直截了当地呼唤我。

红豆，你把眼睛闭上，再把双手伸到窗子外面来。蒋玉湘对我说。他的话语中充满了无法抗拒的诱惑。

此时此刻，他要我做什么，我就会做什么。我的那颗早已被他俘获了的心，正迫切地要到他的怀中去，与他做最后的告别。我闭上眼睛，伸出双手，我听见了什么东西落在巷子下面的青石板上的声音，我估计是他手中的毛笔掉下去了。就在他手中的毛笔落地的响声中，我的手被他抓住了。

他的手指是冷的，手心却热着。他把我的手指紧紧地抓在他的手心里。我闭着眼睛坚持了一会儿，然后我就从手腕到肩头，从腰身到双腿，都情不自禁地颤抖起来，我祈求他似的抖动着双唇说，你这是要做什么，你松开我的手。这样子不好，我受不了的，我站不住的。

这一切，虽然是期待已久的，但面对它的突如其来，我又像没有丝毫的准备。我觉着自己太被动了。我从他的手心里把手抽回来，我把被他握过的手指放到唇边，一个指头一个指头地咬着，我喜不自胜，又六神无主、手足无措。

我过来了，我爬过来了，红豆。他说。

两扇窗隔得这么近，他能爬过来，我也能爬过去。它就是一道方便的门。

我说，你别过来，你怎么能到我的闺房里来呢。

就在这个时候，我听到了蒋广林老爷在天井里叫喊的声音。

你父亲在叫喊你呢！我说。

蒋玉湘哦了一声道，哎呀，我写了点东西，这老爷子等急了，我得给他送下去，不然他会上来问我要。

我好奇地问，老爷还在出题目让你赋诗作文么？你考中举人了，要去当县丞了，他还像从前那样管束你么。

他笑着说，如果是赋诗作文，我就用不着花半个月的时间，绞尽脑汁地去写这几十个字了。老爷子是要我写楼下洞房的对联。我真写不出自己满意的对联来。

你这个大才子，花半个月时间，还能写不出一副对联来？我朝着他满脸疑惑。

他说，写不来的东西，它就是写不来。这就叫作勉为其难呀。不过，还是写了一副，不知我父亲中意不中意。

我说，什么勉为其难呀，写副对联还能让你为难么？不就是一副贴在洞房门外的对联嘛，我送你一套现成的——门前芙蓉彩蝶舞，房中玉砚湘子磨，你看如何？

他含混地一笑，叹息了声说，红豆，你是在取笑我。你又不是不知道，我对这场婚姻是什么态度，是怎么样的心情。摊上这样稀里糊涂的事，你不觉得我是勉为其难么？

我说，你和芙蓉就要行大礼了，还说什么勉为其难不勉为其难的。

他说，不情愿去做的事，能不是勉为其难么？

我说，我没感觉到你有什么勉为其难的。

他说，是啊，我又没有把这四个字写到脸上来。

他意味深长地扔下这么一句让我听得如 "画桥雨过月模糊" 的话，就离开了窗户。他是下楼去，把为你们新婚的洞房写的对联交给他父亲。

我呆呆地望着他离去之后的那个窗口，呆呆地想象你们的洞房是布置得如何温馨浪漫，又如何张灯结彩、富丽堂皇的。我只顾自己发呆去了，浑然不觉夜幕的降临。

欧阳满珠走进巷子，回了屋来，我一点也没有觉察到。

小姐，红豆小姐，我回来了。欧阳满珠站在天井里，或者是站在楼梯边叫喊着说，芙蓉小姐要我给你提了满满一篮子吃的东西过来呢。有蒸的猪心和香芋扣肉，有水煮花生，有东安鸡，还有上午吃过的粉蒸鹅肉。芙蓉小姐说你爱吃田螺，特意吩咐厨子炒了份田螺。还有糯饭和糖糍粑。都还热腾腾的呢。

我轻轻地掩上两扇窗户门，走出闺房，扶着栏杆站在楼道上，往天井里丢了一眼。天井里站着的那个个黑黑的影子，便是欧阳满珠了。兴许她从楼下见着的我，也是一个黑黑的影子，都鬼魅似的。

我记得我进屋时，天井里还有几只蜻蜓在飞，天井的上空，还被夕阳的余晖五光十色地笼罩着。现在整个天井和整个小院都黑成一团了。

我闻到了熟悉的菜肴的香味。她提过来的都是些我喜欢吃的东西。我喜欢吃什么，欧阳满珠是知道的，你就更不用说了。对食物，我和你有着共同的爱好，从小就是，大了还一样。

这时，我的心情已经和下午在石拱桥时大不一样。胃口也很好，肚子也有些饿了，便是一篮子白米饭，也能吃下去似的。

我装出一副没精打采的样子对她说：你叫喊什么，我好不容易睡着，被你吵醒了。

我抹掉快要流出嘴角的口水，又说，我没叫你从外面讨饭回来给我吃。你怎么就不能少给我自作主张一些。我告诉你，我恶心，没胃口的。要吃你吃，你不吃倒掉。

欧阳满珠说，兴许半夜醒来，小姐你会饿。我给你放灶上热着吧。

我说，随你，随你，你反正不听我的话了。我睡得好好的，被你弄醒了，真是烦人。你要是还记得我是你的主子的话，就快去提桶热水上来，我出了汗，要洗一洗。还有，把灯点上，黑咕隆咚的，我都看不清自己是在阳世，还是在阴间了。

欧阳满珠点亮了油灯，把一桶热水提上楼后，我便把她支开了。我以一种命令似的口吻对她说，你到芙蓉小姐那边去。她那边事多。她离不得你，你多帮衬点，她全靠你给她出主意呢。她摆歌堂哭嫁这些天，你就在那边，用不着到我这屋来。她那里不是也有你睡觉休息的地方吗？

我这样吩咐她，倒是如了她的愿了。她满口答应我，下了楼梯后，又回转身来，上了两步台阶，问我说，芙蓉小姐明天哭嫁，红豆小姐你什么时候过那边去呢？

我打了个哈欠说，我知道自己什么时候过去，用不着你来操心。

欧阳满珠换了一身干净的衣裳出门了。她一走，我就下楼把小院的大门拴好，免得她偷偷摸摸地进来。

从我的闺房泻下来的灯光照着半边天井，搁在天井边的水缸，泛出古铜似的明亮而柔和的光泽。天井里是温馨怡人的暖色灯光，天井上空则是若明若暗的夜幕，我的闺房门口半遮半掩着人字珠帘，这一切，让我站在楼梯口时，感到了这个特别的夜晚的安宁和柔媚，让我的内心惬意和充实。

被欧阳满珠一天几遍地打扫得干干净净的天井青石铺砖上，淌着几处刚才欧阳满珠提热水上楼时，溅洒在地的水印。心情一好，那些水印，就成了一朵朵的鲜花，铺在地上，开在地上。

有一种声音从遥远的地方飘荡过来，像是前来伴随我内心久违了的喜悦似的。我的嘴唇微微张开着，我没有笑出来，但我知道自己脸上荡漾着无拘无束的笑意，以至于眼角和眉梢都在抖动。

因为终于推开了的窗户，因为蒋玉湘，这个夜晚，我怀揣着一颗舞动和飞扬的心，充满了期待。

与睡觉的房间一墙之隔的耳房，是我洗漱的地方。

我像往日那样，将灯搁在墙上那个砖头般大小的墙洞里，让青砖从三面把灯光遮挡住，只留出一面来，照着放澡盆的位置。仿佛这样更有安全感一些。

把热水倒入浴盆中后，我心想，不知欧阳满珠这个马屁精给我试过水温没有。用手掌贴了贴水面，觉着真还有些烫。水汽已经腾腾地上来，而且我也脱得光光地站在浴盆边了，就只好进入盆中，用毛巾搅着浴盆中的热水，好让水凉一些。我在盆中这一搅，导致了更多的水汽，瞬间把整个耳房弥漫了。

灯光透过水汽，像挽起一道薄纱，轻轻地罩在我的肌肤之上。我就在这恍如仙境的朦胧中，高高地扬起左手，右手抓着湿热的毛巾，半转着腰身，最先拂拭身子左边肋下与乳房下边的位置。每回洗浴，我都是这样开始的。

冒着热气的清水，从我的肩头流下，流向背脊。从我的肋边流下，流向弧形的腰胯。从我的脖子上流下，流向分明的乳沟。从我的肩胛流下，像浪一样扑打着我的胸口。

当我面对自己赤裸着的胸部的时候，我的心中便暗自得意与欢愉欣喜，它怎么会耸立得如此傲气十足呢？它怎么会生长得如此洁白无瑕呢？它怎么会给人以如此美妙的感受呢？我有些自我陶醉，呆呆地垂下头来看着它，自己反复地问自己。我把水撩在它的上面，让水成线儿，从那两粒宛若刚刚摘下的鲜杨梅似的乳头上流向乳晕，流向整个乳房。

水流过的地方浸出了仿佛宣纸透湿过的印迹，仿佛那就是薄薄的皮肤下面的肉色。

洗浴过后的身子，散发着幽幽的清香。在我的眼前，呈现出一幅腊梅在雪地里盛开的景象。我没有想到，热水浸洗过的身子，变得是这样的嫣红与绚烂。而我沾沾自喜的这一切，像所有的待字闺中的女子一样，都是为着在某一天、向某个人和盘托出的。是两个有情之人、有缘之人，一起来共享的。那个日子是哪一天，那个人是谁，每个女子都会一天天、一天天地想着，都会一天天、一天天地盼着，都会一天天、一天天地寻着。

尽管这在事实上，又完全是自己不能做主的，是完全不可能在自己意愿之中的，而是完全由着父母择定的。

你是你的父亲做主，让你嫁给蒋玉湘。而我是我父亲做主，让我嫁给吴盐运使的公子哥。

我们的身子交给谁，只能听天由命，是不？芙蓉，你说是不是。

芙蓉，我跟你有所不同了，现在，我在阴间的父母，怎么也不可能把他们的意志，强加到我身上来了。我能够给自己做主了。

不知为什么，我哼起了我们偷偷听来，也偷偷唱过的那首女歌来。

十五妹妹十七郎，一条河中摆木船。

船头羞见鸳鸯鸟，船尾又有鹅成双。

十六妹妹十八郎，共床红被羞花床，

床下猫儿夜叫春，床上人身软绵绵。

十七妹妹十九郎，红烛红喜恋洞房，

爬在枕上听鸡啼，爬在身上打商量。

十八妹妹二十郎，心相连来身相连，

唇上两撇胭脂红，印在那人胸口前……

你还记得这首女歌吗？你也许忘记了，那次，我俩在水塘边，你一句我一句偷偷唱着这首女歌，塘边的倒影里，突然多出一个影子来。讨厌的蒋玉湘，站在我们身后，把我们唱的歌给偷去了。羞得我们面红耳赤，恨不得跳到塘里去。

我觉得自己最吃亏的是，我们在一旁偷着唱的这首女歌，又被蒋玉湘偷听了一回去。因为我刚一唱完，就听见他在闺房的窗口边轻咳了一声。

我朝着闺房那边明知故问却又厉声地喊道，是哪个？是哪个在我的窗口边！

答我话的果然是蒋玉湘，他说，是我。他把声音压得低低的，防着别人听去似的。

我禁不住扑哧扑哧地笑起来，说，当心着点，别掉巷子下面去了。

他噢了声，说，你在做什么呢，红豆？

我说，我在洗澡，在隔壁的耳房里洗澡。

他说，我听见你在唱什么。

我说，是呀，我在唱歌呀，我不能边唱着歌边洗澡呀。你怎么样，贴洞房的对联给你父亲看过了吗？

他说，看过了，边看边摇头。

我说，你一个中了举子的人，还写不出一副让你爹满意的对联？我不信。

他说，现在是我父亲自己写了副对联，贴在门上了。

我问，你写的对联呢？叫你爹撕了么？

他回答说，他倒是要一把撕了，我没给，我说要撕我自己撕。

一会儿后，他又说，我没撕，我拿到我书房来了，我写的东西好不好，我知道。我得留着。

我笑着说，你留着下次娶二房的时候用么？嘻嘻，我倒是要看看你写的是副什么对联，能给我看么？

他爽朗地答应了，说，好，我给你送闺房里来。

我说，别，别，你别过来，我还没洗完。

我的话音还没落，却听见了他从窗口进来，落在闺房的木地板上的声音。

我不知道，自己该后悔还是该去庆幸刚才对他说的话——说自己在洗澡，说自己想看那副对联。

我来不及擦干身子，三两下穿上单衣短裙，匆匆地从耳房出来。慌乱中，我连鞋子都趿反了。啪塔啪塔地踩着漆红的楼板，躲在灯光照不到的墙角边，我有些不好意思地对他说，你在这里，我不方便，我该换的衣服都不方便换了。

　　蒋玉湘就坐在我梳妆桌前的腰方凳上。

　　他背对着我却目不转睛地看着镜子里的我。

　　我披着一袭轻纱般的粉红色单衣，犹似身在烟中雾里。他盯着镜子，他就像一个从深深的寺庙中，偷偷跑出来的小和尚，目光亮闪闪而发怔。

　　他失声说，你真迷人，红豆，你就是一个仙女。他说话的语气和掩饰不住的微颤的语调，磁一样吸引着、诱导着我从墙角的暗影中走出来，走到明亮的灯光中。我肌肤胜雪，双目羽睫轻颤，犹似一泓清水，我笑吟吟地走到他僵硬地坐立着的身背后，走到他的目光紧盯着的镜子里。

　　我问他，被你父亲退回来的对联呢？让我看看到底是写的什么。

　　蒋玉湘侧侧身子，朝着我雕满床花的床牖一指。

　　原来他把一副大红的对联，一左一右地贴在了我雕花床的两扇窗牖上。那上联是"红纱玉屏九畹植莲花并蒂"，下联则写着"绿茗石案三湘种豆枝连理"。

　　我就有些纳闷了，他怎么写这么一副对联，来贴在和你首芙蓉成亲的洞房门外，还要拿去给他的父亲蒋广林看？

　　那对联中，分明就藏着他蒋玉湘和我欧阳红豆的名字。他的这个意思对我说说也就罢了，还能贴到洞房门外边，让这个看、让那个看？

　　这可以算作是对他父亲给他择定的婚事的抱怨和反抗吧。但这又有什么用呢？

　　在这副对联面前，我当然有些心动。这副对联，至少能够说明，即便到了他就要成为别人的新郎的今天，他还是从内心期望我成为他红巾盖头的新娘的，成为与他白头偕老的女人的。

就为他这副对联，什么样的代价我都可以心甘情愿地付出。

他现在就可以把我的心摘走。

甚至他现在就可以把我的身子拿去。

我的这种想法启发了我，也鼓励着我。我走到他的身边，含情脉脉地看着他仰着的脸，含情脉脉地和他熠熠闪光的眼对视。我对他说，你去把窗关上，拉上窗帘。

等他把窗关上，拉上窗帘，转过身来的时候，我已经坐到床上，拿枕边一件大红的单衣，罩在自己的头上。

我不知道自己这样做，是否太过草率。但我就是这样做的。我就是这样做了。就像这是水到渠成的事，是顺理成章的事，是瓜熟蒂落的事。

他挨着我的床榻，半个身子坐在床上，轻轻地揭掉罩在我头顶上的大红单衣。

我打开眼帘，看了看窗，那扇在我的内心中一直为他打开着的窗户，关严了，被窗帘捂实了。显得温暖而安全的灯光，静静地照泻在被床牖上的红色对联烘托得喜庆与温馨的整个房间。这间我多年来守身如玉的闺房，突然在寂静中期待一种声音，期待一种喘息，而且是急不可待了似的。

我低眉顺目地幻想着，他揭掉我头上的大红单衣后，接下来，然后又将怎样，所谓的洞房花烛之夜，是怎样开始的。幻想着他会用一种如何让我始料不及的方式，像熊熊燃烧着的火把，生动地照亮我，点燃我。

这种时刻，总让人忍不住多想些什么。

床的某个地方吱呀地响了一声。蒋玉湘用那种讨人欢喜的、善解人意的眼神，目不转睛地看着我。他很聪明地恰如其分地对我笑了一下，笑得很真情。这一点对当时的我来说，至关重要，尤为重要。

我回之以妩媚的嫣然一笑后，他很自然地将身子斜倚在我的床头。几乎是他的手平放在枕上的同时，我被他的另一只手带倒的身子仿佛一片轻柔的云似的落在有些凉意的竹席上。我的头不是落在枕上，而是正好落在他平放在枕边的手臂上。

他在我的耳边低声轻语，红豆呀，这副对联是我老早就为我们俩想好了的，如今它贴在你的闺房了，你的闺房就是我们的洞房。

他的这句话，还应该提前一点对我说。

我枕在他手臂上的头摇了摇，启唇想说什么，但话到嘴边又咽了回去，和我想说的话一起被咽回肚子去的，还有些既香甜又苦涩的东西。我心里明白，并不会因为那副对联，这闺房就成了真正的洞房了。我和蒋玉湘这辈子不可能拥有一间真正的洞房。鸟从一棵树里飞出去，还会飞回那棵树去，是因为它的窝在那棵树上。有的树则只是鸟觅食憩息的地方，鸟飞出去之后，可能就不回来了。

蒋玉湘这只鸟就是到我这棵可怜的树上来憩息或者觅食的。

我的那个只见过一面的未婚夫，充其量就是一个游手好闲、五毒俱全的花花公子。他父亲与我父亲官商勾结之事东窗事发后，他和他的父亲吴盐运使，被解往京城，父子俩命丧午门之外。这样的结局是在我的意料之外，又正是我期待之中的。

我过早夭折的婚姻，令我精神抖擞了好一阵。期间，我脑海里曾经闪过一个念头，我可以嫁给蒋玉湘做二房、三房、四房呀。这对蒋玉湘而言，当然是求之不得的。芙蓉你也不会反对，是不是？似乎这是一个理想的结果。

但我很快就因为那个念头，狠狠地扇了自己几个耳光。我去找人再嫁，只是输给你首芙蓉一时；我如果在你下面做蒋玉湘的小，就是输给你首芙蓉一世。我可以输给你一时，但不会输给你一世。

我的父亲不一样，我的父亲赢了你父亲一世，输就输在选择吴盐运使做亲家这一时上。

不管你在意不在意，我是绝然地要和你争个输赢、分个先后的。

我真高兴，你的未婚夫蒋玉湘居然能在与你完婚之日前三天，睡在我闺房的床上，伸出手臂来由我枕着，正如他写的对联所描述的那样，红纱玉屏九畹植莲花并蒂。

虽然没有红烛，没有祝贺，没有哭嫁，没有鞭炮，没有喜酒喜糖，但这些情景，就在眼前，就在心中清美幽远、暗香长留呀。

当我趿拉着鞋子从耳房洗完澡出来，见着蒋玉湘时，我就把我们应该怎样来拜天地、怎样来喝交杯酒等等仪式全都想好了。事实上，你和他这样在一个房间内，须得在三天之后。

4

到了第二天的下午，我不知道自己是被你家门口的爆竹声惊醒的，还是被巷子里欧阳满珠的叫喊声弄醒的。

我的双手紧紧地贴在蒋玉湘心窝处，昨晚，在他温暖如春的怀抱中，我睡了有生以来最踏实最甜美的一觉。

他的胸膛平静地起伏着。他还睡得正甜。

我闻了闻他肌肤上的气息，那带一点点汗味的醉人的男人的气息，让我一次次感到心底里的欢愉和兴奋。那些值得我们永远珍藏的欢乐的感觉，仍然像是浸泡在沸腾的血液之中。爱意弥漫了的心，就像是融化在蜂蜜中似的，甜透了，也粘乎透了。

他还是没有醒来，我也无意把他弄醒来。我尽量不弄出什么声响来地离开他的身子，下了床，穿好了衣裳，照着镜子理了理散乱不堪的头发，然后下楼开门出来。

倒是欧阳满珠的耳朵尖，我下床时的那点点声响，她的耳朵都捕捉到了似的，我一下床，她就停了叫喊。

见着我，她说，芙蓉小姐那边要开歌堂了。大家都等着你。

我说，她开歌堂就开歌堂，等着我干什么。

她说，芙蓉小姐说她哭嫁的歌堂，少得了别人，就是少不了你。你最要紧。

我心里一笑，这个世界上，有些事情真是太没道理了。

走出巷子，我的脸迎来了这个灿灿的日子里的灿烂阳光。

在这个时节，朗朗普照的阳光之中，眼前的一切都真真实实，都清晰可见。被阳光照泻得一览无余的池塘中，倒映着庄重而气派的蒋家大院，倒映着与蒋家大院两边相邻的首家大院和原本是属于我家的欧阳大院。

说不清是谁在池塘中放养了几对鸳鸯。平时能看见它们静静地浮在水面上，相依相偎的，相亲相爱的。这时候它们一定是在哪棵毵毵的柳树下躲避午后的太阳了。

倒是几只鸭子，从河里觅食后下了池塘，在池塘里无拘无束地嬉水追逐，偶尔拍打着翅膀，像要在水面上站立起来，又像是要贴着水面飞翔似的。它们嘎嘎地叫唤着，在如镜的塘面上激起一圈圈的波澜。

我打了个哈欠，一个长长的哈欠。用双手去捂都没有捂住。

我懒洋洋地问欧阳满珠，是什么时候了。

欧阳满珠说，太阳偏西了。

我白了欧阳满珠一眼说，我看到偏西的太阳了，我问你是什么时辰了。

欧阳满珠说，该有四点多了，我从芙蓉小姐家出门前看了眼堂屋里的自鸣钟，那时就快四点了。

我说，我怎么睡了这么久。我说这话的时候掐算着蒋玉湘在我床上的时间，天呐，他呆在我的床上快一整天了。

欧阳满珠伸过手来托着我的手腕，她是来扶我的。要是往常，我定会挡开她的手：她搀扶你时，是心甘情愿的；但她来扶我时，脸上总是一副心不甘情不愿的相，我觉着心里不舒服。她就是不那么想，我也感觉不出她是真心地伺候我来。可是眼下，我却正好需要从她的身上借点力气，因为我的腰就像棉纱似的软。

我问自己，怎么会这样，难道和蒋玉湘同床后，我真的就要化成水了，化成雾气了么？

隔着蒋家大院有几丈远，我就瞥见了蒋玉湘的父亲蒋广林，他在院门外的坪地上摆了张太师椅坐着。

管家蒋仁里举着油纸伞站在太师椅后面，遮挡着午后更显得毒辣的阳光。

蒋家老爷向来喜欢朝赏旭日，暮观红霞，但现在并没到黄昏落日的时候呀。我一边寻思，一边加快了脚步。

他和管家都是背对着院门的，我经过披红挂彩的院门时，他却像后脑上长了一对眼睛似的看见了我，叫住了我。

你们两个，见着玉湘没有？他问。

他坐在太师椅上，腰挺挺的，脖子直直的，仿佛他依然还是那个正襟危坐在高堂之上的五品大员。

欧阳满珠抢在我的前面回他的话说，没有，这些天我们都没有见到少爷。

欧阳满珠的回话，蒋家老爷只当是耳边风。他慢慢地转过头来，用怀疑的目光审视着我说，你呢，红豆姑娘，你见着玉湘没有？

我做贼心虚地紧张了一下，但马上把情绪调整好了，装出一副惊讶的模样，未语先动唇地反问道，玉湘少爷就要做新郎了，他怎么了？他躲起来了么？这些天我们差不多天天都和新娘子芙蓉姑娘在一堆呢。可能芙蓉姑娘也和我们一样，几天没与玉湘少爷打过照面了。我边说还边朝着他的脖子轻蔑地笑了笑。

欧阳满珠说的是真话，我说的是比她的话听起来更真的假话。

蒋仁里说，少爷他昨天下午出去了，到现在还没有回来。老爷一直坐在这里等——从昨天下午，等到现在。

蒋仁里叫苦不迭地摇着头。

我说，哦，那可千万不要让芙蓉姑娘那边知道少爷失踪了，不然她会急得跳。我们这就要去她那里哭嫁了。少爷是知书明理的人，结婚这么大的事，他应该知道轻重的。他会回来的。

我这么说，只能算是出于应付，给他们的一点安慰的话。也是帮我自己解除蒋老爷对我的怀疑。

我心里却做恶作剧似的悄悄地高兴起来。原来还可以这样和蒋玉湘联起手来，惩罚某些让我们走不到一起的人。

蒋广林老爷既然到今天还是一派五品大员的模样，他就得处处表现得像一个老成持重、话语不多、万事不求人的人。他没有再多问我什么，他就那么坐着，背对着池塘中间的石桥，背对着桃水河桥头，背对着桃水河桥那头一望无垠的田洞，好像他用不着回头去看，他的儿子蒋玉湘，都必定会从田洞里的那条官道上出现，必定会在桃水河的桥头上出现似的。

芙蓉，你的父亲首一望，显然是要把你风风光光、热热闹闹而且显显摆摆地嫁到一条巷子隔着的蒋家大院去的。

你我都熟知你父亲的脾性，他总是好在他人面前炫耀的，就像我父亲活着的时候一样。尽管除了他们的富有，他们并没有任何东西比别人强。

你的父亲像个看管摆满了嫁妆的天井和通道、走廊、台阶的仆人一样，站在天井里，守着你大大小小近百箱的嫁妆。说实话，他的那副模样，让我心里窃窃地笑了。

我没能绕开你父亲左瞧右看的目光，没能绕开从第一进天井，摆到你哭嫁的第三进天井的那些装在抬杠里的嫁妆。我抬脚还未及跨过门槛，你父亲就看见了我。他朗声地叫着，红豆姑娘，你来了。你来了就好。

他像是有心等着我到来似的。他老人家用来笑话我、挖苦我的两颗大门牙，虽然早就掉落了，但是他的舌头依然是那么灵活，就像蛇游过来时，吐出来的瘆人的芯子。他就是要等着我过来，就是要在我面前展示你的那些让我眼花缭乱、让我无法企及的陪嫁。毫无疑问，你十辈子也用不完这些奢华东西。

你父亲指指点点着，在我面前炫耀那些给你的陪嫁。这十箱是绸缎衣裳，这十箱是蚊帐被褥。那十个箱子——红豆姑娘——你可别看它小，都满满实实地装着玉石珠宝、金银首饰、胭脂香粉。这里八大箱，全是上好的苏绣、湘绣。那十五箱是不同时节穿戴的帽子、裙子、鞋子，这五箱是日常用的花伞、纸扇、毛巾、手帕……

你父亲弯腰揭开一个抬盒上盖着的大红绸布，露出里边码了三层的即使在黑暗中也能微微发亮的黄灿灿的金条。他悄声对我说，这十箱金条，还有那边二十箱银锭，可能是我亲家蒋广林那边最缺的东西。我亲家平日以自己做了一辈子的清官、两袖清风为荣，还总津津乐道。但我看出来了，他后悔了，当一辈子清官不划算。皇上要你当清官，是皇上太小气，是皇上捉弄人的。皇上也是官，最大的官，皇上他两袖清风么？皇上一家人住的可是我们这样的小院子？真是……不过，我亲家后悔也来不及啦！

我对你父亲说，这上百箱的嫁妆，够几个不大不小贪官的家产了。

你父亲说，也是，也是！红豆姑娘，当年你父亲在的时候，我们就私下里在一旁说过，做什么官嘛，清官划不来，贪官又掉脑袋，总是不如做点生意好啊。

你父亲抹了把闪着油光的脸，若有所思地望着我，装作无限惋惜地道，红豆啊，要是你父亲给你置办嫁妆，说不定比我还要大方。

可惜呀，可惜呀。

我皱着眉头回想着你父亲说的话，他这些话与其说是讲给我听的，倒不如说是讲给我那个埋在土里、骨头都可以用来敲锣打鼓的父亲听的。你父亲更多地是跟我父亲计较，跟我父亲过不去。

我已经不想听你父亲再说些什么了，尽管这么些年来，我早已习惯了他对我这样和那样的冷嘲热讽。

也就是在我跨进你哭嫁歌堂门槛的那一刻，我突然想明白了，你我的父亲都是一路货色，把自己的女儿当作生意场上的钓钩，那些嫁妆什么的，只不过是串在钓钩上的饵料。钓鱼的人，最舍得的就是饵料，因为那是有回报的。

歌堂中鸦雀无声，仿佛满屋子里的人就等着我来开唱起歌堂似的。看来不仅是你一个人把我当作了最要好的女伴，那满屋子里的人也都认定我和你是最要好的。这让我挺开心的，你们谁都想不到，新郎蒋玉湘此刻就睡在我的床上，而我则是刚从那张床上起身来的。

我心里窃窃一笑，偷着乐了。

我这个被命运捉弄来捉弄去的人，现在终于有了一件刺激的、遂心的事在怀里藏着掖着。

你哭嫁的歌堂原本就装饰得金灿灿、红彤彤的。等到天黑，再点亮油灯，有亮锃锃的美孚灯照着，更是会直晃眼。这让我想起，离开自己睡房时，该点上灯，免得蒋玉湘什么时候睁开眼醒来，闺房中乌漆抹黑的。

我揉了揉眼睛，那些无处不在的金箔喜字，那些大红的蜡烛、红绸捆扎的紫檀翘头大案，红绸掩着的红木青花景台屏，还有满屋的花壁帮、花漆椅、花漆台、花甑香，以及穿红戴绿精心打扮了来的姐妹们，真的把我的眼睛弄花了。

平常的人家，嫁女开歌堂，无外乎是女歌里面唱的场面：一张桌子四四方，一个猪头摆中间，四边坐起唱歌女，中央坐起媳妇娘。

哪能像你这样，堂屋正中安放七张大红新漆的方桌，一字排开成数丈长的条桌，桌子上摆满了点心糖果和胭脂抹红了的鸡蛋，墙上、桌上，在大白天也拿吉祥的红烛百数百根地燃着，还请了八个吹鼓手和助兴的歌手，在四方围坐着。

芙蓉，你戴着那么一顶镶珠缀宝的凤冠端坐在中席，分坐在两边的伴娘排开十二个。这种场面，真正是让人难以置信、难得一见的。我看出来了，挨你右边的空位是给我留着的，这样我就正好与已经成为秀才欧阳梦的女人的首玉琴，一左一右地紧挨着你。

首玉琴挨紧了你坐，是因为她对你要好，你把右边的位子留给我，则是由于你对我要好，是不是？其实，这个座次也不是当天才排定的。这样一个坐法，还是四年前，我们在花山庙结交为女书十二花神时排定的。

十二花神之中，你是芙蓉花神，"花衣三色挽春时"，居十二花神之首，位列中央。首玉琴是"春风拂处花不发"的牡丹花神，而我是"苍梧月下荡灵根"的水仙花神。我和首玉琴位居你左右，不是一年两年了。

那个时候，我们因女书结缘，因友情结交。那个时候，我们刚刚步入花季，在外人看来，一个个内心安静得像兔子。短短四年工夫，牡丹花神首玉琴成了他人之妇，挺着个大肚子，说不定过几个月就要成为牡丹娘娘了。还有石榴花神蒋贞珍，据说前年嫁到枇杷村，嫁妆只有一坛子腌豆角，去年七月里生下个儿子，九月就成了寡妇。不知道是真的，还是假的。难道蒋贞珍就是这样的命么？

命不好的蒋贞珍也来了。她就隔了你曾经的丫头蒋棋棋，在首玉琴的那头，靠在边边的座位上，强作欢笑地坐着。她在那里不停地嗑着红瓜子——有些时候，我也是用嗑瓜子来掩饰自己内心的。真不知道她穿的那身镜面和底边均镶黑色绣花栏杆，袖口镶白底全彩绣牡丹阔边，裙带垂至膝下，肩有镶滚云肩的低领蓝衣紫裙，是找谁借的。好像你们首家的那个负责给客人端茶倒水的女佣人穿过那么一身衣衫。

我真想去问问她，又是守寡又是穷困潦倒的日子，是怎么个过法。但我不忍心。而且是在这样的场合。

院外的爆竹声一停，院内的鼓乐声随即息了下来。整个首家大院徒然一静，便是你开唱的时候了。尽管你由于紧张，浑身都在打颤，但你还是开唱了。从你努力张得很开的两唇间，所有在场的人都听见了从你喉头中发出的那声有如大逃亡似的哎咿咿。

在大家洗耳恭听的期待中，你怯场了。隔了好一阵，你才发出第二声哎咿咿，第三声哎咿咿，第四声哎咿咿……

若不是首玉琴及时帮你圆场，唱新娘哭嫁歌，恐怕你会就那么一直哎咿咿哎咿咿下去。当时你的洋相就出尽了。你也同时把十二花神的丑出尽了。

首玉琴唱的是：

媳妇娘，媳妇娘，还不开声哭你娘。

哭了爹娘哭姐妹，哭了姐妹坐歌堂。

开起歌堂细细唱，不着慌来不着忙。

坐起歌堂慢慢唱，一唱唱到大天光。

捧着个大肚子的秀才娘子首玉琴的嗓音，倒是比她做姑娘的时候还更娇嫩和清亮了。首玉琴在催你唱，在教你唱。你眼睛望了一下房梁，好似回过神来了。在他人的张望中，你哭嫁的歌声，突然将整个首家大院外三进、内三进的天井响彻了。

我曰可怜实可怜，没得亲娘五年前。

我的娘，我的娘，我的娘啊我的娘，

娘亲在时我得宠，娘亲走后我凄惶。

娘若见我嫁君郎，岂不高高坐在堂。

未隔山水隔条巷，怕娘夜里梦不见。

日里给娘烧过纸，闺房百步是洞房。

娘有嘱咐发声话，娘女相见翻过墙……

你哭嫁时的气息，拂着你近前台桌上的红烛，燃烧着的烛光，就似穿着一身白裙，在你的鼻息和眼皮子下翻翻跶跶地舞蹈似的。

你不愧为我们十二花神之首，你的嗓音好，你唱的词更是让人为之心动，且过耳不忘。你唱到了你自己的心底里，还透进了别人的骨髓里。

我敢肯定，你一开唱，你娘的魂魄定然就会从神龛之上循声而来。你娘的魂魄一定就在烛光照不到的地方，在我们的身后，或者贴在哪个拂动着的花不愣登的窗帘子上，或者缠绕在某一根房梁上。

我没有注意到你是否依欧阳满珠的主意，在鼻子两边抹了万金油，但我清清楚楚地看到了你流淌在鼻子两边的眼泪。

你到底还是哭了，真真切切地哭了。你说你哭不出来的话其实是屁话。我这才明白，在此之前，你一定哭过。像在场的每一个姐妹那样伤心地哭过。当着外人的面你不哭，并不说明你不会一个人偷偷哭。你那浸泡在蜜里的日子，也不都是甜的。

不错，是你唱得酸楚引起了别人的酸楚，是你涟涟的泪水感动得别人扯着衣袖悄悄地拭着禁不住落下的泪水。但是，就在这种场合，我却想起了蒋玉湘。

你的新郎蒋玉湘，你的男人蒋玉湘，昨天晚上的这个时分，在我的床上，在我搁在他胸脯上的耳朵旁，说着说着，说到了他的娘亲。

他的娘亲梅姨，给你我的印象都是很深刻的。她就像女书中的几句话：站着确像净瓶水，坐着就是活观音。东窗台上花一朵，西窗帘外月半分。

蒋玉湘说，他的娘自嫁给他在外做官的父亲蒋广林，过上的就几乎是"守活寡"的日子。

不是他父亲的心思不在她身上，而是因为他父亲在忽而天南，忽而地北的身不由己的仕途之中。这仿佛是他们蒋家的传统。他们蒋家的男人，一代代都沿袭着这样的传统。他家族的祖训就是男儿有志，志在四方。

因此，他的娘和他的奶奶、祖奶奶，都是进了这家门后，便无可奈何地落入了同样的苦命，就注定是在一生之中倚不着男人的树干，只能拣得蒋家男人归根时的一片片落叶的命。蒋玉湘是他娘苦命一生的见证者。

　　他说，夏天热得受不了的时候，他娘会取下枕着的枕帕给他擦拭身子，而那个枕帕总会是湿漉漉的——被她娘的泪水浇得湿漉漉的。换一句话说，他是在自己亲娘的泪水中泡大的。

　　他的娘喜欢喝茶，但他娘喝进去的茶水，似乎并没有流淌到枕上的泪水多。

　　即便那样的日思夜想，他的娘也没有等到他父亲蒋广林，摘下五品水晶顶戴，脱下补子绣着白鹤的官服，告老还乡、落叶归根的那一天。

　　他的娘流了太多的泪，在自己流下的太多的泪中过早地淹死了。

　　回想起自己的娘亲，你有一肚子泪水，蒋玉湘有一肚子的泪水。但是你们两个的泪水加起来算，也没有我的多，毕竟你们十多岁了还有亲娘疼，亲娘爱。哪像我，我是：我到世间来，娘别人世去。娘的奶水没喝过，娘的怀抱偎不着……

　　退一步说，你们还有可以依仗的亲爹。你们有，而我没有。我什么都没有，一无所有。

5

　　我听说，伺候了你七年的蒋棋棋，那天一进你家大门，见着满屋的嫁妆竟然泪如泉涌，给你爹爹下跪磕头，说出了一句没头没脑的蠢话：老爷啊老爷，你不愧是芙蓉小姐的亲爹呀。

蒋棋棋自己是有亲娘没亲爹的。她亲爹是一个挑盐客，是活活累死在盐道上的。她娘亲没办法，一手拉着她，一手抱着她九个月大的弟弟，改嫁到枇杷村。

俗话说得好，人比人，气死人。她的继父一门心里要把她从你们首家接回去嫁人，图的只是男方的彩礼。她继父看得比蒋棋棋这么一个大活人还重的彩礼，也不过一丘不到三分的冷水田。一丘不到三分的冷水田，即便是在我看来，那也是不值几个钱的。他的继父收了男方的彩礼，给她的陪嫁却让她婆家看笑话。她当新娘哭嫁时，哭的就是自己的嫁妆少：

一具脚包算一杠，一具袜筒算一箱，

半斤花生算一筐，半斤黄豆算一盆。

可怜不是血亲女，抬头羞见婆家人。

蒋棋棋是接了首玉琴唱的，我还记得，蒋棋棋唱的是你父亲给你置办的嫁妆，她一开嗓门就唱：

树摇春风花万朵，爹爹趁钱女富贵。

金漆台头莲花盏，天送福来地送瑞。

金银换得万顷田，绫罗绸缎穿百岁。

金银珠宝十人抬，嫁妆百担心万分。

她接下去还唱了些什么，我没去听了，我坐在你身边，表面上看，如醉如痴地听这个唱听那个唱，一脸的投入，其实是三心二意的。我的心里头想着的不是你哭嫁的事。

我在独自回味着。回味着昨天晚上，差不多的这个时辰。那时，我枕在了你的未婚夫蒋玉湘的手臂之上。他的另一只手环抱在我的胸前，手掌心温暖地贴在我因为激动而颤动着的胸口窝上。我不得不给你说说昨天晚上的事儿。本来，这对于任何一个女人来说，都是讳莫如深的，也是难以启齿的。我含情脉脉地让他那样搂抱了一会儿，然后，我把他搂抱着我的手推开了，我把头从他的手臂移到手腕的位置，脸对脸对他说，等一会儿，等一会儿，我去拿两个酒杯来，我们得先喝个交杯酒。

蒋玉湘立马扶着我坐了起来，他说，当然，当然，我拿酒杯去。

我说，我这屋里没有酒杯，只有茶杯。

他说，茶杯就茶杯。

我说，我这里没有酒。

他说，没有酒就没有酒，有杯子就足够了。

可谓烦心不入风流路，拨开烦心再风流。我们真的就端着两个空茶杯，坐在床上，将各自端着茶杯的手当胸绕过来穿过去，做出了同时一饮而尽的样子。

当我和蒋玉湘象征性地喝过空空如也的交杯酒之后，我们的新婚之夜就水到渠成了，就落英缤纷了。

他一边摩挲着我，一边亲昵地叫唤着我。

他一边亲昵地叫唤着我，一边摩挲着我。

他的轻唤洋溢着爱意，他的抚摸弥满了爱怜。在他的呼唤中，我的心灵、我内心中的任何一个角落，都有一种让人迷醉的感觉如同秋水涟漪般荡漾而来。

他用整个身子罩着我，我睁开眼睛，看着他满含深情的双眼，看着他既冲动又安静的被血液燃烧得绯红的可亲可爱的脸庞，我既看到了万里无云的晴空，又置身于月色柔和的夏夜。他是在极其有耐心地帮助我完成从处女到女人这一美妙的转化过程。

我靠实了他的胸口，捏着他肩头上硬实的一块块肌肉，喃喃地、嘤嘤地对他说，玉湘，我的男人，你对我说些什么呀。在我耳边说些什么呀。我的耳朵想听你说话的声音。你就说我是你的女人。说一百遍。说一千遍。说一万遍。

他真的就把下巴搁在我的肩胛上，唇贴着我的耳垂，一边往我耳孔里喷着暖人的气息，一边将他内心的话掏出来放进我的耳孔里。

他说，红豆呀，你是我唯一的女人。没有第二个。你是我日思夜想的女人，是我唯一挚爱的女人，是我心头上的肉，是我心头上的月亮，是我生命之中的花朵。

他像祷告似的不断地重复这些话语。所有话语都在我耳边，一字一句、清清楚楚地落入我原本空虚的、孤寂的心坎里。我不在乎他的这份表白是一时的，还是永久的，是虔诚的，还是做作的。我把他的表白当作美酒，一杯杯喝下去，当作甘霖，当作甘露，收拾得不剩一滴。

我的心醉了，我的身子也醉了。它们飘飘然的。他的每一句话都是一次托举，把我举过窗外的封火墙，把我举过屋后的松树林，把我举过远处的南岭，把我举过云头，把我举过星空，我像手捧着明月的仙女似的，要远离俗世了，要远离尘嚣了。

拂在金黄的灯火中的帐幔，柔和地抖动着，帐幔上的银质帐钩，发出轻柔的叮当声。那扇关得严严实实的窗户，将户外的声响完全地挡在了外边。

我在他的叫唤中软软地嗯应着，枕在他横着的手臂上的头，一会儿歪到这边，一会儿歪到那边。我不是紧张而是激动得有些眩晕。

你不能再叫唤我了，我受不了了，我的心里受不了了。我央求他说。我仿佛化成了一摊水，一摊若是离了他的身子就会四溢开去的水，一摊从深井里喷涌出来的活泉水。

我的床单铭记住了这一切，记录下了这一切。他说床单上的处女血印是一朵殷红的写意的水仙花。

天啊，芙蓉，我若是用过这块床单，缝成一件琵琶襟送给你，你穿在身上时，会有什么样的感觉呢？我这个想法很刻薄，可我当时就是这么想的。

歌堂上，你哭了双亲哭姐妹，大家也争先恐后地陪你唱哭嫁歌，唯独我是心猿意马的。你们哭唱过一轮又一轮，我却像是个局外之人。直到欧阳满珠绕到我的身后边来，扯着我的衣角，在我耳边嘀咕了几句什么，我才想起自己是来唱你的哭嫁歌的。我坐的又是你身边挨着你的位置，除了你，我和首玉琴两个是最打眼的。

首玉琴好像挺着大肚子唱了三段还是四段了，也是一把鼻涕一把泪的。也不知道她唱的是什么，是真眼泪还是假眼泪。

我是该唱几句了。

我唱什么呢？若是在平常，轮到我唱女歌，回回我都是开口就来。我也想过，我可以唱一唱我们互换写有女字的手帕结交成老同的那个月光如水的夜晚。

我清楚地记得那天晚上的那一轮明月，是如何把皎洁的月辉照泻到院门口的大水塘中的。塘面上碧波荡漾，月光在波浪中迷人地闪烁着柔和的银光。桃水河边吹拂过来的凉风，水塘堤坝下偶尔发出来的蛙声，夜空中悬挂的明月和塘水中倒映着的月影，我们背后高耸的院墙，我们身边斜伸向水塘的毵毵杨柳，它们都在一旁共同见证我们的结交。

男认老庚，女结老同，是我们司空见惯、习以为常的事情。我们的身边，不管是长辈还是同龄，一对对结交的老同，她们是那么情投意合、情深意重，与同胞姐妹相比，有过之而无不及。我们结交成为老同，原本也应是顺理成章的事。我们同年同月生，家门外是同一条路，是同一口水塘，你我打小就不是老同胜似老同地交往着、亲密着。我们一起习女字，一起读女书，一起唱女歌，一起习女红，就连吃饭，也会端着碗走出院门来，到塘边上坐在同一块青石条上，两个头凑在一起边吃边说笑。

换一句话说，我们的结交，是悄悄儿的，是得不到家人和亲友的祝福的。与我们的亲密恰恰相反，我们的结交，正是你的父母坚决反对的。你的母亲不允许你与我结交，是因为我的母亲生下我后就撒手离去了，你母亲不允许你与一个从小就没娘教的女子结交。你父亲的理由更是直截了当，且没有任何商量的余地。那是因为他和我的父亲是生意场上的竞争对手，水火不相容。

如果不是你的父母反对，我们不致于偷偷地结交，也不致于到快十岁了才结交。

芙蓉啊，我们结交时你送给我的女帕，我可是一直收着的，手帕上绣的女字，我也是记得清清楚楚：姑娘自当亦听说，结配好是前世缘。前世有缘侬配着，今生有缘并蒂莲。结交之前如骨肉，结交之后情意长。情到越深越难舍，一世长行不相忘。

偷偷摸摸结交后，不论春夏，还是秋冬，每当有月亮的晚上，我们都会不约而同地悄悄从各自的大院中溜出来，坐在塘边的那块条石上，读纸读扇，说笑嬉戏。真是不可想象，我们的父辈为生意上的事明争暗斗，我们俩竟能暗里如此欢聚。

我们私下结交差不多五年之后，你的母亲病故了，而我的父亲也被官府抓去下了阴间。有一天，你的父亲突然把我们叫到一起，说，你们两个都快成大姑娘了，往后别半夜里到水塘边上去了，要一起玩，就到芙蓉的绣房去吧。是啊，我父亲都成了无头鬼了，你父亲还有什么可计较的呀。因为有你父亲的这句话，我们的交往，从暗地到了明处。

我可以二唱在你家绣房里足足有三年日夜相处的美好时光。这三年间，我们同吃，同住，同睡，同玩，同做女红，同写女书，如影相随。常常是一面镜子里照着一左一右的你我两张脸。"凤凰起身来邀伴，拍翅高飞一朝朝。飞到绣楼同欢乐，飞到天边乐逍遥。细言细说在月下，点线穿针看芭蕉。窃笑年年春光好，轻吟轻唱低眉梢。"这是唱本里的，却也是我们之间交往的写照。

我第三可唱的是，这三年间你对我生活的接济。我们欧阳家落败后，我衣食无着，是你的接济，使我得以带着欧阳满珠这么一个还算是带得出门的丫头，继续着过惯了的日子、过惯了的生活，保持住了作为欧阳家小姐的最后一点颜面与尊严。

我四可唱你陪嫁的丰盛。这屋里的每一个人都不由得感叹你父亲不惜重金，给你置办的嫁妆。光是那一箱箱的衣裳，一样样地唱来，就可以唱一个时辰。那些衣裳的样子，别人也许见都没见过，但凭我是当年富甲一方的欧阳家的大小姐，凭我父亲曾经是万贯家财的欧阳厚，我就能一一给别人说明白，唱清楚。哪样是妆花缎，哪样是软烟罗，是交织绫，是雨花锦，是彩晕锦，是花素绫，是平素绡，是天香绡，是单罗纱，是雨丝绵，是花软缎，哪样是广绫，哪样是洋绸，绝对错不了一样。

我甚至可以唱一段你我之间成百上千的任意一件让我历历在目的往事。然而，我脱口而出的哭嫁歌，却是让我当时就悔之晚矣的。因为我所唱出来的话语，纯属是对你未婚夫蒋玉湘、对我的情人蒋玉湘的颂歌：

> 你嫁夫君蒋玉湘，门当户对风度翩，
> 祖上原有翰苑才，才高八斗做文章。
> 平地腾飞白玉龙，一品仙鹤当大官，
> 万千之人排夫婿，难得如此好风光，
> 风流自有风流来，昼间萧弦夜尽酣。
> 青梅竹马月做媒，唐诗宋词伴红妆。

你也许没有注意到，我唱这些的时候，双手是藏在桌子下面的。在黑暗中，我的双手握得紧紧的，使着浑身的劲。我在与你抢一样东西，其实，我分明已把那样东西抢到手中了。

快到子夜时，心不在焉的我瞥见蒋府的管家蒋仁里不声不响地进了歌堂。一进歌堂他就这里一眼那里一眼，东张西望的。显然他不是来听哭嫁歌的，他是在寻人，在寻蒋家的少爷蒋玉湘。他和他的老爷蒋广林一样，被我和仍在我闺房中的蒋玉湘害苦了。这边新娘在哭嫁，那边新郎却不见人影了，这样的情景在镇上是少有的事，是说出来让人笑话的事。

哭嫁是要通宵达旦的，我已想好了离去的理由。你听我捂着肚子哎哟了一声，关切地问我，红豆，红豆，你怎么啦？

我对你撒了谎，小声地说，我那个来了。

你想了想说，你那个来早了。来早了差不多十天。

我知道我的经期是瞒不过你的，因为我们的时间大致差不多，早不了半天，晚不过一日。

记得在十二岁那年，中秋节之后的晚上，在你的闺房里，我们共一个窗赏月。月亮在窗外的竹林上边悬着不动了，不走了，定在那儿了似的。它在那里听着我们你一句我一句地唱女歌。

我们站乏了，唱累了，倒在床上就睡。第二天醒来，床单上红殷殷的两大块把我们都吓怕了。那天晚上的满月，给了我们青春的洗礼，按照镇子里大娘大嫂们的说法，我们见了红，成了女人身了。打那以后，我们身上经来经去的，月复一月，年复一年，时间上大致都同步着。

我装出痛楚难当的样子对你说，我来乱了，上个月就来乱了，它一来，钻心地痛。

你说，天呀，真是的，你的脸色不好看。快让欧阳满珠扶你回屋，好好休息去。最好是喝些红糖水。你屋里还有红糖没？叫欧阳满珠到我房里取一包不？

我摇头说，晚上我不吃糖的。我也没有让欧阳满珠扶我回去，我说，我一个人支撑得了，让她在这里坐歌堂。唱哭嫁的歌，她唱得比我还好。

我要用同样的一个谎，哄你三个晚上，这是我早就计划好了的。

6

我跟你说实话吧，出了你们首家的门槛后，我是一路小跑回家去的。我一走，就又是你在唱吧，唱得很大声，声音婉转悲切，估计田洞那边的枇杷村里的人都听得到。

从枇杷村的方向时不时传来几声犬吠，枇杷村的人就喜欢养狗和吃狗肉。那些可怜的狗，以为主人喂它们是为着让它们吃饱肚子，不知道主人的目的，是拿它们来用辣椒、大蒜和橘子皮焖了，当作美食的。可怜的土狗，现在它们也是来凑热闹的吧。

回到家中，我并没有急于到楼上的闺房中，去与早已令我魂不附体的蒋玉湘恩爱在一起。

在楼下，我从东边厢房里找出平日里舍不得穿戴的衣衫首饰，在欧阳满珠住的西边厢房里，对着一面残破了的镜子，认认真真地给自己梳妆打扮。

你不是说我脸色不好吗，我得让蒋玉湘见着我的好。其实我没有哪里不好，只是我装得像罢了。我好好地打扮一番，才能给蒋玉湘更好的感觉。女为悦己者荣这句话就是要女人挖空心思去打扮自己的，去竭尽所能地展示自己的。横看成岭侧成峰，远近高低各不同。不识庐山真面目，只缘身在此山中。古人写下这么好的诗句，还不就是要我们女人，要千变万化，要千姿百态，要千娇百媚，要丰富多彩，要自己把自己的功课做好，要自己把自己的文章做足呀。

蒋玉湘这种饱读诗书的男人就是与别的男人有所不同的。他这种男人的眼光落在女人身上，总会有他们自己的角度。这一点，芙蓉，你感觉到没有？你知道不？

  我给自己挑的是一件粉红色的花软缎暗花罗衫，下身配秋香色的彩绣雨丝锦湖绉裙。衣衫的领口处是低胸，在外边，我还不敢这样穿，它能敞露出我全部的颈项和清晰可见的锁骨，甚至暴露出我胸口一小半的乳沟和两边的隆起的部分。细腰用云带一束，我的腰身仿佛是更细了，更苗条了，要多苗条有多苗条。似只有一握，也似不盈一握。

  我在脸上涂抹了淡淡的一层胭脂。欧阳满珠用的是和我平常一样的胭脂。你送我胭脂红粉时，同样也会送质地一样的一份给她。在我看来，要么你是把欧阳满珠当小姐来待的，要么就是你把我待作一个欧阳满珠那样的下人。

  我本来就洁白粉嫩的脸，抹上胭脂后，两腮润白得就像刚开放的一朵琼花，白中透红，恰好掩饰了刚才在歌堂上时流露出来的倦意。

  我朝着镜子撇了撇唇，颊间微微泛起的一对梨涡，更添了风情神韵，闪烁着妙不不言的妩媚娇娆，有一种邪魅的性感。

  我把手腕伸出来，抬到眼前，翻过来看，又翻转去看，总觉得腕上缺点什么。如若我也有你那么一对紫罗兰的翡翠手镯，该有多好。你那对紫罗兰手镯和我这件粉红的罗衫，和我这纤巧的腕儿，配起来才相得益彰。翡翠波动的光泽能衬托我手腕的白嫩肌肤，会给人以宛如柔荑的妙曼感觉。

  只可惜你空有那么好的镯子，却因为镯子太多的原因被搁置。它们被你冷落在那个海南黄花梨做的木匣子里，没有几回派上过用场。富足给了你太多的奢侈，奢侈则给了你太多的浪费——这个时候，你真是把我羡慕死了、嫉妒死了。

  没办法，我只有一根用鹅黄色的细绳串了两粒白水晶的手链，我只能戴这么一条连丫头们也觉得有些过于俗气的手链。

  心里头的我在催促我快上楼去，急切地想见着那个被牵挂坏了的蒋玉湘。而行动上的我却想花更多的时间，把自己装扮得更娇俏、更完美，不想留下半点的遗憾。

不知道意乱情迷中的女人，是不是都是这样一种心态，与自己的恋人相见时，反而会更在意自己的容貌些。

上楼到闺房去之前，我把梳理得没一根乱发的发冠，又打散了。觉着梳成发冠，显得太拘束，反而不如之前的发型：用一条淡蓝色的绸带，轻轻绑住长长的青丝，只留下几缕，有意无意地在额前、鬓角、脸侧、耳后，不经意间飘散曼舞。但这又显得太随便，何况这是秀才娘子首玉琴那张瓜子脸最配的发型，我怎么能在与蒋玉湘相会时，梳成这种让自己心里头过不去的发型呢。

我最后梳成的头型你就真没见过——我用了一根珍珠白的宽丝带，把乌黑飘逸的发丝扎拢起来，从两边的肩头往后散开，披散到腰间。我让每一根头发都动了起来，都像是一匹匹激流中的水草，都像是一丝丝黑亮的光芒。然后，用一片白色和红色相间的嵌花垂珠发链，贴在额前和耳鬓之间，银质的垂珠轻轻摆动之时，伴着清脆悦耳的击响，且在灯光之下，星星点点地在额头和发际闪烁出莹亮的光泽，似一片片的月辉，似一圈圈的清澜，它让我眉下的双目更加深邃，愈加地秋瞳剪水，顾盼生辉。我窃想，只要蒋玉湘喜欢，我就乐于把头上的三千青丝平铺在整个床单上，让他的身子在上面滚来滚去，也乐于把头发簇黑弯长地挽成一把，有如一条乌梢蛇，在他的身上、脖子上绕着缠着。

待装束停当后，我充满了自信。蒋玉湘不可能不为我的这番装束打扮，感到惊讶和赞赏。

从踮起脚尖踏上通往闺房的扶楼的第一步起，我就听见自己的心怦怦跳动。轻轻地推开闺房门，黑暗中，我听到了他轻微的鼾声，也闻到了闺房之中未曾有过的男人气息。

把灯从外边的窗台移进闺房后，我站在门口，稳了稳自己的心跳，觉得差不多了，不至于因激动而发抖了，才迈进自己闺房的门槛。

我在心里对他说了句，我的冤家呀，我从你的未婚妻子首芙蓉那边，偷偷回来了。

我端过一条小竹椅，坐在床头，俯下身子，就着梳妆台上的油灯斜射过来的亮光，细细地打量着我卧榻之上的蒋玉湘。这一刻，他就是我的男人。他不是我偷来的，他是自己送上门来的。他是冷夜中照泻到我床头的暖煦的阳光呢。

他有一个安静、斯文的睡相。他的头就搁在我枕头正中位置，那个刚好我在枕帕上绣了朵粉红色的水仙花的位置。如果往里面移三分，他的头就落在你给我绣的那片一头重一头轻的荷叶上了。

他的鼾声不大，且很均正，男人这样的鼾声似乎能让一旁的女人更宁静，更有安全感。它是溪边潺潺水流的声响，有如哼唱的曲子。

他仰着身子睡着，手搭在两腿边，身子直直的，若是竖着来看，像是一个听话的学生，在老师面前端端正正地立着。你看嘛：他的两个脚掌，也是八字儿分开的；他的脚背弯着，像两张拉紧的弓；十个脚趾头像是搭在弦上的箭，有力地列成两个扇形。他的大脚拇趾，偶尔会动弹一下，往外一闪，又弹回来——这看上去挺好玩的。

打小的时候，我就喜欢看他的浓眉大眼。现在我不仅可以用两个指头去拈他的眉须，去抚他的眉须，还可以俯下头，将两片唇轻轻地搁在上面去碰触它，亲吻它。

他的鼻梁不是很高，算是我们这地方上的男人中较为普通的鼻子那种长相，但他的鼻梁的长度，却是有别于他人的。似乎要比别人的长出小半截，也正因为这样的鼻子，使他看上去有些拉长的脸上，五官不仅端正，而且有力。

我从心底里喜欢上的、迷恋上的就是他这种面相。在外看来，这种脸相上刻有男人的力度和气度；而透过去看里面，掩藏其中的，则是眉宇之中的执着和智慧，唇齿之中的果敢和温情，脸庞上的大度与沉着。

他是不是能做大事的人，我不在乎。他是否能对其他的女人风情万种我也不敢保证，但他能毫不掩饰自己情感的豪放和勇气，这一点，已经从他对你们的婚姻大胆的叛逆中，显露无遗。他能在这样的时候，在这样的场合，坚决地来到我的闺房，我看人就没有看走眼。

男女之间有些隐秘的事情，不是经历过后就会突然明白的。

蒋玉湘已然从熟睡中醒了过来，他称道起我的着装打扮来。他说，红豆呀，你让我好好看看。这身粉红色的花软缎暗花罗衫，穿在你身上，你看你有多婀娜多姿。配了下身的湖绉裙，与你那轻盈体态，浑然一体。还有，额前和两鬓之间的发链，它们怎么会如此恰到好处地衬托出你如花绽放的面容呢？红豆呀，此时此刻，你让我记起了苏东坡的词句：娇多媚煞，体柳轻盈万千态。

听他这么说来，我心里有一种无比惬意的成就感。我的努力，无非就是要得到他的赞美。我精心打扮，也无非就是要让他的眼前一亮。

在他的这些甜言蜜语下，在他越来越到位的抚摸之中，我觉得自己娇小了、娇媚了，就要变成一只有着漂亮羽毛的、在他的怀抱中瑟瑟发抖的小鸟，或者说是在他心里游来游去的摆尾金鱼。

这个良宵安静得出奇，除了他在我额前的低声轻语，没有一丝儿杂音，所以，他说的话听来就格外的清晰、清亮，与隔着蒋家大院的你们首家歌堂上，那些杂乱的纷纷扰扰的人语、拐弯抹角的哭声、言不由衷的假唱声，大相径庭。这显然是两个不同的世界。

芙蓉，你那边人声鼎沸，我这里只有窃窃私语。形式上，你的婚事完美无缺；内容上，我和蒋玉湘实至名归。

蒋玉湘给了我一个启示，那就是在男人面前，女人懂得被动接受的话，其实就是主动享受。

他没有把我披散的长发在枕上撒开来，而是将它们全都拢到一边，堆在靠床外边的一侧，以免灯光直直地泻在我的脸上。他的气

64

息直扑我怀中，与此同时，他的手掌，轻轻地落在我左边的肩头之上。我的肩头薄薄的，他掌心的热度和力度很快从挨着我的这一面穿透到那一面。他的手滑向我的肩胛时，一定是分开来的。而大拇指从另一端游向了我的下巴。看来他伸开那么大的一个手巴掌，在我身上却不够用。他在我耳边说，红豆啊，我在把一幅画装裱到我身上去。

昨夜是昨夜，今晚是今晚。我们不再像昨夜那样紧张和慌乱。淡定和从容给了我们品赏这份爱的滋味的机会，给了我们十分清醒的感觉，给了我们细嚼慢咽这枚鲜果的兴致。

我的每一根神经，每一丝感觉，都似一头拴在他的十根手指头上，他就是一个玩皮影的高手，一会儿把我捏紧了，一会儿把我松开了，一会儿把我提起来，一会儿把我放下去，一会儿把我打开来，一会儿把我合上去。然后，他在我耳边说，红豆啊，我要把你身上的画揭下来。

我们粗重的呼吸混杂在了一起，我们的湿湿的汗水混杂在了一起，甚至我觉得我自己的身子也与他的身子融在了一起似的。

有一阵，我的耳朵里嗡嗡作响，似是听到了遥远的地方传来的歌颂，又似听到了从自己的身体之中发出来的钟声。

这样的良宵，他不想错过，我则加倍地珍惜。每一刻，每一个瞬间，我都万分地珍惜。我明白，这样的机会对我来说是为数不多的，是屈指可数的。他能往前走，我却只能倒计时。

在第二次欢爱之前，我和他有过两个话题。首先，我给他说起了首家大院里唱哭嫁的热闹情形，特别地说到了你的哭相。

他有些诧异，问我，首芙蓉真还哭了？

看他满脸狐疑的，我说，她哭起来就泪流不止，而且鼻涕不比眼泪少。她哭起来时，眉毛是往下撇的，很不吉祥的样子。

他嘿嘿地笑着说：我想象不出来那是一副什么样子。

我又说到那满堂屋的陪嫁，那些嫁妆可以堆成一座山。

他平淡地说，你没去摸一下，放在舌头上尝尝是什么滋味？

我说，有成百上千的东西，吃的、穿的、用的、当摆设的，我怎么去一样样地尝呀？

他又嘿嘿一笑说：那肯定都是一个味道。咸的。都是用盐换来的。

他说得我扑哧一笑，没想到他挖苦、嘲讽的话听起来，这么让人忍俊不禁。从他的语气中听得出，他对你们首家大院的热闹和丰厚的陪嫁，都一样不上心。

我趴在他的胸口上，静静地听了一阵他的心跳。他的心跳咚咚、咚咚的，像是在架空的石板上踏步的声音，又像是敲打后院斑竹苑中的竹竿的声音。这声音贴着我的耳鼓，我准确无误地在心底里记下了它。往后，我在石板上走路的时候，也就能想起脚底下发出来的声响是他的心跳声了。

然后，我对他说起他父亲蒋广林、管家还有他家的下人们，正满世界找他的事。

他有些调皮地笑了笑说，他们找我？他们能找得到我？我有自己的双脚，还有自己的想法，我能让他们找着？

换了一种不屑的语气后，他又说，我父亲那个老儒，不过是要找我回去成全他，满足他。当年我爷爷给他设下的套子，他要取下来套我了。我们家就是那样，上一辈人必定要给下一代，设下一个终其一生也无法跳出去的套，要不就是陷阱。

他叹了口气，突然捧着我的脸，睁圆了眼睛说，红豆，我们离开这里，远远地离开这里，恩恩爱爱地过这一辈子！你要是同意，我们现在就走！好不好？

他的意思很明了，那是到了嘴边却没有说出来的"私奔"二字。

"私奔"这个念头，在我父亲把我许给盐运使的儿子那天我便有过了，而且从那以后，这个念头就常常走到我的梦里来。在我的梦中，我至少与蒋玉湘有过上百回私奔了。梦醒之后，每次我都会落着泪在心里头唱《梁祝姻缘》：

英台下轿伤心哭，叫声哥哥梁大郎。

有灵有种开坟墓，黄泉路上结成双。

言之未了一声响，只见坟台折两厢。

英台急忙坟中入，众人一见急了忙。

凤衣罗裙都扯破，即时不见女娇娘。

马家急忙开了坟，变对鸳鸯飞上天……

祝英台爱的是梁山伯，但她的父母却强迫她嫁给马家公子。祝英台为此自杀后，与梁山伯一起化为蝴蝶，双宿双飞，恩爱缠绵地厮守在一起。

唱得多了，就明白了，这世间自古以来都是有情之人难牵手，唯有冤家多聚头。现实中根本就没有殉情后能化作什么蝴蝶、鸳鸯之事，人没了，情就灭了，就像灯芯上的油与火光，有油才有明亮的灯火。油都尽了，还能有暗夜中的光明么？

我轻轻推开了他捧着我脸蛋的双手，明明白白地告诉他，我不会和他私奔的，私奔不会有什么好结果。

我哄着他说，如果真舍不得我，过些日子找一台花轿把我抬进门去做二房，也是一样的。我是不在意自己做二房、做三房的名分的。

我的这番话让他喜出望外。

我要他到明天晚上，我去首家院子唱大歌堂的哭嫁时，还从原来爬过来的窗子爬回蒋家院子，去穿上新郎的衣裳。他欣然同意了。

毋须掐指头去算，除了今夜，我能和他缠绵在一起的时光，就只有明天一个白天了。这是我内心的不舍，也是我生命之中的不舍。我因内心酸楚而悄悄流泪，他并没有察觉。

我离去之后，他会回想起这三个掠过屋檐的风都在又为我祝福，又为我哀泣的晚上吗？

蒋玉湘安心地睡了，睡熟了。但是，对于我来说，这注定是一个无眠之夜。

我是死是活，是去是留，留给我最终做出决定来的时间，只有差不多两个时辰，我先得静下心来，把心中的那团麻，理出个头绪来。

芙蓉啊，与其说当年我父亲和吴盐运使那一家人共赴黄泉是我的厄运，倒不如说是我终于得以解脱的机会。正是这个原因，让父亲不能在我的婚姻大事上为所欲为了，我也用不着去嫁给一个并非所愿的男人。我的婚姻可以由我自己来做主了！想到这一点，我突然间有一种从牢笼中解放出来了的感觉。

我又和你一样，待字闺中了。我的婚事成了这样的结局，你也是喜出望外的吧。不然，你不会对我感叹，如果我们能够一生都不嫁人，那该有多好呀。

当初，我还以为你是拿这样的话来宽我的心。没想到你是认真的，你说你不想嫁人，不单单是舍不下你在娘家的悠闲日子和富足生活，你最舍不下的，是我们在一起时的自在快活。

芙蓉，我不是你，虽然你我结交前后这些年，同在塘边共半月，细说细言好读扇，同在绣楼倚红窗，女歌婉转随春远。但是，不管是老同之意，还是姊妹之情，这只能是我生命中的一部分，而不是全部。

我是不好意思对你说。我在十五岁时，被我父亲逼着与吴盐运使家的公子订的婚，而在此之前——我自己说不清是十岁的时候，还是十一岁的时候——就有了对异性的那种想法。我暗恋上了蒋玉湘。

说是暗恋也好，说是单相思也好，说是桃花痴也好，反正是有了那种感觉。每当我从蒋家大院的门口走过，我都会迫切地想看到院子里蒋玉湘的身影，或是他在天井里踱步吟诗，或是他正好从里边往院门口走出来，或是从书房敞开的窗口上现出他半截伏案的身子。

每每跨过他家门口，我的心就特别慌，身子也突然间变得轻飘飘的。那个门洞对我来说，有着难以抵挡的诱惑。能够远远地看上他一眼，能够隐约地听到他读书的声音，我的内心都会荡漾开来，都会颤抖起来。

我们三家，比邻而居，抬头不见低头见，能够见着他的机会纵然不少，但我总是觉着不够，总禁不住刻意地找机会与他碰个面，看上他一眼。

我会在不该停留的时候停留下来，会在不该出现的地方出现。常常是背着人，把自己隐藏在离蒋家院门口最远的那棵塘边的柳树下，用仿佛小偷的目光，远远地，静静地，窃窃地等待着蒋玉湘从那个院门出来，或从那个院门进去。

你不知道，暗恋是那么的酸酸涩涩，是那么的让人执着，不能自拔。我控制不了自己，就像受了寒发着高烧一样。

为了让他能注意我，我总是精心地打扮着自己，没有漂亮的衣裙，我甚至一次次地向你借。当他的目光投向我时，我的心都停留在那儿了。每次和他的眼神遇到一起时，虽然很短暂，却能让我很满足。有时我也避开他的目光，假装没看见，但他的视线移到其他地方去时，我又会情不自禁地偷偷看他，急切地等待他的目光再一次到自己脸上来。

想和他的目光对视，想他的目光从书本上移到我的脸上来，想我和你一起时，他叫我一声红豆。只要是与他相关的，我都会特别的敏感，特别的紧张。当然，也特别地容易受伤。一天见不到他的身影，我会难过得失魂落魄了似的，夜深人静时，会躲在被窝里哭泣。相思一夜情多少，天角地涯不是长，真是一点不夸张。有时觉得自己不能这样子了，这样子坚持不下去了，却怎么也舍不得。也会恨他，恨得咬牙切齿的，脸却羞红了。那些年，在蒋玉湘面前，我恨不得自己像水一样化掉，又恨不得像风一样跟紧他。

在我和吴盐运使家的公子订亲之后，我发现蒋玉湘朝着我的目光有了深刻的变化。有一天，我从你的绣楼下出来，出首家院门，经过蒋家大院回去的路上，他在蒋家大院的门洞里叫住我，红豆，听说你订亲了，恭喜你呀。

我和别人订了亲，他来恭喜我，对我来说，真的就是嘲笑。山有木兮木有枝，心悦君兮君不知，我真恨不得啐他一口。我正想对他发气的时候，却注意到了与他说话的语气全然不同的目光，天啊，那是一种男人对自己心仪的女人才有的热辣辣的、专注的、情意悠长的目光。

他的目光把我罩住了，也让我在蒋家大院的门口定住了。他在上上下下地打量我，我敢肯定，他的目光绕着弯儿从我的身前拐到了我的身后。看样子，他的目光在我身上一时半会儿停不下来。我很奇怪自己怎么有勇气去迎接他的目光，就像他的一双眼把我生吃了下去，我也没有丝毫吝啬一样。

他叹息了一声，一脸沮丧地说，红豆呀，你哪天真要是嫁到远地方去了，我见不着你了，我哪还有心思念书呀。

我没有话来回答他，我怔怔地望着他，给了他两行夺眶而出的热泪。

我和吴盐运使家公子的婚事，始于订亲，也止于订亲，前前后后，加起来的时间也没有一百天，那就是一场短暂的闹剧。这样的结局，让我觉得峰回路转，柳暗花明，也让蒋玉湘喜出望外。所以，后来他没有来安慰我，而是来祝贺我说，红豆，你自由了，你现在想嫁给谁，完全可以自己做主了。我佯装生气地对他说，我还能嫁给谁呀，谁还会娶我呀？我嫁不出去了。他很认真地对我说，你嫁给我呀，难道你不是这样想的吗？我说我不知道，我想不好。他回我的话很直白，他说，你给我蒋玉湘好好等着吧，等我考取了功名，第一件事就是用喜轿来抬你进蒋家大院去。

芙蓉，你可能没有注意到，此后我虽然还是照着往常那样，在你的绣楼里，和姐妹们一起读纸读扇，一起细说细言，一起调笑打闹；但我却很少在你的绣楼里留宿了。每每到了夜半时分，不管我们是如何的情绪高涨，凭你怎么留我，怎么劝我，我都要起身离开，要回欧阳大院。因为我知道，这个时候，蒋玉湘会放下手中的书本，离开他书案上的纸笔，到院外来透透气，舒展舒展臂膀。我和蒋玉湘有了一种默契。

我们几乎会在同一个时间，来到院门前的水塘边。

芙蓉，坐在塘边柳树下的石条上，我仿佛又回到了当年我和你暗地里结交，阑夜里相聚时的情景。只不过，同样的塘边，同样的月下，同样的石条上，我还是我，你却换成了蒋玉湘。

这个时候的世界很安静，就好像到了月亮上面，就好像到了云朵上面。我喜欢听蒋玉湘对我讲他从书本上看到的一切。谁写的好文章，谁的游学故事，谁的人生传奇，天文地理，谈古论今，我总是听得如痴如醉。

我慢慢地才弄明白，在我眼前的俊美男子，竟是那么的知多识广，满腹经纶；才知道绣楼和女字以外的世界，是那么广阔，是那么高深，是那么丰厚些；才知道在青史中留名的一些人，知道了孔子、老子、庄子、列子、文子、淮南子、抱朴子、管子、慎子、韩非子；才知道三皇五帝到如今，上上下下几千年；才知道他最崇敬的人，是千年前流放到永州做官的柳宗元。我感觉他读柳宗元的文章和敬仰柳宗元这么一个人，都到了痴迷的地步，似乎他的理想、他的志向，就是要写出柳宗元那样的文章，做一个像柳宗元那样的好官。

我知道，他从书房出来，是为了休息一下大脑。他没有更多的时间与我天南地北地闲聊。我很珍惜俩人在一起的时间，因为他的时间珍贵，我不能贪心。等到差不多半个时辰的时候，我会先起身离开，以便他有更多的时间和精力回到他的书房中去，去看他的书，去写他的文章。他有那么高的抱负，面对的又是那么竞争激烈的科考，我不能让他分心。我不能占他太多的时间。

功夫不负有心人，四年之后的科考，欧阳梦名落孙山，蒋玉湘金榜题名。得中举人后，他的一只脚，已如愿地踏上了仕途。我们桃花镇上，只有他们蒋家大院，才能代代都有这样子的风光。

都说螳螂捕蝉，黄雀在后，很多事情就是这样。谁都没料到，除了蒋玉湘的父亲，除了我，悄悄地在一旁瞄着蒋玉湘的前程的还有一个人，那就是你的父亲首一望。他就等着蒋玉湘能高中举人的这一天呢。他太精于算计了，也太有心计了，在你十九岁之前他闭口不提你的婚姻之事，原来他是在为你等待着蒋玉湘金榜题名这一天。

　　蒋玉湘中举的第二天，你父亲就请媒婆进了蒋家大院。媒婆几乎没有费什么口舌，就把蒋玉湘的父亲说动了，因为在所有的人看来，首家和蒋家是那么门当户对，而你和蒋玉湘又是那么般配。

　　你父亲出手这么快，这么狠，这么准，让我和蒋玉湘都猝不及防。蒋玉湘父命难违，而我更是势单力薄，无计可施。面对晴天霹雳，我只有脸上陪着你笑，心里陪着蒋玉湘泣血。

　　我想不开的时候，我拿头去撞墙的时候，我杀了你的心都有。本来我应该恨的人是你的父亲，因为从我身边把蒋玉湘活生生地夺走的人是他，而不是你。但一转念，我又不得不恨你了，因为你父亲就是为了你，才这样把我和蒋玉湘拆分开的。好处是归你的，蒋玉湘是归你的，难道不是吗？棒打鸳鸯的人是你的父亲，而你的父亲不过是你的帮凶。

　　但是，对于我的伤害，又并非你的本意。我和蒋玉湘之间私下里的事情，你并不知情。总之，你也有些无辜，无辜得蒙在鼓里，无辜得像一个局外之人。但不管怎么说，在我的心里，我们结交老同的誓言，已经不复存在、万劫不复了。我们之间的友情，到了头了，彻底地一刀两断了。

　　我最悲楚与无奈的是，如果还留在欧阳大院，我怎么去面对蒋玉湘，我怎么去了结这些年来与蒋玉湘的缕缕情丝？抽刀断水水更流呀。剪不断，理还乱呀。我也想到了，有我在一旁，蒋玉湘也同样地不好过。一根长绳系着的两颗受伤的心，拉拉扯扯的，只能是受到更大的伤害。

和蒋玉湘一起悄然私奔，这样的念头，我不是没有过。但这仅仅是一念之间。一想到他好不容易考取了功名，马上就会有用武之地来施展他的抱负，我就彻底打消了这个念头，断绝了这个念头。我怎么会因为自己去误了心爱之人的前程呢？

芙蓉啊，相反的是，如果我和他私奔了，你的父亲没准还会给你相中一个真心爱你的男人。你不管嫁给谁，他都会因为丰厚的陪嫁而趁钱，而富贵，如果还能摊上一个真爱你的男人，哄着你，宠着你，把你搁在心尖尖上，这对我来说，就是上天太不公允了。

我想到了这一点。

万念俱灰之时，我几次溜达到桃水河边，想一死了之。又想，等到别人把我被河水泡得像个南瓜的身子捞上来，蒋玉湘见了，岂不伤心透了。再说，我也不能是那么一副样子给他见着呀，是不是？我就是死，也得死远些，要死得无踪无影，无声无息。

出于一种落花的矜持与尊严，我只能选择离去，我会在阴间或者阳世的某个角落里，睁大眼睛，看着你们婚后的日子如何过法。

芙蓉，歌堂的第三个晚上，也就是唱哭别的晚上，我唱的几句女歌，你还记得吗？

你不记得我记得。我唱的是：

我是高楼薄命女，自小没娘没开心，

以为塘边垂柳绿，爹爹一去树无根。

有心暗伴情义郎，水里捞月梦里惊。

霜降路上夜鸟啼，雪来云头总是阴，

抽刀断水心一横，做个长揖别欢欣。

无边苦海叹一声，十字路口两头分……

你若是真不记得，那就是我唱的时候，你没用心去听。这并不是我对你的哭诉，而是我在给你道别。

一曲唱罢后，我离了歌堂，这是我留在这个镇上最后的歌声。

7

没有人注意到我走上了桃水河上的石桥，也没有人注意到我在离桃花镇差不多有三里路远的田洞里，还在不住地回头望……

我毅然决然地踏上了远离你、远离你未婚夫蒋玉湘的茫然之路，远离人去楼空的欧阳家祖屋，与家门口三家共有的深塘无言作别，与桃水河挥袖作别，与桃花镇漠然作别。

消失在月落星稀的夜幕之中后，我就像一只迷失了方向的小兔，一只离群的候鸟，一只在洪水中无力挣扎，只能随波逐流的雏鸭。我就像一只断线的风筝。

我以生来最快的速度奔跑，却不知脚下的石板路朝向哪方，通往何处。

我无所寄托的内心世界中，空无一物。似坠入心底的失落，导致了我所有感官的疲惫、麻木。我神魂飘荡，体无人形，就像传说中的一个夜游魂。

不错！我就是一个夜游魂，一个承受着苦难的，用一双颤抖的手扼紧了自己咽喉的夜游魂。

黑漆漆的远方，黑漆漆的路，黑漆漆的风，黑漆漆的世界，还有黑漆漆的人生呀……

在白天，我脚下的这条石板路是热闹非凡的。这是一条官道，从永明县衙到永州州府，走的就是这条道。也就是说，蒋玉湘不管是做县官，还是将来青云直上，提拔了，做了州官，做了道台，做了总督什么的，也少不了被人用官轿抬着，鸣锣开道地在这道上来回。

这也是一条盐道，道上铺着的青石板，就是被成群结队穿着草鞋的挑盐客，往往返返磨得这般溜光溜滑的。

挑盐客从这条道下广东、下广西，流着汗去，流着汗回，络绎不绝地行走了数百年。

我父亲曾对我说过，别小看那一担担压得人身板打弯、肩头打颤的海盐，它们就是白花花的银子、金灿灿的元宝。

这条盐道，多年来都是你、我祖辈依仗的生财之道。诚然，你父亲给你置办的那些嫁妆，没有一样不是这盐道上的海盐换来的，没有一样闻起来没有隐约的咸涩。

我想起来了，你闺房的小窗，便是正对着这条从桃水河上的石拱桥出来，直直地穿过田洞，傍枇杷村而过的石板路的。闲暇的时候，你我不只百次地倚在窗前，居高临下地瞭望着这条石板路。

桃花镇上日出而作、日落而息的庄稼人，挑着箩筐簸箕，赶着黄牛水牛，顺着这石板路，散到田洞里。他们就像是画师，在田洞里的良田沃土中，画出四季不同的田园风景。

春天里先是油菜花黄灿灿地开过，然后是水稻满田洞嫩绿。夏日里，田垄上种的褐色的五月黄豆，旱地里盛开的雪白棉朵，稻田里碧绿的水稻，在灿烂的阳光下跳跃着，五彩缤纷。到了秋天，稻子熟了，风中翻滚着的稻浪，整个地像一块巨大的金箔覆盖田洞，鹅黄、米黄、杏黄、藤黄、深黄、粟黄、黄赭，由近而远，由浅而深地黄成一片。冬天来了，收获之后的稻田中，浸满了水，尽管田洞里阡陌纵横，但眼前的这个田洞就是一面巨大的镜子，田洞有多宽，这镜子就有多宽。

这面巨大的镜子，就镶在桃花镇与对面的枇杷村之间。

我们在一起时，看着庄稼人早出晚归地从这条石板路进出桃花镇，却未曾感受过他们"锄禾日当午，汗滴禾下土"的艰辛。是吧，他们绝对不会像我们那样，闲着无聊地将田涧当成了色彩变化无常的画布，当成了美景。

在你最后那晚哭嫁的歌堂上，我还没有意识到这条石板路与自己有什么关系。似乎这条路只是偶尔能在自己眼前晃一晃的无关紧要的装饰。而事实上它对平常人家是至关重要的，他们踏着这条路上的一块块青石板，满世界地去谋生存。谋一顿饭，谋一尺布。直到寿终正寝了，不能在这路上直立行走了，还得横着身子，躺在棺材里，由人抬着，最后在这石板路上走一趟。

桃花镇的人，世世代代都葬在枇杷村西头的柏树岭上。柏树岭上柏树多，但柏树没有坟头多。我记得我父亲的坟头边就只有些荆棘和野草。

在你闺房的窗台边，我们也不止一次地看迎亲的队伍，敲锣打鼓地把外村的姑娘娶进来，或将镇上的闺女嫁出去。也不止一次地看着出殡的队伍照样敲锣打鼓，还一路抛着冥钱，把镇上死了的人抬上山。

是欧阳满珠告诉我的，之所以出殡时要在棺材前面一路抛冥钱，是因为循着路边散落的冥钱，死人的魂魄，才能找到回桃花镇来、回到自己家仙牌位上去的路。

而在深深的夜幕中，这条路上却是另外一番景象。一番沉寂的景象，一番死亡的景象，一番犹如挥之不去的噩梦般的景象。

此时此刻，我头顶上没有天光，没有云彩，身边没有了田埂，没有了远山，没有了鸡鸣犬吠的村庄。我身前身后连人的影子也捞不着。

脚落在石板上的声音也藏起来了，我听不到自己的脚步声。但路边草丛中突如其来的虫蛇弄出来的动静，却能一下子从我的耳孔穿透到我的脑门，让我心惊肉跳。

绕过枇杷村时，我首先是被不知从哪个方向、哪个角落发出来的，一声沉闷的牛的哞哞声，惊得打了一个趔趄。那头牛应该就在我的身后躲着，它冷不丁地给我打了一个莫名其妙的招呼。

我对着自己的手掌心连着哈了三口气。据说哈了三口气在自己的掌心后，再用手掌心在额头上摸三下，可以收回自己被惊走的魂魄。

我摸了三下自己的额头，原形归位的同时，我也感觉到了自己的额头冰也似的寒冷和潮湿。额前的散发显然被露水打湿了，露水把我的头发当作了石板路边上的杂草。

我从来没有像这样头发被露水打湿过，我有些畏怯地问自己，是不是从此之后，我的一头秀发，成了一丛卑贱的野草了？

说到孤独，我倒是孤独惯了的，即便是跟你在一起的时候，我也是孤独的，因为我们的心是分开的。我只不过是你们的陪衬。但是，眼下的孤独，却是另外一种感受，眼下的孤独，给人以深深的恐惧。

过了一会儿，我听见一个小孩尖利的哭声。也许小孩只是因为被蚊子叮咬了一口，或者是母亲把乳头从他贪婪的嘴中悄悄地拔了出来，或者是他不想小便时被大人从床上抱起来。在我听来，那哭声却像是对全世界的怨愤和抗争。

小孩的哭声就是从路边的一户人家里的窗口发出的，我朝着前边走，那哭声就越来越近了，咿哇咿哇的，哭得越来越卖力，哭声中杂糅着一种乞讨又决不妥协的意思。那扇并没有灯光照泻出来的窗口，在我面前只不过是一个模模糊糊的轮廓，它在低矮的屋檐之下，却紧挨着我脚下的石板路。

在小孩连续不断的哭声中，另外一个声音突然间冒了出来，是小孩的娘亲用一种诡异的语气，吓唬她的孩子："莫哭了，莫哭了，你听到沙沙沙沙的脚步声没有？沙沙沙沙，你没听见，你把夜游的鬼婆招来了不是？"

小孩果然被吓唬住了，不哭了。

我蹑手蹑脚地从那扇窗下走过，然后，我听到孩子的娘继续吓唬孩子的声音：听见了没？真的有夜游的鬼婆，你不哭了，鬼婆沙沙沙沙地从墙跟下走过去了。

　　她的这句话也把我给吓唬住了。我听见了从自己脚下发出来的沙沙沙沙的脚步声。仔细地听着这种声音，似乎真是鬼婆附着我的身子了。我已然成了一个无家可归的鬼婆，一个夜游的狰狞可怖的鬼婆子。

　　我在自己的脚步声中，突然间变成了大人用来吓唬小孩子的，其实子虚乌有的夜游魂鬼婆。我向自己冷冷一笑，对自己说，我就是夜游的鬼婆，又怎么样？同时我又对你道，首芙蓉呀首芙蓉，不是上天安排你在此刻当新娘而我做鬼婆，是我把当新娘的好事让给了你。

美　人　书

　　经历过后，我才知道，漫漫长夜，常常是被铺天盖地的乌云笼罩的。无处不在的黑暗，在寂静和幽冷之中，在阴森和迷茫之中，无法突破，无法挣脱。头顶上的乌云，再高的山也刺不破，再大的风也撕不开，它远不是用几勺清水就能够化得开一些，变得淡一些的墨汁那么简单，它不是在一个黑色的砚台中的一团墨汁或一块墨。

　　偶尔在遥远的某个地方闪烁光亮的几颗星子，那不过是这方砚台中的金属杂质罢了。

　　我曾有过无数次坠入黑暗深渊的噩梦，但这一次不是在梦中。

　　树阴下，山谷中，那种黑的颜色愈加浓愈加深。难怪连鸟都会在黑夜中停止飞行，因为它们在这种情况下，一旦展开翅膀，就时刻可能撞在崖壁上，撞到树干上。蝙蝠当然是例外的，据说它们根本不用眼睛看路的。可惜我不是一只蝙蝠。猫头鹰也是例外的，因为它们的眼睛越是在黑暗中就越明亮。但我也不是一只猫头鹰。

　　我是多么地希望见到一点火光、一线光亮呀。只要能有亮光照见我身前的路，使我不至于每走一步，伸出去的脚都战战兢兢、瑟瑟发抖。使我能放开按在胸口上，压迫得胸前的骨头一阵阵刺痛的手。能让我轻松地长长吁一口气，能不提心吊胆地走上一段路，哪怕是很短很短的一段路。

在这样的黑夜，行走在荒野之中，也让我深刻体会到了，为什么狗和人一样都需要一个窝。家是人不到死都不会离开的地方，是因为死才不得不离开的地方。我其实应该在我们欧阳大宅中找一个上好的房间，在那个房间找一根结结实实的房梁，找一根柔软而结实的长绳搭在上边，扎一个结，就着一条短凳，站上去，把头伸进绳套里边，然后随便用点力，把凳子踢翻，死在自己的家中。

死在自己的家中，才是人最幸福最美满的结局。没有了家，离开了家，那些平常根本不会去在意的砖墙，根本不会去在意的门窗，就突然变成了你急切地需要的东西。因为有了它们，热的时候可以开窗开门，让风进来，散发身上的热气；冷的时候，把门掩上，把窗关严，你会在自己的气息之中，渐渐就暖和了。有了它们，风听你的；没了它们，你就得听风的。而风根本就不在意你，不在乎你。

离开了家，人就是贴在地上的一根草，就是挂在树枝上的一片叶，就是随便一阵风都可以把你折磨得死去活来的一粒粒尘埃。

无情的夜风，在山谷里呼啸了一整晚，不曾有片刻的消停。因为那就是一个处在风口之上的山谷。我好不容易从那个山谷跌跌撞撞出来，拐上一条似乎是上坡的路，没想到另一股冷风又凉飕飕地迎面扑来了。它们钻进我的裤管，钻进我的衣袖，钻进我的衣领，像一万条从溪流中游上岸来的水蛇，冷冰冰地缠绕我。我想，自己身上要是有一盒火柴就好了，哪怕火柴盒中只剩下一根火柴，我也能得到最需要的温暖和最为渴求的光明。

风无情地刮在我的身上，如鞭子般抽打我。我打着寒颤，筋骨瑟缩。而且越往山的深处走，越往夜的深处走，山风就愈加地冷峭、凛厉。

山风从我的耳边刮过，如厉鬼般哀号呼啸。真不知道它们会在什么时候停下来喘口气，让我一头散乱的头发和早已被荆棘划破的衣衫回到我头上来，回到我的身子上来。

我哆哆嗦嗦地去捂自己的嘴，希望呼出来的气能暖一暖我冻僵了的手指。我的双唇感觉到手指冰凉的同时，我的手指同样感觉到了双唇的冰凉。

我终于冷麻木了，冻麻木了，我听见了露水在我头顶上结霜后，头发收缩的奇怪的声音。

我闻到了风吹来的浓雾中一些腐叶的霉味和腥味。我越是讨厌它们，想远离它们，它们则愈要揪着我不放，愈加地不放过我。

但这又不能说是一件坏事，因为我还能感觉到它们的存在，就说明我起码还活着，还没有死，还可以一步步地朝前走。

路总是会有尽头的，我朝前走一步，就离桃花镇远一尺，就离路的尽头近一尺。

天总会有亮的时候。黑暗的天空中只要有一道光的裂隙，天空就会渐渐变亮。我的身子也就会渐渐变暖。

美　人　书

走得远了，走得不能再远了，我欧阳红豆，就不再是以前的欧阳红豆了。那个曾经的欧阳红豆就被我扔掉了。我会是另外一个连自己也不会认得的欧阳红豆。我会是一个重新投胎了的人。我是这么去想的。

在我的脚下，有时是潮湿的满是青苔的木桥，有时是悬崖绝壁上弯弯曲曲的栈道。我翻过了一道道高低起伏的山梁，穿过了一个个幽深的峡谷，我觉得自己差不多要到另外一个世界了。

黑暗啊，凄凉啊，孤苦啊，无助啊……

我当时的处境，和我那时的心境，宛如同时落地的一对孪生姐妹。我是一个空壳。我是一个透明的泡沫。我是一粒漂浮无主的尘埃。我是一片在空中打转的树叶。这样的暗夜，是我从来没有见过的，却是此时我内心的真实写照。

寂静和孤独在我头上张开着漆黑大口，黑影裹挟我而去。我的大脑突然间一片空白。经历过的事情所留下的记忆，全都被夜风掳走了。就连我和蒋玉湘昨天有过的床笫之欢的情景，都变得模糊了，似乎是很久以前的事，是上几辈子前的事。你哭嫁的模样，我更是怎么去想都没想起来。

路过枇杷村，走进茫茫的崇山峻岭后，我就开始觉得冥冥之中有一个影子，一会儿在我的前面一会儿又到了我的后面晃荡着。那个影子，虽然只是若有若无，忽隐忽现，却像是磁石，深深地吸引着我，带着我从山的这面到山的那面，从有路的地方到没有路的地方。

它是来给我带路的吧。

后来杨开福对我说起我在那天晚上的事，说我鬼使神差似的，就像是一只蝙蝠。蝙蝠有一双暗夜中的眼睛，能贴着崖壁飞过。不然的话，就是像猫一样有九条命，否则也会不是摔落溪涧，就是掉下悬崖，或者迷路丛林，喂了狼蛇了。

杨开福说我走的是几十里挑盐客大白天结伴而行，也心惊胆颤的路。他自己是走惯了夜路的，尤其是走熟了这段夜路的，居然紧追慢赶，一路小跑才跟得上我。说他倒是不怕夜路碰到鬼，俗话说夜路走多了总有一天会碰上鬼，那是用来吓唬坏了良心的人的。他只知道前面是一个人，一个显然是走夜路的高手。

杨开福说他追我一路，目的就是要跟一个走夜路的高手过过招，比试比试。他甚至不知道我的性别，他完全把我当一个男人了。我会是一个女人的事，他想都不敢去想。我也莫名其妙，浑然不觉那一路上身前身后晃悠的不是什么影子，而是一个大活人。

杨开福说话的时候总是一张笑脸。他的笑跟你首芙蓉的笑是两回事。你脸上的笑，稍纵即逝，就像沙地里的足迹一下子就会被风吹没了，让人怀疑你是否真笑过。他不一样，他笑得很从容也很持久，笑过之后，接着说第二句话时，那笑容还在脸上停留着。他笑得眉眼大开，笑得让人内心舒坦和松弛。

他笑着对我说，一个女的，敢走这段夜路！还走那么快！想都不敢想。

杨开福的那张笑脸扬了几次，欲言又止，但最后他还是问了我。他问我怎么走着走着，天都有些蒙蒙亮了，反而在大路转弯的地方，一头撞在了路边那棵大松树上。那么大棵的松树，被一头撞得摇摇晃晃，还"嘭"的一声，响得吓人。听那响声，还让人以为是大树撞了人，没想到是人去撞了树。

　　嘿嘿，我眼前走夜路的高手就像被镰刀割断苋的草倒在那棵树下。嘿嘿，害得我在金鸡岭下背着你走了十来里路。杨开福一边这样说，一边在他因为展笑而撇开的嘴唇上抹了一把。后来我才知道那是他的一个习惯性的动作。他在嘴唇上抹了一把后，脸上的笑容就不见了，取而代之的是他黑亮的两颗眼珠中转悠转悠着时，呈现在整个脸上的诡秘。

　　一路上的很多事情，我都记不起来了，自然地相信了他说的那天晚上有关我的一切。

　　这个杨开福是谁？

　　芙蓉啊，你肯定会这样问。你没有听说过这个名字。在离开桃花镇之前，这个名字也是我完全陌生的。

　　现在你知道了，他是我的救命恩人。是他把撞在大树上头破血流、昏迷不醒的我救了下来，背着我一路小跑，到了位于金鸡岭下的一个伙铺。

　　但是，我曾经是把另外一个男人当成了我的救命恩人的。那个男人不是杨开福，而是金子贵。他们看上去怎么也不像是一路人。杨开福是个生龙活虎的小伙子，而金子贵则乍一看，像是刚从坟堆里冒出来的一个死气沉沉的中年汉子。

　　我睁开眼睛，首先看到的就是金子贵。他站在床边，脸却在我的额头上悬着，像是弯下身要亲近我的样子。那是一张猪腰子脸，抖抖索索着的乌青的大嘴唇，唯恐你看不清似的张开着，露出一口参差不齐的黑牙。从他往上掀着的鼻孔喷出的气息，夹杂着烟味、辣味、油腥味，还有腌大蒜之类的怪味。那些令人恶心的气味直扑我的脸上。

我被他吓得尖叫了一声，三天两夜没有睁开过的眼睛，唯恐避之不及地闭上了。

我当时还动弹不得，否则我会一起身就跑。

妹子，你醒过来了，你到底还是醒过来了。我听见一个沙哑而轻柔的声音，在我耳畔响起。从他说话的语气中，我却听出了一种让人心底打激灵的关切与关爱。

也许是像我这样内心期待温暖的人，对别人的关切、关爱更为敏感。尽管当时的脑门还针扎似的痛，我还是努力地又睁开了眼睛，因为我忘记看他的眼睛了。

他叫我妹子的时候，那双眼睛里一定会是充满了怜惜的，一定会是因为我的醒来而流露出惊喜的。

我没看见他的眼睛，我看到的是他朝门口走去的背影。

他的身子仍然一张弓似的弯着，原来他就是一个驼背。刚才他站在床前，脸却悬在我的额顶，就缘于他身体的残疾。我显然是错怪他了。我的那声尖叫给他的是难堪，给我自己的是愧疚。

我眼巴巴地看着他悻悻离去的背影，张开了嘴，喉头却发不出声来。而且，当我侧头转向他背影消失的门口时，脑门一炸，眼前一片漆黑，我竟又昏迷了过去。

我的知觉就是在似乎遥遥无期的昏睡中，慢慢地恢复过来的。不知是什么时候，两个男人在我的身边说话。事实上，那两个男人——杨开福和金子贵，那些天轮流在我床边守候着我。他们确信我还活着，只是伤得重，我的清醒和伤愈，尚需时日罢了。

怎么样了，金老板？是杨开福在问话。

不怎么样，半个下午了，只见她动了两下嘴皮。哎，外边有挑盐客来住伙铺没？回话的是金子贵。

她就像一尊蜡像。哦，你问挑盐客来住伙铺没呀，来了一波，

83

人不多，只有十二个，都安顿好了，在吃饭呢，吃了饭他们会自个儿睡觉去。

你没要他们上床睡觉前先洗一洗？他们那身汗臭，不洗一洗，蚊子都会被熏得死绝种了。

我烧了些热水给他们洗，他们都说累死了，困死了，洗手的力气都没有，还洗什么洗，丢下饭碗就要睡觉去。我说，不洗就不洗，吃饱喝足了，上床前记得先趟趟茅厕，别夜里把被盖尿湿了。他们说下流话，说，尿在路上撒干净了，只是下边还有一口痰，憋了好些天，没有化痰的东西，想吐都吐不出来。

别在这房里说这些。让这个妹子听见了，不好。这碗红糖水我还没喂她喝呢，还是你来喂，我担心又吓着她了。

美 人 书

你喂好，你喂才喂得下去。天快黑了，我去点油灯来。

上午的时候，我给她喂了几个麻雀蛋，生的，她咽下去了。

哪来的麻雀蛋呀？这个时节，麻雀就下蛋了么？

我在后山的草窝里寻得的，也不知道是不是麻雀蛋，反正是鸟下的蛋蛋。

哦，鸟崽的蛋，比鸡蛋还要补身子，得空你再去寻些来。她敷伤口的草药也该换了，你还得去寻些草药来。

哎，哎，我刚才还看到她的嘴角动了动，像是笑了一下似的。

怪话，她还笑么？她不哭就算了。这妹子真是造了孽了。真是造了孽了。

金老板，她不是狐狸精变的吧？嘿嘿，这么漂亮，我没见过，真是没见过。

她是不是狐狸精变的我不晓得，我晓得你肯定是头猪变的，真的是！你还笑。

不知道过了多久，我又迷迷糊糊地听到他们说话的声音。

我把热水端来了，金老板。

哎哟喂，你端这么一满盆。烫不烫呀。

我用手试过了，不烫。我说，我们——你——真的要给她擦身子么？

是呀，都几天了，该给她擦洗擦洗了。过来，我们一起来给她擦身子。

我不方便，你来吧，金老板。

你不方便，我就方便么？你来，叫你来你就来！

金老板，打死我都不去。

那你端热水来干什么？

你看你忘了，是你叫我去端热水来的。

也是，也是，哎呀，这怎么办好，你不方便，我也不方便呀，叫人为难了。依我看，还是算了，她又不臭不脏的，要洗也得等她醒过来了，下得床了，自己去洗好了。

我看她汗还是出了不少。

她出汗也不臭呀，你闻闻，闻闻，房里倒是有点怪好闻的味道。真的，你闻闻咯。

金老板，你怪笑什么。

我没有怪笑，我看到你怪笑了。

莫争吵，莫争吵，算我怪笑了行不行。你这么大声，像是打雷，是要吵醒她么？

那你笑什么？

我笑什么呀，告诉你吧，我笑一只小公鸡，它快开叫了。

我……我不懂你说什么。我把热水端下楼去，晚上你好泡脚。

好吧好吧，你快去。好像有脚步声朝这后院来了，快去拦着，别让挑盐客进后院来瞄这瞄那的。

没过多久，我就听杨开福在楼下大声地嚷嚷，二爷来了，金老板，是二爷来了。

金子贵也大声回应，是二爷来了呀，我就下楼来。

杨开福在外边应了声，二爷上楼来了，二爷要上楼来看看。

接下来，我听见了踩踏得整个楼都在摇晃震动的脚步声，有人"咚咚咚咚"地从楼梯上来了。

这个二爷又是谁呢？我心里一点也不踏实，我又不能捂着耳朵去拒绝愈来愈近也愈来愈响亮的脚步声，也无法睁开眼睛去看一眼就要进门来的是什么样的人。

这是怎么一回事？一个生熟的声音宛如雷声在房里炸响。

那想必就是二爷。他一开口就又把我震昏过去了。

美 人 书

8

芙蓉啊，想起我离开桃花镇到金鸡岭下的这一路，我就想一个字一行泪一滴血地给你唱一段女歌：

透夜离家无路行，上天入地没得门，

本想将身寻短路，又气命中没尽头，

随狼就到狼窝去，逐鸟也好飞一程。

人在阴曹走一遭，魂飞魄散梦一场……

杨开福说我是被布谷鸟叫醒来的。

他说布谷鸟叫了几声，我就彻底醒过来了，突然地从床上坐了起来，而且，马上就能下床活动了。

布谷鸟是被湿热的南风吹到山谷里来的。四月间，南风起，南风涌进金鸡岭的山谷里来，是费了不少劲的。因为金鸡岭深藏在大山之中，是被一座座山簇拥在其中的。

南风像是在追逐猎物似的，翻过一个个山头，钻过一个个峡谷，到了金鸡岭山麓，又一阵阵地从窗口进来，吹到了我床头，吹动了我的睫毛，吹散了我的头发。

刚刚从另一个山头斜过来的霞光，也随着徐徐的南风，从木楼东面板壁间裂开多年的缝隙中挤了进来，一片片地落在床前，有的甚至像宝剑似的挑开蚊帐，落到床的这一头和那一头。在这些不请自来的温暖霞光中，通明透亮的尘埃闪烁着梦幻般的光影，跳着波光似的舞蹈。

尘埃就像长了翅膀，满天飞扬。

我交叉着双手，摩挲着因消瘦而比往日更为单薄的两个肩头下了床。我的身子离开了那张并不知道在上边躺了多长日子的竹席。我掀开衣领看自己的肩头，上面竟然有一大片红红的的印痕，那是在竹席上躺久了，揭下来的印记。那些印记，方方块块的，与其他部位细白光滑的肌肤形成了鲜明的对比。

我摩挲着那些不久将离我而去的花朵般的鲜活印痕，走到了窗台边。由于身体还是有些虚弱，我趴在窗台上，双手紧紧地抓着窗棂。

窗是开着的，一口清新的空气，随接着融化到了肺腑里。

窗台之下是一块用鹅卵石堆砌的矮墙围着的菜园子。一个并不大的菜园子，却种满了这个时节应有的蔬菜。

爬在竹条上的豆角秧开着雪白的花朵。一垅茄子虽然长得不高，也挂花了。丝瓜和苦瓜在菜园子东西两角的棚架上，各开各的花，各结各的果。丝瓜和苦瓜之间是绿茵茵的青菜。

鹅卵石砌成的墙上，爬满了南瓜藤和峨嵋豆的秧子。这一园子的绿叶，一园子的蔬果，把阳光和它们下面的土壤完全隔开了。这让我突然间想起了蒋玉湘家的后院，假山之后也有一片菜地，他父亲蒋广林把那块菜地当作人生最后的寄托，那块菜地也曾经有过眼前这样叶绿花开、春色满园的景象。

在菜园子里，我很快就看到了一个小伙子，他绕着菜地的边沿，把那些长疯了的、朝菜地探头探脑的南瓜藤拣开去，拣回到鹅卵石垒的墙上。

不用猜，他就是杨开福了。

我懒懒地，却饶有兴致地窥视着他，看他在菜园子里做些什么。

我刚清醒过来，就想明白了，自己终于像是一滴雨，从半空中落到了地上。我把自己当作一个小石子，从桃花镇扔出去，然后它落到了这个地方。

我无法主宰的事，就只能听之任之，听天由命。眼前的这个结果表明：一是我活着，没有性命之忧；二是命运对我还是有所眷顾，因为我眼前有着浓浓的生命气息和勃勃的生机。

怀着这样的一份万事释怀的心情，我心里顿觉轻松。窗台下的菜园子，被我看成是一个舞台。杨开福在那个舞台上真实地表演着，我是他唯一的、极其投入的观众。

菜园子一边挨着木楼，一边临着木楼前边的道路，另外两边都紧靠着山。靠着山的围墙外边，便是被风吹成了朝一个方向倾斜的竹林。

不管是否有风，还是风大风小，竹林中总有飒飒、飒飒的声响，好像一直有些什么东西在那里潜伏着。

很快我就明白了，竹林中藏着许多的、数不过来的、同时也叫不出名来的小鸟。它们在某种暗示下，猛然间从林中呼呼地窜飞出来，盘旋着飞高了，又一个俯冲下来，像齐射的箭头，噗噜噗噜地落入菜园中。园子里的菜叶花瓣，因为它们的到来而不住地抖动。

杨开福显然是习惯了这些乍来乍去、乍飞乍走的小鸟的。我依稀记得，他给我生吃了不少鸟蛋。我吃的那些鸟蛋肯定与这些小鸟有关。

杨开福在菜园子里摘豆角。小鸟们从他头顶上罩下来，擦着他的鼻子、肩膀，落在他的前后左右，把他里里外外围了起来。

他像是早就期待这一刻到来似的，即刻兴奋了起来，把手中的豆角扔在地上，嘘嘘嘘嘘地学起了鸟叫。他边学鸟叫边蹲下去。我好奇地伏在窗台上，盯着他，看他要做什么。我看得清清楚楚，他的那双亮晶晶的眼睛是如何忽闪忽闪地追逐着在他身边跳跃、上下翻飞的小鸟的。

这些小鸟除了觅食，还会在杨开福的眼皮子底下有出格的行为。他身边的那只雄鸟一定是被他的哨声引诱了，怂恿了，像是在他的指点和鼓励下，开始接近另一只鸟。对它来说，那是一个成熟的异性，是它的情人，或者老婆。我这样想。但我一点也拿不准，我对它们毫不了解，但我可以这样去假设。

杨开福呢，这么个青皮后生，他在做什么呢？

金子贵曾说他是个快开叫的小公鸡。他还弄不清自己怎么就是快开叫了的小公鸡。

两只鸟并没有在意他。雌鸟旁若无人地觅食，雄鸟肆无忌惮地调情，它们活动的范围就在他伸手可及的距离之内。

与雄鸟相比，雌鸟的毛发显得寒碜、黯然失色。要么是它们生儿育女时无暇顾及，要么它们诚心要使自己显得邋遢，以免招惹更多的异性。

雄鸟才像女人，在乎自己的花衣裳，才花枝招展地、不惜代价地妆扮自己。雄鸟会在自己的羽毛中，抖开来无数令人称奇的动人之处。

杨开福眼前的那只雄鸟，有着绸缎般光滑的羽毛，色彩鲜艳绚丽的尾和颈披。在杨开福鼓噪的口哨中，它朝觅食的雌鸟一次次地向前俯冲，每一次俯冲都有些夸张、做作地扑棱它的五彩的双翅，有力地打开五彩缤纷的扇形尾巴，同时，它的颈披也不厌其烦地变化着姿势。它极富耐心地从一个方向和另一个方向、一个角度和另一个角度，朝着雌鸟，温柔地献媚，火辣地煽情。

终于它如愿以偿地从双翅之下窥觑到了雌鸟掩饰不住的那丝春情。雄鸟爬到了雌鸟的背上，它们的尾部有力地连接。它们激动得像两朵绽放的、风中抖索着的野菊花。

雄鸟很快就从雌鸟的背上滑下来。那个生动的场面可以说是刚一开始就结束了。这给投入地在一旁欣赏的我一种仿佛是被骗了的感觉。

这个其实无聊的场面，让我由此及彼地回想起了与蒋玉湘的那三天两夜，那似乎也是刚一开始就匆匆结束的欢爱，也就是一场自己给自己设计的骗局呀。

我和蒋玉湘，就像那只雄鸟和雌鸟，完全是自己把自己骗了一回厉害的。

杨开福没有放过那只交媾之后，有些忘乎所以、大胆妄为的雄鸟。他的手像蛇的身子一样倏忽地一闪，稳稳地捉住了它。

雄鸟扑腾着翅膀在他的手背上巴巴巴巴地拍打，但这无济于事了，它已经失去了天空和自由。杨开福一动不动地跪在那里，怀着的竟然是这样一个目的。

我在窗台上大叫，把它放掉，把它放掉！

杨开福看见我从窗格中伸出来的飞舞着的手，大惊失色。他一定没有料到我会突然出现在窗台上。他突然变得喜形于色，更是喜出望外。他"唰"的一声立起来，昂着头，洒满霞光的脸上笑得无比灿烂。那是一个少年的无拘无束的笑容，笑呵呵的样子，笑嘻嘻的样子，笑吟吟的样子，笑眯眯的样子。

真是菩萨保佑。你能从床上起来了？你能自己一个人从床上起来了？他笑着说。

把它放掉，你快把那只鸟放掉。我说。

他飞快地摇着头说，你要我把它放掉？这是不可能的事。逮住它是为了熬汤给你补身子的。金老板说得好，三个斑鸠一个鸽，抵不上小鸟一只脚。

他边说边做出一副很坚定的样子，让我一看就死心的样子。

杨开福告诉我，在我昏睡的这些天里，他和伙铺的老板金子贵，想方设法地弄来红糖水、鸟蛋、鸟汤之类，又滋补身子，又能让我喝得进去的东西，帮助我恢复身体。

除了感激，我无话可说。

从翠绿的竹林上方斜着泻下来的霞光，红亮亮地照着整个菜园。杨开福站在那里，他的身影被霞光拉得又长又大，差不多要横过缀在每一片菜叶上的晨露都在闪烁光芒的菜地，搭到我站立着的窗台上来。

就是这样一个人的影子，在此刻给置身于陌生之地的我莫大的温暖。

我说过，对杨开福的笑脸我并不陌生。那是一张讨人喜欢的无邪的笑脸，让人倍感亲切的笑脸。

我对他说，我要一盆热水，梳头洗脸。

很快，他就提了热水，拿了铜盆和一条崭新的印花毛巾，放在我所在的房间。

我正为自己离开桃花镇时连换洗的衣物都没有带而有一点犯愁的时候，他又上楼了，站在虚掩的门外，用一个漆红的竹篮拎了一堆衣裳来。居然还是女人的衣裳。

我惊讶地问他，这些衣服是谁的？

他讪讪地笑着说，是你的，都是些新衣裳。你看看合不合身，够不够，少了什么，缺了什么，你尽管说。二爷吩咐了的。

我问，谁是二爷？

他抓了抓头皮说，谁是二爷呀，二爷就是二爷嘛。二爷来过了，二爷见过你了。所以二爷找了很多的漂亮衣裳来给你备着。

我又问，到底谁是二爷？

他又是一笑，神秘兮兮地说，二爷说你想必是大户人家的闺女。

我不由得一怔，说，你看我像不像大户人家的闺女？

他摇摇头说，我不知道，我没有见过大户人家的闺女。我见着的人不是二爷和金老板，就是一身臭烘烘的挑盐客。

我又问，二爷哪来这些女孩穿的衣裳呀？

他没当回事地说，这点事还难得倒二爷？二爷的本事大得很！他能把天上的月亮摘下来——只要你想要，嘿嘿。我下楼去了，金老板要你待会儿下楼来吃饭。你能自己下楼去吃饭么？

我不置可否地看了他一眼，说我不知道。

我不知道什么二爷，不知道什么金老板，也不知道什么挑盐客，更是不知道这是什么地方。一切都是个谜似的。但是，这个我自己掉进来的陌生的地方，慢慢地引起了我的好奇。

在楼阁上，杨开福指点着木楼后的大山，告诉我说，那就是金鸡岭。

金鸡岭昂首向东，得远看才像一只巨大的啼叫天光的雄鸡。丛林是它的羽毛。那鸡背上，常年四季云雾缭绕的地方，有一个村子，叫金鸡岭村，二爷和金老板都是金鸡岭村的人。那上面有田有土，有河有塘，有两百多户人家。平地有好花，高山有好水，金鸡岭村周边有二十多口水井，也不知道水是从哪里冒出来的。不过，除了金鸡岭村，这周遭方圆几十里地，也没有什么人烟了。

杨开福领着我踩着叽叽嘎嘎的木梯下楼来。他带着我绕着木楼走了一圈。

这栋木楼，居然还是一个伙铺。这是一个孤零零的伙铺，四下里没有什么人家，就连打猎的人也不会跑到这深山老林中来。但这样的地方却有这么一个伙铺，就叫人百思不得其解了。

这个伙铺虽然场面不大，但也说不上小，有前后两排双层木楼，中间还隔了个大坪，两边还有几间矮房，木楼后面还有一个小院，东拼西凑地围成了一个四合院的样子。

我数了数前排木楼的门窗，楼上楼下加起来少说也有十二间房。

我茫然地盯着杨开福问，在这里开伙铺，为什么？

我想我问到了关键的地方。杨开福领我到院门之外的路上，让我多看看那条横在门外的路。

那不过是浓荫匝地的荒野间的一条泥路罢了。一看就知道少有人走，因为丛生的杂草长得就像菜园子里的生葱韭菜似的。

但是，杨开福却坚称这是一条路，而且，它还是一条盐道。

我无法想象它是一条盐道。对于盐道，我并不陌生。盐道是铺着青石板的，平平坦坦，至少有眼前的路三个那么宽，且上坡下坡都有石条铺的台阶，可以行走八抬大轿，可以骑马并行。为了方便道上的行人，隔几里路远，会有一个凉亭，作为歇息和躲雨的去处。横穿桃花镇的盐道就是这般的，桃花镇到枇杷村的盐道也是这样的，我那天摸黑走的盐道应该也是这般的盐道，要不，那天晚上我能远远地离开桃花镇？

杨开福说我知道的盐道是官府的盐道，是公开的，而眼前的盐道是秘密的，是不为人知的私盐道。

原来，金鸡岭张开的鸡翅膀下面有两条盐道。一条是官盐道，在岭的北边。一条是私盐道，在岭的南边。北边的官盐道有盐局的税卡。南边的私盐道上除了这个伙铺，什么都没有。当然，这个伙铺是挑盐客缺少不得的，是挑盐客绕不开的。伙铺开在这么一个山崖之下，而且下边就是潇水河，能绕得开么？

如要绕过去，就得绕到北边的官道上去了，得到盐局的税卡上缴白花花的银子去了。杨开福说。

杨开福要我竖起耳朵听一下，听一下路那边有什么声音。其实我早就听见了，我昏睡在床上的时候，一直就有一种潺潺的流水声，不住地在我耳边忽远忽近地萦绕。那是河水流动的清朗的声响。

我没有看见那条河，是因为马路对面那些蓊蓊郁郁的松柏杂树，繁茂地高过了两层的木楼，高出我的视线。

我问，边上有条河吧。

杨开福点着头说，是啊，蛮大蛮大的一条河，是潇水河。

我哦了一声，不由得心里一凛，我还差点以为是桃水河。

9

又是新的一天。

我在鸟啼声声中醒来，睁开双眼，则又恍如在梦中。

我的身体在逐渐恢复。刚开始那几天，我并不想从楼上下去，也不想与谁交谈，甚至都没有心思去找一面镜子来，看看自己是什么模样。

杨开福提饭菜来，我就勉强吃上几口。我很少喝水，怕喝多了水尿多，须得下楼去方便。

我不想张口说话，我不知道什么话是自己要说的，什么话是自己想说的。我不知道什么话是假的，什么话是真的。

最让我难堪的、难为情的是，我无法向杨开福和金子贵说明我的身世，讲清我的来意。而他们肯定最想知道这些。诸如这个女子是谁，怎么会自己糟蹋自己、作践自己似的一个人在夜里奔走？这女子身上发生过什么事？从哪里来，又要到哪里去之类。

当然，即便他们开口问我，也是再正常不过的事。

可是，他们却并没有问我。谁也不提我的昨天。好像他们根本不在意。

甚至我看得出来，他们还故意回避我所担心的那些话题。他们是怕我尴尬，怕我不好去回答。

他们就像是相互之间商量好了似的，在见面时，在言语时，都装出一副似乎与我是老相识的样子，似乎我一生下来就生活在这个地方，似乎我就是在自己的家里，似乎这里的一切都本来就与我有着密不可分的关系似的。

他们一如既往地做着他们平时手头的活儿。杨开福摘菜、挑水、劈柴、生火做饭做菜，前院后院忙个不停。金子贵大部分时间在前院，守着伙铺，"啪啪啪"地打着算盘，似乎有算不完的账。

在没有挑盐客住店的大部分时间中，伙铺和伙铺所在的世界，都是宁静的、清闲的。

在这样的氛围里，嗡嗡作响的往事，反而更容易深深地钻进我的耳朵里来，让我心神不定，让我内心慌乱。

有时，我真想跌跌撞撞地跑下楼去，一手拽住杨开福，一手拽住金子贵，把阻在喉头里让我憋得难受死了的话，一股脑儿掏出来，大声地告诉他们，我是桃花镇大户人家欧阳厚老爷家的千金小姐欧阳红豆，我和新科的举人蒋玉湘偷了三天的情，同时在他的未婚妻首芙蓉府上唱了三天的哭嫁歌，他们成婚了，我才跑出来，我才跑到了这金鸡岭下的伙铺里来！这就是我来到这里的原因，这就是我要告诉他们的秘密。

我直截了当地告诉他们好了，让他们知道好了，我就是一个在婚姻大事上，败在你首芙蓉手里后，落荒而逃的痴情女子。

布谷鸟在楼外忽远忽近地啼叫。我依着面向菜园子的窗口，抱着自己倾斜得有如风中细竹的身子，在朝霞中，在黄昏中，心灵的伤口有时就要愈合了，有时又被痛苦地撕裂开。

眼前的我和之前的我就像是白天和黑夜，就像竹林和山风，就像山谷和云朵，潜伏在对方的深处互相吞噬者，翻转着。

有一段女歌是哼给我自己听的：

清早起来愁到黑，阎王不来苦水来，

日想自愁忧无路，梦中肝肠痛满怀，

彻夜想起彻夜哭，白日影子跳窗台。

知是前生修不到，黑了南边黑到北。

与我的满脸愁容恰恰相反的，是杨开福那张不管是晴天还是雨天、清晨还是黄昏，总是欢快着的笑脸。

一天早上，我被窗外呼呼啦啦地穿过竹林的南风吹醒，穿好换洗的衣服下床，正要出去吸几口外边清新的空气，杨开福到了房门外，一张笑脸像一股暖风朝我扑面而来。

他朗笑着说，哈哈，今天我过生日，我今天十六岁了。哈哈！

出于礼节，我强装笑脸给了他几句生日祝福。但心里犯着嘀咕，他这样子，不像十六岁的人。十六岁的男人，多少应该有些哪怕是用笑脸也掩藏不住的杂乱心事，比如纷乱的眼神，欲言又止的含蓄，行为举止的忌讳之类。这些东西他脸上都没有，他又怎么就会有十六岁了呢？

我给了他一个将信将疑的抿笑说，你十六岁了？你不是骗我吧。

他说，你可以去问金子贵，我是不是今天十六岁。他昨天晚上就给我煮了过生日的鸡蛋呢。每次我过生日，金子贵都煮生日红蛋给我，煮四个，有时六个。你呢，你有十六岁了吗？你过生日也吃红鸡蛋吗？

我对杨开福说了句实话，你得叫我姐姐。我哪一天过生日，我自己都忘记了，因为没有人给我过生日。

杨开福思忖了一会儿说，怎么会没人给你过生日呢？又说，我真的叫你姐姐，好不？你喜欢听布谷鸟叫唤，我就叫你布谷姐姐，行不？

杨开福倒是提醒了我，我要掩饰自己的真实身份，我要忘记那个在桃花镇上的自己，要从欧阳红豆的梦魇中完全挣脱出来，还真得要有另外一个身份，有另外一番身世，有另外一个名字。

我故作惊讶地对他说，你太厉害了，我被你说中了，我的名字就叫布谷，大名叫布谷，小名也叫布谷。

杨开福听我这么说，更是乐呵呵的了，脑门上隐隐的青筋像泥地里的蚯蚓，直朝外边拱。

他高兴地跑到我睡觉的房子里，弯身从床下面把装着我每天洗浴之后换下来的衣裳的木桶拎了出来。

这么些天来，我的换洗衣裳都是他拿到河边去洗的。他不是我曾经的丫头欧阳满珠，他是个男孩，一个大男孩，但他洗的衣裳比欧阳满珠更干净。洗干净的衣裳晒干后，还叠得整整齐齐的，放到我的床头柜上。那简直就像是刚从裁缝铺取回的烫过的新衣裳。

但是，这桶衣裳我是绝不能让他帮我去河里洗掉的。他问我为什么，我也不怎么好跟他说。我来那个了，压在桶底下的内裤染得血红，我不可能让他帮我洗这样的东西。

都说男人碰了这东西是要触霉头的，我确实是不想杨开福因我而走背运。

在桃花镇时，每当我来例假的时候，我的丫头欧阳满珠也不情愿去洗我的里裤。至少有十次，她把我染了经血的里裤扔了，然后骗我说是被河水冲走了。

我对杨开福说，从今天开始，我自己的东西自己来洗。

杨开福没有争执，只是坚持由他提拎木桶。然后，他像是很好玩似的陪着我去河边，陪着我去洗衣裳。

仅仅与伙铺隔着条盐道的潇水河，给杨开福和金子贵的生活带来了极大的方便。他们在河里洗菜洗衣、捕鱼抓虾，甚至他们和落伙铺的挑盐客一样，扑通扑通地跳入河中，一边洗澡一边放松自己。

在桃花镇，桃水河三分是男人的天下，七分是女人的天下，女人在桃水河中浣衣洗菜，在河岸边的柳树下纳凉奶孩子，男人们就是想下河洗澡，也不敢忘乎所以。他们得拿一条长长的汗帕围住下半身。杨开福说，在潇水河里，就不一样。男人们会在河岸上脱得一干二净，然后像野人似的跳到河水里。在河水里一是洗澡，二是玩水。在河里嬉水时，他们常常刻意地双手击水，嘭嘭地拍打出声，让声音在这深山老林里回荡，在山谷里面回荡。

尽管我还没真正见过他们那些挑盐客，但他们在河水中嬉戏时的叫喊声，击水声，以及在伙铺里躺下后随即而来的呼噜声，我是用我的耳朵去见识了、领教了的。他们是一群在荒野里逐猎的人，是一群在森林里跳跃的猴子，是一群在潇水河里随波逐流的青背草鱼。

正是他们这些我不见其面只闻其声的挑盐客，让这偏僻之地的伙铺，在弥满了生机的同时，也充满了激情，溢满了野性与真实的情趣。

从盐道下河边去的斜坡，宽不过三五丈。斜坡上，千百年来疯生野长的树木、杂草、荆棘，却把河岸垒成了一堵高高大大的绿墙。它们像是在守护着碧波荡漾的潇水河，又像是在守护着河岸上的盐道和伙铺。

我和杨开福横过所谓的盐道，走进了河岸与盐道夹着的树林。在浓荫匝地、密不透风的丛林中，交错的枫树、樟树、柏树、杨树、松树、楸树的树冠，一层层的，相互交叠，密不透风。阳光偶尔从树叶的缝隙中挤进来，落在腐叶覆盖的地上，落在树干上，或者落在裸露着的像是蛇身缠绕的树根上，或是落在从树蔸下探出头来的野花野草上，斑驳陆离。置身其中，宛如用针线把自己绣进了一幅灿烂的彩锦中。

刚发芽的新嫩树叶，腐烂后的一层一层铺着的枯枝，色彩斑驳的高大树干，在枝干上缠绕着、开着五颜六色花朵的藤藤蔓蔓，在浓荫之中似乎静止了。

清晨的空气中，散发着一种清新的、幽凉的但又无比芬芳的气息。万物静默，安安静静地吸几口气，肺腑之中竟有一种挣脱尘世、获得新生的感觉。这里太好了，我在心里说。

穿过树林，潇水河就到了脚下。阳光照着河面和两岸，照射得河面上金光闪耀，照射得河边的一草、一木、一枝、一叶都绿得发慌。从河岸边的石阶上拾级而下，阳光也在我们的身后愈加明亮。

杨开福先我几步到了河边。他一只脚站在一块有一多半浸没在河水中的青石板上，一只脚站在潺潺流动的清澈的河水中。

河风时来时去，吹拂着河面上白里透红的水汽。倒映在河心的峻岭高山一派寂静。

微波荡漾，水面上拂来拂去的波澜，宛如河流的笑靥，而河水清越的汩汩流响，则有如情不自禁的悠悠哼唱，有如在缓缓流去的时光中一个静默者内心的独白。

潇水河的对岸，阳光端照着绿影丛丛的青山。山的倒影横着来，江中的水流直着去，白色的鹭鸟贴着水面，贴着对岸青山的倒影静静地飞来飞去。

澎湃的江水穿过风的阻碍，一路喧哗着，从容地奔向它的下游。它们想必是急于到洞庭湖去约会，急于到长江里去相亲，像上了花轿的新娘急于迈进大海的洞房。

这条金鸡岭下万顷波涛的潇水河，在我第一眼看见她的时候，我就被深深地迷醉了。她是从我无助的目光中奔腾而来的，她是从我蒙尘的内心中流淌过去的。它是水和岸的结合，是男与女的姻缘。阳光诵读它山高水长的命数时，展示着它毫无掩饰的野性，妩媚着它惊鸿一瞥的温情。

我捧一把河水在手掌中，犹豫着是喝下去还是拿来洗脸。杨开福在一旁说，这水干净，喝了不会闹肚子。

我信了他的话，尝到了潇水河的甜甜的滋味。

接下来我要做的就是和你首芙蓉一样今生未曾做过的事，像我们的使唤丫头那样去为自己动手做事，自己去做自己的丫头。我相信，做到这一点并不难，难的事不是连一个丫头也能做到的事。

欧阳满珠给我洗涤衣裳，首先把要洗的东西从桶中一件一件拿出来，在水中浸湿，码放在石板上，一件件在水中搓洗，拧干，再搓洗。

我没想到，自己第一次洗衣裳，还有模有样的，这让我的内心中充满了劳动的喜悦。我冲着杨开福莞尔一笑，说，怎么样啊？你平时洗衣裳也是这样洗的吗？

杨开福摇摇头说，我不这样洗，我和金子贵一样，洗衣裳不用手，用脚。把衣裳浸在水里，用脚踩，踩几十下，就干净了。

原来男人们的办法更偷懒些，不用手去搓，怎么能把衣领、衣袖那些容易弄脏的、积有汗渍污渍的地方洗干净呢？看来洗衣裳之类的事情，天生就是得让女人来做的事。

我笑着对杨开福说，你和金子贵那不叫洗衣服，叫踩衣服，叫作懒人做懒事，嘻嘻。

他也嘿嘿嘿嘿地笑着。但我敏感地发现他含笑的眼中有些隐藏着的东西，他盯着我的目光都是游离的，躲闪的。

我警觉地问他，怎么了，我说错了吗？还是我这样洗衣裳方法不对？

杨开福站在泛着涟漪的清水中歪了歪身子说，布谷姐，你拧干衣裳时用力的方向弄错了，该往身子外边的方向拧，你拧反了，水都溅身上来了。

他提醒我后我才发现自己胸前凉凉的，被水溅湿了前襟。

从第一次接触起，我就对杨开福有好感。这个小弟弟，可以说让我从一开始就在心底里有一种喜欢的感觉。——我跟你说过，芙蓉，我想有那么一个弟弟，哪怕是你那样的同父异母的弟弟。我满脸羞红地压低了眼神，把嘴角一撇道，你不是说河边水浅的地方有螺蛳摸吗？我喜欢喝螺蛳，你还不快点给我摸螺蛳去。

翠绿的水草在清澈的水流中柔柔地飘着，小鱼小虾之类的活物在其中一闪一闪，像是晃动的银饰。波浪随着杨开福踩水的声音离我渐行渐远后，我的眼前是一面平静的水银镜子。这面镜子，因为河的那一边绚烂的阳光与这一边金鸡岭及岸边高大树木的深色倒影，形成强烈的反差，显得愈加的清亮。以我踩着的那块石板为界线，这面镜子深深地倒映着河面上的一草一木。我能够从倒影中清清楚楚地看见自己额前拂动着的每一根头发，能够清清楚楚地看见自己羞得通红的脸，一点点恢复到了白皙的、白里透红的原样。

我朝自己在轻微的波浪中静静的倒影挤了挤眼。我给了自己一个迷茫的眼神，还给了自己一个晦涩的眼神，然后是一个暧昧的眼神，一个躲闪的眼神，一个贪婪的眼神，一个陶醉的眼神。我终于忍不住了，吟吟地笑起来。我使出来的每一个眼神都不是凭白无故的，都是我在这刻的心情。我的心情就是这么怪怪的，乱作一团。

杨开福像一个水鸭子似的，一头扎在水草里摸着螺蛳。

在桃花镇，在桃水河里，在家门前的水塘里，就有螺蛳。不过，在你们首家还有蒋玉湘家的正餐上，嗦螺显然是不能成为一道菜上桌的，即便是家里的佣人、下人，也对螺蛳不屑一顾。

你不知道，螺蛳却是我吃得最多的零食。我常吩咐到河里或者是塘里洗衣物的欧阳满珠，不要忘了摸些螺蛳回来。摸回来的螺蛳放在清水中养几天，待螺蛳吐干净泥沙和杂物后，切了屁股，放油锅里一炒，放姜丝一煮，出锅后撒些葱花、五香粉，那就是我的最爱，也是能充饥的零食。

在我的父亲出事之后，我生活无着，靠人接济的那段日子里，从你们首家大院回来，我家里常常是缸里没米粮，罐子里没有油盐，我不得不像镇上最穷的人家那样，煨红薯裹腹，炖南瓜充饥，螺蛳开汤算是开荤了。

螺蛳并非是难觅的东西，好像我走到哪里，螺蛳就跟我到哪里似的。金鸡岭下的潇水河里，杨开福摸来的螺蛳要更大个些，更肥实些。

金子贵做螺蛳汤的手艺，则是欧阳满珠无法比的。那种鲜味，甜味，香味，也远远胜过你们首家从远地方请来的厨子用山珍海味做的最拿手的汤汤水水。

我这个人其实是很好吃的，我从心底里厌烦的、痛恨的是你我在一起时的那些小姐吃法，斯斯文文、挑挑拣拣、细嚼慢咽。你只是在那里装样子。你一辈子都得那样子当小猫。

而我来到这个伙铺，是无须约束、无须掩饰自己的。当着金子贵和杨开福的面，我尽可以把自己的嘴张开到最大，尽可以响亮地咀嚼，尽可以挑肥拣瘦，尽可以随心所欲地捧腹打嗝。因为金子贵和杨开福他们就是如此这般的。他们是真实的，所以我用不着虚伪。

10

从自己给自己洗衣服开始，我一步一步地融进了金子贵和杨开福在伙铺中的安静生活。一日三餐，我都下楼来和他们共一个桌子吃饭，边吃饭边说些什么。他们吃什么，我就吃什么，偶尔也插几句话。吃过饭后，我也帮着捡拾捡拾碗筷杯盘。

金子贵离不得酒，从早餐开始就要喝上几杯。有时也要我喝几杯，我摇头说自己从没喝过酒。

你知道，这话是哄人的。我和你在一起时，没有少喝酒。甚至在喝酒时还猜过子、划过拳。蒋玉湘中举那天，蒋府摆酒宴，当着上席上坐的你父亲和蒋广林两个长辈的面，当着你父亲请来给你和蒋玉湘说亲的媒婆的面，我们都喝得说胡话了。你说你不想嫁人，就是嫁人也不想嫁给男人，不想嫁给蒋玉湘，要嫁就嫁给我欧阳红豆。

一天，金子贵劝我说，这是水酒，糯米酿的，好喝，喝了好。

我还是摇头，坚持不端杯。

杨开福道，布谷姐，你若真不喝酒，过些天叫三嫂给你弄些甜酒糟来，甜得像蜜糖，又不醉人。

我问金子贵，伙铺里的酒都是三嫂酿的么？金子贵举着杯子边喝酒边装没听到似的不答话。杨开福在桌对面朝我点了下头，还挤了个让我似懂非懂的眼神。

关于酒，关于这个酿酒的人三嫂，我们没有继续说下去。但我陪着金子贵进过库房，见识过伙铺里装酒的坛子。

库房里有四个大小高矮都一样的盛酒的坛子，坛子肚子大，口子小，每个坛子都有差不多一个人高，像是一个巨大的球，得站在一条木凳上，才能把酒倒进去或者用一个竹制的长把的酒提把酒从坛子里提出来。

金子贵说，这四个坛子里的酒不是米酒，是红薯酒，酒劲大。挑盐客要喝的酒就是这种酒。

我问，这四个酒坛子里的酒，得有多少斤呀。

金子贵伸出一只手巴掌说，一坛装五百斤酒还装不满，你算算多少。不过那些挑盐客总是有多少能喝多少，他们把它当水喝。而且这又不花他们的钱。

金子贵的意思是这些酒都是白送给挑盐客们喝的。

我后来才知道，不单单是酒白送给挑盐客喝，连吃饭、住店、伙铺也不收他们的钱。挑盐客安安全全地走这条私盐道，住这个私盐道上唯一的伙铺，按规矩是不掏钱的。挑盐客与伙铺之间，有另一种交换的方式、合作的方式：挑盐客需要为走这条私盐道和在这个伙铺的食宿，拿出盐筐里一成的盐。

他们肩上担着的盐才是金子贵在算盘里划过来划过去，算过来算过去的。

挑盐客们都知道，这个规矩不是金子贵的规矩，也不是杨开福的规矩，那是二爷定下的，是二爷的规矩。他们叫金子贵老板，但金子贵只不过是站在前台的老板，后台老板或者说真正的老板是二爷。

二爷是他们见着就要双腿发抖的二爷，但他们却在这条私盐道上得到了二爷一路上安全的保护和细心的关照。按金子贵的话说，这些私盐道的挑盐客，全都是托二爷的福。

生活在盐商之家，大大小小的盐仓，你见过，我也见过。小的时候，我们还比过你们首家和我们欧阳家谁家的盐仓大，谁家的盐仓多。你总是觉得我们欧阳家的盐仓比你们首家的大，而我认为我们家的盐仓在数量上还远不及你们首家。到底谁家的盐仓容积大，谁家库存的海盐多，也许就连我们的父亲也没个数，因为那是两个竞争对手各自的秘密。

我没想到的是，这个金鸡岭下很不起眼的伙铺里，居然也在后院藏着一个盐仓。

在我住的小楼后面，邻着东边的菜地，隔着一排瓜棚，数丈高的悬崖之下，还有五间小屋，其中一间是杨开福的睡房，其余四间则是伙铺的盐仓。

因为瓜棚的遮挡，又是在悬崖峭壁之下，那几间矮房显得隐蔽而安全。

我第一次去杨开福的睡房时，发现了属于这个伙铺最大秘密之一的盐仓。我闻得出盐仓的味道。

其实天气已经进入梅雨季节了。从天亮前就一直下着的无休无止的雨水，给人越来越多的慵懒和无聊。早些天，杨开福劈柴被树枝刮破了衣服，我找来针线补好后，送他房里去。我一是要把补好的衣服给他送过去；二是想找他说说话，打发掉像雨水一样湿漉漉的凝滞时光。

我叫杨开福，杨开福没有应答。东一个西一个、这一个那一个地悬挂着葫芦、丝瓜、苦瓜的瓜棚之上，纵横交错地攀满了数量众多的瓜藤，它们像是撑开来的一把伞，头上雨水哗哗啦啦地响，我站在瓜棚下好一阵都没淋着一滴雨。

隔一会儿我又叫他，还是没有人应答。

叫唤了几声没有回应之后，我以为杨开福该是在前排房里忙什么去了。转身要走开，却听见尖厉刺耳的开门声。

杨开福从一扇厚重的半开的木门里，探出个青楞楞的光头来。因为额前的汗水流到了眉毛上，他朝我睁开眼睛努力地眨了几下。

是你在叫唤我吗？他问。

我没好气地对他说，我嗓门都喊坏了，不是喊你又是喊哪个呀。你的耳朵有问题了吗？

他便嘿嘿嘿嘿地憨笑着说，这扇门太厚了，隔着听不着。

我不顾瓜棚之外滴滴答答的雨水，冲出瓜棚，冲进了那扇杨开福为我打开的大门。

那不是杨开福的睡房，而是一个装盐的仓库。一股浓浓的海盐的咸腥味扑面而来。房间里四面墙上都没有窗，只在青瓦盖严的屋顶上有两块不大的明瓦。由于是雨天，从明瓦上泻下来的天光不足以照亮房间的四角，房间便显得阴暗、闷热，像是一个地窖。

我想退两步站在门口，但他把门关上了。他说，得关上门，不然金子贵会说这说那的。幽暗中，我看见他的一口白牙闪了一下。

我心里便有了底，这扇门关着的，算得上伙铺里最大的秘密了。

他说，天一下雨，就得给盐包挪挪地方。盐一潮就坏事了。得多铺些稻草垫着，得留神屋顶漏不漏雨。

在房间里呆了一会儿后，我渐渐适应了些。房间里上百个装满了海盐的麻袋在我眼前慢慢地清晰了起来。

杨开福在盐仓里忙乎着的，就是把堆在最下面的盐包翻到最上面来。这可是一个卖力气的活，难怪他一身的汗。

你不休息一会儿么？你的衣服我帮你补好了。我说。事实上我不想呆在盐仓里了，这里边的气味让我有些心里发慌，作呕。

杨开福像是明白了我的想法似的，说，好吧，我们这就出去，没剩多少袋了，我下午再来翻最后两垛盐包也不迟。

开门出来之后，站在屋檐下，我一连喘了几口大气，清新的空气让我觉得眼睛亮了，头脑也清醒了，像是潺潺流响的潇水河从心底里淌过似的，舒适惬意。

杨开福接过我给他补好的衣服，就往光着膀子的身上穿。我嗔了他一句，你看你一身的汗，不一下就把衣服弄脏了。我半开玩笑的一句话，他却认真了，把衣服塞回到我手里，转身跑到水流如柱的屋檐滴水的地方，任雨水从头顶淋下来。他笑嘻嘻地朝着我说，这样洗澡最方便了。

他就在那里蹦蹦跳跳着，落在他头顶上的雨水溅开一片片水花，他转动着身子，抹一把湿漉漉的脸，抹一把裸着的胸膛，抹一把后脑，乐呵呵地笑，让从屋檐上下来的雨水冲洗他的脖子，冲洗他的肩头，冲洗他的腹部，冲洗他的背部。他举起双手，伸过头顶，雨水从他的手指流到他的手臂又流到他的腋窝。他的腋窝，分明有了又黑又粗的腋毛。

我马上意识到，眼前的这个小男孩，会很快成为一个男子汉、一个壮小伙子的。从他结实的胸脯上，我看到了一个男人的成熟，感觉到了那种有别于蒋玉湘的强壮、刚劲与野性。

在那个难得有一个晴朗天空的梅雨季节中，我的内心世界却在悄然变化，我觉得我对蒋玉湘的思念，甚至比豆角秧在豆角架上爬得更高，长得更快。就像花蕾，一有太阳，一见晴天，就会迫不及待地绽放，就会吐露内心的芳香似的。我与蒋玉湘的情丝，真是剪不断，理还乱呀。

窗外的雨点清脆地淋在湿漉漉的树叶上、菜叶上，屋檐的滴水很有节奏地敲打着盛水用的大缸的边沿。很少有梦的我，莫名其妙地频频做梦了。我躺在床上，无声无息的梦就在枕上等候着我似的，像蒋玉湘的一只胳膊，无限温情地轻轻拥着我。

我随便跟你说说其中的一个梦吧，芙蓉，因为这个梦也与你有关。我梦见与你坐在蒋玉湘家后花园的茶亭里，你的身后是那个我熟悉的月洞门，门是半开着的，穿过门洞可以看见他家第三天井里的铺石。我的身后是座假山，假山一侧的芭蕉树懒洋洋地晒着太阳，它最下面的树干处的叶片枯烂得不行了，一头折在地上，和地上的杂草混在了一起。

欧阳满珠站在那丛芭蕉树边，她和芭蕉树一样，没精打采，还不修边幅，完全没有富家少奶奶身边丫头的样子。她至少应该把自己的头发收拾得停当点，不能让头发像一把着了霜的野草那样蓬在头上。你倒是喜形于色，容光焕发的。

我说，满珠满珠，你怎么这样邋里邋遢，我都认不出你来了。她的嘴角撇了一下，根本不在乎我怎么看，不在意我怎么说，表现出就是与我有仇有恨的样子。

你一边吧唧吧唧地嚼着嘴里的酸萝卜，一边对我解释道，满珠这阵忙坏了。近来我的胃口有些差，满珠白天夜里伺候着我，快要累坏了。

你的话让我感到惊讶，你说你的胃口不好，但我明明看见你把一大碗酸萝卜吃掉了。你一口气吃下这么多能酸掉牙的萝卜，还说胃口不好？

你说自己只想吃酸萝卜，吃其他的没半点胃口，弄不好还会吐，吐得昏天黑地的。尤其是油腥味，隔老远闻着都会作呕。

欧阳满珠对你的一言一行、一举一动无不心神领会，她拿走盘中的空碗，说是要再去坛中给你盛碗酸萝卜来。

我分明听见她离去时嘴里嘟哝了声，吃酸东西好，酸儿辣女！

听她这么一说，我和你的眼睛几乎不约而同地落在了你的肚子上。

你的双手自然地捧着下边微微隆起来的肚子。我大叫了声，你真是有喜了！得有三四个月的喜了！蒋玉湘快要做父亲了！

你羞赧地一笑，反过来却指着我的肚子，也大声叫喊，红豆，你也有喜了呀，你的肚子隆得比我的肚子还高。

我低头一看，吓了一跳，我真的挺着个大肚子。我在上边摸了摸，从手掌心传递到内心的竟然是一股股充满了爱意的暖流。

你问我，孩子的父亲是谁。

我竟脱口道出一个名字来，蒋玉湘。

你大惊失色，你说谁？蒋玉湘？

我说，是呀，当然是蒋玉湘，不是他还能是谁。

你一下子急红了脸，那我的孩子又是谁的呢？

我说，我怎么知道。你自己肚子里的东西，自己找不到主家么？

你说，这是怎么了，我真糊涂了。

你说话的时候，我突然看见了蒋玉湘。他穿着官服，从假山后面，穿过草坪朝我笑嘻嘻地走过来。他站在风中飒飒作响的棕榈树下，朝我招手说，过来呀，红豆，过来呀，我们到河边走走。

他是站在你背后的，你掉转脸去，和他打了个照面，很有意思的是，你居然没有认出蒋玉湘来。我和蒋玉湘要携手离开，你在我们身后不远不近地跟着。我坚定地制止了你，我说，芙蓉，你不能跟着我们，你要是再往前面走一步，我就当场死给你看！

你说，为什么呀？

我说，你别问我理由，反正我和蒋玉湘在一起的时候，我就不想见到你。

后来，我竟冲你大喊，又吼又叫的，我把我自己从梦中咋呼醒了。

梦醒后，我点上灯，看着灯影中飘忽的蚊帐，我怎么也想不明白，自己竟然会做这样一个没头没脑、无头无绪的梦。

无法回避的是，我真真实实地做了这样一个梦，一个让我回想往事时，扰我清静的梦。我不知道该如何是好，你和蒋玉湘都是我拼了命要躲着的，但我躲了这么远，躲得了么？我越是不去想蒋玉湘，他就越到我的梦里来。躲不开的是他，绕不开的是他，还有你。

有一点，你是体会不到的。那就是一个女人在举目无亲的地方，在孤独无助之时，是如何地渴望得到爱人的关怀的，是如何地想要得到爱人的怀抱的。

二爷是真实存在的。

杨开福说过，县城里张贴着悬赏捉拿二爷的布告，布告上面还有二爷的头像。不过从那头像上根本就看不出画的人是二爷，倒有点像金子贵。

有些住店的盐客还真的把金子贵当作是二爷。金子贵便对那些人说，这个玩笑开大了，那可是杀头的事。我金子贵哪有二爷的命。金子贵还脱掉身上的衣服说，看看，看看，看我这个驼背，这可是天生的，二爷不是驼背，二爷是熊一样的腰，虎一样的背。

金子贵和杨开福似乎也不把我当作客人了，我也觉得自己在这个伙铺里不再是个局外之人。

这样的变化是悄然而至的。一有盐客进店，我会暗自高兴，因为他们一进来，盐筐里的盐就有一成留在伙铺，杨开福将他们留下来的盐一斗斗地提往后面的盐仓。

盐仓里的盐一麻袋一麻袋地多了起来。海盐的味道若有若无地、时断时续地飘送到楼上我的睡房里。我在潇水河边洗衣洗菜时，也偶尔闻到过几回。

有盐进仓，金子贵和杨开福更是喜形于色，他两张大嗓门招呼着来来去去的盐客，满脸堆笑着迎来送往，而且绝大部分盐客都是他们熟识的，老远就挥着手呼喊他们的名姓，或者小名。

我的出现，自然就成了盐客们逗趣的话题。

金子贵几乎对每一个盯着我发呆的盐客，说的都是一句同样的话：这是我家闺女布谷。

盐客对金子贵这句话，表现出一致的惊讶。他们都对金子贵这句话报以难以置信的一笑，说，金老板，你在说梦话吧。

金子贵不动声色也不紧不慢地耐心解释说，我改嫁的婆娘在县城里过了十多年，闺女大了，懂事了，回我身边来了。

盐客们听了，仍然是将信将疑的。不过，金子贵这番话，听上去还是解释清楚了我为什么会突然就出现在伙铺里。

金掌柜的，你也不撒尿自己照一照，就你那张猪腰子脸，能生出这么个天仙般的女子来？不过，听说当年你那个跑掉了的婆娘，是一个绝色的妇人。这闺女像她妈。所以，你个驼子本事大。

嘿嘿，这人不可貌相的。别人是从月亮里请出个嫦娥来。金掌柜了不得，能从红薯里面请出个嫦娥来。

你闺女叫布谷，布谷这名字一般，布谷这名字怎么都配不上她。就叫西施得了。

金掌柜的，你闺女不会说来就来，说走就走吧。这条盐道上，我今年要多跑几趟了。要不，我就得在你这伙铺里多息几个晚上才走。

金掌柜的，你得看紧点儿，别让哪个吃了豹子胆的盐客捞着便宜了。盐客一个个本分是本分人，但凡是猫就闻不得鱼腥的。

最要紧的还是二爷。不过如果是二爷有了念头，别说你金掌柜，你就是湖广总督也白搭。二爷看上了，基本上就跑不掉。金掌柜我的话有我的道理，是不是？

接下来，盐客们就自然少不了对金子贵的一番感叹，有这样天仙一般的闺女，你个驼子真是太有福气了。他们拿我来逗笑金子贵说，哪个男人不想叫你一声岳父大人，他就是一个阄猪。

金子贵一脸僵笑地朝着那帮撒起野来就没完没了的挑盐客们，一边不置可否地嘿嘿笑着，一边尽快安顿好他们。

他半开玩笑地对这个说，快把担子卸下来，到大房的炕上躺一躺，我看你腿子都不听使唤了，待会儿让我闺女端盆热水，让你好好烫烫脚。

对那个说，我看你喉咙都喊干了，少说两句吧。到大房里歇着去，待会儿让我闺女送碗凉茶去。放了薄荷和甘草的，又清热又解毒。

金子贵想着法儿支开他们，你们都睡一睡吧，睡两个时辰，才有晚饭吃。今晚的菜让你们吃得就像过大年，有鸡肉还有狗肉，还有油炸馅的豆腐丸子，豆豉炒辣椒。还有，红薯火酒是去年的，喝了不上头，不口干。只是莫喝吐，吐了可惜，糟蹋粮食了。嘿嘿嘿，嘿嘿嘿。

盐客们放下担子，边用缠在腰间的汗帕拍打着裤腿上的尘灰，边朝大房里走。

胆子大的，走过身了还回过头来，看上我几眼，对金子贵说，你这个做掌柜的，说话可要算数。妹子呀，你要真给我端个滚水来烫脚，我把自己的洗脚水喝了！

对那些面貌粗俗但体质健壮的盐客们和金子贵说的那些并无恶意的话，他们说一句我听一句。就像在演戏似的，我已进入角色。

我起身到伙房去，从伙房里提拎着半桶热水，穿过堂屋往盐客们歇脚的大房去，金子贵一看就急了，叫住我说，我哄他们玩的呢，哪能让你给他们去倒热水洗脚，快放下来，把桶子放下来。

我朝着脸都急白了的金子贵，狡黠地笑了笑，摇头说，做闺女的不能让做父亲的说话不算话，是不是？我一定得把洗脚水给他们倒好了，我还等着看他们怎么把自己的洗脚水一口口喝下去呢。

我将水桶换了只手拎着，叫上一旁的杨开福，说，你也去，你陪着我看个新鲜事儿去。

金子贵拗不过我，脸上的神情不免有些难看，就像是自己给自己剥了一个苦果往下咽似的。

他没跟我商量好，就说我是他的闺女，而且是她跑掉的婆娘生的闺女，把我的母亲也捎带上了，真是岂有此理。

找着机会，我还得治治他。不能让他轻易就占了我便宜。

我没有在大房间里见证盐客们喝下自己的洗脚水，却在大房的门外，听见盐客们说起二爷。

大房里铺着十几个地铺。大房只有一扇小窗，里面光线昏暗，加之住的人多，又杂，里面各种气味都有。我还没进门，就几乎无法呼吸了，我闻不得他们身上那些凑在一起的发酸了的汗味。

好在身边还有杨开福。杨开福接过我手中的水桶，把热水给他们拎了进去。

我退到房檐下水沟的外边，看着那扇敞开的大门，悄悄地在外边候着。我得等杨开福把洗脚水给他们倒好出来，再一块儿回到大堂里去，要不，我就会被金子贵笑话了。

盐客们没有注意到我候在外边，见杨开福拎热水进来，也没感到什么意外。他们自己也不相信我会进去给他们倒洗脚水。

他们继续说着关于二爷的话题。

一个嗓子粗得像一只母鸭的挑盐客，在里面边打着嗝边讲述着有关他与二爷的故事。说的是三年前，他去广东贩盐，一行有十三个人。每个人都挑着满满一担盐，快到湖南地界时，在那个叫蜈蚣岭的深山老林里，遭了广仔牯的劫。

广仔牯劫道的规矩是先躲藏在树林子里，不露脸面，你见不着。劫道时，才发声喊。他们喊得地都在抖动。等到挑盐客放下身上的担子，跑远了，他们才现身，劫走挑盐客舍下的东西。

你若是不听他们的话，他们便现身了，提着刀端着鸟铳闪在你面前。到这个时候，你要想保住性命，得赶快把眼睛闭上，把头低下来，否则，当你看到他们的模样的时候，就是他们手起刀落或者是端鸟铳朝你扣动扳机的时候。

广仔牯就是这么阴损。劫了你的老本还不让你看上一眼。二回碰上，弄不好你还给他敬烟敬酒，甚至于把闺女嫁给他。

狗娘养的，为了保命我们只好放下盐箩跑开了。一口气跑到湖南地界，猛地听到身后"嘭嘭"地响了两枪。

到了湖南地界就是金鸡岭山脚下，挨着金鸡岭，我们的胆子变大了些，找了块有树荫的地方坐下来，嘴里喘着粗气，脑子里想着怎么身后嘭嘭地响了两枪，有人以为我们落下谁了，那人遭到不测了。点着人脑壳一数，又没见少哪个人。

到这个时候，有人回过神来，说刚才还不如跟他们拼了，拼不过也拼了，反正就是一死，这样丢下盐筐两手空空地回去，也没什么活头了，还要睁眼看着家里的老老少少都饿死。

这样的话也没有说过头。我们当中有七个人贩盐的本钱全是借的，借的还是高利贷。指望着贩一担盐回去，能有几担谷子的赚头，养活一家老小。这下好了，什么都没了，什么都完了。我们被劫得真是惨不忍睹，一个个唉声叹气或者哭哭啼啼或者拿头撞树。

我们到了金鸡岭山脚下，在树荫里坐了半天，没有一个想起身离开。我们是不知道该往哪里走。往哪里走都没有一条活路。心里都怨广仔牯，骂广仔牯，操他们的娘，咒他们卖了盐得钱买棺材埋爹埋娘埋崽埋孙，但这有什么用呢？怨也白怨，骂也白骂，于事无补。

我的个亲老子。我的个亲爷爷。我的个亲祖宗呀。二爷就在这个当头出现了。

他怎么来到我们当中的我们不知道。一点儿也没注意到。二爷像是从树根上长出来的似的。

他的身上背着六把还是七把鸟铳。

二爷说，你们快起来，去蜈蚣岭把自己的那担盐挑了，迟了就不能在太阳落山前到金鸡岭的伙铺落宿了。

二爷的话说了三遍我们才想明白是怎么回事。

原来是二爷把我们被劫走了的盐夺了回来！我们返回到蜈蚣岭，看到在路边上齐斩斩地排着的十三担盐筐时，感觉就像是在做美梦一样。

多亏了二爷啊，救苦救难的二爷啊！在路上，我们就想，二爷是怎么把劫匪赶跑了，还缴了他们的枪的。二爷单枪匹马就能敌他们那么多人？

　　我们当中有一个早些年也在路上发过财，在山寨里入伙吃过阎王饭的，那人叫大脚板。他给二爷怎么以寡敌众，圆了一个听来有些道理的说法。他说，二爷一定早就瞄上那些个广仔牯了，广仔牯劫了我们的盐后，一定把枪交给一两个人背着断后，其他的人挑盐去了。二爷一定是先制服了背枪的人，夺了枪。手里没了枪的劫匪只能依二爷的，他说什么就做什么了。

　　按说这一带在路上发横财的人，都是知道二爷的厉害的。

　　在房间里帮他们倒洗脚水的杨开福插话说，这么说，你那天见到二爷了？

　　那当然，二爷在树林子里叫喊我们的时候，我坐在地上，两腿叉开，二爷的一只脚就踏在我的裤裆边，差一点就要踩在我的那个东西上。

　　你看清了，二爷长什么模样？是关公的模样？还是秦琼的模样？还是程咬金的模样。杨开福嘻嘻哈哈地问。

　　二爷的模样就是二爷的模样。你说的那些都是门神。二爷比门神还门神。又高又粗，比我站在倒扣着的盐筐上还高，比我穿上冬天的棉衣还粗壮。没见过那么高粗的人。

　　你还是没说清楚他长什么模样，眼睛有多大，鼻子有多高，牙齿黑不黑，还有耳朵，是不是和菩萨那样有个长长的耳垂。

　　你说二爷的脸相呀，那怎么看得见，二爷是蒙着脸的，连下巴都蒙得紧紧的。二爷怎么会让人看见他的脸相？你也不想一想。

　　杨开福哈哈笑着说，你这也算见着了二爷？我是见过二爷的脸相的，二爷和我们金掌柜的脸相倒是有几分像，你没见过县城悬赏捉二爷的布告么？上面画的就是金掌柜的那张脸。

　　知道杨开福也是说着玩的，里面便一顿哄笑。

　　杨开福也笑，他拎着水桶出来的时候，脸上的笑还挂着。看得出来，那是一脸讥讽的笑，就像一个占了别人的便宜的小孩子似的。

美　人　书

夜风传来对面楼下大屋里盐客们的嚷嚷声。吃饱喝足后，他们的劲头又来了，属于盐客们的野性释放了出来。

他们卸下了白天肩头上的重负，扔下一路上的担惊受怕，抹去了走一路洒一路的汗水，在这个他们认为最有安全感的伙铺里，他们想吼几声就吼几声，想唱什么就唱什么。荤的素的，都无一例外让自己开心，也让别人开心。

舜帝有福是真有福，娥皇女英睡一间屋。嗨呀。

秦王盖了个阿房宫，三千美女被窝中。哎呀。

唐朝皇帝爱扒灰，灰灰里扒出个杨贵妃。啧啧。

大清乾隆下江南，小家碧玉装满船。嘀呀。

青石路上挑担盐，抬头看见奶头山。

他们唱这唱那的，甚至还编排到了我的名头上：

金掌柜闺女叫布谷，小脸蛋儿红扑扑，

金掌柜闺女叫布谷，我看上一眼也知足。

……

他们吵过闹过之后的伙铺，会愈加的安静，静得就像人世间所有的一切突然间都浸在了深潭里。

美人书

115

11

到了夜间，杨开福会在楼梯拐角的梁柱上，挂一盏玻璃罩子罩着的马灯，一半照着楼道，一半照着楼下的瓜棚。

不管多么安静的夜晚，也会有山风从竹林里窜出来，与从院门口涌进来的河风搅在一起。所以那个吊在梁柱上的马灯，就免不了叽叽呀呀地摇晃，风起的时候，它甚至会像马尾巴似的甩起来，灯光就在木楼的檐下至窗口之间，荡过来，荡过去。

从窗口进来的灯光，让我的睡房忽明忽暗。与此同时，河水流淌的声响，随了河风一阵阵地被推到崖壁，又一阵阵地退潮般弹回去。它们会在不管你是安睡，还是辗转难眠的整个夜晚，折腾不休，直到第二天早上，鸡报晓，天见亮。

我真正成为二爷女人的那个如期而至的晚上，杨开福没有在楼梯拐角的梁柱上挂那盏马灯。

当时我还不明白，并非杨开福忘了这事，而是因为二爷。

二爷那天下午来到了伙铺。与往常不一样，二爷不是来伙铺打一转，办了该办的事就走。吃晚饭之前，他就决定不走了，他晚上要在伙铺留宿。

二爷有二爷的规矩，二爷在大白天是藏匿起来的人，晚上更不得有灯光照着他落脚的地方。二爷是道上走的人，他不得不提防什么。有众多人提防着二爷，二爷其实也提防着众多人的。

金子贵说过二爷属兔，但二爷比兔子警觉多了。从二爷鼻子下吹过去的风，二爷都要嗅嗅，嗅出什么味道来，辨一辨有什么异样。

116

吃晚饭的时候，我和二爷面对面坐着，二爷边喝酒边打量着我。我埋头吃饭，但能感觉到他比酒还烈的目光。他喝酒喝得比金子贵和杨开福都痛快。我留心听着烧酒从他的喉咙里咕咚咕咚饮下去的声音，听着他把一饮而尽后的酒杯搁在桌上咣当咣当的声音，听着他将鸡鸭骨头在嘴中咔嚓咔嚓嚼碎的声音，我同时也感受到了他目光里喷出来的火焰。

下午雨停了。断黑的时候，西边的天见了红，看来明天会晴了。杨开福说。

二爷哼了一声。

金子贵说，今晚这个母鸡太老了，没炖好，差一把火。

二爷又哼了声。

二爷的话不多，二爷突然说，还拿个酒杯来，今晚布谷妹子得喝一杯酒。

杨开福取来酒杯，倒了杯满的，放在我筷子边。

我说我不喝酒，我素来不喝酒。虽然说的是谎话。但我没有脸红，女人说自己不喝酒，说千回百遍都可以是有理由的。

金子贵在一旁劝我，二爷要你喝一杯就喝一杯，酒是好酒，布谷妹子。

杨开福也劝我，指着柜台上和油灯一并儿放着的一个红漆皮箱说，你看，二爷又给你带了一箱子穿的戴的来，你知道那是些什么样的人才能穿戴的东西吗？是大户人家的小姐和少奶奶们才见得着的。

金子贵嘿嘿笑着，在一旁插话进来说，还不是一般大户人家的小姐和少奶奶见得着的，至少得像是首一望那样的大盐商家的小姐少奶奶们，眼睛里才有那么好的福气。

金子贵的话让我心里咯噔一下，我差一点要起身去看看，箱子里到底是些什么穿戴的东西。但一想，即便就是如他们说的那样，也不会是什么稀罕东西。芙蓉呀，箱子里的东西总不至于是你父亲首一望给你的那些嫁妆吧。不过，为了掩饰自己的内心，我还是装模作样地蹙着眉头端起酒杯。

金子贵说，二爷要是送这样一箱好东西给我，我准得一口气喝下一坛子酒。

杨开福笑话金子贵说，你穿上花衣裳，一定是个老母猪的样子，哈哈哈哈。不过，二爷真送你这些东西，你也有用处。你会一件件地送给三嫂。

杨开福说的三嫂，便是给伙铺做酒的三嫂。

总有一天我会见这位三嫂的，见着三嫂时，我一定会把杨开福刚才说的话传给她。

杨开福说到三嫂时，我饶有兴致地看了眼金子贵。金子贵的眼睛却躲起来了。

金子贵一定是在桌子下边踢了杨开福一脚，不然，杨开福不会捂着嘴巴噤了声。

在二爷面前，他们一点也不敢放肆，我早看出来了。

晚饭过后，我只得按二爷的吩咐把那个红皮箱子提上了楼，拎进了自己的睡房。

打开箱子后，我目瞪口呆了。我用不着怀疑了，在我眼前的，就是你父亲在你家天井里指给我看过的嫁妆里的其中一箱。

叠放在面上的那一件织锦缎的滴水领口旗袍，让我印象深刻的，因为我没见过哪件织锦缎的旗袍的襟边、领边、袖边，盘金满绣会有那么一色的精致漂亮。

在你家厅堂里哭嫁的时候，我就设想过，如果是我嫁到蒋家大院去，如果是我去做蒋玉湘的新娘，我就选它做我上花轿的嫁衣。

我才不会千篇一律地去选一身红彤彤的衣裳，俗不可耐地上花轿呢。我要是穿上这么一身旗袍，定然会将整个身子隐露得恰到好处，毕现身段曲线的柔美与生动。抬脚移步，定然会一步一扭，摇曳多姿，楚楚动人，让人惊艳于我那与生俱来的苗条与匀称。加之我那蛾眉大眼，长睫明眸，贝齿琼鼻，粉腮朱唇，柔脖玉臂，纤手细腰，巧足秀腿，芙蓉啊，我才是配被抬进蒋府大门做蒋玉湘的新娘的女人，而你，的确有些不配。

世事难料。原本属于你的这件织锦缎盘金满绣的旗袍，突然间到了我的手上。这是我与它的缘分。

可惜的是时过境迁，当我再次面对它时，却全然没有那时的心情了，就像我根本就没心思去想它怎么会到了二爷手里，怎么又从二爷手里到了我的房间一样。我轻描淡写地把它扔到了一旁的靠背椅上，由于它质地光滑，它又自己滑落到了满是尘灰的楼板上，像是一小堆枯叶。显然我是不会去穿它的了。

芙蓉，看到自己的嫁衣是这样一种结局，也许你气得肺都要炸了，心痛得像有锥子在扎。相反，我当时却是一种见猎心喜的心情，一种痛快淋漓的心情。嘿嘿嘿嘿，这是你的嫁妆，这是你首芙蓉的嫁妆，它们都像从别人家生长到我院墙里来的瓜果，毫不费力地到了我的菜篮子里，任由我横劈竖割，蒸煮炖炒。或者拿去喂猪喂狗。

我怀着一种无比解恨的心情，从箱子里翻出了第二件、第三件、第四件不同款式、不同花色、不同布料的旗袍，我把它们扔得地上、桌上、柜上、椅上、床上到处都是，它们倒是把我的房间装扮得花花绿绿的了。

我站起身，朝空空如也的箱子踢了几脚，突然有些扫兴，这满箱子的旗袍，竟然没有一件是我看得上的，它们简直就是一堆垃圾。

二爷应该把这箱垃圾送给金子贵，也许当金子贵转手送给三嫂时，三嫂的眼睛里会放出异样的光彩，会给金子贵一些男人渴望得到的东西。这些东西原本就是用来哄得女人欢心的。

我打了个长长的哈欠，对着墙上孤零零的影子，自语了声，该上床睡我的觉去了。

要么是和二爷同在一张桌上吃饭心里有些紧张的原因，要么就是二爷要我喝下去的那杯酒的原因，我欠身吹灭柜上油灯的同时，身子已歪向床边。我的身子重重地压在床上。脚的那头，踩踏着有些光溜溜的东西，不用去想，是你的非绫即缎的旗袍。把你的嫁衣踩在脚下的感觉有些怪好笑的。可我没有笑出来，我懒得去笑，我太疲倦了，我只想闭着眼睛好好地睡一觉。

没有楼梯拐角的马灯一来一去的光影晃动，月亮也没到窗口这边来，门又是确定上了栓的，我想，我尽管安安心心地睡好了。

我交叉双手抱紧自己的肩头，就像是漂浮到了自己熟悉的港湾似的，这是我睡眠时习惯了的姿势。在无数个夜晚中，我都这样抱着自己，使漫漫长夜在转眼间成为第二个黎明。

二爷是和风一样从木格子窗进来的？溜进来的？钻进来的？跳进来的？反正我不知道他是怎么进来的。

我说他跟风一样，是指他来去无踪，是指他飞檐走壁，是指他常常看不到也摸不着，却能一不小心就到你身边来。

他和那天晚上有些潮湿的风一起装进了我的被窝。那时我睡得迷迷糊糊的。似乎是窗外的墙根下有什么窸窸窣窣的响动，抑或是有一条蛇或者一只老鼠在墙根下窜溜，我便没有太在意。然后一股冷风从窗口进来，拂到我的脸上，把我额头上的散发撩开了。

一股浓烈的酒气随即从我的鼻孔爬进来。睡觉之前关好的帐帘上，一个人影子浮在帐钩的位置，虚无缥缈地晃了晃。那是一个人影，当时，我却没有动身让自己醒过来去证实，是否确有其事。

我在我的睡梦中均匀地呼吸着。那个男人的气息并没有隐藏起来，当他亲吻我的额头时，他的气息扑了我一脸。他下巴上的胡须扎着了我的眼皮。我的眼皮颤了颤，又恢复了原样。

这个时候，我要打开自己的眼帘似乎要耗尽毕生的气力似的。

我睁开双眼的同时，嘴巴也张开了。他用肘拐把我的下巴一抬，我的嘴巴又合上了。来不及叫喊出来的声音，堵满了我的喉咙，我睁圆了双眼，咕咕咕咕地把本来可以响彻整个伙铺的尖叫，咽回到肚子里面。

不要叫喊，金子贵和杨开福两个都睡下了。他在我耳边，用一种不可违抗的口吻说，接着又补充了一句，我是二爷，你以为是谁？对二爷的强势和蛮横，我是早有心理准备的。他要怎么来就可以怎么来，我别无选择。离了蒋玉湘，我已然是一具行尸走肉。我这样反而心里平静了。

我异常平静地叫了他一声，二爷。

他嘿嘿一笑说，你再叫我一声。满世界只有你叫我二爷听来舒服，听来心里爽快。比我娘叫我的小名还甜。

我对他说，你这么说，我就不叫了。我边说话边把他压在我胸前的双手拽开，但只过了片刻，他的手又回到了原来的位置。

我用力抓着他的手臂，却不知道怎么反抗他。

布谷，你真的叫布谷吗？他在我的耳边含着笑问。

我没有答理他的话。

这是我的床，这几个月，你都占着我的床。他又说。

我想这也许是真的。这个伙铺不会为我早早就准备了这么一个僻静的房间，安排这么一张干干净净的床。我说，不好意思，既是你的床，我就睡地板上去。你放开手。

他的脸上出现了一个隐约的笑容，我能从他的牙齿和呼吸中判断出来，他笑得很开心。他完全是在笑我说的话，觉得我的话幼稚可笑。

他说，这张床我睡过，你睡过，就成了我们两个的了，你怎么能睡地板上去？再说，它够宽的，睡两个人都觉得宽。

说着他就坐在了床沿上。他不慌不忙地解下腰间扎着的汗帕，脱了衣裤上床来。

让我倒抽一口冷气的，是他把一把在黑夜中更显得寒光闪闪的腰刀和汗帕一起放在了枕头边。他这样的举动，吓得我缩着身子往里挪，最后差不多是贴着靠里边的床板。

床的那一侧，有了一大片的空位置。他赤裸着身子伸胳膊蹬腿地平躺下来，说，人生下来的时候，就是这样一丝不挂的。我睡觉的时候就喜欢这样一丝不挂，我这样子没有吓着你吧？

我没有回他的话。他的话没有一句是此时此刻我关心的。

我无处可逃，像是一只被套子夹住了双腿的兔子似的。我壮着胆子问了他一句，你刚才是从窗口爬进来的吗？

他认真地回答我，我从哪里都能进来。能从上了栓的门进来，能从窗口进来，还能从房顶上进来。我是一只老鼠，有时比老鼠还厉害，就像一只蚊子，你信不？

我说，我能不信吗？

他把我侧着的身子扳过来，搂得我像捆在他身上似的，说，我们就这样。我得搂紧你，要不这只布谷鸟会飞掉了。

我在他的胳膊里挣了挣，哪能挣得动。他站起来就是一座铁塔，倒下去还是一座铁塔。他三两下就把我的身子脱了个精光，就像是剥一个被开水烫过的芋头似的。

赤身裸体着，没有任何隔挡地被另一个赤身裸体的男人搂在怀里时，那种肌肤紧贴的感觉，我并不陌生。蒋玉湘是第一个，二爷是排在他之后的。只要是心里不抗拒，身子就容易服服帖帖。但对二爷的服服帖帖，却是因为心生畏惧。

我能感觉到自己身子的颤抖，不是因为激动，而是因为心生畏惧。

我根本不知道二爷是怎么结束的，又是怎么偃旗息鼓的。

芙蓉呀，我的眼皮，直到第二天上午杨开福叫我下楼吃中饭时，才微微动弹了一下。

我睁开眼睛，看见的人不是二爷，是满屋子被我乱扔在楼板上的旗袍，我捋了捋乱糟糟的头发，扯了扯皱得不成样子的床单，莫名其妙地自顾自笑了一下。我躺在柔软的枕头上，把比枕头更柔软的身子侧起来，朝着昨晚二爷悄悄爬进屋来的窗口，回想昨晚那些如同发生在梦境中一般的事情，感觉一切都太不可思议了。

二爷怎么能对我这样？

难道我成了金鸡岭下的布谷，而金鸡岭下的布谷，那就必须是二爷的？

芙蓉啊，你是不知道，二爷的名字就是一阵冷风，那是私盐道上让五尺男儿都听来双脚发软、浑身哆嗦的名字。

杨开福和金子贵都这样说过的。

在金鸡岭下，在这个幻境般的伙铺中，所有的人都不是自己的。所有的人都是二爷的人，都是二爷手中攥着的一颗栗子，是二爷顺路捡来的一个柿子，是二爷腰间口袋里的零食。

杨开福和金子贵就是这样说的。

他们还特别强调，二爷手里拿着一把锋利的腰刀。有了那把腰刀，二爷能像云一样在金鸡岭上飘浮着，悬在山的顶上、树的顶上。

杨开福和金子贵的话，让我记起二爷把一把在黑夜中更显得寒光闪闪的腰刀和汗帕一起放在我枕头边的情景。现在想来，我都不由得浑身发怵，不寒而栗。

如果我不顺从二爷，二爷会要了我的命么？

金鸡岭下的布谷，她的身子就是她能够在这里存在的理由。我给了自己一个答案。

我之所以这样，完全是因为你首芙蓉的造就。不是你，我不会离开桃花镇，走到其实就是一个土匪窝的伙铺来，不会躺在二爷的床上，甚至不会知道这世上有二爷这么一个人。

在什么山上唱什么歌，我不能怪二爷，正如他说的那样，我是自己送上门去的。没有勇气投潇水河自尽的我，活在世上已经不是一个人。我是一个妖精。我现在的活法，就是一个妖精的活法，一个没有怨恨，没有嫉妒，没有羞耻，没有颜面，没有牵挂的活法。我原本是一个富甲一方的大家闺秀，富家小姐，现在呢？漂泊到举目无亲的金鸡岭下，与素昧平生的二爷、杨开福、金子贵还有驻店的挑盐客生活在一起，我当然不可能还是之前的那个我。

现在的我是一叶无根的浮萍，一片凋落的花瓣，是风中的一粒极其细微的尘埃，或者说什么都不是。

芙蓉呀，我不止十次百次地感叹，你的命就是比我好。你看，你的路在你想要去的地方，而且是直溜溜平展展的大道。我的路却常常是难以想象的坎坷曲折，七弯八拐的，我一路走着，像是前往一座半阴半阳的坟山。

杨开福告诉我二爷那天没见亮就离开伙铺了。二爷说还要去县城弄些让我更喜欢、更合意的衣裳来，免得我又拿来扔得满地都是。

我盘算着二爷从县城里回伙铺来的日期，估摸十天半个月的时间总是要的。

那些天，因为内心无法平静下来，觉得日子一天比一天长，我便常下楼帮着金子贵和杨开福做些什么。不管我做得来的事情还是做不来的事情，我都去搭一把手，这样，时光会过得快一些。

每到夜深人静的时候，独自一个人，我就无法控制自己不去想你和蒋玉湘。你们这个时候在干什么呢？你们是在一起，还是不在一起？你们睡觉的洞房，还贴着大红喜字吗？门上还贴着那副蒋玉湘父亲作的对联吗？

我猜想蒋玉湘定是在忙着他的公务。他一定是一个称职的县丞，一个忙得不可开交的县丞。而你这个时候，应该腆着身怀六甲的肚子，感受着道州那边女人唱的《十月怀胎》女歌：

正月怀胎正月正，无形无影亦无声。

好似水上漂萍草，到底生根也生根。

二月怀胎艳阳天，真正胎儿上了身。

脚软不爱门前走，手软不爱把针穿。

三月怀胎三月三，三餐茶饭吃两餐，

菜不思来饭不想，只想杨梅与酸汤。

四月怀胎渐渐成，一身酸胀路难行……

你和你现在的丫头欧阳满珠都有一手好功夫、好女工的。这个时候，该为肚子里的毛毛备做些童鞋童帽、童衣童裤了。你会在上面绣上些什么花色呢？一绣童子哈哈笑，二绣红鲤双双游，三绣金鸡抖长尾，四绣观音坐玉莲，是不？还得给毛毛编喜寿福禄女书字样和带有吉祥图案的花带，给毛毛做八根花带缝合在一起成八宝的被面吧。

这些不说，作为多年交往的朋友，多年形影不离的姐妹，我知道我在你心目中的位置，不论我对你是如何的怨愤，如何的嫉恨，对于我的不辞而别，你一定就像我此时惦记着蒋玉湘那样，也在深深地惦记着我吧。

你其实对我太不了解，跟我交往这么多年，你一点都没有上心。你根本就没有想到我会离开你吧，你这个木头。

12

三嫂挑了一担酒，从金鸡岭山上的寨子里，来到山脚下的伙铺。因为山路崎岖，走了大半天。

三嫂是天见亮时出发的，到伙铺时已过了吃中饭的时辰。

金子贵是知道三嫂今天会下山送酒来的。为了等三嫂一起吃饭，用黄豆炖的一个猎野猪蹄差不多要烂在锅里了。

杨开福寻开心地在一旁抱怨，给三嫂留着的这个野猪蹄，挂在火炕上半年多，天天见着都流口水，可惜了，可惜了。

金子贵说，闷烂在锅里，要什么紧，又没有烂到哪里去。再说了，不炖烂点，野猪脚的皮能咬得动？你以为都像你的那口狗牙，铁丝都咬得断？我看布谷吃东西斯文，不炖烂些，依布谷吃东西的这般斯文法，得用手去抓。

金子贵把我拉去做挡箭牌，去掩饰他对三嫂的偏心眼儿，显然是没有多大效果的。

杨开福冲着他扮了个怪脸说，掌柜的你放心好了，三嫂那一口银子一样的牙齿厉害着呢。她给你缝扣子、补衣服鞋子的时候，你没见着？那么粗的棉线，在门牙下边一磕都断两截了，你能说三嫂的牙还不厉害？比新磨好的剪刀还厉害呢。你大概忘了三嫂来一次就把你的肩头脖子咬一圈，咬得皮开肉绽的了。还好，三嫂好不容易才下山来这么一趟，不然的话，你的骨头都给她嚼成渣了。嘻嘻。

金子贵的表情有些不自在，伸长脖子左右晃动着说，我哪里皮开肉绽了，我这不是好好的？你说话注意着点，不要瞎说。

杨开福满不在乎的模样，咧着嘴只管笑。金子贵倏地沉下脸，严肃地说，特别是这回，三嫂不是因为送酒才到伙铺来的。从今往后，三嫂不在山上酿酒了，三嫂就留在伙铺了。是二爷吩咐的。二爷说布谷姑娘得有个女伴，得有个人时常照应。二爷说，伙铺里没地方酿酒，就要河湾边李家村的人送酒来。李家村聋子老汉几代人滴酒不沾，酿出来的酒却沿着潇水河香到了道州地界，连永州府里做大官的、做大买卖的都知道，算是有点名气的了。我们伙铺里往后也要那些盐客们喝些有名气的酒。

杨开福说，那是空话。哪个人也酿不出来三嫂的酒来。伙铺里天宽地宽的，哪里没地方酿酒。我跟你打个赌，三嫂下山来了，留在伙铺了，照样酿酒给我们喝。

金子贵显然是对自己信心不足，说，我不跟你打赌。有什么可赌的。没什么可赌的。

我心里明白，二爷要三嫂下山，常住到伙铺里来，完全是因为我。

前两天，二爷从县城里——也不一定是从县城里，用马车拉回

126

来十个大板箱的布料。那些料子多得只有一小半是我叫得出名来的，如妆花缎、软烟罗、雨花锦、散花锦、雨丝锦、织金锦、花素绫、交织绫、广绫、古香缎、平素绢、天香绢、单罗纱。花色图样也多得让人眼花缭乱的，有祥云纹的，凤纹的，蝶纹的，藤纹的，牡丹的、芙蓉的，有的料子上面有彩绣，有十多匹还是机器织的洋布，手摸上去像是鹅毛般的平滑。

那些料子，是二爷花钱买的，还是顺手牵羊牵来的，是撬了别人家的铺面抢来的，还是打开了哪个大户人家的橱柜偷来的，我就不得而知了。

这类东西的来路，我不方便去问二爷。我去问二爷，二爷也不一定给我说实话。

二爷说，以前的那些现成的衣服，只能一把火烧了。各人的尺寸不一样，所以难得有穿着合身合体的。所以这次弄回些料子，挑好料子，再寻个好裁缝，这样才会有合身合体的衣裙穿在身上。

我说，这些料子是好料子，但这深山沟里，哪来的好裁缝呀。随随便便找个裁缝来，岂不糟蹋了这些上好的料子。

二爷面有难色地说，哪里有好裁缝？哦，布谷，你一定知道哪里有好裁缝。

我说我不知道。我知道桃花镇上就有六个裁缝铺子，但我不能说。

杨开福说，桃花镇上少了裁缝呀？听说那个麻子裁缝刘庆高的手艺是最不错的，不过要的工钱也比别的裁缝高出一半。

二爷听杨开福说到麻子裁缝，即刻便想到了三嫂，说，麻子裁缝是三嫂的同年爷，是三嫂父亲的同年老庚。那就叫三嫂下山，量好尺寸，再到麻子裁缝店里缝制衣裙。

要三嫂来伙铺常住，来给我做伴，那是二爷自己拿的主意。

就这样，常常被金子贵和杨开福挂在嘴边的三嫂，成了我事实上的佣人。

三嫂给我的第一印象就是那种落落大方、通情达理、既勤快又热心的人。这种人，生来有着不尊贵却珍贵的品行。

她该比我大至少十岁。女人似乎要到这样的年龄，才更像一个女人。她有一双明亮清澈，看什么事都能透透彻彻的大眼睛，一脸深谙世事却偶尔呈现羞涩的灿烂神情，一种说话时从容不迫、语重心长又清脆动听的口气，以及处处端庄娴静又准确到位的举手投足。

芙蓉呀，三嫂有别于我，有别于你，尤其是有别于欧阳满珠。

不知道你感觉到了没有，欧阳满珠学着你也学着我，很让人恶心地装小姐的相。她一个做丫头的人，装什么小姐相啊？

你看她，看什么东西时，还低着个眉头。闻闻饭煳了没有，还拿手掌把锅上冒的热气往鼻子下面拍。要她取个急用的东西，她居然提着裙子像上戏台子似的移碎步。

不提那个讨嫌的欧阳满珠。我还是接着给你说三嫂。

三嫂的肤色说不上白，也说不上黑，她的皮肤上积淀了日月照射和风吹雨打过的痕迹，显得健康而充满弹性。她朝金子贵扬起脸来的时候，我才注意到她挺拔秀气的鼻子两边，有几粒稀疏的雀斑，鼻尖上还有一粒呈粉色的肉痣。那是一颗典型的美人痣。

三嫂的鼻孔里干干净净的，从鼻孔里呼出来的气息有一股淡淡的栀子花香味。

第一顿饭，她坐在我的对面，却起身来首先给我盛了一碗黄豆炖的野猪脚汤，她是认真的，没有半点做作。三嫂在饭桌上一动手，就让我喜欢上了她。

三嫂有着热情与细心。比如说给我盛碗汤，她是这样的：她先添了一勺黄豆在碗中，然后是两片蹄花，然后是漏掉油的汤汁，末了还把汤汁中的几片姜用筷子夹出来，再双手捧着递给我。

可以说，就在饭桌上的那一下子，三嫂就把我和她弄得很亲近了。欧阳满珠服侍了我那么久，给我做了那么多事，但欧阳满珠对我做的所有事情加起来，也比不过三嫂的一次伸手。

我接过三嫂盛菜的碗，双手竟有些颤抖，想到我活了快二十个年头了，没娘爱，没爹疼，到今天才端上一碗别人用真心、用热心、用细心盛的热菜热汤，我鼻子一酸，心一下子就碎了，两行热泪不禁滚滚地往汤汁里流。

说到二爷弄到的那些布料，三嫂半开玩笑地说自己是半个裁缝。她说自己是半个裁缝时，脸是朝着金子贵和杨开福扬起来的。

三嫂说他的父亲在世时，也就是她十岁以前，每年至少去麻子裁缝家两趟，每次去还少不了要住上三天五天。麻子裁缝过生日和正月十五前去拜年这两趟，是雷打不动的。她的父亲每次都会带上她去。

她叫麻子裁缝叫同年爷，麻子裁缝叫她同年女。她的这个同年爷不仅常常用些边料布头给她缝制新的衣服裤子，还教她做扣眼、钉扣子，在布料上量尺寸画标志。

同年爷对同年女的心灵手巧赞赏有加，说过很多次要收她做徒弟的话。

三嫂作为猎户的父亲和麻子裁缝有多年的真情交往。男人们大多是这样，可能会抱怨父母、嫉恨兄妹、与妻儿生分，唯有没有血缘关系的老庚，认定了就离不了，当作自己最为信赖，最为体己的朋友，可以推心置腹地彻夜长谈。

在老庚面前，男人也会像女人那样，有说不完的话。三嫂的父亲和她的麻子同年爷便是这般热络的老庚。

麻子裁缝喜欢吃些山上跑的、天上飞的野味，像穿山甲、果子狸、麂子、斑鸠。三嫂的父亲猎获了这类野东西，就会往麻子裁缝那里送。麻子裁缝吃喝是不缺钱的，少不了对老庚帮衬和接济。三嫂能记起来的，小时候吃过的最甜的东西、最香的东西，无一例外是在麻子同年爷家里，而不是在她自己的家里。三嫂说在小时候，大人若问她谁是她最喜欢的人，她会毫不犹豫地说，我同年爷。

三嫂十一岁那年，家里发生了接二连三的变故。她父亲抄近路追赶一只中了枪的野猪，翻一个崖壁，被石缝中窝着的一条银环蛇在额头上咬了一口，没回到家门，就咽了气。

她父亲下葬两个月后，母亲就改嫁到广西去了。

又过了一个月，三嫂的小伯把她带到金鸡岭上的寨子，与金子贵的三弟金子福见过面，合了生辰八字，留在金子贵家做了金子福的童养媳。

三嫂说，如果不生这些变故，兴许她早就成了颇有名气的裁缝。

人说的话不算数，天说的话才算数。三嫂的父亲不被蛇咬死，今天的三嫂就不会出现在这伙铺里。同出一辙的是，当年我的父亲若没有交上那个盐运使的厄运，我就更加不会出现在眼前的伙铺里了。

在饭桌上不多言语，冷不丁才说出三两句俏皮话来的金子贵，听三嫂坚持说自己是半个裁缝，还提及了多年的往事，调侃三嫂说，半个裁缝就是半个裁缝，就称不上裁缝。就像做一道菜，一半生一半熟，能端上桌来吃吗？

三嫂听金子贵这么说，竟是有些动气了，放下碗筷站了起来，说金子贵的话比烧生柴冒出的烟还要呛人。

三嫂并不示弱，她站起身来是要拿自己身上穿的衣裙来证明自己。她拉扯了几下衣襟和袖口，说，我穿在身上的这身衣裳就是自己缝的，我这身衣裳穿着就合身，哪里不好了？是一个衣袖长、一个衣袖短么？布谷妹子，你是有眼光的人，你来说说。

三嫂说着绕过饭桌到我的身边来。她的穿戴是平地瑶的穿戴。平地瑶的妇女有便装和盛装两样。

三嫂着的是盛装，也叫大衣装。开右衽，无花边，外面是淡绿花布料子，衣身宽大，衣长及膝，袖子又短又宽，像是给穿着内衣的双手做个遮挡似的。外衣领口的扣子虽然不大，却是银制的，和三嫂下巴的肤色一样，白得有些泛青。

三嫂丰腴的胸前，系着一条与上衣等长的浅色围裙，围裙下面才露出她那双修长匀称的穿着青布裤的腿。

为了把她的身前身后展示给我看，三嫂举着双手原地转了一个圈。戴在她手腕上和腰肢上的片片银饰，闪着白光，且叮当作响，悦耳动听。有那些佩戴的银饰装点，三嫂显得愈加的妩媚。

我连声说太好了，太好了，三嫂的手艺没得说。

我注视着三嫂的脸，三嫂的脸上交织着又高兴又激动又得意的情绪。她的眼睛则朝着金子贵。她居高临下朝着金子贵的目光是挑衅的目光，是得胜者的目光，一瞬间她就朝金子贵挤了四次眼睛，逼着金子贵改口说：有的菜——像青菜，炒个半生不熟才好吃，炒过了就不脆。还有新鲜的猪肚、猪肝什么的，也一样。

三嫂得势不饶人，指着金子贵的鼻子说，布谷都夸我好手艺，你敢说我半个裁缝就不是裁缝呀。

吃过饭后，三嫂就要我陪她上楼去，她急切地想见见二爷弄回来些什么好布料。

在我的睡房里，我把二爷用马车拉回来十个大板箱一一打开来，让三嫂逐个看，看个饱。三嫂拿这箱子的料子摸一摸，拿那箱子的料子拍一拍，还凑过鼻子去闻一闻，然后小心翼翼地放回原处。她不吭声，不说话，就像突然间哑了一样。

我问三嫂，你这是怎么了，怎么不吱声呀？

三嫂说：天啊！天啊！

三嫂的眼睛睁得大大的，看着这么多、又这么好的布料，她有些吃惊罢了。

三嫂把十大箱布料一一看过之后，双手扶着床栏，在床沿上有气无力地坐下来，说，布谷呀，你十辈子也穿不完这么多的布料。

我说，不单单是我一个人，还有你，还有金掌柜和杨开福呀。

芙蓉啊，我像你那样奢侈无比地说，这些布料，哪个看得上就哪个挑去做衣服，做被褥，做裙子，用不着存着、省着。

我心里知道，因为二爷，这些东西想怎么有，就会怎么有。想怎么来，它就能怎么来。

我压低了声音，温和地又补了一句：还有二爷，二爷应该有几身像模像样的衣服。秋天了，他还穿着夏天的单层薄衣，夜露一上来，全身就湿透了。他也不知道冷。

我无意之中流露出来的对二爷的关心，让我突然紧张得不得了。我虽然无法在身体接纳他，在内心中接受他，却不知不觉地把他当成了自己的家人，自己的兄长。我怕他，但又十分敬重他；我躲避他，但又不得不依赖他。真情相待的朋友、家一般的温暖如春的感觉、衣食无忧的日子，我现有的一切，可以说都是二爷的恩赐。二爷为什么对我这样好呢？二爷真要把我当作他的女人么？二爷不知道我的心只属于蒋玉湘一个人，我的心被蒋玉湘占据后就谁也别想挤进来。二爷要我的身子，我无法抗拒，我无可奈何，就当是对二爷的回报。我也不知道自己这样是对是错。

好在三嫂没太在意我的话，只是应了声，是呀，别说金子贵、杨开福了，就是二爷，也没有正儿八经地去做几身衣裳穿。我得先一个一个地把他们的尺寸量好了，春夏秋冬中四季的衣裳都给他们每人做几套。男人嘛，他们自己是不会去想这些事情的。

三嫂当然是第一个给我量尺寸。我张开双手，平伸着，就像一个十字架，立在睡房的当中。三嫂捻着一根只有她才明白几分长几分短的大红头绳，把我的身子从上到下，从前边得后边，从肩头到手腕，从屁股到脚底板量了个遍。有时，她的身子贴我太近，都要挨在一起了，弄得我都有些不好意思了。

我说，三嫂，你别挨我太近了。

三嫂开玩笑地说，你就是去我同年爷的裁缝铺，我同年爷也会挨这么近，去量你的尺寸。说不定还会比我挨的更近些。

我只好在三嫂离我近的时候，就憋着气，不呼也不吸。不然，我的胸抬起来，和三嫂比我更为丰满的胸脯，定然会像两股浪花一样撞在一起。

我一憋气，脸就红了。

三嫂就笑我说，你当我是谁了，我又不是男的。

量了大半个时辰，三嫂把红头绳收了，放回胁下的衣袋里，像是量好了。我终于可以大口大口地喘气了。还没等我把气喘匀，三嫂又一把抓起了我的手腕，举在离她的鼻子眼睛不到五寸的地方。

她一只手托着我的手腕，另一只手则把我的每一根手指摸了个遍。

我问三嫂这是干什么，你要给我织一副手套么？我从来不戴手套的。

三嫂不答理我，一脸沉思地凝视着我的手指，在那里自言自语地嘀咕，怎么会有这样精致小巧的手呢？这一根根小指头是怎么生成的呢？说是一根嫩葱吧，葱又是直的。说是一小把嫩姜吧，姜又哪来那么柔软呢？

三嫂是在夸我的手。我也不知道我的一双手居然会那么招眼，迷了男人还能迷住女人。三嫂弄得我怪不好意思的。我在三嫂的腰窝里戳了一下，倏地把手抽了回来，嗔三嫂道，你又不是个男人，你看你，倒像是被我的手迷住了。

蒋玉湘是最先拿我的手来做文章的人。说我的手纤巧，像是千年以来画师们描绘不尽的那些盈盈仕女的模子。说我的手指，再怎么巧的银匠也打制不出来。

我要三嫂拿着量好的尺寸去裁缝铺做的，既不是什么衫、袄、霞帔、背子、比甲，也不是什么裙子、旗袍，我要的就是她身上穿着的那些平地瑶穿的大衣装和围裙。

我这样做，让三嫂犯迷糊了。她晕晕乎乎地离开我的睡房，在楼道上还问她自己，这些上好的布料，去做平地瑶的服饰，我同年爷的剪刀还能拿得稳么？

我不管三嫂怎么想，怎么看我，我自信自己穿上平地瑶装，比穿那些花哨的旗袍，更能和这金鸡岭下的伙铺融在一起。除了三嫂那身衣装，其他任何款式、任何花色，仿佛都与这样一个地方，这样的生活环境不搭调，格格不入。

俗话说得好，在什么山上唱什么歌。在园子里是花的命到野地里就应该是一棵草。芙蓉啊，到了这个时候，我认命了。而且，只要我不再去想那些在桃花镇上的是是非非，我就觉得在这里我可以活得下去，还可以活得很好。你看，在这里，我有吃有穿；在这里，三嫂、金子贵、杨开福和二爷，他们关心我，照顾我，不似亲人，胜似亲人；在这里，山清水秀，清静安闲。就过日子来说，这比我在桃花镇还要好得多。红豆我在桃花镇活得太累太复杂，而布谷我在这里又轻松又简单。

13

这年冬天的第一场雪之前，有好几天响晴勃日。太阳像夏天一样，一大早就在东边的山头上候着。天空晴朗少云，比秋天的天幕还深邃，还湛蓝。蓝得就像没有一丝丝褶皱的士林蓝布。

候鸟在蓝色的天幕之中，从北往南飞，从北边的天际无声地飞过来，消失在南边的天际中。空中有它们飞过金鸡岭、飞过伙铺楼顶时发出的悠长而清越的叫喊。

满山满谷的楠竹、苍松、樟木、枫树，在霜降的时令过后，就开始变幻着色彩。没想到，在秋天，各色灌木杂草都像是在春天时节那样争奇斗艳，绽放着它们藏了几个季节的绚丽色彩，这里一片片大红，那里一片片金黄。悬崖上披满的是金黄的色彩和褐色的色彩，斜坡上枫树的火把点燃了、点着了。只有油茶树和柏树桂树仍是一脸铁青的样子。

窗口外边的那片竹林，因为地上积的落叶越来越多，也就显得不再是那么密不透风了。风很容易便从竹枝瘦损的竹林间来回穿过。竹子枝头上仅有的那些不管是展开着还是蜷曲着的枯黄的叶子，终究是要被风毫不留情地剔除掉的。

干枯的竹叶就像一片片羽毛，被风吹落到菜园子里，吹落到瓜架子上，甚至吹落到我的窗台上来。

我的窗台上有三盆开得正盛的月季花。它们是细心的三嫂从伙铺外面的竹篱下移栽过来的。有几片被山风吹拂得晕头转向的竹叶，也因为鲜艳的月季花而突然间找到了方向似的，直往我的窗口里扑。

趁天气好，三嫂忙着把我新缝制好的衣服，一件件洗净了，晾在只剩些无叶的枯藤上下缠绕的瓜棚下。

五颜六色的长短衣衫，把瓜棚装饰得比开满了鲜花时还更加艳丽。很难想象，这些悬挂着的看似云衣霓裳般的衣裙，全都是平地瑶装的款式。

在我之前的印象中，平地瑶装无外乎就是些僵硬、粗涩的平板布、家织布，色调也单一，非蓝即青，再就是黑了。黑也不是纯净的黑、明亮的黑，只能说是暗，灰暗。

全都是因为我大胆的创意，因为不同的布料和别样的色彩搭配，平地瑶装有了这番绮丽，使得那些华贵的布料有了这般简约而别致的用处。

三嫂是看着我把她跑了几趟才从桃花镇取回来的平地瑶装，一套套在身上试穿过之后，才终于透了口气，认为我没有作贱那些连她的同年爷也说少见的布料。

她的同年爷感叹那些布料——就是穿在慈禧太后身上的，也不过是这些料子。

她的同年爷其实不可能知道慈禧太后身上穿的会是什么料子，只不过是那么想象罢了。他要怎么样去想象是他的事，他可以在梦里梦见自己给慈禧太后缝制披领和袖均用石青，肩的上下都加缘，拿金丝绣文金龙、行龙、正龙以及八宝平水图案的明黄色冬朝袍呢。

三嫂说自己活了几十年，穿平地瑶装穿了几十年，压根儿就没想到平地瑶装还能穿出布谷这样修长细挑的身材来，还能穿出布谷这样花枝招展的模样来，还能穿出布谷这样秀媚娇艳的仪态来。

三嫂对我说，她在同年爷的裁缝铺，邂逅了一个腆着个大肚子的官太太，还有官太太身边的丫头。官太太珠光宝气的，身边的丫头也珠光宝气的。她们是给即将来到人世的孩子取定制好的衣服的。她们定制了大大小小、里里外外共一百八十八件孩子的衣服，忙了她的同年爷大半年。

芙蓉呀，我猜三嫂在她同年爷的裁缝铺里见着的就是你和欧阳满珠。

三嫂喜滋滋地说，那个官太太在我同年爷的铺面里，见着这些平地瑶装，眼睛放出异彩，拿在手里，凑到眼前，看了又看，说要不是大着肚子，便要穿在身上试试。

芙蓉呀，我好不容易缝几身衣服，还逃不过你的眼睛，逃不过你的手呀！还好，你大着个肚子没有去试穿我的衣服。不然，如果三嫂告诉我，哪件衣服，哪身围裙你拿去试了试身子，即便是经了经你的手，或是过了过你的眼，我一定三刀两剪把它弄成碎布条。还有欧阳满珠，过了她的眼睛的东西，我都认为它晦气、恶心。所以我要三嫂拿了它们去潇水河边，拣水大浪激的地方去多冲冲，多洗洗。

事后一想，按我的尺寸缝制的衣服，你就是不大肚子，又能穿得进去么？

你身上的肉藏在哪里，瞒得了别人瞒不了我。我敢断言，只要是按照我的尺寸做的衣服，穿到你的身上去，尽管长短还算合适，但是衣服的两个肩头、两个袖口，还有两边的腰线，那就糟了，彻底完了，不绷线就会裂口。

这件事情让我感到命运对我就真的是太不公平了。好像我不管走多远都逃不开你似的，都是你伸手就能抓着似的。其实，你也无需介意自己的身材了，你已经得到了你的父亲想要的那个男人了，你成了他的结发妻子，是蒋家的大少奶奶，是别人眼中的官太太了，你稍有些肥胖或者说丰腴得有些过了，也是情理之中的事，那样的体态反而与你官太太的身份更相符。别人反而会称道你的富态、福态，显得你在蒋家院子当中有分量呀。

三嫂说得不错，这平地瑶装和过山瑶装一样，有些欺侮人，贴身穿的大衣装是那么的紧仄，而套在外面的衣身又是那么的宽松。身子弱小的人穿得进里面的大衣装，穿不出外面宽松的套衣；身子肥一点儿就穿得外面宽松的套衣，又穿不进里边紧仄的大衣装。所以一般的女子，穿平地瑶装都两头为难，穿不出一个样子来。

在三嫂的眼中，我是穿平地瑶装的女子中，最适合的一个，最出彩的一个，是平地瑶装欺侮不到的人，是反过来让平地瑶装无计可施的人。

三嫂说我穿上平地瑶装，不觉得土气，而且还显得贵气，有一种自然而然的、高贵的、神秘的气质，就像是高山上的云雾一样。

三嫂这人，至少表面上看是乐观开朗的，快言快语的，不会每说一句话都琢磨来琢磨去。她看我穿上平地瑶装时的眼神，充满了惬意，说话的声音里也弥漫了欢乐。

她这种情绪也有力地影响了我，以至于我成了平地瑶装的俘虏。大红软绸大衣装，已经穿在身上三天了，我还舍不得脱下来。

夜深人静的时候，或是从潇水河畔的树林子里，或是从金鸡岭山麓的任何一处树林中，总会忽远忽近地飘来阵阵鸟的叫声或是獬

137

猴、野狗之类动物的鸣叫。

楼下盐仓挨着的小房里，杨开福的鼾声闲过一阵后息了下来，他不像睡在我隔壁房间里的金子贵，金子贵的鼾声可是细水长流的。

三嫂到伙铺里来了快两个月了，但我仍不知道她到底是睡在哪间房里。

她总是比我睡得晚又比我起得早。三嫂也许睡在楼下的那间杂房里，因为杂房里有一张床，还有一些三嫂换洗的衣物和两个板箱、一个摆柜在那里。白天的时候，我看见三嫂在那个杂房里梳头、换衣来着。

但三嫂也有可能就睡在我的隔壁，在金子贵的床上。

我问过二爷，三嫂和金子贵到底是怎么一回事。

二爷说，他们呀，他们就是那么一回事。

二爷成心不跟我说个明白。我寻思着，等有了合适的时机，我直接去问三嫂，三嫂才会跟我说个明白。

二爷每次从县城里回来，除了给我捎这捎那，还会静下心来，给我说这样一个人。二爷给我说道的不是别人，正是蒋玉湘。少言寡语的二爷只是在说到蒋玉湘时，才有些滔滔不绝。

二爷说他隔三差五地往县城跑，主要原因就是蒋玉湘，那个做了三个多月的县丞之后突然间就成了县令的蒋玉湘。

有人考个秀才还得花半辈子时间，蒋玉湘从县丞做到县令，花的时间还不过种一季水稻。这让二爷抓破了头都没弄明白。

我提醒他去了解一下现在在永州府当州官的是谁，衡阳道的道台大人是谁，省里的巡抚又是谁，是不是也换了新的。

二爷说，布谷，你这是一语惊醒梦中人。我怎么就没有想到这些呀。二爷说完，突然睁大眼睛看了我好一阵，我明白，他一定意识到了，这样的提醒，不是一个简简单单的女子能想得到的。与此同时，我也后悔莫及。

二爷经我这样提示后才有了答案，原来是湖南的巡抚换了。蒋玉湘的父亲蒋广林在广西为官时的一个同僚，做了湖南新的巡抚。新的巡抚是敬佩蒋广林的为人的，和蒋广林也不是一般的交情，新的巡抚给蒋玉湘的来信中，称蒋广林为兄，称蒋玉湘为贤侄。

朝中有人好做官，这是连挑盐客也常挂在嘴边的话。

但二爷对于蒋玉湘刚过三十岁的年纪，就当上了县令，还是有些想不明白，说，才三十岁，胡子都没长出几根硬实的，就当县令了，这还了得，在永州府，听都没听说过有三十岁就当县令的。

我说，这有什么稀奇的，这大清的天下，小皇帝、短命皇帝还一个接一个的呢。

二爷嘿嘿一笑，认为我说得在理。康熙爷皇帝做得久，轮到雍正爷时，雍正爷胡子都白完了。这叫运气。发财的靠财运，当官的靠官运。蒋玉湘就是官运好。在他前边的县令李晚郴就不一样，在县丞的位置上折腾了二十七年，做县令的时间却不到四年。做了四年县令就做到头了，回他的福建老家去了。不过，能做四年的县令，也不错了，够他几代人有好日子过了。你想想，能在一个县内任你搜搜刮刮四年，还有什么东西没弄到手的。听别人说，光是大盐商首一望，每年往他手里送的银子就不下一千两。一年一千两，四年就是四千两。得几个人才挑得走。

在二爷的眼里，做县令是一件很发财的事。

说实话，得知蒋玉湘当上了县令，我心里是万分高兴的。我当然为蒋玉湘高兴，为他亨通腾达的仕途高兴。蒋玉湘一度是我的蒋玉湘，即便是眼下，我相信，他仍然是连着我的心的，就像我的心连着他的心那样。

他娶了你首芙蓉，并不意味着他的心已离我而去。我敢肯定，他怎么也不会到你首芙蓉的心里面去。我和蒋玉湘彼此在棋盘之中落下的那颗棋子，是定了格的。

当然我也心酸，心酸自己只能默默地为他的飞黄腾达高兴。

当然我也嫉恨。我嫉恨你，你占着那原本属于我的荣光。不是吗？想想，若我换到你的那个位置，作为县令的夫人，我该乘什么样的轿子，该吸引多少人羡慕的目光。

当然我很苦，我含着舌头能尝到自己胆汁的味道。

我怕自己心中的情绪溢于言表，被心细的二爷看出些什么来，所以当二爷说起蒋玉湘的时候，我更多的是沉默，是竖着耳朵听。

对于蒋玉湘的前任县令李晚郴，我是有印象的。一个印象是模糊的，一个印象是清晰的。

模糊的印象是，他当年骑着高头大马，率领衙役到桃花镇，从塘堤骑马到我家院外，又骑马从院门外到外院正对中门的甬道上，盛气凌人地在院内的天井里，扬着马鞭，指点着我们欧阳大院里里外外的一切，大声地嚷嚷着：全都给我贴上封条，全都给我封了。

他手下的衙役手里拿着一大把盖着官印的封条，那些封条就像一张张龇牙咧嘴的巨兽，把我家院内的东西一口一口地吞噬了。

我躲在我的奶娘身后，瑟瑟发抖地问我奶娘，官府的人不会在我身上贴封条吧？我奶娘说，他们不会，他们也不敢，谁要是敢，我就用麻绳勒死他。奶娘总是拿她用麻绳勒死谁谁谁，来为我壮胆，我若是梦见了妖怪，她会说用麻绳来勒死妖怪，若是见着了蛇，她便说用麻绳来勒死蛇。

我并没有见着她用麻绳来勒死什么，倒是她离开我后，日子实在过不下去了，把一根麻绳系在房梁上，用麻绳来勒死了自己。

一些年过去后，我仅仅记得那个骑着高头大马的人，有一张尖尖瘦瘦的脸，眉头像是蚯蚓一样弯弯曲曲的。

清晰的印象是你婚礼前哭嫁的最后那个下午，在首家大院里。那天，我终于看清并记住了他的脸相。芙蓉呀，当时你也在场，不知道你还记不记得，他照例是骑着高头大马来的，却在塘堤上就下了马。他从马上下来人就矮了一大截。你父亲在一旁悄声对我们说，县令大人不太喜欢坐官轿，他的个子矮，得骑到马上去才显得高。

他就是骑在马上，与你父亲比，照样高不到哪里去。

你父亲和他还是有交情的。他们的交情，就是一个盐总商和一个县令之间的既平常又俗不可耐的那种官商之间的交情。这种交情是容不得身份和地位的丝毫变化的。若你的父亲不是盐总商了，你家里就是有再大的喜事，他也不会来登门庆贺了。若他下了台，或是到别的地方任县令了，你的父亲也就可以见面不用假意寒暄，逢年过节不拿钱到他的家里去拜访了。

你的父亲像迎财神爷一样将他请往堂屋中间的上首席位入座时，我看他看了一个端详。

他真的是瘦，瘦骨伶仃的，加之迈的是外八字步，你大腹便便的父亲的手牵着他，活脱脱的就像是牵了一只猴子。难以想象，他捞的油水是那么的多，搜刮的民脂民膏是那么的多，吃的山珍海味是那么的多，身材长相却是这么一个瘦猴样。

他的眉头之所以看起来像是弯弯曲曲的蚯蚓，是因了他满额头的皱纹。他的眉头皱起来，两个快要从眼窝里掉出来的红彤彤的眼珠子，就更为突出。罩在这样一个眉头下边的眼睛，断然不会在金子面前眨一下。

我知道，这些年来，他从你父亲那些人的手里，巧取豪夺的金条、银锭，不会少于你父亲给你添置的嫁妆，他查封的我家的家产，也多半跟了他的姓。

对这么一个人，我是不得不记恨的。同样，二爷也对他恨之入骨。

二爷原本是金鸡岭上的一个再普通不过的山民，一个山民与县太爷基本上是没有什么牵扯的，除非沾亲带故。

二爷曾经在半山腰上种过几亩花生，到镇上卖花生时，交了三成的税，二爷便不种花生了。

二爷到宁远县的天堂牛市，贩牛到县城里去卖，交了税后还亏了本，二爷便不贩牛了。

二爷枪法好，置了鸟铳在山上打野鸡、野兔、獐子和果子狸什么的，到县城里卖时，依旧要交税，二爷因抗税还挨了一顿打。

二爷走投无路之时，碰见了他后来的大爷，这才入了大爷的伙，守着金鸡岭下的私盐道，打打杀杀地过着把脑袋提来提去的日子。

二爷的名声越来越大，顺着私盐道吹进了县衙，成了李晚郴派人四下里张贴告示悬赏捉拿的人。

李晚郴想要二爷的人头，二爷同样想要李晚郴的人头，这样一来，二爷便和县令大人对上了，互不相识地成了仇家。

悬赏捉拿二爷的告示在县城的大街小巷、东门西门张贴了三年多，二爷项上的人头却安然无事。二爷要我抚摸他的脖子，我摸了，细细地摸了，二爷的脖子上连虫咬过的疤痕都没有。二爷说，李晚郴不是不想要这颗人头，而是要了这颗人头他要倒贴钱。亏本的生意他是不干的。

二爷说到前任县令李晚郴的贪婪、肮脏、恶毒，都是拿来给夸奖新任县令蒋玉湘做铺垫的。

二爷说蒋玉湘非但不像前任知县那样贪婪成性，还从自家的腰包里掏了五百两黄金，将从永州府到永明县的盐道修葺一新。

整修后的石板路，该修直的地方修直了，该砌坡的地方砌了坡，该重修的三座石桥也重修了，整个路面十分加宽了三分。加宽后的石板路上，挑盐的与抬轿的错身而过时，再用不着像之前一样得侧着身，一方让另一方先过了。

尤其是从广西边界的桃川到永明县城，间隔五里远修的那十来个歇脚纳凉的清风亭，既宽敞又气派，上边还挂着他亲手题字的"清风"二字匾额。字写得又大气，又好认，都说比道州鼎鼎大名的何绍基的字，还要显得有力，还要好认。

二爷说他自己斗大的字不识两箩筐，但蒋玉湘写的"清风"二字，他却能从左边读到右边，从右边读到左边。从左边读过来是"清风"，从右边读过来是"风清"。

二爷说读这两个字，能读出蒋玉湘这个人来，蒋玉湘这个人给老百姓的感觉就是一股子"清风"。一个知县老爷能从家里拿出钱来修桥铺路盖凉亭，简直有些让人不敢相信。

芙蓉呀，别的人不相信，我却一点都不质疑。你的父亲带着我看你的嫁妆，见着那些金条银锭时，我就在一旁思忖过，蒋玉湘会拿那些钱做什么呢？

他会拿那些钱买田置地么？他会拿那些钱用来做日常开销么？他会拿那些钱贿赂上边么？若是这样花费那些钱，他就庸俗了，他就不是我心目中的蒋玉湘了。

他既不可能把你娘家的嫁妆拿来做家用，而被你娘家左右牵制，也不可能手里攥着那些太沉的东西，图奢华享受什么的。他有他自己的抱负，有自己有别于凡夫俗子的想法。

这不，他把它们拿出来修葺盐道和官道，换的是能随着盐道南北通贯、不胫而走的民心，铺的是随着官道通上达下的仕途。

想到他拿你娘家陪嫁过去的嫁妆，来修桥铺路的事，我有时心里头就笑。我不知道对于这件事你的父亲会怎样想。

二爷夸新任知县人宽厚，心仁慈，走马上任不到半个月，便从牢房里放出来多半的犯人。那些交不起税被抓的人，走失了东家的牛羊被抓的人，因失手伤人而被抓的人，为了口饭吃在财主的粮仓边抠食被抓的人，还有那些因走村串坊卖私盐被抓的人，都从囚牢中被释放了。

如今的知府大牢里只关着那些欺男霸女的、杀人越货的、偷杀耕牛的、放火烧房的、赖债不还的。

让二爷高兴了好些日子的是，那些贴在城墙上悬赏捉拿他的告示，也悄然不见了，取而代之的是防火防盗和减免各种税赋之类的告示。

产于永明境内的香米、香芋、香姜、香柚之类的特产，也用不着纳贡了。这些特产用不着纳贡了，并不是清朝皇帝下了圣旨。数百年来官府所谓的"进贡"，原本就是一个谎言。

各朝皇帝，遍食九州天下的山珍海味，并未惦记过永明县的香米、香芋这些土产。惦记这些东西的人，也就是些本省巡抚、本州知府了，充其量还有些个生在本地但在京城或者在外省为官的人，他们惦记着的是家乡的味道。县令们以进贡之名，送些个土特产给上边的知府、巡抚，送给在外为官的大小官员，行的是疏通关系、联络感情、行个方便之实。

贡品突然不进贡了，有弄不清为什么的乡绅秀才，还到县衙里问新知县。新任知县蒋玉湘告知他们的原由，令人啼笑皆非，说是那些东西好吃，太好吃了，当朝宣统皇帝不似上朝的光绪皇帝肠胃好，有些好吃的东西也不能贪吃，吃多了便上火，还拉肚子。结果一道圣旨下来，永明县的香米、香芋这些土产，永不进贡了。

新任知县这么解释，虽然同样是一个谎，但大家信以为真。

种植香米、香芋、香柚、香姜的人，则因宣统皇帝贪吃且肠胃不好，得了莫大的福祉。他们知道，田里地里的收成，总算是有属于自己的那一部分了。

真正与二爷的生活发生了直接关系的，是蒋玉湘降低了盐税。永明县境内，三个分设在盐道上的盐局，将盐税降低了一半。因此，在私盐道上往来的挑盐客，很快就少了下来。

来往于私盐道上的挑盐客，进伙铺来落宿的，突然间变少了。用杨开福的话说，原本一天能接上十个的，变得十天难得有一个了。

金子贵不无担心地对二爷说，生意这么淡下去，得吃老本了。得想些什么办法了。

二爷在伙铺里安安静静地住了半个多月，照样喝酒吃肉，照样晚上说笑扯谈。二爷没有去想别的什么办法。

金子贵急得站在院门外，盯着那条眼见得要被野草掩没了的私盐道，摇头叹气。

私下里，我也催促二爷得想想办法，金子贵和杨开福两个都是闲不住的人，一天到晚没个事做，会憋坏的。

二爷说，他们要有本事，可以倒贴钱去招挑盐客走这么条私盐

144

道来住宿落脚呀。挑盐客都是精得很的，他们不会划算呀。

从二爷说这话的口气中，我听出了他内心的无奈。二爷无奈是无奈，却不怨恨什么。我没想到，那时二爷就已经决定金盆洗手，换一种活法了。

14

美 人 书

这是在我来到金鸡岭第三年的冬天。

二爷天天带着金子贵和杨开福，拎着锄头、铁铲出院门。

他们用差不多一个冬季的时间，在洗衣物的潇水河码头附近，开垦出来六丘水田。

水是通过修渠道从潇水河引进来的。修渠道的同时，他们又在地势较高的向阳坡上，整理出几块形状并不规则的旱地。

有了那十来亩水田和旱地，二爷不无自豪地说，我也算得上一个小地主了。

他的计划既简单又现实。水田里种些稻子，六成种灿稻，四成种糯谷。旱地里种红薯、高粱和时令蔬菜，如辣椒、豆子、生姜、萝卜、大蒜、豆角、茄子、苦瓜、白菜、芹菜等等。想吃什么就种什么，能吃多少就种多少，自给自足。

数九寒天里，他们三人在地里翻土挖垄，在田间夯土垒田埂。二爷和金子贵、杨开福一样，赤着膀子还满头冒着汗气。

他们到江边抬铺田埂的鹅卵石，金子贵和杨开福挑了一个与我当年闺房里的绣墩差不多大小的，好不容易搬进了抬架，杨开福这头起来了，金子贵的那头却怎么也起不来，金子贵还差点坐在了泥地上。

二爷从河岸上跑下来，叫喊着，快放下，你们两个快放下，不要把腰扭伤了。

二爷跑到他们身边，把卵石从挑架上搬了出来，稍一使劲，卵石就到了他的肩头。二爷对他俩说，你们挑些抬得动的抬嘛，不要霸蛮。

二爷自己掮着那个卵石，感觉像是掮着几个月大的婴儿，轻轻松松的，没几步就上了岸。

金子贵望着二爷的背影感叹，二爷的劲比一头壮水牛都大。

美人书

杨开福心里头有些火气，厉声说道，还以为你的力气比一头壮水牛还大呢，我这头都起来了，你那头却怎么也起不来！我看，不是你没这份力气，而是你为了三嫂，把力气全用在晚上了。哎呀——怎么说，你也该留些劲白天里干活用呀。

杨开福说完了，哈哈大笑。

金子贵听完了，也哈哈大笑。

在码头上洗菜的三嫂和我，一样听着他们说话，听着他们哈哈笑。后来，三嫂那天没给杨开福好脸色看，也没给金子贵好脸色看。

第二天，金子贵的脖子上多了一道紫红的牙印。这也是情理之中、料想之中的事，谁叫他也跟着杨开福去笑呢。

这也让我明白了一个道理，原来男人的气力并不像二爷说的是挑不干的井水。夜里上床后二爷侧身靠近我时，我就心疼他了，撑直了双手推他的胸脯说，你息息吧，好好睡上一觉，明天还要做力气活呢。

二爷停顿了会儿，觉得我说得对，便作罢了。那些繁重的农活儿的确需要不少气力。二爷一只手反到背后抬起头枕着，一只手把我搂在他的胳膊弯里，我的脸贴着他的胸脯，随着他逐渐平静了的胸脯一道起起伏伏。我显得不安分地拉扯着他胸口上又粗又黑的汗毛，二爷由着我任性。有时，我以为把他揪痛了，他却若无其事，还憨憨地笑。

二爷自说自话地在我耳边说开了。二爷低声说，怕是有半个月了，每到日头下山，金鸡岭山罩着的云，不是变红就是变紫。潇水河边，几棵枯死好些年的柳树，像是又有了精神气，春后肯定发新枝。五年前就差不多被猎户们赶尽杀绝了的黑熊，在山湾里现了足迹。还听说永明县城里有三口干死了的枯井，突然间活了过来，井水汩汩地涌，漫过石砌的井沿，还有鱼从井口蹿上来。有条长胡须的鲶鱼，比扁担还长。真是想也想不到，去年的燕子，没有飞到南边去过冬的，都留下来了。翻过年后，都在老的窝里下了蛋。

二爷说这些新鲜事、离奇事，语气中有些轻松的笑意。二爷顿了一下，接着说，我过了那么些年提着脑袋担惊受怕的日子，没想到还能有这样安安心心的日子过，还能有布谷你这样国色天香的妹子搂在怀里，还能……话说到一半，二爷收住了内心的感叹。

我便问，还能什么呀，你说。

二爷的头摇了摇。二爷说，不说了，不说了，说出来，我自己都会笑我自己。

我不知道二爷欲言又止的，是不是安居乐业的男人差不多都有的那个期盼——能有一个家，能有三五个在膝下撒欢、在床头打闹的儿女。

二爷转移了话题说，他有几个道上的兄弟，也一样，种过地的种地去了，做过木匠、瓦匠的，做木匠瓦匠去了。其中一个当年杀牛卖肉的，也干上了老本行。这人生性火爆，所以总是开口骂娘。高兴骂娘，不高兴也骂娘。他骂永明县令蒋玉湘，娘的蒋玉湘，咋不早生个十年八年。好像蒋县令早生十年八年，他的日子就会早好过十年八年。不过，他这句话骂得让人听了在理。这是他唯一骂得中听的一句话。

　　二爷在无意之中又提到了蒋玉湘。这个时候，我表面上的平静并不能说明内心中没有情绪的变化。我甚至暗暗咬牙。有时候因为妒忌，有时候又是因为想念。我离开桃花镇，离开的不仅是那三个高大堂皇的深宅大院、那一座明亮澄澈的水塘、那些可以高雅地养尊处优的生活。最为重要的是，我割舍了对蒋玉湘的一往情深。

　　如果我不离开桃花镇，如果我能和蒋玉湘荣谐伉俪，在那个有着无尽的情感、无尽的浪漫、无尽的享受的地方，我原本可以有着更加灿烂的人生。

　　没想蒋玉湘如今被二爷这样地称道、夸奖，我就像是喝下了一杯五味杂陈的酒，有些微醉，也有些身子飘飘的。

　　此刻，对蒋玉湘的思念，就像是在响晴勃日的夏日里，突然间倾盆而下的阵雨。而我身为蒋玉湘的旧情人，就像在屋檐下避雨的一只小鸟，在相思的苦楚中，无助地仰望满天的愁云，无助地承受着风雨雷电。

　　我想起并一遍遍地在心里唱响秀才娘子首玉琴拿一首古曲子改的女歌。那是我们几个女伴在你的绣楼里唱过无数遍，却因为没有真实的体会，怎么也唱不出味来的女歌，怎么也唱不到自己心里头去的女歌：

　　风吹散了梦岫云，水淹断了蓝桥路。

　　死分开了莺燕友，生拆散了凤鸾雏。

　　想起了当初，指望时常相聚，

　　谁承望那好姻缘遭间阻。月初园时忽被阴云，

　　花正发频遭骤雨。那人在绿窗前读私塾念五经，

　　我为那人绣楼里倦拈针指。望夕阳对景儿来嗟吁，

　　依春楼朝夜来踟蹰，懒得看小池中一来一往交颈鸳鸯鸟，

　　懒得听疏林外一递一声啼红杜宇声，懒得看滴水床上一上一下斗巧蜘蛛网。

再几时能够那柔条儿再接上连枝数，再几时能够那暖水儿重温活比目鱼。

那里是着人的断肠处？窗儿外夜雨，枕边厢泪珠，和我这一点芳心做不得主……

我现在唱它，唱出味儿了，唱到自己的心里头去了。它是钻到我心里头去的，像是千万条蛇。

隔壁金子贵房里传来些暧昧的响动。在寂静的深夜，那些响动让人听来就像画在了眼前，能清清楚楚地看得到一个个的场景似的。

二爷说，杨开福没说错，金子贵的力气都是在夜里使过了头。只是偷偷摸摸不好，像是做贼似的。

我问二爷，你不想睡么？隔壁金子贵在打鼾了。

二爷问我，你呢？你想睡了？

我摇了摇头。

二爷说，我在想一件事情。你知道操办一场婚事吗？我弄不明白操办一场婚事都有些什规矩。

我回二爷话说，男婚女嫁的事，我们做女人的，当然会比你们男人在意些、上心些。你去问三嫂，三嫂一定清楚。

二爷说，我不方便去问三嫂。你告诉我一个大概就行。

芙蓉呀，我一边回忆着你和蒋玉湘两个的婚礼婚事，一边对二爷说男婚女嫁的事。

第一件事就是要订亲，写庚书，合八字。

第二件事便是行聘过大礼，男方向女方家送抬盒礼，叫过礼，也叫出担。礼品要写成礼单，猪肉多少，鸡、鹅、鱼、红蛋、红糕、粑粑多少，布料多少，钱多少，女方凭单验礼。过礼这一天，女方要大宴亲朋，并送各位至亲一份礼，叫作"尾巴"，接到"尾巴"的至亲要送嫁妆。

第三件事是报期下红书，男方派人携带礼品和红书到女家去商定结婚的日子。红书用红纸对半分折，一半折为十二层，一半折成封状。红书上一般这样写：龙飞于某年某月某日沐手敬书，凤舞于某年某月某日迎鸾大吉。如女方不同意，可将婚书退回，另觅佳期。

第四件事是进歌堂，坐歌堂。要出嫁的姑娘，在前一个月就安心在家准备嫁妆。请村里的未婚女子伴她做女红，陪着习唱嫁歌，叫进歌堂，有的十天，有的一个月。陪伴的姑娘要给花粉钱的。

第五件事是设愁屋，摆小歌堂。婚前第三天的歌堂叫愁屋。从这一天起，以唱歌堂为主要内容的婚嫁礼仪就正式开始了。下午，男方迎亲的乐队就得吹吹打打到女家来。第二天的歌堂叫小歌堂，这一天的晚餐是隆重的婚宴，要在本族的祠堂举行上厅、下厅仪式，事先要从新娘的亲友中选定相貌端庄、父母双全、会唱嫁歌的十二位姑娘为坐位女。

第六件事就是唱大歌堂……

二爷打断了我的话，没让我往下说。二爷说，操办场婚事还真是不容易，这么多名堂，听得我头都大了。要我看来，贴一张喜字，烧一对红蜡烛，穿一身新衣裳，喝几杯酒，就是一场婚事。

关于男婚女嫁的事，二爷不是随便问问。二爷还真的就那么简简单单地操办了一场婚事。

腊月二十三，过小年的前一天，二爷和杨开福去了一趟桃花镇，买回来些年货和春天播种到地里去的种子，还有两套新衣，一对红烛，两片大红纸，一罐封坛的老酒。

腊月二十四，过小年的晚上，二爷便简简单单地把金子贵和三嫂的婚礼办了。

我也不知道二爷事先和金子贵、三嫂打过商量没有，也不知道这么简单的一场婚礼，合不合金子贵的意，合不合三嫂的意。

在二爷的眼里，这就是一场婚礼。

二爷说，从今以后，三嫂就不叫三嫂了，三嫂和金子贵结为夫妻，便是大嫂了。

二爷话音刚落下，杨开福便一脸俏皮地朝三嫂喊了声大嫂。

你们怎么叫都行，我不在意。三嫂是这么回应的。她望了一眼杨开福，眼睛里是寂静的两汪水。她看了一眼金子贵，眼睛里是万般柔情。她看了我一眼，我读出了她眼神中的熠熠神采。她的目光朝向二爷的时候，突然眼睛里充满了感激的泪水。

那天晚上，我们五个人都喝得烂醉，以至于一场婚礼是怎么过来的，都怎么也回想不起来了。

过了好些天，我和大嫂两个人在厨房里做饭菜，大嫂悄声地夸我，那些哭嫁的女歌，唱得是如何如何的好。

我一愣，我问大嫂，我什么时候唱哭嫁的女歌了呀？

大嫂惊讶地说，你和二爷一齐给我和金子贵敬酒后，你唱的哭嫁女歌呀。你忘了么？

我说，我没有一点印象了。真是忘记了。

大嫂说，布谷，你唱的哭嫁女歌，你忘得了，我忘不了，我会一辈子记得。

大嫂就一句句唱：

金鸡慢行慢拍翅，是女慢行慢上厅，

裙脚带到粗地步，衣袖带到粗漆台，

粗漆抬头莲花盏，莲花金盏走云头。

月蓝衣来开背心，大哥红眼见真情；

红衣底下大衣妆，今世良缘配成双，

好汉寻妹不要媒，好妹自嫁有情郎。

金鸡岭下雄鸡唱，青石路上岁月长。

我没想到自己酒醉之时，还唱出这些来。更没想到大嫂竟然还酒醉心明地把我唱的女歌记了下来。

大嫂说有没有那场婚礼，她还并不十分在意，但是我唱的那几句女歌，她却会拿来格外珍惜地装进脑海，铭记在心中。

大嫂说她自己小时候听过哭嫁歌，也唱过哭嫁歌，只是唱得没我那么好。还说，等到我和二爷成亲，她一定要唱几段。就算唱得难听，也要唱上几段。

大嫂这话，碰触到了我那些天来最纠缠不清的心事，也就是我和二爷之间的事。

我是一个谜，而且只是和这么一个谜绑在了一起。我想二爷也不会随随便便和一个"谜"、和"一团雾"，来考虑婚姻大事的。

二爷未曾问过我的身世，我也未曾向二爷、向身边的任何一个人说起自己的身世。我说过，对于他们来说，我就是他们生活中的一个叫布谷叫得应的女人，一个其实身世不明、来路不清的女人。

但也许二爷是在等我开口，那他也就只有再往下等了。等到我对自己的明天有了打算，有了期待的某一天吧。

15

初春的阳光是那么的好。阳光灿烂，阳光温暖。

开春之后，杜鹃花开了，梨花开了，桃花开了，桐子树花开了，李子树的花开了。

当我和大嫂把捂了一个冬天的厚厚棉被，抱到太阳下来翻晒的时候，丛林中鸟的啼叫声、嫩绿的树叶被风翻动的飒飒声、杂糅着花香的清风在耳边的活活拂动声、流过冬天后更加欢快的潇水河的浪花声，让安静了一个冬天的世界，骤然间变得生机勃勃。

在这个春天里，结成了夫妻的金子贵和大嫂有了深刻的变化。他们依旧是睡得最晚起得最早。不同的是，只要在这个院子里，两个人几乎是形影不离的，而且比以往睡得更晚，起得更早了。

我睡得早，他们什么时候忙得差不多了，上楼来睡觉了，我是不知道的。他们上楼来睡觉的时候，我已经到了梦里。但是，只要他们一起床，我就睡不安稳了。

几乎是在鸡还没来得及叫第二遍的时候，就能听见他们两口子在楼下咚一声哐一声地弄出些响动。大嫂把鸡鸭从笼子里放出来。鸡咕咕咕咕咕地叫唤，鸭嘎嘎嘎嘎地叫唤——还啪啪啪啪地扇动翅膀。

大嫂说，你看看，我说过这个鸭棚子太矮了吧，捡个鸭蛋，手都伸不进去。

过了一会儿还是大嫂说，你看看，这一下你该满意了，今天鸡窝里捡出了十三个蛋。

金子贵说，好的，好的，留着孵小鸡。

大嫂道，不全拿出来孵小鸡，还是拿几个出来，早上做荷包蛋吃。我们五个人，一人一个。

他们稍微沉默了一会儿，大嫂突然哎呀叫了一声。

金子贵便唠叨起来，这么大声叫唤什么，二爷和布谷还在楼上睡觉呢。

丝瓜秧爬上架了。你来看呀，丝瓜秧爬上架了。大嫂仍是尖着嗓子叫喊。

金子贵埋怨说，丝瓜秧爬上架子，是当然的事。苦瓜秧、南瓜秧、葫芦瓜秧都生来就会往架子上爬的。你又不是没见过——还这么大声喊。

大嫂的语气里也有了些埋怨，我不就是叫喊了一声嘛，值得你说这么一堆话？你知道什么，布谷叮嘱过我的，瓜秧子上架得告诉她。她没见过瓜秧子是怎么爬到架子上来的。哎，你该叫杨开福起床了。那个懒鬼，跟蛇一样睡了一个冬天了。

对杨开福这样年纪的小伙子来说，睡懒觉是最为惬意的事情。每次金子贵拍着杨开福睡房的门板，叫唤杨开福起床时，我都忍不住会动恻隐之心，但我从来就没有因此而阻止过金子贵。我自己还赖在床上呢。身边二爷轻微的鼾声还是那么不紧不慢的，我稍稍一动，二爷就会醒过来。二爷依旧是睡得极为警觉的，我总是希望他多睡一会儿。睡眠就是一副最好的补药，多睡一会儿，就能多补一补。不知什么时候，身边的这个男人让我动了绸缪如此的女人心。

　　杨开福会在他的睡房一边摇晃得床架子响，一边用腻味而厌烦的口吻打着哈欠说，莫拍我的门板了，那是门板，不是锣鼓。冬眠的蛇也早被你们两口子闹醒来了。猫儿叫春也只是嚷嚷几声，不像你们又吵又闹的。

　　金子贵底气不足地解释说，天不早了，时令也不早了，春争日，夏争时，百事宜早不宜迟。俗话是这么说的。

　　大嫂也忙着帮金子贵的腔说，是呀，是呀，春分种菜，大暑摘瓜，可别误了农时。

　　杨开福一般是不和大嫂顶嘴较真的。但是这一天，他懒洋洋地开门出来，当着大嫂的面，装腔拿调地说，春对夏，秋对冬，暮鼓对晨钟。观山对玩水，绿竹对苍松，冯如虎，叶公龙，蝴蝶对鸣蛩。这是布谷姐教我的。你们两个，是自己对不上，跟我对上了。天天一大早的就吵吵闹闹把我弄醒，把我弄起来，我想多睡一下子都不行。你们两个偏偏要拿我来作对，是不是呀？我真是要被你们烦透了、烦死了。

　　杨开福从我这里捡了句穷酸文人的东西，用到这里。文绉绉的、酸不溜秋的话，把金子贵和大嫂弄得云里雾里。接下来，他又补了句让人听来万恶的、最不该说的话。

　　他说，大嫂，你就知道天不亮便在鸡窝里鸭棚里捡蛋，把鸡婆鸭婆惊得拍着翅膀叫唤。你就不能自己下个蛋来？你倒是自己下个蛋来试试啊！

也许杨开福自己没有意识到他说的这句话，对大嫂来说就是扎在心窝里的一根针。

杨开福的话一落音，我就感到楼下的气氛有些不对劲。大嫂噔噔地跑上楼了。接着，就听见大嫂在她和金子贵的睡房里，关上门嚎啕大哭。大嫂哭得凄凄切切，哭得撕心裂肺。

二爷被惊醒了。二爷掀开被子，穿着条短裤跑到楼下去，把杨开福揪到大嫂的房门口，厉声对杨开福说，你自己扇自己的嘴巴，大嫂不哭了，你才能住手。你这个猪。

杨开福是话说出去了，才知道自己说错了话，心里也懊恼不已。他没等二爷多说，噼里啪啦地扇起自己的嘴巴来。

杨开福在那里跪了一个早上，也扇嘴扇了一个早上。

我想去劝劝大嫂，二爷拦下了我，说，让大嫂去哭吧，哭出来，还好一些，哭出来就没事了。我真的想把杨开福吊起来打一顿，他怎么能对大嫂说那些话？他明知道大嫂不能生养的，还说要大嫂生个蛋来试试看！他真是，昨天晚上喝进嘴里的不是酒，是尿。他对大嫂说的不是一句话，是蛇的牙齿里喷出来的毒汁。大嫂对她这么好，他怎么还能拿这样的话来伤她的心呢，这个王八崽子！

这天早上，在大嫂的哭号声中，二爷对一脸茫然的我说起了大嫂早已尘封的一些往事。

当年二爷和金子贵的三弟金子福，一个有手脚功夫，一个枪法又快又准，都是私盐道上横路劫财的大爷身边的人物，犹如大爷的左膀右臂。在外人看来，他们三个人，在这金鸡岭地界，一个是大爷，一个是二爷，金子福则是三爷。道上的人也是大爷二爷三爷地咋呼他们三个。都说织布的女子嫁裁缝，猎户的女儿嫁猎人，大嫂当年能成为三爷金子福的童养媳，也算得上是门当户对，天赐良缘。

金子福十八岁，大嫂也是十八岁的那年冬天，两人圆了房。

大爷带着二爷去喝了他们的喜酒。大爷有三斤的酒量，但那天只喝到六成，就有些醉了。大爷抓着新娘的手不放，一杯一杯地要新娘陪他喝下了八杯米酒。金子福心痛自己的新娘，央求大爷说，她醉了，真的醉了，喝不得了，我替她喝吧。大爷竟抬手给了金子福一个耳光，骂金子福，你这个新郎当得没道理！老子要她陪我喝几杯酒怎么了，又没让她陪我上床！

二爷觉得大爷其实并不是真醉了，他是有些装醉。因为那天晚上，大爷还能走三十多里远的山路，到广西境内一个叫枫树湾的村子里，进了一个叫满芹的寡妇家里。路上，大爷还跟二爷商量些正事来着。前些日子，大爷在寡妇满芹那里，差一点与老对头——广西的屈麻子——碰了个正着，屈麻子不仅把手伸到湖南地界来抢盐客，还扬言大爷不得踏进枫树湾来半个人影子。屈麻子既然在寡妇那里放下了硬话，与大爷较上劲了，那就得比个高矮。

大爷说，屈麻子的枪快，得要老三金子福来收拾他。

二爷道，金子福刚办完婚事，还是不沾血腥的好。要不，我来跟屈麻子过过手，看是他的枪快，还是我的手快。

大爷厉声说，你的手快能快得过枪？快得过子弹？那不是找死。你没话说了吧？死了还不值，还丢了我的面子，叫寡妇笑话我！对付屈麻子，就得要老三来。嘿嘿，老三这阵子在床上寻到欢快了。嘿嘿，他那女人不错，我捏着她的手腕儿就知道。那么绵绵的手腕儿，最能让男人销魂了。满芹那个老寡妇，我为什么不嫌她老呀，就是因为她的手腕儿，也是那么绵绵的。只不过水色差点。等老三新鲜过一阵子，十天半个月，一个月两个月也成，老三总得歇一歇，抽个空当，去一趟枫水湾，就把屈麻子灭了。他娘的屈麻子，敢来和我叫板。他不是老三的对手，这一点我知道。

二爷却不无担忧地说，就怕万一，万一金子福失手……。

二爷的话换来的是大爷的哈哈大笑。大爷笑着说，金子福怎么会失手呢？他可失手不得，他要是失手了，我身边就添了个离得最近的寡妇了！哼哼哼哼。

大爷是这么说的，也是这么去想的。二爷心里头，不由得倒抽了一口凉气。二爷那时就有了一种不祥的预感，那就是大爷对三爷两口子没安什么好心。

在枫树湾，二爷见到了那个与大爷相好了几个月的寡妇满芹。她的年纪即便是对已经满六十岁了的大爷来说，也应该说还是偏大了，二爷觉得她最少也该有五十出头了。在所有二爷知道的大爷相好过的、有来往的那些寡妇中，她的年纪应该是最大的。到底是大爷占了她的便宜，还是她占了大爷的便宜，真的很难说。她在二爷的下巴上摸了一把，对大爷说，二爷这样子真俊，像是我生下的儿子。

二爷觉得她的手冰凉的，像蛇身一样冰凉的。他眼前的这个既风骚又有点儿装模作样的女人，对于大爷要除掉屈麻子这件事而言，还是蛮有用处的。她与大爷、屈麻子两个男人，同在一张床上厮混作乐，要她的心往哪个人身上偏，是可以用银子来说话的。大爷和屈麻子，究竟谁给她掏的金子银子分量重，只有她自己明白。

大爷是背着二爷把三爷派去枫树湾的。

三爷的枪法好，打得准，但屈麻子使的枪好，是德国产的驳壳枪。

伙计们说，去枫树湾的路上，三爷有说有笑的，说自己快要当爹了，最多四个月后就要当爹了，说他女人肚子里的宝贝，十有八九是个调皮捣蛋的崽，因为没有哪一个崽崽，是在胎腹中安分过的。

第二天，随着三爷一起去枫树湾的两个小伙计，回来报告说，三爷推开老寡妇家虚掩着的大门，屈麻子像是在等候着三爷进来似的，提着枪坐在堂屋中间摆放着的一张太师椅上。他们都没有看清三爷和屈麻子是谁先栽倒在地上的。

三爷死得很干脆，子弹穿过他的胸膛，从他的背后出去，嵌进门外三丈开外的一棵香樟树上。而屈麻子后来又从地上爬了起来，他只是被三爷的枪子打断了左手的食指。

大爷一石二鸟的如意算盘还是失算了，大爷有些不痛快，埋怨三爷办事不利索，担忧与屈麻子积仇更深了。

二爷叹了口气，又缄默了好一阵后才对我说起后来发生的事情。

不久后的一个晚上，二爷踢开了三爷和三嫂那间门上还贴着红艳如新的喜字的房门。二爷见着的是最不想看到的情景。大爷光着上身坐在床沿边，一条腿穿了一半进裤衩，另一条腿还光在外边，腿上的汗毛一根根竖着。三嫂不是在床上趴着，而是倚着床头的摆柜，软软地坐在地上，坐在一摊血泊里。

二爷只对大爷厉声说了句：老三尸骨未寒，你这个畜生。话音未落，他手里的尖刀就刺进了大爷的心窝子。

三嫂流产了，这当然全都是大爷的罪过。

要是大爷不起坏心，不去对三嫂做伤天害理、天理难容的事情，三爷和三嫂的孩子，都快十岁了。

二爷说，三爷的死，特别是那个惨死在三嫂腹中的胎儿，这个叠在一起的伤疤，是同时留在几个人的心头上的。不管在什么时候，不管是什么人来揭它，它都能让人疼得钻心。更不用说嫂子她了。

杨开福说大嫂不能自己下个蛋来，要大嫂自己下个蛋来试试的话，就是在揭大嫂最不能去揭的伤疤。

从心底里，我感叹着命运对大嫂的不公。我跟你首芙蓉比，好运是在你手中的，命运之神是偏护你的。而我和大嫂比时，命运之神却是对大嫂更为不公的。大嫂生来就是要饱受苦难的命，是苦不到尽头，只能苦中作乐的命。

我也不知道大嫂是否有苦尽甘来的那一天。

二爷拍了拍我的肩头说，大嫂哭得差不多了，你去安慰一下她吧，去劝一劝，就说杨开福把自己的脸都打肿了。再不行，就说我要杀了杨开福。

在大嫂的哭声中悄悄到来的，竟然是一个晴朗的、妩媚的早晨。蓝色的天幕下，金鸡岭的山尖上，点缀着一朵朵飘浮不定的云团，在金色霞光中，它们犹如炭火似的燃烧着，吐着变幻莫测的火焰。那火焰一会儿是红色的，一会儿是银白的，一会儿是黄色的，一会儿是紫色的。

楼下的藤架上，丝瓜藤上的黄花，峨眉豆藤上的紫花、白花，南瓜藤上的红花，与天空上的云彩，映衬到一块儿去了。因了朝阳，它们愈加地鲜艳，愈加地惹眼。

大嫂拿这样的早上用来生气，用来哭泣，真是有些不值。

在楼道上，金子贵见到我就像见到了救星似的，张嘴要说什么。我在唇边竖了一根手指，示意他噤声，又打了一个手势，要他和脸上布满了惊慌与懊悔的杨开福，都别在那个门口堵着，到楼下去，远远地走开去。

楼道上只剩下我一个人的时候，我轻轻地敲了敲大嫂的房门，我凑着门缝说，大嫂，莫哭了，哭久了伤了自己的身子。二爷要我来劝你，二爷说，你若是止不住要哭，就要杀了杨开福。二爷真的会杀了杨开福。

我的话刚说完，大嫂的哭声便停下来了，而且关得紧紧的门也打开了。大嫂没来得及擦干眼泪，哭得红红的眼睛凹进眼眶里很深。大嫂强颜作笑地说，我哭我的，不关杨开福的事，干吗要杀了他？他的肉又吃不得，还不如杀头猪。

我能体会到大嫂心里的痛，知道大嫂的肚子里装着多少苦水。有多少的女人，她们的心都是泡在苦水里头的。有什么办法呢？谁叫女人们只会把苦水一口一口地往肚子里咽呢？说实在的，我也没觉得哪一天的日子是甜的过。

大嫂一脸释然的、不当回事的表情，哪还用得着我劝。我说，大嫂，我们下楼去，到河边走走去……你养着的那些鸭子，都下河觅食去了。

下楼时，大嫂瞥了一眼在后院当中不安地肃立着的杨开福和金子贵，对我撇了撇嘴，又说，不去河边了，鸭子饿不着。二爷他们的早饭还没做呢，我得淘米做饭去。

大嫂径直往伙房里去了，像是什么事情都没有发生过一样。杨开福和金子贵还愣头愣脑地站在那里，我朝他们吐了吐舌头，说，还不去各自忙各自的事情去，站在那里生根了么？

杨开福和金子贵走开后，我就在他们站过的地方梳头。暖融融的霞光，斜斜地从我的头顶照射下来，额前散乱的细发，在霞光中，犹如金丝银线。那霞光同样也暖融融地照射着瓜棚架上的绿叶和各色的花朵，照射着院子东西两边石砌的围墙，照射着库房和杨开福睡房的柏木门窗，照射着挂在楼梯下的蓑衣斗笠、锄头铁锹，照射着矮檐下晾晒着的辣椒、红薯、南瓜，照射着酱色大水缸边整齐地码放着的水桶木盆、搪瓷罐子、箩筐簸箕……

看着这些被霞光照亮的东西，就不会当这里是一个伙铺，而会当这里是一个像模像样的农户的家。

早饭过后，男人们下地干农活去了，我和大嫂泡了一罐当年的谷雨茶，在瓜棚下边喝茶边闲聊。大嫂手里做着的针线活，正是给杨开福缝补上衣的口袋。

我半开玩笑地说，大嫂，你怎么还给杨开福补衣服呀，你该把他的那张臭嘴巴缝上。

大嫂颔首微笑说，眉毛一辈子不剃，也只有那么点长，我犯不着去跟他计较。喝了一口茶后，大嫂又补了一句，其实他对我很好的，就像一个弟弟，一个又亲又不太懂事的小弟弟。

杨开福上衣的口袋缝好了，大嫂咬断针上的线头，叹了口气道，要是哪一天我不小心掉到河里去了，第一个跳下河去救我的兴许不是金子贵，兴许是杨开福——我梦见过这样的事情。

说完，大嫂冲着我哈哈大笑到面红耳赤。

大嫂就是那么有气量，有着经历丰富的女性所特有的豁达、大度。后来，她也没有表现出对杨开福一丝一毫的责备和怨恨，对杨开福还是一如既往的关心、照料有加。

大嫂能做到这样，恐怕我就不行。

16

靠近河岸边的树林，是我和大嫂常常钻进去钻出来的地方。

树林子里，酸枣、野莓、山梨和猕猴桃之类的野果子，每到季节，就在那里等着我们去采摘。藏在荆棘中的美味的形形色色的蘑菇、竹笋、鱼腥草、野菠菜之类的野菜，让我们一年四季都有能换着口味吃的东西。

问题是太多了，吃不过来。

树林子里，是我越往里走就越会被它诱惑的地方，越会对它动心的地方，越会被它缠住的地方。它就像一个自己不知不觉就迷上了的、离不开了的男人。雾来时，它迷迷蒙蒙；光照时，它透透亮亮；冬天里，它梦想发芽；秋日中，它愁绪释然。它包容所有的过错，掩藏内心的喜怒哀乐。就像深潭能还泉水洁净一样，树林里能还原每一个人的真实面目。有时我依着树干冥思苦想，有时我踩着落叶恍然醒悟。

大嫂在树林中对我说了不少内心的话。她说自己其实一直都被死于非命的三哥金子福占据着。即便是已经与金子贵睡在一张床上，她在金子贵的身上苦苦寻找的仍是金子福的气味，是金子福的轮廓。

她在金子贵的身上苦苦回想的，是金子福血脉流淌和心脏跳动的声音。

她说，他们两个是亲兄弟。亲兄弟的心跳，才让她听来惊人的相似。这让她常常迷醉得分不清身边的人到底是哪一个。像是金子贵，又像是金子福。或者眼里看着的人是金子贵，内心感觉到的人又是金子福。每当内心纠结的时候，她只得把眼睛闭得紧紧的。

我和大嫂相处了快两个年头，居然不知道她识得女字，唱得女歌。中秋节的晚上，因为过节，三个男人都喝醉酒了，趴在饭桌上一个个睡得鼾声如雷，喊不醒，推不动。

我和大嫂也喝了不少酒，但大嫂的酒量好，大嫂是喝不醉的。我找大嫂来扶男人们到房间里去睡，我满屋子里寻大嫂，喊大嫂，却没见着大嫂的影子。

大嫂去哪里了呢？我思忖着，走到院门外，也没见着大嫂的身影。只见着满地白亮亮的月光。八月十五的月亮就在金鸡岭的上空，显得有些孤单地悬着，白得像一块切成薄片的萝卜，白得像泡在清水里的糯米糕，白得像父亲留给我的那个和田玉玉佩。

想到父亲给我的那块玉佩，我不由得在自己的胸前摸了一把。

我想大嫂不至于到外边去，兴许是到楼上睡下了，便退回到院门里，顺便把院门关上。

院门差一点就要关合的时候，我听到了从树林里传来的歌声。我还不能确定那就是大嫂的歌声，因为我没听过大嫂唱歌。但此时此刻最有可能的就是大嫂的歌声了。

我循着那歌声，在树林子里找到了大嫂。大嫂靠着一棵落叶满地的枫树，席地坐着，双手搁在屈着的膝头上。从叶疏枝枯的树冠上洒下来的月光，斑斑驳驳地照着地上的落叶，斑斑驳驳地照着大嫂因为弯曲更显得清瘦的身子。

她在那里时而嘤嘤，时而叹息，时而又断断续续地歌唱。她这样唱儿时的苦楚——

彻夜不眠彻夜气，眼泪四重到天明。

一气爹娘死得早，没人爱来没人疼；

二气没病短命死，寻得爹娘再投生；

三气做得童养媳，苦来苦去在灶门。

她这样悲伤丧夫丧子之痛——

子福一命归阴府，舍下空房孤鸟生，

清早起床愁到黑，夜间哭愁天地崩，

丈夫暴死未七日，毒蛇夜里来缠身，

可怜胎中遗腹子，未及叫我娘一声，

先丧夫君后丧子，命中孤苦又伶仃，

指天指地咒恶人，思前想后愿轻生。

大嫂边唱边哭，哭得凄凄惨惨，哭得肝肠欲断。夜深人静，天高地远，这里是她哭泣的地方，也是她歌唱的地方。

她哭自己守寡的日子——

十年坟前哭亡夫，十年守寡咽苦来，

左脚阴间黄泉路，右脚阳间山路行，

走过东边月头晒，走过西边雨来淋，

红薯糯米酿作酒，卖给伙铺醉路人，

称道酒水不兑水，不知酒是泪酿成。

大嫂扯着衣角抹了几下脸，她该把脸上的泪水拭干净了吧。她平日里那张盈盈的笑脸，哪来这么多的泪水呀？大嫂后来唱她改嫁亡夫金子福的哥哥金子贵的万般无奈：

少时靠夫老靠子，无夫无儿靠哪人？

二爷劝我千百次，促我搭早改嫁行。

新砌围墙栽花树，凤配鸡岭天遇成，

铜钱两面不相见，有缘花开一根藤，

先前兄长金子贵，组成新家不出门，

自古姻缘凑六合，不说爱情不爱情。

我没有去惊动大嫂。我在隔大嫂丈把远的另一棵枫树下坐下来。靠着树干，我扬起头来，月光照在翘起来的下巴上，寒意在这个时候就从衣领口钻了进来，沿着胸口，像冷水一样往胸前和身后四溢。人坐在月地里，似乎身子在月光中要冷起来，化成比月光更白更冷的霜。

　　我不知道，在这个中秋的圆月之下，有多少个哀叹自己命苦的女人，但在这片树林里面有两个，大嫂是一个，我也是一个。

　　对于女人的苦楚，月亮算得上她们共有的一面镜子，不管她们彼此是否相识，不管她们是在山的这一面或那一面。

　　芙蓉呀，莫名其妙地，我想到了你和蒋玉湘。

　　我听二爷说，蒋玉湘忙于公务很少回家，即便是逢年过节也难得回一趟桃花镇。他这个县令，日夜不停地忙着补偿之前十任县令对老百姓欠下的债，没有办法，县衙里积案如山。

　　圆月之下，你是在孤独中赏月呢，还是在赏月中孤独呢？芙蓉，我问你呢。转而我又恨恨地想，也许今天蒋玉湘匆匆回到了桃花镇，他得回家向老太爷蒋广林敬一杯团圆的酒呀。那么，你们应该是在阶庭之下，吃着桂花月饼，喝着浓茶，一边赏月，一边听老太爷吟唐诗宋词吧？

　　前些天，大嫂去看卧病在床的麻子裁缝，她回来时告诉我，她又在裁缝铺见着了你，说你刚生下了二少爷，身子肥胖得就像鼓鼓囊囊的油炸豆腐。

　　恭喜你呀，不经意间你就有两个儿子了。蒋玉湘给他们取的名字倒是很有意思，大少爷蒋洪霖，二少爷蒋洪源。我一听大嫂说他们的名字，我心里就一笑，"洪"字和"红"字念起来是同一个声音，蒋玉湘挖空心思来，挖空心思去，就是要把我的名字中的一个"红"字，放到他儿子们的名字里边去嘛。

　　如若生下一个女儿来，该不会取个名字叫蒋洪豆吧？

中秋过后，挖红薯的农活就来了。

经了几道霜，碧绿的红薯叶渐渐枯黄。我们先把红薯藤齐根割下来，一把把扎好，晾在屋檐下雨淋不着的地方。不论干湿，它们都是上好的饲料。

挖红薯是男人们干的事，我和嫂子偶尔到地里去，一是去给他们送茶水，二是帮着摘红薯——把挖出来的红薯从地上捡起来，抹干净泥，装到箩筐里去。男人们还得把红薯一担担地从地里挑回来。

不几天的功夫，原来落伙铺的盐客睡觉的大房里，就堆满了红薯。

杨开福是不太喜欢吃红薯的，嚷嚷着，年成太好了，红薯都长这么大一个，都没地方装了。

金子贵说，屁话，哪里没地方装，还有库房呢。

大嫂说，有收成你莫不还担心吃不完呀，天气晴好，多晒些红薯干，吃不完还可以挑到桃花镇去卖。到明年四月五月，青黄不接的时候，它当得米价钱。再说，你们几个顿顿都离不得酒的，烧酒不要红薯酿啊？一百斤红薯烧不出几十斤酒！你们赶紧去地里把红薯挖完回来，要挖干净，别留在地里，烂了可惜。我保证找到地方来堆放它们。

大嫂越来越彰显出她操持家务、当家理事的能力来。在这些方面，二爷是用不着去多费心的。二爷听从她的安排；金子贵和杨开福，更是没有话讲。

杨开福去地里挖回红薯来，我老远就能听见他在院外大声叫唤，大嫂，大嫂，红薯回来了，堆放到哪里？

大嫂在后院应着，笑嘻嘻地说，红薯回来了！红薯回来了！你是红薯吗？我看你就真是个红薯脑壳。快挑到后院来，堆库房里去。

杨开福也笑嘻嘻地道，大嫂啊，我是说我挑红薯回来了，你看你，眉毛笑成了胡子状，笑话我。二爷挑红薯回来时，你就不敢说二爷是红薯脑壳。你敢说二爷是红薯脑壳么？

大嫂大声说，二爷是二爷，你是你，正是两个指头有长有短，荷花出水有高有低来着。你不服气么？

我在二楼的走道上，晾挂刷洗过后的竹席。掀开竹席的一个角，见着杨开福两头扁担弯弯地挑着一担红薯进了后院。他穿过瓜棚，径直地走进了他睡房隔壁那间在我的印象中是存放着粗盐的库房。

库房里已经装满了粗盐，还能腾出地方来放红薯吗？我把湿漉漉的手在衣襟上擦干了，边拢着脖子上几根被汗水打湿的细发，边下楼去看个究竟。

下楼的时候，就听见大嫂和杨开福在库房里说话。大嫂说，哎，给你个手绢擦擦汗，眼睛都快睁不开了。你就不能在树林子里歇口气？树林子里多凉快啊！

杨开福说，大嫂，你的手绢好香啊！真的香，比桂花还香，又不知道是什么花香，是你的身子的香味吧。

大嫂说，什么香不香的，我擦过汗，汗不臭还香么？瞎说。

杨开福说，嘿嘿嘿嘿，大嫂呀，你用这手绢擦了身子吧，有一股好闻的奶香呢！

大嫂说，快闭上你的臭嘴巴！

杨开福说，你莫生气，你莫生气，大嫂你莫生气，我只是随便说说。

大嫂说，真是救人人无义，帮狗狗咬人，有胆量你跟金子贵随便说说去，你跟二爷随便说说去！——把手绢还给我，下次我拿块抹桌布给你擦汗去！

在库房的门口，我差一点和一手提着扁担，一手抓着两个箩筐的杨开福碰个正着，为了侧身避闪我，杨开福的左脚在门槛上磕了一下，他一个趔趄跄奔到了瓜棚下，手中的扁担哐当一声掉在了阴沟边的青石上。

大嫂在窗格子边见着了他的那副狼狈相，忍俊不禁，放肆地大笑道，开福兄弟呀，才过八月十五呢，你就给布谷妹子拜大年了呀！

嘻嘻嘻嘻嘻！

杨开福在大嫂的嬉笑之中捡起扁担，慌慌忙忙绕开瓜棚出去了。

我进了库房，大嫂还在窗口边朝着他离开的背影取笑他，青皮后生就是青皮后生。倒也难得，他还记得起奶的味道。

大嫂回过身来，朝我挑着眉得意地拈着手绢在鼻子边抖了抖，有些做作地呸了声，好臭好臭，我得换一条手绢了。又说，男人是臭男人，千真万确，一定也没有错。

我陪着大嫂笑了一声，但很快就被眼前的场景吓了一跳——除了杨开福挑进来的一堆红薯，在墙角并不起眼的地方堆放着，整个库房空空如也。

我急切地问大嫂，哎呀老天啊！大嫂，盐呢？这一库房的盐呢？

大嫂收敛起脸上的笑容，呆呆地看着我，有些结巴地说，盐？我没看见这库房里有盐呀！什么时候这库房里存着盐？我来这里这么长时间都没看见过呢。

大嫂脸上的神情有些窘迫，我由此判断出大嫂说的是真话。我撇下大嫂出门去追杨开福，在院门外叫住了杨开福，问道，盐呢？你睡房隔壁的库房里，装在麻袋里面的那些盐呢？

杨开福用一种奇怪的眼神盯着我，然后，像是想起了什么似的噢了一声说，你是说那些——你在库房里见到过的那些装在麻袋里的盐吧。你现在才知道它们没见了呀！

我说，是呀，我一直认为它们还在库房里放着。难道我们五个人这几年吃下去了那么多盐吗？我的急性子一下子就来了。

杨开福不以为然地说，哪还有盐呀。三年前的事了，你还记得那些装在麻袋里的盐呀？又不是做生意的人囤积货物，待价而沽。那些盐早就卖掉了。

我追着问，什么时候卖的，我怎么一点儿都不知道。

杨开福说，什么时候卖掉的，我得想想。他抓着头皮思忖了一会儿说，记起来了，就是你在库房里见过那些盐后的十来天。

我说，这就奇怪了，我没有哪一天离开过这个院子啊，卖出去这么多盐，我竟然一无所知。

杨开福说，这也难怪，盐是深更半夜来人拖走的，是用二十几匹马驮走的。可能你睡得深，没听见动静。

我接下来的话有点像自言自语，原来是你们偷偷把盐卖了的。你们成心不让我知道的。难道马驮走盐的晚上，我就睡得那么死？你们就是故意避开我，偷偷把盐卖出去的。又是哪个人，一下子就买那么多盐呢？

杨开福可能是急于去地里挑红薯，索性把我该知道的和我不该知道的，一股脑儿地告诉了我。

他说，我们有老主顾，再多的盐老主顾也不嫌多。我告诉你那位老主顾是哪个，是桃花镇上的大盐商首一望。我们的盐，说到头来是属于那种来历不明的，所以买卖总是在深更半夜里悄悄地做。这样的买卖对双方来说都是划得来的事，他到哪里也买不到这么便宜的盐。不过，这方圆百里，除了他，也没有哪一个人可以轻易把私盐堂而皇之地变成公盐，大行大价地去卖。

尤其是这一库房的盐，他首一望赚得多了，他没有拿钱来买，而是拿东西来给我们换的。用一床叠着的棉被大小的一个木箱里装着的东西，换走了整个库房的盐。

首一望肯定是两头赚的。连二爷那么精明的人都私下里说，首一望这个吸血鬼，简直就是卡着别人的脖子做生意，这些盐，半买半送给他了。

布谷姐，你没见过大盐商首一望吧。如果是这样的话，你就错过机会了。那天晚上，首一望到了伙铺，先是在大堂里喝茶，坐了好几个时辰。还半开玩笑地对二爷说，他家里的那些丫头，有几个还是蛮漂亮的，只要二爷看得上，看上哪个，他就把哪个送到伙铺来。

另外，我也问过二爷，那个木箱子里装的是什么东西，什么东西能有金子那么贵重值钱？

二爷只是扫了我一眼，并没有告诉我。想必连金子贵也弄不清那个木箱子里的东西。我问过金子贵，金子贵也只是在猜，猜木箱里面装着的，一定是比命还值钱的宝贝。

杨开福咽了咽口水，可能是喉咙有些干了。但他还有话没有说完。他有点疑惑地看着我说，我还以为二爷应该告诉你了，布谷姐。二爷瞒着我和金子贵，但怎么也不会瞒着你，是不是——哎，布谷姐，你这是怎么了？你的身子怎么在往后倒呢？

是的，我晕，我的头在炸裂。就因为听了杨开福噼里啪啦说的那些话，我差点儿就站不稳了。

如果说这个院子里有什么值钱的东西，那就只有那一库房的盐了。它们是用麻袋一袋袋装着，一层层码放着的。逢着灾荒的年头，那些盐就能派上大用场，可以拿去换米换油，是能确保我们几个人有安稳日子过的。

我还以为它们在库房里踏踏实实地放着呢。突然间，它们就没了，三年多前就没了。三年多了，谁也没有跟我提及这些盐去哪了。

很显然，我完完全全地高估了自己在二爷、金子贵、杨开福心目中的地位。

当然，大嫂是除外的，大嫂从山上下来，住进大院时，库房里早已空空如也。所以我怪不得大嫂。

我被蒙在鼓里，除了一直以来二爷、金子贵、杨开福都当我是个局外之人这个理由，没有别的解释了。

就算那些盐的处置权理所当然是二爷的，是金子贵和杨开福的，完全没有我的份，我犯不着去为此动气，但他们却把盐贱卖给了首一望。

首一望是谁——芙蓉啊，首一望是你父亲，是蒋玉湘的岳父，是让我父亲死不瞑目的对手。把他和金鸡岭下的一个伙铺联系起来，我就不由得心惊肉跳了，惊骇万分了。

为什么，我逃到这前不巴村后不着店的荒僻之地，还能被你父亲和你高高举起的无形鞭子，在我心头上一鞭重似一鞭地抽打着呀。

这个杨开福，还说什么布谷姐，你没见过大盐商首一望吧。三年前，在三年前的那天晚上，我就差一点与你的父亲碰个正着。杨开福不知道什么叫冤家路窄。什么叫冤家路窄呀，这就叫冤家路窄。

天啊，我的心痛得要命。我瑟瑟发抖，眼前天旋地转的，没有什么能支撑起我的身子，我真的要晕过去，要倒地上去了。

一股潮湿清凉的劲风，从河面拂来，呼啸着穿过岸边的树林，朝我迎面袭来。院门外坪子里的杂草枯叶从地上腾空而起，绕着我的身子，在我的身前身后、头上头下飘飞。我感觉自己就是一片在秋风之中忽而坠落忽而被吹散的枯叶，就是一粒在直射的阳光之中屈从于风、让步于风的身不由己的尘埃。

除此以外，我还能是什么呢。人生的漂泊和飘泊的人生，恰如这骤然来了、骤然去了的风。

难得这阵风在我最需要的时候，来到我的身边。一瞬间的事，就让我清醒了许多，放下了许多。我长长地舒了口气，差一点儿就要停止跳动的心，冷静地复苏了过来。

我看见了杨开福的那张脸，他因为我反常的举止急得大汗直冒，一脸通红，脸红得像着了霜的枫叶。这个简单的家伙，完全被我刚才的样子吓着了。

我努力地给了他一个笑容说，你忙你的去吧，我没事，我好好的。刚才……可能是这正午的阳光太厉害了。

我和杨开福几乎是同时仰起脸来，张望了一下树梢之上的秋日，阳光射进眼窝子里，就像一把把的刀子。

杨开福眨巴着眼睛说，这太阳真是厉害，比夏天的太阳还毒。你快回屋去吧，布谷姐。

就要分头走开时，我又叫住他说，刚才的事，莫跟二爷说。莫叫二爷喝河里的生水。告诉二爷，我给他晾了茶水。

杨开福说，布谷姐，你对二爷真是过于操心了，二爷喝阴沟里的水，也不会拉肚子。

杨开福当然不知道我是费了多大力气才说出这句话来的。

约莫过了两个时辰，二爷、金子贵和杨开福各人挑着一担红薯，叽叽呀呀地从地里回来了，他们是回来吃中饭的。金子贵放下挑担，到灶台前去帮大嫂打个下手，没想到被大嫂数落了一顿。大嫂在灶房里埋怨金子贵，怎么这么早就回来吃中饭了。昨天回得太晚了，今天又回得太早了。

大嫂手脚麻利，没等多久，饭菜便上了桌。摆上桌来的饭菜简单而可口，主食是稀饭、红薯，菜有四样——炒的腊肉，腌的豆角，蒸的鸡蛋，炝的青菜，还有一个用洗锅水、腌萝卜、小泥鳅开的酸辣鱼汤。酒自然是少不了的。

男人们上桌落座后，动筷子之前，必定先咕噜咕噜喝下一碗酒。米酒的味道和他们身上汗水的味道，很快就会在堂厅里弥漫开来。

他们各有各的坐相，各有各的吃相。大嫂习惯于侧着身子，屁股只有一小半落在凳子上，显示出她们瑶家女人上桌吃饭应有的规矩。芙蓉啊，在桃花镇上，婚后的女人们是不得上桌吃饭的，她们吃饭的地方是在灶房里。瑶家女人也一样。

而杨开福则正好与她相反，他有时会把两条腿都搁到凳子上，甚至是光着脚板踏在凳子上。

金子贵喜欢把凳子移开些坐着，脖子向前伸出来，弓着背，那样子活脱脱的像是在钓鱼。坐得正儿八经的是二爷，他的坐相让我想起蒋玉湘的父亲蒋广林，蒋老太爷就是那样旁若无人、四平八稳地坐在太师椅上的。

二爷大碗喝酒。下巴一扬，酒随着喉结一挪便下去了。那个喉结就是一个一开一合的开关。二爷大块吃肉，即便有骨头在里面，也会咔嚓咔嚓地满口嚼着，满口咽下去。

他们边吃喝边讨论起红薯挖完之后，是种一季秋麦，还是种芹菜的事。在这个时候，他们讨论起什么事情来，那是最起劲的，也是最畅所欲言的。在这个场合，也只有在这个场合，杨开福是可以大声说话并与二爷争执的，金子贵也敢一句接着一句与大嫂顶嘴。

老实说，对于是种芹菜还是种麦子之类的话题，我插不上嘴，也不感兴趣。我拿了条矮凳，坐在门口，门口有风。我还拿一把扇子，不紧不慢地往怀里扇着风。其实，并不热，我只是感觉心里窝着一团没处去的暗火。

二爷问我怎么不上桌吃饭，问了三遍，我没吭声。我没心思上桌饭，也不想答理他。我还在想那个库房。想到那个空空如也的库房，想到那些堆满了库房的装着海盐的麻袋，再看二爷，我总有些什么如鲠在喉。

我坐在那里，等他们吃饱喝足了到后院去"息响"。"息响"是大嫂的说法，大嫂管睡午觉叫息响。大热的天，劳作的人吃过中饭后休息一下，这样能更好地恢复体力。

他们吃完饭后，我去收拾桌子上的碗筷。在灶房里，我用一节去了皮的老丝瓜当洗碗布，将碗筷洗净晾干。洗碗刷锅这件事是半年之前我从大嫂的手里接过来的。如果不想被人看作是吃白饭的，就总得捡点什么事做。

虽说大嫂的强项是手脚麻利，但洗碗筷这样的事，关键还是要看是否洗干净了。只要是见着碗上面存着油污，或者筷子上粘着块辣椒皮，我就吃不下饭，吃下去的东西还会呕吐出来。只有自己洗净的碗筷，我才会放心去用。

在做家务活的细节上，大嫂还真不如我从前的丫头欧阳满珠。只可惜那些不下伙房也能使上干净的金银餐具的日子，离我太远了，太久了。

清洗碗筷的时候，我又想起杨开福说过那些的话。我不由得心头一紧，如果二爷和首一望有来往，说不定二爷就去过首家大院。说不定就路过过蒋家大院，甚至到过我欧阳家的大院门前。说不定二爷就在我往常出入的首家大院见到过我。说不定当年我的父亲也曾是二爷他们的老主顾……

我曾经奇怪于二爷怎么知道那么多关于蒋玉湘的事情。说不定首家大院便是二爷打听到或无意间听到那些有关蒋玉湘事情的地方。

说不定，二爷他早就知道我是谁了。说不定……

天呐！我不敢往下想了。捂着鼻子哄不住眼睛，叫我往哪里躲呀。

我晕晕乎乎地从灶房中出来，我的心情又烦乱又不安，甚至想着立马去问二爷，问个清楚，问个心里踏实。

如果真是到了我料想的地步，我再去考虑这金鸡岭到底是否还能成为我容身的地方。

在后院墙角、午后阳光西斜的阴影里，二爷和杨开福，一个头朝东，一个头朝西，一高一矮坐在两张竹椅上。

每当这个时候，竹林发出的飒飒之声就似催眠的曲子，鸡窝里带崽的母鸡也咕咕咕咕地和它的雏鸡一道，发出困倦的呢喃。他们劳作了半天，这时是睡得最舒服的。从他们的鼾声中能够听出来，就在我洗碗筷的一下子工夫里，他们纷纷进入了睡乡。

大嫂和金子贵两人坐在库房的门槛上。金子贵的头歪在开着的门板上，大嫂的头歪在金子贵胸膛前。他们真是被地里的农活累坏了。

我不知道自己在二爷的身边站了多久，几次我的手都到他的脖子边上了，又抽了回来，我终究还是没有勇气去弄醒他，更没有勇气去去问他。

把二爷弄醒来的是从后山传来的一声短促而有力的脆响。

二爷条件反射似的从竹椅上弹起身来，大声叫道：是驳壳枪的声音！后山有人打枪！

17

二爷叫上金子贵和杨开福，朝响枪的地方循声而去。他们没有走前门，而是像獐子一样，翻过菜园子的围墙，进了竹林，抄近路奔后山而去的——奔后山枪响的大概方向去的。

大嫂说她没有听到枪声，倒是听见了二爷咋呼的话——后山有人打枪，是什么驳壳枪的声音。大嫂自己问自己，怎么不是鸟铳的声音？是鸟铳的声音也不对，这个时节进山打猎也太早了些。

好在大嫂时不时地说句话，要不然，枪声响过后，男人们的骚动过后的伙铺，就显得太安静了。这种安静让人多少有些恐惧和不安。

我看不出大嫂所表现出来的安之若素的神态有半点是故作的，之前紧张的情绪也就随之平定下来。事实上，我没有见过枪，更没听过枪声，那东西对我而言，是十分陌生的，我并不知道它们意味着什么。

我好奇的不是后山响了枪，而是枪声对二爷他们的吸引力，他们奔那枪声而去的情形，简直就像猎狗见到奔跑着的野兔子似的。他们怎么会对几声枪响这么兴奋，这么激昂，这么敏感。

在他们回来之前，我怎么去猜度，也是不会有答案的。

望着菜园子那头，他们消失在其中的竹林，我在二爷躺过的竹椅上坐下来，然后侧身枕着自己的手臂，有些儿被袭上来的倦意弄得昏昏欲睡。

迷迷糊糊之间，竹林朝我迫近来，竹竿摇曳，竹枝晃动，竹叶毫无规则地翻飞。恍若置身竹林之中的我，听见一处从远而近的响动，仔细听来，那声音，一会儿似小鸟在茂密的枝头上无踪无影的扑楞，一会儿似有人蹑手蹑脚、小心翼翼地踩着地上的枯叶，走来走去的脚步声。

竹叶在风中跳着舞，然后从竹枝上谢幕，颤栗着一片片地飘落下来，有的贴着我的耳朵飘在我的肩头上。竹叶经过我的耳朵时，说了句"我们回家去了"的话，之后它落在地上，选了一处竹根裸露的地方，舒适地躺下来。竹根对它说，孩子，来吧，明年春天我会给你换上一件翠绿的衣裳。

竹杆弯下身子，对某一片落叶说，你哪怕睡上一个冬天都不要紧，明年我一定把你举得更高。明年春天里最早的霞光是属于你的，别的叶子想抢都抢不走。落叶对竹根说，谢谢你爸爸。又对竹杆说，谢谢你妈妈。又对竹枝说，大哥，我今年呆的地方得给我留着，别的地方我是不会去的。

竹枝对它轻言细语地说，你放心好了，就是麻雀路过时，想在属于你的枝桠上休息片刻，我也会毫不留情地把它赶走，我就是专门为你竭诚地效劳的。

说话间，竹枝腾身回到了与树梢紧挨着的地方，它上面就是湛蓝的天空和天空中轻仰漫飘的白色浮云。我以为竹叶会安安心心地入睡了，它却一个翻身起来——好像是几只蚂蚁把它抬到了我的眼前，抬进了我的梦里。

原来它是认识我的，和杨开福一样，它叫我布谷姐。

它说它还在竹枝上没有落到地上来的时候起，就一直在留心我，它观察到我有大半天都是愁眉不展的，特别是吃过中饭在后院的这段时间里，它更是有些担忧，因为它听见从我的内心到眼眶之间，泪水来来回回地流响。

　　我朝它默然地笑了笑说，没有的事，是你的耳朵听错了，你听见的可能是潇水河流淌的声音。

　　它完全不相信我说的话，反而用疑惑不解的眼神注视着我说，你的父亲母亲呢？你的兄弟姐妹呢？我怎么没见到你的亲人在你身边？

　　我说，不是他们不到我身边来，而是我没有了父亲母亲，也没有了兄弟姐妹，我没有亲人。

　　这是怎么回事儿？它叹着气这样无可奈何地感叹，人世间看上去总是比竹林里热闹的，但是我却有些拿不准了，你的命还不如我的命好——我要是你，我早就哭出来了——我只不过是落在地上的叶子。

　　即便是在梦里，我也似乎有自己越来越清晰的意识，我能感觉到自己被包括二爷在内的所有人排斥着，怀疑着。他们对我热忱、关怀、无微不至，但又与我充满着隔阂，我和他们不是一个整体，尽管我在慢慢地努力地想成为这个整体的一部分。

　　我面临的是一个进退两难的境地：若是缩，我不知道往哪里去；而要进入则又是那么的艰难。

　　我内心的苦和痛、孤独和恐惧都源于一件事——我是被自己隐藏起来的，对他们来说，我来路不明。我们在内心里隔着一堵拖的时间越久，就越难以推倒的墙。这堵难以推倒的墙，与其说是二爷他们砌来隔开我的，倒不如说是我自己砌来隔开他们的。

　　一阵沉重、杂乱而又匆忙的脚步声把我从梦中惊醒过来，睁开眼睛，因为从前院一直照射到堂屋的夕阳红彤彤的霞光，我看见的是二爷他们从前门进来的黑色剪影。

　　他们进了后院，我才看见杨开福身上还背着一个血淋淋的男人。

　　二爷对杨开福说，快到你睡觉的房间去，放到你床上去。

二爷对我说，你到楼上去，把床头的美孚灯和墙上的马灯都点上，都拿下来。

二爷对金子贵说，趁天还没黑，你赶紧拿网去河里捞几两小虾子回来。

二爷对大嫂说，有凉茶吗？大嫂点点头。二爷要大嫂多倒些凉茶来，倒在干净的脸盆里，放一小勺盐。还要找几条干净点的毛巾来——最好是没有用过的毛巾。

二爷在我和大嫂都没弄明白是怎么回事的时候，就让我有了理由去相信，他这样沉着，这样有章有法，他们从山上背回来的人，定然能逃过一劫。

到楼上的睡房，点上马灯和美孚灯下楼来，我惊讶地发现，突然间天色就暗了下来。我总算明白了桃花镇上老辈人常说的一句话，黑夜来得比白天快。

大嫂从杨开福的睡房里出来，在门口拦住我说，二爷要你别进去，你把灯盏给我。

我和大嫂从来没有如此近距离地相隔两盏点亮的灯面对面站着，大嫂说话的时候，脸上是未曾有过的严肃。

在这性命攸关的当头，几个尘世间可有可无的凡人、俗人，突然间一个个严谨了，举足轻重了，不可或缺了。

二爷在里面对我说，布谷，去拿把扇子来。快点。

二爷能让我发挥作用，参与其中，打断了我对二爷不让我进杨开福睡房的胡思乱想。事后我才知道，二爷不要我进去看他给人疗伤，是怕我见不得那些皮开肉绽、鲜血淋漓的场面，是当心我闻着血腥味，反胃作呕。

至于他们把伤者救回来，以及当晚抢救过程，杨开福说的，和二爷晚上告诉我的情形大致相同。

他们听到枪声后，基本判断出了枪响的大概位置是后山的半山腰上。穿过竹林，是六七丈高的悬崖，他们上去时是攀崖而上的，下来时，因为背着伤者，只好多走了两三里路，绕开悬崖。

悬崖上面是一面缓坡，缓坡上面长满了松树。那些松树，几百年了，就在那里天不管地不收地慢慢悠悠生长着，树干几个人都合抱不了。松叶落在地上，铺了厚厚一层，踩在上面，又软又滑的，行走起来很费力气。

落在地上的厚厚的松树叶，既软和又保暖，是野猪抱窝产仔的好地方。打过猎的二爷知道，松树林里的野猪常常是一窝一窝的。

精明的猎人是不会去跟抱窝产仔的野猪过不去的，特别是那种长着尖尖的弯刀般獠牙的老母猪，它们为了保全幼崽，是会朝着猎人的枪口冲过来，视死如归的。何况它们的皮质坚韧，诸如鸟铳之类的猎枪，很难伤着它们。

二爷听见后山传来的驳壳枪声，首先想到的人，是广西那边盐道上的土匪头屈麻子。因为三爷就是死在屈麻子的驳壳枪下的。二爷疑心是屈麻子或是屈麻子的手下，从广西那边越境寻仇来了。

被二爷他们救下山的人，如果用的是鸟铳，而不是驳壳枪，中枪的野猪婆就不仅仅是在临死之前把他拱翻了，就不仅仅是在他的小腿肚子上用獠牙挑开那么一道刚刚看得到骨头的伤口了。

二爷说，只要救治得及时，这点伤还不至于要他的命。

二爷给他的伤口涂抹的，是自己当年人在江湖时不得不常备着的金创药。在刀口子上过日子的人，金创药是生命的最后一道防线。二爷也不是头一次处理这样的伤口，二爷右臂上的那道伤疤便是佐证。

二爷对我说起过那道伤疤的来历。大爷、三爷都死后，屈麻子还想斩草除根，派了手下来寻二爷。屈麻子的四个手下持刀追着二爷砍，二爷的右臂挨了一刀，肉被劈开了，一眼就能见着白森森的骨头。二爷就是自己给自己用盐水在伤口边擦洗消毒，自己给自己的伤口撒上金创药，自己找了些新鲜的虾子捣烂抹在伤口上生肌消肿的。

二爷在杨开福的睡房里忙了一阵，出外边来透透气，见我还在外边候着，感叹了一声，里面躺着的伤者像个男人。伤成这样了，眉头都没有皱一下，喉咙里没有哼一声。难得，难得！

二爷又说，针过得，线就过得，我的伤只留下了一个疤，他的伤就更不用担心了。

二爷自己却放不下心来，他在杨开福的睡房里蹲守了一整夜。

第二天早上，我起床下楼，见大嫂在瓜棚架边上支了根竹竿晾晒衣服。大嫂叫住我说，布谷，布谷，你来看看，二爷他们救回来的人身上穿的是些什么奇装异服，我在我同年爷的裁缝铺子里，也没见过这样的东西。

我走到大嫂身边，大嫂扯着一件已经摊到衣架上的白色衬衣指给我看。大嫂皱着眉头说，这是衣服领口吧，尖尖角角的，是翻着的。看，这里折了一道折痕，若是打开来，哪来那么长的脖子呀。看这两个衣袖，袖口上有扣子，有扣眼，穿在身上，把扣子扣起来，岂不是把两只手扣住了，捆住了？

大嫂把竹竿上晾晒好的一条青色的裤子提拎在手上，摇晃着头说，这是他穿在身上的裤子，你看得出来吗？这哪是一个大男人穿的东西呀，你见过大男人家穿的裤子上还别两根背带的么？下边再剪个口子，就是三岁娃娃穿的开裆裤呀。你说是不是，布谷？你见过这种大男人穿的东西没有啊？反正我是没见过。

我走到大嫂的身后，下巴架在她的肩头上，任性地摆了摆头说，大嫂都没见过的，我哪里能见过呢？是谁的呀？大嫂是从二爷他们救回来的那个男人身上脱下来的吗？

大嫂用肘拐在我的腹部捅了一下说，我贱呀，去脱男人身上的衣服。是二爷拿来叫我洗的。

大嫂把头歪在一边，看着我伸在她肩头的鼻子尖说，布谷，你真的没见过这种模样的衣裤？

我感到奇怪，难道大嫂看出来我撒谎了？我扮了个调皮的相说，我见过，这不，你手里提拎着的东西就在我眼前呢。

如果我说真话的话，这种款式的衣裤，我是见过的。

芙蓉，我记得你们首家的人管它叫西装。你的父亲首一望称它为洋装。西装和洋装都是一回事。我在你们首家见过穿这种款式的衣服的同一个人不下十回。你父亲说他是从广州城来的洋买办。

有时洋买办是来和你父亲合作投资开矿的，有时洋买办是来和你父亲合作投资办工厂的。我记得你闺房里的西洋钟，还有你父亲挂在胸口前面的衣袋里的怀表，都是那个洋买办奉送的。在你父亲看来，那些东西非铜即铁，怎么也当不得金子银子，所以，不管那个洋买办如何看上了你父亲手中大把的金条银锭，也没说服你父亲与洋人合作。

用你父亲的话说，泥鳅难捉，人心难摸。洋人和我的肤色都不同，会能有一样的心？

那个洋买办来了桃花镇许多次，进进出出首家大院许多回，最终还是灰溜溜两手空空离开了。倒是他穿的那身洋装，给你首芙蓉，也给我、给桃花镇，留下了很深的印象。

杨开福睡房里躺着的人，可能就是一个洋买办。

我仍然将尖尖的下巴搁在大嫂的肩头上，大嫂多少会有些不舒服，但我赖着如此，也喜欢如此，觉得这样显得亲近，显得关系融洽，是一件有趣的、幸福的事，尽管看起来像我有点欺侮她。这样子的好处是我能用眼睛扑闪扑闪地盯着她至少半边脸上的表情，近得不能再近地贴着她的脑门去感知她脑子里的想法，同时还可以说些悄悄话，说些俏皮的话。

我问大嫂，那个人呢，他怎么样了？

大嫂说，他痛了大半夜，鸡叫头遍时才睡了。二爷说的，只要他能睡得安了，就没什么问题了。就算挺过来了。大嫂的语气中透出了如释重负的轻松。

我说，那就好。二爷呢？他去哪里了？怎么也不见金子贵和杨开福，就你一个人在么？

大嫂道，布谷，好妹子，我的肩头都要被你的下巴削掉了，移开去好不？

我说，好吧，好吧，我放过你了。你快告诉我，他们哪里去了？

大嫂耸了耸肩头，脸上装出痛楚的表情，夸张并带着一丝开玩笑的神情注视着我说，我这个肩真是麻掉了。我没见你把下巴搁二爷肩上去，二爷身子壮实，你想搁他肩头上多久都行。得了，看你一脸着急的样子，我告诉你吧，二爷和杨开福上后山去了，金子贵拿了渔网去捞虾子。吃过早饭后，二爷要给那个人换药，得用上新鲜的虾子。

二爷他们是在我和大嫂一起准备好了早上吃的稀饭、红薯和咸鸭蛋之后，才相继回来的。

金子贵回来得最早，因为捞的虾子多，足有半鱼篓，配药都用不完，便分出来一多半做了一道葱爆小虾，弄得满屋子都是油炸小虾的味道。

菜一出锅，杨开福便回到了院子，随他一起走进院门的，还有一匹高头大马。那是一匹浑身的白毛如雪似银的骏马，在早上透亮的阳光下，它高扬着骄傲的头颅，头部和颈部长长的鬃毛又细润又光滑，均匀地披散着，抖动着。阳光在每一根鬃毛上都闪耀着金色的光芒。它昂起的头上有一种居高临下而又刚烈骁勇的神采，而这种神采又恰好被有力的颈部烘托着。

金子贵失声赞叹，好马呀，好马呀！我头一回见到这样的好马呀！

大嫂在一旁犯嘀咕，我说什么也不相信，骑着这么好的马，穿着那么斯文的衣裳，那人是进山打猎的。

金子贵接住大嫂的话说，打猎的人有两种，一种是靠打猎谋生活的，还有一种是以打猎消遣找乐的。

金子贵和大嫂的父辈一样，都是猎户，在这一点上，金子贵悟得比大嫂透彻。

说话间，二爷回来了，二爷腰间的汗帕上，别着一把让人一看就心里发寒的东西，那是一把枪。

我猜想，这就是二爷提过多回的德国造的驳壳枪了吧。这家伙真有那么厉害吗？枪口指着谁，就能要了谁的命吗？

二爷和杨开福把被野猪伤着的那人拴在山下的马，还有落在半山腰上松树林里的枪，都找回来了。尤其是那把枪，是非找回来不可的。若是找不回来，就不知道它会落到谁的手里。二爷一定是这样想的。

二爷在杨开福的睡房守护了那人两天两晚。第三天晚上，夜深人静的时候，二爷突然上楼来了。

二爷俯身在我耳朵边上问了句，布谷，你睡了吗？

那时，我才刚好有一点睡意。我佯装睡着了，没有吭声。若是在往常，我会往床里边挪挪身子，腾出足够宽的地方来，让他上床，睡在我身子的外边。

二爷见我没吭声，也没动弹，还真以为我睡着了，从我的身上跨过去，睡在了里边。二爷躺了下去，与我隔着差不多一个巴掌的距离。

我调整了一下呼吸，让二爷确信我是真的睡着了。过了一会儿，二爷身子下的床板悄悄地响动了一下，又过了一会儿，二爷身子下的床板又响动了一下。

二爷并没睡，或许他的眼睛是睁着的，正望着一团漆黑的蚊帐呢。然后我听见二爷按捺不住地笑，哼哼，嘿嘿的。二爷是在窃笑，笑声是收敛的，是短促的，完全是笑给他自己听的。

这个后生没救错，真的救对了。二爷对自己说，接下来他又偷偷地笑，笑过之后又情不自禁地自言自语：他说他叫首岭南，他说他的父亲是首一望，他说他从德国留学回来，帮他的姐夫蒋玉湘在县衙里当差。真是奇了巧了！真是巧了奇了！还真是有首岭南这么

182

一个不在身边的儿子嘞。

二爷是在我的耳朵边上这么说的。

白云出山本无心，流水下滩却有意。我听得真真切切，他说的每个字我都清清楚楚地听到了，听到耳朵里面去了，听到心里头去了。

蒋玉湘、首一望、首岭南这三个人的名字对我来说，都是如雷贯耳。这三个人的名字从二爷口中说出来，仿佛就变成了三只老鹰的爪子，同时在我的心上刨坑。它们刨坑不是要把我掩埋掉，恰恰相反，是要把我刨出来。

同时睡在一张床上的两个人——二爷与我，对于这三个名字的感受却截然相反。我胆战心惊得不知所措，二爷却兴奋得睡不着，激动得睡不着。

此时此刻，有一张无形的网覆盖在我身子上，这是一张比天还大的网，是一张无论我走到哪里，藏匿在哪里，都无法挣脱的网。

这张网的网索就在你首芙蓉的手里。

这两天，你的父亲，帮着你拉这张网，你同父异母的弟弟也来帮你拉这张网。还有蒋玉湘、二爷、金子贵、杨开福，还有大嫂，他们是在毫不知情的情况下，不明白地在一旁帮着加油呐喊。你们齐心协力地把我牢牢地网住了，我挣扎不得了，我动弹不得了。

待二爷睡着后，我摸索着慢慢地下床来，披了身睡袍，穿着布鞋，走到窗边。窗子半开着，我吸了口新鲜的空气，想闭上眼睛，眼睛却怎么也闭不上，泪水则呈线儿留了下来。我没有话来形容当时我的心情有多么乱，有多么难受，也没有话来形容当时我的心底有多惊慌，有多无助。

芙蓉啊，你父亲的四姨太给你们首家生下了唯一的男孩，小名叫鹅蛋，书名叫首岭南，这是我知道的。但我一时半会儿记不清是否在桃花镇见过他。好像你的父亲就没让四姨太和首岭南在首家大院住过。

究其原因，是与你的母亲有关。无外乎太太和姨太太之间的争风吃醋。你的父亲在道州城里，背靠着潇水河的位置，买了一套三进深的，说大不大说小也不小的房子，养着他们。

　　他是你们首家的独苗，你父亲把他放在你母亲见不到的地方，可能是为安全起见。

　　你的母亲肯定是没有见过他的，你和首岭南是否见过面，我就不得而知了。

　　你父亲的四姨太是我铭记在心、难以忘却的人。她可以说是我在桃花镇见过的上一辈女人中最时髦的一个。她的戏名叫香莲，她姓什么，书名叫什么，可能只有你父亲知道。

　　她天生就是一个在戏台之上，让众人为之倾倒的人——不管是听她曼妙的嗓音的，还是看她舞动水袖的，还是赏她闭月羞花的芳容的，她的戏唱到哪里，哪里就齐刷刷地倒下去一片。

　　她唱的就是我们永州本地的花鼓戏，唱腔用的是道县调子。道县调子从念白到歌舞，到声腔伴奏，听来好懂、亲切，不似祁阳花鼓灯。

　　那时候，是我父亲首先把以她为头牌的戏班子请进了欧阳大院，在我家的那个张灯结彩的戏台子上，唱了一个月。我父亲把在生意场上必须笼络的人，一个个请来，白天喝酒吃肉，晚上嗑瓜子看戏，家里热热闹闹得像是赶圩的圩场。

　　你的父亲在那一个月里，心情都不舒畅。他的心里犯堵，自己不去听戏，还不准你到我家去听戏。但我还是瞒着你父亲，借故到首玉琴家中识女字，邀请你悄悄地站到了戏台之下。

　　那时我们是五岁呢，还是六岁呢？反正那一个月，我们算是过足了戏瘾，什么《四季花开》，什么《送金花》，什么《娥皇女英寻舜帝》，什么《天不公》，我们看了一遍又一遍，以至于每一曲戏我们都能哼一段或几段。

　　我现在就要哼一段《天不公》给我自己听——

英雄失志把头低，门口过路被犬欺，

狮子脱毛逗猴笑，凤凰褪毛不如鸡……

那一个月，我父亲毫不吝啬地大把大把撒钱，其中最多的莫过于给头牌香莲的赏钱。台上她在唱在舞，台下我父亲就不怕有失身份地哇哇大叫：好，香莲！香莲，好！他拍过手后，就把锃亮的银子抛上戏台。她那双滴溜溜转的丹凤眼，就会像一束灯光一样照到我父亲的脸上。

谁又能料到，戏班子离开我家不出半个月，香莲就成了你们首家的四姨太呢？谁又能料到，就在那一年，你的父亲终于有了这个子嗣首岭南呢？谁又能料到，我在桃花镇快二十年没见过他，他却偏偏来到金鸡岭，被二爷他们从山上背到了我的跟前呢？

人活着啊，简直就是一个玩笑！命运要捉弄你，会一个圈子一个圈子地追着你玩，逗得你麻木不仁，如行尸走肉，逗得你如遁入空门，万念俱灰。

窗外那个盼不出月亮来的黑夜，既迷茫又真实，我需要这一个个又寂静又触手可及的黑夜，让它把我掩藏起来，让它把我包裹起来。只有黑夜才是我的，是我一个人的。

我在黑暗中看到了生命的河流中，自己孤独的倒影。河水汹涌澎湃，倒影依稀模糊。我恍然大悟，我不可能有一个完整的轮廓了，我不可能有一个清晰的自我了。就是对着一面镜子，我也是一个被命运这锅热汤熬成的烂骨碎肉了。

185

18

大嫂养的公鸡叫到第二遍时，二爷醒了。二爷从蚊帐里伸出一个头，在微明的晨光中，看着仍然在窗台边上站着的我。

二爷说，布谷，你起这么早呀。

我暗自冷笑了一声说，是啊，比往日起得早些。

二爷把脑袋缩回到蚊帐里，他还要再睡一会儿。

窗口之外，黎明即将被天空中低矮的浮云抹去并擦亮。近处的竹林中，已有了清脆的鸟啼声。远处金鸡岭睡美人般的轮廓也越来越清晰。在更远处，堆积了一整晚的乌色云团中，转眼间出现了一个由小变大的裂缝，明亮的晨曦就是从那个缝隙喷涌而出的。

红的色彩、黄的色彩、蓝的色彩、紫的色彩，在那道裂缝深处若隐若现，极其微妙地变幻出无数优雅的、闪烁流动的图案。那些从遥不可及的天际款款而来的色彩，照射到我的脸上，像一张网撒进我的眼睛里，似乎要把我从内心的困境中拯救出来。

内心的困境，其实更多的是来源于自身的纠缠。经历了这样一个不眠之夜，我好像说服了自己，宽恕了自己。人不能天天跟自己过不去，有时要跟自己讲和。我想明白些了。世界说大就大，说小就小。心里坦然，世界就大得没边；心怀芥蒂，人就只能生活在自己的阴影里，生活在越陷越深的泥沼里，世界就小得无处躲藏、无处容身。

如果我拒绝这个世界，排斥这个世界，不能从容地去面对现实，我就不是真正地活着，而是在假装活着，那么，我就是一个无主的人，是一朵无根的浮云，是一片随风飘落的叶子，是一颗微不足道的尘埃。独自地生活在一个狭小卑微的空间里，绝对没有谁会在意你，没有谁会在乎你，你必将独自一个人离开这个世界。

一觉睡醒，看破梦里当年。我明白了，世界上没有天堂，也没有什么十八层地狱，更没有什么生能带来死能带去的东西，人活着其实是一件很简单的事，只要抛开了功名利禄的羁绊，只要不在乎恩怨情仇的纠缠，只要不患得患失，就不会被一件偶然的小事彻底地改变自己的命运。

人就是这样，不怕不知道，就怕不开窍。想到这里，我为五年前不计后果地离开桃花镇、离开蒋玉湘、离开你们首家的每一个人、离开我祖祖辈辈生活过的欧阳大院，深深地懊悔了。想到连欧阳满珠这样一个丫头，当年也被我视为肉中刺、眼中钉，避之不及，我真是恨不得给自己一个耳光。

芙蓉，我不知道，我的悄然离去是否伤及了你们，但是，有一点是肯定的，是成为了现实的，那就是我被我自己伤得很难看，伤得很悲惨。

好在我现在暂时放下沉重的包袱，如释重负地全身心轻松了。我得去穿戴好，穿得漂漂亮亮、齐齐整整的，大大方方地下楼去，去见见你那个同父异母的弟弟首岭南，看他的伤怎么样了，看他长得是像你的父亲首一望，还是像当年戏台上的头牌香莲，还是既不像你父亲首一望，又不像他娘香莲。

或许，我能从他那里得来些有关你和蒋玉湘的什么消息呢。

我穿着红地花卉蝴蝶纹敞衣和雪青地团花纹长裙，从睡房出来，站到楼梯口的时候，太阳已经出山有一阵子了。

晴空万里，这又是一个挖红薯、晒红薯的好天气。

在杨开福睡房的瓦檐下，温暖清新的阳光之中，杨开福正和一个与他一样靠着石墙坐在单凳子上晒太阳的小伙子闲聊。

我一出现在楼梯上，他们的话题就被打断了。他们的脸抬起来，看着我，看着我下楼，看着我下楼时被晨风吹拂得如波浪起伏的裙摆，看着我一步一步轻盈地落在台阶上的绣花鞋尖，看着我搭在楼梯扶手上的纤纤手指。

我下楼时的神态显示出来的是一个女主人的神态，尽管与这么一栋荒野中的木楼，与生活在木楼中的庄稼人身份格格不入。

我下楼的脚步声，我手腕上带翡翠翠的手镯，偶尔碰触扶梯时发出的叮叮当当的清脆的声音，在这个宁静的早晨，显得格外的清晰和悦耳。

首岭南能下地了，还能到房子外面来晒太阳，还能扶着墙根勉强站起来给我点头打招呼，说明他的伤好多了。好得比我想象中要快。

杨开福把我介绍给他说，这个是布谷姐。他忍着痛晃了一下，勉强地站直了。首岭南叫了我一声布谷姐。他倒是真的应该叫我姐姐，因为他叫你首芙蓉是叫姐姐的。

他穿着大嫂给他洗过的那身洋装——白色的衬衣，深蓝色的西衣西裤，笔直直地站在我的面前，风度翩翩地站在我的眼前。男人穿上这样一身洋装，给人的印象就是潇洒和优雅，似乎比穿上黄袍马褂还要显得体面一些。

他是除了那个洋买办以外，我见着的第二个穿洋装的男人。但洋买办穿上西装让人觉得别扭，而他穿上这一身西装，却让人看着舒服。

他彬彬有礼地向我打招呼，我也就毫不犹豫地回了他一个微笑。我给了他一个似是而非的微笑。我边朝他微笑，边认真打量他，我得在他的脸上看个端详。

他的眼睛又大又亮，目光炯炯，神采奕奕。他的鼻子生动挺拔，给人一种咄咄逼人的非凡气度。排列得齐斩斩的一口牙齿，白得就像是用羊脂玉一粒粒雕刻出来的。他不过二十出头的年纪，却在上唇留了两撇粗短的胡须。那又黑又粗的胡须看上去有些假，却是真真实实地从他的鼻子下边生长出来的。想来他在这两撇胡须上花了不少的心思，下了不少的功夫。

我之所以如此仔细地打量他，是想弄明白他长得到底像谁。芙蓉啊，你作为他同父异母的姐姐，在长相上是融合了你父亲和母亲的优点和不足的。可以说，你像你父亲多一些。从他的脸上却看不出像你父亲的地方。他像他母亲。在他的脸上，十分有六分像他母亲。他的眼睛活活脱脱就是四姨太香莲的那双。剩下的四分却看不出来像谁，看他那个柔和滚圆的下巴，倒是有点像女人的下巴。也就是说，他脸上没有哪一个拐弯抹角地方，与你首芙蓉有一丁点儿的相似。

初次见面，我和他有过简短的对话。我粗略地了解到，他并非是冒冒失失地来到这个地方的。

半个月前，他从永明县城出发，到永州知府衙门办一件公务。去的时候，一路经桃花镇、经道州境界的祥林铺，过道州城。道州城应该是他再熟悉不过的，他和他的母亲生活在那里多年。然后，翻过阳明山，到双牌县城，抵达永州府城。

那一路是官道，骑快马得五天的路。

从永州府返回永明时，过了道州，在祥林铺附近的茶树林边，马的前蹄下突然横着窜出一只野兔子。为了逮住野兔子，他离开官道，拐上了一条上山的小路。野兔不见了，却寻着了一只失群的獐子。后来獐子不见了，却寻着了一头野猪。追逐着一头野猪，却寻着了这后山之上的一窝野猪仔。

他就是这样在无意间，走上就在前年还算得上是热闹的私盐道，来到了金鸡岭南面的半山腰。

他掏枪要了一头带着一窝小猪崽的母野猪的命，也差一点被那只母野猪咬掉两条腿中的其中一条。

若不是有这番经历，他也许还不知道，官道并非是唯一能从永明县城到永州府的路。这个伙铺门前的路，能把他送回永明县城。若沿着这条杨开福称作"小路"的山路往前走，三十多里地后就到了湘桂边界，到了岔路口，往南就是广西，往北便是桃川镇，再往北也就是永明县城了。

他清亮的目光中闪烁出精明与警觉。他与人交谈时，从脸上表现出来的是镇静、措置裕如。他举手投足间，显示出来一种居高临下的气势，同时也给人一种深不可测的感觉。我对于他的好奇心，就是在这个时候变得强烈的。

但是我按捺住自己的性子，并没有和他深入地交谈下去。我说，我去找找看，看还有没有苦瓜。大嫂说秋后苦瓜吃了凉血清火。我借故到菜园子里摘菜，离开了他们两个。

他很主动地给我让开了路，不仅如此，他还弯下身子，把他拿来当拐棍使的一截竹竿，从地上捡起来，以免挡了我的去路。

他的这个小小的举动，让我从中发现了他有别于二爷和杨开福他们的风度和修养、认真与严谨。这种不同的生存环境，不同的文化养成，不同的学识、见识造成的相异的言行举止、风度仪表，自然而然地表现出他与他人的九天九地、截然不同。他身上有的东西，已经是洋人的东西了。

菜园子里，灿烂的晨光与幽暗的浓荫并存。我走进菜园子，杨开福却和他在我身后说开了。那天早上的风，把他们的话捎带进了菜园子。

杨开福说，布谷姐今天特别地漂亮，你没想到吧，在我们这种地方能有这么天仙般的女子。

他回杨开福的话道，没错，我没想到，我是真的没想到，看着她下楼的时候，我简直不敢相信自己的眼睛。她像是从欧洲的古典油画中出来的贵妇人。

杨开福说，这便是鸡窝里飞出来的金凤凰！二爷说她是仙女。仙女就都是这么漂亮的么？金子贵说她是这大山里某个修炼了几百年成了精的狐狸。他是说着玩的，他父亲打猎的时候打到过狐狸，要是狐狸能成精，能变成这么漂亮的女孩子，他父亲还忍心去打？

他问杨开福，她叫布谷，布谷是她的名字的话，那她姓什么呢？难道她就姓布名谷么？

杨开福停了一下，让我很满意地回答道：当然了，她姓布，单名一个谷字。这名字不好么？——你在外国那么多年，见过的外国女人一定不少，嘿，你给我说说外国的女人。我听金子贵说，外国的女人汗毛多，还长胡须，那是不是怪吓人的？

杨开福把话题从我的名字上支开了。

他告诉杨开福说，我去的是欧洲，十三岁的时候就到欧洲了。法国、德国、意大利、荷兰、西班牙，差不多到过所有欧洲的国家。欧洲女人穿着时髦，雍容文雅，漂亮自然是漂亮的。她们是白种人，生来就肌肤白皙，身子比我们华人要高大，看上去要显得健美一些。但她们经不起细细打量，细细去打量，她们就像是被什么东西吓着了，浑身都是鸡皮疙瘩。她们大声地说话，还张开嘴巴大笑。这是最没有女人味的了，是不是？不过，她们一个个长得都齐整，很少有让人看着差别很大的。年轻的时候，也算是苗苗条条的，可以说亭亭玉立吧。和她们在一起，最好不要结婚，尤其是不要生孩子，她们一结婚生孩子就一个个地完蛋，生一个孩子胖一圈，胖了就消不下去。就像我姐姐。

杨开福插话问道，你是说你那个嫁给蒋县令的姐姐吗？

他说，就是就是，我听我妈妈说，当年我姐姐还是桃花镇上数一数二的标致女孩，去年我从德国回来，在蒋家大院见到她，我还以为是在国外，见着的是我在德国的房东太太。她就像一个纺锤。我听我姐夫的轿夫说，两个轿夫能抬着我姐夫走十里地不歇一口气，而我姐姐坐轿子时，得要四个人抬，还见了凉亭就要歇上好一阵。

听他这么一说，我偷偷地笑得连摘苦瓜的力气都没有了。

芙蓉呀，他说你像个纺棉纱的纺锤，你听见了，不是我说的，是你弟弟首岭南说的。

那些天，为了给首岭南滋补身体，让伤口愈合得快一些，大嫂毫不吝啬地每天杀掉一只下蛋的老母鸡。开始的时候，得把鸡汤端到杨开福睡房里一口一口地喂他喝下去。五天之后，他就能下床，到客厅里和大家一起坐在饭桌前了。这样一来，每天到吃饭的时辰，他便自己先坐到饭桌边。

看着我和大嫂把菜一道一道地上到桌面，只需看一看，闻一闻，他便不厌其烦地每上一道菜都夸奖一番，夸大嫂的手艺好，夸菜看的新鲜，说这样既好吃又好看的菜，在国外是吃不到的，在首家大院也是吃不到的，在永明的县衙更是想都想不到。

他说他被野猪咬了这一口，差点丢掉了性命，却是因祸得福，见识到了如此好的厨艺。

美 人 书

这个时候，他显得简单而直率，和二爷他们一样，兴冲冲地，只要上了饭桌，话匣子立马就打开了，要是加上几杯酒下肚，话题就会像风一样吹起来，一阵一阵的，像潇水河涨了洪水，一个浪涌接着一个浪涌。

猎户出身的金子贵，手里拿着筷子，端着杯子，与首岭南拉扯的是打猎的话题。

金子贵说，打猎也是讲季节的，现在地里的庄稼还没收完，晚稻还没开镰，红薯、花生还有多半在地里埋着，辣椒至少还可以开一遍花。再说山上的草地还没枯透，树叶没落尽。这个时候上山打猎，还太早了。差不多早了一个月。

首岭南觉得金子贵讲的话说出了些打猎的道理。首岭南好像是在解释自己进山打猎的动机似的说，是呀，这个时候猎物还差那么一点点时间，只不过有时打猎不单是为了一锅野味，还是为了消遣时光的。

首岭南说话的时候，眼睛不是朝向金子贵的，而是朝着二爷的。他捏着杯子，眯缝着眼睛，看杯子里还剩多少酒似的对二爷说，有时还就是为了练练枪法，免得隔久了手生，二爷，你说是不是？

二爷一仰脖子把杯中的剩酒喝得点滴不留，痛快地呼出一口气说，首家大少爷说得在理，俗话说，一天不练手脚慢，三天不练丢一半，曲不离口，拳不离手。想必打枪也是一样。

杨开福挨着首岭南坐在一条板凳上，一有机会就会插话。他说，大少爷的枪法真是没得说——那天在后山上的一枪，正中那个野猪婆的脑门呢。当然喽，如果是用鸟铳打它，就是打中脑门也无济于事。那年，金子贵的父亲和几个人在一起，用鸟铳打一个野猪婆，打了八枪还是九枪，那个野猪婆还逃走了呢。大少爷呀，我和二爷帮你在后山捡回来的那把枪，不是一把一般的枪吧？

与爱信口开河的杨开福不一样，首岭南每问一句话和每回一句话之前，黑黑的眼珠子都会在眼眶里转动一下。明明是杨开福问到他的那把枪，他却对二爷说，想知道我的那把手枪呀？哦，那是一把洋枪，你们听说过驳壳枪没有？

又是杨开福抢在二爷之前答话，驳壳枪么？大少爷，你说的是驳壳枪呀！二爷……

杨开福的话被二爷横过去的眼神打断了。杨开福一看二爷的眼神，忙把一口米饭扒到嘴里，和他还没有说出来的后半句话一起咽进了肚子里。

二爷摇头说，没听说过。

首岭南又问，也没见到过？

二爷说，在捡到你那把枪之前，是没见到过的。二爷一边往自己的杯中注酒一边说。二爷的神情淡然，他和首岭南两个人在闲聊的时候并不像杨开福那么放松，两个人之间就像是彼此都隔着什么，防备着什么。

我一点儿也不明白他们之间有什么事情，得这样小心翼翼地藏藏掖掖、捂捂盖盖、讳莫如深。

首岭南把枪从斜着背在腰胯间的一个棕色皮盒子中掏出来，放在饭桌上，他用手抚摸着锃亮的枪管说，这便是一八九六年生产的毛瑟军用手枪，叫它驳壳枪也行，叫它盒子炮也行。德国人做事用心、精细，这种枪，只有他们造得出来。它的有效射程足有里把路远。这种好东西，就算是在德国也不能轻易搞到手。不是价钱的问题，枪这种东西，不是有钱就能搞得到手的。

杨开福心里一定把首岭南佩服到天上去了，他嘴里喷着一粒粒米饭，急切地问，大少爷，这么好的枪，又是怎么到了你的手上的呢？

首岭南不紧不慢地说，我在德国读书的时候，恰好有个同学的父亲是造这种枪的毛瑟厂负责销售的头头。我这个同学的父亲喜欢打猎，打猎的时候还捎上我，一来二去混熟了，关系好了，我买驳壳枪才方便了一些。二爷，真得谢谢你，若不是你从后山把它给我找了回来，我要再去弄一把驳壳枪回来，还不知道要有多难呢。我得借花献佛，敬你一杯酒。

首岭南的话，又转到二爷这边来了。

二爷便和首岭南碰了杯，首岭南先干为敬。

杨开福在一旁坐不住了，说，大少爷，你怎么也得敬我一杯酒才是，是我给你把马牵回来了，不然，那么一匹好马，要是被广西那边过来溜达的土匪看见了，早顺手牵羊偷走了！

首岭南便又跟杨开福碰了杯。

芙蓉啊，看得出来，首岭南是有酒量的，也是和你们的父亲首一望一样，深谙人情世故。

事后我才想起，二爷至少是听说过驳壳枪的，三爷被屈麻子的驳壳枪一枪毙了的事，就是二爷亲口对我说的。

芙蓉呀，有这么一种可能，你父亲要你的弟弟从德国把枪买回来，然后和二爷换了私盐。如果是这样的，枪的来路和枪的去路，二爷和你弟弟便都是心知肚明的，只是没有去捅破那层薄薄的窗纸。

我有几次和首岭南单独在一起的机会。旁边没有其他人，我心里头就迫切地想问问他永明县衙里的事，特别是有关县令蒋玉湘的事。但是，我张开嘴巴，却说不出话来，心里上不上、下不下的，反而紧张得、心虚得把自己的一双手脚都弄得汗淋淋的。

这让我看清了我自己，我之前没有这个胆量，以后也不会有这个胆量，去跟任何一个人提蒋玉湘这个名字。就算是借了二爷的胆，我也还是张不了那个口。我内心中激情的矛永远穿透不了理性的盾。以这种胆怯的情形来看，我觉得自己可怜得就像是风箱里的一只两头作难的老鼠。

到了第七天，首岭南的伤并没有好利索，但他却执意要走，要快马加鞭地赶回永明县城。

首岭南跟我们说明了他必须赶回县城的原因。他这一趟去永州府，见的不是知府大人，而是衡永郴桂道的道台大人。永州的知府大人要告老还乡了，道台大人是来物色知府人选，向上边举荐的。道台大人对蒋玉湘深有好感。对蒋玉湘来说，这是一个不能错过的好机会。

蒋玉湘的仕途，绝非是只有你首芙蓉一个人关切的事。蒋玉湘有可能被提升为永州知府大人这个消息，二爷他们也是由衷高兴、欣喜若狂的。好像蒋玉湘是他们的亲人，是他们的兄弟。

听到这样的好消息后，我表面上的平静是无法坚持到梦中的。蒋玉湘穿着从四品的官服，骑着高头大马，一次次地潜入我的梦中。在梦中，我拼命地流着热泪……

首岭南就要离开伙铺了，杨开福扶着首岭南上了马，对首岭南说，大少爷，你只要有空闲，就带上枪来打猎。我们大家都陪着你上山，过过瘾。

首岭南的伤尚未痊愈，大嫂有些放心不下，要他路上骑马慢点，选平稳点的路走，别太颠簸，刚开始长肉的伤口最怕被震裂了；要首岭南什么时候想吃这山野里的饭菜了，随时来就是。

金子贵提醒骑在马背上的首岭南，路上小心，注意安全，碰到腰间扎的汗帕是染蓝了的，多留几个心眼儿。因为腰间扎蓝汗帕的，十有八九是广西那边过来生事的土匪。

首岭南骑着马走了几步，又勒住缰绳停了下来，回头盯着我看，他的目光在颤动的睫毛里跳跃着，他可能是等我对他说上几句话吧。我却没有什么话要对他说。我找不出什么恰当的话对他说。这些天，我心里都像着了一层霜，还没有给过他一张笑脸。而至少从表面上看，他有些方面，确实是逗人喜欢的。我屏住呼吸，向他笑了一下。也许是会心会意的笑，也许是慌张的笑，也许是假意迎合的笑，也许是晦涩复杂的笑，连我自己都没弄明白，我的笑是什么意思。

望着他走后马蹄踏起的尘土，在我的双眼里朦朦胧胧的既是无尽的期待，又是无边的迷茫。

19

过了年，大山里的风还是在大山里边转着，但是，大山之外，大清国的光绪皇帝走了，宣统皇帝来了。

蒋玉湘是否真到了永州当知府呢？首岭南扔下这个悬念一走，就了无音讯，而二爷现在根本就没有去永明县城走走的意思。这件事困扰得我有些坐立不安。

一个人坐着的时候，我就漫无边际地想，蒋玉湘年纪轻轻的就当上了知府，说不定哪一天还会任道台，哪一天就会是巡抚，甚至哪一天会成为更加显赫的朝廷大员，在京城里挨着大清国的皇帝做了左丞右相。

能够在仕途上一帆风顺，也正是他寒窗苦读、考取功名的梦想和动力。我清楚地记得，他在考取秀才之后，是如何描绘自己的仕途的。

那是一个月明星稀的夏天的夜晚。在我家后院的茶亭里，他让我支开欧阳满珠。一轮明月之下，他摇着一把纸扇，在大理石的茶台前一边踱步，一边踌躇满志地遐想自己的功名前程。

学而优则仕，考取功名之后，定然是要做官的，定然是官越做越大。官有大小，分九品十八级，太傅、太保、殿阁大学士是正一品的京官，少师、少傅、大学士、尚书、都察院左右都御史是从一品的京官。一品的官员穿戴珊瑚的顶戴，仙鹤的补服，都御史则是獬豸神兽。各省的总督和巡抚、布政司布政使分别为正二品和从二品的级别，穿的补服则由一品的仙鹤，变成了锦鸡。补服之上，三品是孔雀，四品是鸳鸯，五品是白鹇，六品是鹭鸶，七品是鸂鶒，八品是鹌鹑，九品是蓝雀。

蒋玉湘说他父亲蒋广林朝服补子上绣的是白鹇，所以白鹇及白鹇以下，统统不是他人生中的最终目标。在这一点上，他得胜过他的父亲，他发誓要比他的父亲走得更远，爬得更高。

蟋蟀的鸣叫，总是相反地加深着夜的静谧。我趴在石桌上，双手捧着自己的脸颊，静静地仰望着他。用一种羡慕和迷离的目光，带着一种喜悦和期待的心情。

亭外的月光像一把把碎银子撒在假山边的兰草上，撒在水池中的落叶上，撒在我的祖辈种下的紫薇树茂密的枝头上。月光水一般地在我的脖子上缠绕着，同样，也水一样地在他昂着的脸上流淌着，从额头到眉棱，到鼻之两翼，到上唇，到下唇，到轮廓分明的下巴。

我用颤动着的心捕捉着他的蓬勃朝气，感受我所认定的男子的完美标准：出身官宦之家，才华横溢，见多识广，有抱负，有激情，有修养；而且，浪漫多情又文质彬彬，仪表堂堂。这样的标准，就是我心目中夫君的标准。

那天晚上，夜风是暖人心的，月光是醉人的，树影是撩人的。我兴奋地对他说，我好像看见你衣襟上有识别官员等级的补子，青色的、黑色的、深红色的底子上，五彩织绣，鲜艳分明。我说我看到蓝雀、鹌鹑、鸂鶒、鹭鸶、白鹇、鸳鸯、孔雀、锦鸡、仙鹤都飞到园子里来了，在他的头上盘旋、飞舞呢，它们把他的衣口当作了自己的窝，争先恐后地要落到那上面去。

蒋玉湘显然是被我的话逗乐了，把扇子一收，横搁在茶桌上，煞有其事地用双手拍打着自己的胸口嚷嚷：去去去，小小蓝雀，莫落我胸口上来，占了地方；鹌鹑，说你呢，你也飞开去；鸂鶒、鹭鸶、白鹇，你们统统飞远点，飞别的地方去。我求求你们，这哪是你们的窝呀！

闹腾了一阵，蒋玉湘突然到我身边，拉我站起来说，你知道吗，红豆，官员的原配夫人为朝廷命妇，也可以随夫婿的官阶，也可以穿正式的霞帔，缀或方或圆的补子。我也看到蓝雀、鹌鹑、鸂鶒、鹭鸶、白鹇、鸳鸯、孔雀、锦鸡、仙鹤在你的胸口争窝呢！

他没有哄我，官员原配夫人的霞帔上缀着白鹇的补子，我是见过的，在他母亲的画像上见过。

他又哄了我，我的胸口上没有仙鹤锦鸡，也没有孔雀鸳鸯。

现在看来，他的势头要比他的父亲当年更盛。不管怎么说，他赶上了科举制度的末班车，在光绪三十一年，科举制度被废止前两年，得中举人。通过科举入官场，虽非易事，但他的机会好，由县丞升县令，可谓一帆风顺。

睡房的门是打开的，大嫂把湿漉漉的油纸伞靠门角放好，然后抬头走进来。大嫂见我既有泪痕又微微有些潮红的脸，有些疑惑，问道，布谷，你是被什么呛着了么？辣椒粉飞溅到眼窝里去了么？

我摇摇头，撒谎说，这个天气让人不好受，天天都是淅淅沥沥的雨，这半个月来就没有晴一天。我讨厌下雨天，下雨天让人心情难得开朗，干什么都没得一点趣味。昨天晚上，我给自己打了一个赌，今天再也不会下雨了，不是个晴天，那就是个阴天，没想到睁开眼睛，窗外边屋檐下又是四处挂满了水帘子。我快要被这下个没完的雨逼疯了，这大半天，我没离开这个窗口半步，我就盯着窗外的雨幕，我看它怎么下，我看它到底要下到什么时候，我看它有没有个停歇。

窗外的雨帘用目光撩不开。菜园子横七竖八的垄沟里积满了水。云像一块玄色的粗布罩着金鸡岭的山头。竹林被雨水梳得往一边倒伏。树林子里鸟不叫虫不鸣。潮湿的空气中能隐隐闻到泥土发霉了的味道。潇水河流淌的声音一直就在雨声中穿梭。而这一切，都让人情绪低落。

大嫂一定是觉得我有些孩子气，嘻嘻地笑了声，附和我似的说道，就是，今年这场桃花雨，有些夸张。既是桃花雨，下得缠缠绵绵的，也不足为怪，但也不能这样无休止呀，弄得我的布谷妹子腻烦了，扫兴了，生气了。等我今天晚上做个梦，在梦里我一定抱床棉被把天上漏的地方给堵上，把太阳从云堆里扯出来。

大嫂开玩笑呢，竟把我逗笑了，两人笑得前仰后合的。

见大嫂像淋了雨，头发湿湿地贴在脑门边，我找了一条干毛巾给她说，擦擦头上的雨水吧，撑着伞还淋成这个样子，像是从水里捞出来的。

大嫂说，你看看我头上冒的热气，你没看出来，我不是淋了雨，是满头的大汗。不信你舔舔看，绝对是咸的。

我朝大嫂皱了皱眉头，我问大嫂，哪里来这么多的汗，明明你放在门角的伞还在淌水？

大嫂笑道，你不知道，我天一见亮就出门去了，出远门去了。

我又接着问，你去桃花镇了么？

大嫂点点头说，不错，我去桃花镇了，一是去看看我同年爷的病好些了没有，二是去买几斤棉花回来。过了一个冬天，金子贵和杨开福的棉衣都破得不成个样儿了，特别是袖口，里边的棉花都掉光了。不像是件棉袄的袖口，倒像是一件夹衣的袖口了。二爷还要我顺便买些瓜菜的秧苗回来，什么辣椒秧、豆角秧、南瓜秧、冬瓜秧、茄子秧、丝瓜秧、黄瓜秧、苦瓜秧的，只要是能种能吃的就都买些回来。得半天去，半天回，来回都得赶路，所以走得早。你会问我怎么还没到下午就回来了，我这是走了一半道，又折回来了。嗨呀，你怪这老下雨的天气没错，雨快把你逼疯了，也把我害苦了，害得我白白地跑了大半天的山路。

原来大嫂走到半道上，碰见了进山采药的几个人，其中有个老人是大嫂熟识的，知道大嫂是要去桃花镇，忙要大嫂调转头走。两天之前，桃花河的洪水冲垮了进桃花镇的石拱桥。三拱的石桥冲毁了两拱，眼下进出桃花镇，得沿着桃花河往上走，绕开三十几里地远，而且路不好走。

大嫂用毛巾随便在头发上、脸上擦了几把，显得浑身无力地说，我的同年爷看望不成了，棉花也买不着了，二爷要的菜秧子也落空了，还害我来回赶这么远的山路。布谷，你说我冤不冤呀。

大嫂把毛巾晾在墙边的脸盆架上，突然掉转头来问我，你还没吃饭吧，我得赶紧弄饭去。

我说，我不饿，我不想吃，我在这儿坐了半天，没有动弹，吃不下东西。

大嫂道，也罢，我昨天晚上煨了几个红薯，准备在路上吃的，还放在包袱里，要是饿了，就拿它们来垫垫肚子。二爷他们三个一早出门捞洪水鱼去了，他们说是到潇水河上边十多里路远的河湾捞鱼捞虾，不到天黑，也回不来。布谷，我来好好陪着你做个伴，看这雨还要落多久，看这雨怎么才能落个消停。

大嫂把我的话当真了，仿佛我真的是遭受着一场春雨的折磨。大嫂说着，端了两条腰凳，放在窗口边，她坐一条，我坐一条。她朝我笑笑，我也朝她笑笑。这样一来，我们的心情倏地畅快了许多，就像抬头见了阳光一样。

大嫂扯了扯衣襟，目光离开窗口落到我的脸上，笑盈盈地说，下雨有什么好看的呀，看着看着会把我们俩都看傻看呆，我们来唱女歌吧。

　　大嫂的提议很有意思，她脸上没精打采、恹恹疲顿的表情一下就没有了。我也有点来劲地叫了一声，好啊！我们来唱女歌。唱什么呢？

　　大嫂有了自己的主意，说，不唱苦的，不唱酸的，我们唱些轻松好玩的女歌吧，就唱个《懒姑娘》，行不？

　　我说，我没听过什么《懒姑娘》这类的女歌，你快唱来给我听听，听这个歌名，好像是骂人出气，很开心的。

　　大嫂清清喉嗓，就往下唱了：

不说汉来不说唐，听唱一个懒姑娘，

当面做得好妹妹，请你不笑听端详，

姑娘自小娇生养，好吃懒做过时光，

年双十四入大府，伺候小姐日子闲，

不晒太阳不淋雨，好吃好喝好衣穿，

小姐要她做点事，不装头痛装伤寒，

等到小姐出门去，两脚腾云跳下床，

三块精肉两个蛋，葱蒜胡椒配五香，

独个吃得饱是饱，不管小姐饥与寒。

小姐要她做双鞋，尺寸不知短与长，

小姐要她洗衣裳，青的洗成麻的样，

白的衣成菊花黄。生来懒做就好吃，

像只懒猫叼咸鱼，坐席坐在正席上，

看见好菜眼发慌。又喝鸡汤又喝酒，

还喝鸡蛋掺糊酿，不吃萝卜和青菜，

只拣腊肉与猪肝。春天小姐去赏花，

她采花蕊闻花香，夏天小姐去纳凉，

她把凉风都挡光，秋天小姐识女字，

她在一旁闹翻天，冬天小姐做女红，

她抱手炉睡意酣。扫帚倒了不伸手，

桌子脏了不相干，吃的贪来睡的贪，

偷来珠宝戴身上，偷来粉脂一身香，

三年不到变了样，伸出双手像莲藕，

撩开衣襟肚子圆，头上头发油光亮，

赤脚底板亮油光……

我不由得一乐，大嫂唱得生动、形象、诙谐、有趣。我又一乐，大嫂唱的懒姑娘，我似曾相识，这不就是唱的欧阳满珠吗？

大嫂唱得我心花怒放、喜不自胜的，还问我唱得怎么样？

我说，太有意思了，快把我的肠子都笑断了呢！要不，我也给大嫂唱几句？我给大嫂唱一个《傻小姐》好不好？

大嫂当然是求之不得的，她的耳朵立马耸了起来。我唱的是一个与自己一起长大成人的女伴，芙蓉，你也来听听，看我唱的是不是你：

不用记来不用写，听唱一个大小姐，

出身富贵趁钱家，千金万银一朵花，

洗脚用的金脸盆，喝水玉杯白花花。

大眼一双像灯笼，没光没彩没面容。

请了十娘教女字，女字写得像虫虫，

请了十娘教女歌，一边听得脸羞红，

请了十娘教女工，绣个满月毛绒绒，

请了十娘教哭嫁，哭得旁人笑嘎嘎。

年满十九盖红帕，命好嫁给官人家。

官人有心在墙外，官人有意不在她，

官人有情落别处，官人有爱在别家。

一个枕头两颗心，相亲皮亲肉不亲。

红袖香中无歌舞，绿杨阴里是他人。

只图官人有名分，未管实心与空心。

大嫂用期待的目光望着我，等我还往下唱，但是，我只能唱到这里了，再往下唱，我不知道唱什么了。

就在这个时候，我和大嫂都听见有人在楼下叫喊。

我到外面看看是谁在楼下叫喊。大嫂说着站起来，拿了顶斗笠走到楼道上，又飞也似的跑回来，把斗笠挂回到门后面，指着窗口对我说，雨停了雨停了，我们只顾着唱歌，没注意雨停了。天放晴了。

大嫂说罢，就像一只寻窝的燕子，腾地飞进来，腾地又飞出去了。

然后，我就听见大嫂在楼梯上喊我，布谷，你快来看看，是谁来了？

大嫂的喊声里，充满了惊喜。

一场旷日持久的雨骤然停了，而就在这个时候来了客人，简直就像是因为那个客人的到来，雨才停歇的。

我看见他们了。一身西装革履的首岭南就在扶梯边笔挺地站着，朝楼梯上仰着脸。他的身边还有一个人，戴着顶紫色缎料的八角帽，穿一身青布长衫，左手拿着一把木柄的油纸伞，伞尖点在地上，模样儿就像一个教私塾的先生。他稍一抬脸，我就认出人来了。天呐！这不是蒋玉湘又是谁呀！

蒋玉湘第一眼并没有认出我来，第二眼还是没有认出我来。那是因为他不敢相信站在他面前的人会是我，会是几年前不辞而别的欧阳红豆。

但当他看我第三眼的时候，他认出我来了。他惊了一跳，手里的油纸伞啪地掉在水渍未干的地上。

他愕然地站在那里，反复地揉着自己的眼睛。

等我和大嫂下了楼梯，首岭南对他说，这是布谷。这是大嫂。上次我被野猪咬伤，便是她们精心照顾我的。

首岭南把他介绍给大嫂和我说，这是我姐夫蒋玉湘，现在已经不是我们永明县的县令大人了，是我们永州的知府了。我们这就是要去永州赴任的。没想到前些天的洪水把桃花镇的桥冲毁了，官道上还有别的几个地方也被洪水冲坏了，只好绕个道。

大嫂对首岭南说，我还以为大少爷是专程来的呢。要不是洪水冲垮桃花镇的桥，大少爷还难得来吧。

首岭南并没有当大嫂说的是气话，调皮地嘻哈道，今天天色已晚，看来得在大嫂这里借宿了。

大嫂说，就怕我们这小地方，容不下两位大人。

首岭南换一种语气，不那么一本正经地对大嫂笑说，我还真是有些想吃大嫂做的饭菜了，我记得大嫂说过，什么时候想吃了，来就是的。嘿嘿，我这不就来了吗。

大嫂客客气气地把他们请进大堂里，端热水让他们洗脸洗手，泡了最好的清明茶，端了花生、瓜子、油炸的红薯片，摆了半边八仙桌。热枕得就像招待自己娘家的客人似的。

可惜大嫂的娘家没有什么人来过，大嫂在娘家已经没什么亲人了。

我跟着大嫂在伙房与大堂之间，忙进忙出，我却没有动手，大嫂似乎也用不着我插手，她自己一个人能张罗得开。我就这样甘心当大嫂的尾巴，不为别的，就为着不尴尬地站在蒋玉湘面前。

说实话，蒋玉湘的出现是我始料未及的。更让我措手不及。我真的不知道自己该怎么办了，是回避他，还是勇敢地坐到他面前去？是躲躲闪闪，还是大大方方？我都六神无主、无所适从了。

大嫂进伙房往茶壶里加开水，对我说，我去给他们添茶去，你往灶门里添把劈柴。嘿，没见过他们这样口渴的，可能是一路上没讨着水喝。

这对我来说是一个能够独处，让心里静一静的机会。还没等我在红彤彤的灶门口坐下来，大嫂又在大堂里叫喊了，布谷，布谷，你快喝茶来，大少爷讲礼性，要送你一个好礼物呢。

首岭南送给我的礼物，是一面琉璃手柄的水银镜子。我接过那把精致小巧的镜子，在大嫂坐着的长凳的另一头，和首岭南与蒋玉湘，隔着八仙桌面对着面坐下来。

首岭南对我说，布谷姐，你试试这面小镜子，这可是德国人手工做的东西。我姐姐首芙蓉说，照着这样一面镜子，人都会漂亮些。我送了她一把，她还想要第二把。是她一个下人也想要一把，想得要死了。但我只带回来两把，我留着要送给布谷姐的，我怎么能给她的一个下人呢？

首岭南吐了吐舌头，侧脸问蒋玉湘，我姐姐那个下人是不是叫欧阳满珠？看她那个野鸡装凤凰的样子，她也配我送的镜子？这可不是照妖怪的镜子。

首岭南说话间，我转了半个身子把镜子举起来，我真要试试看，这到底是怎样一面洋镜子。

的确，镜子里映着的东西比眼睛看上去的要明亮，要清澈。我见着了镜子中自己轮廓分明的红唇、鼻梁和看上去精神恍惚的脸。

在镜子的深处，有一双眼睛早在那里静候着我的脸进入那面镜子。那是蒋玉湘的眼睛。我和他的目光在镜子里对视着，像是两根针尖撞上了、顶住了，直到我果断地把镜子翻过来。

我心里给蒋玉湘记着数，他那样旁若无人、肆无忌惮地偷偷盯着我看，从我下楼时开始，已经是第四次了。

首岭南一边唏唏嘘嘘地喝着热茶，一边朝着大嫂问这问那。首岭南问二爷他们仨人怎么不在家。

大嫂说，他们到远地方捞洪水鱼去了，天不见黑不得回来。今天晚上，鱼是一定会有吃的。

首岭南说，去年我离开这里的时节，差不多就是打猎的时节了，我走之后，二爷他们上山打猎了吗？

大嫂说，打了，打了，能不去打猎么？都说靠山吃山，他们不去打猎，我们过年吃什么呀！你等会儿到伙房去看看，火塘上面的吊架，还挂着他们打回来的猎物呢。野鸡野兔、野猪野羊，什么都有，吃不完就腌制好，用慢火冷烟熏烤着，从年头可以吃到年尾。对了，晚上我给你和蒋大人做几样野味尝尝。

首岭南有些夸张地咂了嘴说，噢，这太好了，我口水都要流出来了，只可惜我姐夫他没这个口福，他原来也食荤腥的，当了县令后就吃素了。大嫂，顺便问问，二爷他们打过来这么多野味，使的是什么枪呀？

大嫂不假思索地说，打猎嘛，除了用鸟铳，还能用什么枪呀？

首岭南要给大嫂一些提醒似的，在腰胯边按了按，他的手按着的是他斜背着的枪盒子，首岭南说，像我这样的枪，打猎就比鸟铳好。

大嫂说，哦，你那是把洋枪吧。叫什么来着？

首岭南道，叫驳壳枪，还是二爷给我捡回来的呢。

大嫂说，对对对，是叫驳壳枪。这个名字不好记。这枪蛮厉害的吧，二爷说，你用这把枪，一枪就可以撂倒一只两百多斤重的野猪婆，比几把鸟铳还管用。二爷他们要是能拿上驳壳枪去打猎，那就想到什么就可以打什么了，恐怕连豹子、老虎都能打回来。

首岭南问，二爷的枪法好么？

大嫂说，碰着猎物了，枪法不好怎么行。我男人金子贵的枪法也不赖，还不到十岁就跟他父亲上山打猎了。他第一次开枪，就打中了一只獐子。这事儿，他到今天还提不得，一提就高兴得不得了，好像变得很了不起似的。

首岭南继续着把二爷和驳壳枪牵扯到一起的话题问大嫂，二爷他们就没有想过拿比鸟铳厉害的枪去打猎吗？比如说驳壳枪……，二爷他们难道不想手里提着一把这么好使又厉害的家伙？

首岭南边说边盯着大嫂的脸看，似乎是要从大嫂的某个眼神或者脸上某个细微的反应中寻找出什么答案来。

大嫂没有跟首岭南再说些什么，大嫂说她不知道。大嫂应该是真的不知道了。如果首岭南是对着我问这问那的，说这说那的，我也许会用一种迂回的方式来应对他，反过来问他，愿不愿意把他腰

206

间挎着的驳壳枪送给二爷，送给金子贵，送给杨开福。他们都曾是他的救命恩人嘛。

杯中加满了热茶，腾腾的热气从杯中袅袅升起，像是在每个人的面前蒙上了一道薄纱似的。我埋头喝了一口茶，缓缓地抬起脸来，隔着面前的热气，我又感觉到了蒋玉湘的目光。趁我不注意，他的眼睛又朝我来了。

这一次我没有避开他，我睁大眼睛，朝他的目光迎上去，我觉得自己没有什么惧怕的，我用自己的主动挑战了他目光的偷袭。我是在用眼睛对他说话：是的，我就是红豆。我就是在你新婚的前夜骗你说如果真舍不得我，过些日子找一台花轿把我抬进门去做二房，我是不在意自己做二房、做三房的名分的红豆。我就是在你熟睡的时候不辞而别的红豆。当时我痛不欲生，我想去死，只是没死成，所以，我还活着，活在这个我怎么也想不到还能与你见上面的地方……当然，我们也可以互不相认……

他的眼睛很明显地眨了一下，那一刻，我看到了他眼神中隐匿着的惭愧与惊慌，苦涩与仓惶，疑惑与纳闷，动容与失态，自持与难耐，欣喜与感伤。

他的嘴唇几经努力，终于快要张开了，他要把喉咙里憋了好一阵子的话语放出来。我就是在这个紧要的当头，站起来转身离开的，我对大嫂说，我到河边去看看，看看二爷他们回来了没。

暴涨的洪水差不多使潇水河的河面大了一半。

河水一改往日的清澈与温顺，裹挟着树枝与蓑草、沙泥滚滚而下，气势磅礴地往西南而去，变得浑浊而汹涌。

我找到了昔日的河岸，但是寻不着往日我们洗衣、洗菜的石阶。二爷他们在河边开垦出来的田土，只要是靠着河的，多半已淹没在了洪水之中。

去年秋天的时候，为了驱赶飞来偷吃庄稼的小鸟而插在田里的稻草人，在洪水中只露出来一小截，远看像破土而出的竹笋尖尖。它们能帮助我大致弄明白，哪里是河道，哪里是岸边的田土。

都说女人是河水，男人便是河岸，这一次，我是领略到了作为女人的河水越过作为男人的河岸，自由地、任性地奔流的波涛壮阔的景象。

河水也是可以越过河岸，淹没河岸，无拘无束地去寻找、去追逐的啊。

我站在洪流的边缘上，只要再往前走一步，就会一脚踏进洪流中，或者洪水再往上涨一寸，就能让浪花把我拖进去。滚滚的洪水，不是挡住了我的去路，而是把我的目光转进了一个接着一个的旋涡，把我的心潮揉进了一个接着一个的涌浪中。

我看到了自己在波涛中的澎湃与起伏，飘摇与浮动。

就在蒋玉湘稍一抬脸，被我认出来的那一瞬间，我就开始心乱如麻了。我和蒋玉湘一别三年，这三年来，我的身子在金鸡岭下，心却没能带来。我带不走我的心。我心里常常默诵着他读给我听过的一首秋风词：秋风清，秋月明，落叶聚还散，寒鸦栖复惊。相思相见知何日，此时此夜难为情；入我相思门，知我相思苦，长相思兮长相忆，短相思兮无穷极。早知如此绊人心，还如当初不相识。——这正是我这一千多个日夜内心世界的真实写照。想到我在枕边悄然流下的泪水，想到我心中一次次撕裂的累累伤痕，我真想冲上前去，毫无顾忌地扑倒在他的怀里。

可是，当接下来首岭南对他介绍我是布谷时，我马上意识到自己现在有了新的身份。布谷，我是布谷。这个让我在此时此刻又委屈又自卑的身份，一下就把我高高地提起来，并重重地摔在地上。那种难堪的感觉，让我恨不得地上有一个裂缝，可以让我钻进去。

蒋玉湘鬼使神差地来到了我面前，而地上又没有裂缝让我钻进去，我六神无主了。

忽然间，耳边响起干脆的枯枝折断的声音。这个在我身后发出的声音，带来了一阵离我越来越近的轻微的脚步声。我猜想是他，是蒋玉湘。

像是心中的呼唤，得到了期盼的回应似的，我的内心一阵颤栗，一阵澎湃。

我没有回头，去证实蒋玉湘是否就站在我身后的古柏树下，我装着无动于衷地、平静地凝望着横在面前的潇水河河面，漂移不定的目光在波涛中搜索着那一阵一阵为我欢呼、给我拥抱的激荡的浪花。

红豆，红豆，红豆啊，没想到我还是把你给找到了！他在我的身后，声音颤抖地说。

不管他说些什么，只要是他在对我说话，在我的心田里，那就是落在龟裂的旱地里豆大的雨点。我静静地躲在情感的深渊中，倾听着他来自内心的呻吟与召唤。在我的内心里，他每叫我一声，我都无限深情地唉了一声作为回应。

我真想大声地答应他，真想回过身去，扑到他的怀里，把自己交给他，把自己心上的冰化成水，化成气，化成虚无。

当现实犹如梦境，当梦境走进现实，这一刻，我已经站在岸边，安静地等待着心中的桥梁上，他从桥的那一头，一步步地走过来，跑过来。

他说，我从哪里说起呢？就从在你闺房之中的最后的那个晚上，我睁开眼睛，一觉醒来之后说起吧。红豆，你那毫无征兆的不辞而别，让我找得有多苦呀！

闺房里寻不着你，我就到楼下来，然后又爬到阁楼上，我还以为你躲着我好玩呢。但是，不管我怎样叫唤你，不管我楼上楼下找了多少个来回，我都寻不着你的踪影。

我从爬到你闺房中来的窗口，越过巷口钻回到家中，披散着头发的，就到首家大院去找你了。我相信你会在首家大院。

在院门外见着欧阳满珠。我问欧阳满珠，你是不是在首家院子里。欧阳满珠说，昨夜大歌堂哭嫁，你突然间就不见了。你没打个招呼就走了。首芙蓉小姐还以为什么地方怠慢了你，惹得你生气了。

欧阳满珠说她正要去欧阳大院找你。首芙蓉要找你来为她定夺该选哪套嫁衣，该戴什么首饰。

欧阳满珠很快从首家大院那边返了回来，说没找着你。首芙蓉也急了，说找不着你，就不嫁了。

她家里的下人多，二十好几个，全被她的父亲指派出门，满桃花镇分头去找。

我在我家后面的园子里，在你家后院的茶亭边，在桃水河边的桃树林、柳树林里，在土地庙后面的松树林中，在我们曾经一起呆过的所有我能记起来的地方寻找你。

我在外面找你，我的家人则在我去过的地方找我，追着我跑。

那天，我和首芙蓉的婚礼，整个地乱成一团。首先是选定的举行婚礼仪式的时辰错过了，然后是为了那场婚礼准备已久的衣裳，首芙蓉没心情去穿戴，我更是没时间去看一眼。

我和首芙蓉一个心不在焉，一个愁眉不展地进了洞房。首芙蓉坐在烛台前，我侧身坐在书桌边，我们彻夜地围绕你的失踪交流来交流去，探究来探究去。我们确认你是悄然离我们而去了。

你为什么要离去？你在这个世界上已经是举目无亲的，你又能到哪里去？你是否遭遇了不测？我们百思而不得其解的同时，心中充满了焦虑和担忧。

天快亮的时候，首芙蓉哀求似的对我说，你一定要帮我把红豆找回来，我们两个从小到大就没有哪一天分开过。没有她在身边，我的魂都不知道哪里去了。

她的话让我哭笑不得，她向我求助，我就向天求助。我在心里说，天啊！你一定要帮帮我，帮我找着红豆。没有她在身边，我的魂更加不知道哪里去了！

新婚之夜，我和首芙蓉按风俗应当喝下的交杯酒，一直在柜子上面搁着。那两杯甜米酒已经变成苦汁了。

我发下誓言，只要自己的眼睛能够张开，只要自己的嘴巴能够张开，只要自己的双腿能够迈步，我就不会停止寻找你。

为了打听你的下落，为了寻找你，从我进了永明县衙，从刚一开始做县丞，到后来当了县令，这永明县境内的每一个村落，我都走遍了，也都找遍了。

别人还以为我这是勤于公干、体贴民情、体恤百姓。我还因此有了一个"村头县令"的别称。说是永明置县以来，没有哪一个县令能像我这样，走遍了永明全境的。

衡永柳贵道的道台大人说，在他所辖的府县之中，像永明县令蒋玉湘这般勤政为民的官员，找不出来第二个。

皇恩浩荡啊！他们哪里明白，我这样做，暗暗藏着我寻找你的蛛丝马迹的良苦用心。

红豆呀，红豆！你竟然躲在这前不着村后不着店的荒野之地。难怪我怎么找也找不见你。

他说得声情并茂。他有一肚子的话要说给我听，并一吐为快。

他说他寻找我，苦于无果，思念与日俱增。思念是时光磨蚀不了的东西，思念也是千山万水阻隔不了的东西；思念是不会因为公务繁忙，而能丢弃在一旁的东西，思念也不是醉里梦里，能绕得开的东西。

他说在某一个叫不上名来的村落，他沿着石径东张西望地寻访我的踪迹，路的尽头，一条浊雾迷茫的小道上，他好像看见了我，看见我采了一把艾草，嗅着艾草的芳香，我站立的地方，花影纵横交错，黄莺低低吟唱。可是，他一揉眼睛，眼前分明的景象，却消失得无影无踪。

他说在县衙之中，他的书房之外，是一个有几丛斑竹的安静园子。尘世间的一切烦恼，官场上的一切得失，都可以隔挡在石砌的围墙的外边。

他常常在睡觉之前，独自穿过一个扇形的门洞，走进那个竹苑，走进这个只有他孤身一人的竹苑。

月亮从西边冉冉升起，微风吹拂斑竹，竹叶在飒飒之声中一片片抖动，掠过竹叶的风，一年四季都透出丝丝寒意。

他会和那些竹子站在一起，久久地站在一起，脚趾头上，仿佛生长出竹的根来，手指头上，仿佛生长出竹的枝叶来，好像自己也变成了一根竹了。

轻柔的烟雾弥漫园子。这个时候，隔着一根被风压弯了的斑竹，他就能看见如水的月光把我挽进苑中。我嫩葱一样雪白的柔指上，捏着一朵鲜艳芬芳的夜来香，凝水一样素洁的手臂缠绕着飘逸的紫色纱带，近在咫尺、触手可及地站在他的面前，眼波回转犹如叮咚山泉，娉婷娇媚犹如月中荷梗，情意绵绵更似梨花带雨。

但是，他眼前的一切都不是真实的，他只要眨一下眼睛，眼前的景象就倏地回到了原来的模样。他知道，那是自己的幻觉，是自己睁开眼睛所能见到的梦境。事实上，竹苑里，除了他，就只有斑竹，除了斑竹，就仅有他。

他说，我没想到你就在金鸡岭下，在桃水河下游的潇水河边，正是诗词中说的"我住长江头，君住长江尾；日日思君不见君，共饮长江水"。

他说他这些年来，找我找得很苦，想我想得很累。每天都在找，每天都在想，而且，这已经成了习惯了。这种习惯也可以说是坚守，这种持之以恒的坚守，源于他坚信一点，那就是我的离去，不是我的原因，责任在他。他坚信如果没有他和你首芙蓉的婚事，我是不会离去的；没有他和我多年来私下里情意绵绵的交往，我是不会离去的；没有那几天几夜的灵与肉的水乳交融，我是不会离去的。

他说是他毁了我，是他害了我。为此，他深深地痛恨自己；为此，他不会放过自己。

蒋玉湘就是蒋玉湘，他很聪明，所以他才会去这样想。又因为怀着这样的想法，除非他父亲要他回家，他很少回桃花镇，以免见着空无一人的欧阳家大院。

欧阳家大院和桃花镇上很多的地方，都是或多或少地和一些往事联系起来的，那些往事会从一旁伸出长长的手来，抓住他的心，让他的心不得安宁，让他的心撕裂一般疼痛。

因为我的离去，才使得他这样痛苦、这样累、这样自责、这样懊悔。

芙蓉啊，凭良心讲，这并不是我欧阳红豆的初衷。离你们而去时，我的想法很简单，我认为我不在你们身边了，你们的婚姻才干干净净，才地地道道，才有安全的保障。我走开，蒋玉湘才不致于会因为顾忌我的感受而左右为难，而影响了他的前程。

现在的问题是，不管是你们对我的打击，还是我对你们的伤害，都告了一个段落。芙蓉呀，到现在，我可以肯定地说，我并不亏欠你什么了。我远走他乡，离开真心所爱的人，到这荒山野岭生活这么些年。这些年，我吃了多少苦头，你不知道，你想象不到。这些苦头是我应得的吗？不是，绝对不是。我告诉你，天可怜见，现在的我，已经重生了。在命运给我的磨难面前，我已经付出了代价，现在，我理所当然地要拿回属于我自己的东西，我要放下一切，去拥抱属于我的情爱，去享受属于我的幸福。

因为此时此刻，他就站在我的身后。他已经确信眼前的这个叫布谷的女人就是他日思夜想苦苦寻找的欧阳红豆。

一场洪水把我从金鸡岭下冲刷出来了，桃花镇的那座被洪水冲垮的断桥，竟然成了我和他久别重逢的鹊桥。这是缘，缘未尽；这是情，情未了。

他叫唤着我的名字，他的气息就吹拂在我瑟瑟发抖的肩头上。他的叫唤从我的两个耳朵涌进来，直落到我的心头上。我的心，咚咚咚咚的，像是为了接下来的一场戏击鼓。

云歇雨住后的傍晚，天空低垂在潇水河和金鸡岭的上空，仿佛山有多高，天也就有多高，水有多远，天也就有那么远。

没有夕阳，没有晚霞，没有落日熔金、暮云合璧的景象。它们都在灰暗的云层后面。但是空气却是格外的清新，似乎每一片翠绿树叶的芳香，都糅进了习习的微风中，让人感觉清爽宜人。

恰如野马一般狂躁不逊的洪流，随着暮色一重一重地加重，渐渐安静了下来，平静了下来。浑浊的水面呈现出一道道含混的波光。河流中混浊的洪水，定然会在明天或者后天沉淀出一片碧波荡漾的景象来。

他声情并茂地叫唤我，红豆，红豆呀。

我的身体颤抖着，我的声音也颤抖着，我说，不管怎样，我现在不叫红豆了，我现在的名字叫布谷。

他说，不，在我蒋玉湘面前，你永远是红豆。我们的名字和我们的人一样，和我们的山盟海誓一样，永远都不曾改变，永远都不会改变。

他的意思我明白。我是很容易被他说动的，这一点，我也知道。在我几近绝望的这些年，每当我无所事事地独坐在门槛上，每当夜深人静，我在床上辗转难眠，每当我面对着床边的空镜子，不知道拿在手中的梳子，是用来梳理头发，还是用来梳理往事的时候，我无限憧憬和回味的，是在一旁听他诵读诗书的声音，是看他窗边移步的身影，是他给予过我的深情的拥抱和温柔的亲吻，是他把我的头搁在他的大腿上，用常常带着丝丝徽墨香味的温暖的手，梳理我的一头黑发，是我们闭上眼帘轻声地叫唤对方时，彼此深情的回应；是我和他在豆粒大的油灯光焰下，两双不知道疲乏的眼睛相互凝视时的柔情蜜意与脉脉含情。

所有这些无数次地憧憬过、回味过的，附着在我的靶上的情感，总是他的箭射过来的时候，最先倒下了，或者躲了起来。它们是抵挡不住他射来的箭镞的。

我没有回他的话，他像是有些急了似的，大声地说，红豆，你回过头来，你看看我还是不是从前的那个蒋玉湘，你回过头来呀！

　　我想着，这时就是转过身去面对着他，看彼此的脸，也只有一个模糊的轮廓了。我索性就仍然背对他，我终于还是开口了，对他说，红豆那时是走投无路，幸运的是，来到了金鸡岭下的这个伙铺，更幸运的是，伙铺有二爷他们。

　　我自己都稀里糊涂了，我咬了咬牙，又横下心来补了一句没心没肺的话，我现在是二爷的女人。天要黑了，二爷他们就要回来了。你快回去吧！

　　话一出口，我又有点后悔。我现在是二爷的女人吗？难道我现在就是二爷的女人？我在心里叩问自己。

　　他犹豫了片刻，离开了。

　　他走出去几步，我又补了一句，路上湿滑，你小心点儿走。

　　后来的两句话，是我特意要补上的，也是尤为重要的。因为这才是作为红豆的我而不是作为布谷的我对他说的话，蒋玉湘一定听得懂，分得清。蒋玉湘有多么聪明，我是知道的，他用不着我多说些什么。

20

　　金鸡岭下，四处都是黑漆漆的，伸手不见五指。与堂屋内灯火通明的景象相比，一墙之隔，却是一暗一明，反差强烈，让人有一种昼夜难分、场景难辨的错觉，以为院墙完全地把院内的世界和院外的世界隔开了。

蒋玉湘和首岭南的到来，让这场没有预约的聚会，变得随心所欲。

酒席之上，二爷频频向蒋玉湘敬酒，不断地给蒋玉湘添菜，不住地和蒋玉湘搭讪，以此来表达他对一个心中敬佩的父母官突然造访的惊喜和热情。

杨开福和首岭南两人，更像是交往多年的兄弟，他们两人的话最多。

喝吧兄弟，你看二爷和知府大人连着喝了四杯了。我敬你两杯，你还能不喝？杨开福端着酒杯去碰首岭南的酒杯。

首岭南有些勉为其难地说，我们喝了好几个双杯了。说实在话，我有点醉了——我宁可多吃几块肥肉。

杨开福笑着说，当然了，喝酒时就是要吃几块肥肉。肥肉解酒嘛。再说，这些腊肉，怎么肥都吃着不油腻，你看看，大嫂也是挑肥的吃，餐餐都这样，却吃不胖。不是我瞎讲，大嫂的身材够苗条的吧——腰都没一根筷子粗。

好吧，我喝，我喝下去后，你得给我讲讲去年打猎的事。首岭南说。似乎他每喝一杯酒，都是有附加的条件的。

你想听我们去年打猎的事啊，那好呀，去年我们打了四次猎，我说一次你喝两杯酒，行不行？你要是同意了，我就一件一件说给你听，你也一杯一杯地喝给我看。杨开福说。

好在你们只打了四次猎，如果你们打了十次猎，你给我说十次，我岂不是要喝二十杯酒，我喝不到一半，早就醉了，听不清你说什么了。我现在就有些意识模糊。首岭南拍一拍额头，像是想清楚了，耸着肩膀说，不过，无所谓，在这样的地方，在这样的晚上，喝醉就喝醉。

首岭南那张红红的面孔，接着又兴奋起来。他那双又黑又亮的眼睛，看一眼杨开福，看一眼桌上斟满了酒的杯盏，唇上的两撇看

216

上去有点失真的胡子一抖一抖的。他先喝下去两杯酒，然后拿着空杯等杨开福说打猎的事。

杨开福慢条斯理地说起去年入冬后的第一场狩猎。

那是在忙完了地里、田里的所有农活之后。霜降过了十多天，地上的草枯了，枯得像一百岁的老太太的头发。獐子们没草啃了，一窝窝地结伴到菜园子里偷青菜吃。菜园子里我们种的大白菜、胡萝卜、白萝卜，还有芹菜，是他们的美味佳肴。但这些菜不是种给它们吃的。

所以，我们的第一场狩猎，差不多是足不出户的，是猎物自己从深山里出来，从高山上下来。就是的，送上门来，送到我们枪口上来的。他们踏着草上的白霜，从竹林子里钻出来，接二连三地跳进菜园子，我数了数，大大小小、肥肥瘦瘦有十一只呢。

我们临时打了一个商量，只干掉它们三五个，多了也吃不完。

二爷和金子贵各自端了猎枪，站在楼上的过道上，瞄着它们。我藏在稻草垛里，只拿着一把砍刀，等其中一个獐子来啃我脚边上的胡萝卜秧子。我动手后，二爷和金子贵才开枪。

二爷的手脚快，开过一枪后，接着往枪管里倒火药和铁砂进去，又是砰的一声响，把逃落在最后的一只獐子也打死了，我们猎获了四头獐子，够吃好些日子了。不过这些獐子是长了记性的，不到第二年，它们都还不会忘记在这个菜园子里面的血的教训。

首岭南听杨开福说二爷能在同一个位置，用一把鸟铳，打出去两枪，并打中两只獐子，很是佩服地朝二爷竖了竖大拇指，说二爷手疾眼快枪法准，让人不敢相信是真的。

首岭南喝下第四杯酒后，杨开福对他说起金鸡岭下第二场雪后的那一场猎事。

腊月二十九，就快过年了，下了去年冬天的第二场雪。第二场雪似乎比第一场雪下得大，下得久。

天寒地冻的，大嫂去西边山坳的温泉洗菜。温泉边雪地里一行梅花脚印，让大嫂停下了脚步。那行梅花脚印有些不同寻常。如果说是狗的脚印、狼的脚印，差不多是铜钱般大小，也不会很深。但是，在大嫂眼前的梅花脚印，却有巴掌大，而且每个脚印都踩透了地上的雪，比人踩在雪地上的脚印还要深。

大嫂匆匆洗净篮子里的菜，回来跟二爷和金子贵说了温泉边雪地里的脚印。

我们赶到温泉边，说真的，开始的时候，的确被那一行脚印吓了一跳。

金子贵惊叫了一声，我的老天爷啊！这好像是老虎的脚印！

二爷说，是老虎的脚印。我认得它。三年前我在都庞岭下见到过它，它怎么跑这么远，跑到这里来了。

二爷跪在雪地上，张开大拇指和食指做尺子，在一个梅花形的脚爪印里量了量，说，这个独来独往的坏家伙，和杨开福一样，是公的。它在都庞岭下，是伤过好几个人的。看看，这印窝子新鲜得很……估摸它离开这里还不到两个时辰。

二爷的话让我和金子贵都吓出来一身冷汗。因为大嫂若是早一个时辰到这里来洗菜，就必定会与它遭遇上。那后果，不堪设想！

金子贵有些声音发颤地道，它不是在都庞岭那边，怎么跑到金鸡岭来了？它是来做什么呀，是要到哪里去啊？

二爷说，它是山里头的皇帝老子。你又不是不知道，春天里，哪里有母老虎它就往哪里去。到了冬天它就不一样了，它得寻吃的，哪里有吃的就往哪里走。它要是不折回都庞岭去，往北就往九嶷山那边去了。往东边，它就会到萌清岭去。要往南，还不就到广西地界了。

金子贵开玩笑地说，在飞禽走兽中，它至少是永州地界的另外一个知府老爷。南岭山脉的山山岭岭，山边的村村寨寨，它想去哪里就可以去哪里，想进哪个村子就可以进哪个村子。逮着野猪吃野猪，逮着家猪吃家猪，还吃人，不吐骨头的。它只是不坐官轿，没人在前边鸣锣开道罢了……

哎，你啰里啰唆地说这些干什么！二爷打断了杨开福的话，瞪着杨开福。

二爷这么一说，倒是提醒了我们几个。我们几个人的眼睛齐刷刷地落在了蒋玉湘身上，他便是就要上任的永州知府呀！

大嫂捂住了嘴，我却扑哧一声笑了出来。饭桌之下，我用原本就不知不觉与蒋玉湘挨在一起的脚尖，在蒋玉湘的脚背上重重地踢了一下。

二爷脸上极难为情地对蒋玉湘说，杨开福在这里胡编乱造地瞎说。我们一直都对朝廷的大小官员怀有敬意的，朝廷的命官，一个个饱读诗书，懂道理，明大义。你想，金子贵怎么会打这样的比喻呢？

蒋玉湘说，也不是所有的官员都饱读诗书，都懂道理，明大义。古人把那些贪官，比作是老鼠，硕大的老鼠。他们哪能跟老虎比？说罢蒋玉湘脸上绽出轻松又和煦的笑意，像是给金子贵开脱似的。二爷也笑了，但是，二爷笑得简略而短促。

悄悄地，蒋玉湘把手伸到桌面之下，在我的膝上轻轻捏了一把。那种感觉，不可思议的美妙，它是久违了的美妙。这种美妙的感觉，悄悄地回来了，回到了我的内心世界中。也就是说，那个芬芳的少女时代，似乎并没有离我而去。

杨开福继续着那只老虎的话题，对首岭南说：那天是如何如何地返回家中取了鸟铳、套绳去追踪它的；如何如何翻山越岭到了双牌地界的明阳山边；如何如何太阳出来了，雪化了，地上全无了老虎留下的踪迹，只得无功而返。

自从杨开福说到那只老虎，首岭南就越来越精神，越喝越清醒了。也许他是真有消除虎患、为民除害的念头，也许他一门心思要成为打虎英雄，为自己壮威扬名。他离开凳子，站在八仙桌的一角，一手按着杨开福的肩头，一手搂着二爷的肩头，说，我们几个去找到那只伤人吃人的老虎，为民除害，给我们新上任的州官大人献上这样一份薄礼，怎么样？

杨开福拍手叫好。二爷看了眼蒋玉湘说，好是好，只怕耽搁了大人去赴任。

首岭南道，去赴任也不在乎晚几天，早几天。姐夫，你说是不是？

首岭南冲着蒋玉湘叫姐夫。他们有这样一重半点都不假的关系。语气之中，可以听出来他是能做半个主的。

蒋玉湘首先是犹豫的，没有朝首岭南点头，蒋玉湘上看我一眼，像是在征求我的意见。我咬着嘴唇没吭声。但我埋着头的样子让他明白了我的心思：我当然是巴望不得他能多留些时间在这里的。我心里还在庆幸首岭南有这么一个突发奇想的提议，还感谢他呢。

蒋玉湘说，你们去吧，最好是能把那只老虎找寻到，除掉它。我也正想找个安静的地方，把柳河东的那几卷书再认认真真地看一遍。不过，你们都要注意自身的安全，不能老虎没打着，反被老虎弄伤了身子。

杨开福说，大人您放一万个心好了，首少爷手里有那么好的枪，我和二爷也有鸟铳，老虎能伤得了我们？

首岭南却说，鸟铳的杀伤力和速度都差了些，可惜呀！二爷，你们要是能有驳壳枪那岂不更好？二爷，你就没办法去弄几把驳壳枪啊？

二爷没答首岭南的话，只是对首岭南笑了笑，然后说，我们再喝上一轮怎么样？喝完这一轮，嫂子你就把碗筷撤下桌去，烧一壶浓茶来解解油腻。

二爷说"喝上一轮"，指的是在座各位相互敬酒，敬一次酒喝四杯。算来每个人还需喝下去二十杯。这样下去，嫂子去烧茶之前，还得重新去抱一坛酒来。

二爷难得如此放开来喝酒，看得出，二爷心里正痛快着，想喝个一醉方休。只是不知蒋玉湘，他心里装着的，是不是"且酩酊，任他两轮日月，来往如梭"的想法。

大嫂去伙房烧水泡茶，关于老虎的话题又在桌上继续了。

这次是蒋玉湘说起老虎来。说的不是首岭南和二爷他们要去捕猎的那只老虎，而是一只成百上千年了的老虎，或者说是成千上万只的老虎，或者说是看不见也摸不着的老虎，或者说是甚至比老虎还要"老虎"的老虎。

杨开福、二爷、首岭南、金子贵，还有大嫂，都竖着耳朵在听蒋玉湘感叹"苛政猛于虎也"，在听蒋玉湘讲唐朝永州司马柳宗元的《捕蛇者说》。

永州的野外，出产一种奇特的蛇，蛇的皮上是黑色的底子和白色的花纹，这是一种奇毒无比的蛇，以至于蛇碰触到的草木都会干枯死掉，它要是咬了人，人是没法活下来的。

但是把这种蛇捉来做药的引子，可以治愈大风、挛踠、瘘疠，去除人身上腐死的肌肉，可以杀死人体内的寄生虫。

起初，太医用皇帝的命令征集这种蛇。每年征收这种蛇两次。招募能够捕捉这种蛇的人，充抵他们缴纳的赋税。永州这个地方的人都争着去捕这种蛇来充抵要缴纳的赋税。

杨开福似乎是恍然大悟地哦了一声，插嘴道，我知道这种蛇是什么蛇来着，我们管它叫四十八节，它的身上有四十八个银子一样的圆环，白环与白环之间才是黑色的，倒是蛇的皮底子才是黑色的。当年要了嫂子她爹命的，兴许就是这种毒蛇。

金子贵摇了摇头说，四十八节是四十八节，既然知府老爷说的那种蛇，那么毒，那么值钱，或许那时就捕绝种了。你想想，连皇帝老子也不放过的东西，能不绝种吗？

嫂子用一个拍苍蝇似的手势止住了他们的争执，以便蒋玉湘能接着往下说。

蒋玉湘不紧不慢地接着往下讲叙唐朝永州司马柳宗元的《捕蛇者说》。

有个姓蒋的人家，做这种捕蛇纳贡而不纳税的事情已经三代了。

柳宗元问他，他脸上好像很忧伤的样子，很无奈地说，我的祖父死在捕捉这种毒蛇的事情上，我的父亲也一样死在这件事情上，我继承祖业一十二年了，也有好几次险些丧命。

那时的永州司马柳宗元体恤他，对他说，你怨恨这件差事吗？我要官家把你的这件差事更换掉，换为每年交纳赋税，怎么样？他听柳宗元这么说，却更加悲伤了，流着泪说，你要是可怜我，想让我继续好好活下去，就千万不要这样。我眼前这件差事带给我的不幸，远远比不上被换成每年交纳赋税的不幸呢！假使我从前不继承祖业当这个差，那我就更加困苦不堪了。

自从我家三代住到这个地方，到现在已经六十多年了，可邻居们的生活却是一天天地窘迫，把他们土地上生长出来的粮食和其他的收入，全部拿去交了赋税，都还是不够的。他们只好嚎啕痛哭地辗转逃亡，一路上顶着狂风暴雨，冒着酷暑严寒，呼吸着有毒的瘴气，又饥又渴地倒在路上，一个接一个地死去，那些死了的人还相互压着。从前和我祖父一起住在这里的，现在十户当中剩不下一户了，可是我却由于捕蛇这个差事活了下来。现在我即使死在这差事上，与我的乡邻相比，我已经死在他们的后面了，又怎么敢怨恨捕蛇这份差事呢？

听着蒋玉湘讲述千年前的故事，杨开福有些不可理喻地甩着头。他没说什么，不知道说什么，就是机械地把头甩过来，又把头甩回去，像个货郎手里的货郎鼓。

二爷白了杨开福几眼，把摊在桌上的手掌翻过来，笃笃笃笃地扣着桌面。

金子贵喝着喝着话便多了起来，而且大嫂拦得了他上半句，拦不了他下半句。金子贵发着感慨说，看来历朝历代的老百姓的日子过得都差不多。俗话说见官十年苦，见虎十年穷。官府官府，其实就是官虎官虎，当官的当老虎，那便是官府。

蒋玉湘好像忘记了自己的官员身份，以一个普通百姓的口吻说，早些年，我们永明县境内的老百姓，不也是被这个税、那个税，逼得没有活路吗。我们永明有"三香"：源口的香米是第一香，说是蒸一锅饭，只要掺进去三粒香米，能够飘香五里；桃川洞的香芋是第二香，沙甜沁心，粉酥可口；第三香是香柚，半个永明县都产香柚，肉厚多汁，嫩脆清香。永明这"三香"，历朝历代也是用来进贡到皇宫里去，供皇帝、皇后、太子们食用的。这些就在我们身边的物产，我们又尝到过几回呀？

金子贵附和道，我二姑嫁到桃川洞去的时候，跟我说，她的婆家是种香芋的，她回娘家时，会给我们捎香芋来。她回了一百趟娘家，连香芋的皮都没给我们带回来过。说是年年辛辛苦苦种五亩地香芋，但是，官家要他们上缴的香芋得六亩五分地才种得出来。我二姑父当然是要寻条活路才去贩卖私盐的。在广西那边，盐被屈麻子的人给抢了，我二姑父那人的脾气是牛脾气，悄悄地跟上抢他盐的土匪，想把自己的盐偷回来，结果被屈麻子的手下逮住，剥了衣裤，浑身刷满糖水，绑在一棵有马蜂窝的树下，被马蜂活活地蜇死了。我二姑父那人的命就是那样的命，他就算没死在土匪的手中，也迟早有一天会被官家捉住，关进水牢里，被从自己身上长出来的蛆咬死。但是，他只是想活下去。想活下去，就得挣口饭吃。

二爷接着金子贵的话说，关键是你辛辛苦苦地劳作、安安分分地生产，怎么也活不下去呀！依我看，铤而走险的人，都是实在没办法了。即便是占山头，当土匪，提着脑袋过日子，原因也是一样的，道理也是一样的。水浒里的宋江当了那么大的土匪，还不是天天想着朝廷招安的事儿。为什么呀？招安了就可以不提心吊胆地过日子了，就可以睡个安稳的觉了。是不是这个道理呀？

二爷边说边看着围在桌边被灯光照得一张容光焕发的脸。二爷兴奋地拍着桌子说，你看看，这几年我们永明县的老百姓日子过得有多安心，有多开心。还不是多亏蒋大人做了永明县的县令，免了那么多的赋税，是不是？所以说，蒋大人是我们每一个人的福气，是我们永明县的福气。说到这里，我还应该敬三杯酒才是。

金子贵也站起来说，应该的，应该的，二爷，我们一起来吧！要不是蒋大人，我们几个还不知道怎么活呢——哪能像现在这样有吃有喝的，还踏踏实实地过日子呀。

大嫂从金子贵的身后挤到桌前来，给金子贵的空杯中倒酒。金子贵直接把大嫂手中的酒壶抢了过去，小声地对大嫂说，你去烧水泡茶去，莫在这里掺和了。

大嫂嘀咕着说，我也想敬蒋大人三杯酒呢。

金子贵着急地说，我的姑奶奶，我的老外婆，你可千千万万不要喝了，再喝，你就醉了。你醉了，哪个人去泡茶呀？

金子贵明摆着是在心疼大嫂，偏袒着大嫂。大嫂转身返回到伙房去时，却向金子贵又皱眉头又挤眼的，像是不想离开这种场合，想积极地参与进来。

这些年来，蒋玉湘听这样多少有些奉承的话，听得不少，但每当听到这些发至内心的褒奖时，心里头还是应该有些成就感的。就像一个写字的人，他的字挂在别人的墙上，赢得了众人的称赞一样。他笑着朝二爷和金子贵摆手说，酒不喝了，我闻着茶的香味了，想必是大嫂把茶泡好了。我们以茶代酒，喝几杯如何？

二爷没有让蒋玉湘犯难，朝灶房大叫，嫂子，手脚麻利点，我们等着茶喝呢。

大嫂在里面应了声，来了来了，别急我，越急茶水越烧不开。

大嫂在灶房里回应的话，让我们几个都禁不住笑了：大嫂比我们还急呢。大嫂在灶房里忙得一身汗，汗水把她的头发都浸得湿漉漉的。香气直扑且热气腾腾的瑶山沱茶，终于煮好了，端上了桌。

趁着大嫂挨个儿给他们上茶的机会，我一边参照着这么些年来对蒋玉湘越来越模糊不清的记忆——不知道是怎么回事，你越是想念着某个人，那个人的模样儿竟会匪夷所思地隐藏起来，竟会连个轮廓都模糊不清了——一边睁大了眼睛，专注地看着蒋玉湘。想的是一边看着他，一边把他记下来，印在心里面，印在脑海中，再不能让他的模样从心里跑丢了，再不能让他的模样从脑海里跑丢了。我要用我的眼睛把他的每一根头发都画下来、记下来，画在整个心上，记在整个脑海里，以免到时候想他的模样想不起来。想一个人怎么想也想不起来时，是会把自己想得又苦又恼的。

现在好了，我把他像背一段女歌一样地背下来了。在这个世界上，他一直是我心目中敬佩、敬仰的唯一男人，一直是根植于我脑海中的唯一男人。

蒋玉湘还是那个蒋玉湘，只有他，才有那么一双饱读诗书而又多情善感的眼睛，才有那么一对既深邃又温情的眼睛。他的左眼皮上还有一个米粒般大小的，比他脸上白净的肤色颜色稍稍重一点点的印记。那是他挑灯夜读时，烛花蹦溅出来的火星子烫伤的。

只有他，才有那么一个挺拔有力的鼻子，而那个圆圆的鼻孔吸进去的是灵气，呼出来的是正气，他做的是堂堂正正的人。

我就像头一回面对这样一个气宇潇洒高昂，神采熠熠生辉，让人怦然心动的男人的小姑娘一样，恨不得能多看他几眼，又觉得越看越想看个不停地心慌意乱，越看越激动起来。

是啊，哪怕是我第一次这样见着他，我都会禁不住心生爱意，我都会禁不住出神发痴，我都会控制不住自己的情感。又何况从豆蔻年华一路走来，我就是如此爱慕着他，爱恋着他呀！又何况分开这些年，庭上黄昏时，月冷阑干处，日里夜里，都与莲花相似，情短藕丝长，苦苦相思着呀！

二爷斜睨过来的目光，捉住了我朝着蒋玉湘的双眼，但二爷并没有表现出责备我、与我计较的脸色，像是把我当作一条被网住的鱼又放回到河里去似的，显得毫不在意地又埋头喝茶去了。尽管那时候连我自己都有些不好意思，抹不开脸，觉得自己像是被人捉住了的小偷。

大嫂已经把茶端到我手边上来，我捧起茶碗就喝，没想到茶水是那么的烫，烫得我失态地把喝进嘴里的茶水，一口吐了出来，惹得大家的目光齐刷刷地对准了我。

二爷说，布谷，茶太浓了，你少喝些，别喝多了又睡不着觉。

二爷对我说的是体己的话。

不知道蒋玉湘听着会怎么去想。

我也顾不上这些了，我装模作样地打了个哈欠，说有些犯困了，不陪大家了。

我知道，他们这边在喝茶，喝完茶后，大嫂还会去把吃剩的菜热一热，端上来，再继续喝酒吃夜宵。

我起身离开时，蒋玉湘悄悄地目送着我。那是一种不舍的目光，是一种不倦的目光。他的目光中，闪烁着些只能意会的东西，那东西，蜡一样黄，金子一样亮，蜜一样甜。他的目光给了我旁人永远也体会不到的温暖。就好似他用他的目光，把我紧紧地抱了一把似的。不管怎么说，蒋玉湘的突然出现给我的生活带来的兴奋和愉悦都是无法形容的，也是我无法掩饰的。我沉于深潭、波澜不惊的内心世界，有如冬眠的蛇，来到了春暖花开的季节，已经一点点苏醒了过来。那个藏匿在内心中的对美好生活的渴望，从外面看来，一如既往地消沉与低落，但实际上已经由空蒙变得明晰，由浑浊变得明澈，从冷冰冰变得热腾腾。

21

柳宗元的《捕蛇者说》最后的话是一番感叹，他感叹孔子说的"苛政猛于虎"，感叹苛捐杂税的毒害，比永州之野的异蛇毒害更厉害，感叹朝廷的官员对民情的失察，置老百姓的生死存亡于不顾。

蒋玉湘没有把千年前一个体恤百姓反遭贬流的司马的这些感叹，说给二爷他们知道。

我知道这些，是因为我不止一次听蒋玉湘说起《捕蛇者说》。

我十三岁那年，还喜欢在头顶上扎两个羊角辫的时候，就听刚刚考取了秀才的蒋玉湘，在他家的后院里给我说起过柳宗元，说起过柳宗元的这篇文章。在那个时候，他就已经对身处逆境，仍忧国忧民的这位永州司马，崇敬有加。他在自己的心里，修了一座可以不时膜拜的柳子庙。他矢志要认真读书，考取功名，做一个让后人传颂，让青史留名的清官、廉官、贤官，做第二个柳宗元。

天啊！他想一步步做到的，他就快要做到了。事实上，他就要去柳宗元当司马的地方，去做知州了！

他竟然在赴任的途中鬼使神差地绕着道儿，走到金鸡岭下的伙铺里来了。

真的不知道是一股什么风，突如其来地把蒋玉湘送到我的面前。

踢脱鞋子后，我扑在床上，用被子蒙住了头，努力地去想着。

蒋玉湘的到来，意味着什么？会带来什么？会带走什么？

我想，恐怕是我和他的缘分未尽。缘是这么注定的，天是这么注定的。我离开桃花镇躲不过它，你首芙蓉嫁给了他也断不了它。有了它，一根一刀两段的红绳，又在这金鸡岭下扎了个结，连成另一根红绳了。

这个结，是来了却我和蒋玉湘的分离之苦的，是来解除我和蒋玉湘分别的这上千个日日夜夜的想念之苦和相思之苦的。

芙蓉啊，你还记得吗，我们身上第一次来红那年，五月初十后的第三天，我们"十二花仙"齐聚花山庙，各自带着女书物品去点香化纸、下跪磕头，祭祀姑婆。然后拿着扇子巾帕唱歌。我起头唱的是：

七日之前我斋戒，五日之前我烧香，
三日之前我熬汤，洗净身体与衣裳，
今日安然空房坐，修书奉到好婆神，
奉请姑婆来保佑，保佑我郎得功名，
保佑他来如我意，保佑我亦随他心，
保佑莲花并蒂开，保佑芳心报芳情，
保佑月来星伴随，保佑天下姻缘人。

看来，花山庙的姑婆终于顾念到我了，垂青于我了，施恩于我了。在我经历痛苦之后，姑婆终于不再袖手旁观了，她要来管一点我和蒋玉湘的事儿了。

这一夜，我收获了一个意味深长的梦。

我梦见就在我的睡房里，一阵暖风向着窗口呼啸而来。窗外，正午的阳光翻身潜入对面竹林的深处。阳光和风搭手为竹林梳成了一个荷叶式的发型。冬天的阳光在加速为树叶着色和枯枝散落的同时，以它最后的乳汁哺喂着菜园子里的芹菜、菠菜、芥菜、萝卜。

菜园子里是一片片青叶飒飒生长的声音。它们一边积淀着糖分，一边等待即将到来的雪花。

白晃晃的阳光下，它们的生命力发射到了我的脸上。也许我在窗台上站立的时间太久了，我能感觉到自己的脸颊的微热。

就在这个时候，一双温情的大手从我的背后绕过来，贴着我软绵绵的腰，穿过胁下，合抱到了腹部。我闻到了那种陌生而又熟悉的气息。是他的气息。他的气息扑到我的后颈上，一部分从衣的领口钻进了我的大衣装里，一部分绕过我的肩胛送到了我的鼻孔边。

我站不住了，我柔软的身子被他一把搂住，我的头就歪在了他的肩膀上。我正要问他怎么找到我的，他的一根手指头贴在了我的唇边，嘘了声，示意我不要言语。他指着窗外。顺着他手指的方向，我看到了从竹林中探头探脑地走出来的两只獐子，枣红的毛色，在阳光的照射下发着油光。它们伸长脖子朝绿油油的菜园子里张望了一阵，然后，一前一后犹豫着一步步朝菜园子靠近了。

他压低声音说，后面那只漂亮的獐子叫红豆。走在前面的那个看上去斯斯文文的是我。你看，那个你和那个我在菜园子和竹林之间的篱笆前驻足不前了。那个我用唇吻碰了碰比自己身子高出一半还有多的篱笆。那个我明白，要翻身跃过篱笆是不可能的事，而篱笆的结实程度也超乎了想象。有人在篱笆的里外都锲了密实的木桩，其中不少木桩是杨柳树的树干，它们在又湿又肥的泥地里，不久便生了根。

低下头来的那个你发现了要寻觅的东西。那是别人摘菜时扔弃在篱笆外边的萝卜叶和芥菜蔸子，还有老鼠留下了牙印的整颗白菜。那个我和那个你就是为了吃饱肚子而来的。也许是误打误撞进了这个菜园子，也许是早就知道这里有一个菜园子。那个你朝那个我闪了闪短小而灵活的尾巴，速度之快就像招手似的。

看呀，那个你和那个我面对共同的食物时，脉脉对视的双眼，清亮如水，温情四射。

那个你停下了脚步，黑色的、轻盈高雅的小蹄子稳稳地戳在杂草中。

那个我有着一个粗壮的脖子和尖尖的长角，那个你的颈则柔软细长，线条优柔。那个你和那个我形影相随，真的就是一对天生的情侣，一对幸福的夫妻。

那个你和那个我，安静地咀嚼着篱笆外面的菜叶，清脆的咀嚼声听来就像风中的牧歌。

那个我似乎只是象征性地吃了些东西，便绕着那个你撒起欢来。

那个你要么是还想再吃上几口，要么就是有些害羞，对那个我努力上翻的期待舔舐的黑鼻子左躲右闪。看得出来，那个你并非对那个我视若无睹，那个你的内心也并非安之若素，因为她的四个蹄子没有挪动，像是陷进草丛中拔不出来似的，钉在那里，与其说是在躲闪，倒不如说是在脉脉含情地回应。

美 人 书

看呀，红豆，你快看，那个你是怎么回应那个我的，它的四个蹄子就要支撑不住自己激动不安的身子了，头扭来扭去地迎着那个我的目光了，那个你的眼眶里双瞳剪水。

那个你多么舒缓悠然呀，就是到了这个时候，还在咀嚼着嘴里的菜叶，她就是要那个我一次次围绕着自己，把内心的爱意和盘托出来。就像一只晚归的白鹭鸟，在它就要归巢的树顶上反复地盘旋。

那个你终于动情地拉开的唇吻，唇吻花朵的地绽放开来，两排雪白的牙齿在鲜红的牙龈间磕得叮叮作响。你听到响声没？

我听到了，我说。

你听到那个你对那个我的叫唤没？他又问。

我在这场如真如幻的梦中大叫了一声玉湘哥，那是在我的喉结中憋了三年的呼唤。

第二天早上我睁开眼睛醒来，清晨的宁静取代了昨夜的喧哗。

我特意从板箱里翻出了当年我离开桃花镇时，穿的那身红底花卉蝴蝶纹氅衣和雪青底人物纹的裙子。那天晚上，我就是穿着这样一身衣裙，与躺在我床上的蒋玉湘吻别，而后去了首家大院，唱最后的哭嫁的。

尽管在我匆匆离去的一路上，这身衣裙被糟蹋得不成样子了，但我并没有扔掉它，后来，我把它洗干净了，一针针一线线地缝补好，小心地叠放在箱底。偶尔，我会悄悄地拿出来，把这身衣裙放在双手中捧着，捧在眼前，近距离地、目不转睛地看着它。捧在鼻子下面，屏住呼吸闻它。那上面有我生活在桃花镇时的，怎么掸都掸不掉的一幕幕场景；那上面，有蒋玉湘拥抱我时，存下来的他的气息。

它今天更是要派上大用场。我要穿上它，以我离他而去的模样，回到他的记忆中去，回到他的印象中去。

我把这身衣裙，当作姑娘出嫁时的嫁衣穿在身上，我站在镜前，拧着腰肢，抬起胳膊，踮起脚尖儿，俯仰着身子，正看、侧看、背转过身子看。没想到几个年头过去了，它们穿在我身上还是那么合身。

我的目光在自己的身上，随着衣裙上那些柔媚的色彩，如惊蛇入草般游走着。一如当年，我还是显得那么柔情卓态、亭亭玉立。一股股青春的气息，瞬间弥漫全身，散发在整个卧室之中。

大嫂听到我卧室里有了动静，在楼下叫我，布谷，你起来了吗？

我望着水银镜中自己如花的容貌，爽爽朗朗地回应大嫂道，我起床了，我呆一会儿就下楼来。

大嫂走动的声音到了楼下的楼梯口，她在那里停住了，压低了声音朝楼上说，蒋大人还在杨开福隔壁的房间睡着呢。布谷，我得和金子贵到河边剖鱼去了，他们昨天弄回来的那百来斤鱼，再不剖掉洗净，就要坏了、臭了去，就没法做成鱼干了。

我噢了一声。我并没有认真地去听大嫂说什么。

大嫂又说，二爷和首家大少爷、杨开福三人，真的打老虎去了。天快亮时出的门，这会儿该离开有二十里地远了。也不知道他们能不能寻着那个老虎。你和蒋大人的洗脸水烧好了，在锅里；饭菜也热好了，在灶锅里用小火热着。你下来时，用不着往灶门里添柴的，免得把饭弄煳了。

大嫂的话越来越有意思了，一清早的，二爷他们打老虎去了，她和金子贵又急于出门去剖鱼，单单要把我和蒋玉湘留在伙铺里。

我对镜中的自己吐了吐舌头，扮了个怪模怪样的笑容。唯恐泄了自己的心事似的，又很快把笑容收敛住了。

我没有像大嫂那样，担心把睡在杨开福隔壁的蒋玉湘弄醒而小声说话，反而提高了嗓门道，你和金子贵就不能等会儿，一起吃过早饭，再去剖鱼吗？吃早饭能要多久的时间啊，还怕耽搁这一会儿么？

大嫂说，我和金子贵热了些剩饭剩菜，先吃了。那么两箩筐大大小小的洪水鱼，剖起来会很费时间，没半天的时间剖不完的，所以我们就先吃了。肚子里得填些东西，不然撑不到吃中饭的时候。不多讲了，布谷，我们得赶紧剖鱼去了。

我离开梳妆台，到了房门边，把房门拉开了一条缝，但我并不急于打开门出去，我口是心非地说，要不，大嫂，你们等我一小会儿，我随你们一道去剖鱼。

大嫂应道，你闻不了那些死鱼烂虾的腥臭的。你还是在屋里。屋里头得留一个人，要不，等蒋大人醒来，没个照应，倒以为我们怠慢了他。二爷知道了也会不高兴的，你说是不是？没个人在屋里守着，万一来几个土匪把蒋大人偷了去，抢了去，我们岂不是犯下了杀头掉脑袋的罪过呀。

金子贵也插了一句话说，要是土匪把蒋大人偷了去，大清皇帝会找上门来，向我们要人的。

我换了一种妥协的语气说，好吧，好吧，既然是这样，我就到楼下来，好好地守着那个蒋大人。谁让我们这野狗孤狼都寻不着的地方，来了个知府大人呢。

我的话，使得大嫂和金子贵放心地吱呀吱呀挑着一担鱼出去了。

大嫂把我留在屋里，是好心好意地照顾我，她是不会让我去做累活、脏活的，她还会为这找些什么理由，把脏活累活揽在自己手里。她是天底下对我最好的女人，而且，我能从每一件小事上感觉到她对我的偏袒和关爱都是真心的。

大嫂既不虚情假意，又不图任何回报。所以，每当我拿欧阳满珠那个死丫头，去和大嫂做比较的时候，我就一肚子气。

这个时候，我还去计较欧阳满珠做什么。怎么能让欧阳满珠来影响此时我的心情，坏了我的兴致呢？

等我确信大嫂和金子贵走远了，我就飞快地下了楼。

推开杨开福隔壁那间虚掩着的门的一刹那，我突然想到，难道这里就是两个为了摆脱世俗的束缚与情感的桎梏，分头私奔而去的人，又终于殊途同归的处所？

我踮起脚尖，谨慎地走向他的床边。从一进门开始，虽然我就恨不得扑到那张床上去，扑到他的怀里去，但我的身子却被一根无形的绳索从后面勒住了似的，以至于我每往前走一步，都要与自己僵持半会儿，都要做出是否把迈出去的脚退回来的决定。

蒋玉湘睡的床上，四根帐柱上挂着我和大嫂用细麻织的蚊帐，前边两个铜质的帐钩挑开着帐帘。他没有动弹，像是还睡得很深。

如果他在这个时候咳嗽一声，一定会把我惊吓得像一只老鼠，掉头就跑。好在他一动不动地睡在那里。我能听到他轻微的、均匀的呼吸声。这时，我感觉到越是走近他，在身后勒我的绳索上的力也就越轻了，那股把我的身子往后拉的力量一点点地消失了。

昨天晚上，细心的大嫂没有忘记在他的床头上放一个方几，没有忘记在方几上点一盏油灯。蒋玉湘每晚睡觉之前，都要看几卷书，这是他打小以来的习惯。看来，这个习惯，他还一直保持着。

我猜他昨晚在睡前看的是柳宗元的《柳河东文集》。他昨天晚上才说过，正想找个安静的地方，把柳河东的那几卷书再认真地看一遍。

眼前，在他枕边的《柳河东文集》与他的双眼一样，都是合上的。一双合着的眼睛与一本合上的书，都静静地在敞亮的晨光下，一清二楚地摆在我的眼前。合上的那本书中有什么，我不得而知，但闭上的那双眼睛中有什么，我却记忆犹新。我曾与那两只眼睛无数次地对视过，我曾与那双眼睛说过最体己的话，我曾让那双眼睛看过我最深处的心灵和最隐秘的身体，我曾让那双眼睛流过最动情的泪水和最兴奋的眸光。

许多的时候，我都认为自己是一个小女人，一个细腻而又敏感的小女人，一个总是用内心最敏感的地方去承受喜怒哀乐的小女人。凡属温馨缠绵的世界都是我的陷阱，都是我的罗网。

一个小女人是难得主动去接触一个男人的身子的，但是，当我与蒋玉湘的距离越来越近，已经能感觉到他身体热度的时候，说自己是意乱情迷也好，是情不自禁也罢，反正在那时，在那里，我的上身像一根已经折断的枝条，若不是用一只手在他的枕边支撑着，努力地支撑着，我和他的脸就已经贴在一起了，甚至于我的下巴和脸都快要没在他的颈弯里了。

我没想偷偷地吻他，但是我的唇吻，就像一滴悄然而至的晨露，就像两片突然绽开的花瓣，已然触及了他的额头。

我明显地感到，我嘴唇的温度高过他额头的温度。

他的额头上散着的头发，使我的唇在上面移动的时候，有一种粘乎但更显得真实的感觉。我俯着身子，弯着腰低着头，浑身的血液都在往我的头上倒流着，这就难怪我的呼吸会越来越急促，这就难怪我的唇间像是抿着一团火球。

我唇间抿的火球，点燃的不是别人，而是我自己。那团火是从我的身体里面开始燃烧的，它很快就会烧到我的身体外面来。我扑灭过自己身上的火焰，但是，现在我没有打算去扑灭它，我不在乎它了，我由着它去了。就让它燃烧吧，它要怎么去烧就怎么去烧，哪怕把我烧成一个空的架子，把我烧成了灰末。

我一直没有说过自己爱某个男人的话，爱一个人是用不着说出来的。但是，我倒是喜欢我心里爱着的那个男人在我耳边对我吐露心声，说他爱我，说他真心地爱我，说他独独爱我一个，说他永远地爱我，说他爱我的脸蛋，说他爱我的身子，说他爱我的眼神，说他爱我的每一根头发。

那个男人就是蒋玉湘。

一旦他睁开双眼，他肯定就会这样对我说。这是他最爱重复的话。

我一遍遍地吻着他的额头、眉棱、脸颊、眉毛、眼睛、鼻梁、下巴，还有微微张开的双唇。他睡得很是安详，并没有因为我的亲吻而有丝毫的动静。也正是因为他像是一个画中的人，我对他的亲吻才能如此地从容，如此地随心所欲，如此地酣畅淋漓。他就像是一个刚刚呱呱坠地的婴儿，有着婴儿般安静的样子和安详的神态，不同的是，从他的肌肤间一阵一阵向我袭来的，不是婴儿身上淡淡的奶香，而是浓郁的成熟男人热浪似的体味。

我要感谢他，我在亲吻他时，他给了我一道道直达内心的幸福涟漪。

我迷醉在其中，感受到的是生命那欢乐的舞蹈，感受到的是由衷的无以言表的幸福。这种幸福，这种久违了的无与伦比的幸福，它就在我的眼前流淌，就在我的鼻尖下面流淌，就在我的两片唇间有如泉涌。

这种幸福的感觉，在我的舌尖上如花蜜般幽香。我品尝到它的滋味了。我因此而泪湿了双眼，因此而一次次激动地抖动身子，有如花枝乱颤。

由爱而生、因爱而发的闪耀着五彩光芒的梦想，和真真切切的现实，终于重叠到一起来了，重叠得如此严丝合缝，一下子就把我从苦苦相思的地狱拉出来，升腾到与之对应的天堂。我从迷雾茫茫的雨中，来到了阳光普照的晴日；从内心煎熬的油锅中，转到了撒满玫瑰花瓣的汤池。

我真想歇斯底里地叫喊，但是，我张开炽热的双唇发出来的只是内心的祷告。芙蓉啊，我想对你说的是，一个男人和一个女人之间的一场共同的婚礼，并不意味着什么，它是短暂的。两个相爱的人在一起，才会有真正意义上的婚礼。爱得是否真情，爱得是否永久，是没有哪一个八字先生算得出来的。

我得给你说，芙蓉，蒋玉湘是我的，他是我的。没有什么婚礼，但他就是我的。你看，他在我的亲吻中不愿意醒来呢。

不知不觉间，我的半个身子都爬到了床上，我的那双绣花鞋没跟我告别一声，就落到床底下去了。

美 人 书

刚开始的时候，我还有足够的力气，让自己的上半身在他的胸膛上悬着。我是怕他承受不住，怕弄醒了他，后来我才知道，我的这种担心是多余的。他的胸膛就像是一个黄灿灿的铜铸的托盘，我完全可以稳稳当当地落在上面。

他的双手居然就在那一刻把我紧紧地搂住了。这个坏蛋，也许他早早地就醒来了！也许，我进这扇门前他就醒来了！也许，我和大嫂说的那些话都进了他的耳朵。他倒是会装！还装了那么久，装得那么像模像样。

蒋玉湘睁开了眼睛。一双饱读诗书的眼睛，含情脉脉。

他的眼睛在笑。他的脸也在笑。我又有些腼腆，又有些愠怒地嗔怪他，你假装睡觉的，你骗我，你欺负我，你还笑呀。你笑什么呀？我不准你笑。

他的笑容很快收了回去，像是一个拉长的橡皮筋弹回到它原来的样子。他不笑的时候，脸就是一张白色的宣纸，眼睛里黑黑的就是落在宣纸上的墨汁。

从他的唇间温情地发出对我的叫唤，红豆，红豆哟……

我很想听他一声声的叫唤，却用一种坚定的口吻对他说，我不

准你说话。在他不知所措的神情中，我又说道，这间房子里有两只
孵蛋的母鸡就在床下面呢。大嫂总是把孵蛋的母鸡用一个篾筐装着，
铺上稻草，放在床下，说这样既暖和又安静。你在这床上睡了一晚上，
难道不知道屁股下面还有两只大活鸡？

他像个听话的乖孩子，闭着嘴巴，头在枕头上摆了一下。

我又说，我进来的时候，还听见它们在床底下咕咕叫唤了几声
呢！它们就怕别人拿走屁股下面的蛋。我说着向蒋玉湘笑了一下。
我这一笑是用来掩饰自己刚才其实并不检点的行为，我偷偷地吻了
他那么多次，那么久，不管怎么说，都是一件害羞的事。

但愿我的每一吻，都是蒋玉湘乐于接受的，梦寐以求的，给他
带来的是惊喜与快乐。事实上他肯定会是这样，不然，他还装什么
睡啊！

只是他醒过来后，我胆怯了，退缩了，作为女人，到底生来就
是被动的。

他说，我认得出你这身衣裳。红豆，这是你在家里时穿过的衣裳。
我做过很多与你相见的梦，你这身衣裳是在我的梦里出现得最多的。
你穿这身衣裳很好看。

我说过不准他说话的，但是，在这种久别重逢的时候，我又怎
么能让他三缄其口呢？哪怕就是千言万语，都是在情理之中。

我说，是啊，我就是穿这身衣裳离开桃花镇的，离开你的。我
还留着它，是怕有一天你认不出我来了，到时候，这身衣裳可以用
来作个证。

蒋玉湘盯着我的衣裳，上下看了个遍，他说，我记住了，再也
不会忘记了。他说这话的时候，眼里闪烁着哀伤的泪光。当年我的
离开，到底给了他多大的痛苦呀，以致于他的眼眸里、话语中都透
露出丝丝的不安甚至于惶恐。

我们再也不分开了，他央求似的对我说。

我沉默了一小会儿，重重地点了点头。

芙蓉啊，接下来，是一个与你有关的小小插曲。

蒋玉湘看见我因与他亲昵而不整的衣衫里不小心袒露的红肚兜时，迟缓地问我，肚兜上绣的是女字吗？

我嗯了声。我想告诉他，是谁最先想到要在肚兜上绣女字的，但又怕说出来影响彼此的心情。芙蓉呀，正是你突发奇想在肚兜上绣女字的。

他又问，是些什么女字呢？我怎么一个字都认不出来呀！

我说，你们男人不识女字，又怎么能认得出来呢？

他说，我来细细看看，说不定能认出一个两个字来。说着他的手指就到了我的红肚兜上，他在抚摸那些女字。

他问，这上边是不是有你的名字红豆二字？头个字看上去有些像是红字。

我又嗯了一声，我的声音软软的。

他又问，我没认错，头一个字是红字么？

我只得又嗯了一声，这一声嗯得比前一声更加绵软了。

他突然兴奋地说，我把这二十个字都认出来了。说完，他的手指在红肚兜上，自上而下，从左到右，戳戳点点，一字一字地念：红豆生南国，春来发几枝，愿君多采撷，此物最相思。

真的是不可思议，他把我红肚兜上的二十个女字认出来了。

他如实地说，除了头两个字，也就是我的名字，是勉强认出来的，后面十八个字，全是猜的，拿一首古诗来背的。

这件肚兜是大嫂给我缝制的。去年冬天，我受了寒，头重脚轻，浑身酸胀。大嫂用盐茶水和老姜片给我刮痧，我把外边的衣服脱下来，只剩下个肚兜，大嫂看着我鼓囊囊的胸口说，布谷，你的肚兜小了点，紧绷绷地贴在身上，能出得来气？

大嫂第二天就拿红绸布给我缝制了这个肚兜。

我觉得大嫂缝的肚兜穿在身上合是合身，但料子太红艳了。红艳艳的东西我觉得俗气，就想着在上边绣些什么。我挑了些黄色的

238

蚕丝线，原本是想绣几朵菊花的，突然想着自从杨开福把我的名字叫成了布谷后，我就听着二爷、大嫂、金子贵和杨开福天天布谷布谷地叫唤我，我差不多把自己正儿八经的真名给忘记了。

又想起见过首玉琴在一把纸扇上写过这么一首古诗，朗朗上口，又好记，而且是拿我的名字做开头的，我才在这肚兜上绣上这二十个女字。

我不过是想把自己的名字绣在上边，没想到会在蒋玉湘的面前丢人现眼，成了笑话。

床下抱蛋暖窝的母鸡，不厌其烦地发出咯咯声，蒋玉湘借题发挥说，红豆，抱蛋的母鸡对我们有意见了。

我朝他一撇嘴说，一个知府大人在它们头上，它们敢闹什么意见。它们要闹，我要大嫂把它们杀了炖汤喝。

床下的两只母鸡，听到我要大嫂杀了它们炖汤喝，倒是安分了好一阵。

我认为，我和蒋玉湘在你哭嫁那些天里的那些事情，我已经对你说得够多了，够细了。不过，你我都知道，就我能和他在一起的情形而言，每一次都是一个起点，而每一个起点，意味着是一次新的突围，是从千山万水的阻隔中的一次次挣脱。

之前的蒋玉湘，只不过是你的未婚夫，你们拜过堂之后，才有夫妻之名。也就是说，那个时候，与我同床共枕的蒋玉湘，可以是你的，也可以是我的，还可以是任何一个女人的，我没有夺你所爱，也不能说偷了你夫君。但是现在是了。

现在的情形是你的夫君移情别恋，投靠到我的石榴裙下来了。我得到了他，他背叛了你，背叛了你们的家庭。

放在茶几上的那本《柳河东文集》，是什么时候掉地上去的，我一点也没有觉察到。

蒋玉湘从床上抱着我起来时，书是翻开着摊在地上的。同时，我还注意到，大嫂搁在床下抱蛋的母鸡，也不知道什么时候从床下面钻出来，惊魂不定地躲在到角落里去了。

我心里说，糟糕了，不知大嫂辛辛苦苦地攒下来的两筐鸡蛋，还能不能孵出鸡仔来。

相爱的人在一起，总有说不完的话。理智告诉我，我和蒋玉湘说了太久的话，我该起身离开了。我对蒋玉湘说，你一定饿了吧，大嫂给我们做了饭菜，还热在锅里的，再过一会儿，就会冷了。

22

从蒋玉湘睡觉的房间出来，我才意识到刚才我和蒋玉湘的相会，该是有多么的恣意妄为。如若大嫂或者金子贵回来倒杯水喝，或者是回来取个什么东西的话，岂不是看我的笑话了，岂不是我自己漏了自己的底了？

我知道，大嫂和金子贵他们都是眼睛里面容不得沙子的人，也知道他们和二爷之间有着多么深厚的情谊。对于我和蒋玉湘的疯狂行为，他们会怎么看，他们会怎么想呢？

蒋玉湘的出现是这样的突然。在蒋玉湘面前，我如何去应对二爷、大嫂、金子贵、杨开福？在二爷面前，我又如何去应对蒋玉湘？这些棘手的、头疼的问题，我还没有去细想呢。

芙蓉呀，自从那天知道二爷他们避开我将库房中的盐，拿去与你父亲交换后，不知道是怎么一回事，二爷和我同床时，我不是躲着二爷，就是对二爷表现出痛楚不堪的样子，说自己肚子痛。

我知道自己并非身子出了问题，真正问题，是出自心里头，是因为我的身子和我心里一样，都是装着蒋玉湘一个人的，蒋玉湘把我的身子和我心里装满了，没有任何多余的空间。

还好，好在二爷怜惜我，在那种事情上，不再强求我。二爷非但不强求我，还自己去楼下把竹凉床背上来，放在窗台下，找了一床被子，与我分开睡。我睡我的，二爷睡二爷的，二爷照样在睡前跟我说一会儿话，照样睡得鼾声如雷。尤其是二爷摘下那把寒光闪闪的腰刀，背上锄头或者铁铲之类的农具以后，二爷不再叫我布谷，而是改口称呼我妹子。我喜欢他称呼我妹子，因为在我的内心里，他更多地像是我的一个兄长。

我暗自忧伤地叹息了一声。蒋玉湘是听不懂我的叹息的。芙蓉，作为女人，也许你懂。你应该多少了解一点我的内心，是怎么一个既自我又无我的，既坚韧又脆弱的，既多愁善感又气不忿儿的。我就是生就了那么一个永远长在嫉妒的根上并不安分的内心。

和蒋玉湘厮守着在一起的时光，过得飞快，像是箭一样的，转眼就到了午后。

大嫂和金子贵剖鱼回来了。金子贵忙着把剖好洗净的鱼放进一个大缸里。大缸有齐腰那么高，金子贵往里码一层鱼，便撒一次盐，倒一碗米酒。用盐和酒浸过腌过后，没几天，这些鱼就会呈现出血色来，熏干也行，晒干也行，倒腾到小坛里，拌上红辣椒灰做成醡鱼也行，各有各的味道。油炸了吃，蒸着吃，煮着吃，会是我们几个月的美味佳肴，会是餐餐离不了的下饭菜、下酒菜。

待金子贵把满满两筐鱼都放进大缸里码好，盖上簸箕，压上石头，这时，大嫂用鱼籽鱼杂炖出来的火锅也上桌了。

想必是心情好的缘故，我觉得这是我在金鸡岭下这些年来，吃得最香，吃得最多的一餐。

当然，蒋玉湘也没有少吃。他和我一样，两人的身子一分开，离开了那张床，肚子里就咕咕地叫唤了。

大嫂热在锅里的早餐，当我记起它们来的时候，早就凉了，我悄悄地把它们倒在了鸡窝里。几十只鸡一窝蜂似得拥上来，转眼间就啄食得干干净净。那些早餐，就是这样被我"毁尸灭迹"的。

大嫂回屋时见着我和蒋玉湘的情景是这样的——蒋玉湘在瓜棚之下的方凳上正襟危坐，茶桌上放着打开的那卷《柳河东文集》，他在那里聚精会神地看书。我在房厅与后院的通道上，坐在一条腰方凳上，靠着木板墙，埋着头做手里头的针线活。

我在给二爷纳一只千层鞋底。

大嫂对这个我和蒋玉湘像是在戏台子上摆出来的场景，是深信不疑的。她和金子贵剖鱼回来时，对我说，布谷妹子，你的手脚真是麻利，给二爷的鞋底，纳第二只了？

我朝大嫂点了一下头，我手里拿着的并不是大嫂说的第二只鞋底，实际上，头一只鞋底尚未做到一半。

大嫂带着一股鱼腥味，在我旁边蹲下来，与我咬耳朵说，蒋大人在看书呀！听别人说，书中自有黄金屋，书中自有颜如玉，一定是真的了。你看他读书的样子，那么专神，像是那本书里，有一个离奇的世界似的。我还是头一回见男人读书的样子呢。我身边就没一个读书的男人。

我嬉笑着对大嫂说，这下你可以猫在一旁，多看几眼了。可以看个够了。

大嫂推了我一下说，我哪敢多看，我看一眼就够了，我看一眼，知道男人是怎么样读书的就够了。我又不嫁给读书的男人。布谷，我进屋看到你和蒋大人时，突然冒出个想法来。

我故作轻松，其实是有些警惕地笑着问大嫂，你冒出了什么样奇怪的想法来了？

大嫂脸上滑过一丝诡异的笑，故意摇头晃脑地拖延时间说，我得想一想，是跟你说呢，还是不跟你说呢。我不敢肯定，说出那个想法来你会不会笑话我，会不会拿针来扎我。

我白了大嫂一眼说，不说就不说，把话咽到肚子里去！我才不在意你有什么想法呢。

我这么一逼将，大嫂就爽快了，凑近我的耳朵说，我突然想来，你和蒋大人看上去才是最般配的一对儿，一个国色天仙，一个知书达理，郎才女貌啊！

我就有些奇怪了，大嫂看我和二爷是一对，怎么又看我和蒋玉湘是一对呢？大嫂从我的外面看到了我里面吗？从外面看，我和二爷能成一对，从里面看，蒋玉湘才是能与我对上的人，大嫂是这样看的么？

大嫂说这话像是给我的心里浇了一罐蜜似的。我笑着把她推开，啐了一口，说，大嫂，你真是看走眼了，想歪了，要不，你跟二爷说说去，二爷会打开你的脑壳看看这样的想法是怎么来的。

大嫂慌了神似的，吐着舌头走开了，钻进灶房弄吃的去了。

蒋玉湘仍坐在那里看《柳河东文集》，我还是坐在过道上纳鞋底。想起大嫂在我耳朵边说的那些话，我就禁不住侧过脸多看了蒋玉湘几眼。

分明是我和蒋玉湘摆出来的戏，让大嫂他们回来看着不犯疑忌的，现在，我也被自己弄得分不清真假了，仿佛这是在戏中，又仿佛一下子跌到了戏外。大概唱戏的人，一旦入了戏，喜怒哀乐就不是露在脸上了，而是藏在心里头。

大嫂作为一个局外之人，是上苍安排她来点醒我的吗？不然，她信口开河的几句话，为什么能给我无限的遐想呢？如果我和蒋玉湘被看作是最为般配的，是天生一对，那么，我和蒋玉湘就是最有理由在一起的，难道不是么？

金子贵跛着一条腿从房厅往后院来了。别看他每走一步都似要朝前面扑倒在地的样子，他一手端着的茶罐和一手托着的四个叠着的茶碗，却稳稳当当的。

他身后是笑盈盈的大嫂，大嫂双手里捧着一个黑色描金的漆盘，盘子里红艳艳的果子是刚清洗过的刺莓。

金子贵热情地招呼着，来来来，喝茶了，喝茶了。

大嫂的身子从金子贵后边闪出来，抢先几步走到我跟前，指点着手里托着的漆盘说道，这些是在剖完鱼回来的路上捡的刺莓，新鲜着呢，大红的又酸又甜，要吃只甜不酸的，得挑红得有些发黑的。大嫂说罢，挑了颗红色的刺莓，塞到嘴里，她一对弯弯的柳叶眉立即竖了起来。

我不知道她说的酸，到底有多酸。我挑了一个红得发乌的刺莓，果然是甜的，便又伸手从漆盘中拣了个红得有些发青的，心想，那一定是酸得最厉害的了，正好用来解解困乏。结果酸得我从凳子上跳起来，差点把舌头都吐掉了。

金子贵把茶水递到我手中，说，快喝口茶，喝口茶就好了。

看我酸成那样子，从来没有吃过刺莓的蒋玉湘，捏着一个刺莓，放到了嘴边，却犹豫了。

大嫂在一旁怂恿他说，蒋大人，你放心吃，我给你挑的这个，肯定是只甜不酸的。

蒋玉湘将信将疑地把刺莓放在唇边，伸出舌头来在刺莓上舔了一下，品了品味，然后，果断地用舌头把那颗刺莓卷进了嘴里，朝大嫂点了几下头。

吃着刺莓，喝着茶，大家都来了精神，都坐在瓜棚下面，在满院子暖煦的阳光里说些话，拉些家常。只是金子贵开场时对蒋玉湘说的那几句奉承话，有些落于俗套，让人听了起鸡皮疙瘩。

金子贵煞有介事地对蒋玉湘说，这些年来，我们心里总有一个念头，就是到县城里去一趟，进县衙里找县令大人，给县令大人磕几个头。没想到，县令大人进家门来了，能在一起，就在自己的眼前，那么平易近人的。还在同一张桌子上，粗茶淡饭，与我们其乐融融的。

金子贵摆弄出一脸的真情实意，说，我们为什么会有这么一个念头呢？我们是在饮水思源呢。以前的日子，担惊受怕，没有活路。多亏蒋大人当了县令，日子过安稳了，过踏实了，能不饮水思源，去给减免苛捐杂税、爱民如身、廉洁奉公、两袖清风的县令大人，磕几个头吗？

不等蒋玉湘答腔，金子贵的话又来了，蒋大人呀，不是我信口开河，你来永明当县令之前，我们最恨的人，除了杀父仇人，当属县令大人了。为什么呢，之所以我们的日子过得苦，还不就是因为县令大人不把我们当人看，还不就是因为县令大人一个个贪婪无度，还不就是因为县令大人一个个吃人不吐骨头。我这里说的是以前的县令大人。

金子贵睁大眼睛，凝视着蒋玉湘说，他们不像你。蒋大人，你来永明县当县令，你是给我们平头百姓送福来了，送暖来了，送安居乐业的日子来了——昨天夜里，我还想着，是不是要把你蒋大人用过的碗筷、坐过的桌椅、睡过的床铺都收起来、供起来。布谷，你别那么盯着我。我是认真的，我昨夜晚还给你嫂子说了这个想法，不信你问她。你大嫂说，把蒋大人用过的东西都供起来，恐怕家里的东西就不够用，还不如请蒋大人多来几回，有了空闲就来住些日子，蒋大人自己说的，这地方安静，好静下来看些书。你大嫂说的话倒是在理。

所以我说，蒋大人，你要是能够隔些日子便来住上几天，那就是我们最大的福分了。哎，哎，布谷，你别摇头呀，我说的是真心话。

芙蓉呀，我虽然在那里摇头，但相信金子贵和大嫂说给蒋玉湘的那些动听的话，是由衷之言，我不仅爱听到对他这样的赞美之辞，而且还会在他人对蒋玉湘的赞美声中，对蒋玉湘更加崇敬，更加爱慕。

蒋玉湘支棱着耳朵认真地听着金子贵说话，仿佛金子贵褒赞的不是他，而是另一个人。而且，还不流露出半点故作的痕迹。

也许，在这些年，他听类似的夸赞听得太多了，当中肯定还有比金子贵的话说得更动听的，更深刻的。没准还有此乡彼镇的乡绅们送了他不少的匾，有秀才、学子为他的政绩填词作赋。没准街头巷宅里唱响了传颂他的民谣。金子贵说这些话，根本还算不上什么的。

蒋玉湘和金子贵几乎在同时俯下头抿了一口茶。蒋玉湘脸上带着高深莫测的微笑，他语气谦逊地说，作为永明县的县令，我应该这样去做，而不是不去这么做。蒋玉湘接下来说的话全是大道理。大道理是金子贵、大嫂之类目不识丁的山里人反而听不太懂的。这样一来，蒋玉湘说的那些大道理，就是给我一个人听的。

蒋玉湘说，唐朝的时候，有一个叫武则天的女皇帝，善于治理国家，也重视著述，写了很多的书。其中一本书叫作《臣轨》，《臣轨》里有一篇《利人章》，开篇就说庶民、百姓，是上天极为爱怜的。因为他们不能治理自己，所以设立君王来治理他们。君王不可能单独靠一个人的力量来教化民众，所以设置人臣辅佐自己。人臣接受君王的重任，去治理天下的百姓。作为臣子，怎么能不利民安俗，供养和帮助百姓呢？所以君子担任官职，就是要想着有利于百姓；主持政事，就是要考虑百姓安定。

大嫂和金子贵仰着头，伸长了脖子，认认真真地听蒋玉湘高谈阔论。蒋玉湘知道，尽管我没有看他，在低头纳着二爷的鞋底，但我耸着的耳朵，绝对没有听漏一个字。他说得更来劲了。他像一个教书先生对台下那些安分守纪的学生讲课似的，打着手势说，《利人章》中有这样一句：君子任职则思利人，事主则思安俗。就像子贵、大嫂、二爷和杨开福，你们种地，顺着节气去播种，就能有所收获一样。做一个县令，顺着这个道理去做，就不会亏待百姓，没有亏待百姓，就是没有亏待自己。

蒋玉湘说这些话的时候，金子贵不住地点头称是，好像他字字句句都听进去了，听明白了。好像他下辈子会时来运转，要去做哪个县的县令似的。蒋玉湘说着又抿了一口茶。

大嫂瞅准蒋玉湘喝口茶的空当，插话进去，问道，听人说，永明大牢里的犯人一天比一天少，现在，偌大一个永明大牢，是空着的，有这么一回事吗？

金子贵附和着大嫂的话说，自从盘古开天地，三皇五帝到如今，一个县的大牢，不关押一个人犯，我是不大相信的。怎么会让一个县的大牢空着呢？早些年，永明县的大牢里关着的犯人，就像是集市上竹笼里的鸡仔鸭仔，头都挤破了。我知道，永明大牢里原来关着的人犯被一个个放了出来，这些年，大牢里的人犯只有出的，没有进的，就连二爷认识的几个牢头，都回家了，种芋头的种芋头，做小生意的做小生意去了。

关于永明大牢的这些事，是二爷跟我们说的。二爷就是这么说的，说过不止一回，但是，金子贵和大嫂都不相信，都不敢相信。现在，大嫂和金子贵就是向蒋玉湘求证二爷的话，看看二爷说的是不是实情。

蒋玉湘做了个惊讶的模样说，你们生活在这样的大山里，还知道些永明大牢的事呀！

我刚抬起头来，正好碰上蒋玉湘在侧目看我，这一次，我没有躲闪他的目光，而是迎着他的目光，大大方方地对他嫣然一笑，我这一笑，是鼓励他继续往下说，想怎么说就怎么说，怎么说都行，只要大嫂和金子贵感兴趣。

蒋玉湘微笑着说，确确实实，这些年来，我把关在永明大牢的人犯一个个释放掉了。永明县的百姓好，他们给我最大的回报，就是没有新的人犯被我抓来。原来关着的人犯，多半是因为交不起赋税被才关进牢房里去的。赋税减的减、免的免后，把他们关在牢里的理由就没有了，当然就得放人。当然，其中有些人犯，是应该接受惩罚的，有的是偷摸扒窃，有的是不赡养老人，有的还是作恶行凶、称霸一方的。不过，正像我说过的，永明的百姓好，永明的百姓本性好，没有哪个不想本本分分、安安分分地活一辈子。他们有些过错——或多或少、或大或小的过错，都是为了活下去，为了有口饭吃。关在牢房里的人，如果本心是好的，或者平时的德行是没有什么问题的，或者愿意真心悔改的，这些人犯，把他们从牢里放出来，他们也就不会为难其他百姓。

这么说，永明大牢里，真是空着的了。金子贵插话说。好像他对永明大牢里的事一直就是很关心的。好像他现在才相信，二爷说的话是当得真的了。

蒋玉湘说，古人云，惟慎庶狱以昭人情。古人又说，民不畏死，不可惧以罪。民不乐生，不可劝以善。古人还说，君子以情用，小人以刑用。永明百姓的本性不是小人，而是君子，是想活得受人尊重而不是遭人唾弃的。他们若有了过错，推出去会堕落成小人，而有人拉一把的结果就不同了，他们能通过引导，通过教化，回到做一个坦坦荡荡的君子的路上来，回到与人为善的循规蹈矩的本性里面去。如果屡教不改，永明县的大牢，当然还是不会放纵恶人行径的。曾经有两个关在牢房里的人，后来被查明是十恶不赦的土匪，身上有累累血债，杀人偿命，就没有让他们多活过一个时辰。

金子贵和大嫂在一旁点头称是。

蒋玉湘边说边把手中的书合上，放在石桌上，喝了一口茶接着说，永明的县牢空着就空着，空在那里好，一是让老百姓过日子过得安心、放心，二是让不安分过日子的人明白，有一个空着的牢房在那里等着、候着呢！只不过永明县牢有二十几间房子，都空着可惜了，去年年底，拿了十多间房出来做了学堂。我的一个同窗学友，和我一起考上秀才，还差一点就一同考取了进士功名的欧阳梦，就在学堂里带了近几十个永明各地的学子。

蒋玉湘的那一席话中，我感兴趣的是他提到了秀才欧阳梦。

由欧阳梦我想到了首玉琴。

我不知道欧阳梦在永明县城里办学堂，是不是把他娘子首玉琴撇在了桃花镇。要是这样的话，蒋玉湘在县城里有欧阳梦这样一个好友做伴，同样被撒在桃花镇上的首玉琴和你首芙蓉，就更有理由同病相怜，相伴在一起了。他们有他们的话题和乐趣，你们有你们的苦水与衷肠，彼此倾诉，彼此安慰，相互怜惜。

我记得首玉琴说过，她与欧阳梦是一刻也离不得的，没有欧阳梦在身边，她的魂都是跑得不见踪影的。现在她岂不是睁开眼睛，就要四下里找自己的魂去？

大嫂和金子贵则不同，他们关注的是蒋玉湘说到的被杀掉的两个土匪。金子贵试探着问蒋玉湘，杀掉的可是竹子山的土匪郑石头和郑石柱两兄弟？

蒋玉湘说，正是，正是。看来这两个土匪名声还不小，我走到哪里都有人叫得出他们两兄弟的名字。

金子贵停顿了一下，喉头一动，咽下去一口茶水，然后说，那两兄弟该杀，杀一次还不够。我听说他们杀了不少过路的盐客，残忍地掐死过一个怀胎七八个月的孕妇。还听说竹子山那边有两户最大的财主，差一点被他们杀得灭了门户。欠下了那么多的血债，他们能跑到哪里去？俗话说得好：水再深，在桥下；山再高，在云下。他们是自作孽，不可活。

这时，胆子并不大的二嫂却问起了两个土匪是怎么处决的。问蒋玉湘说，是砍了他们的头，还是斩了他们的腰？听说行刑的时候，被杀的人先得喝一碗酒？

蒋玉湘笑着告诉大嫂，送死刑犯上路前，还是得让他们先吃顿饱饭，喝碗酒的，免得他们空着肚子，做了饿死鬼，下到阴间又作恶。是不是？我原本是要砍掉郑石头和郑石柱的头的，但考虑到这十恶不赦的一对土匪兄弟，在他们的母亲膝下，居然还是两个孝子，就给他们俩留了个全尸，吊死了他们。他们的母亲来给他们收尸时，没想到能收回两具全尸的。老太太也就没有哭喊，没有落下泪来。

大嫂叹了一口气说，母亲给自己的儿子收尸，怎么说都是可怜的了。大嫂说着去给蒋玉湘续茶，续了茶，大嫂没有回到靠墙的矮凳上，而是在蒋玉湘的身边，捧着茶罐直直地站着，很认真地问道，若是再抓着土匪，还是要处死的吗？

大嫂的问话让我听起来很是蹊跷。

蒋玉湘转过头看着大嫂，反问大嫂，土匪？哪里的土匪？什么样的土匪？

大嫂迟疑了一下，放慢了语速说："我说的是先前做过土匪的，现在……后来……早几年前洗手不干了的，早就不干了的，规规矩矩地出汗干活挣饭吃了的。

大嫂说着说着舌头就僵了似的。我担心她就要脱口说出个"二爷"来。我用求助的目光去看金子贵，金子贵非但没有去拦住大嫂说话，还及时地搭腔把话说清楚、说透彻了。金子贵说，就是那种原来在道上做过土匪之类的事后，自己洗手不干了，走正道了。这样的人，衙门还追究不追究？还抓不抓？还杀不杀？

我现在明白了，大嫂和金子贵这个寻蒋玉湘而来，奔二爷而去的话题，是早就商量过了的。

大嫂和金子贵问得蹊跷，蒋玉湘回答得便玄乎。蒋玉湘没有直接回答大嫂和金子贵，而是不慌不忙地说起唐朝永贞年间，柳宗元断的一起案件来。

一天，衙役捉拿到了两个贩卖私盐的百姓。在送往衙门的路上，其中一个贩卖私盐的百姓逃跑了，衙役只得押着剩下的一个，去衙门受审。贩卖私盐的人见着堂上的柳宗元，吓得浑身发抖。

柳宗元问他，你知道贩卖私盐是犯王法的吗？

那人说，知道是知道。

柳宗元又问，既然知道，那你为何还要犯呢？

那人说，我家里穷呀！穷得实在没有别的办法。

柳宗元又问，你说你家里穷，但是，贩卖私盐的本钱也是要花银子的，你这不是欺骗本官吗？

那人做出一脸苦相回答道，我贩卖私盐的那点小本钱，还是我卖了半边祖屋换来的，现在我一家老少七口人，住在一间矮房里，三代人挤在一张床上过日子呢。

柳宗元哦了一声，自言自语地说，三代人睡在一张床上，横竖都不是个睡法呀。柳宗元问身边执棒站着的衙役说，你们当中，谁家里是祖孙三代睡在同一张床上的呀？

衙役们你看看我，我看看你，都摇头，都在笑。

柳宗元继续审问那个贩卖私盐的，你这两担私盐是从哪里贩来的呀？

那人说，远呢，是从广西那边。

柳宗元问，有多远呢？

那人说，有四百多里地远呢。

柳宗元问，有多重呀？

那人说，连筐一起有一百二十斤。

柳宗元又问，从广西挑到我们永州地界，你走了多少天呀？

那人说，我们每天见早赶路，见晚落伙铺，走了半个多月了。

柳宗元问，你刚才说你们，看来不只你一个人。

那人说，是的，大人，我还有个伴，是同村的，我们两个结伴贩私盐，路上有个照应。

柳宗元问，既然是两个人，怎么现在只有你一个人被捉住了？

那人说，他逃走了。

柳宗元问，他逃走了？他逃走了，怎么你不逃呢？

那人说，小的不敢逃。

柳宗元站起身来，到案台前，绕着跪在案台下的私盐贩子转了两个圈，厉声地说道：什么不敢，我看你其实是自己的脚有毛病，逃不了的，不然你会跑得比你那同伴还快。

那人便急了，大声地辩解说，大人，我没有哄你，没有说半点假话，我的脚没有半点毛病，脚有毛病，我也不敢在私盐道上走呀！

柳宗元厉声呵斥他，大胆！你还要狡辩，你若是腿脚没什么毛

251

病，就站起来，转过身去，跑几步给本官看看！

那人不敢违抗，真的站起来，转过身去，大步跑起来，跑到就要跨出衙门的门槛边，又老老实实地停了下来。

柳宗元在他后面笑着说，你怎么停下来了？我没有叫你停下来呀。

那人说，我再往前跑就跑出衙门了，我哪里敢。

柳宗元想了想，吩咐衙役把那人被扣下来的那担私盐挑到大堂上来，放在那人的肩膀上，把惊堂木一拍，威严地说，看来让你空着手跑几步是便宜你了，我得重重地惩罚你，让你挑上这担盐跑。你若是挑上这担子盐，还能跑路，还能跑得快，跑得远，我才相信你说的话，你就没有欺骗本官。不然我要你坐大牢！

接着又是砰的一声惊堂木响，跑！你跑呀！快些跨过门槛往外边跑！

柳宗元的一喝，还有惊堂木的一拍，让那个贩私盐的汉子没有选择余地了，他一手托着肩上的扁担，一手拉扯着身后盐筐的筐绳，抬脚跨过门槛，没命地往外面跑，一溜烟跑到了大街上。

衙役们扔下喝威棒要去追赶，被一脸爽朗笑容的柳宗元叫住了，柳宗元说，算了吧！为了糊口卖掉半边祖屋去贩私盐，他也是实在没有别的活路了。王法也不是不给平民百姓留条活路的，不然还叫什么王法呀。

蒋玉湘把柳宗元的故事说完，碗里的茶水也喝干了，他就对大嫂说，还得加些茶，不然，口有些干。

故事的结局，对大嫂来说是有些意料之外的，大嫂愣了好一阵，才明白了，蒋玉湘讲的这个故事，是用来回答她和金子贵的问话的。

大嫂一边给蒋玉湘的碗里倒茶，一边发出一声感叹，那个柳宗元，真是难得的好官！

金子贵也在一旁感叹，是呀！这么一个好官，还被皇帝贬到永州来了。

蒋玉湘却说，柳宗元被贬到我们永州来，也算不上是什么坏事，至少对我们永州的人来说，他是给我们送来了衙门的新气象，送来了老百姓的福祉，是吧？

金子贵和大嫂不约而同地点头称是。看他们两个人脸上轻松的笑容，我就知道，他们心里头担心的、放心不下的事情和他们的两颗悬着的心，都放下了。

这天的黄昏是迈着轻盈的步子悄悄地走来的，溟溟濛濛地走来的。

头顶上的天空，在巍峨的金鸡岭衬托下，是一片明亮透彻的淡青色。半空中漂浮着几缕被抹红的云彩，突然间散落下来，罩在起伏的山峦之上。伙铺后院四周的树林，像是浸在火海之中。落在后院里的霞光，给墙头、给地沟、给院中每一个缸、盆、架、椅和晾晒的衣物，刷了一重厚厚的金子。又突然间，天幕由淡青色转变成银灰色，燃烧的树林中腾起苍苍的暮霭，后院满目的金光，被白扑扑的迷蒙光影无声无息地取而代之。

晚风拂着竹林，而止于后院的瓜棚之下。归鸟飞过潇水河，憩落在柏树林中。可惜今晚没有月亮，黑夜来临，满世界都是漆黑一团。不过，因为有蒋玉湘在，他是一束月光，能使这里柔情弥漫。

23

我在坐立不安、心神不宁的时候，喜欢倚着墙角嗑瓜子。嗑道州产的红瓜子。每一粒瓜子在我的上下门牙间，都会发出一声只有我自己一个人听得到的脆响。瓜仁粘在舌尖上，往牙边一送，满口都是淡淡的油香。

我喜欢的不仅仅是这股香味，这个时候，我更喜欢看从唇间飞出来的瓜子壳，落在我的四周，又小又薄的一片片，像红色的花瓣散落一地。这个过程中我越投入，就能越平心静气。

二爷则不然，蒋玉湘与首岭南的到来和离去，给他带来的都是心神不宁、坐立不安。二爷心神不宁、坐立不安的表现，就在他了无表情的脸上，就在他那一张平时就话不多，这时更是撬都撬不开的嘴上。

我注意了他好些天，也在意了他好些天。他和首岭南与杨开福寻找那只老虎的踪迹回来，三天多了，他一直阴着脸，没张开过嘴讲半句话。

我问他什么，他像是听到了，又像是没听到。像是我的话，用不着他去回答似的，他看我一眼，便没有下文了。

我说什么，做什么，别人做什么，说什么，他都不吭声，噤若寒蝉，无动于衷。他那个紧锁着的眉头，睡觉的时候都没有半点的松动。

二爷至于这样么？

他为什么要这个样子呢？

我来这个地方几年了，从来没见过他的脸是这么阴沉的脸，从来没见过他这么生硬的神态，这样奇怪的举止。

到了第四天的早上，我终于听见他说了一句话。他自个儿给自个儿说了句话，说，他们该到永州城了。

他说的他们显然是指蒋玉湘和首岭南。

我天真地认为，二爷这几天是在担忧蒋玉湘和首岭南在路上的安全，以为这便是这些天来他不安心的原因。

二爷说完话后，就拿着一根杂木棒和一把短把的锄头向院门外走去。他是要给锄头换一根长一些的把子。

走到院外了，二爷又返身进灶房，取了一把砍刀。刚刚从床上起来的杨开福，一边伸着手臂往衣袖里塞，一边跟了二爷出去，在二爷的身后嚷嚷，二爷，你别给锄头的把子换长了，这是我的那把锄头，我用顺手了的。

二爷没理会杨开福的话，用刀背轻轻几下就把锄头上的木楔子敲了下来，取下原来的木把，远远地扔到菜园外面的稻草垛上去了。

杨开福无奈地说，哎呀！我用着顺手的东西，二爷就是看着不顺眼。我以后不用锄头，用铁铲子算了。

二爷还是没有吭声。

一大早就在院门口架了条长板凳搓棕索的金子贵说话了，开福老弟，你在那里吵什么吵，啰里啰唆的，二爷听着不觉得烦，我都听得烦。你往后还用得着锄头？还用得着铁铲？

杨开福不知道金子贵的话是什么意思，歪着脑袋反问金子贵，我不用锄头，不用铁铲，用什么呀？我空着手挖地铲沟么？

金子贵哼了一声说，开福老弟，我问你，你不是在阳明山上和首家大少爷认了同年老庚了吗？他比你小三个月，成了你的同年大哥。是不是？你比他大三个月，倒还成了他的同年小弟。嘿嘿，这倒是蛮有意思的哦。是你让他的吧！

金子贵停顿下来，眄了眼杨开福，见杨开福在那里眨巴眨巴眼，轻轻地笑道，不过，也讲得过去，在人家面前，你就得矮三分嘛！开福老弟，你是我看着一天天长大的，一下子成了大男人了，长出息了，晓得做人要谦逊的道理了，我竟然没看出来。还听说，大少爷几次邀你去跟他做个手下。那好啊，开福兄弟呀，这可是天大的好事呀，你的前程来了。随了首家大少爷，终究是有皇粮吃的。就是吃不上皇粮，首家大少爷也亏待不了你。你在他面前矮三分，有了他，就可以在别人面前高三尺。你会是大富大贵的命呢。你的名字也是有来头的，杨开福，杨开福嘛，碰上首家大少爷，你命中的福门就打开了。你要关上它都关不住，就像俗话说的，福运来了，背个门板都挡不住。不像我们，我们天生就是要拿着锄头铲子，面朝黄土背朝天的。命是如此，命该如此喽。

杨开福蹲在墙根下，低着的头差一点就要掉到裤裆里去了。他不知道金子贵说完了没有，说够了没有。

杨开福刚要抬头，金子贵的话又奔他的耳朵来了，我说的话不假吧，我还没有说完呢。像首家大少爷这样的人，父亲首一望的万贯家财不说，就说他的姐夫蒋大人吧，只要蒋大人在他头上罩着，在他后背撑腰，时不时地搭上一把手，还能不做个大官啊？你若是在他的手下，还差得了飞黄腾达的日子？高头大马一定会有骑的，前呼后拥的排场一定会有的，哪天首家大少爷拣几身穿得稍微有点旧的洋西装，给你套上，就是不扎领带，不戴鸭舌帽，也让别人把你看成是念过洋文的，是不是？——像我们这种鸟不拉屎的地方，原本就不是你容身的地方。这么些年来，真是委屈死你了，是不是？

从金子贵对杨开福这些不依不饶、冷嘲热讽的话语中，我听得出，他对这几天杨开福不是说就是唱，不是跳就是蹦，不是唱就是哼哼的反常举止，早就看不顺眼了。

这几天，杨开福的确是有些得意忘形，显得轻飘飘的，像一个影子，在人前无缘无故地晃来晃去。二爷闷着头不想张口，他偏要找二爷说话，问这问那。大嫂的肚子不舒服，一天跑十来趟茅厕，他却缠着大嫂，早上要吃腊肉，中饭想吃鸡，晚上又想吃腊鱼。鱼还淹在缸里，他想起来要吃腊鱼了。

杨开福的言行和举止太反常了，有一件事，让我也觉得恶心死了。蒋玉湘和首岭南离开伙铺后，他不在自己房里睡，偏偏要跑到隔壁房里睡，就睡在我和蒋玉湘睡过的那张床上，盖着我与蒋玉湘一起盖过的那张床被子。

我把他从床上拉起来的时候，他还讪笑着说，睡在蒋大人睡过的床上，做的梦都香些。

现在，听金子贵用这番话来嘲弄他，看见他蹲在那里抹不开脸的样子，我也觉得杨开福是活该，觉得自己心里很解恨。

杨开福揉了揉眼睛，从墙根下站起来，朝自己脚下重重地吐了一口沫，他坦然自若，不在意金子贵说的话，没有半点被金子贵说得浑身不自在在样子。他懒得理睬金子贵，就跟没事一样，像一只公鸡似地从金子贵身边走过，进大门回屋去了。

金子贵挖苦他、揶揄他，拿他来当出气筒。但金子贵的话再刺人，杨开福照单全收，只是不理不睬的，全当了耳边风。

这让金子贵虽然恼火，但又无可奈何。

杨开福从后院牵着两头水牛、三头黄牛，吆喝着穿过厅堂，走到外边的院子，对二爷说，我放牛去了，我才不愿意窝在家里听别人说闲话，嚼舌根呢。

杨开福从后院牵出来的水牛和黄牛，争先恐后地从厅堂的前门出来时，差一点把金子贵坐在一头的长凳给踹翻了。为了给蜂拥而出的牛让开道，金子贵只得扔下手中搓着的棕索，闪到窗台下，举着双手贴着墙站着。

金子贵一边躲避着擦着自己身子过去的牛，一边朝杨开福大叫，你就这样把它们放到外面去么？两头大水牛的牵鼻绳子都快要断了！你就不能再呆上一会儿，让我拿就快要搓好的棕绳，给它们换下来么？

杨开福应道，你这是咸吃萝卜淡操心，那两头水牛最听我的使唤了，我不用牵鼻绳子，也能使唤它们。我就是这么一路使唤它们，从几十里地远的地方，把它们使唤回来的。我嗨一声，它们就迈开步子走；我哇一声，它们就停下四个蹄子来对我甩尾巴。我嗨一声，它们瞪大眼睛朝左边走；我哎一声，它们瞪大眼睛往右边行。嘿嘿。

金子贵郑重其事地对跟在牛屁股后面的杨开福说，你这个下巴上长了几根胡子，就充好汉的杨开福，我金子贵老哥现在给你扔下几句话，你记牢了。打蛇打七寸，牵牛牵鼻索，这些牛可不是你杨开福的牛，也不是二爷的牛，也不是我金子贵的牛。土匪们偷走它

257

们前，它们是某一户或者某几户庄稼人的命根子。土匪们偷到手后，它们是土匪的财路。它们被二爷和大少爷从土匪手中夺回来后，眼下就是土匪们偷盗耕牛的犯罪证据。首家大少爷把这些牛放在我们这里，就是把那些迟早要派上用场的证据，暂时搁这里。你要是弄丢了其中一头，或者两头，我看你怎么去担责任，我看你拿什么去赔。我把丑话给你说在前头，被偷了这些牛的人家，被夺了这些牛的强盗、土匪，还有首大少爷，这三边都是这些牛的主人，哪一边都是随便不得的。你可别小看了这几头牛。

金子贵勾着手指头说，先讲首大少爷这边吧。你不是把自己的前程压在上边的吗？你不是要追随首大少爷去享荣华、去求富贵的吗？你要是弄丢了他捉拿土匪的证据，他就是请了你去永州府，也不是要你去当差的，而是要你去蹲大牢的。

杨开福把金子贵的话当作是耳边风，金子贵再怎么说，都不能影响他就那样把牛放到外边去吃草的想法。没等金子贵勾第二个手指头，他很快就把牛群赶出了院门，到了院外的路上，朝潇水河边走去。

站在院里望不到牛身影也望不到杨开福身影的时候，杨开福的叫喊声却传回到金子贵的耳窝里。

不知杨开福在哪棵树下挥着拳头喊着一句抵的金子贵一百句的话：不就是见不得我心里头快活了一点儿吗？见着我烦，觉着我多余，要撵我走的人，才说这样的话！——把我当什么看了！我是一头猪么？哼！

杨开福的话是冲金子贵叫喊的，金子贵摇了摇头，无可奈何地叹了声，这个王八崽子。王八崽子的杨开福！

金子贵看了看满地的牛蹄印，从牛蹄印中把尚未搓好的棕绳捡了起来，他走到二爷旁边蹲下来，问二爷抽口烟不。二爷点了一下头，金子贵从口袋里摸出一个用竹兜新做的烟斗，烟窝里的旱烟，早就填装好了。

金子贵嘿嘿地笑着说，是上好的烟丝呢，抽一口试试。说话间，金子贵从另一个口袋里摸出了火柴，呲的一声划燃了。

两人你一口我一口地抽着，抽了一阵，金子贵叹道，这些牛蹄子印，跟在牛屁股下，跟得真是紧呀。牛走到哪里，它就跟到哪里，寸步不离的。从阳明山山下，一路跟到金鸡岭来，跟到了伙铺来。二爷呀，若是那些土匪、强盗，一路循着牛蹄印子跟了来，真的就不是一件好事呢。

二爷吐着烟，他整个脸都掩藏在烟雾之中。

金子贵接着说，听杨开福讲，那伙偷牛的土匪中，有一个癞子脑壳，又高又瘦的。我在想，广西那边的屈麻子，手下边有个叫李癞子的。十个癞子九个坏，还有一个是更坏。李癞子是个阎王爷，对自己的亲弟弟都不发慈悲，他的弟弟穿走了他的一双布鞋，他就剪断了他亲弟弟的两个大脚拇指。就连屈麻子也让着他三分的。

二爷面前的烟雾飘散开了。见二爷一言不发，脸色也不太好看，金子贵尽量克制自己说话不那么啰啰嗦嗦。

一斗烟抽完了，金子贵又装上另一斗烟，点燃了，把烟斗递给二爷。二爷接过来，有时抽上一两口，有时就捏在手里，好长一阵都那么捏着。燃着的烟丝冒出来一缕缕的白烟，像一块纱布半遮半掩着二爷那张不动声色的脸。

如果这件事是发生在早些年，金子贵也许不会有这样那样的抱怨，不会说杨开福这样那样的不是。因为在早些年，二爷根本没把什么李癞子、张癞子、雷癞子、董癞子之类的角色放在眼里。李癞子要是随了牛蹄印子来，二爷会迎上去，二爷会像一只蛰伏已久的豹子一样迎上去，给予他致命的一击。

金子贵觉着眼前的二爷已经不是一只豹子了。他看出了二爷的脸上平静的神情中隐藏着的不安和忧虑。

金子贵折了根落在地上的樟树枝，在脚下胡乱地画了一阵。他划拉来，划拉去，又忍不住责怪杨开福，责怪杨开福在首岭南面前信口开河，提及在温泉边发现老虎踪迹的事，杨开福不提老虎的事儿，首岭南就不会要二爷和杨开福去寻那只老虎，就不会在阳明山那边邂逅偷牛的这帮土匪，就不会夺了这些牛回来，也就不用担心这些牛会招惹来麻烦。

我不知道金子贵是不是过于担心、过于警觉了，但是，在这样特殊的环境里生存，这份担心，这些警觉，是有它的道理的，是有它的必要的。

而杨开福，他所欠缺的正是二爷和金子贵这样的经验。

杨开福任着自己的性子，率性而为，他不知道什么是三思而后行，他就想不到随之而来的后果会是怎样。

大嫂也在蒋玉湘和首岭南离开后的那天数落过杨开福，说杨开福找到了一个新皇帝，这个新皇帝就是首家大少爷。你知道你的新皇帝葫芦里卖的是什么药吗？我看你这个脑袋瓜子，别人把你给卖了，你还会帮着别人数钱的。首家大少爷也是，莫名其妙地去打什么老虎，把蒋大人到永州去当知州这样的大事都耽搁了。

回来的当天晚上，杨开福就兴致勃勃地告诉了我在阳明山打老虎，又在半道上截了土匪偷盗的牛的前前后后，

头一天，他们两头摸黑，一股脑儿地翻山越岭赶路，抵达了阳明山下。

晚上，他们是在一个农户家的吊脚楼上过夜的。二爷和杨开福不是第一次在那个猎户家中落宿，年前追踪老虎时，他们曾在那户人家住过两晚。

那户人家的主人得知他们又是为了那只伤人的老虎而来，盛情地款待了他们。但对阳明山里来了老虎的事情，主人则是将信将疑的。因为这么些日子过去了，没听人说见过什么老虎，也没有哪户人家失了牲口，更没有哪家哪户的人被老虎伤过。

杨开福便笑那家主人，你们就是见到老虎也认不得，还以为那

260

就是一只大个儿的猫呢。

第二天，他们进了阳明山，在阳明山里转悠了一天。

第三天，还是在阳明山里，分不清东西南北地转悠。傍晚的时候，他们终于在一条溪流边找到了半年前残雪中留有老虎脚印的灌木丛。那是当时老虎留下的脚印从视野中最后消失的地方。只是那片灌木丛的枯枝已被青葱的绿叶覆盖了。

二爷看了看两边的山头，找到了灌木丛东边一棵用刀刻了印记的楠木树。二爷肯定地说，就是这里了。

杨开福说自己好像闻到老虎身上的味道了。

美 人 书

二爷说，没想到杨开福的鼻子比狗的鼻子还灵。

首岭南在那片灌木丛里低着头绕了几个圈，问二爷，老虎一定从这个地方往什么地方去了，它会往哪里去呢？

二爷说，它往北边和往西边，就翻过山头往道州、永州那边去了。要是往东走，那就是它回过头来，返回到它原来的住处。若是往南，顺着这条溪水，恐怕就是往广西地界去了。

首岭南仰起头望着西边和北边的山头说，它得长了翅膀飞起来，才能从这两边的山飞过去。

二爷说，当时金子贵也是这么说的。

首岭南说，它应该是顺着这条小溪，往南边去的，往广西的地界去的。

二爷说，当时金子贵也是这么说的。它要是到广西地界去了，我们就不用去管它了，广西那边的人会管它的。

杨开福很响亮地拍了一下自己的后脑壳，恍然大悟似的噢了一声说，说不定上次我们找它的时候，它就在这片灌木丛中躲着呢。是我们太粗心，没有把它揪出来，它就在我们的眼皮子底下藏着呢。我们上次真的是太粗心了！

二爷从鼻孔里哼出一声笑，说，什么屁话！冬天里，灌木丛里不是落叶，就是枯枝，能藏得下一只老虎？就是一只老鼠也躲不过我们几个的眼睛呀。

杨开福不以为然地说，说不定它还藏在这里面呢，这下我可要睁大眼睛，把它找出来，不会轻易放过它了。

二爷说，你做梦吧，做白日梦吧。刚才首家大少爷在里面找了一个遍了。就是上次来的时候，它真的藏在里边，几个月过去了，搁一块没长脚的石头在里面，也打了几个翻身滚出来了。

杨开福说，二爷，我看你这一路来就没有什么信心要找到它，没想去当打老虎英雄。我就当这只老虎是个小娃娃，在跟我们躲猫猫玩，我就不相信找它不出来。

二爷说，那你就找吧，多找找，眼睛还睁大点，找着了，就告诉首家大少爷和我。

首岭南插话说，你们两个斗嘴呀，有什么意思呢？我看，我们就顺着这条溪水往南找，找不得到，多少还得靠点运气的。

二爷用有些不太情愿的口气说了声，那我们就离金鸡岭越来越远了。

二爷虽是这样说，但也只好跟着首岭南顺着溪流往南边走。

小溪流出山谷，绕着两座长满草的黄土岭，到了一个有百十户人家居住的村落。一打听，那个村叫溪口村，溪口村和隔着一个田洞远的松柏村之间有一座凉亭。那座青砖砌的凉亭少说都有两百年了。

天一落黑，溪口村和松柏村的狗就汪汪狂吠，首家大少爷听二爷说这些村庄上的狗见不得生人，见了生人会追着咬。因为这样的原因，首家大少爷才决定不进村里，而在凉亭里过夜。

月亮在那个晚上只是出现了一下，就躲进云里去了。几颗星子在阳明山的顶上闪着，有的闪着闪着闪就灭了。

夜深人静了，狗的乱叫声还久久不停息，还越叫越欢。首家大少爷说，它们叫什么呢？有什么可骄傲的呢？

二爷说，它们闻到有什么不熟悉的味道就会叫。

杨开福说，二爷有办法让它们不叫，连哼都不哼一声。

首岭南问二爷，果真能让它们停下来，连吭都不吭一声？

二爷没吱声。

二爷没吱声。杨开福便接话了，给它们用麻油和麻药炒香的排骨，把它们的舌头麻得掉喉咙里去了，它们就变成哑巴了不是。

首岭南笑了一声说，这一手真是绝妙。他对二爷说，二爷你去扔一些用麻药和麻油炒香的排骨去，让它们闭嘴，不然，它们这样叫唤，我们怎么睡得着呀？

二爷还是没吱声。二爷背靠着凉亭门口边上的一根石柱子，像是睡着了。

凉亭多半是建在风口的位置上，风把犬吠的声音捎过来，那些声音还随绕梁的风在凉亭里回荡着。

首岭南开始怀疑自己对于老虎行踪的判断了，问杨开福，如果老虎打这里经过，狗也会这样叫吗？

杨开福说，岂是这样叫！我敢肯定两个村子的狗都会围上去，这些山边上人家养的狗，大多是猎狗，见了野东西，都是齐心合力的，都是舍了命的。有个十条二十条猎狗，再怎么山中之王的老虎也会被咬死。

首岭南噢了声，不再说话了。

风一阵阵地从凉亭中穿过，留下来的犬吠声在二爷的鼾声中，渐渐变得不那么尖利和气势汹汹。

杨开福感觉困了，眼皮子直打架，见首岭南没睡觉，又只好勉强支撑着，隔一会儿揉一下眼睛，隔一阵搔一搔头皮，陪着欲睡不能的首岭南。首岭南没睡，他就不方便睡去，他得陪着，不然，几个时辰前在阳明山上两人认作拜把子兄弟的情分就显得假了，就说不过去了。

能跟首岭南认拜把子兄弟，杨开福心里头比真找着了那只老虎，打着了那只老虎，还要高兴，还要有收获。这是让他喜出望外、始料未及的事。他简直不敢相信自己能成为首家大少爷这样有身份、有名望的人的同年老庚，但这又是确凿无疑的，有天作证，有地作证，还有就在一旁的二爷作证，他和首岭南在阳明山的一棵参天的银杏树下，跪地作揖，认了同年老庚。

杨开福试探着叫了一声老庚，没想到首家大少爷很快就回应了一声，哎，老庚，什么事？

杨开福根本没想着自己叫他一声后，下一句说什么，所以，隔了好一会儿，才挤出一句话来说，那只老虎，你说，我们还能找着它吗？

首家大少爷说，那是当然的事，它能跑到哪里去呀？它迟早都要死在我的枪口下。

杨开福哦了一声说，对，那是当然的事。你的驳壳枪能一枪把它的头打炸开。

首家大少爷说，没准一枪不行，还得多打几枪。我这枪快，一勾指头，子弹就打出去了。你使过这种枪吗，老庚？

杨开福停顿了一下，他看了一眼身边的二爷，感觉二爷的脚伸过来在他的小腿上蹭了一下似的。杨开福意识到了什么，拐了一个弯去回首家大少爷的话说，我听别人说，广西那边的土匪屈麻子手里使的是与老庚你一样的枪，上千斤重的水牛，脑门上挨一枪，就砰的一声倒了地。老庚呀，你听，二爷的鼾声真厉害。哎呀，狗的叫声从我的左耳朵进来，二爷的鼾声从我的右耳朵进来，我怎么睡得着呀！

首家大少爷半真半假地笑了声说，你都连着打了好几个哈欠了，想睡了，还有睡不着的事呀。你想睡就睡吧。没有二爷的鼾声，我们也是被两个村子的狗叫声夹在中间的，也是两个耳朵都有狗叫声进来的。我的天呀！这么多狗，有上百条吧！

杨开福说，它们喜欢叫，让它们叫去，懒得理它们。老庚，你也睡一会儿吧，实在吵得不行，你就捂住耳朵，把头搁在膝盖上，用两个手臂夹着，二爷就是那么睡的。

首家大少爷试了试，说，这是一个好法子，这样安静多了。

黑暗之中，也不知过了多久，杨开福迷迷糊糊地感觉到狗的叫声齐崭崭地停了下来，同时停下来的，还有二爷的鼾声。

在二爷看来，有生人住在凉亭里，它们是闻得出气味来的，它们是应该叫唤的。它们不叫唤了，反而是不对了。二爷睡觉的时候比别人睁开眼睛时还要警觉，这就是二爷。

约莫半个时辰之后，寂静的凉亭里，有杂乱的脚步声由远而近。二爷挪了挪身子，靠着墙角站了起来。杨开福还以为二爷是要对着墙角撒尿，细看才知道，二爷的耳朵贴在墙上，在听那些脚步声。

二爷轻轻地哼了一声。二爷给了杨开福和首岭南一个保持安静的手势，凉亭里的气氛骤然就紧张了起来。

脚步声到了凉亭的门口。只有牛身上才有的气味，热浪般涌进了凉亭里。

首先是两个人影进了凉亭，他们之后便是鼻孔喷出粗重气息的牛，它们一头接一头地拥进凉亭中。

黑暗中，杨开福没有看清拥进凉亭的是水牛还是黄牛，是公牛还是母牛。最后进来的是两个瘦长的人影。四个人，加上五头牛，这是杨开福一个个数清了的数字。牛拥挤在凉亭中间，正好把二爷和首家大少爷、杨开福与进来的四个人隔开。好在这个凉亭建得大，足以容下这么多的人和这么多的牛。一头牛甩着的尾巴，撩到了首家大少爷的鼻子，首家大少爷差一点要打出喷嚏来。

最后一个进凉亭的瘦长身影说话了，搞他娘的，我的脚都走断了，好好息口气吧，还有二十几里地就到我们广西了。

另一个声音附和道，也是，我们就是在这个凉亭里睡上两个时辰，再起来赶路，天亮之前也能离开湖南地界。

我们又不是跟着顺溜比哪个走得远，哪个走得快，我刚才走得有些来瞌睡了，稍慢了一步，屁股后面的牛角就顶了上来，蹭得我屁股现在都在疼，也不知道出血了没有。

另一个瘦长的身影说，你们三个听我的，我们还是息一口气就赶紧走，前头走的三十几里地，若是在大白天，别人还以为我们是牛贩子，晚上赶路就不同了，狗都认得出我们是什么来路，后头要走的这二十几里路，路边的哪个村没有遭过我们的手呀？我们把他们的牛偷绝了，才去道州那边的。这些地方的人见了我们，能轻易放过我们么？他们逮住了我们，不生吃了，也会送官府去。出门时，屈大哥这样叮嘱过我们的。

一个听来年轻些的话音响起，李大哥，你快别提什么屈大哥了。你带着兄弟们在外边提着个脑袋，日里夜里地辛辛苦苦，他呢？他做了些什么呀？这些年我就没看见过他做了些什么。

这个人的话立刻得到了赞同，是啊，是啊，这个时候，屈大哥兴许又在枫树湾的那个寡妇满芹屋里，在那张雕花床上寻欢作乐。我们在外面这么辛苦，他倒是安逸，还风流快活。

最初说话的瘦子说，难怪，难怪，屈大哥要我们掳了牛回来，要牵到枫树湾去。我看，倒不如李大哥你做个主，找个地方把牛卖了，我们分钱了，回去跟他说，这一趟买卖，我们白跑了。拿了钱，我们也找得到女人。窑子里的女子，没有一个不漂亮的，随便挑一个都抵得上十个满芹那样的寡婆。我们认你李大哥做老大，跟你走……

这个人的话还没讲完，就被瘦子喝住了，还一顿呵斥，放你娘的狗屁，你这个薄情寡义的人，我才不做你的大哥呢！你若是这么想，你趁早回你老家去，背着你瞎眼的母亲四处要饭去。我李癞子跟屈大哥做事，就是去死，也是心甘情愿的。不多嘴了，也不息气了，赶快走，一息脚你们还胡思乱想了，不知道天高地厚了。

瘦子的话音一落，啪的一声，他就朝跟前的牛屁股一掌拍去。挨了他一掌的牛，痛苦地叫唤着，从牛群的后边，挤到前边去了。

比瘦子的那一掌声音更响亮的，是首家大少爷朝天放的一声枪响。杨开福还没有反应过来是怎么一回事，首家大少爷就站了起来，

266

大吼一声，官府的人在这里等你们半个晚上了，你们往哪里走！

二爷也惊堂木似的一跺脚，跟着首家大少爷发了声喊，你们往哪里走！二爷的那声喊，地动山摇的，像一颗落在凉亭里炸开的炮弹。

那四条黑影子是抱着头，猫着腰，争先恐后地扔下他们掳来的牛，逃离凉亭往广西的方向狼狈逃窜的。他们的身影眨眼工夫就消失在黑色的夜幕之中了。说土匪们熟悉的是二爷的那声喊，是有道理的；说土匪熟悉的是首家大少爷手里的驳壳枪的枪声，也是有道理的。

首家大少爷闻着从枪口上散发出来的火药味，笑着说，这些家伙，它们自己往我驳壳枪枪口里闯。没有要他们的命，是便宜了他们。

二爷冷冷地说了声，在这些土匪面前，有时候逞能就是找死。驳壳枪，驳壳枪又怎么啦！驳壳枪多的是，屈麻子的驳壳枪，左手中一把，右手里还有一把！

二爷显然是在责备首家大少爷，不该没个计划，不该没个商量，冒冒失失地这样与土匪们交手。

首大少爷没去在意二爷的话，首大少爷在意的是从土匪手上夺下来的耕牛。他对杨开福说，到底是五头牛，还是六头牛，得数一数，数清楚。

杨开福当时没想到首家大少爷要赶这些牛回金鸡岭，是要留下土匪非盗即抢的证据。杨开福想到的是，有了这些牛，金子贵扶犁的时候，自己和二爷就用不着在水田里拖犁拉耙了。

大嫂是算定他们会空手而归的。

打猎这样的事情，特别是要去打一只老虎，哪有兴冲冲地说去就去，想打着就打得着的道理呀。当年她父亲进山打一只豺狗，光是套子和夹子就准备了十多个，伏在豺狗出没的路上，头三天晚上扑了空，后三天晚上还是扑了空。大嫂没想到他们没打着老虎，却牵回来五头牛。

三头水牛，两头黄牛。它们进院子时，就像是五座小山头。

他们赶着牛回来那天，大嫂看傻眼了，问杨开福，你们买牛去了吗？

杨开福说，大嫂你什么时候给我们钱去买牛了呀？牛是我们从土匪手里劫回来的，我们碰上了广西那边的土匪。

大嫂脸一沉，厉声地问杨开福，你把别人家的牛牵回来干什么？快把它们赶到院子外面去，我才扫净的院子，莫让它们拉屎拉尿的，变成了牛圈。

杨开福非但没有把牛牵到院外，还赶着牛进了大堂，穿过大堂，安顿在后院里。因为是二爷吩咐他这样的，大嫂只好一百个不情愿地、无可奈何地接受了。她想二爷这样做当然有二爷的道理吧。她没想到二爷也是无可奈何。

事到如今，二爷也没有别的办法，只能这样做了，因为对这些耕牛来说，关在后院中，在这么多人的眼皮子底下，才是最为安全的。

牛关进后院后，大嫂就开始对金子贵牢骚满腹。因为那些牛就像是来与大嫂过不去似的，把后院当作了与大嫂过不去的战场，它们在后院里踩垮了大嫂的鸡窝鸭窝，踩断了大嫂晾衣服的竹竿、衣架，踢烂了盛水的大缸，糟蹋了与后院挨着的菜园。

最不堪忍受的是，它们的屎尿在后院拉了一地，并用脚踩踏，与泥地搅和在一起，打扫起来都很困难。一天不打扫三五遍，后院就没有落脚的地方，上下楼梯，进进出出，鞋子的底子，鞋子的面上，都是臭烘烘的牛粪牛屎。

对本来就爱干净，喜欢把院内院外收拾得整整洁洁的大嫂来说，这是牛给她带来的一场灾难。

杨开福把牛牵出院外后不久，大嫂就咳嗽起来。昨晚金子贵用艾叶、紫苏和老姜熬了一锅汤，给大嫂洗脚。听大嫂咳嗽的声音，似乎这个土法子还有些用处，大嫂咳嗽的程度要比前些天轻了许多。

院子外面，金子贵一边搓着棕索，一边跟二爷商量着修复被洪水冲垮的田埂的事。

大嫂在后院大声叫唤金子贵，金子贵还以为大嫂出了什么事，从楼梯上摔下来了什么的。金子贵一拐一拐地跑到后院，见大嫂好好地站在楼梯上，怀里抱着竹席、枕头、被子。

金子贵不解地问，你这是什么意思？你这是要做什么？

大嫂说，你快给我接着，抱到前院挑盐客打伙铺的房间里，我不睡在楼上了，免得早晚都要从这牛栏里踩进踩出的。你要睡楼上，你就睡楼上。

金子贵压低嗓子嘟哝了声，布谷都不像你这样，你比布谷还娇贵了？

大嫂一听就气不打一处来，亏了你还睁着一双活人的眼睛呢！你还以为把牛关进后院来，布谷她好受了？布谷她不恶心得要死？这些天，她喝进去什么？吃进去什么？你没看到？她一天到晚都吐清口水，你没看到？你以为这些臭气熏天的牛粪便是香糯饭？是炒芝麻？是开胃的蒜泥豆子酱？哼，我待会儿问问布谷，是不是和我一起去睡大铺，她要是去睡大铺，我就把她的铺盖也抱下楼来。要不然，牛粪虫会钻进被窝里来的。二爷也是的，他这回没个主见了，没个办法了，活活地让几头牛把我们大家都困住了。做男人的，哪能这样看着自己的女人不好受……

金子贵嘘了一声，对大嫂说话的语气变成了提醒的语气，你小声点说，二爷就在院门口。

大嫂说，什么我小声点说，我是大声说不出话来，这些天咳嗽把我的喉咙都咳烂了。

金子贵的语气突然变硬了，叫你小声点说，你就小声点说！你不吭声又不会把你怎么了！布谷就没吭声，这些天都没吭一句声，你没见着二爷他这些天眉头紧锁的。二爷那样子是心里好受的样子？我心里又好受了？

金子贵语气一重，大嫂就缄口不言了。大嫂在楼梯上站了一会儿，抱着竹席、枕头、被子转身回楼上房里去了。

我不知道是大嫂站在楼梯上说的哪一句话提醒了二爷，触动了二爷，启发了二爷，让二爷做出了在挨着水田的河边搭建一个牛舍的决定。

半个月后，我在被那场洪水毁得有些不成样儿的水田边，见到了二爷他们新建的牛舍。新建的牛舍，全是用就近砍伐的松树和杉树做材料搭建而成的，虽然看上去粗糙了些，却结实坚固。

新建牛舍的门是朝着潇水河这一边开的。门不是一扇门板，而是和四面的墙体一样，用的是碗口粗的大原木。四截横放在门框子上的圆木，抽开来，牛就可以进出；扣上去，就结结实实地与墙成为了一个整体。这扇看似简单的门里还有一个机关，不动那个机关，四截横着的圆木是取不下来的。牛舍的顶上，是架人字梁后用杉树皮盖的，严严实实，风雨不透。用厚实的木板与下面的牛栏隔开，便成了单墙斜顶的一间二层小木屋。

牛舍后侧的墙体边有一个简易的楼梯，可以上二层的小木屋。楼上木屋的门也是朝潇水河开的，木屋的四面墙上都有小窗，既通风又采光，往南的方向可以瞭望清清的潇水河，往北的方向可以瞭望我们金鸡岭下的房子，东西两面可以看日出、看日落。

我问金子贵，为什么还要搭建这么一个二层小楼。

金子贵说，搭这个二层小楼与牛舍关着的牛有关系，得有人守着这些牛。还与一旁的田土有关系，往后就用不着把农具从家中背来背去了，可以放在这里，用什么取什么。二爷想事情想得就是周全呢！

如此说来，这二层楼上的小木屋，还是要住人的。我开玩笑地说，这个小木屋的位置好，想看的景致都在眼皮子底下，是个让人开心的地方，要不，我住这里来吧，我住这里给你们守着这些牛吧。

金子贵把我的话当真了，头摇晃得脖子都要断了似地说，不行，不行，你自己都要别人来守，还守什么牛呀。哪天碰上土匪强盗，你和这栋楼都会被人抬走。

我不屑地说，你们总是不是土匪就是强盗的，哪来这么多的土匪、强盗啊！这么些年了，我怎么一个土匪、一个强盗都碰不着？找个机会，让我看看他们是什么样的，好不好？

金子贵赶紧说，布谷妹子，快别说这样的话，碰不上土匪强盗，才是好事，才有安稳的日子过。天底下哪里有巴望碰上土匪强盗的人。当然了，也不是真的就有土匪强盗来偷这些牛，来抢我们的东西，我们是要防着他们，以防万一嘛！

金子贵的后半句话像是要安慰我似的，但我真的是不怕什么鬼土匪，什么鬼强盗的。

大嫂高兴的是那些牛终于从后院牵走了，后院又可以回到它原来的洁净与温馨中去，她精心饲养的小鸡小鸭又可以安心地在后院落窝。

那些牛也是怀着和大嫂一样高兴的心情，欢天喜地地离开了它们居住得并不开心的后院。它们哞哞欢叫着，走向它们的新舍。它们是情愿离山离水近些的。住在新的牛舍里，它们闻着河边潮湿的空气，嗅着河滩上香气四溢的青草气味，当然开心，当然惬意了。

它们耸着耳朵、垂着尾巴在河滩上埋头吃草，吃饱后下河悠然地把身子浸泡在水里，任波浪从身边荡开，任阳光和云影从它们露出水面的背脊上划过。

它们尽情地享受着灿烂的阳光、清洁的河水、纯净的空气。它们想什么时候上岸来，就什么时候上岸来，然后再找一片葱绿的地方大口大口地吃那些被阳光晒软了的嫩草，或在毵毵的柳树下趴卧着，闭目养神。

看着它们悠然自得的样子，我禁不住突发奇想，我真想像它们这样活着，想像它们这样一天天地过着无忧无虑的日子，简单而平淡的日子。

很快我就发现，我想得太简单了。它们并不完全像我所看到的、我所想象的那么简单，那么单纯。就像一枚铜钱，它们有着一面，还有背着的那一面。

三头水牛中，有一头公的，两头母的，它们的相处，并不和谐，仿佛那头公的水牛就是蒋玉湘，而另两头母牛，其中一头就是我，还有一头是你首芙蓉。相处在一起的日子久了，它们之间有了情，有了爱，有了赤裸裸的冲动，也就有一眼就能让人看清楚的明争暗斗。就像你我，争宠与妒忌无时不有、无处不在，私心和贪欲总能在举手投足间暴露无遗。

被我比作是蒋玉湘的公牛，也会竭尽它驰骋情场的手腕，左右逢源。我目睹它分别与"你"和"我"在河滩边的草地上交媾。我看不出它在它们的身上有什么区别。

爱和情欲到底是怎么一回事呢？有爱就有情欲吗？它是爱"你"多一点呢？还是爱"我"多一点呢？

牛啊，人啊，蒋玉湘啊，首芙蓉啊，我怎么心也乱了，眼睛也花了呀。

因为首岭南，因为蒋玉湘，因为那两头水牛和三头黄牛，不管怎么说，金鸡岭下的伙铺中，原本平静、和谐、欢乐的生活，被完全打乱了。

被打乱了的日子没有新的可以替代，也没有办法弥补。

24

　　杨开福感觉到自己在这个小院内已不再被人信任，喜欢热闹、打闹的他，变得吃饭也不到桌上来了。

　　大嫂并没有因为后院没有牛来糟蹋了，就和金子贵减少了争吵与拌嘴，好像金子贵突然变得浑身都是毛病似的。

　　尽管金子贵还是原来的金子贵，他像往常一样地行走，像往常一样地在院内院外张罗，像往常一样吃饭喝酒，但他只要是在大嫂面前，耳边就有大嫂不停的、无休无止的、挑三拣四的指责。他打个喷嚏，大嫂都会说他没有捂紧鼻子，说他打喷嚏吓着她了。

　　二爷在牛舍能够住人的二层木屋搭建好的当天晚上，就把铺盖抱走了。临走时还对我说，妹子，这个房间以后是你一个人的了。

　　他的意思是从今以后，我用不着给他留着房门了，他不会再走进这扇房门了，他跟这间睡房说再见了。

　　那一刻，我的心像是冻住了似的。我哑口无言，不知道自己怎么去回他的话，只是呆呆地背靠着他决然离去的房门，听着他下楼的脚步声嘎叽嘎叽响到了楼下。

　　那间新的牛舍，那些牛，虽然都足以成为二爷从我房间里抱着被子离去的理由，可以当作与我分开来的理由，但我还是想到了更多。我思忖二爷离开的真正原因，可能是这样三个。一是二爷对我和蒋玉湘原来的关系，在此前就有所耳闻；二爷可能已经知道我是为什么离开桃花镇来到这金鸡岭下的。二是二爷从蒋玉湘的突然造访中，敏感地察觉到了我和蒋玉湘的旧情复燃。三是在新的牛舍守

273

那些牛，暗藏着不可预见的危险，他不愿我们中的任何一个人卷入那份危险罢了。

我说过，二爷那双眼睛，是能把人整个地看穿看透的。也许他没费多大力气就从我看蒋玉湘时、或与蒋玉湘四目相对时的眼睛里，明白了我和蒋玉湘是怎么一回事。

如果真是这样的话，我就知道，面子上我和二爷的关系还在那里放着，让大嫂和金子贵，还有杨开福觉着，二爷是舍下了我去牛舍看守那些牛的，这个面子裹着的事实是，我和二爷原有的关系像一条岔路，分开了。

那些牛离开楼下的院子之后，大嫂饲养的鸡鸭又开始热闹起来。大嫂照样早晚给它们喂谷子和剁碎的红薯、南瓜、青色的菜叶，照例像照看自己的孩子一样给它们修剪毛发，把它们一个个打扮得漂漂亮亮、干干净净的。

大嫂在院子里亲切地叫唤它们，咯咯咯咯是叫唤鸡的声音，啰啰啰啰是叫唤鸭子的声音，但不管她是咯咯咯咯，还是啰啰啰啰地叫唤，鸡和鸭都会一起撒开双脚，扑扇着翅膀，迅速地围拢她，争先恐后地开始它们的盛宴。

大嫂说，得把它们养肥了，等蒋大人和首家大少爷再来时，挑些雄鸡和公鸭杀了吃。

大嫂相信蒋大人和首家大少爷会成为家中的常客，她把他们当作了自己的客人，甚至是希望他们到家中来做客似的。

他们能否再一次来到这里，在这个仿佛是与世隔绝的地方住上几天，给这里每一个被内心的寂静麻木得面无表情的人，一声问候，一句关切。他们能否再一次来到这里，说些山外的事情。他们能否再一次来到这里，哪怕是寒暄几声纯粹是应酬的话。——这些都是不得而知的。

但是，大嫂坚定地抱着这样的希望。

我的想法却令人灰心。

芙蓉啊，你还记得吧，那是在桃花镇上，在蒋玉湘和你成亲之前，他把一副大红的对联，一左一右地贴在了我雕花床的两扇窗牖上。那上联是"红纱玉屏九畹植莲花并蒂"，下联则写着"绿茗石案三湘种豆枝连理"。

蒋玉湘离开伙铺后，我找了个新素面枕套，花了差不多半个月的功夫，把这副要竖贴的对联，横绣在枕套上。还在字的下边，绣了红绿鸳鸯在鹦哥儿绿的杨柳之下缠绵交颈的画面。

我绣的是比秀才娘子首玉琴的字还娟秀的女字——红纱玉屏九畹植莲花并蒂，绿茗石案三湘种豆枝连理，这二十二个字是我最用心去绣的，恐怕也是我生来绣得最用心、最漂亮、最结实的二十二个字了。

我绣完枕套最后一针的那天晚上，正想着睡在这样的枕套上，蒋玉湘会怎样闯进我梦里来的时候，大嫂敲响了我的房门。

布谷，布谷，你睡了吗？大嫂轻声地问我。

我也不知道到了夜里的什么时候，大嫂这一问，我倒是觉得有些困了。我回大嫂的话说，我正准备睡觉了呢，是不是很晚了，大嫂？

大嫂说，倒不是很晚了。大嫂略微停顿了一下又说，二爷也没回来吃中饭吧。大嫂用一种提醒我什么的口气说。

我说，是呀，二爷没有回来吃中饭。杨开福说二爷今天拉肚子，没有胃口。

大嫂又说，二爷晚上也没有回来吃饭呢。

我说，是呀，二爷晚上也没有回来吃饭。杨开福说二爷还在拉肚子，还是没有胃口。

大嫂说，二爷拉了一天的肚子了。大嫂像是在提醒我，也像是在责备我似的，说话的语气加重了。

也许我不应该对二爷拉肚子的事不太上心，在大嫂的眼中，二爷是我的人。我回大嫂的话说，是呀，二爷拉了一天的肚子，我记得他上次拉肚子，喝了两杯米醋就好了的。

　　大嫂在门外叫了一声，哎呀，布谷妹子，你这话提醒了我，我怎么忘了上次二爷拉肚子是两杯米醋给治好的了呢？我还不赶紧到厨房里拎一瓶米醋去。

　　大嫂一边下楼一边对我说，我熬了白米粥，要给二爷送去。金子贵和杨开福吃过晚饭，脚都没洗就上床呼呼大睡了，也不知道他们今天在田里忙活些什么，累成这么个样子。布谷，我得约个伴儿去给二爷送粥、送米醋过去，你下楼来吧，我一个人怕走河边的夜路，我生来就怕河边的溺水鬼，你给我做个伴儿。

　　大嫂后来说话的语气，是容不得我拒绝的语气。

　　在去新牛舍的路上，大嫂手里拎着漆红的提篮走在前边，我提一盏马灯在后面跟着。

　　旷野之中，尤其是没有明月的夜晚，我既认不得路，又没有方向感。大嫂则不同，大嫂像所有生在大山里、长在大山里，走夜路走惯了的人一样，有一双在黑夜中更为明亮的眼睛。

　　马灯的光照没有几步远，照在身前，身后的光亮就没有了。我们一步一步地走，走在马灯仅有的光照中。

　　树林里安安静静的，空气又冷又湿，我觉得脚下只有杂草和灌木丛，而没有路。灯光在缀着夜露的草叶上、树叶上一晃而过，叶子上面的露水悄然就洒到了鞋面上、裤管上。

　　我总是以为头顶上密密匝匝的树上，藏着些鬼鬼祟祟的眼睛，那些眼睛在一路跟着我们，在一路盯着我们。我和大嫂以及我手中的马灯都是它们的猎物似的，它们随时可以给予我们致命一击。

　　我问大嫂，我们是不是走错了？怎么看不见路了？

　　大嫂说，我们就快到河边了，你听，你听，前面有河水流动的声音了，青蛙在河边一声一声地叫唤呢。

　　大嫂回过头来，朝着我缩手缩脚的狼狈样，扑哧一声笑了，说我白天里在这片林子里蹦蹦跳跳得像只松鼠，到了夜间，同样是这片林子，怎么就胆小如鼠了，像只缩头乌龟了。

我用手摸着从额头上掉下来遮掉了一半脸的头发说，这是我在白天和你来过的林子吗？漆黑一团的，我看不见它们，我又怎么认得出来？我怎么就没有听见河水流动的声音？我怎么就没有听见青蛙的叫声呢？

大嫂说，你是被你自己吓着了，不妨停下脚来，吸几口气，等定下神来再走。

我联想到自己离开桃花镇，到这个地方来的那个晚上。我真无法想象那天晚上，我的勇气和胆量是从哪里来的，而现在它们又到哪里去了。我也弄不明白，这个黑暗的夜里，到底隐藏着什么威胁自己的东西和能伤害到自己的东西。

我突然又想起二爷，他一个人在牛舍里，难道没有一点惧怕的东西吗？

后来，大嫂让我走到她前面，她来断后，还边走边不停跟给我说话，以此来分散我的注意力。

但我还是无法摆脱那种不可名状的惧怕，我心里头不踏实，我心里不安，所以我惧怕。我心里头不踏实、不安，是和我在面对二爷时的心虚相关联的，是和我与二爷之间的隔阂相关联的，是和这些天来与二爷之间愈加强烈的距离感相对应的。

离新牛舍越近，这种感觉就越强烈。大嫂只是看不清我的眼睛，我的眼睛里那时流露出来的，全是些心虚的、愧疚的、胆怯的、矛盾的表情。大嫂不知道，现在我和二爷之间，就像是黑夜中长在一起的两棵树，在一起，却相互之间看不清对方。

穿过树林，就到河边上了。我终于听到青蛙的叫声了，它们就在我的脚下，呱呱地叫唤着，用它们的声音把我和大嫂围了起来。它们偶尔停歇下来的时候，才能听到河水缓缓流淌的声音。

大嫂再三地叮嘱我小心脚下，别掉河里去。我笑着说，掉到河里去也没事，正想洗个冷水澡。

走出树林后，我的心境悄然发生了一些变化，我看见天空了，虽然没有月亮在天空上挂着，但黑色的天幕中缀着的几颗星星显得格外的亮闪。我也看见了夜幕下的潇水河。幽暗中，宽阔的河面上波涛阵阵。潇水河羞涩地进入我视线的同时，我的心情舒缓了许多，心也暂时安定下来了。

随后，我们脚下踩着的野草，变成了卵石和沙土，我知道，我们已经来到二爷、金子贵、杨开福他们借助那些水牛、黄牛，花了几个月的时间修筑好的河堤上。

修筑这段河堤是为了拦住洪水，为了下次洪水来时，不至于又冲毁这段河堤之内那些他们辛辛苦苦开垦出来的水田。他们把被上次的洪水冲垮的田埂也修复好了。田埂垒得更宽了，垒得更高了，上面铺了从河滩上拖来的石块。这些开垦出来没有几年的水田，现在成了真正的旱涝保收的稻田，成了我们赖以生存的谷仓。

我下意识地停下脚步，蹲下身子，提着马灯在稻田里照着，细看那一棵棵稻穗已沉甸甸地弯下去的水稻，稻穗上一粒粒饱满结实的谷子，是那么的金灿灿，而绿中略略有些带黄的稻叶和稻梗，又是那么的精神和茁壮。已经远去了的稻花的芳香好像又回来了。

大嫂把提篮放在田埂上，腾出手来扒开就近处的稻丛，直到灯光照着了稻梗浸在水中的根部。

大嫂伸手抓了一蔸水稻，竟然没有握住。大嫂喜形于色地说，有了牛粪来肥田，就是不一样。今年的稻子比往年好，好很多。

大嫂近来把修河堤、修田埂、犁田、耙田的功劳多半都归在那几头牛上了，现在又把眼睛见得着的好处全都归到那几头牛身上。这几头牛的地位，在大嫂的心目中，也完全改变了。它们一改在后院时被大嫂痛恨不已的形象，变成了有功之臣，而这几头牛对庄稼人的重要性也显而易见了。难怪它们是庄稼人的宝贝，是庄稼人的命根子。

我想，广西那边偷牛抢牛的土匪们，看中的也是这一点。

我跟在大嫂身后，努力使自己保持镇定地上二楼小木屋的梯子。二爷首先看见的是撩开竹帘进去的大嫂，我从大嫂的身后闪出来，他有些意外，但脸上还保持着面对大嫂时的微笑。

谢天谢地，从他脸上的微笑看，他并没有因为拉了一天的肚子而显得没精打采，不是我想象之中的那副痛恹恹的样子。

二爷是躺在床上的，见我们进来才支起身子，靠着木板墙坐着，勉强地直起腰说，你们怎么来了？

大嫂对二爷说，布谷邀我一起来看看你，给你送些稀饭来，你一天都没吃什么东西了，布谷放心不下。你的身子怎么样了？好些了吗？大嫂把她自己为二爷做的事情和想法，强加到我身上来，是要在二爷面前帮我弥补些什么。我在一旁听得有些脸红，因为这对二爷来说无疑是一种欺骗。

我是不能去责备大嫂这么说话的，因为大嫂完全是出于一种热心，一种善意。

二爷用这几年少有的感激的目光看了我一眼，我承受不住地躲开了。

我和二爷之间那些不为人知的事情，说到底，就像是一根坚韧的绳索，紧紧地在我们心头上绞着，大嫂在一旁怎么帮衬、打圆场，都是无济于事的。

二爷见我躲着他的目光，便去回大嫂的话说，没什么，我这身子，就得隔三差五地拉一回肚子，不然吃进去的东西难得消化。二爷说话的语气，听来有气无力，可见情况并不像他轻描淡写的那样。

我想起大嫂拎着的提篮中的米醋，便把米醋拿了出来，端到二爷面前。二爷道，这是什么？是酒吗？

我说，你都拉成这个样子了，还喝酒？这是米醋。

二爷说，我倒是很想喝碗酒。二爷说是这么说，却接过米醋一仰脖子喝了下去，说，真酸呀！牙都酸掉了！但愿这次也能灵验，一喝醋我的肚子就见好，不然，我的肚子里没有什么可以拉的了。

我笑着说，最好是把肚子里的蛔虫拉出来，免得去吃打虫药。

我这句话不知怎么就把大嫂惹笑了，大嫂哈哈地笑着说，二爷空着个肚子，恐怕那些蛔虫早就饿死了，要救活那些蛔虫，二爷还是赶快把这盆稀饭先喝下去吧！嘻嘻，幸好布谷这条二爷肚子里的蛔虫，没钻二爷肚子里去呢！

大嫂说我是二爷肚子里的蛔虫，这句话就与事实差远了。我若是二爷肚子里的蛔虫，二爷心里想什么，我应该都清清楚楚的，不至于和二爷在一起生活了那么久，二爷在想什么，二爷要做什么，我总是连风都摸不着。

大嫂后来说的话就扯得更远，更不着边际了。

大嫂说，二爷在这里没个人照应，真不是一回事，这是一头。另一头，布谷老是一个人呆在房里，也怪冷清的。二爷不住回去，整个院子里也是冷冷清清的，像是一座庙。先前那么热热闹闹地在一起多好。几个人喝酒、说笑，睁开眼睛，一个白天过去了，闭上眼睛，一个晚上过去了。所以说二爷还是得回去，住回去，没有二爷，就像整栋房子里都没有一根梁似的。要不，把那些牛也赶回去，还是关在后院里，它们拉屎拉尿，让它们拉，我多扫几回就是。它们什么时候拉，我就什么时候扫。布谷，你说是不是？二爷，你说是不是？

大嫂的目光在我和二爷身上扫过来扫过去。

二爷没吭声，我瞪着眼睛，看着大嫂，不知道拿什么话去接大嫂说的听上去像是一点也没有错的话。

大嫂又说，二爷住回去了，我们就选个日子，把蒋大人和首家大少爷都请来，齐齐整整地办一桌酒席，就像我和金子贵的那桌酒席一样，你们两个人的婚姻大事，也得有这么一个仪式。有了这么个仪式，我们就好好地过日子。

大嫂捞了捞耳朵边上的几根细发，仰着脸说，若是还能给杨开福寻得个般配的女子来，我们这一大家里，就有三个像模像样的小家。大家相互帮衬着，相互照应着，那我们这一辈子，就是过得再累一些，再苦一些，也是幸幸福福的。布谷，你说是不是？二爷，你说是不是？

大嫂的目光还是在我和二爷身上扫过来扫过去的。

二爷朝大嫂笑了一下。我看出来了，二爷那是苦笑。二爷其实不应该朝着大嫂苦笑的，大嫂说出来的想法，是她多年以来生活中最真实、最简单的，而且是唯一的渴望，是让她活下去的，一天天都在坚持着的信念。

人活下去，总得有那么一个理由。简单的理由，就会有简单的活法。

但是，可怜的大嫂呀！这个世界没有那么简单，我也不像看起来的那么简单。

我像是在对二爷开玩笑，又像是在对自己开玩笑似的朝着大嫂爽爽朗朗地答应道，大嫂说得在理，等哪天二爷回去住了，我们就办喜酒，我们请首家大少爷来喝我们的喜酒，请蒋大人来喝我们的喜酒。最好还把蒋大人的夫人和孩子也请来。我说话的声音，如同没有按住的琴弦一般，颤抖着。

我和大嫂离开牛舍回伙铺，二爷坚持要送我们。二爷把我们送到来时让我心生恐惧的树林里，二爷说，你们回去吧，我要在这里解个小手。

大嫂说，我还以为二爷你今晚回屋去睡呢。

二爷说，得有人守着那些牛。

大嫂说，那些牛守不守有多大的事？难道还真的有人惦记着它们？

二爷说，我估摸着今天，最多明天上午前，那头水牛婆就要下崽了，过不了多久，牛舍里就会多一条小牛。你们快些回去吧，以后，晚上就不要出门了。

原来二爷不仅担心牛的安全，还担心我们在路上的安全。我拉了一下大嫂，说，我们赶紧走吧，你没听二爷说他要方便呀。

大嫂嘟哝了一句什么，跟着我走了。与我刚才经过这片树林时不一样的是，我提着马灯走在前面，我看不清楚去的路，但回的路我看清楚了，或许是因为二爷在身后，我没什么提心吊胆的了，所以每一步都迈得很开，踩得很实。

我到过牛舍了，我见着得病的二爷了，知道二爷的病不碍事了，还和二爷说话了，一桩心事了却了。

就要到伙铺门口时，我不禁停下脚步，回头望一眼刚才和大嫂一起穿过的林子。这是一个越来越黑的夜晚，天上地上黑成了一片，但是，天再黑，也没有抹掉眼前这个我熟悉的世界——依稀可见远处连绵起伏的金鸡岭，依稀可见近处耸立着的沉寂的树梢，我找到了牛舍的大概位置，在那个位置我看见了虽然微弱，但又十分抢眼的灯光。那是小木房里的灯火，在黑色的夜幕中，二爷房里的灯火，隔得老远，也能看到，也能让人感觉到一丝丝的温暖。它和我睡房里的灯光，简直就是遥相呼应的。现在，至少我可以认为二爷是一个好大哥，一个好兄长。

我朝二爷屋里的灯光注视了好一阵，就在这时，大嫂在我一旁惊叫了一声，布谷，布谷，你看，那里怎么有火光？

我说，大嫂，你吓着我了，那是二爷小木房里的灯光，我看了好一阵了。

大嫂急切地说，我知道你在看二爷屋里的灯光，但我看见的不是二爷那里的灯光，是别处的火光。你朝我手指着的方向看，朝牛舍左边的那个山坎看！你看见没有？

我朝着大嫂手指的方向望去，却没有看见什么火光，我说，大嫂，你看走眼了吧。

大嫂坚持说她看见了，就在那个山坎的位置，有火光闪了几下，但现在的确又见不着了。我说，莫不是鬼火？鬼火才一闪一灭、飘忽不定的。

大嫂说，那个山坎上是没有坟堆的，没有坟堆就没有鬼火。真的是有些邪门了，我分明看见有火光在那里闪。

我说，难道那里藏着什么人？

我这话一说出来，大嫂的脸倏地变青了。大嫂倒抽一口凉气说，不会是广西那边的土匪找上门了吧？

我安慰大嫂说，我们不要自己吓自己了，大嫂你一定是看花了眼，我们快回屋去，灯油都快烧干了，没有灯火，黑咕隆咚的，屋门口这几步路，我们都摸不回去。

大嫂揉着眼睛，自言自语地道，我这双眼睛好好的，怎么会看花了眼？我不会看花眼了吧？

我虽拿话来安慰她，其实，突然之间，心里也有些不安起来。我知道，土匪要上门来，一定是在暗处的。

那个晚上，大嫂没有睡好，我也没有睡好。

第二天一大早，我们就都起来了，叫上金子贵和杨开福，沿着门外的私盐道，几乎是一路小跑地赶到了河边的山坎上，找大嫂见着鬼火的大概位置。

那个山坎并不显眼，也不高，但是，到了山坎上我们才发现，它与我们住的房子是正对着的，隔着河湾里的田土和牛舍，它所处的位置是居高临下的位置。

很快地，金子贵就在半人多高的草丛中发现了一些什么。那是用土纸卷的喇叭筒的烟屁股。金子贵倒抽一口凉气说，他奶奶的，真的有人在这地方窝着呢！在这里盯我们的梢呢！打我们的主意呢！

后来我们才知道，二爷早就发现有人在暗中窥视着我们。二爷说，在暗中盯我们梢的人，有时在牛舍边的山坎上，有时在河对面的树林子里，而且不是近些天的事，在牵了那些牛回来的第三天，伙铺附近便有了这些动静。他们应该是从广西那边过来的，是屈麻子的人。屈麻子自己不来，安排些手下的人来，想必这些年他突然间胆子变小了。我倒是盼着屈麻子来，送上门来，我们把新账旧账算算清楚。他们要是在打我们的主意的话，我等着他们呢。

二爷说话的神情，像是急切地要与屈麻子做个了结似的。看到二爷那么有信心，大嫂和我一样悬着的心，也就渐渐地放了下来。

觅着难得的几个晴日，我们将稻田里成熟了的稻子收了回来，在房前屋后，凡是能铺上竹席的地方晾晒。

新收稻谷的清香在院内院外四处弥漫。晒稻谷的活计历来就是女人们的事，那些天，我和大嫂早上把稻谷摊在竹席上，上午、下午翻晒两次或三次，到傍晚时分，把稻谷收进屋中。

太阳从早到晚都在我们的头上照着。出汗的时候，我们站在明亮的阳光中，酣畅地享受一阵阵突如其来的凉风。口干了，搁在屋檐下的凉茶，喝来感觉比玉液琼浆还美味甘甜。

劳作之时，在清风和茶水中能得到的幸福与满足，那才叫享受。它远远胜过大富人家餐桌上的山珍海味。这样的日子，也远远胜过我在桃花镇上过的那些悠闲日子。

当一天的事情忙完，我们站在打理好的谷堆旁，目送着落日的景象远去的时候，我总能从大嫂闪烁着快乐的光芒的目光中，看到生命的美好，看到生活的光彩，看到一个女人站立在岁月中的沉静的姿态。

大嫂真是一个好心的女人，也是一个没多大想法的女人。她天真地把那天晚上我和二爷赌气时说的话当真了，竟正儿八经地谋划起酿酒操办婚事的事来。

新收的稻谷刚好晒干，还盛在箩筐里，没进谷仓，她便挑了糯谷到磨坊碾磨。一天的功夫，她把糯米碾出来，蒸熟了，浸了酒药，装进了酿米酒的大酒坛。每个酿酒的环节，她都一个人做，不允许旁人插手，她唯恐别人的手上有汗，有脏的东西，影响了这一坛米酒的质量。

金子贵像芒刺黏着狗尾巴，在她的身后跟着，总想做点什么，但她坚持不要他插手。浸过酒药的糯米进了坛子，拿坛盖盖上，用水密封好后，大嫂大声宣布，我敢保证这一坛米酒比柚子蜂蜜还要甜！否则的话，我这辈子都不再酿酒了。

杨开福用惊讶和调笑的表情看着她说，你若是把二爷和布谷的喜酒酿酸了，大嫂，你当然用不着去酿酒了，往后，改去酿醋好了。"

大嫂恨不得拿块抹布封了杨开福的嘴，她抓起门前的扫帚，把杨开福赶开了。她骂杨开福是乌鸦嘴，是万恶心。

在大嫂心中，杨开福说出这种话来，不是好兆头。大嫂把杨开福赶开后，还朝着他的背影呸了好一阵，恶心了好一阵。

大嫂在一旁剃头挑子一边热，我却不好去劝阻她。我是真心不愿意大嫂的那份热情受到打击。天知道，即便大嫂酿出来的米酒比蜜还甜，也不可能成为我和二爷的喜酒。

自从那晚在牛舍中，说了一番嘴竖着心横着——言不由衷的话后，有一点，我和二爷都已经心照不宣，那就是两人的心，已经各自朝着不同的方向，越走越远了，完完全全、彻彻底底地走不拢来了。

过了十多天，酒坛中的糯米在酒药的作用下发酵了，一阵阵酒香悠悠地袭人。对我而言，它只能加深我对蒋玉湘的思念，我想着他，恋着他，思念之情犹如端午节发的洪水。我巴望他能在我一觉醒来之时，出现在我的床头。我巴望他在我蓦然回首时，就在我的身后。

我心里呐喊着，蒋玉湘呀蒋玉湘，你快来呀，要不，我就坚持不住了，我要崩溃了。

25

我曾因思念蒋玉湘，连着十天茶饭不思，夜不能寐。那日思夜想的十天，有我绣的十张素绢女帕为证。

头天，女帕上绣的女书是：

深林露水滴夜阑，忽明忽暗灯一盏。

风去不见那人来，痴心伤透红罗帐。

不怨他被功名缚，不愿都被情耽搁，

暖酥香念自春来，忧惜相爱难相见。

第二天，女帕上绣的女书是：

身若杨柳寻春柔，幽丝怨怨数离愁，

镜里容颜如霜过，苦口一张身沉浮，

闭目自有情人在，云魄雨魂且风流，

启眸佳人无踪影，泪落潇水浪里头。

到了第三日，半夜过后，月亮出来，吹灭了油灯，窗前如水的月色中，我抖抖索索地在女帕上绣上了唱了无数遍的女歌：

冷山冷水冷月亮，伤心伤神伤断肠。

昨日三更睁着眼，今日五更不得眠。

离尘别后相思苦，苦后口口吃黄连，

来点沉香织个梦，好在梦里续情缘。

到了第四日，我在女帕上绣一行女字，就用针扎一下自己的手指尖，殷殷的血在女书的字里行间，就像我的心碎在那上面。我绣的是：

马蹄声隐彩云淡，佳人无讯断云远，

相思无尽多情累，彻夜思来透夜想。

销魂阵阵想前欢，青藤绕树又缠楼。

眼波回眸荡芳艳，鸟啼残梦醒枝头。

还有第五天、第六天、第七天、第八天、第九天、第十天绣的女帕，芙蓉啊，有可能的话，我会把那十张女帕好好保存下来。我不是给你留着，我是想着把它留给某个像我一样，一生都为情所苦，为情所累，又除此别无他求的人。

我对蒋玉湘望穿秋水，最后等来的人却不是蒋玉湘，而是首岭南。

首岭南说他和蒋玉湘原本是一齐离开永州城的，在道县时分的路，他往金鸡岭来，而蒋玉湘去了桃花镇，去给新修建的桃水河桥通行仪式剪彩。

首岭南这一趟来，穿的不是洋西装，而是官差的制服，他伸开双臂让杨开福欣赏那一身让人怎么看都显得精神的差服。他对杨开福说，我真是舍不得脱下我的那身西装，但现在我又不得不穿上这些东西。也许你不一样，你会喜欢它。瞧，这双鞋子比你穿在脚上的草鞋一定好多了，舒服多了。你比我更适合穿上它，你穿上它，比我更像一个捕头。你的头发扎成辫子也会比我的长，这身衣服的背上，得配上一根长辫子才好看。可惜我的头发在外国留学的时候剪短了，一时半会儿，长不到这么长。

杨开福瞅了一眼首岭南穿的那双布面皂鞋说，大嫂的手巧，大嫂能照这个样做一双给我穿。

大嫂在一旁不冷不热地道，好的，哪天我得了空闲，我给你做这么一双鞋。不就是一双布面的鞋子嘛！不过，我现在没空。

大嫂带着某种调侃的意味，多看了一眼穿在首岭南身上的官服，大嫂朝那身官服点了一下头说，这身衣服，若是二爷穿上，会更合身些。

　　我没有在意大嫂的话，却听见背着我的首岭南闷闷地应了一声说，一个土匪，穿什么都只会像一个土匪。

　　大嫂和杨开福离首岭南比我远，兴许他们没有听到首岭南说的这么一句话，但我与首岭南离得近，不过半丈远，我敢肯定，他的喉头里半吐半咽地发出了这样的声音。

　　我只是没看见首岭南说这句话时，脸上是什么表情。也就在这个时候，金子贵把二爷从牛舍叫回来了。

　　二爷站在门口，一只脚跨进门槛，一只脚却在门槛外边拖着。二爷的眼睛怔怔地望着穿一身官服的首岭南，那一刻，我看到了二爷目光中流露出来的惊恐。莫非二爷一眼就认出来了首岭南穿在身上的是正九品司狱的官服？知府司狱，同知司狱，还有他们的隶属兵勇，都是当年二爷最不愿见到的，是当年二爷早晚提防，避之唯恐不及的。

　　首岭南回头看见站在门口的二爷，早就准备好了的笑容堆满了一脸，朗叫了一声，二爷回来了！就等着二爷回来啊！

　　几个月不见，话语并不多的首岭南突然就像变了一个人似的，变得能说会道，变得让人弄不清他的真真假假了。

　　二爷像一个客人走进别人家门似的进来，解下扎在腰间的汗帕，抹额头上的汗水。从牛舍回来的路并不是太远，但是他一路走得急，加之正值中午时分，外面热气袭人，阳光火辣，他身上的汗水早湿透了青布单衣。

　　二爷解开衣襟上的两粒布扣，现出肩胛上被太阳晒得黝黑的锁骨和半边胸肌，像是松了一口气。缓过神来后，也笑得轻松自然地对首岭南说，大少爷是来牵走那些牛的吧？怎么不到牛舍去看看，看看它们是饿瘦了，还是养肥了。是瘦成了一个个骨头架子了，还是一个个膘肥体壮。哦，对了，来的五头牛，现在变成六头牛了，有一个牛婆生了牛犊子，一头小公牛犊子。

首岭南哦了一声，他那双微微凸出来的眼睛闪了闪，他笑着说，二爷，你说我们从广西的土匪手中抢夺回来的那五头牛呀，从五头牛变成六头牛了？那是你们辛苦饲养换来的。我来做个主，那头小牛犊子就归你们了。你们不是正缺这么一头牛，用来犁田耙地吗？为了那几头牛，你们还特意修了牛舍。给你们添了这么多的麻烦，别说我当永州知府的姐夫蒋玉湘，我都觉得过意不去，正好那头小牛犊用来作为一点回报。

首岭南笑了笑，又说，不过，我这趟来，不是来把牛牵回去的。我姐夫没有让我把牛牵回去。我姐夫发了话我才能去做，我得听他知府大人的，就像我身边的那几个差役，他们只听我的，我发号施令，他们才能去做。

二爷脸上的高兴劲一下就没了，他有些难为情地说，这些牛不能总是在这里喂着养着，我们不是它们的主人，它们有自己的主人。弄不好，别人还以为是我们偷了这些牛。我们不明不白地成了偷牛贼了。

金子贵也赶紧插话进来说，这些牛放在这里喂着养着也不安全，说不准就被老虎豹子吃了，或者被起邪心的人偷偷牵走了。

首岭南道，是啊，不把这些牛牵走，你们养着它们既劳心又还担惊受怕的。不过，这次我来，真的不是要把它们牵走。我不可能把它们关到永州的知府衙门里去，知府衙门中哪里有关牛的地方呢？知府衙门有牢房，但那只是关犯人的牢房，关偷牛贼的地方。若是把广西那边偷这些牛的土匪活活捉了，知府衙门里有的是关他们的地方。我这回来，就是要抓那些偷牛的人去。

首岭南重重吐了一口痰，郑重其事地说，随我一起来的四个手下，都是和广西那边的土匪打过交道的、交过手的，这一次，我们要到广西那边去，到那个叫清水湾的地方去。俗话说不入虎穴焉得虎子，我们要好好地会一会那个叫屈麻子的老土匪。我的那几个手下，在后院里喝茶呢，二爷，我带你去见见他们。

刚要在板凳上坐下来的二爷，只好随首岭南去后院，见随同首岭南一起来的那四个差役。

我见过那几个差役，他们并非一个个都是五大三粗的壮汉，我看他们倒像是形态各异的三教九流中的人物，其中一个居然还像桃花镇的秀才欧阳梦，戴一副金丝眼镜。还有一个瘦高瘦高的，横在墙头上就是一根晾晒衣物的竹竿。

首岭南攀着二爷的肩膀并排往后院走，在一旁绷着脸的大嫂咬着我的耳朵说，这个首家大少爷名堂多，说出话来总是让人听得云里雾里的。他扯上二爷，定不会是什么好事情。

我朝大嫂点了一下头。大嫂是这样看首岭南的，我也是这样看首岭南的。想到刚才还听首岭南背着人说，二爷穿什么都是个土匪的话，我心里猛地咯噔了一下，手心都凉了。

我和大嫂在堂屋里呆呆地站了一阵，跟随二爷和首家大少爷进后院的杨开福从后院出来，径直走到大嫂跟前，显得有些兴奋而又急切地说，我们要去清水湾找屈麻子，二爷要你快去准备些在路上吃的喝的。时候不早了，得赶路，不在家里吃饭了。

杨开福扔下话后，又返身回后院，好像后院在商量的事情，一刻也离不开他似的。

你们去清水湾就去清水湾，又不是不知道路，老扯上二爷干什么？二嫂心里不是滋味地发着牢骚，腿脚十二分不情愿地往伙房里挪，去准备二爷要带上路的东西。

我跟着大嫂去伙房，大嫂拦住了我，大嫂说，布谷，你的脸色怎么这么差呀！一点儿血色都没有。是什么地方不舒服吧。你快到楼上房里休息休息。

大嫂不这么说，我也感觉到了，我的胸口有些闷，浑身都在冒虚汗。

后院的瓜棚上吊着的三个葫芦，风一吹就要掉下来的样子，应该是熟透了。早些天我就想着要大嫂把它们摘下来，免得在瓜棚下的石桌上吃饭喝茶时，它们掉下来砸到人头上。

三个葫芦依旧在那里吊着，如果这个时候它们掉下来，差不多会分别砸在首岭南、二爷和那个戴金丝眼镜的差役头上。

他们三人在瓜棚下压低了声音说话，像是在商量什么事情。我猜想他们商量的是去清水湾抓捕屈麻子的事情。

首岭南带来的另外三个差役，则和杨开福一道，上上下下地坐在楼梯的踏板上，抽着烟，说笑着。他们正好挡住了我上楼去的路。俗话说，好狗不挡道，我把着楼梯的扶手，没好气地对着杨开福说，堂屋里有那么多的板凳，怎么不带客人到堂屋里喝茶吃瓜子去呀？坐在楼梯上，也不是很干净呢。

杨开福站起来，侧着身子给我让路。三个差役也跟着杨开福起来侧着身子靠在楼梯的左边，或者右边，给我让了一条能勉强挤过去的道儿。

擦着他们的身子过去时，我明显地感觉到，他们的目光既贪婪又惊讶。他们都给我准备了一张稍纵即逝的笑脸，一张虚情假意的笑脸。但我敢肯定地说，那是一张张比哭丧着的脸更难看，更让人恶心的笑脸。

从他们身上散发出来的旱烟的臭味、汗的臭味、呼气的臭味，就算掩着嘴我也受不了。我恨不得吐一口唾沫，啐到那一张张脸上去。

我回到睡房，第一件事，就是打开窗户，站在窗前，长长地吸了几口外面的新鲜空气。堵得胸口发闷的东西渐渐移开了，我觉着身子舒坦多了，才躺在床上。这个时候，还不是睡觉的时候，我便睁开眼睛，茫茫然望着窗口。那是一个空荡荡的窗口，一如我空荡的心，一如我空荡荡的脑海。

楼梯上，杨开福和三个差役旁若无人地大声说笑着，他们说的话一字不漏地进了我的耳朵。他们正在谈论首岭南。

291

一个差役说，首岭南天生就是土匪的克星，有勇有谋。手里还有一把百发百中的驳壳枪，不到半年的功夫，永州地界上几个算有点名头的土匪，差不多都被他一个个收拾掉了。

　　另外一个差役笑着说，有首歌谣是用来形容永州地界土匪猖獗的：东安的秃头零陵的跛，宁远的聋子道州的罗锅，新田的拐子毛一撮，永明的大爷寡婆的被窝，祁阳的大王长牛角……什么祁阳的大王长牛角，那天，首家大少爷把他一枪打死在我跟前，我没有看到他头上长什么角。祁阳的老百姓有另一套说法，说祁阳的大王怕过河，说他是个旱鸭子，见不得水。哈哈。

　　一个差役笑，其他两个差役也一齐笑，他们的笑是干笑。

　　没什么好笑的，他们倒笑得来劲。

　　笑过之后，一个差役用装腔作势的语气道，说来手脚厉害的，莫过于东安的秃头。东安人爱练个拳脚什么的，抓一条板凳也能弄出花来，挡得住长矛短剑。吃了他亏的老百姓，花钱请了一个拳师，与秃头交手过招，秃头根本没把拳师放在眼里，说黄鳝砍成两截了，也比泥鳅长，他就是捆了一只手，也能把拳师打得怎么样怎么样的。话还没讲完，秃头像个猴子，一下跳到拳师的肩头上，一把就抓住了拳师的喉头。拳师被他锁住了喉，吸不进气也吐不出气，几下就翻了白眼。秃子的另一只手伸出两根手指——他的手指又短又粗，手指甲比手指头还长——噗的一声，两根手指戳进拳师眼窝里去了，拳师向外凸出的两个眼珠子，就那样被他挖了出来，还塞在嘴里嘎叽嘎叽地生吃了下去。秃头的手脚就是那样又快又招招狠毒。只可惜他练就的一身好功夫，派错了用场，又生不逢时。你想，他就是飞得起来，也没有首家大少爷的枪子快。首家大少爷两枪打飞了他一双膝盖头。如果不是首家大少爷拦着，我就赶上去把秃头的脚筋给挑了！呵呵，也算给那个拳师报个仇。

　　嘿嘿嘿嘿，另一个差役笑着插话说，你给拳师报仇，不要去挑他的脚筋，你该去把他的眼珠子挖出来，吃下去。若是吃不下去，就拿去喂狗吃。

杨开福在差役们说笑的空当问道，你们刚才说永明的大爷寡婆的被窝，你们从寡婆的被窝里抓住永明的大爷了吗？

差役们被杨开福的话问得哄堂大笑。我听不出来他们笑什么。他们笑了好一阵，一个差役才说，开福老弟，你以为抓土匪是一件那么有趣的事？掀开一个寡妇的被窝就能把土匪抓住了？那我们倒是快活死了，把天下寡婆的被窝都掀开来！

另一个差役对杨开福说，歌谣里讲永明的大爷寡婆的被窝，说的是你们永明被称为大爷的土匪喜欢寡婆罢了。那个大爷好的就是寡妇那一口。

差役们又来劲了，争先恐后地嚷嚷：

小寡妇有小寡妇的味道。不是说寡妇门前是非多，拦着门槛磕断脚吗？

对了，那该是什么味道呀？

是不是小寡妇久旱不雨，特别的饥渴一些呀！

另一个差役用听起来有些尖的声音附和着说，开福老弟，等到了清水湾那个老寡妇家，你仔细看看她的眼睛，看看她的眼睛是不是像石灰窖的石灰，热得冒青烟——你知道生石灰吗？水泼上去，刺拉一下就蒸干了。你可得当心着，可别让她的眼睛把你烫煳了，烫焦了。

他们嘻嘻笑笑地把杨开福问的话支开了。很快，他们又有了新的话题，一个差役把话题转到革命党上去了，说，这革命党要比土匪难对付多了，土匪难除也快除尽了，革命党就更厉害了，像是蝗虫，像是洪水，像是几十年前的太平天国。

我没有听说过什么革命党，对革命党一无所知，杨开福也一样，杨开福在楼梯上把我心里想问的话说出来了。

杨开福问革命党的一些问题，差役们的回答倒是毫不吝啬，七嘴八舌、争先恐后地大谈起革命党来。

不知道革命党是什么时候偷偷兴起来的，上任知府花了十两银子问过永州城里最有名头的算命先生周瞎子。周瞎子说，宣统五年，夏虫灾，秋旱灾，冬饥荒，革命党是从满天满地的蝗虫眼睛里蹦出来的。

那是屁话，首家大少爷说得不错，革命党是从广东那边刮南风刮过来的。广东那边革命党闹得很厉害，我们永州和广东就隔一座山，革命党翻一座山就到永州来了。

我闻到炒黄豆的香味了。开福老弟，你家大嫂在给我们炒黄豆，是用来在路上吃的吧，可别炒得太焦了，吃了上胃火。

杨开福说，你放心，大嫂手艺好，炒香的黄豆，没有一粒黑皮子的，又脆又香，比炒的花生米还好吃，吃了不生火，也不拉肚子。

讲究的是火候！另一个差役借题发挥，炒黄豆讲究的是火候，那革命党起来闹事，也像是讲究火候的。他们突然闹起事来，旗子一打，竟然就像清明节时开的杜鹃花，漫山遍野都是的。东安闹起来了，道州闹起来了，一回头，宁远、新田也闹起来了，此起彼伏，闹得一处比一处凶。

他们说大清朝已经到了尽头了。三十年河东，三十年河西，大清朝真的到了尽头了吗？

大清革了大明的命，大明革了大元的命，大元革了大宋的命，大宋革了大唐的命。有一句俗话，不怕君王坐得高，有理扳得君王倒。眼镜，你说说，革命党是仗着什么理了？

眼镜先是嘘了声，接下来说，我怎么知道革命党占着什么理呀！我又不是革命党，我是首家大少爷带着去抓革命党的。说到革命党，你们说话的声音小一点。

我说话的声音够小了，我再小点声音，就是在肚子里说了。我在肚子里头说话你能听见么？

反正你说话得注意点儿，得想想自己是什么身份，得看看是在什么场合，还得分清旁边有什么耳朵，说不定你刚才讲的话，首家大少爷也听到了，连累我们几个都会挨首家大少爷骂！

扯卵蛋！我刚才说的那些话，就是从首家大少爷那里听来的。

首家大少爷会说这样的话？我不信。打死我也不信。

我会信吗？我也不信。但是，那是首家大少爷亲口对我这样说的。改朝换代有没有他什么好处，我不知道。我不知道并不等于说他也不知道。

我们都是在他手下混饭吃的，他没好处，我们就更没好处了。

革命党会闹起事来的，说不定还会闹成事来，不是我一个人这么看。在知府衙门里，好些人都这么看。只是迟早的事儿。

下一朝会是什么朝呢？鬼晓得！反正革命党不是占山为王，抢几头牛，掳几个女人那么简单。

一个差役拍了下楼梯扶手说，所以首家大少爷说，对付革命党，凭他手里那一把驳壳枪不行，手里头有三把、五把也太少了，得有上百把驳壳枪，得有上百号人，人手一把驳壳枪。

另一个差役突然间兴奋地喊叫，我要是腰里头别一把驳壳枪，我就不怕什么革命党不革命党了，革命党有三头六臂，我就给他三枪六洞。哎，开福老弟，你若是跟了首家大少爷，说不定那个时候，腰里头就能别上这么一把宝贝家伙，那东西壮精神，鬼都怕你！哎呀，忘记问你一声了，你家二爷叫什么名字呀？

杨开福略带嘲谑地说道，就叫二爷呀，还非得有个别的名字不可么？

可人总得有一个名字的呀！你的名字叫杨开福，首家大少爷的名字叫首岭南，知府老爷的名字叫蒋玉湘，二爷怎么会没有一个名字呢？

杨开福换了一种尖锐的口气说，二爷当然有他自己的名字，只是我们只叫他二爷，忘了他的名字了。要不，我这就去问问二爷去？

算了，算了，这又不是什么要紧的事，我也是随便问问。呵呵，你家二爷那模样，活脱脱像是个关公。

......

　　我没听出来他们到底在谈论什么话题，更为讨厌的是，他们总是东扯一句西扯一句的，这个话题开个头，又转到下一个话题了，像是刻意地捂着、藏着些什么。我懒得动心思地听着，听着，便昏昏入睡了。

　　睡房里的光线因为我含糊而安静的睡意而暗下来。事实上，又并不是那么一回事，透进窗来的阳光就照在我梳妆台上，阳光从镜子里反射到天花板上的光亮，一直在不安地晃动着，它在那儿晃动了好一会儿了，在我躺到床上来时，我就注意到了它。

　　就在我半睡半醒的时候，二爷到我房里来了。

　　二爷把头伸进我撩开的蚊帐，细声问我，妹子，你睡着了么？

　　我睁开眼睛，像是从梦中醒来似的怔怔地看着二爷凑得离我很近的脸。

　　二爷很久没有凑我这么近了，二爷很久没有进这间睡房来了。二爷对我有过的柔情，好像这时又回到了他的脸上。

　　看到二爷进来，我有种嗓子里有异物的焦灼感。我当时的心情有些乱，可以说是满腹疑团。我眼含幽怨却对二爷莞尔一笑，蜷在床上的身子颤栗了一下，叫唤了一声二爷后，我突然有一种要哭出来的感觉。

　　二爷说，我就要陪他们去清水湾了。

　　我说，我知道，去找屈麻子。

　　二爷说，去找屈麻子的人不是我，是首家大少爷他们。屈麻子不来找我，我就犯不着去找他。

　　我问二爷，是不是非去不可？

　　二爷说，是首家大少爷一定要我和金子贵去，说多一个人，多一份力量。我和金子贵都推脱不了。

　　二爷又说，其实，有杨开福带他们去清水湾就行了。二爷的语气中既有无奈，又有些不情愿。这样的话，二爷即便是去，也去得心里并不爽快。

我从枕头上抬起头来，对二爷说，我起来送你们吧。

二爷说，你别起来，我不是要你起来送我们的。

二爷说着将手放在我左边肩头上。他的这个动作让我感到有些意外，因为他把住我肩头的手，并没有急于离开，而是稳稳地停留在那里。

隔着衣衫，我感觉到了他手心的汗气，感觉到了他手心的温度。二爷只是把手搭在我的肩头上，没有更进一步的举动。

二爷临行前到我房间来，不是来看我、来与我告别的，他是有话对我讲，有事对我说。

二爷说，布谷，你听好了，你要听进去。

我说，我听着，我当然会听进心里面去。

二爷说，你听进去后就放在心里，放在心里藏着，不能随便对别人说。二爷脸上认真而郑重其事的神情，与他平日让人感觉到的不苟言笑、老成持重有所不同，严格意义上说，二爷是在把一个秘密交付给我。

我朝二爷点了一下头，我说，二爷，我听你的。

二爷也朝我点了一下头，他这一点头表达了对我的绝对信任。

二爷压低声音对我说，金子贵垒的鸡窝下面，藏了些东西，不是金子银子，却是比命还值钱的东西。这些东西，有人在打它的主意，我琢磨，有人知道我藏着它。它让人眼红。

我脱口问道，是首家大少爷么？他知道二爷藏着的东西么？

二爷道，恐怕还不止首家大少爷一个人，说不定屈麻子也是其中一个，否则，屈麻子早就找上门来了。他是怕我藏着的那些东西，所以才不敢对我轻易下手。还有件事情是你应该知道的，那就是这件事除了我，现在就只有你知道。金子贵、杨开福，还有大嫂，他们都是不知道的。他们应该知道的，那也是我们大家的东西，不是我一个人的东西。我暂时还不想让他们知道。

二爷的话让我心里咯噔了一下，他的话让我感到太突然。我的肩头上压不住这么重的担子。

我对二爷说，二爷，你为什么只告诉我？你要让我怎么办？

二爷没有回答我的话，二爷的嘴张开着，却半个字都吐不出来。二爷努力地挤出一个笨拙的笑容。

他的手离开了我的肩头，身子从垂着的帐帘子退了出去。他出去时轻轻掩上了房门。

首岭南在楼梯口叫唤，二爷，我们动身吧，时辰不早了。

二爷应首岭南的话，都准备停当了？路上吃的东西拿上了？杨开福呢？

首岭南说，他们都在院门外边候着呢，大嫂还装了两葫芦酒，让我们在路上喝。大嫂说布谷姐身子不舒服，布谷姐怎么了？

二爷说，没什么，我刚才看了看，像是有点中暑，脑门上抹了点薄荷油，应该没什么事了。我们赶紧走吧，时辰不早了，太阳斜到河对岸了。

二爷说话的声音远了，脚步声也远了。我在床上傻坐了一会儿，耳朵里一遍遍地回响着二爷刚才跟我说的那一番话。

二爷呢，我突然想起二爷，噌地从床上起来，跑到窗口边，探出去半个身子，希望能看到二爷走出院门后，挨着院墙拐到菜园子这边来时的身影。

但是，为时过晚，我迟了一步。二爷他们已经走过那截从窗口上望得着的苦楝树半遮半掩着的私盐道。河风拂过苦楝树的树梢，吹得我睁不开眼。

芙蓉啊，女人是不是总会有迟钝的时候，有反应不过来的时候，而且还总是在最紧要的关头呢？

我哪里想得到，二爷和金子贵此行竟是一去不返。

我未能下楼与二爷和金子贵送别，这个遗憾，我永远无法弥补了。

二爷临行前到我的睡房里来，对我说那些话，交待那些事情，是因为二爷心里料想到了这个结局。

但是，二爷自己的事情，二爷能料想得到，我又怎么能料想得到呢？就连深谙世事的大嫂也没料到。

二爷和金子贵去清水湾后的那些天，大嫂在伙铺和牛舍间，两头忙着，又要洗衣弄饭做家务，又要到牛舍料理那几头牛，心里没有一点额外的想法，偶尔才抱怨一句，二爷他们怎么还不回来？他们再不回来，我要忙不过来了。

吃夜饭的时候，大嫂总是要沏上两杯酒，对我说，喝几杯吧，布谷妹子，难得男人们都不在家，我们清清静静喝几杯。

仿佛这样的清静正是我们所期待的似的。

饭桌上点亮的油灯，幽幽地照着大嫂似乎有些暗自高兴的脸。我不露声色地看着大嫂那张笑脸，心里头却无限地懊悔，唯恐遗漏了什么似的整理着二爷离开前的每一个细节，每一句话。

我想对大嫂说出内心的担忧，想给大嫂说些提醒的话，想问问大嫂二爷为什么到我房里跟我说那些话，还有，我想哭，我想趴在饭桌上大声地哭出来。

但一看见大嫂那张难得一见的快活的笑脸时，我到了嘴边的话又咽回去了，眼泪只能默默地往心里流。我把藏在桌子下面的一双冷汗直流的、夹在膝头之间的双手摊到桌面上，像大嫂那样捧住酒杯，一杯接着一杯地仰脖子喝酒。酒杯一忽儿空，一忽儿满，那些酒算是喝到肚子里去了，又像是喝进脑袋里去了，酒和血液冲上脑门后，我就什么想法都没有了似的，什么担忧也没有了似的，什么念头也没有了似的。

酒过三巡，大嫂却不往杯中倒酒了。大嫂说，不多喝了，不多喝了，喝多了不行，我还要到牛舍去守着那些牛。要是喝醉了，牛被别人偷走了，牛舍被人一把火点着了，我都会不知道。再说，酒坛子少了酒，金子贵看得出来的，会说我们两个妇道人家好酒贪杯。

大嫂这么说着，还向我眨了一下眼，仿佛金子贵第二天就会回来似的。

大嫂压根儿就没想到二爷和金子贵这一趟有什么凶险。

二爷和金子贵他们到清水湾去的第四天傍晚，杨开福和首岭南几个人出现在伙铺门口。

大嫂问杨开福，二爷和金子贵呢？他俩怎么没有一齐回来？

杨开福摸着后脑勺，一时语塞。

首岭南抢先回答说，我们把屈麻子和他的女人收拾了，二爷和金子贵两个兄弟讲情义，不想让他们抛尸荒野，要找个地方把他们的尸首埋了。这样一来，我们便先回来了。他们两个可能要晚一点回来。金子贵还托杨开福给大嫂带了句话，开福老弟，子贵老兄要你给大嫂带句什么话来着？你快跟大嫂说。

杨开福仍是在那里不安地站着，把头皮抓过来抓过去。杨开福说句话还那么扭扭捏捏的模样是很少见的，我就有些不耐烦了，在杨开福身后踹了他一脚说，你哑巴了么？

杨开福不是看着大嫂，而是偷偷地看着首岭南的眼睛说，金子贵要大嫂杀两只老母鸡，犒劳犒劳我们几个，这几天我们累坏了，也饿坏了。

我一听就知道，这不会是金子贵的话，也不会是杨开福的话，十有八九是首岭南的话。杨开福嘴里说出来的是首岭南的话。是他们在事前编排好的话。

可怜的大嫂还真信了他们的话，还真去杀了两只老母鸡，炖得香喷喷地犒劳他们几个。

大嫂还真以为二爷和金子贵明天或者后天就会回来，因为大嫂的那一番菩萨心肠，是想象不到别人的心眼有多坏的。

我确信首岭南和杨开福他们，对我和大嫂隐瞒了什么，掩盖了什么。首岭南能够装得像没什么事一样，但是杨开福做不到，他的眼睛里有一种怯懦而躲闪的神色。

吃过晚饭后，杨开福去厕所小解，我悄悄地跟在他身后，等他从厕所里弓着身子出来，我一把揪住了他的衣角。旁边也没有外人，我对着杨开福的脸变得严肃而冷静。我问杨开福，到底是怎么回事？二爷和金子贵跟你们一起去的，怎么没有一起回来？

没等杨开福开口，我又追着问道，你们回来的时候，你为什么对大嫂撒谎？你说的话，就没有一句是真的，没有半句是你自己要说的话，你以为我没听出来？你以为我没看出来？

杨开福被我逼到了角落，愣了好一阵后，只得照实说了。他说他其实并不知道二爷和金子贵怎么样了，到了清水湾，首岭南安排他和那个叫眼镜的差役守在清水湾后山的松树林里，说是断土匪屈麻子他们的退路。二爷和金子贵随了首岭南几个，摸黑进清水湾。首岭南说摸黑进清水湾，是为了给屈麻子一伙一个突然袭击。首岭南解释说，即便是在大白天，他们进清水湾也分不清东西南北，只好劳烦二爷和金子贵带路。天断黑后，松树林里就阴森森的伸手不见五指了。二爷离开松树林，随首岭南进清水湾村前，把我拉到一边，低声交代我和眼镜在一起，不管是站着还是坐着，都莫在眼镜的前面，要跟在眼镜的后面。眼睛看不清，耳朵就多留点神。杨开福说，到现在，他还清楚地记得二爷在松树林子里跟他说话时的语气，记得那些话的每一个字。

杨开福说，和二爷、金子贵分开差不多半个时辰后，我听到清水湾方向的狗叫了几声。我跟眼镜说，他们进村了。眼镜嗯了一声。眼镜说，我们先睡一会儿吧，没有我们俩的事呢。我是有些犯困了，开福老弟。狗叫声很快停了下来，想必是二爷让它们噤了声。这头，眼镜的鼾声接着起了，眼镜的鼾声带着哨音，尖利而刺耳。树林里若没有眼镜的鼾声，自然会是出奇的安静。眼镜睡得着，他就像是专程到这些树林之中来睡觉的，说睡就睡着了。我却怎么也合不上眼，眼前一团漆黑我也合不上眼。我睁开双眼盯着眼前的黑暗，期待着树林深处、黑暗深处响起二爷他们回来的脚步声，响起二爷和首家大少爷说话的声音。那天晚上才是真正的漫漫长夜，每一个时辰都有一年那么难熬。

杨开福边说边叹着气。

我能想象到杨开福说的那些暗夜的场景，我从桃花镇到这地方来的那个晚上，经历过那种黑暗，也穿越过那种黑暗中的树林。

我讨厌杨开福这个时候还啰啰唆唆，催促他快说二爷的事，二爷呢？二爷随首岭南什么时候回的？

杨开福说，天大亮的时候，他们回来了，我是说首家大少爷他们回来了。二爷和金子贵没回来。

我问，二爷和金子贵怎么没回来？他们和首岭南一齐去的，怎么没一齐回来？

杨开福说，我不知道，我怎么知道？我又没随他们一起去。我当时就问了首家大少爷，首家大少爷说他们去埋屈麻子的尸首去了，首家大少爷对我说的话和下午对你和大嫂说的话一模一样，一字不差。

我弄明白了，杨开福是被首岭南撇开了的，他知道的并不比我心里明白的多，我追着来问他是白费力气了。

吃过晚饭后，大嫂邀我陪她去牛舍过夜，大嫂是不放心把我一个女人搁在有这么些男人住着的家里。大嫂还对杨开福说，若是二爷和金子贵半夜里回来，就叫他们到牛舍来陪我们。

我提了一盏马灯陪大嫂去牛舍。大嫂先去牛舍中看了看那些养得膘肥体壮的牛。马灯照在牛身上，也照在我和大嫂身上。因为彼此熟识了，大嫂朝它们点点头，它们也朝大嫂点点头。看上去，它们一天比一天安静，也一天比一天呆滞了，长着弯角的笨脑袋，活像是被一根绳索悬挂在那里，一动不动的。它们的嘴唇，却在不停地挪动着，在那里慢条斯理地反刍。

牛栏上面的房舍门，在夜风中吱嘎吱嘎地响着。窗外边是寂静的，近处潇水河的拍浪声和稍远处树林中小鸟的呢喃声，都是些让人越听越觉得安静的声音。

这个晚上，我和大嫂是在无法自拔的回忆之中，度过漫长的时光的。我们的思绪和话题，就像是扑向马灯的飞蛾和小昆虫似的，扑腾着翅膀，不管死活地乱飞乱撞。我们在美好的回忆之中穿越时光，穿越男人们的内心，浸在那个犹如梦境一般的与二爷、金子贵在一起生活的难以忘怀的日子里。

我向大嫂称赞金子贵对她的好，对她的依从，对她的真心。大嫂对我说二爷对我的细心呵护，对我的宠爱有加。我和大嫂一会儿笑，一会儿打住欢声笑语，像是发愣似的安静下来。

有时我以为大嫂笑出来的泪水，是哭出来的，大嫂是真的哭了，就要哭出声音了。大嫂朝着马灯扬起脸，柔和的灯光下，大嫂从额头到鼻子到两唇到下巴，一路下来都是笑的样子，笑得很开心的样子，她对我说，布谷，你想不到吧，我这头有些自然卷曲的乱发，他金子贵就是喜欢。他说，我还是他弟弟的童养媳的时候，他就喜欢看我的头发。我的头发又粗又硬的，怎么梳都梳不出个模样来，好不容易梳出个发型来，风一吹就乱了。用橡皮筋扎都扎不住，扎住了，它也乱。我要想留一头长发，比我要长高一些还难。为什么呢？因为它一长，就乱，一乱我就拿剪刀去剪。我真是羡慕死了你那一头长发，又柔软又细长，怎么梳怎么好看。可他金子贵偏偏就喜欢我的头发，说我的头发香，在我的头发上摸一把，手上的香味一天都散不去。我的头发香么？我怎么闻不着我的头发有什么香气呀。我说金子贵是瞎说，金子贵说，小的时候玩躲猫猫，他就是用鼻子来闻我头发的香味，找出我藏在什么地方来的。

芙蓉呀，大嫂说这些话的时候，我便想起小时候和你还有蒋玉湘，同样也玩过躲猫猫。你总是到墙角和门后面去找蒋玉湘，以为他会躲在暗处，我则从高的地方去找蒋玉湘，楼梯上，戏台上，甚至到树上、房檐上去找他，因为我知道蒋玉湘喜欢站在高处，居高临下地看着我们怎么去找他。

想知道一个人，想明白一个人，想找到一个人，其实只要做一件事情，那就是用心。

金子贵找着大嫂，能让大嫂如此感动，用的还不是鼻子，而是他那颗心。

二爷也是用心来找我的，所以他找到我了。但尴尬的是，蒋玉湘也在差不多同一个时候，用心来找到了我。

天见亮时，大嫂原本有些疲倦的面容，突然间又精神了，她对我说，布谷，我们把牛放到河滩上去吃草，然后，就赶快回家。说不定二爷和金子贵昨晚上回来了呐。

我和大嫂把牛放在晓雾轻绕、晨光迷蒙的河滩上之后，抄一条小路往家里赶，急切的心情，就像二爷和金子贵昨晚上真的回来了似的。

快到家门口了，大嫂用有些嘶哑的嗓音朝着院门高声地喊着，杨开福，杨开福，你来开院门，我们回来了。

没有听见杨开福的回音，大嫂又重复着喊了几声。

到了院门口，我推了一下院门，嘎吱一声，院门就开了。院门是虚掩着的，我对大嫂说，大嫂，别喊了，二爷和金子贵肯定没回来，杨开福他们也肯定没有在院子里面。

推开院门进去，早已空无一人的前院后院、楼上楼下，呈现在我和大嫂面前的是让我们惊叫出声后就目瞪口呆的一片狼藉。

首岭南他们在我们回来前离开了，他带走了杨开福。

在离开之前，趁我和大嫂都不在，他们肆无忌惮地搜遍了他们认为能藏有什么东西的任何一个角落。

他们没有放过我的睡房，在我的睡房里翻箱倒柜。他们没有放过房前屋后的阴沟，把盖在水沟上的铺石都撬开了。他们也没有放过菜园子,把菜园子挖得这里一个坑,那里一个坑,已经挂红的辣椒,结满了豆角的豆角秧,像是遭了冰雹似的,乱撒在菜地里。

奇怪的是,他们没有拿走什么东西,我梳妆台抽屉里的金银首饰没有少一样,大嫂房里那个被撬开的五屉柜里存放着的两根金条和几十两银子也没有少一丁点。

很显然,这些都不是他们要找的东西。

我站在鸡舍前,看着完好无损的鸡舍,想到那天二爷临行前在我睡房中讲的话,我就知道,首岭南没有找到他们想要的东西。

他们费尽了周折,但是白费了心机。

他们煞费苦心寻觅的东西,就在母鸡屁股下面。

大嫂从杨开福的房子里出来,一屁股坐在门槛上,两腿往地上一伸,神情如遭了霜的瓜秧。除了一双烂布鞋,杨开福的房间里没有留下一样杨开福自己的东西。

大嫂语无伦次地说着叹着,杨开福真的跟别人走了。我还以为他在首家大少爷身后像个跟屁虫似的,只不过是做出个客气的样子,没想到他是动了真格的,没想到他的魂都附到别人身上去了。他跟他们在一起,一来二去的,心就野了,就眼高手低了,就想矮子爬高杆了。那个首家大少爷是什么人呀!是个什么东西嘛!二爷和金子贵好心把他救起来,给他治好伤,给他第二条命,他却在救命恩人的家里翻箱倒柜、挖地三尺地偷东西、抢东西。不说知恩图报的话了,他是恩将仇报的人。这样的人,连畜生都不如。这样的人,是蛇一样心肠的人,是蝎子一样心肠的人。他跟这种人走,走到哪,毒害到哪。开福兄弟啊,你真是瞎了眼了!被什么东西迷了心窍了!

大嫂在那里数落着首岭南的不是,数落着杨开福的不是。后来还拉扯上了二爷,拉扯上了金子贵,拉扯上了我和她自己,埋怨我们都看人看走了眼,把首家大少爷这个贼一般、土匪一样的人当作上宾。

大嫂朝我苦笑了一下,扶着门槛,有气无力地叹了一声,忽然间有一口气憋在胸口出不来似的，两个手掌轮番在心口窝窝拍了几下。大嫂一声长吁，接着一声长叹，她的话又来了，她的话是说给我听的，也是说给她自己听的。

大嫂哭喊着，我的屁股粘在门槛上了，布谷，我不想起来了，我起不来了。楼上楼下，被他们翻得乱七八糟，我懒得去收拾了，他们把这个家，把这个院子糟蹋成了什么样子就是什么样子，我留着它，留着它让二爷和金子贵回来看看，看看他们救的是什么人，拿好酒好菜来招待的是什么人，他们交上的是什么朋友。我真的是要留着它们，让二爷和金子贵长点记性！我呸！还弄得我们像财主家的长工似的，天天给他们放牛，夜夜给他们守牛，像是他们供着我们一天三顿饭似的，像是给了我们工钱似的。我现在是身上没有力气，等一会儿我有力气了，我第一件事情就是要去把那些牛杀掉，一个个杀掉。布谷，首家大少爷他们到底是要找什么东西呀？这个院子里还能有什么东西比金子银子还值钱？还有那几头牛，比那些牛还贵重的东西是什么呀？

我直愣愣地看着鸡窝里一只正在下蛋的母鸡，装迷糊地朝大嫂摇了摇头说，我怎么知道？我什么都不知道！

我想起自己要问大嫂的事来了。我问大嫂当初金子贵为什么要把鸡舍建在那里。

大嫂想了想说，好像是二爷要金子贵把鸡舍建在那里的。

鸡舍的位置似乎应该在菜园子边，或是在楼梯下面，而它就建在瓜棚旁边，让人坐在瓜棚息凉喝茶的时候，总有些鸡屎的味道冲着鼻子来，总有些散开的鸡毛在眼前飞，有时候还粘到眼睫毛上来了。

谁会想得到，建鸡舍的地方，竟然是这个院子里最大的秘密所在呢！

26

　　时光就在大嫂的数落和唾骂声中一截截地过去，那天，从一大早到黄昏迫近，似乎只是瞬间的事，是眨眼之间的事。

　　从潇水河西岸那边斜过来的夕阳余晖，呈现出血红色的光条，像齐射的箭镞落进院中。下蛋后从窝里飞到鸡舍上面来的母鸡，突然间换了一身金光闪闪的、红彤彤的毛发。它守着那个鸡窝，守着鸡窝里刚生下来的蛋。

　　晚霞中的最后一道红光消逝之时，就是院里院外一派寂静之时。往常这个时候，二爷和金子贵，还有杨开福，该荷锄担筐回来吃晚饭了。他们一路说笑的声音和从来没有齐崭过的脚步声，从好远到好近，从模糊到清晰，从院子外边进到院子里面来。

　　还在瓜棚下边追逐着的鸡鸭们都会停下来，侧着脑袋，目光闪烁着，对他们又是打量又是聆听。它们听惯了他们的声音，那是亲切的、亲近的声音。

　　这个黄昏，没有他们回来的脚步声，同样也没有他们的说笑声。一阵一阵呼啸而来又呼啸而去的夜风，取代了它们。

　　事实上，那些熟悉的声音，再也不会出现了，完完全全地消失了。

　　这一点，大嫂没意识到，我意识到了。大嫂不得要领，我已心中有数。

　　我被一个硬硬的东西戳了几下才睁开眼睛，睁开眼睛我即刻明白过来，我不是到了什么阴间，而是到了自己的梦中。跟我一路昏沉沉地睡去，又跟着我一路昏沉沉地醒来的，还有大嫂。大嫂与我一样，没想到睁开眼睛，四下里都是刺眼的灯光，五六盏雪亮的马灯，在我们面前晃来晃去，照得我们眼前一片白。

你们醒来了，你们都醒来了。好哇，你们都醒过来了。一个听起来很是和善的声音在我的脑后说，同时也能听出来，那是一个老人的话音，一个长辈的话音。

从我身后出来，站在晃眼的灯光之中的显然是一个老人，一个身影瘦小，但腰不弓背不弯的老人。

他说，我姓屈，尽管脸上没有一个麻子，但是很多人都叫我屈麻子——当然，几乎没有哪个人敢当着我的面叫屈麻子，除非那个人不要命了，才会蠢到当面叫我屈麻子。背地里怎么叫都行，叫屈什么都行。

他说出他自己是谁时，我和大嫂已经完全醒过来了，也看清了眼前的灯是马灯，马灯是一盏盏提在别人手中的。我和大嫂的身前身后、身左身右围着一圈男人，六个还是七个，说不定是八个。他们围着我和大嫂，用灯光照着我和大嫂。他们不说话，一声咳嗽都没有，就像一根根木头矗立在我和大嫂的近前。

大嫂掩面惊叫了一声，鬼呀！

对于大嫂的惊叫，隔了一会儿后，才终于有一个提着马灯的高个子男人，极为短促地干笑了一声。

我和大嫂显然不敢相信站在面前的人是屈麻子。眼前的一切，是真实的还是虚幻的，是现实之中的，还是梦境之中的，我们懵然无知，我们晕头转向了。

自称是屈麻子的老人吁了一口气，声音突然变得低沉和沙哑了，他齉着鼻子说，我们把二爷和金子贵兄弟送回来了。

咳嗽了一声后他又说，本来想把他们抬进屋来，让你们见上一面，看上一眼的。又怕你们见着他们两个躺着回来的模样，一是会太伤心，二是会太血腥。这件事，我想了一路，最后还是决定只留了他们两个身上穿的衣服，放在一个黑布包裹里带来。也没敢拎到这院子里面来，放在大门外了。我们把他们两个的身子都擦洗干净了，穿上了合身的寿衣寿鞋。在牛舍后面能见着潇水河，也能望得见牛舍和这个伙铺的一个山坡上，找了个风水还算得过去的地方，让他两个好生安息了。你们想，我们几个人忙了大半天，就忙这件事。天一亮，你们就可以到牛舍那边去见他们。二爷的坟和金子贵的坟是紧挨着的。二爷在左边，金子贵在右边。二爷的坟垒得高一些，高出金子贵的坟半个人头。还想给他们竖一块碑的，今天是来不及了，以后找个时间，弄块碑过来。立碑还得有个石匠才行，我身边的这几个人里，没有当过石匠的，没有会石匠活的。以后再立碑，也没什么不可以的。

大嫂默默地听着他说，脸上一片木然的表情，又像是根本就没有去听他说话。这让他张开着嘴巴，不知道是否有必要再往下说。

这时应该是深夜了吧，寒意从我脚底到了膝头上，我打了一个寒颤。

不远处的竹林也因为夜风的袭扰打了一个寒颤，竹林也冷得发抖么？竹林也缩成一团了么？

竹林之中的小雀儿并没有因为竹林的异动而骚动，它们轻轻地啁啾了几声，很快又平静下来。

我原以为，屈麻子的话说到这个份上了，大嫂会明白二爷、金子贵没有与首岭南和杨开福一起回来的原因，会终于明白为什么又是一天过去了，二爷、金子贵仍然不见回来的原因。

大嫂显然不能接受二爷和金子贵都已离我们而去的事实。不然，大嫂怎么也不会无动于衷、心平气和地坐在那里。

大嫂没有仰天大哭，大嫂没有去牛舍那边，看看山坡上是不是有两座新坟，没有去院门外把所谓的包裹拿进院子，在灯下打开它，看里面是不是有二爷和金子贵的衣裳，看衣服上是不是浸着血渍。

大嫂一点反应都没有。

自称是屈麻子的人看着呆呆的大嫂，耸了耸肩，摊开两手说，我真是不想多说些什么了，但是，我不得不把该说的话说完，该要说的话不说完，你们还以为我是沾上了二爷和金子贵的血的凶手。我现在就当着你们两个妹子的面把话说清楚：二爷和金子贵的死与我毫不相干，也和我身边的兄弟毫不相干。有几年了吧，这几年，我和二爷井水不犯河水。我和二爷之间的事是撇清了的。二爷没想着把我怎么样，我也没想着把二爷怎么样。以前的过节是以前的过节，但都是过去了的事。如果有谁想把二爷的死栽在我手里，那是妄想。在心里头，我是把二爷敬佩到了一定份上的。我敬佩他，我才把他抬到这地方来，让他和金子贵都能入土为安，不在外面做孤魂野鬼。我就是觉得纳闷，我就是感到奇怪，二爷怎么和官府里的人走到一块儿去了，还随官府的人翻山越岭踏到我们广西境界来了。他们要是冲我屈麻子来的，我那天晚上就在清水湾。晚饭的时候，我喝了几杯酒，睡得美美的。手下的人说，有狗叫了几声，我连狗叫的声音都没听到。官府的人真要拿我，我说不定早栽倒在他们手里了。

他又咳嗽了，咳嗽完了又接着说，天快亮的时候，我身边的人才叫醒我，说晚上有生人进了村子，在村西头的油榨房里折腾了半个晚上，走了，往他们来的路上回去了。我问是些什么人，我手下的人说，看得出来，是官府里的人，穿着捕头捕快的制衣。我赶快起身，带人去了油榨房，在油榨房的大梁上，见着了二爷和金子贵。此前，我没有见过金子贵，我不认得金子贵。我手下的人告诉我，我才知道和二爷一样被人吊在梁上的是金子贵。两个兄弟早就咽了气。他们都死得很惨，胸骨都是被弄断了的，有的胸骨肋骨穿透衣裳，断在了外边，有的可能插进他们自己的五脏六腑里去了。地上的血，摊了竹席那么大一块。油榨房里，横吊着一根比碗口还大的杂木条子，那是几个人抬着，撞击楔木榨油的。他们就是被那根横着的杂木把胸口撞成那么个惨不忍睹的样子的。把人弄死的法子，我见得也算不少了，就没见过这么下得手的，没见过这么狠得心的，我说

310

的是实在话。

芙蓉啊，你看看，你弟弟首岭南，他干了些什么呀。你弟弟首岭南，是一个什么人呀。

我听到了山林深处，沉沉的黑暗中，由远而近传来二爷爽朗的笑声。二爷的笑声在云头上，在山谷间，在潇水河上，有如五月里的炸雷。

真心关照过我的二爷，他死了。他是站着死的，他是睁着一双仿佛永远不会熄灭的灯火般的眼睛死的。那是一个男人的死法，那是一个血性男人的死法。那是二爷的死法，金子贵也一样。

让我在内心的痛苦中感慨的是他们的豪迈之气，让我在内心的悲伤之中油然而生的是对他们无限的钦佩与景仰。人的这一生中，知道怎样活下去的人，才知道怎么从容地视死如归，向生命告别。

也许在我的生命之中，属于二爷的那一页就这么被翻过去了，二爷是插在我和蒋玉湘这本书中的一页，或者几页。

但是，在大嫂的生命中，金子贵这一页是翻不过去的。换一句话说，金子贵已经是大嫂的最后一页了。

在金子贵的坟前，我看到了大嫂与坟头上的杂草凑得很近的眼神，那是一种别样的眼神，它看到的远处是近前，而看到的近处在远方。

那其实是一种呆滞了的、麻木了的、失却了生命热度的眼神。那其实是一种万念俱灰的眼神。

从二爷和金子贵的坟头回到家中，大嫂晃晃悠悠地上了楼，晃晃悠悠地走到她和金子贵同床共枕过的床边，她的身子像一根被扯断了的藤，扭曲在竹席上。

她说她要睡一会儿。事实上，她不是睡一会儿那么简单，她躺在那张曾经有过无限温暖，有过无限温存的床上，十多天没有睁开眼，十多天没有张开嘴。

我在大嫂的床前，守着大嫂。我有些提心吊胆，我怕的是大嫂扔下我一个人，就那么撒手走了。

我把大嫂冰凉的双手抓着放在自己胸口前，尽量让她的手指和掌心贴紧我最热的心窝处，我在心里默默地对大嫂说，大嫂呀，你站在这里千万别动，不要往远处走，你往远处走，我跟不上怎么办？我没有力气去拉住你。我一个人在这里怎么办，怎么办？大嫂啊，你可怜可怜我，别扔下我不管……

不管我怎么叫唤，怎么心焦心急，大嫂都躺在那里无动于衷，她的脸在一天天变白。不对，那是她脸上的血色，在一天天失去！

我全神贯注于大嫂紧闭着的嘴唇。我不管它张开不张开，我把它当作一颗埋在花盆中的种子，不断地给它浇水浇茶，还把米汤和甜米酒，一滴一滴地淋在唇缝中、嘴角中。我坚定而顽强地做着这么一件事情。我的眼睛在明明白白地告诉我一件事，千万不能停下来，这是我最后的希望了。这是对我来说也是对大嫂来说最紧要的事情了。

这样的日子，我和大嫂熬了差不多半个月。那天，我把铜盆盛满温水端到楼上，给大嫂擦拭了一遍身子，然后端着满铜盆的水从楼上下来，把水泼在屋檐下的阴沟里。并不费多大力气的事情，竟然像是用尽了我所有的力气似的，我浑身乏力，而且头昏脑涨，当我在把一只脚伸进堂屋时，整个身子像是散了架似的，坐在了门槛上。

我无力地坐在门槛上，黑影在我眼前像是鬼影似的，一片片飘忽着。我颤抖着两片像是枯落在地上的竹叶一样的嘴唇，发出一声声乞求似的呐喊，尽管那些呐喊声微弱得连我自己的耳朵也不敢确信是否真的听见了，听清楚了。

天呀，谁来帮我一把呀，谁来拉我一把呀？

我理所当然地想到了蒋玉湘。

我分明是呼喊着蒋玉湘的名字，把他的名字，一个字一个字地用牙齿咬了下来。

哪怕是有天大的难处，受了天大的委屈，我都不会轻易掉下眼泪的。但是，一想到蒋玉湘，就哪怕是一丁点的难处，一丁点的委屈，我都会禁不住泪水涟涟。

我想都不敢去想，就是我内心的那声呼唤，把蒋玉湘那么个大活人，那么个永州的知府老爷，鬼使神差般地叫唤到了我眼前。

蒋玉湘真的就站在我面前。

我悚然心一惊，擦干了眼泪睁大眼睛看，天啊，真的是他。

他朝我俯下身来，目光中有一种熟悉的暖意和柔情。他的一双手有力地朝我伸来，他是要把我拉起来还是抱起来，我并没有去多想。

我非但没有像小鸟一样欢快地朝他投怀送抱，反而是让我自己都愕然地一边躲闪着，一边倏地站起来。我脸上的神情，定是像某只遭受着惊吓的兔子。

我怯怯地看着他，他迷惑地看着我。我那样子有点败兴，他那样子则很是窘迫。

他急切地问我，怎么就你一个人在屋里，大嫂呢？二爷呢？金子贵呢？杨开福呢？他们都出去了么？

他的问话让我先是一愣神，接着原本了无表情的脸挂了下来。我心想，你别的不问，挑这些问，什么意思嘛！难道这里发生了什么你不知道？难道首岭南没有回去跟你说，跟你表功么？

我飞了他一眼，目光中有一种轻蔑的东西。我在心里苦笑了一下，别在我的面前装了，自己手下的人做了些什么坏事，你还能不知道？

我咬了咬唇，没什么好脸色地丢给他冷冷的一句话，你跟我来，我带你去见几个人。

他想了想，问我，你要带我去见什么人？

我说话的声音突然间变得尖利了，我说，你跟我去，见着了你不就知道了！

我把他带到楼上，带到大嫂和金子贵的房间，把虚掩着的门推开了。

站在门外都能闻得到的，是大嫂的睡房里熏着的艾叶气味。我每天都在大嫂的房里熏三遍艾叶，不然，大嫂的房里就有一种气息让人恶心作呕。我不知道那是否就是人死亡的气息，或是人行将死去的气息。

从大嫂房里溢出来的气息，绝对让蒋玉湘的肠胃痉挛了一下。

我说，你闻不得就捂住嘴巴，你要见大嫂，她就躺在床上。

他倒是没有去捂住嘴巴，而是坚持着挺住了。

他说他没见着大嫂。

我说，你看大嫂的床上，大嫂就在床上躺着，头朝着窗子。

他没有看到躺在床上的大嫂，这并不奇怪。那床上就不像是有一个人在上面躺着的样子。换一句话说，大嫂已经不像是大嫂的样子，我不知道大嫂要是站起来，还有没有平常那么高，但她躺着的身子，足足低下去了一半。

看到病得不成人样的大嫂后，他急切地问我，大嫂是怎么了？大嫂能吃下东西么？给大嫂请了大夫来看没有？

大嫂死了一半多，又停下来，又活过来了，那是好些天以后的事情。当时我觉得他那些关切的话显得可笑。我苦笑了一下，我说，好吧，你见着大嫂了，大嫂就是这个样子了。我再带你去看金子贵和二爷。

去二爷、金子贵的坟墓的路上，我低着头走在前面，他就在我身后紧跟着，我们都没吭声，一路上只有踩在没膝深的野草上扑噜扑噜的脚步响。

我心里的想法未必如此，我肚子里有十天十夜也讲不完的话，要向他倾诉呢。他在我后面不吭声，显然是由于我的缘故，我不答理他，他说什么呀。

前些天，我和大嫂一道去二爷和金子贵的坟前时，脚步是那么滞重，就像两腿都灌了铅似的，靠身子来拖拽着两腿往前行。但眼下却完全相反了，身体无比轻盈，两条腿更是觉着轻快得不得了，好像是在梦中行路一样，像是贴着草地在飞一样。

在七月的阳光下生长得一片葱翠的草丛中，花开蝶舞。空气中弥漫着阳光与青草的气息。偶尔停下脚步来深深地呼吸一口这种气息，五脏六腑即刻就变得清爽了许多。

我强忍着、坚持着不回头去看他，我也不在乎他在后面怎么看我，尽管我自己也觉得这样做有些太过分。

就这样，我和他一路走到了二爷和金子贵的坟前。二爷和金子贵遭了首岭南的毒手后，我还一直认为，一个人的生命不会那么说消失就消失，说没了就没了，他们两个即便是躺在泥土中，也不会与活着的人这么快阴阳相隔。这种感觉，总会在我一个人独处的时候，或者是在一觉醒来的时候，或者是在面对他们遗物的时候，变得强烈。

奇怪的是，站在他们坟前，我又有了这种来无影去无踪的感觉。这种感觉让我坚信二爷和金子贵听到了我和蒋玉湘朝他们走近的脚步声，看到了我和蒋玉湘一前一后的两个身影。

我和蒋玉湘到了他们的跟前，他们还在投入地交谈着什么——用插在他们坟顶上过去了半个月依然绿油油的柏树枝，你一句我一句地交谈着什么。也许他们谈论的是田里的水稻该不该再撒一遍石灰的事情，也许他们交谈的是地里红薯挖完之后该不该种上一季冬小麦的事情，也许他们在谈论关于大嫂甚至是关于我的事情，所以他们才谈论得那么有兴致，那么来劲，所以他们才不在意我和蒋玉湘的到来。

蒋玉湘显然不知道我为什么在两堆新坟前停了下来，不知道为什么我带他去见二爷和金子贵，却来到了两座坟堆边。他站在我身旁，搓着手欲言又止。

你不是要见二爷和金子贵吗？我对蒋玉湘说，你前面的坟里埋着的就是二爷，我前面的坟里埋着的便是金子贵。他们就在你我面前，你不是有事要问吗？你不是有话要说吗？你要问什么，说什么，就当着他们两个的面。

蒋玉湘嗫嚅着说，红豆，你不是在开玩笑吧？

我说，我没有开玩笑，我怎么会开这种玩笑？你当我还是个任性的小孩么？

蒋玉湘道，我还是没弄明白，二爷和金子贵好好的，上次我来的时候，他们俩还生龙活虎的，莫非他们是遇到了什么不测？

我抬起头，观察着他说话时脸上的神情。我想从他的脸上看出些什么来。

但愿他脸上那些痛苦的、茫然无措的表情是真实的，不是故作的。

二爷和金子贵的惨死，是因为首岭南的暗算，这一点我已经深信不疑，但首岭南背后，是否还有幕后主使，如果有，那个要置二爷和金子贵于死地的人，应该是谁呢？

我当然怀疑过蒋玉湘，我不可能不怀疑他，尽管我对他的怀疑只有一点点，而且稍纵即逝。我对他的怀疑有我的理由：如果他在乎我与二爷曾经相好过的那段日子，那么，男人内心的嫉妒，就可能是最大的动机。

我按着自己的臆想与猜忌，瞥了一眼蒋玉湘的额头说，二爷和金子贵是死于非命的。有人害死了他们！

蒋玉湘看着我的眼睛，他的眼睛睁得大大的，一动不动。他疑惑不解地问我，是在什么时候？是什么人干的？

我抿着嘴唇，故意停顿了一下，然后突然问他，半个月前，你和你小舅子首岭南在一起么？

他稍稍想了一下，摇头说，没有，我没和首岭南在一起。

我问，是你派了他带着差役去广西那边抓屈麻子吧？

他肯定地说，没有的事，我派他去抓广西那边的土匪？哪有那回事。你可能不知道，早二十天前，他就不在我永州府当差了。他给我留下一封信，带了身边几个人，另择高枝，投奔衡永郴桂道的道台大人了。你说半个月前，我指派他去广西那边抓土匪，这怎么可能呢。

我缓缓地说，如果真是你说的那样，暗算二爷和金子贵，就是首岭南自作主张了。

蒋玉湘有些激动，他说话时的语调也变得冲动而急促，他说，我还有些捉摸不透呢。首岭南只不过是见过道台大人一面，怎么那么快就能攀附上道台大人。人往高处走，他要去道台大人那里谋个什么差事，也不是坏事，前些天，我还给道台大人修了一封书信，褒奖他见多识广，有智谋，有胆量呢。首岭南不甘愿在我永州府，认为屈了他的才，影响了他的大前程。但我真的不知道他能有什么大前程，更没想到他会来金鸡岭对二爷和金子贵怎么样。

看来，是我误解蒋玉湘了。既然首岭南二十天前就不是他永州府的人了，又怎么能是他派来加害二爷和金子贵的呢？这显然是说不过去的事。

这个时候，蒋玉湘似乎已经从我的问话中听出些什么了。他显得有些委屈地反问我：红豆，难道你对我的为人还不了解么？请你相信我。

我哀叹地说，我不相信你又还能相信谁去呀。

看到我稍微冷静了一点，蒋玉湘认真地帮助我分析这件事情的前因后果。他思忖着说，莫非首岭南他们几个去衡州时，专程绕道来了这里？

我说，是不是绕道来的我不知道，反正他们来了这里。他们口口声声说要去广西那边，去清水湾村抓屈麻子，死要见人，活要见尸，还邀上二爷和金子贵去给他们带路……

话说到一半，我停了下来，我看了眼二爷的坟头，看了眼金子贵的坟头，看了眼坟后边那几棵耸立在杂草丛中的翠柏，我兀自摇了摇头，按捺不住内心的伤痛，噙着眼泪哽咽道，二爷和金子贵差不多是被他们生拉硬扯去清水湾的。二爷其实不想去的。二爷去之前，就有过担心的，好像知道此行凶多吉少。果然，他们回来了，二爷和金子贵没有一起回来。他们说二爷和金子贵要在清水湾耽搁一下，找个地方把屈麻子埋葬了。可后来是屈麻子和几个他的手下，把二爷和金子贵的尸首抬了回来。

蒋玉湘说，如此说来，二爷对清水湾之行，早有预感。看来二爷对首岭南还是有所防备的。知人知面不知心，我和首岭南天天在一起这么长时间，却没有意识到他的居心叵测。二爷跟首岭南接触并不多，居然能看出首岭南是个什么样的人。

我说，就是首岭南撒了弥天的谎，做了丧尽天良的缺德的事。

蒋玉湘痛心地感叹，首岭南呀，这是为什么呀？你怎么忘了二爷和金子贵都曾救过你的命呀！他们哪里与你过不去了呢？

我望着两座新坟，终于忍不住大声痛哭，二爷呀！金子贵大哥呀！我和知府大人说的话，你们都听见了，到底是谁害了你们，当然只有你们最明白。但是，我和大嫂被蒙在鼓里呢。你们兄弟两个，又不托个梦什么的，告诉我们一声！现在知府大人就在这里，你们不会就这样死得不明不白……

我看到了蒋玉湘由于痛苦和愤怒交织而有些扭曲的脸。

27

在回去的路上，蒋玉湘给我分析出了首岭南对二爷和金子贵痛下杀手的原因。

蒋玉湘说，无利不起早，首岭南不会无缘无故绕道来找二爷和金子贵，也不会无缘无故就对二爷和金子贵痛下杀手。

我问蒋玉湘，那又会是什么原因呢？

蒋玉湘低头沉思了好一阵，说，别人的心思我都摸得透，这个世界上，有两个人的心思我却难以捉摸。一个是我那个岳父首一望，他那双眨巴的眼睛，总是在算计着。但你永远搞不明白，他在算计这个，还是算计那个，是在算计来，还是在算计去。他此刻把东西卖出去，算计的也许是他什么时候把东西夺回来。在这一点上，首岭南与他父亲如出一辙。所以说，这一对父子，是世界上最让人摸不透心思的人。

我点头说，可能他们首家的人，祖祖辈辈都是流着一样的血。

芙蓉啊，但愿你身上那样的血流得少一些。

蒋玉湘从另一个角度分析说，首岭南也许是想从二爷手里拿走些什么东西，给道台大人做见面礼，孝敬道台大人。要么是钱，真金白银的；要么是别的什么比真金白银更贵重、更值钱、更有用的东西。

我在鼻孔里哼了一声，道台大人也是贪官一个么？

蒋玉湘叹了口气说，你不知道，衡永郴桂道的道台大人在年前买这个官位时，花了多少银子的本钱。他能不贪么？我们的大清朝呀，不是贪官有多少的问题了。满朝官员都差不多，能贪多大就贪多大，能贪多久就贪多久。就在永州府所辖的范围之内，永州镇总兵樊燮，冒领士兵钱粮，擅提廉俸达到数千两白银；道州的知府陈敏增，不干公务，只知道贪污；江华县知府刘兴恒，暴戾恣睢，一心在县城内开赌局。他们一个个都是些蛇蝎之辈，虎狼之辈。

说到那些贪官，蒋玉湘只能无可奈何地摇头。他略微想了下，又说，首岭南要送道台大人金条银锭，也用不着来找二爷呀！他自己的家里，金条银锭少了么？就是他们几个一起去挑，也挑不完呀。

我说，他家里当然有他花不完的钱财，再说，只要派得上用场，精明的首一望是毫不吝啬的。他把女儿首芙蓉嫁给你蒋玉湘，还赔上那么丰厚的嫁妆，就是最有说服力的一个例子了。

说到你首芙蓉时，我看见他的脸上有一丝勉强的笑意。在我和他两个人在一起相处的时候，每每我提到首芙蓉三个字，他都会是这么一个看上去有几分尴尬又有几分真实的表情。我倒是喜欢见着他这种表现得难为情的表情。

沉默了一会儿，我突然有些神秘兮兮地对他说，如果首岭南送道台大人几十把枪呢？道台大人会喜欢吗？

蒋玉湘说，道台大人手下有兵，有兵就有枪。蒋玉湘边说边不置可否地摇了摇头。

我又说，如果是洋枪，像首岭南手里拿的那样的驳壳枪呢？

蒋玉湘的眼睛有些异样地望着我说，那就是另外一回事了。首岭南跟道台大人初次见面，是在永州府衙，道台大人就曾问过他哪里来这么一把好枪。首岭南手里的那把洋枪，是给他自己挣足了面子的。首岭南回道台大人的话说，那是德国造的最新式的驳壳枪，是一把十分难得的快枪，又快又准，指哪打哪，指谁打谁。道台大人当时就馋得不得了。眼下时局这么乱，革命党人闹哄哄的，道台大人当然稀罕这样的枪了。不是钱不值钱，而是命更值钱呀。但是，二爷手里怎么会有这样的枪呀？怎么会有几十把这样的枪呢？

我把头扭到一边，避开蒋玉湘像是盯着我，要我正面回答的目光。

幸好路边有一丛灌木，椭圆形的树叶，正面是碧绿的，背面却是血一样的殷红，它们在徐徐的风中翻舞着。我故意把话题扯开，问蒋玉湘，这是什么树木呀，摘两片对生的树叶，就可以当一件衣服的衣领子了，红的当面子，绿的当里子，一定会好看。反过来，绿的当面子，红的当里子，也会很不错。

透过那丛灌木，可以居高临下地看见潇水河在金鸡岭下拐弯处的河段。河水很清，蓝晶晶的，似一个身着素装的少妇，明净而妩媚。

我没想到，从那里还能看到一部分二爷和金子贵他们三四年前开垦出来的水田和旱地，还有已是牛去栏空的牛舍。

好在那天屈麻子把牛牵走了，要不，这十多天没人照料，那些牛早饿死在牛栏里了。

我站在路边上，静静地想了想，发现自己要问蒋玉湘的话，都问完了。关于二爷和金子贵的死因，也有了一个结果。这个结果就是：第一步，首一望把首岭南从德国弄回来的驳壳枪卖给了二爷。首一望用那些枪换了二爷他们积攒了多年的海盐，而那些海盐经了首一望的手后，全变成了金灿灿的金子和白花花的银子。第二步，首一望把首岭南从德国弄回来的驳壳枪的去向，告诉了首岭南。首岭南知道二爷手里头藏着那些枪后，遂一次次地"光顾"这里。那些枪，是首岭南来这里地唯一目的。第三步，首岭南为了那些枪，演了一场场的戏，设了一个个的局，可谓是机关算尽。

二爷为什么宁可被首岭南折磨至死也不愿把枪交出来的原因，我不得而知。二爷有他自己的主见，二爷有他自己的判断。二爷也一定想到了，枪不是杀人的东西，枪不杀人，拿枪的人才杀人。

知道二爷是个什么样的人，才会明白二爷做人的一些道理。

我不再提那些枪的事了，我对谁也不会再提。二爷把那些枪看得比命还重，我得替二爷守着那个秘密。

所以，在蒋玉湘面前，刚提到枪的事，我就小心自己说的话了，我就不再往下说了。再往下说，就必然触及到那个秘密了。

蒋玉湘见我避而不答，也没有再说什么，再问什么。

我和蒋玉湘在本来就不宽的小路上并排走着。时不时地，不是我的手碰着了他的胳膊，就是他的手臂贴着我的腰窝。心里平静的时候，两个人能这样蹭蹭摸摸、触触碰碰的，倒也不失为一种令人神往的、心荡神驰的趣事，但在当时那种心在滴血的情况下，哪里还有这种闲情逸致呀！

我错过了那种美妙的、令人心醉地感受。

我在想一件十分窝心的事儿。真是不是冤家不聚头啊，我捂着自己疼得钻心的胸口，喊你首芙蓉，喊你父亲首一望，喊你弟弟首岭南。当年我想与蒋玉湘相亲相爱过日子，是你们首家拦着我。现在，我要过些简单而安静的日子，又是你们首家的人挡着我。我在你们首家的门槛上，重重地绊了一跤，又一跤。两次都绊得我差一点就爬不起来了。你们首家为什么要这样与我过不去呢？我上辈子造了什么孽么？我的祖辈们造了什么孽么？欠了你们首家阴债么？

红豆，你怎么了？你的肩头在发颤。我耳边响起蒋玉湘关切的、柔情的声音。

我知道自己的肩头在发颤，我的整个身子都在发颤。不知是因为愤恨还是因为怯弱，我感到自己的生命被首家无情地席卷一空了似的。首家啊首家，你就像一座望不到顶的高山横在我面前，我走投无路，我恐惧不安。

我哀怨地看了蒋玉湘一眼，泪水出来了，话却湿在了舌头之下。如果蒋玉湘把我脸上的泪水理解成是对二爷和金子贵的悲伤，那他就弄错了。我是在悲我自己，我是在伤我自己。

蒋玉湘对我说，前边有棵柏树，我扶你到树荫下歇一歇，好不好？

他看似漫不经心的一句话，其实是动了心的。动了他的心，就能动我的心。就是这么一句话，给我带来了莫大的安慰。

我的手腕稍稍往外边撇开了一些，搭在他刚好伸过来的手掌上。牵手的那一刻，我心头就像荡过一阵惬意的凉风，好像自己被从深不见底的旋涡之中捞了出来。

我的身子还在发颤吗？我问他。

他说，是的，就像没有盖上灯罩的灯火一样。

我说，你得把我抓紧了，你得把我扶住了。我若是跌倒了，就肯定起不来了。

他显得很轻松似的一笑，我说，要不，我来背你吧。

我的嘴角划过一丝笑意，说，记得我小时候，你背过我。但我忘了你是怎么背我的了。

他说，那就让我再来背你吧，跟小时候一样。

我摇了摇头说，前边就是树荫了，就两丈来远，还背什么背呀。我有意与他多说几句，却无心与他调笑。蒋玉湘也有些疲惫，我还不知道他今天是走了多远的路来到这里的呢。

那棵柏树真是成人之美，在地上投下了一大片阴凉不说，阴着的地方还全是又细又软又厚实的铁马鞭草，就像在树下铺了一张碧绿的羊毛毯子似的。一屁股坐下去，我的头就往树干上靠，结果却靠在蒋玉湘伸过来的肩头上。也许那才是我心底里更想倚靠的地方。

他的下巴压在我头顶的位置，从他鼻孔里呼出来的气息，直吹拂我额前的散发。我的后背贴着他胸脯，我能够感觉到它的起伏，它的一起一伏都像翻腾着的波浪，扶着我乏力的后背，给我力量的同时，也给我舒服的温度。

我的心情稍稍平复了一些，就在这个时候，蒋玉湘的唇挨着我的耳廓，无限深情地发出了让我顿时就软在他怀抱中的声音。

他说，我来晚了。

他说，苦了你了。

两句话，加起来不过八个字，却让我找到了自己的依靠，让我从黑暗的深渊中看到了亮光。我满肚子的苦水，我满腔的悲伤，我满眼委屈的泪水，终于在那一瞬间有如春洪似的开了闸。

我哭诉着说，你是来迟了。你是来迟了。你怎么不早来呀？哪怕早来一天，早来半天，早来一个时辰。

我一边哭诉着，一边恨不得把身上所有的力气聚集到手指上，拧他，戳他，掐他。我的哭诉一时停不下来，我像疯子似的，在高兴与悲伤两种情绪之间跳跃着，歇斯底里地叫唤道，我是苦了。我苦死了。别人的苦有边，我的苦无边，我掉在苦海里，我想找点什么东西让自己浮起来，可我找不到。我找不到呀！我真是苦海无涯呀。我真是苦海无边呀。我真是苦不堪言呀。

蒋玉湘用他的衣袖擦拭我脸上的泪水，他把两个衣袖都擦湿了。他没说什么，他用不着说什么，他只需用那双弥满着怜惜，表现得无比自责的眼睛默默地看着我，不要分神，不要移开半点。

他做到了，他做得很好，他让我痛痛快快地哭了一场，让我把久积于胸的屈辱怨愤，淋漓尽致地发泄了出来。我要用自己的哭诉，把我自己送回到茫茫的人生路上去。

我忽然想起一件事：首岭南来到伙铺那天，说他是和蒋玉湘一起离开永州城的，在道州才分的手，他和手下的人来了金鸡岭，而蒋玉湘去了桃花镇，去给新建的桃水河桥剪彩。

蒋玉湘没随他们一起来金鸡岭，而是去了桃花镇，不是到我身边来，而是往你首芙蓉那边去，令我嫉妒至今，令我耿耿于怀。

我问蒋玉湘，是否真如首岭南所言，他去了桃花镇，却没有到这里来？

蒋玉湘说，桃花镇上被洪水冲垮的石桥重新修建好了，这一点不假。修桥的银两，是我哄岳父大人首一望独家捐赠的，首一望当然也希望我回去给新桥剪彩，挣个脸上的光彩。不过，我只是修了一封书信派人送到桃花镇送给他，说修桥铺路是积德行善的事，走路过桥的人会记着行善的人，会念着行善的人。花费银两去剪彩，还不如在桥上再修一个遮阳避雨的亭廊，好事做到底，行善行到家。

蒋玉湘说着干笑了一声，煞有介事地说，我这个岳父的钱，我不给他指点指点，他就不知道往哪里花。如果桃水河上有这么一座风雨桥，对那些路过的盐客还有出入桃花镇的乡亲来说，那是多好的一件事情呀。

我有些暗自高兴地问，难道首岭南对我说的是谎话，你真的没去？

他说，我就是心里想回桃花镇去看看家里的老人和孩子，也走不开。真不知道前任知府是怎么当差的，永州府衙，可以说是积案如山。加之逢着百年不遇的旱灾，永州府所属的七个县，每个县都有灾情。事情忙不过来，恨不能一天当作两天用。说完，他又马上补了一句，我如若是回桃花镇，肯定是会先到这里来的，我说的是真话。红豆你说，我能不先到这里来吗？红豆你说。

我用不着说。

除了蒋玉湘的到来，我找不出别的什么原因，能让大嫂半睁开眼，半启开唇，还能吃些东西了。

蒋玉湘到来的当晚，我试着端半碗鸡汤去喂大嫂喝。天啊，大嫂的喉咙在动，那就是说明她在主动地喝，而不是像此前总是要我强行灌，才咽下去一点点东西。

这是大嫂十多天来呈现在我面的前最好的状态。我高兴极了，这是一种好的迹象，一种让我喜出望外的迹象。这让我坚定了大嫂会从此慢慢好起来，而不是糟糕下去的信心。

灯光下，尽管大嫂的脸颊失却了往日的红艳秀美，显得苍白而消瘦，但是我看见了大嫂半张开的嘴唇间，两排依然不变的珍珠一般的牙齿。

感谢苍天，大嫂没有像一座纸牌搭成的房屋似的，被厄运的手指一戳就完全倒塌了。

大嫂有幸在昏睡之中，找到了一条与阎王爷擦肩而过的路。我和蒋玉湘满怀期望地在路当中等着她，候着她，希望她能与我们结伴而行。

　　我俯下身子，靠近大嫂那双微微睁开的，像是被灯光照得有些刺眼的眼睛。

　　我对大嫂说，是我，大嫂，是布谷，你看得见么？你看得清么？是晚上了呢，房里点着灯呢。

　　我以为大嫂的眼睛会完全睁开，会放出亮光来，但是大嫂的状态并没有我想象中的那么好。

　　金子贵死于非命，对大嫂身心的打击，是超乎我的想象的。

　　大嫂没有用眼神来回应我，没有用声音来回应我，她那垂下的眼帘就像是云遮雾锁的金鸡岭山巅，她那没有血色的苍白的脸就像披了一层蜡。但是，我眼前的大嫂，比起蒋玉湘到来之前，已经让我放心多了，踏实多了。

　　离开大嫂的房间，从楼上下来的时候，我长长地吁了一口气，压在我心上的石头终于挪开了些。我得感谢大嫂自己的努力，我得感谢蒋玉湘的到来。我真的感谢他们两个人。

　　皓月当空，后院里溶溶的月光无处不在。悄悄在楼梯口等我的蒋玉湘，看着我一脸欣喜地从楼上下来，似乎要张嘴问我什么。他一定是在为大嫂的身子担忧着，急切地想知道什么。我拉着蒋玉湘的手，离开后院，穿过堂屋，我要他陪我一起到伙房烧热水洗澡。

　　用稻草引燃膛炉里的枯枝后，我突然感觉到，以后的日子，如果没有大嫂，我会要吃的没吃的，要喝的没喝的。因为我到柴房里抱柴的时候发现，紧邻着伙房的柴房，已经空空如也。

　　这些天，我天天进柴房里抱柴烧，竟没有到外边捡些柴回来备着。如果大嫂在，守着一座座古木参天的大山，怎么也不会出现没了柴火，连洗澡水都烧不出来的窘迫境况。

　　蒋玉湘朝我挤了挤眼睛，带着些开玩笑的口吻说，怎么样，我们将就一下，洗冷水澡算了。

我说，我从生下来的那一刻起，就没有洗过冷水，别说洗澡，就是洗个脸，洗个手，都没有洗过冷水。

蒋玉湘不紧不慢地说，要不，我们都别洗了。被冷水洗出病来，倒不如不洗。

我没有让他看我的笑话，我想到了一个去处，那里可以洗热水澡。我忽然想起了大嫂发现过老虎脚印的温泉。

出了院门往左，沿着通向后山的小路，差不多到半山腰的位置，就是大嫂带我去过很多回的温泉所在之处。路是多年来二爷和金子贵他们用赤脚踩出来的，在丛林中弯弯曲曲，随地势起起伏伏，但并不是杂草和荆棘乱生的路。知道大嫂在这条路上来来回回走得多，细心的金子贵早把路边的荆棘连根挖了，还在里面潮湿的地方，铺了些从河床上挑来的石头。走在那条路上，就像走在首家大院后院的花园里，蜿蜒曲折，但整洁舒坦。

蒋玉湘说要提着马灯去，我说用不着，再说，还有个比太阳少不了多少光亮的月亮，在头顶上照着呢。

丛林中，万物都安息了，万物又都在生长着。清新的空气中，夹杂着花草和树木的芳香。路边上的草丛和杂树中，鸟唱虫鸣。月影朦胧，处处都能把我们留下来，驻足聆听、赏心悦目一阵。但我们没有在路上浪费一刻时光，我们像是长着一双翅膀的鸟儿，飞向温泉，飞到了温泉。比我们飞得更快、到得更早的是那天上的明月。当我们来到温泉边时，她已如一个裸着身子的处子，静静地浸泡在温泉当中。

若有若无的山风，若有若无的波浪，若有若无的水霭，若有若无的天地，宛若在梦幻当中，宛若在梦境当中。我对温泉中的月亮说，来自上天的仙女呀，你占着我的地方了，你得挪个地方，要不然，我就会把你挤到一边去。你看，我还有个帮手，他可是堂堂的永州知府大人哟。

我像是一只快乐的狐狸似的媚笑着对他说，我要下去了，我要下去洗澡了。

我说罢，扶着平日里大嫂用来搓洗衣物的那块光溜溜的青石板，下到温泉池子里去了。

温泉的热水浸着我的脖子时，我咻咻地叫唤起来，不是水温不合适，而是因为看起来清澈见底，似乎并没有多深的池子，比想象的要深。我站在池子的中间，站在之前月亮明晃晃浮着的位置。月亮不见了，像被我捣碎了似的，从清澈的波浪中，零零碎碎地浮到水面上来。在荡起来的水波中，月光晃动着一片片碎银似的光。它们在我眼前，在我身体四周跳跃着，闪耀着，飘忽着，颤悠着，好似千万只银色的蝴蝶打水面上飞起来，好似千万朵梨花打头顶飘落而下。

红豆，你不要到水深的地方去，靠池子边上站着，水就没那么深了。岸上的蒋玉湘有些担心我。

我说，你快些下来吧，我不会游水，不像你。我是个旱鸭子。

我朝他嘻嘻地笑着。他一边肩头掮着高高在上的月亮。

月亮在清湛湛的天幕中，若无所依地悬着，仿佛就要掉下来，掉到半山腰间茫茫的树林中去。

借助水的浮力，蒋玉湘没花多少力气就把我从池子中央拽到了池子边上。

在此时此刻，我一双迷离的眼睛看到的这个世界，没有贫富贵贱，没有尔虞我诈，没有浓稠黏稀、软硬烂脆。你首芙蓉也好，欧阳满珠也好，还是秀才娘子首玉琴也罢，你们在你们的世界，我在我的天下。桃花镇也好，金鸡岭也罢，哪里都有能容得下相亲相爱的两个人的地方。

我撩了一把热水淋在我胸前，让泉水和月光一起放任自流。水面上依稀倒映着晴朗的夜空，倒映着静寂的树林，浮荡在我的眼前。我在不知不觉间酥软了，还在不知不觉间酥烂了，那情形就似整个身子都要融化在池子里，融化在月光里。

我自私地想，蒋玉湘永远都不去沾你首芙蓉的身子才好。让你成为他的大太太，却有其名无其实，有名分却没有实质。你首芙蓉不是取代我成了蒋家的儿媳妇吗？你取代了我，别人还为你祝贺，还让我一度内心受到良心的谴责，天地良心啊！应该受到谴责的人是你，应该受到惩罚的人是你，是你拆散了我和蒋玉湘。

我现在和蒋玉湘在一起，在外人看来是偷情，是暗地里幽会，是伤风败俗，是对他人的背叛行为，足以让置身其中的我和蒋玉湘都背负着罪恶感、羞耻感。我也曾经这样自认为过，但是，现在我改变了想法。我和蒋玉湘这样，是天经地义的。我和蒋玉湘的爱，才不是一个空壳，而是有血有肉、真心实意的。我和蒋玉湘才是两心相悦、天长地久的。

在那个月光普照的峡谷里，我看到了百鸟朝凤的景象，我看到了龙飞凤舞的景象。

我仿佛听到从遥远的地方传来的歌诵月夜的声音，它们来自不同的方向。

北方吟诵道，更深月色半人家，北斗阑干南斗钟。今夜偏知春气暖，虫声新透绿窗纱。

南边吟诵道，玉楼天半起笙歌，风送宫嫔笑语和。月殿影开闻夜漏，水晶帘卷近秋河。

东边吟诵道，云想衣裳花想容，春风拂槛露华浓。若非群玉山头见，为向瑶台月下逢。

西边吟诵道，晓镜但愁云鬓改，夜吟应觉月光寒。蓬山此去无多路，青鸟殷勤为探看。

这个世界就是我们两个人的世界。又仿佛这个世界里，就只有两个未曾躺下来的人。

回去的路上，我们不由得开怀大笑。笑过之后又开始扯开嗓子嚎叫。金鸡岭的满山满谷都是我们的笑声和叫喊声在回荡，在萦绕，经久不散。

我们在随心所欲的欢笑与发自肺腑的呐喊声中，一会儿他前我后、一会儿我后他前地追逐者，忘情地嬉戏着。

芙蓉啊，长辈们不是要我们打小就诵四字女经，习三从四德吗？什么话莫高声，轻言细语，归宁看亲，有话莫申。父母不明，听说生嗔。逸言细语，从此而生。什么行莫乱步，坐莫摇身，笑莫露齿。坐床缠脚，整顿衣裙，头发梳束，方出房门。……

诚然，你在蒋家大院的高堂之上，做着大少奶奶，做着堂堂正正的知府夫人，你要是不守妇道，不遵循三从四德，你就是自己打自己的脸了。

而我在这深山老林里面，出门是山，进门是枯灯残影，你说，我要三从四德做什么？我能不把它们扔得远远的？

我把三从四德当作树下的枯枝烂叶，捧起来，往头上一撒，扔得它们满地都是。

我高扬着双臂，朝前边的蒋玉湘跑过去，高声地叫喊着，你快来接着我，我把我自己扔出去了。

我到他的身边时，他却闪开了，让我到他的前面去了，他在后面追我，我故意放慢脚步，让他追上我。我们停下来，他拉着我的手，反复地做着把手里的东西扔得远远的动作。

他说，我们把首岭南扔掉，他是个又阴险又歹毒的假洋鬼子！

我说，我们把杨开福也扔掉吧，他不是一条识相的好狗。

他说，我们把首一望也扔掉，他一身的铜臭让人闻着恶心。

我说，我要把秀才娘子首玉琴扔掉，别看她平日总是拣素色的布料做衣装，她的衣裳里包裹着的却是一身没有温度的皮肉。

蒋玉湘说，好的，我们把她扔掉。但是，在扔掉她之前，我们先把首芙蓉扔掉吧。

蒋玉湘亲口说出这样的话，让我吃了一惊。我目瞪口呆地凝视着他，他脸上的神情是严肃的，是真实的。

我说，你怎么能把她扔掉，她才是你的夫人呢。

他坚定地说，我就是要把她扔掉，连同她的父亲，她的弟弟，连同整个首家大院，统统地扔掉。她是我的夫人又怎么样呢？在我的心里头，她不是我的夫人。就是因为她，你才痛心疾首地离开了桃花镇。就是因为她，我们在一起才这么艰难。

我说，那不是她的错，至少不是她一个人的错。我不觉得她在那个位置上的日子过得很开心，你的心不在她身上，她不会不知道。这一年半载的，你不回一次桃花镇，她能开心？她要是知道你路过桃花镇连脚都没停一下，而是直奔金鸡岭下，来到我这里，她能开心？我半开玩笑地说，留下她吧，别把她扔了，我早就没把她当一回事了，我不在乎她，有她没她都一样。我和她这一辈子，都隔开几个世界了，生不能见面，死不得同路了。

芙蓉啊，说实在话，我和蒋玉湘在一起的时候，我总会想到你，一想到你孤身一人在蒋家大院，翘首以待自己的男人回来，我就更加欢欣和满足。

我做了一个从地上捡拾起什么东西放回到他手里的动作，带着嘲讽的口吻说，留着她，这是一个最好的摆设。

后来，他要把《柳河东文集》扔了，我也拦住了他。我知道他若是把《柳河东文集》也扔了，那我就成了千古罪人了，我会把永州府所属七个县的百姓都害了。

男女之间的事，是不能和男人的事业、前程、胸怀、志向混淆在一起的，那是两回事，是两码事。在蒋玉湘的心里，我得主动给《柳河东文集》腾地方，让地方。

扔了该扔的东西，我们心里头轻松了，就像长了一对翅膀，能腾空而起了一样。

28

有人说借助相爱的力量，就能长出翅膀来，像大雁那样飞过千山万水，因为万水千山都不能把两个相爱的人阻隔开。

有人说女人常常会为了一段感情去轻生，而不愿意为了长生而舍弃一段感情。

这些话，我有时信，有时却不敢相信。因为人和人之间、情分和情分之间，是千差万别的，是因人而异的。谁说千山万水不是阻隔？我和蒋玉湘真心相爱，相见一次却是那么不容易。谁说为了一段感情就值得去轻生呢，我没死，我活着，与蒋玉湘的欢会才得以从桃花镇延续到了金鸡岭。

我和蒋玉湘能有今天，能像眼前这样相逢随缘，难道不是因为我有幸在金鸡岭苟活了下来？我离开桃花镇没有错，我活下来没有错，蒋玉湘到永州赴任却绕道来到金鸡岭下更是歪打正着。

怎么这么巧呢？他怎么就会绕道来到金鸡岭下呢？是上天这么安排的么？是上天对我的垂怜么？

我活下来是命数；我们能够邂逅在一起，则是情数。我们这样，对你首芙蓉来说也是极其公平的。你对我和蒋玉湘的私情一无所知，对你来说是一件好事，你不用去在意蒋玉湘对你的冷落，你还可以为蒋家生下儿女。

芙蓉，如果你相信自己得到了这个男人的全部，你就会心满意足。你也许在被花轿抬进蒋家大院之前，就憧憬着在那个院子做夫人的与众不同。

蒋家代代有人在朝廷为官，男人在外为官，女人在家教子守空房，历来都是那样。

蒋玉湘的亲娘是你、我都见过的。要说我们的长辈中谁最漂亮，谁最美丽贤淑，谁最是我们晚辈所仰慕和内心向往的，那个人不是你我的亲娘，也不是你我亲属中的哪一位女眷，而是蒋玉湘的亲娘。你母亲和我母亲都叫唤蒋玉湘的亲娘梅妹妹。你母亲和我母亲都要我们称呼她梅姨。如若她还健在，我仍叫她梅姨。但是，你该叫她婆婆了。

梅姨嫁给老爷蒋广林后，在蒋家大院里生活了十九年，但与在外为官的蒋广林生活在一起的时间，加在一起却不足一个月。

我还记得在《梅娘书》里她是这样描述她与蒋广林的那段夫妻的情分的：

> 我是宋家绣楼女，姊妹齐声唤梅娘。
> 梅娘梳头十八样，红帕盖头嫁蒋郎，
> 蒋郎科考中进士，夫贵妇荣岁月长。
> 蒋郎为官赴远方，不知一去多少年。
> 一送郎君马一匹，二送郎君马上鞍，
> 谁知一去十九载，只有书信到家坊。
> 不知夫君哪样想，不知做官在哪乡，
> 皇恩浩荡隔千里，却是有家不得还。
> 桃花镇上桃花落，容颜老去在镜前，
> 梦里相见不相识，日里盼望眼欲穿。
> 儿亦不识父亲面，女亦不知父为官，
> 早知韶华付流水，不如在家种稻田，
> 早知有家难团圆，不如庙里守青烟……

梅姨在病榻上没有盼到蒋广林老爷回来。她是睁着眼睛、挂着泪水去的。她去了之后两个年头，蒋老爷告老还乡，那里，她墓地上的草，长得比坟头还高了。

比起梅姨，你首芙蓉幸运多了，幸福多了。蒋玉湘在永明做县丞，当县令，在永州府当知府，都是在本地为官，不像蒋广林老爷那样在远得家人去不了的外省。

尤其是蒋玉湘在永明当县丞、做县令的时候，稍有空闲就回桃花镇。他要回来得少，蒋广林老爷还亲自到县衙里找他，像牵牛一样牵他回去。现在想来，蒋广林老爷之所以会亲自到县衙里找蒋玉湘回蒋家大院，是因为他老人家不想你首芙蓉成为第二代"梅姨"。

他回去得多，你首芙蓉也在那些年，生下大少爷又生下二少爷，接着生下大小姐，有儿有女在你膝下撒着欢儿。还好蒋玉湘不是去做皇帝，还好你不是被招进宫中做嫔妃。

你还背得上辈人传下来的《周氏女探亲书》吗？她在大宋的皇帝老儿宫中，是受尽了皇帝老儿的冷落的。

我还能从头到尾把《周氏女探亲书》背诵下来，我来背诵给你听：

静坐宫前把笔提，未曾修书先泪流。

我是荆田周玉秀，修书一本转回家。

搭帮爷娘刚强在，一谢养恩二请安。

又有姑孙诸姊妹，一家大小可安然？

因为耐久无音讯，各位亲情想念深。

始我修书看目祭，一二从头诉原因。

搭附爷娘生下我，生下我来像朵花。

搭附家中多豪富，请个先生教弟郎。

我亦旁边跟起读，不分日夜念文章。

七岁读书到十五，满腹文章胜过人。

弟郎十六去过考，得做高官入朝中。

因为皇上看得起，问曰家中有哪个。

不该弟郎心腹直，说出家中有姊娘。

又曰姊娘才学好，满腹文章胜弟郎。

文章接到朝中去，皇上看了好喜欢。

一道圣旨差到人，要我入朝伴君王。

初到朝中好是好，却如凡人入天堂。

山珍海味当零食，丝罗锦缎做衣裳。

左右服侍宫娥女，笙箫鼓乐金玉堂。

可怜进宫十年满，只与君王半夜眠。

孤灯空镜渡时光，攀高方知高处寒。

不如在家织房坐，身边姊妹开得心。

不如嫁个凡夫子，粗茶淡饭心相连。

来世又为红花女，宁死也不嫁吾皇。

嫁鸡嫁狗嫁山猫，不嫁玉帝与君王。

……

我不知你是否与传闻中的周氏女感同身受，也许你对感性生活的麻木不仁，使你想的、要求的都单纯了，都简单了。你觉得蒋家大院上上下下，桃花镇街头巷尾，没有一个人不知道、不认识你是蒋家的大太太，是蒋玉湘的妻子，你已经很知足了，很满足了。

芙蓉啊，在你的眼中，形式比内容还要重要，唱戏的人比唱的戏文还要重要，穿在外边的衣裳比贴身穿的衣裳重要。是不是呀？

我敢肯定，你就是这么一个人，否则，你公公蒋广林劝你用不着守在蒋家大院里，而是要你去永明县衙陪着蒋玉湘，后又要你去永州府衙，给蒋玉湘做个伴儿时，你回你公公除了那句话还是那句话，你说蒋玉湘没要你去，你就不去。

蒋玉湘为什么不要你随他去，你根本就没有去想，你懒得去想吧。你懒惯了，从来就不动一动自己脖子上明明有一个的脑袋瓜。

你是不是嫁给了蒋玉湘，却仍然只对女书着迷？是不是还像你在首家大院做姑娘时那样，只有女书是你的兴趣所在，是你不能失去的依赖。

你做姑娘的时候，就只有女歌、女字、女扇、女帕之类的东西，能让你全神贯注，能让你废寝忘食。你现在还是如此吗？

在女书和婚姻生活之间，是女书是婚姻生活的一部分呢，还是婚姻生活是女书的一部分呢？你可能选择的是后者，女书早把你的精神和情感都麻痹起来了，扭曲起来了吧！

换作是我，是我在你那个位置，以你堂堂县令夫人、知府太太的身份，以我的脾气和心计，我一定不是你婆婆梅姨那样的，不是你首芙蓉那样的，我虽不会厚着脸皮去缠着蒋玉湘，但我一定会像放风筝似的牵着他，他飞多远，他飞多高，一是看他的本事，二是看我怎么让他借风势。同时，还能让我看得见他，让我拉扯得住他。

我得让他用八抬大轿把我请到县衙里去，请到府衙里去，踏踏实实地过日子，不会像守着活寡似的。

人的心思中，有一种入骨的恨，同时也有一种入骨的爱。你的可恨之处，就在于你对蒋玉湘知之太少。如果你对他没有一种入骨的爱，你就是糟蹋了他，你就是委屈了他。你在他的婚姻和两人世界里，也就是一个占着茅坑不拉屎的人。

也许你是无意的，但你的的确确像一条横卧在路上的狗，挡了我的道，更挡了蒋玉湘的道。

作为一个女人，从根本上来说，从内心上来说，她的世界就是一个男人，把人生的所有全托付给的那个男人，便是她的唯一的世界。当然，我也知道，这句话不能反过来说，去让一个女人来作为一个男人的世界。男人的世界在女人之中，又在女人之外，男人的世界比男人的胸怀更大，有本领有才华的男人，他们的世界甚至会大得没边。所以说，男人的世界可以是满世界。

正因为这样，我想方设法让本来是急着去桃川镇了解灾情的蒋玉湘，在金鸡岭下停留了两天。只是停留了两天。

我忘不了那是怎样的两天，我来告诉你那是怎样的两天。

在那两天里，只要是不闭上眼睛睡觉，我和蒋玉湘的眼睛，只要隔一小会儿，就要对望一下。我们用目光传递彼此内心的欢欣和喜悦。

我经常忍不住，嘴角挂着甜蜜的微笑嗔怪他，你能不能看些别的，你去看《柳河东文集》吧！你看我做什么呢？你看了这么久了，看了这么多回了，该看够了，看腻了。

他那双由于缺少睡眠而布满血丝的眼睛，在我的嗔怪声中还会睁得更大些，他有些无可奈何地说，红豆，你太漂亮了，你让我看不够，你让我越看越想看。

就在这两天，米粥辅助大嫂度过了最艰难的日子。到第二天，大嫂中饭吃过粥后，已经能自己侧一侧身子，手和腿都能动弹了。到了晚上，她能靠在垫高的枕头上，半坐起来，虽然看上去还是十分虚弱，面色苍白，形容消瘦，却居然出乎我所预料地对我说话了。

大嫂说，不知道是怎么了，早上你喂我的蜂蜜到嘴里是苦的，晚上的甜酒冲蛋，便有甜味了，还有酒的香气。

我高兴地说，大嫂你早上的嘴巴是苦的，现在不苦了，那太好了。大嫂还想吃什么，只管说出来，我马上就去做。

大嫂说，我不能一下子吃太多。白天有点热，我没睡好，我就想洗一洗，然后好好睡一睡。我像是好些天没睡觉了似的。

我冲大嫂一笑说，你不是好些天没睡，而是睡了好些天了。

大嫂擦擦鼻子，揉揉眼睛，打了一个很长很长的哈欠说，不知道怎么了，我睁开眼睛就犯困，闭上眼睛又睡不着，耳朵里面有人在敲锣打鼓似的，还有别的什么人说话的声音。

我跟大嫂说，大嫂，你是睡床上睡久了，睡得有些恍惚了，这屋里就我们两个人，没有人敲锣打鼓，也没有别的什么人说话。

我心里头却暗自担心，莫非大嫂听到我和蒋玉湘在楼下说的话了？听到我和蒋玉湘在楼下闹出来的动静了？

大嫂要是真的耳朵变得灵便了，我和蒋玉湘就不可以在这屋里太闹腾了。主要是蒋玉湘，他得收敛些了。

我离开大嫂的睡房下楼，蒋玉湘就在楼梯口上端着灯火等我，他正要张嘴叫唤我，我把手指压在撅得老高的唇上嘘了一声，示意他噤声。

他要是在这个时候叫唤我，大嫂肯定听得清清楚楚。为了避开大嫂的耳朵，我拽着蒋玉湘蹑手蹑脚地离开后院，穿过堂屋，直到大院门口才停下来。

我一屁股坐在门槛上，才轻吁了一口气，说，大嫂的身体恢复得也太快了些，差一点就要捉住我们了。我们若是被大嫂捉住了，大嫂会怎么看我呀？大嫂又会怎么看你这个斯斯文文的读书人呀？我会羞死去。

蒋玉湘和我在门槛上并排坐下来，我的头不由自主往他肩头上靠。蒋玉湘摩挲着我的肩头，安慰我说，大嫂对你好，也对我好，大嫂能理解我们的。我倒是觉得，有机会，应该把我们俩的事告诉她才对，我们不能瞒着她，应该告诉她，告诉她从头到尾我们是怎么回事。这是迟早的事，对不？红豆，到时候说不定大嫂还会很高兴呢。大嫂一看就是一个通情达理的人。

我说，是啊，我压根儿就不想瞒着大嫂什么，只是没有找着合适的时机，给大嫂干干脆脆地说清楚。大嫂还曾经悄悄地对我说过，我和你蒋大人看上去才是最为般配的一对，一个国色天仙，一个知书达理，郎才女貌。

我仔细想一想，大嫂这么敏感的人，或许早看出些什么名堂来了。我有些难为情地扭着头，仰起下巴看了蒋玉湘一眼，他的嘴角上挂着一种让我疑惑不解又心动的微笑，我甚至都不知道他是否认可我说的话。

我不方便向大嫂公开自己与蒋玉湘的关系，是因为我与二爷的那段经历。试想，如果二爷不出事，蒋玉湘这次来，说不定就是来喝我和二爷喜酒的。

鬼精明的蒋玉湘不可能没悟到我这一层理由，而他的聪明之处，就是从来不会点破这类让我情面上过不去的话题。从他那带着微笑的脸上，我看出了，即使明明知道我在说谎，他也不会让我难堪，他比我更在乎我会受到什么伤害。

蒋玉湘对大嫂印象之好，和我同出一辙。他说，大嫂是一个真正善良的好人，红豆，我上次来时就感觉到了。大嫂对你是真心实意的好，她就像你的亲姐姐。有大嫂这么精心周到地照料你，我才放心了些，我才稍稍宽慰了些。

在蒋玉湘到来之前，我和大嫂的艰难处境，真是不堪回首。想到这里，曾经有过的恐惧不安、悲惨无助，像刺骨的寒风一样在我的脸上和心里同时扎了一下。

我感慨万千地说，人都是这样，苦难之中见真情。所以，现在大嫂身体欠佳了，我就得守着她，精心周到地照料她，服侍她，只是我做不到大嫂对我那个份上去。好在大嫂这一次没有舍得丢下我，不然……

我还没有把不敢去想象的后果讲出来，鼻子就酸了。

蒋玉湘在低头轻吻我额上的头发，没有注意到我情绪上瞬间的变化。蒋玉湘说，红豆，我给你梳梳头吧。

我几乎没有思索，一下就答应道，好啊！

我又点着头略微有些意外地说，你会不会梳头呀？而且身边又没有梳子。

蒋玉湘说，用不着梳子，我的手指头就是梳子。

他挪动了一下身子，把我靠在他肩上的头调整到他胸前，他两条腿一条在门槛里边一条在门槛外边地张开来，把我软绵绵的身子，牢牢地夹在他的两腿之间。这样，我的双手也找到了舒服的去处了，就在他的膝头上搁着，他的双腿成了我的扶手。这种感觉很是温馨。

他梳理着我洗过澡后尚未来得及焐干的散发，不时用指尖在我的头皮上刺刺地抓挠。我闭上眼睛，享受着这份恬适和甜美。

这让我回想起在十来岁时，曾经有过这种被亲情围绕的感觉。但是，那个给我梳头的人不是他，而是他的母亲梅姨。

记得那也是一个秋高气爽的月夜，蒋家院子的天井里和院外的石坪上，都洒满了银色月光，院前的水塘里摇晃着月影、树影。梅姨带着我和你首芙蓉，坐在蒋家大院门口的青石条凳上，一边唱着女歌，一边嗑着我们那个年纪刚好喜欢上的红瓜子。我的丫头欧阳满珠和你的丫头蒋棋棋在挨着池塘边的柳树下荡着秋千。我们和梅姨在一起的时候，是她们两个疯丫头最自由散漫的时候。

　　蒋家的管家蒋仁里坐在天井里纳凉。天井里除了白白的月光，还有黄黄的灯光。梅姨问我多大了。我伸出手掌在她的面前摆了两次。梅姨那时候耳朵就有些不灵便了。对着她的耳朵大声说话，还不如打一个手势。梅姨显然是被我的手势惊住了，有些惋惜地看着我们说，芙蓉和红豆都是同一年的吧，你们才十岁，等于加在一起才有你们蒋玉湘哥哥大。怎么才好呢？你们叫他哥哥，把你们的年纪叫大了。你们叫他叔叔，又把他的年纪叫大了，还把辈分叫乱了。

　　梅姨的耳朵虽然不灵便，说话的声音却是大得出奇，一定传到隔着天井的书房里去了。我听见蒋玉湘在书房里咳了一声。

　　不知何故，梅姨突然提出来要给我们梳头。你摇头说自己晚上从来不梳头，梳头得在早上梳。梅姨说，芙蓉，你这孩子，还有这规矩？你说是你娘交待过，晚上梳头会做噩梦。

　　梅姨笑着说，那是你娘偷懒。红豆，你呢？你怕不怕晚上做噩梦？你要不要梅姨给你梳个头。梅姨给你梳两条大辫子、八条小辫子，大辫子搭到胸前来，小辫子挂在后面，最好看了。

　　天刚抹黑的时候，梅姨就是在池塘边洗头梳头的。我在一边看时，就一边在想，梅姨梳头的样子真好看。梅姨梳头的倒影，把池塘里的红尾巴鲤鱼都吸引过来了。若是梅姨能帮我梳头就太好了。梅姨梳头那么小心，那么细致，还不扯掉一根头发，不像那个欧阳满珠，每次她给我梳头时，她哪里是在梳头啊！她就像在地里抓草，一把一把地扯，疼得我哇哇地叫。

　　我早就想梅姨给我梳头了，只是开不得口。梅姨说要给我梳两条大辫子，我当然是喜出望外地朝梅姨点头，使劲地点头。

梅姨便一把将我拉到她的两腿之间，我站着，她坐着，正好差不多高。梅姨给我梳头，用的是她那把经常插在鬓边的牛角梳子。梅姨给我梳头的时候，我一下子就安静下来了。我在梦里梦见过的母亲给我梳洗头发的情景，随之浮现在我的眼前。

梅姨在月光下看着我说，红豆的这张俏脸蛋，原来是藏在头发里的，头发梳好了，俏脸蛋出来了。芙蓉，你说，是不是？红豆和你一样，都是圩上最漂亮、最经看的小妹子。

芙蓉啊，你站在一旁没有吭声，只是看戏一样地看着梅姨给我梳头。你深陷在眼眶之中的两个像葡萄一样的大眼珠子，突然间有一种怯怯的、躲闪的光，似乎不敢迎上来看我的眼睛。

不用去问，我都知道，你后悔了，你后悔放弃了这样的机会。你一定在心里责怪你娘，你娘为什么不让你晚上梳头呀？为什么吓唬你晚上梳头会做噩梦呀？

我摸了摸额头上几根飘散着的细发，对梅姨说，还有几根细细的头发没有梳拢上去。

梅姨说，那是我存心给你留着的，额头上散几根细发，头一摇，或者风吹起来，显得秀气。不然，头发就锁死了，梳死了，也呆板了，不好看。

我在梅姨的怀抱里撒着做女儿般的欢儿，你一定感到备受冷落吧。

你平常也是不讨梅姨喜欢的。在你家人的调教下，你从小就是一副冷漠、势利而高高在上的样子，让人一看，就知道是在装腔作势。

我不敢肯定，是否从那时起，梅姨就在给她儿子蒋玉湘物色未来的儿媳妇，但我坚信，如果她是在你我之间做选择，结果是不言而喻的。只可惜她去得太早，既没有等到自己的丈夫辞官回来，也没等到儿子长大成人，金榜题名。我也没有叫她一声婆婆的机会。

我倒是真心希望能有这么一个婆婆，我会做她在这个世界上最好的儿媳妇。

蒋玉湘从我的眼角摘掉几滴豆大的泪水，轻声地问我怎么哭了，怎么悄悄挂泪了。

我笑着说，这是不一样的泪水。

月光从黑沉沉的山梁上斜着照泻下来时，院外的樟树下便有了斑驳的亮光。蒋玉湘骑来的那匹枣红马，在樟树下休息了一整天。月亮一出来，枣红马像是被晃眼的月光惊了一跳，在原地踏了几步，从鼻孔里呼呼地喷气。

紧随月光的步伐，近处的树林，远处的山峦，和不远处的潇水河，从黑暗之中走了出来。山峦上缀着星星，潇水河上飘着水雾，而每一棵树都携带着它们各自的影子。在这样的月色下，我真有点怀疑自己眼前的景物是否真实。

我问他，我们两人这样形影不离的，像不像是一对夫妻呀？

他说，不是一对夫妻又是什么呢？

他这样的回答，是能够得到满分的。我给他的奖赏是多种多样的，有嫣然的笑，有紧紧的拥抱，有热烈的亲吻。

如若天上的月亮里，藏着梅姨那一双笑眯眯的眼睛，那么，梅姨见着我和蒋玉湘亲昵的样子，一定心里高兴。

能和蒋玉湘这样在一起，我内心的孤独真不知道跑哪儿去了。

蒋玉湘刚才给我梳头时，我略有些倦意，现在突然精神起来，身体也轻驰下来。月光下，我睁着一双大大的眼睛，充满好奇地望着蒋玉湘说，我想知道永州知府的衙门是什么样子，你给我说说。还有知府衙门里都有些什么人给你当差，你也给我说说。我是真的想知道。

蒋玉湘说，永州是个穷地方，在永州当知府，没有几个人真心想留下来干几件大事，更不用说自己花钱把知府衙门整修得大气些、中看些。所以永州知府衙门没什么可以拿来给你说，它比不过首家大院，比不过欧阳家大院，也比不过蒋家大院。

我说，哪怕它就是一座破庙，你也得告诉我它是怎么个破法。

他说，最好是去看看，眼见为实，你去看看就知道了。

我说，你还真想带我去永州知府衙门？你敢带我去吗？

他说，我是永州知府，怎么不能带你进知府衙门？我带你去知府衙门，不存在敢和不敢。

我一笑，说，我倒是想去，去见识一下你的知府衙门，看你怎么样开堂办案子，看你怎么样吩咐下人办这个差、办那个差的。可是我没有那个命，也没有那个胆。我怕别人笑话我，更怕别人笑话你。我是你什么人？我是你偷来的女人，我把自己送到知府衙门里去现原形么？我才不去呢。你请我去，我也不会去。我只要你给我说说，不说你的知府衙门，说说你这个知府老爷关注的那些事情也行啊。听你说说，我就能想象得到，我就能体会得到。

蒋玉湘禁不起我不依不饶地再三请求，只好对我说起关于永州的一些事情。

知府衙门里的人和事，蒋玉湘说起来索然无味，但提到永州知府衙门之外的永州之地，蒋玉湘则是兴致勃勃的。

在永州当知府半年多来的所见所闻和所思，蒋玉湘向我娓娓道来。听来蛮有意思的，可以说是引人入胜。

作为永州知府，他上任之前，就抱定了要师法柳宗元造福一方的决心。上任之后，他首先去的地方，当然是柳宗元在《永州八记》中提及的那些去处。

蒋玉湘绘声绘色地对我说，红豆，我们先去西山吧。柳宗元先去的便是西山。你闭上眼睛，我们和柳宗元一道到西山去看看。

那是在元和四年，相距今天一千多年。是在九月里的一天。我们先坐在法华寺的西亭，从这里遥望西山，西山胜景，令人称异，令人稀奇。然后越过小湖，沿着一条叫作染溪的小河前行，砍去丛生的灌木，烧掉杂乱的茅草，不到达西山之巅决不罢休。

柳宗元在前面领着我们攀援着树枝爬上山顶，在山顶上，我们两腿叉开，席地而坐。几乎几个州的土地都聚集在我们脚下。眼前的土地，高低不平，空阔低洼，连绵起伏，有的像蚂蚁窝，有的像蚂蚁洞，看似咫尺之间，实则千里之外。青山绿水，相互萦绕，与遥远的天际相接，环看周围，都是这样。

看了这些，我们都感觉到了这座山确实与众不同，与一般的小土丘不大一样。不知不觉中，我们的身心与天地间的浩然之气一起融化在大自然之中，已不知道哪里是尽头了。

柳宗元在上山之前备好了酒，随身带着，我们要好好喝上几杯。

蒋玉湘对我笑了笑，说，红豆，你没想到吧，我们喝到嘴里的是一千多年前的古酒。除了我们两个，还有谁能有幸喝到柳宗元亲自给我们斟满的美酒呢？

蒋玉湘对他自己笑了笑，说，我也是随身带着酒去的，我拿自己带去的酒给柳宗元斟了个满杯。柳宗元异常高兴。他是元和十四年十一月初八离世的，他能喝到自己死后九百八十二年的酒，简直是一个神话。我们用相隔一千多年的酒来碰杯，开怀痛饮，醉倒在地。不觉间日薄西山，苍茫暮色自远而近，慢慢地，天黑得什么也看不见。但我们都没有要回去的意思，这个时候，我们都已经心凝形释，与万物冥合了。

我没想到蒋玉湘会这样来描述永州城郊的美景和关于柳宗元的动人故事，我听得全神贯注。

接下来，我又跟随他们两个到了西山西面的钴鉧潭。钴鉧潭水自南向北奔流如注，碰到山石阻隔，曲折向东流去。潭边广阔而中间水深，水流冲荡到山石才得以停下来。水流形成车轮般大的旋涡，然后才缓缓而流。潭水清澈而平缓，面积有十来亩大小，潭的四周有树林环绕，有瀑布垂悬而下。

柳宗元把潭买下来后，还疏导高处的泉水，泉水坠落潭中，发出悦耳的声音。在这里赏月，可以看到更高的天空，视野也更加辽远，天高气迥，这是让人得以解脱的境地。

柳宗元跨越千年而来，我和蒋玉湘倒流千年而去，感受空无人迹的山野清幽，感受大自然巧夺天工的秀美。我这一辈子从来没有像这样如痴如醉过。

我憧憬着，某一天，蒋玉湘真的把我带到了那些地方，在那里踏青，在那里赏月，在那里看日出日落的景象，在那里听秋天的声音、赏秋天的色彩。

我脸上荡漾的笑容，被蒋玉湘一把捕捉住了，他问我，红豆，你在笑什么？

我说，我没有笑啊！

他说，你笑了，你分明是笑了。你在笑什么呢？

我撒谎说，我笑柳宗元和你，两个大男人却有一双穿针引线的眼睛，看一粒水珠，看一片树叶，看一叶草，都看得那么细。在你们的笔下，水会唱歌，树会跳舞，风会写字。风会在云朵上写字，又会在人的背上写字，是不是呀？原来你们的文章不是用手写出来的，而是用眼睛写出来的。

芙蓉啊，我们写女字、写女扇、写女帕、写女纸的，一把眼泪一把鼻涕的，写出来的都是些什么东西嘛？都写了些什么名堂嘛？

蒋玉湘接过我的话说，是啊，永州很美，是湖南、广东、广西三省交界之地，在南岭的腹地，有九嶷山，阳明山、舜皇山、陶岭在其间点缀，有湘江和潇水在这里汇合，峰峦叠嶂，绿水悠悠。但是，永州很穷。柳宗元那时的永州，正如他描述的那样，人烟稀少，疾病流行，虫蛇出没，阴森一片。他所居住的地方，毒蛇毒蜂遍地。永州的百姓，像捕蛇的蒋氏所言，殚其地之出，竭其庐之入。号呼而转徙，饥渴而顿踣。触风雨，犯寒暑，呼嘘毒疠，往往而死者相藉也。说柳宗元的眼睛看得细，还真说对了。他是一边细看着永州这块蛮夷之地的秀美山水、神奇自然，一边又弯下身来，体察着人间的疾苦。他想做一个离大自然最近也离老百姓最近的人，想做一个与大自然最亲也与老百姓最亲的人。他的心系着永州这块并非他故土的地方，他想救民众于水深火热的贫困之中。但是，青天在上，他一个被贬的官员，能做到什么份上呢？心有余而力不足啊！只能说他尽了心了、尽了力了。

　　蒋玉湘直了直身子，接着说，安史之乱后，永州人口减少到只有六千三百四十八户，二万七千五百八十三人，还不及道光年间永明一县的人口。道光六年时，永明有二万三千七百六十九户，十五万六千一百六十二人。现在的永州，不是柳宗元那个时候的一个"小州"了。唐宋元明清，斗转星移又千年，千年之后的永州，又何曾有所改变呢？老百姓的生活依然如故，还是饥寒交迫，还是水深火热。

　　我理解蒋玉湘此刻的心情，安慰他似的笑着说，柳宗元当年是永州司马，你现在是永州知府，你做官做得比他还大些，管辖的人口多了不知道多少。你同样也尽了心了、尽了力了。你素来把他当作师父的，这也叫青出于蓝而胜于蓝呀。

　　但蒋玉湘不是这样去想的，他说，这可不是管的人口多少的问题，也不是官大官小的问题。这应该说是责任多大多小，担子多轻多重的问题。在永明当县令，是永明一县的人把我当作父母官；到永州府上任后，整个永州府的人把我当作父母官。作为他们的父母官，我须得让永州府这片小天地太平。什么叫太平？太平是一个地方治理到最理想程度的一种称法。古代考核官员，在任九年而能剩下三年储粮的官员就叫登，即是晋升。十八年能剩下六年粮食的地方，官员就可以再登，这叫作平。二十七年能剩下九年粮食的，就叫作三登，三登才叫作太平。是否太平，古时是这样简单而实在地从粮食方面来衡量的。仓库里堆满了粮食，衣服穿得暖，肚子吃得饱，没有争斗的事情发生，官司也没人去打了，称之为太平，的确是有它的道理的。

　　蒋玉湘发出了他由衷的感慨：让自己治下的百姓吃得饱穿得暖，应该是一件很简单的事，怎么做起来就那么难呢？

蒋玉湘的嘴唇翕动着，缩着头仰望着屋檐之上的那一轮皓月，他的目光之中有一种迷惑不解的神情。他的眼神被月光一照后又弹了回来，回到我额头上。他久久地盯着我的额头，他要透视的却不是我，而是他自己。他用一种叹息和感伤的口吻说，凡为人臣的人，事情不轻易承担，必定觉得自己能够做好才承担下来。官职不轻易接受，务必认定自己能够胜任才接受下来。到底是怎么回事呀？是不是永州知府这份差事，我承担不下来，是因为我没有足够的能力来胜任呢？

　　我看着蒋玉湘那一副惊慌失措、惴惴不安的样子说，你怎么能怀疑自己能力不足呢？在永明时，你是最好最能干的县太爷，到永州府，你就能成为最好的知府、最有本领的知府。人生病、天有灾，这不是你有没有能力的问题，天灾人祸是神仙也避不开、绕不过的事。不是逢着了灾荒，朝廷便不但减征免征岁赋，还可以开仓放粮救济灾民的吗？永州府穷也不是穷一天两天、一年两年，它历来就穷，穷山恶水，穷了千年了。都说积重难返，冰冻三尺非一日之寒，就是大慈大悲又有通天法术的观音菩萨来，也不能一下子就把永州府变得百废俱兴、人寿年丰、家家殷实、人人富足呀。再说，你不是才上任不到一年吗？你不是心有余而力不足，是你太急切了，太上心了。

　　蒋玉湘说，知我者红豆也。也许你说得没错，是我这个人太急切了。我做永州知府，还不足年，就给大清皇帝上了五道奏折，奏明永州的灾情，呈报永州的饥荒，阐明永州的窘迫。但是，我们的宣统皇帝，是稀里糊涂就当了皇帝的，他在皇帝宝座上往大清的江山一看，我的天啊！列强巧取豪夺，大清江山，只要是稍稍有点生气的地方，早已被架着洋枪洋炮的列强瓜分殆尽；革命党又蠢蠢欲动，势不可挡，弄得人心惶惶。内忧外患，他自己都抱着个头不知往哪里搁，哪里有心情来看我呈上去的奏折，来顾及天高地远的永州府呀？哪里还会在乎永州府饿死几个人，冻死几个人呀？

我把手贴附在他的胸膛上，摸着他的衣扣说，心急吃不了热豆腐，慢慢来。你能的，你能的，天底下没有你蒋玉湘想做却做不成的事。

他有点黯然神伤地说，我知道，红豆，我怎么急也没有用。大清朝的江山摇摇欲坠，眼见得树倒猕猢散了，很多像我这样当差的人，都是在熬日子，都是在不安地观望着。我只要不被人戳着背梁骨说我是在做一天和尚撞一天钟就行。平心而论，我是对得住大清皇上的，也对得住永州府的每一个老百姓。我对不住的是你。我心里舍不下你，又没有时间前来多陪陪你。这么长时间了，你在这里受苦遭罪。红豆呀，我这个人是不是太无情了？是不是太可恨了？为那些不沾亲不带故，甚至不知姓甚名谁的人操劳忙碌，却把自己心爱的人冷落在一旁。对不起！红豆，我对不起你！

我这个人不会装假，听他这么说，我扑在他的胸口上泪如泉涌地哭了。

他说的是实情，我不止一次埋怨过他的话，就是这个意思，就是这么说的。但经他的嘴说出来，意思就又不同了。这些话一把揪住我的心，让那些涟涟的泪水，充满了坦然、释怀。

他真诚的表白打动了我，感动了我，与此同时，又加深了我对他的理解，我深知他能从百忙之中抽出时间来看我一次，来陪我一次，实属不易。他在我身边已经快两天了。随他一道前往桃川镇查看灾情、救济灾民的大小官员，连同赶往桃川的永明县令，已在桃川等候多时。他在我这里停留多长，他们就得在那里等候多久。

他和我在一起的时光是多么的弥足珍贵，是多么奢侈啊！我知足了，有了他那句对不起的话，我就更知足了。

芙蓉啊，但愿他也能跟你说声对不起。这三个字，能给一个伶俜孤寂的女人，深深的歉意与长久的温暖。

夜色朦胧，在月光的浸染下，宜人的空气呈现出淡淡的蓝色。凉风吹拂，院墙之外的树叶飒飒作响。这静寂的月夜，这宁静的时刻，这温馨的两人世界，最是让人恋恋不舍的。

　　但是，以旱情中灾民的角度来看，挂在我们头顶的那一轮明月，就让人觉得情况还会变得更加糟糕。

　　蒋玉湘更希望看到的是满天的乌云，严严实实地把月亮遮掩住。更希望豆大的雨点给这片渴久了的、龟裂了的土地以滋润。

　　上床睡觉时，他朝着月亮苦苦地笑了一下，我猜，就是这个意思。

　　月亮是什么时候落山的，蒋玉湘是什么时候悄然离去的，我都没有觉察到。

　　我只是梦见了一场雨，一场把芭蕉树叶打得翻过来，又卷过去的倾盆大雨。我和蒋玉湘站在芭蕉树旁边，风吹拂着我们的衣衫和头发，雨水打在我们仰望天空的脸上。风狂雨骤，雷鸣电闪之中，我们歇斯底里地欢呼，尖厉地叫喊。

29

　　屈麻子说过要给二爷和金子贵打两块墓碑送来，他说话算话，一个月后，他真的用牛车拉来了两块墓碑，立在二爷和金子贵的坟前，还噼里啪啦放了一挂鞭炮。

　　想起他把二爷和金子贵的尸首送回来的那个晚上，我仍免不了浑身发抖，不寒而栗。

　　我心生疑虑，难道这位老者真的是恶贯满盈、杀人越货的屈麻子？

若他真的就是屈麻子，那天晚上我和大嫂不早已成了他案板上的两块鲜肉？他能不把我们生吞了去？

如若他不是屈麻子，他又怎么知道二爷和金子贵的死与首岭南有关？

他说他是屈麻子，我觉得他撒谎。他说他不是屈麻子，我同样觉得他撒谎。

我见过猫捉住老鼠后，先用爪子把老鼠拨来拨去地玩一阵，玩够了，才张嘴撕咬的情景。这种情景会成为我和大嫂与他之间的一幕吗？

或者，他会突发慈悲，放过我和大嫂吗？

当他带着四个手下，在外面大声喊着要进来讨杯水喝时，我把大嫂的房门掩好，从容地从楼上下来。我扯着衣襟，理着鬓边的散发，故意高声地喊着来了来了，到门口来迎接他们。我想着，我偏就不怕他屈麻子，不怕他手下的什么土匪。

我怕什么呀！大不了一死。二爷和金子贵是多么的视死如归啊。

我把他们当客人一样迎进屋。他们是来给二爷和金子贵立碑的，我应该显示出一个女主人的热情来，表达对他们由衷的谢意才对。

他们一进堂屋，我就给他们一人递上一把扇子，端上一杯凉茶，抓一把炒香的花生。

倒是他们变得有些拘束，毕恭毕敬地望着我。我这种变被动为主动的做法，与其说是从蒋玉湘那里学来的，倒不如说是被当时的境况逼出来的。否则，我只能栓上门，躲在门角里吓得瑟瑟发抖，吓得把脸埋进衣襟里哭的稀里哗啦地了。

我抬高了平时说话的声音，没有半点惊骇的脸色，对坐在堂屋中间太师椅上的屈麻子说，你们喝茶，自己倒水就是了，我到伙房里给你们弄饭菜去，你们一定饿了。

你还留我们吃饭呀，大妹子你太讲礼数了。屈麻子满脸笑容地看着我说。

美人书

我看了一眼他的眼睛，他的眼睛里闪烁着欣喜的光芒，而且还有一种比年轻人更为温和的眼神，尤其是在脸上绽开笑容的时候。那种温和体现了他是一个长者，一个仁慈的长者。

我能把仁慈这个字眼给一个这样的人，不能说我自己傻，而是我看到了他作为人的那一面，作为长者的那一面。土匪也是一个人。也许他的目光曾经是两颗钉子，看到墙的时候，就能钉到墙里面去，但此刻，他的目光不是钉子，而是捏在和尚手里的菩提子。

他又笑着说，如果你这里还有老的腊肉腊鱼的话，我倒是想在这里喝几杯酒。

我笑了一下说，都有的，都有的，我这就给你们弄去。

我并没有觉得自己是被强迫的，我说给他们弄饭菜不是随随便便地跟他们讲客套。我是想，他们赶着牛车把墓碑拖过来，还在二爷和金子贵的坟前把墓碑立好了，我应该招待他们吃一餐饭。再说，金鸡岭下方圆二十里，他们是找不到吃饭的人家的。

他坐在太师椅上的身子晃了一下，抬了抬手，叫住了我，说，烧火做饭的事，你让他们去弄吧！别脏了你的手。或许他们弄出来的饭菜，我还吃得惯些。妹子，你来陪我说会儿话，好不好？

看得出，他带来的那些男人，是绝对听他话的，他们对他的驯从，远远超过了一群狼对头狼的驯从。我还站在饭桌边上，一手撑着饭桌，一手挠头思忖着，他们早已经纷纷起身，到伙房里去了。

天知道他是否真的只是要跟我说会儿话。我被这情景吓了一跳，但总算没有表现出被吓着了的样子。

我说，我不怎么会做菜。腊肉要洗，我没有哪次把腊肉洗干净过。我先给你老人家加满茶。

他摇着手说，别加茶了，你先过来，到我面前来一点。你站在那里有些背光，我看不清你。我要看着你说话。你不要怕我，我这个样子，连兔子都不怕我。

我迟疑了一下，侧着身子，手把着四方桌面，绕到饭桌另一边，

351

这个距离，即是从他坐的那张太师椅到饭桌的距离，是我自己感觉较为安全的距离。只要绕着桌子转圈儿，就不是能被人顺手抓住的。我当然提防着，以防万一。我甚至后悔没有在身上藏一把剪刀。

他问我，你今年多大？

我说，你猜吧！

他说，是二十五岁，还是二十六岁呢？

我说，差不多。我这个年纪的人，不用猜，看得出来。

他说，那么，你来看看我，我多少年纪了？

我斜了他一眼，就冲他那个半白的头发，我说，你应该有六十五岁、六十六岁了吧。

他说，到底是六十五岁，还是六十六岁呢？

我说，那就六十五岁吧。

他哈哈一笑说，看来我的模样比我的实际年龄老了整整十岁。

把他的年纪看大了十岁，的确有些不好意思。我解释说，是我没细看。我平常很少见得着老人。所以，我看什么样的老人都是六十岁、七十岁的模样。老人的年纪不太容易看出来，是吧？

他满不在乎地说，我要别人猜我的年纪，十有八九是今天这样的结果。还有说我上七十岁了的呢。好了，现在我们把各自的年纪弄清楚了，接下来，我们得知道彼此的名字了。

我说我叫布谷。

他用一双怀疑的眼睛看着我，轻描淡写地说，如果你叫布谷，那我就叫屈麻子。但是我的名字不叫屈麻子，你的名字也不叫布谷，对不对？

我这才明白，他不是在与我调笑，也不是在与我卖关子。他的话已经触及到我在金鸡岭下隐藏着的秘密了。

他怎么会怀疑到我的名字上来了？我一愣神，竟想不出用什么话来回他。我的窘迫在于我想抽身离开，避开这个话题，但是又被自己的好奇心拴在了那里。我垂下头来，眼睛盯着自己的鞋尖，耳

美 人 书

朵听着他的呼吸声和说出来的每一个字。

他说，我和我的双胞胎哥哥相隔不到半个时辰落地，哥哥叫屈先，我叫屈后。我哥哥屈先不到四岁的时候生天花夭折了，因此，两兄弟就只剩下我一个了。我的父母着急了，觉得屈后这个名字肯定是要不得的，听起来像是没有后代似的，缺后代，断子绝孙，那怎么得了。便请教私塾的先生，给我改了一个名字。仍是先前名字的叫法，只是把先后的后，改成了厚薄的厚。私塾先生说，厚字有很多重意思，有厚薄的意思，有厚重的意思，有多的意思，有深的意思，有亲密、关系深的意思，有敦厚、厚道的意思。还有财富的意思，说家道颇厚，就是讲家里有钱，有花不完的钱。不管是哪种意思，得靠天命安排，命里安排你会是哪个意思就是哪个意思。但我自己要的是最后那个意思。不管哪个世道，人为财死，鸟为食亡。

我不用去张望他也知道，他一边说着，一边在用专注的目光审视着我，像鹰一样在猎物的上空盘旋着，伺机而动。

他接着说，我后来认了一个同年同月同日生的老庚，我没想到，他居然还与我同名，单名一个厚字，我叫屈厚，他叫欧阳厚。

当他把我父亲的名字欧阳厚三字说出来的时候，我提到嗓子眼来了的心差一点就要跳出来了。

我的身子往后倒，靠在饭桌上才立稳。我的眼泪不听使唤地从苍凉的心底夺眶而出。

我的眼泪让他后来说话的语气更为肯定，他兴奋地叫喊起来，豆豆，小豆豆，你就是红豆呀，你真是欧阳红豆呀！

我怎么也止不住的泪水在回答他所说的一切。

他激动地说，小豆豆呀，这些年，你可让我好找。我在河滩找一粒米似的找你，在大海里找一根针似的找你。老说冤家路仄，亲人随缘，你可让我找着了。

他高兴得在太师椅上坐不住了，身子往前倾着，大声说道，你看，你看，我的眼泪也要出来了。我好多年没掉过眼泪了。我是你的同年爷呢！嘿嘿，还真是小豆豆呀！那天晚上我一见着你，我的心就咯噔了一下，我傻了眼了，眼前这女子怎么和我老同欧阳厚有些挂相呢？晚上看着，总不太清晰，但是我把你记下了，记下了你的模样儿，我花了一个月的时间来琢磨，琢磨来琢磨去，我心里头却是越来越有底了。

我刚才退了两步来防备他，眼下却朝他进了三步，不由自主地靠近了他，以便用完全不同的内心去感知他，用完全不同的眼光去看清楚我的这位在记忆中并不存在的同年爷。

我不断地擦拭着湿湿的眼睛，但讨厌的泪水不断地涌出来，使我的眼前总是一片模糊。我闪烁其词地说，你说你是我的同年爷，我可以叫你同年爷了吗？

他点着头说，你三岁的时候，你父亲请我去听戏，你父亲带上你和我一起听祁剧，有时候是你父亲抱着你，有时候是我抱着你。我抱你抱久了，你叫我叫父亲，叫你父亲叫同年爷呢。现在你不会叫错了。

我挂着泪花的脸不禁笑了一下，是他的话把我逗笑了。由于过早地成了无亲无故的孤儿，我对我父亲、对我家族的记忆几乎是一片空白，而我眼前的这个与我父亲同名的同年爷，现在马上就可以给我的，正是我内心所渴求的，是我记忆中稀缺的。

他首先说到了与我父亲的交情。他说，三十年前，他二十五岁的时候，第一次在盐道上找活路，劫的就是我父亲的盐队。我父亲做的不是小买卖，所以他一出手，就有了意想不到的收获。当得知我父亲在盐道上并非一般的来头，多年来，既有官府罩着又有道上的人帮衬的时候，他犹豫了，他知道自己的分量和接下来的后果。

他选择了妥协与放弃，把劫下来的二百担盐主动送还给了我父亲。我父亲收下了他送还的盐，却按市价把银子交给了他，当作是把盐从他手中买回去。

那年我父亲也是二十五岁，却做出了一件比五十岁的老人还成熟、还诡道的事来。我父亲用二百担盐，换到了两省交界处盐道关键位置上关键人物的交情，这种交情可以让彼此变得如唇齿相依。

那些银子，给精明晓事的他派上了大用场，用他自己的话说，就是为他的生意垫足了本钱。他对我父亲说过那样的话，我向你讨杯水喝，你却给我一口永不干枯的泉眼。

从此以后，在两省交界处的盐道上，打着我父亲商号的盐队畅行无阻，而我父亲生意场上的对手——打着首家商号的盐队，则成了他必定选择的目标。

芙蓉啊，在一个篱笆下，就不该撒下两颗苦瓜种，或者丝瓜种、峨眉豆种，不然，他们就必定会为了争夺阳光，争夺水肥，而明争暗斗。

根须争夺水肥，藤叶争夺照射得到阳光的地盘。这是我在围着菜园子的矮墙上看到的场景和感悟到的心得。你父亲首一望和我父亲欧阳厚，就是这样两个在同一个篱笆下明争暗斗的瓜秧，两个人是半斤八两、旗鼓相当的对手。事实上，早在我父亲结交屈厚之前，你的父亲已经和在金鸡岭一带独霸天下的大哥，暗地里拜了把兄弟，江湖上，那个大哥被称作金大爷。只有二爷、金子福、金子贵、杨开福他们几个才叫他大哥。

被喊作金大爷，但他又并非姓金，他姓朱，明朝皇帝朱元璋的朱。他觉得姓朱被人当猪叫，不是滋味，这样才姓了金，金鸡岭的金。金大爷这个叫法正好与金鸡岭关联上了。

芙蓉啊，按照你父亲首一望的吩咐，金大爷就是要跟我父亲过不去的。金大爷占了金鸡岭下的这条私盐道，这条道上的私盐，最后都会比官盐少三成的价格，进你们首家的盐仓。所以你父亲有足够的本钱在盐价上与我父亲抬杠，有时，我父亲只能被逼做贴本生意。在两省边界之地，我同年爷屈厚和金大爷真刀真枪地明里争，你父亲和我父亲则为了金钱在商场上暗里斗。在我父亲没有出事之前，这些争斗绝对称得上血雨腥风。在盐道上，割耳朵、挑脚筋、抹脖子，是常有的事。那个时候，他们都年轻气盛，又势均力敌，才会你来我往，争斗得不可开交。

他们之间的争斗，以我父亲的彻底失败告终，而金老大与我同年爷的角力，也有意想不到的结果。我父亲跟官府贴得最紧，粘得最牢，却死在了官府的手中。金老大自命不凡，却死在自己的兄弟金二爷的刀下。

芙蓉，到现在你我都应该明白了金大爷派金子福去杀我同年爷的理由，绝对不是因为清水湾那个半老徐娘。一个女人在他们任何一个人的眼中，都不可能成为生与死的理由，他们最多把女人当作饥渴的时候，去找来饱饱肚子、换换口味的一顿饭。

我同年爷告诉我说，什么漂亮寡妇，扯淡，是金条，五十根金条，首家老爷拿五十根金条，来买我脖子上这五斤半的人头。他们两个，干点屁大的事都要讲个价钱，讨价还价的，不像我和你父亲，我们两个老庚，从来就是把对方的事当自己的事。

他告诉我说，我的父亲被抓，打入死牢后，他做了两件应该说是对得起朋友，对得起与我父亲同年同名老庚交情的事。

一是在我父亲临刑前，他冒着一旦被官府识破身份，就必死无疑的风险，可以说是提着自己的头，去了一趟关押我父亲的死牢，给我父亲送去了一只从头到屁股都完完整整的新田血鸭。我父亲生前吃遍了山珍海味，但最喜欢的还是新田人做的血鸭。鸭头鸭爪鸭屁股，鸭胗鸭肝鸭肠鸭背脊，只要是地道的新田血鸭做法，我父亲都喜欢得不得了，能吃下一整只鸭子，末了，还拿剩在菜碗里的鸭血裹饭吃。

他手下有一个新田县人，一双手，剩下一个半，却炒得出地地道道的血鸭来。

第二件事情就是包着四百两银子到桃花镇，进了贴着官府的封条的欧阳大院。在我们欧阳家列祖列宗的神龛边，放下了那包银子。

那天，正是我父亲的忌日。

此后每年，逢着我父亲的忌日，都会有那么一包银子鬼使神差般地搁在那里。那些基本上可以保证我一年吃穿开销的银子竟然是这样的来路。

当时，我恨不得打自己几个耳光。

芙蓉啊，之前我还以为是你父亲首一望出于同情，悄悄送到我家里来的呢。我的眼睛不瞎，却是我的心瞎了，被你父亲那张装得不现一丝破绽的笑脸蒙住了。

我该叫我面前的恩人叫同年爷呢，还是就叫父亲呢？我一边听着他娓娓道来一些往事，一边思考着。我在心里默默地叫着他同年爷，也默默地叫着他父亲。

他喝了口茶，用茶漱了漱口，然后叹息说，真是不可思议，按说首家大少爷和金二爷也算得上是一条道上的，首家老爷不可能不跟大少爷交代这层关系，不然首家大少爷怎么知道金二爷这里藏着他急于得到的东西。要么是钱，要么是枪，也只有这两样东西是首家大少爷看得上的东西了。说到首家这个大少爷，我还真佩服他的心计，惯使阴招，比他的父亲的招数来得更阴、更毒，连我都差一点上他的当。

说到这里，同年爷停了下来，掏出烟斗，装上烟丝，划了根火柴点燃，猛地吸了几口。嘴里吐着烟雾，他摇着头说，首家大少爷把几头牛放在这里做诱饵，让我们上钩，让我和二爷斗个你死我活，我真差一点就要上门来向金二爷讨要那几头牛了，那会是什么结果呢？那一定会逼着金二爷把家底现出来，逼着二爷拼了命似的，跟我争个你死我活。好在我多了个心眼，也好在二爷稳得住。金二爷的脾性我是有所了解的，他是一个拿得起、放得下的男人。这样的男人，在如今这样的世道里，是越来越难见着了。只要是他拿在手里不放的物件，就是派天兵天将来，也夺不走。他要是放下不要的，就怎么惦记也不会再回头看一眼。首家大少爷就放不下，得不到东西，就去要人家的命。一点交情都不讲！

我说，但是偏偏他们首家一代接着一代人，一件接着一件事，都能占到上风，就像羊顶角、狼得食一样，一天比一天有钱有势了。

同年爷听我这么说，反而不再唉声叹气，不再长吁短叹了，堆在额头上的皱纹里，现出些让人费解的笑意来。他拖长了嗓音对我说，没安好心的人，总有一天要遭到报应的，就像是朝天撒尿淋到的是自己一样。闺女哎，豆豆哎，你是不是觉得首家大小姐嫁给了当今永州知府蒋玉湘，如今首家有一个当知府老爷的女婿，他们首家就更是得势了呀？首家老爷打着把如意算盘，这一次却没有把数算准。这个女婿是当真做了他们首家的女婿，还是只是摆了一个样子在那里，都说不准呢。你说呢，是不是这么回事？那个叫蒋玉湘的知府大人，你认得的。

我说，我当然认得，我和他是邻居，他在他家里读书的声音，我都能听得到。我听了十几年。

他停顿了一下，好像是难于启齿的样子，清了清喉嗓，但是认真地对我说，红豆啊，我知道你和他不但是邻居，你们两个还很要好。还不仅仅是要好。哎呀，我是不知道怎么来说你们两个人的事的——你不要摇头，我真的知道你喜欢他，还知道他也喜欢你。他娶了首家大小姐，但他喜欢的人是你。

这样吧，我告诉你实情吧，在桃花镇上，有我安排的人。他们在桃花镇就一件事，就是在一旁好好地护着你。你和蒋玉湘的好些事情，别人不知道，他们是知道的。他们是我的眼睛，是我的耳朵，是我的一双手，只是他们没有引起你的注意，没有让你看出来。首家大小姐哭嫁的最后那个夜晚，他们却自作聪明，犯下了大错。

他们认为蒋玉湘还睡在你的闺房里，你从哭嫁的歌堂出来，一定是回自己的闺房去了。没想到你会在漆黑的晚上，离开桃花镇。从此我便没有你的任何消息了。豆豆，这么些年，我都没有你的半点消息。倒是知府大人有本事，在这个伙铺里找到了你。知府大人来这里，不是一回两回了，是不是？

358

我害羞地朝他点了一下头。

同年爷马上就夸奖起蒋玉湘来，说，知府大人是个不错的人，家教好，品行好，又有才又有德。如果逢着太平盛世，这样的人一定会有所作为，只可惜现在的世道，对他来说是生不逢时啊。

我拉扯着衣角的手上全是汗。我同年爷关注着我的脸色，话说一半留一半，但是这种场合终究让我有些难堪，挂不住脸。还好，他手下的人把做好的饭菜从伙房里端出来了，当着他们的面，我们的话题转移到了饭菜的颜色与味道上。

同年爷一动筷子，就冲着他们叫喊，这腊肉是老赖炒的吧，放这么多辣椒！

那个被同年爷叫作是老赖的高个子点了一下头，不好意思地吐了吐舌头。

我心里想，这人就是老赖呀。杨开福说起过，偷那几头牛的人里，就有着一个叫老赖的。

老赖想毕是那几个人中年纪最大的，我冲他一笑，说，这腊肉炒得好呀，我闻到香味，口水都出来了。

同年爷笑哈哈地叫我，快拿酒去，我们要痛痛快快地喝几碗酒，我今天高兴，我找到了同年女。

同年爷转向他们说，你们几个放开喝，今天有件大喜事，我找到了我的同年女了。看，红豆，这就是我弄丢了好几年的同年女。你们几个给我认认真真地看一看，我同年女是不是比观音菩萨还要漂亮呀？

那些家伙立刻就呼叫开来，拍的拍桌子，击的击木墙。他们所表现出来的欢快劲儿，一下子就盖过了我的同年爷。

堂屋里闹出来的动静太大了，我担心吵着在楼上休息的大嫂。

我这个时候才想起会吵着大嫂的事，已经迟了。我事后才知道，大嫂在我毫不知情，也料想不到的情况下，悄悄离开床起来了，悄悄一步一步下了楼，悄悄站在楼梯口，一字不漏地听着同年爷和我说的每一句话。

因为要赶路，我同年爷他们喝过酒、吃过饭后就匆匆离去了。临别之前，他说会常来看我，还说有他在世一天，我就毋须操心吃穿住用的事，毋须担心安全上的问题，就是不在广西地界上的人和事，他同样管得到。如果有人扰事捣乱，只要说出屈麻子三个字来，他们就会吓跑。

我想，当着外人，屈麻子这三个字我说得，但是蒋玉湘这三个字却说不得。

美　人　书

30

同年爷他们一走，我原本是要把传说中的屈麻子竟然是我同年爷的事情，当作这些天来最好的消息，去楼上告诉大嫂的。没想到，在楼梯下，我一抬头，就看见大嫂在楼梯口坐着。大嫂坐在那里，像一座纹丝不动的蜡像，大嫂的目光，怒气冲冲地自上而下地瞪着我。

我尖叫了一声，大嫂，你怎么下床来了！你怎么坐楼梯上来了！

大嫂审视着我，她紧闭着双唇，连眼睛都没眨一下。她一向带着温暖的微笑的脸庞，像结了冰似的。

我快步上了几级台阶，把着楼梯的扶手蹲下身来，那样子像是在大嫂的膝下跪着。我有些大惊小怪地把脸凑在她的面前喊道，大嫂，你这是怎么了？你别吓我。

大嫂冷漠地把脸扭开了，用她的一边耳朵和后颈朝着我的脸，她瓮声瓮气地，就像从空的酒坛里发出声音来似的说，我没有怎样，我还能怎样呢，红豆姑娘，红豆小姐。

她叫我红豆，而不是布谷，不由得让我一怔，就像我同年爷突然说出我的小名豆豆时一样。

我被人叫了几年的布谷。除了蒋玉湘以外，我估计谁叫我红豆，我都会一怔，立马就会在心里咯噔一下，对方怎么知道我叫红豆呢？

我挨着大嫂的膝头在台阶上坐下来，鼓足了勇气，但还是怯生生地对大嫂说，你都听到了？你都听到了？你不会以为有些事情我是诚心要瞒着你的吧？你不是生我的气了吧？

大嫂看着天上的浮云，说着令我无法应对的话。她的语调是严厉的，甚至是尖刻的，不容我分辩的。她冷冷地说，我不管你是红豆也好，还是布谷也好，你来这里干什么呢？你在这里干了些什么呢？你是真的沦落到要到这种地方来过日子的人吗？你不是！原来你是富贵人家的大小姐。要我说，你就是来这里骗我和二爷，还有金子贵、杨开福这些人的。我们全都被你骗了，你骗了我们这个那个，你开心吧，你还要一直骗我们骗下去吧。我们这些人好骗、好瞒、好哄，头脑简单，心地单纯，是不？都说是一方山水养一方人，我们这种地方是些什么山呀、什么水呀，这里的山纯纯净净的，这里的水纯纯净净的，山上的野果子可以摘来就吃，溪里的水可以捧来就喝。眼睛看到的树有多高就是多高，地下的花花草草是什么颜色就是什么颜色，还有林子里那些虫子，那些雀儿，它们想怎么鸣叫就怎么鸣叫。从来没有说要变个戏法，蒙着别人什么的。不像有的人，明明是富家小姐，明明是有来路，有出处的，突然变成了一种鸟，变成了从天上掉下来的。

大嫂用一种轻蔑的语气接着说，想起来就好笑，二爷还说你是这山林里的精怪，是柳树精成了人形。二爷那个蠢家伙，怎么没想到你就是一只哈口气就能把人迷住的狐狸精变来的呢。还真是，你

361

还没有哈半口气，二爷就被你迷住了。男人啊！你迷住他了就更加好骗好哄了。他变成了傻子了，当然怎么骗怎么哄都行。你心里藏着蒋玉湘那么一个大活人，他都感觉不到一丁点。二爷被你哄得恨不能屁股后面长出个尾巴来，好在你身边摆来摆去，晃来晃去。二爷没有跟哪个女人动过心。说句不好听的话，二爷对你一动心，就在你面前从阎王爷变成了小鬼。

这时，大嫂是不容我分说的，我一张嘴，她就会加大嗓音：你哄我们一刻是一刻，一天是一天，一年是一年，你怎么忍心一直哄我们哄下去，一直骗我们骗下去？你睁开眼睛，摸着胸口看一看，杨开福走了，二爷死了，金子贵也死了，你眼前就剩下我一个人了，你要到什么时候，才说出来你是谁呀？你要到什么时候，才道出哪怕是一点点的实情来呀？你就是告诉我们，你是谁，是怎么来这里的，你会缺了什么，还是会少了什么呀？你装那么多东西在心里捂着掖着，你心里就清爽了，就好过了？你就不怕把自己的心累死？我要是你这样，捂那么多东西在心里头，我一天也活不过，我一口气都喘不均匀。嘿嘿，你听听，我这样笑起来是不是像哭？我是不是笑得苦、笑得寒心？我笑我自己，笑我傻到了什么地步，我想起了穿着干干净净的衣裳，洗了身子洗了手给你和二爷酿的那几缸米酒，那是备来给你和二爷成亲做喜酒喝的。真的，那几缸酒的香味很特别，酒也特别地清亮，清亮得像刚从地上冒出来的泉水。糯米在酒缸里发酵放出来的气，震得酒缸咣咣地响，那响声听起来就像是提早给你们的喜事放炮仗。我现在明白了，就算是二爷不出事，就算是二爷活到今天，就算是二爷还活一千年、一万年，它也不可能成为你和二爷的喜酒。我要是不被你哄着骗着，我操这份心做什么呀？

大嫂看着我冷嘲热讽，你也是不容易的噢！那个蒋大人来了，你要装作认不得，你还要装作躲着他的那副样子来。装得真像是那么一回事似的。我们这些个没头没脑的人，在一边看着你演戏，看着蒋大人演戏。我记得我和金子贵从外边剖鱼回来，看到蒋大人在后院里拿本书在看，你离他远远地坐着做女红什么的，我还笑你们郎才女貌，像是天生的一对来着。我是替你往好处想，我是替你去做梦呢。其实呢？其实你们本来就是天生一对了，本来就是配好的一对了。你们搭起戏台，扮戏给我们看，给我和金子贵这两个大傻瓜看。我还以为我们两个是一根藤上的瓜，枝连着枝，叶扯着叶，心连着心，是寻遍天下都难得一遇的好姊妹，好朋友。是知根知底的，是无话不谈的，是交透了心的。哪想到你瞒我瞒那么深，骗我骗那么久。我把你当自己的亲妹妹，你把我当什么了？如今看你演戏的那些人走的走了，死的死了，就剩下我这么一个半死不活的了，我倒是要看看你的戏还怎么演下去，还演给谁看去！

大嫂一股脑儿地说完，气呼呼地站起来，径直走到她的卧房，反手把门重重地关上，啪一声落了栓。

大嫂是真的生我气了。不仅是生我的气，还直截了当地表现出了对我的愤恨、不屑与疾首蹙额的厌恶。她就那样想好一句说我一句，想到哪里，就说到哪里。她对我的指责不轻不重，毫不拐弯，毫不掩饰，根本没想到要给我留一点情面。这些都是事实，句句鞭辟入里，声声情真意切，让我无言以对。

我知道，大嫂朝我关上的这道门，一时半会儿是敲不开的，我也没有必要在大嫂的气头之上跟大嫂去解释什么。

我趴在楼梯之上，浑身散了架似的，一动不动地趴在那里，像一团黑色的影子，像一根抽断了的树藤，像一捆散乱的枯草。

大嫂说那些话时，她的心在痛，而我听她说那些话时，心也恰如刀割。

我用力地抓着楼梯的踏板，觉得天旋地转的，我感觉自己的身体，随时都可能会像一片落叶，被风从楼梯上吹下去。

我无处哭诉，眼里有泪流不出来。我瘫在那个楼梯上，从黄昏到深夜，我望着无声无息的天空，我希望风能送来蒋玉湘从遥远的地方给我捎来些许安慰。想风能捎来些他的话语，告诉我怎么活，怎么活下去……告诉我怎么去承受住大嫂对我潮水劈头盖脸的斥责，让我不至于彻底地崩溃。

四下里出奇地安静，死一般寂静，这个世界的声音都消失了。我用虚弱不堪的耳朵去聆听，连我自己的呼吸声也听不到了，我就像失去了听觉似的。

大嫂向我发动的是一场无声的战争。在接下来差不多一个月的时间里，我们同一张桌子吃饭，同一条河里洗衣，同一块土里挖红薯，同一个园子里摘菜，同一盏油灯下缝针补衣。大嫂就是不和我说话，连嗯的一声都没有。

不管我说些什么，怎么说，她都充耳不闻，当聋子，装哑巴，不说，说不出，好像她要对我说的话，那天都在楼梯上说完了，已经没有什么可以对我说的了。

但她紧闭的嘴巴却在晚上通宵达旦地吟唱女歌。她不是在家里唱女歌，而是披上一件夹衣，到金子贵和二爷的坟头上唱女歌。

有时，我跟着她到金子贵和二爷的坟头，她也不阻不拦。她不答理我，她唱她自己的：

身坐坟前透夜想，抱着坟头透夜哭。

不是床头没有梦，是梦不见夫回屋。

隔着阴阳无门倚，黑云半朵压弯竹，

前门后门无路走，东风西风冷彻骨。

亦想将身寻短路，亦想坟里同穴宿，

黄泉路上走一半，想来枉死不瞑目……

天快亮的时候，大嫂会披着那件着满霜露的夹衣，把双手拢在衣袖里脚步轻轻地回来，回来后就去伙房里烧水做饭，做二爷和金子贵他们还在世时她就在做的那些繁琐家务。

那天，她回来得比往日稍晚些，我已经起床在伙房里烧水。她走进伙房时，看到的情景是：柴火从灶门里烧到灶门外，揭开锅盖的锅里没有一滴水，烧红了的铁锅里滋滋地闪着火星，我跪在地上，双手用力地撑着灶台，抽搐着身子，天昏地暗地哇哇呕吐着。

开始的时候，她也没有说什么，只是把我扶起来，坐在小凳上。

我眼泪汪汪地看着她，本想说句感谢的话，突然间，恶心又犯了，我只想着扑在地上吐。

大嫂拍着我的后背，但我并没有吐出什么来，只是把我自己折磨得脸上又是鼻涕又是泪。

我抹了一把脸，坚强地挤出一丝笑来，喘着粗气说，我没事的，我没事的，一下子就好了。就是肚子里有点恶心的东西，怎么吐也吐不出来，几天了都没吐出来。

我立不起自己的身子，一下一下地晃着身子。大嫂突然蹲下身子，一把捧住我的脸，她的嘴唇哆嗦着，哆嗦着，哭着喊起来，我的死妹子呀！我的蠢妹子呀！我的造孽妹子呀！我的可怜兮兮的妹子啊！你知道这是什么事吗？你这个……这个让人要心疼死的疯妹子——你这是有了喜了呀……

大嫂边说边紧紧地捧住我的脸，她为我难过，为我心疼的样子，使她的脸都歪斜了、扭曲了，拧到一边去了。

一颗颗热泪从她的眼中流下来，落在我的脸上，与我脸上原有的泪水融在一起，化在一起。

接下来，大嫂抱住了我，我们抱头痛哭。哭了好一阵，大嫂才把我从伙房扶到堂屋，让我在靠背椅上坐下。

大嫂回到伙房里，以最快的速度煮出一碗开胃的姜汤，喂我喝下。

大嫂轻声问我，好些了吗？好受些了吗？

我把眼睛瞪得大大的，我对大嫂激动地说，大嫂，你跟我说话了，你理我了。刚才你在伙房里就跟我说话了，我太高兴了！你刚说了些什么？我高兴得没有去听你说的是什么，我只想着大嫂你跟我说话了，你理睬我了。

和我一样悲喜交加的大嫂，掉转头悄悄抹掉睫毛上湿湿的眼泪后，看着我说，别说那些了，现在还有功夫说这些！你知道吗，你有喜了。我真的不知道，你身上的喜是从哪里来的。

大嫂说我是身上有了喜了——芙蓉，你知道吗，大嫂说我身上有了喜了。

快来一阵风呀，来一股强劲的风呀，把大嫂的话传到桃花镇去，传到蒋家院子里去，传到你的左边耳朵和右边耳朵去。

还要传到永州府衙去，给蒋玉湘一个意外的惊喜……

美人书

大嫂在一旁说我，说天下的事就是这样的，有情的人，偏偏做这种无情的蠢事。说竹子不开花不结果，但偏偏就有人栽它。说是福不是祸，是祸躲不过。说人生一世，草生一春，该去的去，该来的来。

大嫂是因为激动吧，说话语无伦次的，没头没脑的。但是，不管她怎么说，说些什么，我都当作是对我的祝福。

我怀上身孕三个月后，大嫂基本上不到田地里去干什么农活了，她就在伙铺里面照料我。

我差不多是过着衣来伸手、饭来张口、养尊处优的日子。但大嫂又不放心把我撇在一边，所以，我又得像一个三五岁的小孩，不得离开大嫂的视野。她要看得见我，叫得应我才放心。

大嫂对我的照顾，当然是我有生以来，得到的最好的、最上心的照顾。我得感谢肚子里的小东西，这个小东西来得太是时候了，是这个小东西把我和大嫂从最近冷漠的相处中拽了回来，拽回到从前，甚至比从前更好。

大嫂要我每天都洗个热水澡，里里外外的衣裤都得换下来。我的衣裳换下来后，她就会用木桶提到河边洗干净。

她去河边洗衣裳，照例要叫上我，要我跟在她身边，顺便到外边走走，呼吸些新鲜的空气。

　　时序已到了深秋。秋天的色彩是那么鲜明，是那么绚烂，只要有一丝丝的光亮，那些缀在每一片树叶上，挂在每一根树梢上的色彩，都能让人一一分辨出来。每一座山丘都穿红戴绿、五彩缤纷，像是些赶来看一场庙会的姑娘。

　　在河边，我更得以享受这个秋天美丽的色彩，享受这个秋天芬芳的香味，享受它的宁静和能从空气中品尝出来的阳光的甜味。潇水河岸上的茅草一片片枯黄，但这个时候，却正是茅草的花期。茅草几乎不动弹，但茅草花却在风中秀出婷婷的腰杆，欢乐地摇摆。茅草花的花絮或者是它的种子，在和风中如雪花漫天飞舞，有时会粘到睫毛上来。茅草的花穗高高地举在枯草的上方，齐崭崭地排着列队，迎着傍晚的阳光。每一朵茅草花都像是用银片镂空雕刻出来的，闪耀着锃亮夺目的光芒。这些光芒后面的天空中，浮着一匹匹彩锦似的薄云，阳光从云的缝隙中穿出来，把河岸和河面分成了大小不同、长短不一的一块块、一段段。投射到它们上面去的霞光，深深浅浅地涂抹上去，便有了不同的层次。

　　这个季节，亦如春天，满野花香。风在撩开我额头前的细发之前，早把远处山林中金桂飘来的浓郁花香，送到了我的鼻子下面。那迷人的花香呀，那醉人的花香呀！

　　这个季节，宁静安详，给人的内心以温暖，给人的内心以安慰。我坐在河岸上，屁股下是被秋日晒暖了的软绵绵枯草，头顶上是鸟一飞过去就了无踪迹的清湛湛天空。秋高气爽的天穹，总是一片万里无云的景象，往往连巴掌大的一团云，也会撕扯成一千里长的棉丝。

　　秋天的宁静给了我内心的宁静。我只有在隔着衣襟抚摸我腹中胎儿的时候，才会喜不自禁地激动起来，拒绝那种宁静。

　　我探了探身子，用手托着下巴，久久地望着赤脚站在近岸边清洗衣服的大嫂的背影，我大声地问大嫂，你怎么不问问我肚子里怀的是谁的孩子？

大嫂回答说，我不用问。我猜得到孩子的父亲是哪个。

我说，我不要你猜，我要亲口告诉你，他是蒋大人的，是蒋玉湘的。

大嫂背对着我，朝着河面笑出声来，摇摇头，然后说，我猜也是蒋大人的。不是蒋大人的，还能是谁的？是不是我卧病在床时，蒋大人来过呀，红豆？

大嫂不称呼我布谷了，改口叫我红豆了，偶尔才会失口叫我布谷。我随便大嫂怎么叫，叫我红豆就红豆，叫我布谷就布谷，她叫什么我都答应。

我说，是啊，他来呆过两天。就这么奇怪，就两天，我便怀上了。还有大嫂你，你的变化也大得很，他一来，你就好起来了，能吃东西了，能睁开眼睛看我了。他一来，你的身子至少好了一半。你说奇怪不奇怪。

大嫂大声说，是蒋大人阳气盛，阳气盛的人来了，能驱邪气。我们都是托蒋大人的福了。红豆，什么时候，蒋大人还会再来呢？他如果再来，我要好好招待他，感谢他。他要是看你挺起肚子来了，怀了他的孩子，不知道会有多高兴呢。他上回来，你们两个在一起就两天时间，两天时间，蒋大人怎么也料想不到自己又做父亲了。红豆，你也真是的，石膏一放，就出豆腐，蒋大人来两天，就怀上了。

我说，我怎么知道，我也不知道自己会怀上。误打误撞的吧！说实在话，我想都没往这个事上想，我原本以为首家大小姐嫁到蒋家后，怀了一个又一个，生了两个生三个，是她有多能耐，现在看来，这有什么了不起的！还是大嫂你刚才讲的有道理，石膏一放，就出豆腐。她就知道自己的男人在桃花镇上种竹，想不到自己的男人在金鸡岭也会生出竹来呢。

我不知道是哪一句话，或者哪一件事情触着大嫂的痛处了，她很久没有接我的话，突然间就不吭声了，埋头在河水中哗啦哗啦地搓洗着衣裳。

我不敢肯定，她是不是从我怀孩子的事情，想到了她肚子里曾经怀过的孩子。如果金子福没死，如果金大爷不在她身上做伤天害理、丧尽天良的事，那个孩子快有十岁了，早就能膝下撒欢，回屋叫娘了。

在这件事上，大嫂是不堪一击的。

蒋玉湘说过，今年永州大部分地区的旱灾都是百年难遇。在还没有进入秋天的时候，很多小河就断了流。但是潇水河却没有，怎么看，都和往年没多大区别，春夏之交的梅雨和夏天的暴雨照例把河两岸灌得满满的，灌得波涛汹涌，只是到了秋天后，水流会平缓一些，水色会明净一些，水位自然会退下去一些。

天一转凉，秋风吹皱的水面，清泠的碧波之下，倒映着秋后日益纯净的天空，倒映着近处和远处的山峦，倒映着南飞的大雁。水面上的一切景物，会在河里呈现出它们倒立的样子来。

霜降之后，河水会变得最为清澈，河底的卵石和水草，游鱼和沙螺，螃蟹和米虾，就像养在自己家中的玻璃缸里。水里有什么，一眼就看得出来，伸手就摸得上来、捞得起来。大个儿的草鱼、鲤鱼什么的，到河中间水深的地方去了。像鲫鱼、黄鸭叫之类的小鱼，则旁若无人地在近岸边绿茵茵的水草中钻来钻去，大大方方地蹿出水面上翻个身、吐个泡、绕个圈，活得那么悠游自在，与世无争。

大嫂洗衣的地方，也是我们平常淘米洗菜的地方，有经验的小鱼知道那儿是觅食的好去处。它们围绕在大嫂的身旁，水波从大嫂洗衣物的地方荡开去，它们从荡开的波浪里游过来，固执地在大嫂投射在河面上的身影里调皮地游着，嬉戏着。

霞光和云彩如同人的生命，如同人的梦境似的变幻无穷，倒映在水中的璀璨、辉煌的世界，使大嫂立在水面上的剪影，看上去反而模糊了。

过了不久，大嫂提着洗净的衣物，到岸上来了。她用脚下的枯草擦了擦脚底的泥沙，穿上了布鞋。大嫂仰着头，喊我，红豆，我们回家吧，风转凉了。

回家的路上，大嫂问起了我的同年爷。我的同年爷在她的心目中，依然是屈麻子。

她说，红豆，你就那么相信他的话？你肯定屈麻子就是你同年爷？

我说，我拿他跟我说的事，跟我说的人，跟我说的每一句话当尺子，去量过我的家事，去量过我的父亲。他是不是我的同年爷，是不是我父亲的老庚，我量得出来。我一量就量出来了，他真是我的同年爷。

大嫂说，你说你的印象之中，你父亲没有这样一个同年爷呀。

我说，我父亲的同年爷二十个都不止，他是做大生意的，交往广，结交的老庚多。我父亲是没有给我提起过什么同名的老庚。但是，大嫂，你知道的，他们之间认老庚是声张不得的事。他们的关系，照不得镜子，也见不得阳光，只能是在背地里。要不然，落个通匪的罪名，我父亲早就身首异处了。

大嫂又问我，你在桃花镇的家里，真有人每年在你父亲的忌日，在神龛上放一包银子？四百两银子，可真是不少了哟。

我说，是啊，我那时真是感到莫名其妙。不过，此一时彼一时，在那个时候，一年四百两银子，真是不够我花。你知道我身边的首家大小姐是怎么花银子的吗？她每年光是添置新衣服，就要上千两银子。更不用说手腕上、手指上、头上戴的，还有脖子上、腰上挂的。她一个看似绿玻璃一般的翡翠手镯，就是八百多两银子，那种样式的手镯，她有十二个。她的红宝石首饰，蓝宝石首饰、有的得上万两银子一件。我跟那么一个用钱花钱就像流水似的人在一起，虽说不敢去跟她攀比什么，但我也不能太寒碜，不然就丢了人家的脸了呀。吃的喝的，倒是花不了多少银子，我请了一个叫欧阳满珠的丫头，也没花多少银子。钱都花在面子上了，花在那些现在看起来一文不值的东西上了。

大嫂换了一种较为温和的语气说，想不到，一个杀人不眨眼的土匪，还这么重情义，讲信用。他不是说会常来这里看你吗？红豆，他若真的来了，你给我问问，是不是他一枪就要了金子福的命？

我说，好嘞，好嘞，下次他来时，我就问他。

当时我以为大嫂说的是一句玩笑话，便没有把它放在心上。后来才知道，我这是犯了一个无法弥补的大错。

31

没有男人，一个家庭就失去了主心骨。

我父亲生前有过不少女人，除了我母亲，还有他的二太太、三太太、四太太之类。父亲没有让她们生活在桃花镇，她们要么在永明县城，要么在永州府城，要么在衡阳、长沙。我父亲在不同的地方来往做生意，同时在她们之间穿梭、流连。父亲让她们都过着一个富商女人那种享清福的日子。我的父亲栽树，她们乘凉。我的父亲奔波，她们沾光讨巧。

蒋玉湘说过，盐商的女人，比皇帝老儿的妃子要幸福多了。唐朝有个大诗人叫白居易的，写过一首诗来描述千年前的盐商和盐商的女人：

盐商妇，多金帛，不事田农与蚕绩。

南北东西不失家，风水为乡船作宅。

本是扬州小家女，嫁得西江大商客。

绿鬟富去金钗多，皓腕肥来银钏窄。

前呼苍头后叱婢，问尔因何得如此。

婿作盐商十五年，不属州县属天子。

每年盐利入官时，少入官家多入私。

官家利薄私家厚，盐铁尚书远不知。

何况江头鱼米贱，红脍黄橙香稻饭。

饱食浓妆倚柁楼，两朵红腮花欲绽。

盐商妇，有幸嫁盐商。

终朝美饭食，终岁好衣裳。

好衣美食来何处，亦须惭愧桑弘羊。

桑弘羊，死已久，不独汉时今亦有。

我父亲流年不利，触霉头时，她们则作鸟兽散了。她们谁都不稀罕我家在桃花镇上空荡荡的祖屋，更不愿在这个时候背上我父亲女人的名声。她们早已攒足了生活的本钱，除此之外，她们还可以另攀高枝。

我不知她们的膝下，是否有父亲的血脉——我的弟弟或者妹妹，我敢肯定的是，即便有，弟弟妹妹也不会姓欧阳了。他们会姓什么，天知道。

在我和大嫂两个人一起生活的日子里，我发现，并非没有男人，一个家庭就会失去主心骨。身边没有男人的时候，女人自己也能成为主心骨，成为顶梁柱。

大嫂就成了我的主心骨，成了我的顶梁柱。

大嫂想到了我坐月子时得吃鸡进补，当得知我怀孕后，就开始积攒鸡窝里仅剩的两只母鸡下的鸡蛋，孵了两窝鸡仔。她说，到我坐月子时，开始几天要吃生鸡公活血，接下来就要吃没下过蛋的小母鸡进补。那两窝鸡仔正好赶得上时候。

大嫂推算小家伙出生时，该是在第二年四月，或者五月。那时，天还有些冷，得早早备好小棉衣、小棉被、小棉袄、小棉鞋、小棉袜、内衣内裤、夹衣夹裤、肚兜尿片。这些东西，全都得提前置好备着，备一套不够用，至少要三四套。还有小家伙用的小碗小碟、摇篮玩具等等。

为此，大嫂去了两趟桃花镇，挑了满满两担东西回来。还有些穿的戴的，得我们自己花时间来缝制。

大嫂说，光是那些穿的衣裤鞋袜，就够我们两个人四只手忙活几个月。

大嫂连烧水用的柴火都考虑到了，她说，有个婴儿，锅里白天晚上都必须备着热水。虽说离山十里，柴在房里，离山半里，柴在山里，但到那个时候雨水多，寻不到干柴。所以得多备干柴。

大嫂拿着砍刀，把通往温泉路上两边的松树砍倒了二十多棵，弄回来的柴火，把原来杨开福住的那间房子堆满了。

大嫂告诉我，生小孩的时候，用不着去请接生婆。她在下山前，在村里给几个人家接过生。

真是有了大嫂，就用不着我操半点心了，我只有一件事，就是顺顺当当地把孩子生下来。

芙蓉，你手下有那么多供使唤的丫头和佣人，你生小孩的时候，有那么多的人服侍你，但是，我就大嫂一个人，便已经足够了。像欧阳满珠那样的丫头，十个也抵不上大嫂一个。

我这样说，是想告诉你，你身边的下人，不一定让人放得心，不一定靠得住。那些人为什么给你做事呀？是为了钱，因为你给他们工钱，或者谷子。而大嫂帮我、照顾我，不是为了钱，而是为了我们两个相依为命的情谊，这当然就不一样了。我们的心在一起，我们会找到我们在一起的快乐，我们会找到我们在一起的信任。

大嫂知道我和你之间的关系后，不管我是对是错，她都坚定地站在了我这一边。

　　她两次去桃花镇，都不像从前那样，只在她同年爷的裁缝铺那里，听一些镇上的花边新闻、小道消息，而是两次都目标明确地去了蒋玉湘家里。

　　在蒋家大院，她的眼睛变成了我的眼睛，她的耳朵变成了我的耳朵。

　　大嫂进了蒋家院子，从桃花镇回来后告诉我说，一个知府老爷的家宅，并没有常人想象中那么难进。要想见一见堂堂的知府老爷夫人，也没有想象中的那么难见着。

　　原因是你首芙蓉在家中开了女歌堂。只要识女字，能读女书唱女歌的女人，不管是小女孩还是待字闺中的大女孩，是新嫁娘还是带崽喂奶的妇女，还是走路得有人扶着或者撑着拐杖的老妪，都可以进入歌堂。

　　芙蓉啊，大嫂告诉我，你会在每天上午和下午，出面见进蒋家大院来的女客，与那些女客以女歌相会。

　　大嫂介绍说，女歌堂中，既唱女歌，又可以读女帕、写女字、教女字、学女字。在那里，女客们可以吃到一顿免费的中餐，主食有白米饭，有白米粥，主菜有鸡鸭鱼肉。茶水你想怎么喝就怎么喝，零食你想怎么吃就可以怎么吃，花生、瓜子、红枣、酥糖堆得满桌都是。

　　女歌堂开了快两年了。女歌堂有个名字，叫作花神会。题在横匾之上的"花神会"三个字，是女字，不是汉字。是用金粉写的，金灿灿的。

　　有了花神会，桃花镇西边姐妹岭上的花山庙就冷落了，差不多连香火都要断了。供奉着两位姑婆神的花山庙当年的盛况，我记忆犹新。姑娘、妇女每年阴历五月初十后三天，在花山庙齐聚的场面，是多么热闹，多么壮观呀！

美　人　书

人的精神世界和内心的去处，原本就是看不见摸不着的，认定它在哪里就是在哪里，所以，大家都是别人去哪里，就跟着屁股踩着脚印去哪里。

除了永明，还有本省的道州、江华，广西的富川、茶城县那边远道而来的女客，她们带着各自的女书物品来祭祀姑婆神，在庙前烧香化纸，下跪磕头，然后拿着自己写的和请人代写的女纸、女扇、女巾、女帕，唱着女歌，许下心愿，求姑婆神保佑，求姑婆神赐平安、赐富足、赐子嗣。七日之前的斋戒，五日之前的供香，三日之前的沐浴净身，都在那一跪的虔诚中。

人呐，就是现实，她们不去花山庙，到花神会来，一是为了图个方便：本来就要到桃花镇上赶圩的，顺便就可以去花神会一趟。二是图个实惠，渴了得碗茶喝，饿了有餐饭吃，况且吃花神会的茶饭，对于很多的人来说，简直就是在过大年。

芙蓉啊，你婆家的钱不多，但娘家的钱花不完呢！或许她们把你首芙蓉当成了另外一个姑婆神，所以你的花神会能轻而易举地将香火延续了几百年的花山庙取而代之。

我不知道所谓花神会中的花仙，是十二花仙呢，还是十二花神。十二花仙也好，十二花神也罢，花仙台上，属于你的那个芙蓉花神的牌位一定是位列中央的。

按照我们做姑娘时在花山庙排定的位次，我、水仙花神该排在你右边。我问过大嫂，花神会上，是不是这个排法。大嫂说，没错，水仙花神是排在芙蓉花神右边，右边第一个。芙蓉花神左边第一个是牡丹花神。

我告诉大嫂说，牡丹花神就是秀才娘子首玉琴。

历代的文人雅士对十二花仙的品类和排序，并非是我们在花山庙所排的那样。

江边谁种木芙蓉，寂寞芳姿照水红。芙蓉花神是属于十月份的花神。十月份的不在年头，不在年尾，也不在年中，你是芙蓉花神，按说不管怎么排序，也轮不上你列中央。

借水开花自一奇，水沉为骨玉为肌。我是十二月份的水仙花神，与你十月份芙蓉花神，倒应该是差不多挨着的位置。

国色朝酲酒，天香夜染衣。秀才娘子首玉琴是四月份的牡丹花神，她四月份和你十月份，差那么远，怎么也不应该排在你边上。

在桃花镇的时候，我有时觉得你对首玉琴要比对我好，有时又觉着你对我要比对首玉琴好。这一点，首玉琴很在乎，我倒是从来就没当过一回事。

我知道，能给你带来最大的快乐的，能让你放下任何东西的，能让你用一辈子时间孜孜以求的，莫过于女书了。

你对女书的着迷，早已超过对家人、对钱财的热情。但也许是你的家庭太富有，那些对你来说多到用不完的钱财，太容易到手了。太容易到手的东西，反而没有诱惑力，反而没有吸引力，反而容易丢下它，扔掉它。

我一直是那么认为的，你不是嫁给蒋玉湘，而是要进蒋家的门槛。你和你父亲在这一点上想法又一致又不一致。你只要门当户对，面上荣光，这是你的简单。你父亲不仅要你门当户对，面上荣光，还要有利于他在生意上的图谋，这是他的复杂。

但不管怎样，你们并不在意蒋玉湘到底是怎样一个男人。

对于你来说，无论是蒋知府还是刘知府，是杜知府还是周知府，只要是知府就行。我则相反，我要的是蒋玉湘这个人，要的是他的情感，而不在乎它是知府蒋玉湘，还是挑盐客蒋玉湘、种田人蒋玉湘、贩牛客蒋玉湘、土匪蒋玉湘。

你生来是属于自己的爱好的，我生来是属于自己的爱情的，你是那样的女人，我是这样的女人。你要蒋玉湘面子上的，我要蒋玉湘里子中的，这很公平，不是吗？

我相信蒋玉湘也从你我的表现中，看到了这一点。

我心里最想知道的，是关于你两个方面的情况。一是你变成什么样子了，是不是还和你做新娘时那般花容月貌，婉妙迷人。我还记得你像你母亲一样，很少把心思放在自己脸上、形体上。女人应该在自己外表上做的功课，你常常偷懒，

我还记得大嫂说过，你当了母亲之后就明显发福了。身上的肉，像用棕粑叶捆扎出来的粽子，大嫂这样打比喻说。

大嫂第一次去花神会回来，我问她，见到蒋玉湘夫人了吗？大嫂说，见到了，见到了，一进蒋家大院，就与她碰了个正着。

我问大嫂，蒋玉湘的夫人漂亮吗？好看吗？

大嫂反过来问我，她怎么该鼓鼓囊囊的地方不鼓鼓囊囊，不该鼓鼓囊囊的地方又太鼓鼓囊囊了呢？

我说，可能是因为她吃得太好了，吃得太多了。她有点贪吃，这我是知道的。

大嫂笑着说，她属猪的吧。嘻嘻。大嫂笑得开心极了。

我问大嫂，是不是给孩子喂过奶后，奶子就变成那样子了。

大嫂说，奶了孩子后，奶子是有些往下掉。它们不往下掉，怎么抱在怀里奶孩子呀。但葫芦瓜吊在藤架上，没什么看不顺眼的；若是从藤架掉到了地上，那就不成样子了。

我不无担忧地对大嫂说，我可不想变成从藤架掉到地上的葫芦瓜。要不，大嫂呀，反正这孩子是我的，也是你的，叫我叫亲娘，也叫你亲娘，生下来后，我去洗衣做饭，你来喂孩子奶吃。

大嫂扑哧一声笑起来说，红豆啊，你真是个蠢婆娘。我又不生孩子，哪来的奶水喂呀！

我茫然而失望地看着大嫂。大嫂说，红豆呀，你真是什么都不知道，对生孩子养孩子的事一窍不通！到时候你就放心地奶孩子去吧，孩子要吃多少你就喂多少，你的身材，肯定不会像是蒋玉湘夫人那样子。人嘛，各是各的相，天生的。我见得多了，我敢向你保证。

大嫂的话，我将信将疑的，心想，到那天再说吧，还得有些日子，我才能生。

然后，话题就到了另外一件事上，你首芙蓉给蒋玉湘生了三个孩子：两个少爷，一个小姐。孩子们长得如何？他们一个个面相如何？

　　这个问题，大嫂留心打听过。大嫂告诉我，两个少爷都在蒋家自己的私塾念书。是桃花镇有名的秀才欧阳梦在蒋家院子做先生，教他们兄弟两个。他们兄弟俩相差就一年出头，高矮也差不多。大的稍微壮实一点，面相更像母亲；而小的则有些偏瘦，面相和蒋玉湘差不多。估摸蒋玉湘四五岁的时候，也正是那么一个模样。老太爷蒋广林现在跟他两个小孙子在一起的时间，比睡在床上的时间要多得多。只是两岁不到的大小姐，还看不出来究竟像哪个。秀才娘子说大小姐与父母不挂相，倒是有几分像奶奶。

　　大小姐能够像自己的奶奶，也就是说像梅姨，那真是一件可喜可贺的事情。我用一种肯定的语气跟大嫂说，如果大小姐是像她的奶奶梅姨，定然是一个美人胚子。

　　芙蓉啊，既然你和蒋玉湘一道生出来的三个孩子都那么聪明伶俐，健康活泼，逗人喜爱，我就有足够的理由相信，我肚子里的孩子生下来后，也会和那些同父异母的哥哥姐姐们一样，还可能比他们强，比他们更讨人喜欢。

　　我暗自为这些孩子祝福，因为他们都是蒋玉湘的孩子。

　　大嫂说话有时很有趣，很对我的胃口。她说，在蒋家大院，有个穿着很不伦不类的女人，总是撅着个嘴巴，拉着张脸，像除了夫人之外，谁都欠她几两银子似的。这个女人抱着大小姐在花神会上颠来颠去的。如果没有猜错的话，一定就是那个叫欧阳满珠的丫头了。

　　我说，大嫂，你也看她不顺眼么？

　　大嫂呸了一声说，我怎么会看她顺眼。明明是只母鸡，长着个公鸡的尾巴。

　　我说，她就是那副德性，装腔作势罢了。

立冬之后，山林中的湿气加重了，寒气也徐徐袭来。只要一有太阳，我就会搁条矮凳坐到后院的瓜棚边。阳光越来越奢侈，阳光就会让人去一点点珍惜。我喜欢在这个季节晒太阳，如果有太阳的话。大嫂说过，大着肚子的人，应该多晒晒太阳，这样对自己好，对孩子也好。

那天下午，我在后院将矮凳从西头到东头，移来移去地追随着快要落山的太阳。我怀里揣着一个量米的竹筒，装了大半筒碎米，我隔一会儿朝地上扔一把碎米，逗弄已经长出新翅膀毛的小鸡仔。我把碎米抛撒在哪里，那只带仔的母鸡总会最先发现，最先跑过去，然后咕咕咕咕地召唤它的孩子们过来。它好像在对那些小鸡仔们说，宝宝仔，宝宝仔，你们到这里来，吃完那里的，该吃这里的了。那里的东西都被你们抢光了，你们这些贪吃的家伙，你们要不快过来，快到妈妈这边来，妈妈就把碎米都吃了，让你们饿肚子去。

但是它最终也没有去啄一粒地上的碎米。饱食的是那些小鸡仔，挨饿的是它自己。

这就是在我眼前呈现出来的一种入骨的母爱。

我有些生气地对那只母鸡说，蠢家伙，你也是呀，你怎么能一点东西都不吃呢？你若是饿死了，谁来带它们呀？它们到哪里找拢着它们睡觉的翅膀去？你让它们吃得饱饱的，没了你的翅膀抱着，晚上它们会一个个冻死的。

它好像听懂了我的话，在小鸡仔的尖嘴够不着的地砖缝里，找到了米粒，一下就啄进嘴里。它偏过头来看我，还眨巴着豆大的黑亮眼睛，意思是说，我吃了，我吃这么些就够了，我更喜欢看孩子们争着抢食的样子。

它可能不知道，这些可爱乖巧的孩子，被大嫂和我一点点喂大后，会一个个成为我坐月子时的腹中餐。

芙蓉啊，这些小鸡和我一样，命中注定有一个悲怆的结局。它们会落到我手里，而我落入你手中。

大嫂在楼上过道的扶栏收晒干的被子，探出身子来问我，红豆，你在跟谁说话呀？

我抬起头望着大嫂煞有介事地说，我在跟鸡说话，跟鸡妈妈说话。

大嫂抿着笑对我说，母鸡就是母鸡，什么鸡妈妈呀。你这个从大户人家出来的人，就是不同些，说话绕来绕去的，也不嫌费神。大嫂调侃了我几句后，收敛起笑容，认真地对我说，上次去桃花镇，给小毛毛做棉衣棉裤的棉花买足了，但布料还差一点。针线也不够用了。明天得再去一趟，顺便去一下同年爷的裁缝铺。上回去，给你定制了几身宽松的衣裳，估摸已经做好了，得赶快取回来。要不然，你原来的那些好衣裳会全给你那大肚子撑破。

大嫂一说要去桃花镇，我即刻想到了花神会。我说，大嫂，你还去蒋家院子看看么，明天是桃花镇逢圩赶集的日子，花神会一定热闹。

大嫂朗朗地回答说，去呀，肯定得去，不图别的，能够去赚一顿饭吃，才可以节省我们几个钱。更何况我心里正牵挂着蒋大人的夫人呢。

我说，你牵挂她什么，她还不一定认得你呢。

大嫂说，她不认得我不要紧，关键是我认得她，花神会上能见着她。我刚才说的话有点不对，不是我牵挂着她，而是你牵挂着她。你对她牵肠挂肚的，以为我看不出来？

说完，大嫂又冲我笑，笑得很得意似的。笑得我没话说了。

32

晚上，我从箱底翻出离开桃花镇时穿的那件红底花卉蝴蝶纹氅衣和那条雪地人物纹裙子，在灯下细细地看，细细地摸它们，然后选择了雪地人物纹裙子，动起了剪刀。

浮现在我眼前的，是我穿着它匆匆离开你哭嫁歌堂时的狼狈相，是蒋玉湘来这里时，我穿这身衣裙与他相见时的欢乐场景。我清楚地记得，是我和你首芙蓉一道去选的这匹布料，做的同样的裙子。而且，我们在同一天的早上，一齐换上了它们，共着你闺房的那面大立镜，看个没完，照个没完。

这件雪地人物纹的裙子，承载了我太多太多深刻的记忆。横下心来，一刀剪下去，我的心都碎了。

我用那条裙子做了两个假袖子，第二天，大嫂出门去桃花镇时，我把假袖子给大嫂套好，说，你今天戴着这副假袖子，千万别取下来。

大嫂惊讶地问我，哪来这么好的料子呀？红豆，这么上好的料子，你拿来给我做副假袖子，太糟蹋了。

我控制着心中颇为悲戚的情绪，齉着鼻子对大嫂说，你别管了，也别问了，你只管去，快去快回，好不好。

大嫂戴着那副假袖子，挑着箩筐出门。我扶着门槛，看着大嫂的背影，看着那副假袖子，心里空落落的。

大嫂会戴着这副假袖子去花神会，明天回来，会怎么样跟我说起她这一回去花神会的事呢？我期待着。

第二天，没见大嫂回来。她在她同年爷的裁缝铺等我的衣裳锁上衣扣、镶好花边，耽搁了一天。到第三天下午，我才把她盼回来。我们像是久违了的亲人见着了面。大嫂离院门还有百步远就大声喊着，红豆，红豆，我回来了，我回来了。大嫂的脸上笑容可掬，她那一脸高兴劲儿，说明她这一趟桃花镇之行，有开心的事，有满意的收获。

我所关注的事情，是她戴着去的假袖子去哪里了。

大嫂还没有进院门，我就问她，那副假袖子呢？怎么取下来了？

大嫂说，先进屋，先进屋，我喝口水再给你说那副假袖子的事。我的喉咙都干得冒青烟了。

大嫂一进屋，放下肩上的担子就找水喝。桌上茶罐子里的茶是凉的，她咕嘟咕嘟喝了一气，把罐子喝了个底朝天。大嫂真是在路上渴着了，可见走一趟桃花镇也不容易，来回得有上百里路。

大嫂没有给我卖关子，直截了当地告诉我说，你送给我的那双假袖子呀，我把它卖了。红豆，你说奇怪不奇怪，就一双假袖子，两尺布加一尺缩带的本钱，有人花一百两银子买了它。我做梦都想不到，一双假袖子，当得了一百两雪花银子。可是，千真万确，我把它卖了一百两银子。

我大声叫了起来，天啊，大嫂，你把它卖了。你怎么把它卖了？我特地给你缝的假袖子，你怎么把它卖了？你把它卖给谁了？

大嫂说，当然是卖给一个蠢女人了，不是蠢到家的女人，能花一百两银子买一副假袖子？买五百副假袖子也不要一百两银子呀！

我催促大嫂道，你快告诉我，你把它卖给谁了。不然，就是倒贴上一百两银子，我都得要你把它追回来。

那副假袖子现在到了谁的手上，是我急于想知道的。我无法原谅大嫂为了银子随便就把它卖了。

大嫂说，还能有谁愿意拿一百两银子来买它？还能有谁随便就拿得出一百两银子呀？当然是蒋家大院里的蒋夫人了。

大嫂的眼睛亮晶晶的，脸上是贪了便宜又捉弄了他人，才能焕发出来的得意的神采。

大嫂兴致勃勃地说，我走进蒋家大院，绕开照壁，从东边进了前院，前院两侧是东西相互对称的两座小亭，连着东西两边的穿廊。我注意到蒋夫人在东边的亭台中，和另外两个她不认识的女人，在一起读一把女扇。读女扇的声音，不是蒋夫人的声音，蒋夫人没有读，只是在听。我从东边的亭台边走过时，蒋夫人在亭台上看我，四目相对时，蒋夫人还给了我一个浅笑。

对于这种应付式的笑脸，我并没有在意，我走进热热闹闹的花神会会堂，好不容易在一个角落边找到位置落座。尽管是角落边的位置，但坐下去后仍然是有些挤，只能侧着身子坐，双手只能僵僵地放在膝头上。

又过了一会儿，蒋夫人进来了，她在首席上落了座。蒋夫人落座后，这一日的花神会就算正式开始了。

蒋夫人照例会唱几句女歌，表达对大家前来聚会的谢意。她只唱了一半就让秀才娘子首玉琴接过去唱了。蒋夫人瞄来瞄去的目光，停留到了我身上。蒋夫人在找我，这一点我感觉得到。不出所料，蒋夫人端着碗茶，朝我走来了。我的心里打鼓似的怦怦跳着，难道蒋夫人给我敬茶来了？

我才来花神会三次，这么多想来就来了的人，蒋夫人必定是不会只打个照面，就都认识得了的。我头回来的时候，和蒋夫人照面都没打一个。蒋夫人果然是来给我敬茶的，果然是为了结识我而来的。蒋夫人称我大姐，问我，大姐像是从远地方来的？我说，是的，从挨着广西边上的桃川镇来的。蒋夫人把茶递给我，说，大姐远道而来，辛苦了，请先喝口茶。我站起身，接过茶盏，像是真渴了似的一口喝下大半。蒋夫人问我话，大姐贵庚？我说，虚岁三十有二了。蒋夫人说，那我就没有叫错，果然是大姐，长我五岁。而后，她又问我，大姐贵姓？姓金，单名一个豆字。我说。蒋夫人就称呼了我一声金豆大姐，还默默地把"金豆"两字在嘴里念了几遍，像是记不住似的。我问她，怎么了，我这个名字很土，土里土气的，是吧。我们村里面，还有姑娘叫金瓜、金花、金麦的。种瓜得瓜，种豆得豆。我家里年年都种大豆，种小豆，我娘说豆子好种，种一粒，得一棵，有收成，便给我取名叫金豆了。我这个名字倒是不难记，是不？

大嫂说着，勾着手指在左边的眉毛上刮了一下，显得更加精神地对我说，红豆妹妹，我猜，是我叫金豆的这个名字，让蒋夫人走神了，想起什么了。更让她走神的，想起什么来的，是我捧着茶盏的双手上的假袖子。我从金鸡岭到桃花镇的路上，想了一路才弄明白，红豆你为什么要我戴一副假袖子去花神会。你让我戴它去会蒋夫人的吧。这里面肯定有你们两个人之间的什么事！我是那么猜想的，这下我看到结果了。我回蒋夫人的话，没有哪一句不是瞎编的。但她面前的这副假袖子是真真实实的。这种料子，这种花色，它就不是拿来做假袖子的！

那时，蒋夫人目不转睛地看着我手上的假袖子，若有所思。肚子里面有话，却没有说出来。想摸摸我手上的假袖子，却没有伸手。人家毕竟是蒋夫人，讲个分寸的。但她回首席的座位上时，背转身子的一刹那，我不经意间看见了她眼角上亮晶晶的几滴眼泪。她的眼泪来得太快了，也去得太快了，在返回到座位上去的那十几步路上，就悄然抹去了。

她端坐在首席上，几乎没人能看得出她内心有过变化。别人看不出，但我看得出，她的目光后来是躲着我的，她的心里头，一定是有什么心事拉扯着她的目光，不往我这边来，不敢往我这个方位来。

我不知道那个下午，蒋夫人心里头是被堵着的，还是被掏空了？

我问大嫂，这么说来，你在花神会呆了一个下午？

大嫂摇头说，若是没事，我倒是愿意坐在那里，呆上一个下午的。我同年爷那里，还有你几件衣服的扣眼没开，我同年爷那双一场病后就抖抖索索的手，开扣眼缝衣扣这类事情，肯定是做不来了，想到这里，我在花神会就呆不住了。说实话，我真不愿意离开那里。

芙蓉啊，听大嫂这么一说，我就知道，你办的那个花神会，对于尘世中的女人而言，绝对称得上是一个心灵的会所。那是一个女人聆听别人的倾诉，慰藉自己的心灵，感受自己的命运的好去处。那是快乐心灵扎堆的地方，也同样是苦难心灵扎堆的地方。那里能让人静下心来，想自己的事，也能让人静下心来，什么都不去想。

大嫂接着说，我当然是起身离开了，我和她们完完全全不是一路的人。那里边的空气浑浑浊浊的，我闻不得久。刚到大门口，一个声音喊住了我。蒋夫人和她的丫头欧阳满珠，从照壁的西边闪了出来。大姐你留步，我喊你，你没听到吗？是欧阳满珠在我后面喊，我没有理睬她，向她身后的蒋夫人问道，蒋夫人，有什么事么？

答话的却是欧阳满珠，她怪声怪气地说，我家夫人想和你换一样东西。我问，夫人要换我什么东西呢？我身上可没有什么贵重东西，能让夫人看得上。欧阳满珠说，我家夫人倒不是稀罕什么贵重不贵重的东西，别人看来贵重的东西，我家夫人也难得看上一眼。跟你明说了，我家夫人看中了你身上戴的一样东西。

我装出个受宠若惊的样子，摊开双手，在自己身子上寻找着什么似的说，夫人看中我什么了？我这里还有能让夫人看中的东西啊？欧阳满珠蹙着眉头说，就是你戴着的假袖子。我看呀，就是平平常常的一副假袖子嘛。

我说，是啊，我们这样凭着一双手讨生活的人，身上能有什么不平平常常的穿戴嘛，戴这么一副假袖子，还就是图做事的时候，免得脏了衣袖，懒得换洗衣裳。

欧阳满珠嫌我啰唆了，说，你快把它取下来吧，你今天走大运了，我家夫人拿一百两银子来换它呢！

大嫂边说边对我吐了吐舌头。我说，大嫂，你看你，一百两银子就把自己吓着了么？

大嫂说，听说蒋家夫人要拿一百两银子来换我戴在手上的一副假袖子，开始我还以为是自己耳朵听错了。这简直就是不可能的事嘛。看看欧阳满珠怀里抱着的黄色布袋，像是装着上百两银子似的，我心里就放踏实了。我用一只手摸着另一只手上的假袖子，做出难为情的样子说，若是我自己给自己缝的这么一副假袖子，夫人看得上就送给夫人得了，夫人看得上，是我的荣幸，对不对？但这副假袖子是我的朋友送给我的，我拿它来换，我的朋友会怎么看我呢？我这样做，我的朋友会不会当我是个不地道的、见不得钱的人呀？

欧阳满珠装出一副假慈悲的模样，扯着我的衣襟说，我的大姐呀，你就别在这里犯傻了，就你那些朋友，能有值一百两银子一个的？我看，能有值个五两、十两的，就不错了，就撑破天了。我不是说无根无据的话给你听，不信你就试试，你找你朋友借二两银子，假装赖着不还，有个十天半个月的，她还把不把你当个朋友？喏，我的那些朋友里，还没有哪个能借我十两二十两银子的呢。

大嫂呸一声，气不过地对我说，红豆啊，你说过，这个欧阳满珠一身都透着俗气，真是一点都没有夸大其词。嘿呀，我算是领教了。看看她，满口就是银子啊钱啊，除了银子啊钱啊，就没有别的话了。这么一个下人，迟早会为了银钱把自己的主子卖掉的。

我认真地听着大嫂讲的每一句话。为了听到大嫂的这番话，我苦等了三天。大嫂不能用三言两语来打发我。

大嫂又喝了一大口茶，接着说：

可能是蒋夫人及时地看出了我对欧阳满珠的厌恶，听出了我和欧阳满珠话不投机，谈不拢来了，就从欧阳满珠身后走到欧阳满珠前面来，把手里执着的一把折扇交到我手里来，说，我这里还有一把女扇，你的朋友若是喜欢，你就说是我送给她的。

蒋夫人这么说，我就不好拒绝了。我伸手就把那把折扇接了过来，打开一半，就看到了扇面上的女字，那些女字，每一点、每一横、每一竖、每一斜、每一弯，都工工整整、端庄秀丽。我小声地问蒋家夫人，是夫人亲笔么？

欧阳满珠唯恐天下不乱地插话进来说，当然是夫人的亲笔了。我得告诉你，十金易得，夫人的女字却是一字难求的。我想求一把夫人的女扇，我跟夫人跟了这么些年了，就没敢说出口。

既然这样，我对蒋夫人说，那就换吧。我晓得我朋友的脾气，她会记恨我的，会骂我的。

欧阳满珠又在一旁多嘴了，你的担心也太多余了，一副假袖子而已，你朋友送给你了，就是你的了，你管她什么。

我反正不理她，取下假袖子，交给蒋家夫人，接了那包银子和那把折扇后，我只想着快点离开。我好长时间没见过这么多钱了。我想，有了这些银子，等你肚子里的小家伙落了地，要添置些什么就用不着犯愁了。就我们现在这种日子的过法，这一百两银子，我们能花三年五载。

大嫂说得口水直喷，她似乎还在那时的兴奋状态中。大嫂脸上的笑容收不拢，脸上的酒窝就比往日深了许多。

我不在乎大嫂包袱中的银子，而是催促大嫂快把那把女扇拿出来。大嫂居然不知道女扇放在箩筐里的哪个地方了。大嫂把女扇夹在我的一件新衣里，我自己把它翻出来了。

我拿着女扇，独自上楼，来到自己的房间里。芙蓉啊，这么些年来，第一次接触到从你手上过来的东西，我的心情确实有一种按捺不住的激动和不安，我太想知道你在上面写的是什么了。

打开折扇，四行女字就印入我的眼帘：

窗台水仙四五盆，

花架又栽七八盆，

年年花开花样好，

惜闻花香不见人。

简简单单的四句话，我在那里反反复复地读了十来遍。每读一遍，其中的意思就会更明白一些。

你种了一屋子的水仙，以此来弥补我从你身边离开后，留给你的念想，那当然是远远不能够的。真实的水仙花神不是我，真实的我不是水仙花神，水仙花的香味也不是我身上的气味，事实就是这样。你就是种上一万盆水仙花，也开不出一丝我脸上的笑容来，对不对？

我知道你惋惜什么，我知道，当你想起我来的时候，会因为我杳无音讯而不好过。但你的不好过，又怎么能跟我的不好过来比呢？你心里不好过是矮情，我的不好过是伤心，是悲哀，这完全不是一回事。你在天上，而我在地下呢！

料峭的霜风在屋外四处扑腾着，在窗外竹林的上空呼啸。我在房间里也听得见它们尖厉的声音。在这样的季节里，你拿扇子来交换我做的假袖子，就像我们之间明里暗里的关系一样，让人觉得滑稽、可笑。

你在女扇中写的那些东西，字里行间跳跃出来的意思，只让我扼着腕儿感叹，人这一辈子，怎样才能求得让自己的心里清净的东西？心中有个尼姑庵，心中有个和尚庙，就不该你到我的庵里来，我到你的庙里去，扰了彼此的清静。

大嫂也不吭声，也不敲门，愣头愣脑的样子，撞开门进了我房间。她不知道此刻我想静一静，想一个人独自静下来，平息一下心情。我抬起脸来问她，有什么事情吗，大嫂？

大嫂也意识到打扰我了，但她顾不上那么多了，她是有话问我。大嫂情绪有些激动地问我，是不是有人来过？伙房里的东西堆得放不下脚了，碾好的白米，熏好的腊肉，风干的鸡、鸭、鱼、牛肉、羊肉，还有油豆腐、花生、瓜子、甘蔗糖，堆了一房子。这么多东西是哪儿来的？是不是那个姓屈的同年爷来过了，是他送来的？

我简短地回答大嫂说，是的，你昨天没回来，昨天回来你就能见着他了。还有那个姓赖的和另外两个人，都是他的手下。

大嫂把手捂在胸口边，突然变得谨慎拘束了，对我说，你没问他什么？

我说，我问了，我问我同年爷怎么带这么多东西来。我同年爷说，这是给我们备的年货，赶早送过来，免得下雪了，路上不方便。

大嫂又问我，你还问他什么了？

我对大嫂笑了一下，习惯性地摸着自己腆得像一个大南瓜似的肚子说，我还问过他，快要当同年外公了，高兴不高兴？他说，高兴，哪有不高兴的道理呀，太高兴了，不止是一份高兴，是双份的高兴，替同名同年的老庚高兴。他说他还替我的父亲高兴，说我父亲在天之灵，一定会好生保佑他的这个小外孙。

大嫂还是用那句话问我，你还问他什么了？

我想了想，摇摇头说，还问了他什么……我不记得了。我同年爷给我讲了很多他和我父亲交往的事。我听得如痴如醉的。

大嫂哦了一声，唇边掉落了一句我没接着的什么话。大嫂欲言又止地睁着大眼睛扫了我一下，捂在胸口上的双手放下来，她说她下楼做饭去，便走开了。

我只是看到了她脸上有些失望的神情，却没有想起大嫂曾要我见到我同年爷时，问问金子福死的事情，问问同年爷是不是一枪就要了金子福命的事情。

这当然得怨我怪我，我应该记着大嫂嘱咐的话。但是，即便我记着，也见着了我同年爷，这样的问话，叫我怎么好随随便便就开口去问呢？

大嫂是不是觉得这个事情对她而言尤为紧要呢？我没有去想那么多。这一点，我麻痹了，我粗心了。

33

　　腊月二十五是过小年的日子，看到大嫂准备好的一桌丰盛的晚餐，我说，大嫂，今晚我们喝杯酒吧。

　　这一阵，我的胃口出奇地好，一餐能吃掉半个腊猪脚，临上床睡觉的时候，若是没吃几个鸡蛋或者一碗面条什么的，夜里就会把自己饿醒来。

　　大嫂说，算了吧，挺着大肚子，还能喝酒么？

　　我说，今天过小年呀，你又炒了这么多菜。

　　大嫂说，炒几样菜，是因为过小年要有个过小年的样子，是让你吃个饱，但不是要你喝酒的。等你生了孩子，我就好好地做一缸甜酒给你吃，用甜酒冲蛋，吃了发奶水。

　　我埋怨大嫂道，大嫂你好偏心眼，你眼睛里如今只有我肚子里的小家伙，把我搁到一边去了。

　　我对大嫂的抱怨是做样子的，大嫂也看得出来。大嫂神气地瞥了我一眼说，谁叫这孩子不是个平常人家的孩子，而是知府老爷的孩子呀。这孩子贵气着呢，说不定将来成了大人物，我们老了就有靠山了。我就指望着这一点呢！大嫂盛了半碗米饭给我说，少吃饭，多吃菜，你要吃双份呢。吃你自己的那一份之外，你还得替孩子吃一份。这张桌上坐了我们三个人呢！

　　我和大嫂都没有料到，蒋玉湘会来和我们一道在这深山老林里过年。

　　过小年之后的第二天，太阳落山的时候，大嫂在浴室里帮我倒热水洗澡，我的肩头上搭着要换上的里衣里裤，正要关院门，隐隐约约地听到了从远处传来的马蹄哒哒哒哒的声音，那富有节奏的声音我似曾相识。我从快要合上的门缝中，看到了骑马来到院门外的蒋玉湘。

与此相反的是蒋玉湘骑着他的那匹枣红色的牝马，出现在院门口。几个月不见，那匹马更加雄伟和精神了，它厚实的胸膛和丰满的臀部，还有强壮有力的后腿、红得发亮的毛发，都说明它得到了精心的饲养。

与此相反的是蒋玉湘，他穿着一身只有桃花镇的秀才欧阳梦，才穿在身上的粗布衣服，头发凌乱，胡子拉碴，灰头土脸的，明显消瘦了的脸拉长了许多，鼻子倒是显得更高更挺拔了，一看就像老了十来岁。

我开门迎出来，却不跟他说话。他也像没认出我来，那是因为我腆着个大肚子，而且身子也发福了。与怀孕之前的我相比，我差不多成了另外一个人。

我们两个人的脸上，同时表现出惊讶的神情来，又同时忍俊不禁地打开了勉为其难的笑脸，接着就紧紧地拥抱在了一起。

大嫂在洗澡的房子里叫唤我，红豆，快些过来，洗澡水倒好了，什么事让你这么慢吞吞的呀？

隔了一会儿，大嫂又叫喊起来，红豆，还不快点，水快要凉了。

我挣开蒋玉湘的拥抱，拉着他的手往堂屋里走，边走边朝大嫂喊道，大嫂，你快出来，你来看看是谁来了。

大嫂说，是你同年爷么？

大嫂拎着个木桶出来，看见蒋玉湘，忙改口说，是蒋大人呀！蒋大人来了呀！

大嫂高兴得控制不住心情的激动，手舞足蹈地说，蒋大人是来陪我们一起过大年的吧！

蒋玉湘当着我和大嫂的面，点了几下头说，不知大嫂嫌我不？

大嫂说，我倒是不会嫌你，这个红豆妹妹嫌不嫌你，我就不知道了。大嫂说着狡黠地扫了我一眼。

我说，昨天过小年时，我还和大嫂说今年过年冷清来着。现在好了，难得有个大男人跟我们在一起，会热闹得多了。

寒暄了一阵后，大嫂才记起浴室里备好的那盆洗澡水，她从桶中拿出我的毛巾，扔给我说，红豆，你还洗澡不？

我犹豫了一下，把毛巾给了蒋玉湘。我对他说，我不洗了，你是一定得去洗个澡的。我刚才差点就没认出你来。

蒋玉湘不好意思地笑着说，我这样子，很狼狈吧。

我说，你也知道自己狼狈呀，这么一副样子，该不是故意装出来的吧。

蒋玉湘嘿嘿一笑，什么都没有说，可能是有大嫂在场，他不方便说吧。蒋玉湘去浴室洗澡后，我把大嫂拉到一旁，小声地说，你给他铺张床去。

大嫂戳了我一下说，你说什么？给他铺张床？你让他睡哪里？还睡他原来睡过的小房么？你还当我不知道他是你肚子里孩子的父亲么？红豆，我说你算了吧，好不容易把蒋大人盼来了，你和孩子能和他在一起，一家团聚了，岂有分开地方睡的道理？

我说，我不是这个意思。

大嫂爱理不理地对我说，不是这个意思是什么意思？

我说，我是怕自己这个丑模样，我不想让他看着我这个模样。

大嫂指着我说，快要做妈妈的人了，你还臭美呢！红豆，今晚你得让我好好睡上一觉了，得让他来半夜里伺候着你喝水拉尿的。该我歇歇了，也该他这个当孩子的父亲的人操劳操劳了。嘻嘻。

大嫂说完，不由分说地竟先上楼睡觉去了。

蒋玉湘在洗澡，我也随着大嫂上了楼。我在睡房里的摇椅上，就着放在衣柜上面的油灯，做一条婴儿小裤。为了分清哪边是小裤前面，哪边是小裤后面，我要在前面的裤管上绣两粒红艳艳的小豆。

我要让孩子知道，穿在身上的是自己的亲娘红豆缝的裤子。

蒋玉湘洗完了澡，寻着我睡房的灯光上楼，径直进了我的睡房。他走到我的梳妆台前，就着水银镜子，用剃刀刮他嘴唇上和下巴上那些又长又乱的胡子。

我说，你把灯端到梳妆台上去，照得见些，不要刮破皮了。

他说，有这些光亮够了，我摸黑也能把脸上的胡子刮下来。

我说，那你就在那里刮吧，割破了脸，流出血来了，可怪不得我。

我停下手中的活计，把手放在摇椅的扶手上，轻轻地将椅子和整个身子都舒服地摇晃起来，看着他一刀一刀熟练地剃胡子。

蒋玉湘那样子，好像是把这里当作家了，一切都熟门熟路，好像他一直在这里生活着，而且生活了多年似的。

我也认定他就是我的男人，我的夫君，我的如意郎，就是这个家中的家长。有了他，这个家就是一个完完整整的家。这种家的感觉让我心里感到幸福、甜蜜，甚至想哭出些滚烫的眼泪来。

等我这边把红豆绣好了，蒋玉湘也把脸刮干净了。蒋玉湘一边摩挲着刮过胡须的下巴，一边微笑着走到我身边，弯下身子，亲我的脸。他现在不像是在院门口亲我时那样，胡须扎得我又痒又痛的。我撒着娇对他说，你从马上下来的时候的那个模样，差一点吓到我了——你像是被人从家里赶了出来，到我这里来避难似的。

蒋玉湘在我对面的蒲团上坐下来。他把我有些微肿的双脚放在他的膝头上，手慢慢放到我肚子上，对我肚子里的孩子说话：宝贝崽崽呀，你亲娘没有说错，父亲我就是从家里被人赶出来的，被你爷爷举着鸡毛掸子赶了出来的。

我随便地开玩笑的一句话，居然还真说中了。蒋玉湘就是被他父亲蒋广林从家里赶出来的。个中缘由，说来话长。

有个叫王步云的知县，文章写得非常好，名声在外，蒋玉湘读过他的文章，对他敬佩有加。光绪二十九年，王步云以检选知县的身份到了广西。几年间，几个地方的行政事务他处理得好评如潮。

王步云在广西永淳县时，就像蒋玉湘在永明当县令时那样，就像蒋玉湘如今在永州当知府那样，经常出巡，体察民间疾苦。有一次，王步云一连数日走访了化龙、甘棠、古拉、零竹、平水、六吉、梧李等 14 个村庄，经过崎岖的山岭，他也不辞劳苦，徒步攀登。每到一个地方，他都仔细了解百姓的生产、生活状况，为他们出谋划策。永淳县幅员辽阔，山林丛杂，群盗出没，王步云就贴出告示，劝谕各村联围互卫，建筑闸栏防抢防盗，老百姓因此有了安稳的日子过。前不久，这个王步云调补到与永州江华县相邻的富川县了。

江华县的一个叫作瓮水村的地方，和广西富川县一个叫作龙窝村的地方，因为山界纠纷结下世仇，发生械斗，双方都死了不少人。半个月前，蒋玉湘离开永州，带着两个差役，到瓮水村了解实情。然后，约了王步云在江华县城里见面，商议解决瓮水村与龙窝村矛盾的事宜。蒋玉湘提出，找一个像他岳父首一望那样的有钱人家，把两个村争执的山林田土买下来，规定两个村的人不得在规定的范围内打柴、放牧、耕种、葬人垒坟，两个村不再是相邻的了，这样可以杜绝后患，拔除祸根。这不失为一个皆大欢喜的好办法，蒋玉湘和王步云一拍即合。

蒋玉湘和王步云一见如故，相见恨晚，都觉着和别人难得有如此地投缘。蒋玉湘被王步云邀请到富川县住了几日，两人天天彻夜长谈，谈古论今，若非到了年关，竟还不想分开。

辞别王步云，蒋玉湘回到永州地界，把随行的差人打发回去过年了，自己顺路骑马回桃花镇，又在马背上颠簸了两日，在腊月过小年的日子，回到了蒋家大院。

老爷蒋广林在这一天做七十大寿，这是他不想错过的。

蒋玉湘能赶回来给自己祝寿，蒋广林老爷开始还是很高兴的，笑得合不拢嘴。这一年中，他还是第一次见到自己的儿子。在永州当知府的儿子，能从百忙之中抽出时间来，专程来给自己祝寿，他能不高兴么？能不笑得合不拢嘴么？

寿宴结束后，蒋玉湘扶着喝了几杯酒便有些微醉的老爷，到书房喝茶休息。在老爷的书房里，一年都难得在一起的父子俩突然起了争执。蒋玉湘把老爷扶到书房里，刚把茶端到老爷身边的茶几上，老爷忽然睁大眼睛，脸上醉态全无地问，看你这次回来一路劳顿的样子，不像从永州府回来的，像是赶了较远的路。蒋玉湘点头说，是的，来来回回、马不停蹄地赶了十多天路。老爷又问，是不是到衡阳、长沙，给道台大人和巡抚大人上三节的礼银去了？

蒋玉湘如实说自己是去了翁水村，去了江华县衙，去了富川县衙。

老爷道：这么说来，你还没有去衡阳给道台大人拜节送礼数，更没有去长沙给巡抚大人拜节送礼数？

蒋玉湘没当回事地淡然一笑说，我是没有去衡阳，给道台大人拜节送礼数，也没有去长沙，给巡抚大人拜节送礼数。翁水村和广西富川县的龙窝村，因为山水田界发生械斗，死了三个人，如果不及时处理妥当，这两个村几千百姓，过年都过不安心。

老爷听了他的话后，含在嘴里的茶水一口喷出来，老爷厉声指责蒋玉湘，过年过年，你还知道就要过年了嘛！过年得往上送礼数，这么大的事，你就忘了，你就把它撇一边去了？在你的心里头，可能压根儿就没想着春节、中秋节、端午节这三个日子，不记得上司和上司夫人生日，那些到任礼、三节两寿礼，统统都是抛在脑后的。

老爷数落他，地方官员每年需送督、抚、藩、道、府等各级上司到任礼和三节两寿礼银。这只是给顶头上司的。京城的官员还得送，夏天得送冰敬，冬天得送炭敬，离京得送别敬，过年过节得送年敬、节敬。这都是道州籍人士何绍基亲口说过的，是他的原话。说来道州的何绍基还是我们的远房亲戚。你从小就临摹他写的那一手好字，你现在还得空就仿着他的字，研习他的字，他说过的这些话，你可晓得？

蒋玉湘装作很认真地听，他越是这样，老爷教训他，就越加起劲。老爷说，作为一州之知府，岂能不知道这些礼数？岂能不依这些礼数？我们湖南籍的曾国藩大人，任直隶总督时，也给原籍三江两湖的京城官员送过一万四千两银子的别敬。比起曾国藩大人来，你算得上什么？倒是你的胆子比他大，该讲的礼数都不讲究！

蒋玉湘没来得及细想，不小心顶了一句嘴说，我就是看不惯那些礼数。好像他们一个个都是在给朝廷白干事情，一个个没拿朝廷的俸银似的。

他的话在蒋老爷心头是火上浇油，老爷真是动怒了，俸银，俸银，什么俸银不俸银的，在京城里的文武官员，一品官员俸一百八十两，二品官员俸一百五十两，三品官员俸一百三十两，四品官员俸一百零五两，四品以下的官员年俸才几十两银子。京城以外的官员，总督年俸才一百八十两，巡抚、布政使只有一百五十两。道员、知府有多少，你自己知道，你如今就拿着那一百零五两的年俸。一百零五两银子，能够得你一年的开销？我看，能够着你岳父喝上一顿茶就不错了。

虽然是气头上的话，但蒋玉湘自己是以一种不屑的口吻去回应老爷的，他说，平常百姓家里，十年也挣不上一百零五两银子，十年也花不了一百零五两银子。反正我的俸银，是足够我开销的。

他这么一说，书房里倒是极度地安静了下来，老爷张着老大的一张嘴，没哼出一声来。老爷瞪目结舌的样子，让蒋玉湘看来有些奇怪，就像嘴里塞进去一个没有剥皮的青皮鸭蛋，呛得直翻白眼似的。

书柜边上的落式摆钟滴答滴答地晃着，没有停摆，而那一刻，时间却像停了似的，僵在那里。

老爷终于喘过气来，推开窗户，朝天井里大喊，仁里，仁里，你去把白皮子的账本拿来，快点。

管家蒋仁里以最快的速度把账本拿来了，他把账本递给老爷，老爷却没有伸手接，说，你别给我看，我不用看，我还用得着看吗？

你给如今的永州知府大人看去，让他细细地看，一笔一笔地看。我还以为他心里头有这么一本账本呢。看来，他没有。他心里一点数都没有。糊里糊涂地当着县丞，做着知县，还糊里糊涂地做着永州知府。

蒋玉湘刚从蒋仁里手中接过厚厚的账本来，还未来得及把账本打开，老爷就接着往下说了，你说你的俸银足够你开销，你亲口这么说的。我知道，你做县丞的时候，和训导、教谕一样，一年的俸禄是四十两银子。我晓得，那年你的四十两银俸禄也没开销完。一个白发苍苍的老妇人来县衙，与她自己的儿子打官司，她的四个儿子不尽孝道，每年只称给她三百斤谷子。你比她的四个儿子加起来还孝道得多，一出手就给了她十两银子。我不是不晓得，你当永明县令后，俸银每年加了五两，你接济的孤寡老人却从十七个增加到了二十三个，那么多老人，你那点俸银，花费起来就有些捉襟见肘了吧。我真不晓得你哪里还有钱，来给一个被广西的土匪打残了的挑盐客买一头母猪和十只鹅的。当永州知府了，年俸过百两银子了，门子、轿夫、马夫，花你的银子不多，听说你拿自己的俸银，购置了上百架水车，发给受灾的老百姓车水抗旱。总而言之，你到底还是把每一年到手的俸银花销出去了。

老爷说话一急，气就跟不上来，嘴角的白沫越来越多，管家蒋仁里拿手帕揩个没完，老爷的话却停不下来。

老爷说，我也知道，你当永州知府后，开了永州知府衙门的先河。那就是再也不要所属各县的这种礼数、那种礼数了。各县的县令对你倒是感激涕零的，称道你是菩萨，称道你是青天。永明县令的话说得直截了当，说你这是给道州、零陵、祁阳、东安、宁远、永明、江华、新田那一州七县的官员赚钱的机会。他们在下面，照拿不误。你以为你干净了，这个世界就干净了？你以为你清廉所以就官运亨通？你倒是翻开账本看看，看看你是怎么就花销不完自己的那点俸银的，看看你是怎么官运亨通的。

我急不可耐地问蒋玉湘，到底那是一本怎么样的账本？账本上隐藏着些什么样的秘密呀？

蒋玉湘说，我只是粗粗地浏览了一下那本账本。但是，账本一笔笔的账目，却让我目瞪口呆，让我如鲠在喉。那上面记录着自我在永明县当县丞以来，给我的上司的所有礼数。我的官越做越大，数额就越来越大，送礼的对象也越来越多，礼数当然也越来越周全。巡抚大人是尊称我父亲为兄台的，是我父亲在广西为官时的同僚，按我父亲自己的说法是交情甚笃，但也不例外，一年二千两的礼数，自从我当永明县令后，就没有少一分一毫。这些礼数累计起来，最少的一年也有二万多银两。我在永州知府任上的这一年，用于礼数的开销早已超过十万两银子。接下来是蒋家大院一年的花销。这当然也应该是属于我的花销范围的，因为我的妻儿都在这个看似简单，其实庞杂的家中。红豆，你是知道的，首芙蓉有丰厚的陪嫁在库房里放着，是可以抵减大部分开支的，但一年至少也得二千两以上的银子，才够她添置衣裳、首饰、脂粉和开办花神会的费用。为我那两个儿子请私塾先生和相关的开销，少说也得一千两银子。为父亲、儿女和首芙蓉服务的佣人，加上管家蒋仁里，常年的有十九人，短期的雇工多的时候三十几人，少的时候也有八九个人，这笔开销，六百两银子勉强凑合。整个蒋家院子里几十张嘴的吃喝，一年下来少不了要花三千两银子。杂七杂八算下来，蒋家院子里面一年的花销，怎么算也得要六七千两银子。

蒋玉湘说，看着一笔笔的开销，我自始至终都在问自己一个问题，这些钱哪里来的？家中哪有这么多钱，用来开销这开销那的？我知道，我父亲手头上不可能有这些钱。我自己这些年来也没有往家中拿回去一两银子。首芙蓉陪嫁的那些钱，即便动用了，也没有这么多呀！我把账本合上，往蒋仁里手中一丢，说，这是不可能的事。账本是假的，不是真的。我父亲说，你当然不敢相信这些记得清清楚楚的账目了。都说一年清知府，十万雪花银，你这个年入不过百两银的知府，怎么会相信自己背后有这么大数目的真实开销呢？你去问问自己的夫人，芙蓉陪嫁过来的那些金条、银元用哪里去了。除此之外，你还得去问问你的岳父首一望，他才是你在仕途上一路走来靠着的金山银山。你好就好在有这么一个夫人，你好就好在有这么一个岳父。你在戏台子上两袖清风，像道州的那个周敦颐写的《爱莲说》中的荷花一样，出淤泥而不染，濯清涟而不妖，不蔓不枝，香远益清，亭亭净植，可远观而不可亵玩焉。你才不会在意有多少人在幕后，给你敲锣打鼓使暗劲。噫！我还以为你当了知府，能自己晓得一些事理，悟出一些门道了。你宁愿去什么瓮水村，而不在年节前给道台大人、巡抚大人拜节，你看你，这是糊涂到哪里去了！你这个知府当成了什么样儿！你这个知府还能做多长日子！

我向蒋玉湘努了努嘴，说，你父亲大人的话，说得还是占着理的，我看你怎么回，怎么答。

蒋玉湘捏了捏我的鼻子，反问我，红豆，你说我会怎么回、怎么答？

我笑了笑说，你会说，这样的知府，我一天都不愿当。

蒋玉湘竖起大拇指夸我，不错，不错，我就是这样说的。我非但没有为他们背地里为我做的那一切感动，反而觉得是他们在一旁算计我。而我自己被他们算计了那么久，那么深，却浑然不觉。可以说我从来没有像那样被人算计、捉弄过，我觉得自己一点儿也不聪明，觉得自己睁开的眼睛什么也看不到，看不透，觉得自己受了奇耻大辱似的。他们给了我他们认为最贵重的东西，而我却因此而失去了我认为自己最为贵重的东西。

我觉得蒋玉湘说得有些过，他不能说是被算计了，顶多也就是被利用了，被首家利用了。

芙蓉啊，你父亲不惜血本，暗中疏通，让蒋玉湘平步青云，图的是生意越做越大，钱越挣越多。比起你父亲挣到手的钱，花在蒋玉湘身上的钱也就算不上什么了。有了蒋玉湘在官场上的左右逢源，首家种下的摇钱树才有深植于肥沃土地中的根，才可财源滚滚。

蒋玉湘当着他父亲说出"这样的知府，我一天都不愿意当"这句话，蒋广林老爷不可能还坐得住。蒋玉湘这句话足以成为老爷拿起手杖来赶蒋玉湘出家门的理由。

蒋玉湘说他是气鼓鼓地跑出蒋家院门的。

院门外的拴马桩边站着欧阳梦，欧阳梦像是在等着他出来似的。见着共十年寒窗苦读的欧阳梦，蒋玉湘才停下脚步来。

蒋玉湘见我了无睡意，便对我说起他邂逅欧阳梦时的简单对话。

欧阳梦问他，回家不到两个时辰，和老爷闹成这样子？

蒋玉湘点了一下头。

欧阳梦关切地问，你这就走？

蒋玉湘又点一下头。

欧阳梦笑着问，不去东厢房跟夫人道个别么？

蒋玉湘说，道什么别，她也是骗子，和我父亲一样，都是恨不得骗我一辈子的人。

欧阳梦问，你的儿女呢？至少他们都不是骗子吧。

蒋玉湘犹豫了一下说，儿子有你带着教养，我放心。小女儿可能认不得我了，见着她我也没法子给她一个笑脸，又何必呢！下次再说吧。

欧阳梦道，不过，都年关了，你去哪里呢？去永州知府衙门吗？放了年假，你去衙门里干什么呢？

蒋玉湘道，我不想去知府衙门，一点儿也不想。

欧阳梦有些担忧地说，那你又能到哪里去呢？

蒋玉湘说，永州这么大，我要去的地方多着呢，我落脚的地方总有。

欧阳梦拽了蒋玉湘一下，说，你换上我这身外衣吧，一个人在外边，穿我这身衣服安全一些。

蒋玉湘疑惑地对欧阳梦说，我就穿着这身官服在外面走，能有什么不安全的呢？永州境内，难道还有土匪？

欧阳梦说，我倒不担心土匪，这些年，永州之野的土匪清剿得差不多了，就连广西与我们相邻的富川一带的土匪，因为来了个叫王步云的知府，也不敢造次，收敛多了。我担心的是革命党，说不定哪条路上，哪个客栈里，或者哪个凉亭里，就有永州本土的革命党人，或者是广东那边过境来的革命党人。穿着官服，最怕招的就是革命党的眼。

蒋玉湘说，碰上了革命党我也用不着怕，我又没有招惹他们。

欧阳梦道，你没有招惹他们这个不假，但是他们会来招惹你，如果你穿着这身大清的官服的话。他们就是冲着这身官服来革命的，他们干的就是驱逐鞑虏，恢复中华，拔掉满清官府这件事。

蒋玉湘依了欧阳梦，换了欧阳梦的外衣。欧阳梦扶蒋玉湘上马，又问蒋玉湘，你是去金鸡岭吧？

欧阳梦的脸上浮着一种让人费解的表情。蒋玉湘骑着马绕着欧阳梦走了三圈，欧阳梦脸上还是那副表情。蒋玉湘两个眼睛死死地盯着欧阳梦，俯下身子，在欧阳梦的耳边低声说，这件事，你要是让第三个人知道了，我们多年的交情就从此断绝。欧阳梦给了他一个会意的微笑。

我问蒋玉湘，欧阳梦怎么会知道你在金鸡岭有个落脚的地方呢？莫非我们俩的事情，他也知道？

蒋玉湘说，这个欧阳梦，别的长处不多，这方面的事情他最里手了。他像孙猴子，有隔空猜物的本事，能变成一只小虫钻进别人的肚子里。我相信，就是在黑夜里，他也能在地上找到我的影子。我和他在一起十多年，几乎没有什么秘密不被他识破的，看穿的。他说，自我十二岁的时候起，红豆姑娘看我的眼神中，就有一种别样的东西；说我每当提及红豆这个字眼时，就魂飞魄散，六神不宁。

我叫唤道，天呐！这个欧阳梦！我不无担心地说，他会把我们之间的秘密告诉她的娘子首玉琴吗？如若首玉琴知道我们的事，她第一个就会去告诉首芙蓉的。她们两个是穿一条裤子的。首玉琴总是巴不得有些什么事去讨好首芙蓉的。就像一个摇着尾巴的哈巴狗。

蒋玉湘哼了一声，站起身子来，捏着我的肩头说，她们知道了又能怎样？我倒是想让她们都知道，知道我们是怎样情投意合的，是怎样情爱甚笃的，是怎样不离不弃的。红豆，我敢肯定，不仅仅是她们，还有桃花镇上所有的人，或许都会睁大眼睛，羡慕地望着我们，由衷地敬佩我们，无奈地嫉妒我们。只可惜欧阳梦的口风太紧，他守着的秘密，就像是安放在皇帝陵墓里的东西，能埋在里边沉睡百年、千年、万年。

我不置可否地对蒋玉湘笑了一下，说实话，我还是怕自己在桃花镇丢人现眼。

34

到了夜晚，大嫂会用炭盆在我的睡房里烧一盆炭火。炭火生好后，大嫂就去把窗户支开一小半，以便外边的新鲜空气进来，然后对我和蒋玉湘说，早点去睡吧，还是被窝里暖和。

令我感到奇怪的是，我和蒋玉湘明铺暗盖，在大嫂的心目中，已成为再正常不过的事。

大嫂对蒋玉湘的认可，应该说，源于蒋玉湘与我的亲密关系，也源于大嫂对蒋玉湘心怀敬意。

一到夜里，就能感觉到这个冬天真正地寒冷了。我说，这山林里的冬夜，仿佛是在冰窖里浸着的。我手冷，他会把我的手夹在他的臂弯里；我脚冷，他会把我的脚搁到他的肚子上去。他就是我放在被窝里的另外一盆炭火。

芙蓉啊，我跟你说，这样的夜晚，再长一些，我都喜欢，因为温馨、温情和耳鬓厮磨的亲爱，让人难分难舍，恋恋不舍。

有蒋玉湘在身边陪伴的日子，过起来飞快，不觉间就到了年三十，就到了辛亥年的边边上，白天晒着庚戌年的太阳，晚上就能到辛亥年的星光里去。

年三十的清晨，朝霞掠过院门外最高的那棵樟树的树顶，金色的光芒照射着新贴上去的门神。

大嫂倒提着一只宰杀后刚放完血的大公鸡，走到院外的霞光之中，深有感慨地说，前年春节大雪封山，去年春节也是大雪封山，屋檐上挂着一排几尺长的冰凌。今年蒋大人来这里过年，托蒋大人的福，让我们得了一个响晴的年三十。

我朝给我洗脸的蒋玉湘撇了撇嘴，满不在乎地说，别说他是个知府老爷，就是两广总督，也不见得能让太阳跟着他到来。今天的太阳呀，是我肚子里的小宝贝带来的。

我心想，今天的太阳固然难得，但更难得的是蒋玉湘能在这里，与我肚子中的孩子过一个团团圆圆的年。对今天的天气，对蒋玉湘，我都是充满了感激的。我的感激之情，传递给了肚子中的孩子。孩子比往日闹腾得更欢了，伸胳膊蹬腿的，想从我肚子里蹦出来似的。

我和大嫂努力地想在院里院外弄出些过年的气氛来。我们把院子里三遍外三遍打扫得干干净净，桌椅板凳和楼梯窗户，被我们擦了一遍又一遍，玻璃灯罩洗得亮晶晶的。

我穿上大嫂在她同年爷的裁缝铺新缝的大红棉袄，大嫂也穿上了瑶家妇女的节日盛装。茶几上摆满了花生、瓜子、红糖、米糕、核桃、红枣。大嫂总感觉有些美中不足。毕竟是在这样的环境，与首家大院、蒋家大院张灯结彩的年节气氛相比，一个是天上一个是地下地大相径庭。

我问蒋玉湘，在这里简简单单地过个年，是不是委屈了你啊？

蒋玉湘惊慌失措地说，红豆，你怎么这样说？你以为我看中的是那种高楼大院，是那种山珍海味，是那种物欲横流的铺张与繁华吗？

我说，你一个知府大人，家里佣人扎堆，吃的用的一应俱全，在这么寒碜的地方，陪我们过年，我的心里过意不去。

蒋玉湘不回我的话，却给我细言细语地讲了一个故事：

唐朝的时候，有一个很著名的诗人，二十一岁时就进士及第。因为写诗讽刺当权的人遭排挤，他被贬到与我们永州相邻的连州做刺史。

他还曾被贬到安徽省和州县当一名小小的通判。按规定，通判应在县衙里住三间三厢的房子，和州知县故意刁难他，安排他在城南面江而居，他觉得没有和知县计较的必要，反而高兴地写下对联贴在门上。对联上写的是，面对大江观白帆，身在和州思争辩。

和州知县知道后，心里很不快活，吩咐衙里的差役，把他的住处从县城南门迁到北门，由原来的三间房，减少到一间半。房间很差，但窗外倒是杨柳毵毵，一片绿意。他又给自己题写了门联贴上，对联上写道，垂柳青青江水边，人在历阳心在京。

和州知县见不得他随遇而安、悠然自得的心态，再次派人把他的房间调到县城中部，给他一间仅能容下一床一桌一椅的小屋，他却在那间小屋里写下了《陋室铭》这么一篇千古传诵、脍炙人口的佳作，还刻上石碑，立在门前。

他在《陋室铭》中写道：山不在高，有仙则名。水不在深，有龙则灵。斯是陋室，惟吾德馨。苔痕上阶绿，草色入帘青。谈笑有鸿儒，往来无白丁。可以调素琴，阅金经。无丝竹之乱耳，无案牍之劳形。南阳诸葛庐，西蜀子云亭，孔子云：何陋之有？

蒋玉湘说着，抬头望了望没有天花板的房顶，阳光从裂缝中斜着进射到木板墙上，照泻到我们额头上方，每一束光都耀眼夺目，每一束光都弥漫着从冬天挣脱出来的暖意。

蒋玉湘说，这房子是简陋了一点，但是我们在这里面，它就满屋生香，是不是？它就妙趣横生，是不是？它就让人安然自得、逍遥自在，是不是？

芙蓉啊，我算明白了，他讲这个故事，就是用来回我话的。蒋玉湘的心里有柳宗元的《柳河东文集》，有周敦颐的《爱莲说》，还有刘禹锡的这篇《陋室铭》。

阖家团圆的日子里，大嫂没有忘记在山上的两个人。吃团圆饭之前，大嫂用篮子装了鸡、鸭、鱼肉，装了酒杯筷子和檀香纸钱，去二爷和金子贵坟头祭奠。

我对大嫂说，大嫂，我也去。

大嫂说，就怕你挺着个大肚子，行走起来不方便。

我还是坚持要去。不但我坚持要去，蒋玉湘也说自己非去不可。

在二爷和金子贵的坟头烧纸上香时，蒋玉湘面有愧色地说，两位兄弟呀，有一件事情我无法给你们交代。你们走得冤枉呀。加害你们的人，我非但治不了他的罪，他还在我的顶头上司面前邀功请赏，说二爷当年在私盐道上的事，说二爷就是传闻中的匪首二爷。还居然就有这样的上司，不管青红皂白地给他论功行赏了。这个世道呀，就是有冤没处申的世道。

蒋玉湘说完就要给二爷和金子贵跪下，被大嫂拉住了。大嫂宽慰蒋玉湘说，有蒋大人你这一番话，二爷和金子贵的冤屈就用不着申了。他们会自己认了。我也帮他们认了。你看看，他们在这里多好呀，两个兄弟能永永远远地这样在一起，抬眼就看得见金鸡岭，看得见潇水河。青山绿水，安安静静的，有这样的归属，多好呀。

烧纸的时候，是该对亡者说些什么的，我却真的不知道该对二爷和金子贵说些什么。

回去的路上，大嫂和蒋玉湘都沉默着，不发一语。这一路的沉闷一直到院门外，我们驻足看那个血红的落日时才被打破。

我从来也没有见过如此大，如此红，而又离自己如此近的落日。

我揉了揉眼睛，以为是自己看错了。太阳离这么近，伸手就能摸到；太阳这么大，它在下山的时候应该在某一个山谷之中的，眼前的它，却像要把延绵横亘的山脉，一口吞下去似的。

潇水河上，淌着一河的血色。蒋玉湘盯着我和大嫂，我和大嫂盯着蒋玉湘，大家面面相觑。从对方的眼瞳中我们可以相互看见，我们三个人像是站在一堆熊熊燃烧的火焰之中，我们像是被点着了，燃烧起来了。

这样的景象，真是太离奇了。到后来，我们才想起，它可能是一个兆头，一个吉祥的兆头，或者一个凶险的兆头。

慢慢地经历人生，就会发现蒋玉湘母亲梅姨的几句女歌，是唱尽了人生的。其中有这么几句：

别看我是花一朵，花开花落没自我。

别看我是浪一朵，浪来浪去没自我。

别看我是云一朵，云起云歇没自我。

别看我有心一朵，笑里哭里没自我。

我们跟梅姨学这首女歌的时候，芙蓉你还笑呢。梅姨说，唱这首女歌时，是不能笑的。梅姨还说，唱这首女歌的时候，也用不着哭。

梅姨的话，当时我们两个人都没有听明白。

蒋玉湘正月十五后返回永州前，我认认真真地问过他，若孩子生下来，该姓什么。

蒋玉湘语气坚定地说，当然姓蒋。

我心里想，我所生的孩子，就是真的姓蒋，也成不了真正意义上的蒋家少爷、小姐，没有自己该得的那个名分，是花开花落没自我，是浪来浪去没自我，是云起云歇没自我，是笑里哭里没自我。

姓蒋不姓蒋，也没有什么意思，孩子注定是像我这样，没有自我的命。就因为孩子是我生下来的，而不是你首芙蓉生下来的。孩子身上流淌着蒋家的血，却进不了蒋家大院的门槛，入不了蒋家的族谱家谱。

我肯定是要把孩子生下来的，但孩子自己愿不愿意被生下来，到这个总是重一头轻一头，热一头冷一头，亲一头疏一头的世界来，谁知道呢？谁又会在乎呢？

在腹中的孩子，已经是梅姨女歌中的那朵花，那朵浪，那朵云，那朵心了。

这意味着不仅我输给了你首芙蓉，我所生出来的下一代也赢不过你所生的下一代。你在树干上结的是正果；我在旁枝上，结的果挣不来阳光雨露呀，可有可无呀。

大嫂的心是在我这一边的，她也为我后来的日子着想，说，等孩子生下来以后，如果不想回桃花镇住进蒋家大院，我就陪着你带着孩子去永州的知府衙门。衙门里设有内堂，内堂有家眷安身的地方。

大嫂对我一片好心，我却只能给她苦苦一笑。

大嫂不知道当年的柳宗元和一个女子的故事。

柳宗元的妻子杨氏有足疾，行走不便，结婚没三年，怀孕难产，二十三岁就死了。是另外一个身份低微，又非婚配的女人，给他生育了一个叫和娘的女儿。在京城长安，父女俩一直未能相认。直到柳宗元遭贬到永州，他的女儿和娘才随他来到永州。

柳宗元的道德人品与那些蓄妓纳妾的达官贵人大相径庭。给她生下女儿和娘的女人，非但没有依附、跟随柳宗元，反而仿佛就像是在人间蒸发了，在尘世间隐匿了似的，没有给柳宗元半点的拖累和一丝的影响。

既然蒋玉湘矢志要做一个柳宗元似的官，那么，和娘的娘，也就将是我的榜样，和娘的娘的归宿，也就是我的归宿。

开春之后，我就想起了桃水河岸边的桃花，它该开满桃水河两岸了吧。

　　在桃花盛开的枝头，芙蓉你说自己不会哭嫁的情景，又浮现在我的眼前。你不会哭，是因为你毋须用眼泪来诉说生活。你在桃林中旁若无人地唱着女歌，在桃花映面、春意盎然的桃树林中，成为河面上迎着春风扬帆逐浪的商船上摇桨的船工们，引颈张望、久久凝视的绮丽风光。同时，簇拥着你的是满树鲜花，是合着你的曲调齐声诵唱女歌的众多"花神"。

　　听大嫂说，你在蒋家大院的后院中，花钱移来两排桂花树，每到金秋，左边的那排银桂，开出白色的碎花，右边的那排金桂，开出黄色的碎花，细小的花朵如金似银地绽放枝头，馥郁的桂花香沁人心扉。你身边所谓的"花神"们，从月形的门洞中鱼贯而入，整个静谧的后院都氤氲在袭人心怀的香韵之中。一整天，一整天的，这个后院中悠然的女歌诵唱声，取代了当年蒋玉湘诵读四书五经的声音。

　　你和你的花神会，就是这样风生水起、别开生面的，就是这样昂首伸眉、得意洋洋的。与你优越自在、顺心遂意的日子相比，与你犹如神仙般的日子相比，我能够稍感慰藉的，就是在金鸡岭下，我能置身于百草花卉中、百鸟鸣唱中、飒飒的风声和满目山色中。站在院门外，能见着春天山花烂漫，夏天一片葱绿，秋天层林尽染，冬天银装素裹。

　　我难得有好心情，也难得有坏心情，我在孤寂中习惯了孤寂，在失落中适应了清静。我只是为了自己腹中的孩子，为了让孩子能感觉到某种欢欣、某种快意，才会在大嫂的陪同下，到潇水河边，到蝴蝶纷飞的草地上，到翠鸟啼叫的树林中，坐一坐，躺一躺，息一息。

　　大嫂说我这样，对腹中的孩子有好处，对我自己也有好处。

人间四月芳菲尽，山寺桃花始盛开。在桃水河岸的桃花落英缤纷的时刻，山里头的桃花却一朵朵绽放了，但那是些只能远眺不可近观的长在悬崖上的野桃树。大嫂知道它们在什么地方，因为没有路，大嫂也不知道它们开花之后，会不会结桃子。大嫂说，山里面的猴子才知道它们结的果子，才知道果子的味道。

大嫂又说，是时候了，要去桃花镇买些种子、买些秧苗回来了。

我说，我同年爷会供着我们吃穿，用不着去辛苦。

大嫂执意吃自己种的，穿自己织的，说，过日子得靠自己的双手。只有自己的一双手是靠得住的。

言外之意，她对我的同年爷并不是十分的信任。

大嫂去了桃花镇，大嫂把从桃花镇上买回来的红薯秧，种在二爷、金子贵和杨开福开垦出来的旱地里，辣椒、豆角、茄子、南瓜、丝瓜秧，则栽进了菜园子。除了这些，大嫂还捎回了一些外界的讯息。

桃花镇虽然处在偏僻之地，但是从盐道上，从桃水河的水路上，不断有人把外边的风捎进来，把外边的话传进来。

最有意思的是欧阳梦。他不是到码头上，就是去盐道边上的凉亭里打听消息，船一靠岸或是挑盐客一进凉亭歇脚，他就挨个儿看别人从外地买回来的点心、茶叶、花布之类的东西，如若是用报纸包着的，他就用新的土纸去换别人包东西的报纸。很快，外边报纸上的消息就到了他的肚子里，隔了一夜，秀才娘子首玉琴肚子里也有了北至长沙武汉，南到广州香港发生的一些事情，而且必定会成为蒋家院子里的花神会上，茶余饭后的谈资。

首玉琴在花神会说的那些东西，经了大嫂，又进了我的耳朵里。但终究是零零碎碎的，有些听来宛若说古，甚至不知所云了。

桃花镇上有个姊妹们欢聚的花神会，桃花镇外边的世界有个热热闹闹的同盟会；花神会里，你首芙蓉是一呼百应的头脑，同盟会里，孙中山是响当当的人物。

宣统三年那年冬天里，一场雪，害死了两个人，一个是光绪皇帝，一个是慈禧太后。蒋玉湘三十出头做了永州知府，我原以为他是普天下最年轻有为的人。但接光绪皇帝帝位的宣统皇帝才三岁。三岁就当了皇帝。他父亲醇亲王载沣监国，当摄政王。摄政王左手有几个手指头，右手有几个手指头呢？当朝的皇帝在金銮殿上摇头说，不数一数，朕哪里会知道呢？

早几年，离长沙城不远的浏阳和醴陵有人起事，举着汉字的旗帜，十几天的时间里，便有几万人拿起刀枪来反抗朝廷，喊出来的口号，在报纸上用最大的字标记着：驱除鞑虏，恢复中华，建立民国，让四万万同胞享平等之权利，获自由之幸福。

他们以中华民国军的名义发表檄文，说大清国这也不是，那也不是，大清朝残害老百姓，把神州的江山，这里一刀那里一刀，割给了外国人。从老百姓手里夺走的银子，差不多都赔给了外国人。连矮个子的日本人也占了我们的河山，抢走了我们的银子。

报纸上说，东洋人从海里游到我们的岸上来，个子和三岁的宣统皇帝差不多高。狗只有人的膝盖头高，咬起人来，追着人跑。东洋人还不像家养的狗，他们一个个都是野狗。

清朝的皇帝以前是骑在马背上的，现在的宣统皇帝可能是骑在绵羊背上的。

就在蒋玉湘和我们一道过春节的时候，几百里远的广州也响起了枪炮声，数百新军捣毁了广州的警察局。还有上千新军士兵在城外攻打广州城。两广总督袁树勋的这个春节过得焦头烂额的。

我搞不清什么是同盟会，什么是革命党，什么是中华民国军，什么是新军，孙中山是什么人？袁世凯又是什么人？

搞不清就搞不清，我才不在乎呢。我们这里山高皇帝远，只要大白天有太阳，到晚上有月亮，世道好坏没什么，天气好坏才要紧。

我唯一担心的是蒋玉湘。

天下这么乱，大清朝都要土崩瓦解了，他的永州知府还怎么当得下去。树倒猢狲散，大清朝没了，永州知府衙门还存在不存在？

即便在，永州知府又会是哪一家的人，哪一朝的臣呢？

我敢肯定，蒋玉湘的日子过得不安心，不踏实。他一定就像是在山林里迷了路的人，一定就像是站在一块就要融化掉的冰块上的人。

这个当紧的关头，他就是有三头六臂，也顾不上我，顾不上我肚子里一天天长大的孩子。

孩子在我肚子里茁壮成长着，我看不到，但摸得到，每过一天，肚子里的孩子就长大了一些。与此同时，镜子中我的脸似乎又圆了一些，又肿大了一些。

身孕原来是如此的可怕，它对我容貌的摧残是不可想象的，是毁灭性的。我显得细长白嫩的脖子不见了，苗条的身段不见了，细长黑亮的睫毛不见了，粉红的面腮不见了，高挑匀称的鼻子不见了，玉臂纤手不见了，秀腿巧足不见了。全都沉到肥胖的、粗糙的、松弛的、成堆的皮肉之中去了。

我这样一副模样，真的羞于与蒋玉湘相见，怕与蒋玉湘相见。蒋玉湘说过，他会在我生孩子之前来陪我，我算了算日子，估摸他不可能在我生产之前到我身边来了。这样正好，我希望他最好能在孩子生下来几个月后再过来。有几个月的时间，也许我的身子就恢复过来了。到那个时候，蒋玉湘来看他的孩子，还能看到我成了如何体态轻盈、风姿绰约的少妇。

不管是天晴落雨还是阴天，一天之中，我呆得最多的地方，莫过于伙铺后面的小院。开春之后，小院后面挨着的那片竹林，绿得让人的眼睛不舍得离开，就像众多绿色的精灵似的，陪着我晒太阳，陪着我仰望天穹，陪着我说些心里话。

后院的菜园子里也一天天热闹起来了。豆角秧、丝瓜秧、黄瓜秧，早就爬上了架，开出了各色花朵。红薯和南瓜藤也遮掩了它下边的泥土。辣椒花开在茄子花之前，而在辣椒开花之前，黄灿灿的油菜花早已率先开放。

大嫂说，她还在河边的旱地里种上了大豆、花生、玉米、高粱。它们的长势如何，我不得而知。问大嫂，大嫂说，你就等，到秋天的时候，我们带着孩子去收割。

大嫂为我坐月子时滋补身体喂养的两窝小鸡，不觉中也都长大了。它们常常争先恐后地进菜园子，一边啄食菜地里的虫子，一边咕咕咕咕地轻唱。它们唱着它们的女歌。其中有三只是公鸡，它们身上的羽毛比雌鸡更漂亮和光滑。黎明之后，它们就开始打鸣，嗓音尖厉而青涩。它们用自己的嗓子去博取雌性的欢喜，去取悦身边的雌性——一个或几个。每一只大公鸡都是这样经历过来的。

端午节在时晴时雨的天气中如期而至。大嫂用去年留下来的二十多斤糯米做了粽子。

大嫂并非是自嘲地说，别人过节，我们也照样过节，清清静静地过一年之中所有的节。

我看着差不多装了半箩筐的粽子，说，大嫂，就我们两张嘴，哪里能吃得完这么多粽子。半箩筐的粽子，还不知要吃到哪一天去。

大嫂说，包这么多粽子？是怕有客来，来了客人，这些粽子就怕不够吃。

我说，就我们两个人，还能有什么客人呀？

大嫂缓缓地说，这不还有蒋大人吗？还有你同年爷吗？特别是你同年爷，一来还要随身带几个手下。

我佩服大嫂的周全，但是，我认定这个端午节不会有什么客人来，大嫂提到的那两个人，一个都不会来。我同年爷年前来过，但一去几个月了，再没有音讯，这正好应验了蒋玉湘说过的，广西富川那边来了新县令王步云，我同年爷一定是被那个叫王步云的新县令镇住了，说不定窝在哪个地方躲着不敢出门呢。

一提到我那个同年爷，大嫂的脸上就显出鄙夷的神情来，用一种游移在抱怨和不齿之间的口气告诫我说，如今说话最不可信的，就是你同年爷那样的人。他们就爱指着天发誓，说自己怎么样怎么样，却没掂量掂量自己有没有那份能耐，虽然有时也显得很能耐，但那不是真的能耐。我就没指望靠他来撑着腰过日子。红豆，你想想看，他自己不是正道上的人，吃了上顿没下顿的，连自己的觉都睡不安稳，怎么来给别人以许诺呢？他说过要管我们吃的喝的用的，好像他是首一望老爷那样的大东家似的，他做到了吗？他一回两回做得到，三回四回也做得到，这等于是要苍天保佑他自己不栽跟头，得菩萨保佑他多走夜路不碰上鬼。我们若是等着他送菜送米来吃，怕是早就成了饿死鬼了。

我说，大嫂，你也知道我同年爷有时是身不由己呀。他这么大年纪了，还在道上混饭吃，多不容易呀。就不能少说他几句？再说了，你做那么多我们怎么也吃不完的粽子，不是也想着他可能会来吗？

大嫂说，我才不在乎他来还是不来呢。你同年爷也好，蒋大人也好，他们不来，我们就自己吃。今年端午节的粽子我放碱水放得多，比往年的又糯又软，又经得久放，你尝一个就知道了。今年的粽子能吃得你肚子装不下了，喉咙里还作痒。

大嫂说着，给我剥开一个熬煮好的粽子，热气腾腾地送到我嘴边来。我试着咬了一口，顿时，糯米的香味、稻草烧成灰浸出来的碱水的香味、新鲜的粽叶香味，一阵风似的从我舌尖上散开来。那股香风瞬间吹拂到我的胃里去了。

大嫂看着我说，好吃吧？

我点着头，还未来得及称赞，又在粽子上咬下一大口。大嫂脸上荡漾着喜滋滋的神态，他对我说，红豆，你尽管放心，有我在，我们就用不着为吃的、穿的、用的犯愁。如果说，哪年的端午节，不能让你吃上粽子，我就自己跳到河里去。

我说，大嫂你讲的是什么话？你不知道吧，就是古时候有个叫屈原的人跳到河里去了，才有了一年一度的端午节，我们才有了粽子吃。你倒是反着说，若是没有粽子吃了，就要跳到河里面去。

大嫂嬉笑着有点强词夺理地说，可不是嘛，跳到河里去后，就有粽子吃了嘛！

大嫂从这个角度来理解，好像也没错，也说得过去。

35

一个女人分娩的的痛苦，所体会到的初为人母的喜悦，应该都是大致相同的。千差万别的是孩子的命运。

我的孩子出生在端午节后的第三天早晨。大嫂开玩笑似的说，红豆，要你少吃几个粽子，你就是不信，你看，你吃胀了肚子，把孩子胀出来了。

我当时躺在床上，和大嫂说话的力气都没有了，在孩子出来的那一刻，下身像是被撕开了似的，然后不是痛了，是麻木了，腿脚都动弹不得。

但我心里明白，孩子能顺利地从我肚子里出来，并非是那些我吃下去的粽子的功劳，这份功劳，非大嫂莫属。

孩子能从我肚子里到我的怀里来，多亏了大嫂给我的窍门，多亏了大嫂在一旁对我的帮助。

大嫂陪伴我一整晚，熬了一个通宵的大嫂，还得去干更多的事情，要去给我弄月子里的吃喝，去洗一大堆的东西，去烧用来给我洗身子的艾叶水。

我生下的孩子，是个女孩。大嫂说这孩子怎么看都像我，是个美人胚子，太可爱了。我认为这孩子怎么看都像蒋玉湘，像极了蒋玉湘，脸型、眼睛、鼻子、嘴唇、耳朵都像极了蒋玉湘。我和大嫂各自抱着自己的观点不放，但是，尽管在这一点上我们有着不同的看法，我们对小家伙的安静、漂亮、可爱，是公认的。她就是一个小天使，她就是一个甜心肝，她就是一个粉嫩嫩的花骨朵儿，她就是一个香喷喷的小宝贝。

三天之后，我能下床走动了，大嫂在我额头上包了一条双层棉纱的青布帕，叮嘱我不要随便把帕子脱下来，坐月子时，脑门和额头都是见不得风的，并要我多抱着孩子走一走，活动活动一下身子。

我坐月子期间，晴朗的日子一天天多了起来，要下雨，也多是在晚上，雨过之后，太阳也必定在第二天一大早，从山里颤悠悠地冉冉升起。

大嫂对我和孩子的苛刻要求是，每天都不能错过射到楼道上的第一缕霞光。从清晨清爽的空气中穿透而来的的霞光，迎面照在我脸上，照在孩子原本就红扑扑的脸上，这时，大嫂会一边抚摸着孩子的小脸蛋，一边哼哼：早上日光光，胜过人参汤，宝宝晒一晒，长大当大官……

我笑大嫂说，我们的宝贝是个女孩子，女孩子当什么官呀！

大嫂说，谁说女孩子就不能当官了？等长大了照样穿着官服、戴上官帽当大官去。武则天不也是个女的，还当了大唐朝的皇上呢！大清国也不是有个垂帘听政的慈禧太后吗？听说，连皇上都得听她老人家的。整个大清国的男人，都听她一个女人的。

大嫂在红彤彤的霞光中眨了眨眼睛问我，红豆，蒋大人来这里过年时，你没让他给孩子起个什么名字么？

我说，那时还早，我又不知道是生男孩，还是生女孩，怎么让他取名字呀？

大嫂说，你们两个也真是，聪明一世，糊涂一时，就不会取一个男孩的名字，再取一个女孩的名字备着吗？反正用了一个，剩下的那一个也不会浪费的，到明年又生下一个来，不就用上了？蒋大人书读得多，又读得好，起的名字，不说天下最好，至少是永州府最好的。

我说，那也未必，他那两个儿子和一个女儿的名字，我就不觉得哪个好。

大嫂哎呀叫了一声，说，蒋家少爷和小姐他们三个人的名字，都不是蒋大人取的！我问过那个欧阳满珠，欧阳满珠说那些名字，是蒋家老太爷取的。

我说，那是欧阳满珠信口雌黄。

大嫂盯着孩子的小脸蛋，说，宝贝啊，你莫急，等你当大官的父亲来了，我来向他给你讨要个天底下最好的名字。

我说，好的名字，也不一定就有好的命运，那是两回事。名字好不好倒不是要紧的，孩子往后的命运好不好，济不济，才是最为重要的。

大嫂说，这孩子有蒋大人这么一个有出息的父亲，往后能差到哪里去呀，肯定是大富大贵！

我说，一个人有一个好出身，固然是重要的。我也有一个好出身，我的父亲给了我一个好出身，那时我们家家财万贯，富贵荣华。只可惜我好日子的光景不长，苦命的日子却很快到来了，没完没了地潮水一样地吞没了我。所以，我可不指望着这孩子去靠别人过日子，命运是她自己的，她若能自己掌握到自己的命运，就不枉来到人世间活一回。不要像我，被我父亲当成了一样东西，与盐运使做交易的一样东西。从来就没有人来让我自己给自己做个主。

说到这种话题时，总免不了让人无限感伤，情绪低落。女人做不了自己的主，在这一点上，我要比大嫂感触得深刻。大嫂是幸运的，相对于我来说，她的幸运是源于她没有出生在我那样的家庭，而是置身于与我大相径庭的生活环境中。大嫂认为我这一辈子，已经足够幸福了，应该满足了，原因是我有蒋玉湘这么一个优秀的男人做相好，我与他情投意合，现在还有了共同的结晶，甚至只要我愿意，我随时都可以被娶进蒋家大院，虽说不是大太太，但至少也是二太太，永州知府大人的二太太。

我沉下脸来对大嫂说，千万别再说我去蒋家大院做二太太的事！我就是去死，也不会动那个念头的。

大嫂怔怔地望着我说出"去死"的话来，她肯定觉得我这个人不可理喻。

过了一两天，大嫂看孩子的嘴小，又红艳，给她取了一个乳名叫樱桃。大嫂没见过真的樱桃，只听人说过什么樱桃小嘴之类的话。

大嫂给孩子取的这个乳名，其实很贴切，她那张小嘴就是个樱桃小嘴。

说实在话，我不是不想蒋玉湘在我身边，每到晚上，小樱桃在我臂弯里甜甜地入睡之后，我就想象着，蒋玉湘或是在我背后，或是在小樱桃那边，与我们母女同床共枕眠。我多么希望他一会儿亲亲小樱桃的脸蛋，一会儿在我脸上亲亲，温情地呵护我们母女俩。一张床上躺着完完整整的一家人的时候，是最为温馨暖人的时候。

想来，他该知道这个时候我已经生产了，他也该想着来看看自己的宝贝女儿，但是，他在哪里呢？他为什么不能来看上小樱桃一眼，看上我一眼呢？

快到七月半的时候，我要大嫂去一趟桃花镇，买些纸和墨回来。七月半是活着的人给故亡的人过节，得到坟头上烧些纸钱给阴间的人花。

大嫂照例去了蒋家大院，从花神会上探听回来一些我急于知道的消息，譬如说蒋玉湘这段时间回过家没有，譬如说蒋玉湘和他父亲的关系好些没有。大嫂捎带回来的消息，没有一样是能让我吃定心丸的，是能让我心里轻松的。过年之后，蒋玉湘根本没有回过蒋家大院，老太爷蒋广林似乎还在生蒋玉湘的气，也就没有安排人到永州城去找过蒋玉湘。蒋玉湘也没有往家里捎过一封信、一句话。

欧阳满珠见着什么人都问，知府大人是不是不要这个家了，在别处有家了？大嫂在蒋家大院被欧阳满珠碰上，欧阳满珠问大嫂，问的也是同一句话。欧阳满珠是替主子担忧，也是为她自己担忧。

大嫂对她说，那得问你家夫人去。

过了几天，我突然想到蒋玉湘曾经提及的一个人，他应该知道一些蒋玉湘的事情，就央求大嫂说，你再去一趟桃花镇，没有别的事情，你就去桃花镇上找秀才欧阳梦，他不是在蒋家院子教蒋玉湘的两个儿子吗，你对他悄悄说自己是从金鸡岭下来的，他可能会告诉你一些蒋大人的事情。

我的确是迫切地想知道蒋玉湘的确切下落。他在哪里？他在干什么？我不能手心里攥着线，却不知风筝飘到哪里去了。

诚然，我在想他，但更多的是在担心他。

大嫂又去了一趟桃花镇，在我家的老宅与蒋家大院夹着的巷子里，跟在青石板上踱步吟诗的欧阳梦搭上了话。

有着千里眼顺风耳的欧阳梦，听大嫂说是从金鸡岭下来的，先是一怔，接着便心领神会地对大嫂说了些事情。

欧阳梦对大嫂说，哎呀，这年头，对于官府衙门里的人来说太煎熬了。惴惴不安者有之，惶惶不可终日者有之，抱头鼠窜者有之，麻木不仁者有之，依然故我者有之，处之泰然者有之，总地来说是一句话，万民皆醒而官独醉也。好吧好吧，说说我的那个同窗好友永州知府蒋玉湘吧。蒋大人不同于一般的清朝官员，他是身为官，心为民的，所以他不醉。据我所知，他在永州城，做着他的本分。说得不好听一些，是做一天和尚撞一天钟；说得好听一些，他是在恪尽职守。像一个大夫在尽最后的努力服务着某一个行将就木、奄奄一息的病人。明知道这个病人已病入膏肓，不可救药，但他作为医生，没有撒手，他还在坚持。蒋大人现在不便东奔西走去各个永州所属的县里。他好像明白了，在永州之野，他做不了救世主。他帮不了自己，也帮不了别人。他一个人的力量，在数以百万计的人面前，永远是苍白的，是孱弱的，杯水车薪，无济于事。

欧阳梦激动地对大嫂说着，二嫂则支着两只耳朵用心听。隔着欧阳梦那一肚子的学问，大嫂是当不了欧阳梦的传声筒的。大嫂能为我去记下那么多欧阳梦的话，我既感激她对我的良苦用心，又被她的记忆力深深折服。

大嫂怕欧阳梦把话扯远了，插了句嘴说，这么讲来，蒋大人如今是在知府衙门里了？

欧阳梦说，蒋大人也不全是在知府衙门里。永州城里还有个地方，叫作高山寺，也叫法华寺，寺里的钟，从唐朝的时候，从柳宗元在永州为官的时候，就傍晚鸣钟，响彻全城。柳宗元当年也常常光顾那里，它是柳宗元贬谪永州时的第二住处。寺里有个关帝庙，关帝庙后面，有个古刹叫绿天庵，同样是在唐朝的时候，有个书法家叫怀素，在这里修行，因为没有纸，他就种了不少芭蕉树，用芭蕉树的叶子来代替纸，天天习字写字。芭蕉树绿茵茵的，所以叫绿天庵。我和蒋大人还是十二三岁的时候，就结伴去了高山寺，进过绿天庵。那时我们两个也是年轻气盛，每到清静之处，必定登高望远，尤其喜欢仰望天穹，做着出人头地、成就一番事业的美梦。哪块云是他，哪块云是我，哪颗星星是他，哪颗星星是我，尽管天上繁星点点，但我们都没有足够的智慧，也缺乏足够的想象做出判断。他那时也没有要在永州当永州知府那么大的想法，只想着能在全国才两万多个名额的考试中得个秀才，然后在全国仅有一千多个名额的考试中中个举人，而由举人到中进士的路更加挤，希望更是渺茫。步入官场的路，就像是上天的路，官的位置只有四万多个，候补的官员有却二十五万多，还有买官的，保举的，据说保举的官员十倍于捐纳，百倍于科举。千百年来的科举是要走到尽头了。谁能料得到，如今他居然还就当上了永州知府，做了朝廷的五品大员。我是说，他做了这么大的官，还照样是我们当年一起去高山寺，进绿天庵时的心境，同样地没有足够的智慧和缺乏足够的想象力，来应对时局。哎呀，我对你说这些，你听得懂吗？你听不懂，我费什么口舌，对牛弹琴嘛！

大嫂说她又装傻又献媚，又表现得很忠实、很认真地朝欧阳梦笑了一下，并且举起一只手做保证说，你只管说，我听着呢，听不听得懂不打紧，我喜欢听，我记下了，回头我再慢慢地去懂就是。

欧阳梦憋着一肚子关于蒋玉湘的话，但是，在桃花镇上，在蒋家大院中，又没有人向他打听蒋玉湘。听大嫂这么一说，他像是终于找到知音，又兴致勃勃地往下讲：有人给我送了两本书，其中一本书上说，革命者，天演之公例也；革命者，世界之公理也；革命者，争存争亡过渡时代之要义也；革命者，顺乎天而应乎人者也；革命者，去腐败而存良善者也；革命者，由野蛮而进文明者也；革命者，除奴隶而为主人者也。另外一本书，是我们湖南人陈天华写的，他在书中大声疾呼要改条约、复政权、完全独立，要雪仇耻、驱外族、复我冠裳。

我觉得这两本书都好，也许能解蒋大人的心结，看完之后就悄悄托人送给了他。想必他在高山寺，关起门来把这两本书看了三遍五遍了。识时务者，方为俊杰呀。我想帮他，我们多年的情分，我能不想在这个时候帮他一把么？但除此之外，我做不了什么，帮不了他更多。这是一个女人生孩子的过程，他非得像女人生孩子一样，靠自己心平气和、坚持忍耐地熬过一次次的阵痛，他得自己用力地咬着牙齿挺过来。

哦，对了，你从金鸡岭来，你又是他的什么人呢？

欧阳梦的最后一句话，把大嫂问得像一个小偷似的问跑了。

芙蓉啊，你我都是生过孩子的，对于生孩子的痛与苦，都感同身受。欧阳梦说眼下蒋玉湘的状态，就像是我们生孩子时那样，但他的身边却没有一个能够帮他使上劲的人，没有一个知道他苦衷的人。

欧阳梦对蒋玉湘的这个比喻，细细品品其中的意味，我的心就刀割似的疼痛。

而在他这么犯难的时候，你作为他明媒正娶的太太，却天天与那些叫起来肆无忌惮，笑起来旁若无人的女客们，在蒋家院子里闹腾欢会，你是不是有些做得太过了？你于心何忍呢？

我是没有权利去指责你的，我也没有机会当面提醒你什么，我也不想与你扯在一起。但是，如果不能心心相印，不能患难与共，这样的夫妻，还有多少情分在夫妻关系里面呢？

大嫂看透了我的心思，好意试探着说，红豆，我们去永州城里吧，把孩子抱给蒋大人看看，他一定会开心的。

我对大嫂说，万一他非但不开心，还烦心呢？难道我要在他最烦恼的时候给他增添麻烦么？

大嫂说，红豆，你的心里就只想着他，偏心眼儿。

我说，是啊，我就是偏心眼儿，我就是偏心眼儿了。

36

小樱桃，小樱桃，睁开眼睛，看看妈妈，看看妈妈的眼睛……

这是我每天说得最多的话。

小樱桃的眼睛真是漂亮，黑得发亮的眼珠，大大的眼眶，细长的微微有些泛黄的睫毛。我相信小樱桃的睫毛很快也会变得黑黑亮亮的，就像我的睫毛一样。

所有的母亲都会把自己的孩子当作是普天下长得最可爱的那一个。我的小樱桃不仅仅是可爱，她怎么看都水灵灵的，怎么看都美不可言。我越看她，就会越觉得她漂亮。大嫂说，她也是越看小樱桃，就越觉得小樱桃漂亮。

小樱桃一天天长大，我盼她快些长大，又矛盾地希望她就长成眼下这个样子，不要有什么变化，因为就这个样子的她，最可爱，最迷人。我心想，小樱桃啊，你可千万别给我长出其他什么模样来了。

美 人 书

我和小樱桃面面相对的时候，她的眼神和我的一样专注，都很久很久才眨一下眼睛，接着又唯恐见不到对方似的，把眼帘打开。我相信，她是喜欢我这个妈妈的，离不开我这个妈妈的。

她在大嫂怀里哭的时候，只要到了我手中，哭声就会戛然而止。我觉得自己没有什么能比得上大嫂的，但在这一点上，我有了优越感，我胜过大嫂一筹。

我最喜欢听大嫂那声喊，红豆，你快来，我们家小姐哭翻天了，不得了了。

小樱桃一到我怀里就安静下来，大嫂还会感叹一句，亲娘就是亲娘！

每一天，都很漫长，每一天，都很难熬，但是，每一天都过去了，一天接着一天，没有一点的间隔。这样的日子，虽说过得慢，但是，它简单。

我仿佛只有一件事做——抱着孩子喂奶，而其余的事，都由大嫂包揽了。我给小樱桃喂奶的时候，大嫂喜欢在一旁看着我奶孩子，大嫂的眼中，闪现出一种羡慕又甜蜜的神情。

刚开始的时候，我还有些不好意思当着大嫂的面撩开衣襟，裸露出圆鼓鼓的乳房给小樱桃喂奶。慢慢地习惯了，只要小樱桃张开小嘴，我可以在任何时候、任何环境下，脸不变色心不跳地把衣襟撩开来。

我努力地在大嫂面前遮掩着身为人母的那种喜悦，那种神气，唯恐一不小心又刺激了大嫂。她也曾怀过孩子，但她的孩子没有吃过她一口奶，她夭折的孩子像是她心上的一道裂开的伤口。

　　也许我是过于小心了，多心了，因为大嫂看上去并不像我想象中的那样，她乐见我和孩子在一起时的开心笑脸，乐见我当了母亲之后脸上那种喜不自胜的表情。她甚至还说，有时小樱桃的头往她的怀里拱，往她胸口上找奶吃，只可惜她身上没有奶水，不然，要小樱桃喝个饱，还可以比较比较，到底哪个娘身上的奶水更甜更香。

　　我们安安静静、与世隔绝似的带着孩子，过着日子。这样的生活原本是我选择的、希望的，它简单而舒适，它简单而快乐，它简单而实在。这种难得的自由与宁静，这种难得的天伦之乐，到哪里去找呀？

　　我真的不想让这样的日子有什么变化。更不知道自己的生活还能否经得住改变。

　　我和大嫂天天围着小樱桃转，居然都把中秋佳节的日子忘记了。过了二十天，不经意间看见窗外繁星簇拥着的娥眉新月时，我才记起，二十天前在窗帘上格外明亮皎洁的月光，原来是八月十五的月光，是中秋的月光。

　　第二天一早，我就对大嫂嚷起来，大嫂，我们错过中秋节了，还错过小樱桃满百天的日子了。

　　大嫂勾着手指头数了又数，一脸沮丧地顿足道，哎呀哎呀！这怎么是好？错过了中秋节不打紧，不该错过小樱桃满百天啊。小樱桃满百天是要给她开荤的，得让她喝鱼汤，或者咬一口鸟翅膀、吃颗鸡心什么的。你看我们两个蠢婆娘，怎么都把小樱桃满百天的大事弄忘了呢！

　　我说，不打紧的，今天给小樱桃开荤也不迟。又没饿着她，是不是？打紧的是，得快些洗些尿片回来晒干。

错过小樱桃满百天的事虽然让大嫂后悔莫及，但干净的尿片确实只剩下几块了。大嫂忙着到河边洗尿片。我估计她一路上都会是悔个不停的。她是那么个做事认真的人。

　　我抱着小樱桃在菜园子里走动，红红绿绿的辣椒，不知怎么的，小樱桃的眼睛一看见它们，就盯着它们不放。她怎么会这样喜欢看辣椒，我想来想去都没想明白。

　　我往菜地里走的目的，是想走近挨着菜园的那片竹林。那片孩子刚生下来时还一片翠色的竹林，不经意间，有些泛黄了。枝头上还分明缀着三片五片枯叶。我这才想起，秋风来过竹林了，在竹林中穿梭过许多回了。

　　这一竹片林，这一块菜地，这一栋木楼，这一座大山，都是和我相识相知的，我朦朦胧胧地感觉到，没有比这个地方更能让我熟悉和亲近的了。我就是属于这个地方的，我就是属于金鸡岭这座山的。

　　我同年爷响亮的话音，从院门外穿过厅堂，来到了后院。

　　他喜出望外地叫喊着，你们看看，外面的竹竿上晒的什么？晒着我同年外孙的衣服，我做同年外公了。我肯定做了同年外公了。

　　说话间，他到了后院，在菜园子里看见了抱着孩子的我。我同年爷见到孩子的第一句话就是问，是个男孩，还是女孩？

　　我说，大嫂给她取了个乳名，叫樱桃。

　　同年爷脸上堆着的笑骤然间像一块饼被掰掉了一大半，他迟疑了一下，本来是要从我怀里接过孩子的手，缩回去挠他自己的后脑勺去了。哦，是个千金呀。也好，也好，不管怎样，我九泉之下的老庚做爷爷了，我也跟着做同年爷爷了。

　　从他的口中说出来的也好两字，听着很轻，到我心里头却是重重的，无异于朝我心窝子擂了重重两拳。

　　我深深地吸了一口气，没有把心中的不快表现到脸上来。我心里明白，这个世界上，男人的眼中只有男人，《幼学琼林》中称生男子是"弄璋"，生女孩是"弄瓦"。从蒙学开始，男人们就是被这样教诲的。如果说生老病死、失去亲人所造成的灾难，是每个人都逃脱不了的自然命运的话，那么，由于先天性别属性所造成的悲剧，则是对我们女人的不公平。女人在重重厄运的最底层，吃尽生姜受尽辣，吃尽胡椒辣尽心。女人没有任何权力、地位，不能上学读书，不能进祠堂、吃清明酒，不能上族谱，不能顶门立户、当家做主，女人的命运生来就是由人摆布的。

基于与同年爷一样的观念，我父亲虽然奉我为掌上明珠，但那种爱是有限的。当年，如果我不是他的女儿，而是他的儿子，他是断然不会拿我去跟盐运使做交易的。而通常拿女儿做交易的好处，都会落在他膝下的儿子身上。

想到这里，我把怀里的小樱桃抱得更紧了一些。我绝不允许他人把我的女儿当作一件物品去做交易，绝不！

同年爷是小樱桃出生一百多天来，我所见到的第一个算得上亲人的人。同年爷来了，我心里还是挺高兴的。但又感到突然。我一边从菜园子里走出来，一边问他，你怎么来了？

同年爷细细地打量着我，仿佛是在与年前他见到我怀着身孕时的那个模样做比较。他高兴地看到了我犹如少女般的身材、犹如少女般的面容。他说，我这个同年女哪里像生过孩子的样子啊！

接下来，他才回我的话说，红豆呀，你不该问我怎么来了，应该问我为什么这么久没有来。你不知道，同年爷打从你这里回到清水湾，就碰到了个厉害的角色呢。富川县来了个新县令，叫王步云，我就像被他踩住了尾巴的猴子，跑不开了。我们连清水湾的围墙都出不得，更别说到金鸡岭来看你了。

我问他，既然是这样，你今天又怎么离开清水湾来看我了呀？

同年爷看了看我，看了看瞪着眼睛迷惑不解地望着他的小樱桃，抿嘴一笑说，踩着我尾巴的脚松开了呗！那个讨厌的王步云，非但是脚松开了，还脚底下抹油，跑掉了。听说他跑回江浙老家去了。

同年爷的话让我如坠五里雾中，我当他是开玩笑的，看他脸上的神情，又不像是在开玩笑。

我以一个晚辈应有的热忱和待客之道，请同年爷与他随行的五个男人到大堂客厅里入坐。

我抱着孩子，腾不出手来，便朝饭桌上的茶壶和果盘歪了歪下巴说，同年爷，你们坐，你们自己倒茶。盘子里有瓜子、花生，不必客气。

同年爷坐在上首的位置，朝着大门，问我，怎么没看到金子贵的婆娘？

我说，她到河边洗尿片去了，一会儿就能回来。她回来就给你们做饭菜。

同年爷噢了声，说，老赖夸她来着，说金子贵的婆娘慈眉善目，相貌经得看。老赖没有跟我一起来，本来他也是要来的，他和另外几个兄弟，要明天才到。不知道金子贵的婆娘的饭菜做得怎么样。

我说，大嫂的厨艺，可以说是百里挑一的，能吃到她做的下酒菜的，都是有口福之人。

同年爷纵声一笑说，这就好，这就好。走了一个晚上的夜路，肚子是有些饿了。我见着你和同年外孙女就知道，金子贵的婆娘不错，她对你们母女俩不错，一定是做出了可口的饭菜伺候着，各方面都照顾得好好的。就凭这一点，我得好好感谢她。我这次出门走得急，没带什么别的东西，就带了些银子和几匹花布，绸子缎子你就留着做些衣裳，三匹印花布就送给她。三匹布，能做好几身衣裳了。

同年爷带来的东西，进门的时候就放在门边的长凳上了，堆了一大堆，色彩鲜艳的绸缎、布料，一匹匹齐齐整整地码着。

大嫂是不太喜欢将那些色彩鲜艳的东西穿在身上的，但我还是替大嫂谢了同年爷。

又回到原先的话题，我问同年爷，那个叫王步云的县令，怎么会跑回老家江浙去了呢，同年爷莫不是说着好玩的吧？

同年爷用两个指头在桌子上笃笃笃笃地敲着，他说，红豆呀，你窝在这大山里，显然不知道外面发生了天大的事情。要天翻地覆了，要改朝换代了。大清朝廷的这身皮都要被煮熟了，煮烂了，王步云这根毛还能在上面附得住？他还做个屁的县令！他若是不识趣，还不趁早跑回老家去，就有人反过来收拾他了，革他的命了。

芙蓉呀，你在桃花镇，桃花镇上人来人往，人进人出，还有欧阳梦这样的消息灵通人士，我同年爷要告诉我的外边发生的大事，也许，你早就知道了。

本来，我也有知道山外面发生了什么事情的途径，那就是叫大嫂到桃花镇上，到蒋家大院赴你的花神会。但我生下小樱桃后的这三个多月来，我和大嫂都是把自己封闭在金鸡岭下，过着与世隔绝的日子。为照顾小樱桃，我们天天忙得连轴转。就连中秋节的日子、孩子满百天的日子，都忘记了。

如果不是我同年爷的到来，给我带来这些消息，我就真要错过虽说与自己没有多大的关系，但事关蒋玉湘，攸关蒋玉湘前程的大事了。

原来，就在中秋节后的第三天，阳历十月十日，革命党在武昌朝大清国开了枪。湖北军政府成立，推举出了新的都督，连国号都改了，改成了中华民国。湖南紧挨着湖北，只过了十来天，湖南的革命党新军和湖北的新军一样，闹起事来，一鼓作气地冲进长沙城，把长沙城光复了。

我同年爷说起革命党，就像他就是革命党一样。说到湖南中华民国了，就像相邻的广西也中华民国了一样。

他说，湖北热闹了，接着就湖南热闹了，广西当然也会跟着热闹。革清朝的命，看来不是很难的事。跟打鸟一样，只要打下一个来，一大群的鸟就会飞得没影没踪了。不管什么鸟，枪一响就惊飞了。王步云也飞回他老家了不是。

他说，关键是看谁手里有枪，是谁打第一枪。有了枪，革命就好说。湖南光复了，嘿嘿，红豆，你知道光复了的湖南省城长沙是什么样子吗？

我说，我不知道。我怎么会知道长沙是什么样子呀？光复前的长沙是什么样子，我都不知道。

同年爷的眼睛像猴子的眼睛一样转动着说，长沙城里，可热闹了。有两种人最热闹，一种是识得字的，一种是拿过枪使过刀的。识得字的，到都督府去要官，至少有个书记官当。都督府的大桌上，放着一大捆空白的带子，你拿一条来写上一等书记官也好，二等书记官也好，三等书记官也好，写上什么官，就是什么官。胆量大些的，就写官写大点；胆量小些的，就写官写小点。写好了，挂在身上，走到大街上，就是国民政府的官了。

我只是听说噢，我只是听说噢。同年爷总强调这一点，但是，描述起来，却像是他亲身经历过一样。他大声地感叹，哈哈！还去读什么圣贤书，考什么进士状元？难考死了，是不是？何况考取了功名，也不见得这么快就当上了官。再就是拿过枪、当过兵的，他们就更加神气了，不管你是新军的，还是巡防营的，还是会党的，只要你参加了长沙光复，跑去都督府一说，立刻就能得到一条连长、排长的白带子。口袋里有那么一条白带子，就是军官了，赶紧跑去藩城提荒货店买指挥刀去，去迟了就买不到指挥刀了。在大街上，佩戴着指挥刀的人，一溜溜地走着，指挥刀铿锵铿锵地响着，从街头响到巷尾呢。

我在一旁插不进话，只得听他一个人说。

我同年爷喷溅着唾沫饶有兴致地说，湖南热闹了，我们也不能闲着，我怎么能把一个寡妇的家当作安乐窝呀？我跟你说，同年女呀，这回同年爷也要热闹起来了，要到长沙那么大的地方热闹去了。你是不知道，龙甩尾巴天开眼，老赖那个霉头霉脑的家伙，居然有一个在长沙发达了的亲戚，一个早年在韶关、衡阳跟着同盟会的人办过几件事的堂兄。你是不知道，他那个堂兄到大都督府找着副都督，说，我这回是有大功的人呀！我要招一标人。副都督认识他的，给了他一条标统的带子，还批给他五万块钱。你是不知道，老赖这个亲戚手中就十来号人枪，当了标统，自然要招兵买马。他知道老赖是摸过枪的，首先就想到老赖，老赖是祖坟上起青烟，一下子就发达了。老赖发达了，这回，兄弟们也要跟着老赖发达去。你是不知道，老赖这个人，还是讲兄弟感情的。他最讲兄弟感情了。我跟老赖说，我一把年纪的人了，我就不去了。老赖说，你不去怎么行？这些兄弟们，他们能听我的吗？老赖说，反正是去享福的，年纪大些不是正好吗？我还得回老家去，把瞎眼的老娘也接到长沙去，去享享清福。我那个堂兄还得叫我娘一声四婶婶呢。

同年爷高兴得挥动着双手说，红豆呀，同年女呀，你是不知道，老赖真的带了几个人接他老娘去了，要我在金鸡岭等他一天。一天之后，他一准赶来，再一路到长沙去。我觉得老赖的这些话就像是信口开河，是说来玩的。但是，他说的又都是实情，没有半点假。

我对同年爷说，你怎么知道他说的都是实情，没有半点假？

同年爷摊开双手，自信地说，老赖不是去接他的瞎眼老娘去了吗，还能有假？

阳光把院外拴马桩的投影移到门槛上来时，大嫂洗尿片回来了。大嫂有些窘迫地站在门口，没有进来，也没有吭声。

还是我同年爷抬头看见的大嫂，他嘴里露出两颗金牙笑道，那不是子贵的婆娘回来了嘛，我们快有饭吃了。随便弄点吃的，填饱肚子再说。

大嫂不动声色地抬脚进门，不动声色地将目光在我同年爷和随行的几个人的脸上分别停留了几秒钟，然后到我身边来悄声跟我说，他们什么时候来的？他们吃了饭就走么？

我说，你出门去洗尿片不久，他们就来了。我同年爷特意送了你三匹花布。

　　我边说边朝长凳上堆放着的布匹挤了挤眼睛。大嫂的脸上没有高兴的表情，也没有不高兴的表情。我看不出她是喜欢这些客人，还是厌烦这些客人。不知道她心里是冷还是热。

　　我扫了眼随同年爷来的那几个人，他们齐刷刷地望着大嫂，在大嫂前边的望着大嫂的脸，在大嫂后边的盯着大嫂的腰和屁股。看得出，他们一个个不仅仅是肚子饥饿着，眼睛也饥饿着。我把大嫂拉到一旁，悄声说，你快去伙房弄吃的，他们要去远地方，大概吃了饭就会赶路走的。我也希望他们不要久留，希望他们吃点东西就走。

　　大嫂扎起衣袖进伙房去了，同年爷低声问我，子贵的婆娘见了我们，是不是有些不高兴呀？

　　我说，大嫂就是这个样子，她不和陌生人讲话的。

　　大嫂进伙房后，挨着侧墙坐的几个男人就开始交头接耳，对大嫂品头论足。

　　这就是金子贵的媳妇呀！看不出来，这个小寡妇，太可惜了。

　　这种不冷不热的女人，老赖就喜欢这种类型的，难怪老赖说起她来嘴角就挂着口水，像个大肚子女人见了坛子里的酸萝卜……

　　我同年爷看见我皱着眉头，意识到他们那些龌龊的话说得不是时候，也不是地方，就重重地在鼻子里哼了一声。那几个男人这才闭上他们那些不干净的嘴巴，老老实实地坐在那里等饭吃。

　　我在一旁想，就他们这些人，到城里去闹什么革命？这样的革命，岂不是演鬼戏一般，岂不是泥沙俱下，谁都可以去趟的一摊浑水。

　　没过多久，大嫂给他们上了饭菜，还上了酒。有了酒，这顿饭拖了差不多两个时辰。好在酒足饭饱后，除了同年爷，其他的人都是要前往永州城的。

　　上路前，同年爷吩咐他们，革命了，光复了，大清完蛋了，你们不要躲躲藏藏的了。要大大方方地去永州城里，不管什么时候到永州城，都去知府衙门斜对面的潇湘客栈住下来，住最好的房间，等着我和老赖。得空的时候，去买几匹好马，多备些马好赶路。记得一点：身上有点银子，也不要到窑子里面去，让人笑话。

同年爷说自己一个人留下来的原因是他要留在这里等老赖。老赖明天就能到。还说，我难得和同年女、同年外孙女在一起。以后就更难了。

杂乱的马蹄声远去之后，大嫂收拾好了杯盘狼藉的饭桌，重新倒上茶，端来送茶的糖和瓜子花生。那些在大嫂的眼中，永远都是不三不四的男人离开后，客厅里安静了很多，大嫂的脸上也有了笑意。

大嫂脸上的笑意不是给我同年爷的，也不是给我的，是给小樱桃的。我在桌上陪着同年爷喝茶，她抱着小樱桃在门口晒太阳，逗小樱桃欢心：

小樱桃，小樱桃，眯缝眼睛线一条。

小樱桃，小樱桃，抬抬手手踢踢脚。

小樱桃，小樱桃，细细挑挑长眉毛……

她逗着小樱桃开心，好像客厅里根本没有我和我同年爷在似的。

事实上，她的耳朵支棱着，在听我和我同年爷说什么，我们不注意的时候，她会往我和同年爷所在的方向张望一下。

我同年爷说，我要去永州城里住上一晚，没有别的原因，是要到知府衙门，去见一见蒋大人。说来，蒋大人还是我的同年女婿，蒋大人可能不会认我这个同年爷，但他的女儿是我的同年外孙女，我得认这个同年女婿。我得去告诉他，识时务者为俊杰，长沙、武汉才是他应该去的地方，他有那么大的学问，到那些地方，他会有更大的前途，有更远的前程。都督大人和咨议局的头脑们，哪个有他的学问大？红豆，你说是不是？

我说，我不知道。你不用去找他，你找他不到的。

他一怔，说，难道他不在永州府，回桃花镇老家去了？跟富川县令王步云一样？

　　我说，我哪里知道，我差不多一年都没见着他了。我只是这样想，他会有自己的主见，他不是没有主见的人，他也不是没有自己原则的人。他也有他自己的原则。

　　同年爷还是用那种替蒋玉湘着想的语气说，我一定要到永州城里找着他，他不跟我见面是另一回事。他不听我的劝，我也得劝劝他，都什么时候了，如今男人们最重要的事情就是两个字，革命。革命，你知道吗？

　　我如实地对同年爷说，我不知道。没有人告诉过我，革命是怎么一回事，是好看的东西还是好吃的东西。

　　同年爷抓着头皮想了想，没多大底气地说，革命这个东西，应该和造反差不多。不管怎么说，革命是头等重要的事，是犹豫不得的事，你不去革命，别人就来革命，你不革他人的命，他人就来革你的命。老赖的那个堂兄是这样说的。他可能不知道，首家大少爷也不在道台衙门当差了，革命去了。他原来是抓革命党的，杀革命党的，现在自己投奔革命党，还成了革命党的红人。说不定首家大少爷就想着回永州来革命，他革命了，永州知府的位置会被他抢了去。

　　对同年爷的话，我轻蔑地一笑，说，知府的位置，也可以像一样东西样的抢来抢去的么？

　　同年爷像是真心替蒋玉湘担忧，他眯着眼睛说，蒋大人不会把知府的位置拱手让给首家大少爷这样的人吧？我知道，他们是一家人，一个是妻弟，一个是姐夫，但从他们各自的为人看，就不像是一家人。我的同年女婿，他不会只埋头拉车，不抬头看路。他就得在这样的时候停下脚来，多看看路。红豆啊，他是帮着大清朝廷做事的人，你不担心他么？革命党就是冲着大清朝廷来的，大清朝廷如今成什么体统嘛！大清朝廷是靠不住的，靠不住了。大清朝廷就像是一座基础都崩掉了的破房子，随时都可能垮下来。再不从里面跑出来，会被压着的。

我同年爷说的话，听来还是有些道理的。站在蒋玉湘这边去想，不免有些不寒而栗。

几个月前，我就是这样担忧着的。久而久之，却慢慢地淡了。太阳不是天天出山，天天落山吗？潇水河的水不是照样哗啦哗啦地流淌着吗？风来了，金鸡岭那么大的山也挡不住，风怎么吹就让它怎么吹，又不会把屋顶掀掉。

我是坚信蒋玉湘吉人自有天相的。他是一个问心无愧的人，雷公电母会让着他的，大鬼小鬼也奈何他不得。革命也好，不革命也好，多大个事呀。长沙革命了，光复了，也没听说死了什么人呀。

自从盘古开天地，三皇五帝到如今，男人们从来就没有安分过、消停过，血流成河、横尸遍野的场面，从古到今都有。但奇怪的是，长沙光复了，竟然没死几个人，就像一阵风吹了一夜，连树叶也没有落下一片来。

如果是这样，这股风从长沙吹到永州来，我也用不着为蒋玉湘过分担忧了。最多蒋玉湘让出那把永州知府的椅子给别人坐。那又不是什么值钱的东西，蒋玉湘在上面坐了这么久，做的一直是赔本的买卖，而不是赚钱的营生，更不用说劳神费力了。

他若是不嫌弃，就到我身边来，就到金鸡岭来，热茶热饭也少不了，我还会天天把洗脚水给他倒上。

我倒是巴望着过这样的日子。他喜欢读书，这大山里才是安安静静读书的好去处。他读书写字，我肯定会把樱桃带到一边去玩，一点也不会吵着他。

同年爷再往下说些什么，我就只是听着，很少回他话。我倒是希望同年爷能够多说说他和我父亲当年的一些事情。

我一直是这么认为的：我对我们欧阳一家，知之甚少，因为知之甚少，所以相去愈远。

我不想让自己是一个没有娘家的人，我要努力地把娘家找出来，立起来，一点点装到心里面。等樱桃长大了，她问我什么，我才能说出些来龙去脉。

　　后院里的鸡咕咕叫唤着，到堂屋里来找吃的东西了。大嫂把樱桃抱给我说，该到楼上去给小樱桃喂些奶，哄着睡一会儿。

　　我和同年爷说话这阵子，大门口的阳光已经移到屋檐下去了。时光已经到了正午之后，小樱桃常常会在午后睡上好一阵。我接过小樱桃，问大嫂，又该做中饭了么？

　　大嫂说，是呀，早该做中饭了，今天有客人，我去挑一只最大的鸡杀了，炒一半待客，另一半做汤。你睡一会儿，再自己下楼喝鸡汤。

　　大嫂说家里有客人，当然是指我同年爷。

　　就在我接过小樱桃时，大嫂用眼角看了一眼我同年爷。我记得，大嫂看我同年爷时，目光也没有什么异样，平平常常的，不冷不热，我不知道她是把我同年爷只看成是我的客人，还是我和她一道的客人。

　　小樱桃是真的饿了，也真是困了，一到床上，吮吸着我的奶水，她就闭上了眼睛。她吮了几口奶，停下来，酣酣地睡，睡着睡着，又吮了几口了。她又要吮奶，又要睡觉，而且两头都没有耽搁。

　　芙蓉啊，我是万万没有想到，这竟然是小樱桃在我怀里睡的最后一觉，是小樱桃在我的怀里吮吸的最后几口奶水。

37

　　陪着小樱桃睡了一阵，我醒来的时候，孩子还在酣睡，我便独
自下床来。在楼梯口，我侧耳听了一下，没听到楼下有什么动静。
大嫂和同年爷都在楼下，怎么会一点动静也没有呢。

　　大嫂，我试着叫唤了一声。

　　我好像听到大嫂应了一声。但我并未确定大嫂在哪里，我匆匆
下楼去，大声地叫唤，大嫂，你在哪里呀？

　　我在这里，红豆。大嫂在伙房里有气无力地应了一声。

　　大嫂就坐在灶台边。一进伙房门，我就感觉到伙房里的气味有
些异常。那是血腥的味道，是死亡的味道。这时，我才有一种不祥
的预感，那种不祥的预感像一盆冰水淋在我身上，让我打了一个又
一个的寒颤。

　　我问大嫂，我同年爷呢？他去哪里了？

　　大嫂的手抬起来，往碗柜那边指了一下。斜着的房顶上安放了
两块透明的玻璃瓦，几近黄昏的霞光从玻璃瓦上透射下来，有些晃
眼地照射着碗柜、灶台和切菜的案桌。伙房里的其他地方，则是半
明半暗的，形成了显眼的明暗对比。

　　大嫂抬起手来的时候，她手中有什么东西明晃晃地闪着，在玻
璃瓦透进来的霞光中划了一道弧线。

我看清楚了，她手中拿着的是一把剃刀，是二爷和金子贵他们用来剃胡须的剃刀。我记得它是放在碗柜上面的。剃刀太锋利，所以不用的时候，还得折起来，把刀刃折进木质槽里。

朝大嫂手指的方向，我看见了一条方凳。这条方凳平常是放在客厅里的，怎么搬到伙房里来了呢？方凳的周边散乱地撒着些头发，那该是我同年爷的头发，因为多半是银白的。离凳脚两步远的地上还有一个铜盆，我们有时用来洗菜，有时也用来打水洗手的那个铜盆。铜盆是倒扣在地上的，露出压在下面的半条湿毛巾。

我抬脚越过大嫂伸在地上的双腿，朝里面走，我喊了声，同年爷，同年爷。

大嫂说，他在柴堆上。

大嫂又说，他不可能说得出话来了。

大嫂的声音是悬在屋梁上的，轻柔的若有若无的声音，却像一个铁锤，高高地从我头顶上落下来，打在我的头骨上。

我听得出大嫂的话是指我同年爷死掉了，但我愿意不相信这样的事实。我还要往里走，大嫂扔开手中的剃刀，一把拉住了我的裤脚。

大嫂说，红豆，你别往里头去了。求求你，你别往里头去了。你看得到他了，他在柴堆上趴着呢！

在大嫂的提醒下，我终于看到了同年爷，他在柴堆上，手是张开来的，腿也是张开来的，那是一个大字。

我看不清血是从他身上什么地方流出来的。但流出来的不是一点点血。血从柴堆上流到柴堆下，都快漫到有一丈来远的灶台边来了。乍一看，也分不清地上哪些湿印是血，哪些湿印是铜盆里倒出来的水。

大嫂死死地拉着我的裤腿，不让我再往前挪动半步。

我一声声问大嫂，你把我同年爷怎么了？你把我同年爷怎么了？

不管大嫂怎么拼命拉着我的裤腿，我都坚持要往里面去，我要去把我同年爷的身子翻过来，我要看看他的血是从什么地方流出来的。我要试试看，是不是能把他扶起来，能捂住他流出血的地方。我要进去把他唤醒来。

我和大嫂搅缠了好一阵，直到我们两个人身上的力气都耗尽了。后来是大嫂把我从伙房里抱了出来，是大嫂把伙房的门紧紧地关上了。

大嫂端了碗冷茶，让我喝下半碗，她自己也喝下半碗。我们就靠着木板墙坐在地上。我低垂着一片空白的头，大嫂的双手插进我的头发中，紧紧地捧着我的头，让我的头抬起来，让我的眼睛勇敢地睁开。

大嫂一遍遍地叫唤我，红豆，红豆，你看着我，你看着我呀。我告诉你是怎么回事。你抬起头来，听我跟你说是怎么回事。好不好，红豆？你不是要我告诉你是怎么回事吗？你看着我呀……

大嫂像命令我逼迫我似的。

我从被人追着跑的噩梦中醒过来了，缓过神来了，我抖动着嘴唇，回了大嫂两个字，说呀——

大嫂平静地向我说起事情的经过。

大嫂说她烧开了一锅水，准备去捉只鸡杀了。我同年爷叫住了她，说，大妹子，我想起一件事情来了，革命党是不允许男人留长头发的，头发越短越好。你看，我这头发，解开来可能有三尺长了，得劳神你给我把头发剪了。若是家里有剃刀什么的，最好给我剃个光头。

大嫂就把手里的菜刀放下来，从碗柜上面摸到了二爷和金子贵用来剃胡须的剃刀。

剃刀长时间没有用，有点锈，大嫂就拿剃刀在磨刀石上磨了磨，磨掉锈，刀就锋利了。

我同年爷从堂屋里搬了条方凳进伙房，还说，头发掉在大堂里不好扫，就在伙房里剃，剃完了扫拢来，往灶膛里一扔，和着柴火烧掉，一干二净的。

大嫂说自己从来没用过剃刀，怕伤着了我同年爷。

我同年爷说，就是割破点皮什么的，也不要紧，大胆剃就是。

大嫂先用锅里的热水给我同年爷洗了头，把头发洗干净了，也洗柔软了。剃刀一下去，我同年爷头上的头发像断了根似的一绺绺落下地。比我同年爷那些花白的头发还白的，是我同年爷多年不见太阳的头皮，白得像是薄薄的银片。

我同年爷夸了大嫂一句，不错，你的手很轻，手法像是天生就会的，熟练得很。

眼见得就剩下左边脑门上还有一小块的地方没有剃，大嫂说话了，问我同年爷，是不是革命党都是从寺庙里出来的。

我同年爷一笑，道，大妹子，你怎么这么说呢，寺庙里走出来的，不是和尚就是尼姑。

大嫂说，那为什么要把头发剪掉呢？还要剃光脑袋呢？大嫂说着把我同年爷左边脑门边上的头发也刷刷地剃干净了。

我同年爷用手在自己两边脸上摩挲着说，大妹子，还辛苦你一下，把我的胡子也剃掉吧，光着个脑袋蓄着胡子别扭得很。

我同年爷接下来向大嫂解释革命党为什么不留长头发：革命党不留长头发，想必是一个记号，大家都互不相识，若是没有个记号，怎么区分得开呢？说不定不小心就把一条道上的人的命给革掉了，你说是不是这个理呀？

大嫂说，也是，革命党这三个字又不能刻到额头上去。

大妹子，有一件事情我不知道方便不方便问你。我同年爷笑着说。

大嫂在脸上滑过一丝笑，说，没什么方便不方便的，你问就是。

我同年爷问大嫂，怎么没看到你孩子呀？你和子贵一起这么些年，怎么没生下一男半女来呀？

我同年爷真是哪壶不开提哪壶，大嫂手中的剃刀就在他的下巴上，他居然愚蠢之极地问这么一句话。

大嫂很久没回话，突然反问了我同年爷一句，你的枪法好，那年，你是不是一枪就打中了金子福的眉心呀？

我同年爷仰着头，闭着眼睛，根本没去看大嫂那时铁青着的脸色。我同年爷很干脆地嗯了一声。

大嫂手中的剃刀不由自主地从我同年爷的下巴，移到了喉咙的那个位置。大嫂不知道手上的力气是从哪里来的，也不知道在我同年爷的喉头上划的那一刀，出手怎么会那么快。

大嫂咬着牙齿说了句，你只知道我是金子贵的婆娘吧，在此之前，我还是金子福的婆娘呢，你不知道吧？你肯定是不知道，不然，不会还这么来问我。我要生崽养女，那也应该是金子福的崽崽女女！你现在明白了！

大嫂说，她最后说的话，就是说给我同年爷听的，但不知道他还听不听得到。

大嫂说她给了我同年爷喉咙上那一刀后，就慌里慌张地退开了几步，看着我同年爷踢翻方凳边上的铜盆站起来。他应该是想着往前走，朝她扑过去的，但身子却往后倒了，倒在柴堆上。倒在柴堆上时，他的一只手是捂着自己的脖子的，另一只手乱抓乱挠，想翻身起来，却趴在了柴堆上，身子像是痒得难受似的抽着，慢慢就手张开了，腿也扒开了。不动弹了。

大嫂说，她嫁给金子贵前，夜里只要一做梦，金子福就会教她怎么去杀他的仇人。今天这种报仇的方法，就是在梦里被金子福手把手教会的，烂熟于心了。

大嫂说，往我同年爷喉咙上的那一刀，像是金字福瞄着的，而不是自己瞄着的，手腕上的力气也不是自己的，是金子福的。

从傍晚，到黑沉沉的天上现出可怜兮兮的一点月牙儿，不到两个时辰的时间里，我不仅是想好了一些事情，而且是以最快的速度和最简便的办法，着手做好了一些事情。

其时，尽管心里极度地紧张和恐惧，但我在大嫂面前表现出来的，除了镇定、从容不迫，还是镇定、从容不迫。

我知道，天一亮，我同年爷的手下老赖那一干人，就随时有可能在院门口围站着。他们若是见不到我同年爷，或者知道我同年爷是那副模样死在了伙房里，肯定是不会放过我们的。

大嫂叹息着说，红豆呀，我连累你了，连累小樱桃了，我们无路可走了。

我说，我们怎么无路可走了，我们至少还有一条路在脚下。我想好了，我们不去别的地方，去桃花镇，我们一起去桃花镇，去投奔你同年爷也行，去蒋家院子里也行。还可以到我家的老宅，我们欧阳家老屋，大得很，宽敞得很。

大嫂对我的话半信半疑，说，你不是说，除非金鸡岭陷到地里去，死也不会回桃花镇吗？

我说，那是我的气话，你听不出来？再说，此一时彼一时，现在火烧眉毛了，为了我们的小樱桃，我还会去顾及那些面子上的事情吗？

说避难也好，说逃亡也罢，大嫂对我们到桃花镇去是深信不疑的了。

我和大嫂是分头去准备和打点的。我要大嫂去找一担箩筐来，装上这么几样东西。

一是路上吃的喝的，至少不能饿着肚子赶路。鸡窝边的窗台上，存了十几个鸡蛋，都得拿上。没有时间煮了，生的也行，生的大人吃得进去，小樱桃也能吃得进去。还有几个挂在房梁上的粽子，也是能填肚子的。二是小樱桃穿的和换洗的。她能穿的，都得拿上，这是最为重要的。晚上风凉，小樱桃要穿暖和。一头的箩筐里就全放她穿的东西，上面做一个暖暖的窝，她好在窝里睡觉。三是大嫂自己换洗的衣服，不要全都拿，拿两三身就够了，往后再添置。四是大嫂自己认为贵重些的、不能丢下的东西，拣紧要的、不占地方的、轻巧的拿上。大嫂自己的东西放另外一头的箩筐里。这个箩筐还得腾些地方放我的东西。

我到楼上的睡房里，打开衣柜、壁柜、梳妆柜，看着一柜子满满的东西，我惊讶了：我两手空空地来到这里，现在我眼前是一柜子一柜子的衣裳，还有一箱子一箱子的珠宝首饰，还有十来根金条和几百两银子。

我还是颇有些家底子的嘛。我问自己，怎么会积攒下这么多的东西来？

我面对它们的时候，又有些犯难了，我能把它们全拿走吗？我能带走多少呢？它们绝大多数是二爷早些年交给我收着的。从内心而言，我是舍弃不了它们的，随便拿一样在自己手里，贴到自己的胸口上，都能深深唤起我对未来生活的期待。

我知道我应该拿走的是什么，我只需拿些值钱的，能给大嫂和小樱桃往后的日子以保障的东西。别的东西，无需动它们，我也不会离开它们，舍弃它们，它们会和我永远一起的。

我找了一个厚实一点的帆布袋子，把用红布包好的金条和银子放进了布袋中，把能当不少钱的珠宝首饰，也装进布袋里。

除此之外，我放进布袋里的，还有大嫂从芙蓉你手中换来的那把女扇，还有一卷柳河东的《天说》。蒋玉湘在这里过年时带来这卷书，基本上没有打开看，他走的时候，又忘记把书带走了。

我拎起帆布袋从楼上下来，大嫂在楼梯口抱着小樱桃站着等我。小樱桃醒过来一阵，方便了一次，又接着睡了。

大嫂问我，怎么就这点东西？

我说，这包里可不是一般的东西，都是些值钱的东西，大多是二爷拿命去换回来的，得放箩筐下面去。

大嫂说她手上的事做完了，另外，还准备了一盏马灯、一盒火柴，马灯上满了洋油。今晚的月亮靠不住。

我抬头看了看天空，大嫂说得没错，今晚的月亮是靠不住，那点月牙儿还在往云堆里钻。

大嫂催我说，都停当了，你提上马灯，我挑上箩筐走吧。你说的，要走就得早些走，耽搁不得。

说来奇怪，都到这个时候了，几只母鸡却还在鸡舍外面，咕咕叫唤着，不肯进去。难道是它们已经预感到我们要舍它们而去么？

大嫂问我是不是把最老的那只母鸡捎上。我说，除非我们能把所有的鸡连同它们的鸡舍也一起挪走，不然，仅仅是带走最老的那只母鸡，有什么意义呢？

我的目光在那个并不起眼的鸡舍上停留了好一会儿。我在想，想二爷埋藏在它下面的那些宁可用生命去交换的东西，想那些驳壳枪，想那些子弹。下午的时候，我还在一旁思忖，我同年爷带着自己的手下去长沙，刀光剑影的，被二爷埋藏在鸡舍下面的那些东西，我如果送给他，也许就能派得上用场，也不枉我同年爷多年来对我的照顾与接济。

现在，我同年爷命归黄泉，是否去把它们挖出来，已经毫无意义。我想明白了，二爷把它们埋藏在鸡舍下面，就是让它们与这个你争我斗、是非不分、居心叵测、尔虞我诈的世界相隔绝。那些要人性命的东西，原本就不该到人世间来，更不应该出现在这院子里。二爷走了，我也要走了，它们正好在鸡舍下面，睡上一千年一万年。

我捏着拳头在楼梯的扶手上敲了敲，尽量地抑制自己心中隐藏起来的唯恐被大嫂看出什么破绽来的痛苦心情，努力地在脸上形成一个抱歉的笑，对大嫂说，还得稍稍等一会儿，我还得回房里去拿一样东西下来。

芙蓉啊，我回到楼上，倒是没有别的东西要拿了。但是，是有一件事情，我必须要做完的，要有个结尾的。

我知道，大嫂在楼下等我，一定是等得心急火燎的，我得抓紧时间赶快给那件事情做个了结。

我从梳妆柜的抽屉里，取出这些年来抽空就写几笔的写给你的那摞女书。我拨亮了灯，提起笔来写下最后几行女字。

手有些发抖，字写出来难看，但愿你能认得出来。天啊，手可能还会越抖越厉害。

我把该写的写完后，会把这一摞纸用布包好，放到装着大嫂东西的箩筐里去。

芙蓉呀，大嫂会把它留下来，还是拿到花山庙代我读给姑婆神后放在神龛上，或者是一张张烧掉，还是不知道怎么到了你手里，我就不得而知了。

我要告诉你的是，我得承认，我说带着女儿和大嫂回桃花镇的话，是哄骗大嫂的。

大嫂那把剃刀一挥，在割开了我同年爷喉咙的同时，无意中把我推到了绝路上。我是没有退路的。桃花镇上有我的祖屋，有我曾经的家，那个家，至今为止，还没有哪个人把它拿走过。但回桃花镇去，从来就不是我的选择。我要有半点这份想法，我就早回去了。

别的地方就更不用说了。我曾经为爱而活，现在，我要为了"孩子"而活。如果我同年爷的手下来寻仇，小樱桃在我身边，她就难以幸免。只有我死了，一命偿一命了，他们才会收手作罢。我要大嫂把小樱桃带到桃花镇去，既是为她们的安全着想，也是为了小樱桃的明天着想。我还指望着小樱桃哪天能进蒋家大院去，堂堂正正地做二小姐，过小姐日子。

没有我在一旁，你对我的怨气就不会那么大，就不会把她当作眼中钉、肉中刺。是不是？

我甚至相信你会对这么一个几个月大就没了娘的孩子，施以母性和怜悯之心，给她应得的疼爱。毕竟她是无辜的。

即便不如我所愿，我也相信，蒋玉湘会为我护着她的。我的小樱桃她当然姓蒋，这是蒋玉湘丝毫没有犹豫地说过的。同样的道理，如果没有我在一旁，蒋玉湘对你也许会上心一点。你们两个人的关系，也许就会慢慢地好起来。这也是我此时此刻对你们良好的、真心的祝愿。

说到蒋玉湘，我很想多写几笔，因为没有他，我们之间或许什么事情都用不着记下来，写下来。但是，时间又不允许。如果时间允许，我要对他说的话，一张纸一张纸写下来，你一辈子都读不完。你说是不是。

清王朝大势已去，树倒猢狲散，我能想象得到这个时候他的狼狈、困惑、失落，他的处境一定极为艰难。也许他真的如欧阳梦说的那样，躲藏在什么地方。如果说没有发生大嫂把我同年爷杀死的事，我相信他迟早会出现在我这伙铺门口，或者我会去永州把他找出来，让他看看小樱桃。但是，眼见就有人来寻仇，我是绝不会将灾祸引往他身边去的。

待会儿我肯定还要和大嫂、女儿一起离开这栋房子，沿着往桃花镇的路走一段，三里五里的。

然后，还得哄骗大嫂一次。我会哄大嫂说，你挑着小樱桃往前走，到你同年爷家等着我。你同年爷家我去缝过衣裳的，不用找我都知道。我得折回去，给我同年爷抹干净身子，换上干净的衣服和鞋子。他是我身边唯一的长辈，我是他身边唯一的晚辈。就这样扔下他，我心里过不去。这花不了多少时间的。

完了，我就放把火烧了房子，往桃花镇追你们来。

大嫂一贯是有理没理都让我三分的，她肯定会照我说的做。

她走路快，估摸天亮的时候就会到桃花镇。到了桃花镇就饿不着、冻不到小樱桃了。

我返回去后，也用不着那么急。剩下来的事情很简单。先烧一锅热水，就在伙房里把同年爷的身子抹干净。我房间里还有一身二爷没有穿过，也没有在二爷埋葬后烧掉的新衣裳，可以拿来给同年爷穿上。合不合身是无所谓的。

人怎么个活法难以选择，怎么个死法也难以随心所欲。同年爷的死，我很愧疚、难过。也许只要我对大嫂的话稍稍留点神，就有机会去解开大嫂一心要为男人复仇的心结。大嫂的心中是没有死结的。但同年爷能够有机会死到我面前来，就像是死在他自己家里似的，还算是选对了地方，应该说是幸运的。也不知道同年爷有没有家。我也不知道自己有没有家。欧阳大院不是我的家，金鸡岭下的这个家也不是我的家。

不知道天堂里面是否有我的家。

我累了，经历了这么多，快乐过，痛苦过，一切都无所谓了。

而我有同年爷带着我到我的父亲那里去，我也感到心里踏实。

我会好好地梳洗一番，挑出我最漂亮的衣裳穿在身上。我要让我父亲看见我如同仙子一般花枝招展的模样。

我还特意留下一块女儿用过的尿片，我会把它紧紧地攥在手里，紧紧地贴在心口窝上，然后，到伙房里去，关上门，找一根杂木棒把门顶死了。

柴堆边上有两捆干透了的松树枝，溅粒火星都会着，我把灯往上面一扔，火一下子就会起来。

伙房里除了满屋子的柴，还有梁上挂着的腊肉，它们都是很快就能燃烧起来的东西，我用不着担心自己会在伙房里挣扎多久。

伙房烧着了后，多半是松木的楼房，烧起来也会很快。

芙蓉，你远在桃花镇，金鸡岭这边就是天烧红了，你也看不到。而蒋玉湘，他在永州城，比你更远。

到那个时候，大嫂挑着小樱桃——我爱得心痛的小樱桃，该走远了，也见不着房子燃烧时的火光了。就是见着了，大嫂或许还会高兴，以为我很快就会赶上来……

命运是交错的。什么时候，才能让我的内心回到家园啊！

没什么了，芙蓉，到此为止吧。总地来说，是我对不住你。我偷了你的东西，而且下辈子不想还回给你。你恨我吧。你恨我吧，怎么恨都行。